श्रीकान्त

श्रीकान्त

शरतचंद्र चट्टोपाध्याय

रुद्र

First published in India in 2022 by
Rudra Publishers & Distributors

ISBN: 978-93-93458-01-8

Rudra Publishers & Distributors
S-1, 5/587, Sector-5, Vaishali,
Ghaziabad- 201002, Mobile: 8447279204
Email: rudrapubdis@gmail.com

Printed and Bound in
Delhi

₹ 999/-

अनुक्रम

पहला अध्याय

दूसरा अध्याय

पहला अध्याय

1

मेरा सारा जीवन घूमने–घामने में ही बीता है। इस जीवन के तिमंजिले पर खड़े होकर, उसकी कहानी सुनाते हुए, मुझे बहुत–सी बातें याद आ रही हैं।

बचपन से यही करते–करते मैं बूढ़ा हो गया। अपने–बिराने सभी के मुंह से 'छिः–छिः' सुनते–सुनते जीवन को एक बड़ी 'छिः–छिः' के अलावा और कुछ भी नहीं सोच सका। जीवन के पहले अध्याय में ही 'छिः–छिः' की भूमिका मिली और बहुत दिनों के बाद आज जब उन विस्तृत कहानियों की माला पिरोने बैठा हूं तो हठात् संदेह हो जाता है कि लोगों की समझ में 'छिः–छिः' बहुत बड़ी समस्या थी। भगवान जिसे जहां भेजते हैं उसके उत्तीर्ण होने के सभी साधन मौजूद नहीं रहते। गाड़ी या पालकी में भ्रमण कर उसे कहानी कहकर प्रकाशित कराने की चाह नहीं रहती। बुद्धि उसकी देन है किन्तु संसारी उसे सुबुद्धि नहीं कहते। इसी से उसकी प्रवृत्ति असंगत और निराली होती है। निराली चीज को देखने और जानने की इच्छा प्रबल हो उठती है। अगर उसका वर्णन किया जाय तो सुबुद्धि वाले हंसते–हंसते मर जायें। इसके बाद वह नासमझ लड़का अपमान और तिरस्कार के बुरे की ओर झुका और एक दिन ठोकर खा, बदनामी की गठरी

सिर पर रख, अज्ञात दिशा की ओर चल दिया। इसीलिए इन सबको यहीं छोड़ता हूं। जिसका वर्णन करने बैठा हूं, उसी की बात कहता हूं। घूमना एक बात है और उस प्रकाश डालना दूसरी। जिसके दो पैर हैं वह आनन्द से घूम–फिर सकता है। लेकिन दो हाथ रहने से लिखा नहीं जा सकता।

यह कठिन काम है। इसके अलावा भगवान ने मुझे कल्पना और कवित्व–शक्ति का कुछ अंश भी नहीं दिया। इन संसारी आंखों से जो देख सकता हूं–उसे ही देखता हूं। पेड़ को पेड़ ही देखता हूं और पर्वत को पर्वत। जल देखने से जल ही मालूम होता है दूसरी वस्तु नहीं। आसमान के बादल, बादल ही रहेंगे। केशराशि की बात तो दूर रही, उनमें बाल का एक टुकड़ा भी देखने को न मिलेगा। चन्द्रमा को देखते–देखते आंखें पथरा गईं, पर उसमें किसी का मुंह न देख सका। भगवान ने जिसकी विडम्बना इस तरह की है वह भला कवि कैसे बन सकेगा!

मैं पहली श्रेणी का घूमने वाला कैसे बना? यह कहने के पहले उसका परिचय देना जरूरी है जिसने मुझे बचपन में ही यह नशा चढ़ा दिया था। उसका नाम इन्द्रनाथ था। एक फुटबाल मैच में ही हम दोनों की जान–पहचान हुई। मैं नहीं कह सकता कि वह जीवित है या नहीं। सालों पहले एक दिन वह बहुत सवेरे घर–द्वार, माल–जाल और अपने–बेगानों को छोड़ केवल एक धोती लेकर चला गया। फिर वापस नहीं आया।

स्कूल के मैदान में बंगाली और मुसलमान लड़कों के बीच फुटबाल मैच था। संध्या होने जा रही थी। मैं मस्त होकर मैच देख रहा था। प्रसन्नता की सीमा न थी। एकाएक यह क्या? चट–चट के शब्द और 'मारो साले को, पकड़ो साले को' की आवाज और मैं विह्वल हो गया। दो–तीन मिनट में कौन कहां गया, इसका पता न

चला। पता उस समय चला जब मेरी पीठ पर एक छाते की डण्डी तड़ाक से टूटी। दो–तीन सिर पर पड़ने की अधिक आशा थी। पांच–सात मुसलमान लड़के मुझे घेरे खड़े थे। भागने की राह न थी।

एकाध बेंत और लगी। इस समय बाहर से एक मनुष्य, भीड़ चीरता हुआ आगे खड़ा हो गया। यही इन्द्रनाथ था।

लड़का काला था। नाक वंशी की तरह थी। सिर ऊंचा और सुडौल था। मुंह पर दो–चार चेचक के दाग थे। ऊंचाई मेरे समान थी। आयु कुछ बड़ी थी। कहने लगा–'घबराओ मत। मेरे साथ बाहर आओ।'

लड़के में साहस था, करुणा थी। ये गुण तो दुर्लभ हैं। उसके दोनों हाथ असाधारण थे। उसके हाथ केवल शक्तिशाली ही नहीं थे, उनकी लंबाई भी घुटनों तक थी। उसे एक सुविधा और भी थी। कोई भी यह शक नहीं कर सकता था कि यह भला मनुष्य झंझट के समय अपना तीन हाथ का लम्बा हाथ निकाल कर घूंसे मार सकता है। उसके घूंसे को बाघ का थप्पड़ समझिये।

मैं दो मिनट में उसकी पीठ से लगकर बाहर आया। इन्द्र ने कहा, 'भागो!'

भागते हुए मैंने कहा–'और तुम?'

उसने रुखाई से जवाब दिया–'तू भाग, गधा कहीं का।'

गधा होऊं, मुझे ठीक याद है, मैं पलटकर खड़ा हो गया और बोला,–'मैं नहीं भागता।'

बचपन में मुझपर कभी मार न पड़ी थी। मैं गंवई का लड़का दो–तीन महीने पहले बुआ के यहां, शहर में पढ़ने आया। उसके पहले, कभी इस तरह दल बांधकर मार–पीट न की थी। मेरी पीठ पर दो छाते की डण्डी भी नहीं टूटी थीं, फिर भी मैं अकेला भाग

न सका। इन्द्र ने मेरी ओर देखकर कहा—'नहीं? तब खड़े–खड़े मार खाओगे? देख, उस ओर से लोग आ रहे हैं—अच्छा जोर से दौड़ो....।'

यह काम मैं अच्छा करता था। जब हम लोग बड़ी सड़क पर आये तब संध्या हो गई थी। दुकानों पर रोशनी जल चुकी थी। रास्ते में म्युनिसिपैलिटी के केरासन–लैम्प, लोहे के खंभे के ऊपर प्रकाश कर रहे थे। आंखों पर जोर पड़ने लगा। पर ऐसा नहीं होता था कि एक को देखने से दो मालूम हों। उपद्रवियों की शंका अब नहीं थी। मेरा कण्ठ सूख गया था। परन्तु इन्द्र को हंफनी तक न चढ़ी थी। मालूम होता था इसे कुछ हुआ ही नहीं। न तो इसने मारा ही है, न मार खाई है और न दौड़ा ही है। अविचल भाव से उसने पूछा, 'तुम्हारा नाम क्या है?'

'श्री का.....न्त.......।'

'श्रीकान्त? अच्छा।' उसने जेब से एक मुट्ठी सूखी पत्ती निकालकर कुछ तो स्वयं खाई और कुछ मुझे देकर कहा—'आज बहुत पीटा सालों को, ले खा!'

'यह क्या?'

'भंग।'

मैंने विस्मित होकर कहा—'भंग? मैं यह नहीं खाता।' वह मुझसे और भी अधिक आश्चर्यचकित हुआ—'क्यों नहीं खाता? कहां का गधा है रे! खूब चबाकर निगल जा—नशा होगा।'

नशे के आनन्द का उस समय मुझे ज्ञान नहीं था। मैंने उसे वापस कर दिया। वह उसे भी चबाकर निगल गया।

'अच्छा तो फिर सिगरेट पी।'—यह कहते हुए उसने जेब से दो सिगरेट और दियासलाई निकाली। एक मुझे दे दिया और दूसरे

को अपने हाथ में रखा। फिर अपनी उंगलियों को अजीब प्रकार से सटाकर सिगरेट को चिलम के समान पीने लगा। बाप रे–कितने जोर से उसने दम खींचा। एक ही दम में सिगरेट की आग ऊपर से नीचे तक चली आई। चारों ओर लोग खड़े थे। मैं बहुत डर गया। डरते हुए मैंने पूछा–'चुरुट यदि कोई देख ले तो?'

'देख ले तो क्या? सबको ज्ञात है।'–कहकर शीघ्रता से सिगरेट पीते हुए चौराहे की तरफ मुड़ा। मेरे मन पर गहरी छाप पड़ी। वह एक ओर को चला गया। आज उस दिन की अनेक बातें याद पड़ रही हैं। इतना ही याद नहीं है कि उस विचित्र लड़के के प्रति मुझे प्रेम उत्पन्न हुआ या उसकी नशीली प्रवृत्ति के कारण घृणा उत्पन्न हुई।

इसके बाद एक महीना बीत गया। रात में उस दिन जितनी गरमी थी उतनी ही अंधेरी। पेड़ का पत्ता भी न हिल रहा था। छत पर सब लोग सो रहे थे। बारह बजे थे, फिर भी किसी की आंख न झंपती थीं। अचानक वंशी का मधुर स्वर सुन पड़ा, स्वर साधारण था। पहले कई बार सुन भी चुका था किन्तु वंशी इस प्रकार मुग्ध कर लेती है, इसका ज्ञान मुझे न था। घर के दक्षिण में आम और कटहल का एक बड़ा बगीचा था। साझेदारी होने के कारण कोई उसकी खोज–खबर नहीं लेता था। सारा बगीचा जंगल हो गया था। जानवरों के आने–जाने से बीच में पगडण्डी बन गई थी। मालूम होता कि उसी बगीचे से होकर वंशी–ध्वनि धीरे–धीरे पास आ रही है। बुआ उठकर बैठ गई। अपने बड़े लड़के को संबोधित कर कहा–'क्यों रे नवीन, राय–परिवार का इन्द्र ही वंशी बजा रहा है न?' मैंने समझा, सभी उस वंशीधारी को पहचानते हैं। बड़े भैया बोले–'उस अभागे को छोड़कर दूसरा कौन इस तरह वंशी बजाएगा? उस जंगल में दूसरा कौन घूम सकता है?'–'बोलता क्या है रे? आवाज क्या गुसाईं के बगीचे से आ रही है?' बड़े भैया

ने कहा—'हां।' बुआ उस भयंकर जंगल की याद करके कांप गईं। उन्होंने डरते हुए पूछा—'क्या उसकी मां भी उसे मना नहीं करती? गुसाईं के बाग में तो न जाने कितने आदमी सांप काटने से मर गए हैं। आखिर इतनी रात में वह जंगल में गया ही क्यों है?'

बड़े भैया हंसते हुए बोले—'उस टोले से इस टोले में आने का सीधा रास्ता तो यही है। जिसे भय नहीं है, जीवन की चिन्ता नहीं है, वह घूमकर दूसरी राह से क्यों आए? उसे जल्दी आने से काम है। रास्ते में चाहे उसे नदी—नाला मिले, सांप—बिच्छू मिले या बाघ—भालू।'

'धन्य लड़के!'—कहकर बुआ ने सांस ली और चुप हो गई। वंशी का स्वर धीरे—धीरे कम होकर फिर न जाने कहां खो गया।

यह वही इन्द्रनाथ था। उस दिन मैं सोचता रहा। यदि मुझमें भी इतना ही अधिक बल होता और मैं भी मार—पीट कर सकता। आज रात को, जब तक मुझे नींद न आई यही सोचता रहा कि मैं भी इसी तरह वंशी बजा पाता तो......।

किस तरह अब उससे सद्भाव पैदा करूं? वह मुझसे बहुत बड़ा है। वह स्कूल में भी न पढ़ता था। सुना था कि हेडमास्टर साहब अन्याय से उसे गधे की टोपी पहनाना चाहते थे। वह उन्हें भी एक धौल जमाकर भाग आया और फिर स्कूल नहीं गया। बहुत दिन बाद उसी के मुंह से सुना कि वह अपराध तो मामूली था। हिन्दुस्तानी पंडित जी को क्लास में ही सोने की आदत थी। एक बार वे सो रहे थे। इसी बीच उसने उनकी लंबी चोटी काटकर छोटी कर दी। पण्डित जी जब घर चले गये तो कटी हुई शिखा उनकी जेब में मिली। पण्डित जी का शोध शांत नहीं हुआ। वे हेडमास्टर के यहां शिकायत करने गये, यह इन्द्र नहीं समझ सका आज तक। रेलिंग फांदकर भाग जाने पर भी फाटक खुले मिलते या नहीं—यह देखने

का चाव भी उसे नहीं था। और तो और, दस–बीस अभिभावकों के रहते हुए भी किसी को साहस नहीं हुआ कि उसे फिर से स्कूल भेजें। इन्द्र ने कलम फेंक दिया। नाव का डांड हाथ में लिया। तब से दिन भर वह गंगा में नाव पर रहता। उसकी एक छोटी–सी डोंगी थी। क्या आंधी, क्या पानी, रात और दिन वह उसी पर रहता। कभी–कभी वह गंगा के बहाव में अपनी डोंगी छोड़, चुपचाप डांड पकड़े बैठा रहता। एक–एक पखवारे तक उसका पता न रहता। एक दिन वह निरुद्देश्य डोंगी बहाये जा रहा था। उससे मिलने तथा मित्रता पैदा करने की मेरी इच्छा थी। वह मौका मुझे उसी दिन मिला। उस समय मेरी इतनी ही इच्छा थी और उसे बतलाने के लिए मैं इतनी बातें कह गया।

जो लोग मुझे जानते हैं वे अवश्य कहेंगे कि वह तुम्हारे योग्य नहीं। तुम गरीब के लड़के हो। पढ़ने–लिखने के लिए गांव छोड़कर दूसरे के घर में आए हो। तुम उससे मिले ही क्यों और इतनी घबराहट क्यों हुई तुम्हें? ऐसा न होता तो तुम्हारा.....।

ठहरो, ज्यादा बोलने की जरूरत नहीं है। यह बात मैं हजारों के मुंह से लाखों बार सुन चुका हूं। अपने–आपसे भी मैंने करोड़ों बार प्रश्न किया है। पर सब बेकार है। यह कौन था? इसका उत्तर तुम में से क्या कोई दे सकता है? जो सब कुछ जानते हैं, वही दे सकते हैं—उसी अभागे की ओर मैं क्यों आकर्षित हुआ और क्यों उससे मिलने के लिए मेरा रोआं–रोआं छटपटा उठा।

वह दिन मुझे खूब याद आया है। सारा दिन पानी पड़ते रहने पर भी मेघ कम नहीं हुए। सावन में आकाश में घनघोर घटा घिरी हुई थी। सन्ध्या होने के पहले ही चारों ओर अंधकार छा गया था। सवेरे ही खाकर हम कई भाई रेड़ी के तेल से दिया जला, बैठक के बिस्तर पर पुस्तक खोलकर बैठ चुके थे। बाहर बरामदे में फूफाजी

केनविस के पलंग पर लेटे–लेटे सांध्य–तन्द्रा ले रहे थे। दूसरी ओर रामकमल भट्टाचार्य अंधकार में आंखें खींचे हुए हुक्का पी रहे थे। ड्योढ़ी पर हिन्दुस्तानी दरबान की तुलसीदासी स्वर सुनाई पड़ रहा था। छोटे भैया, यतीन भैया और मैं तीसरे और चौथे दरजे में पढ़ते थे। गंभीर प्रकृति वाले मंझले भैया दो बार एन्ट्रेन्स में फेल हो चुकने पर भी तीसरी बार तैयारी कर रहे थे। उनके कठोर अनुशासन में किसी को एक क्षण व्यर्थ करने का साहस न था। हम लोगों के पढ़ने का समय साढ़े सात बजे से नौ बजे तक था।

पढ़ाई में कोई विघ्न न डाले इसलिए वे हर रोज कैंची से बीस–तीस कागज के छोटे–छोटे टुकड़े काटकर रख लेते थे। किसी में 'बाहर जाना है' किसी में 'थूकना है' किसी में 'नाक साफ करनी है' आदि लिखा रहता। यतीन भैया ने एक बार 'नाक साफ करनी है' का टिकट मंझले भैया के सामने पेश किया। मंझले भैया ने उस पर दस्तखत करके 'आठ बजकर तैंतीस मिनट से लेकर आठ बजकर साढ़े चौंतीस मिनट तक' लिख दिया। इतने समय में नाक साफ कर लेनी चाहिए। छुट्टी लेकर यतीन भैया के जाते ही छोटे भैया ने 'थूकना है' की अरजी पेश की। मंझले भैया ने 'नहीं' लिख दिया। दो मिनट तक मुंह फुलाकर बैठे रहने के पश्चात् छोटे भैया ने फिर 'पानी पीना है' की अरजी पेश की।

इस बार आज्ञा मिली। मंझले भैया ने उस पर सही करके लिख दिया—'आठ बज के एकतालीस मिनट से आठ बज कर सैंतालीस मिनट तक'। परवाना लेकर छोटे भैया हंसते हुए बाहर गये। यतीन भैया ने बाहर से आकर टिकट दाखिल किया।

मंझले भैया ने घड़ी देखकर समय मिलाया और एक कापी निकालकर उस टिकट को गोंद से चिपका दिया। यह सामान उनके हाथ की पहुंच के भीतर ही रहता था। सप्ताह समाप्त हो जाने

के बाद कैफियत तलब की जाती थी। इस प्रकार मंझले भैया की सतर्कता और श्रृंखला से, हम लोगों का और उनका भी समय नहीं नष्ट हो पाता था।

इस तरह रोज डेढ़ घण्टा पढ़ लेने के बाद जब रात के नौ बजे घर में सोने जाते तो माता सरस्वती हम लोगों को चौखट तक पहुंचा जाती थी। दूसरे दिन कक्षा में जो सम्मान और सौभाग्य प्राप्त करके लौटते थे वह तो आप समझ ही चुके होंगे। पर मंझले भैया का दुर्भाग्य कि उनके नासमझ परीक्षक उन्हें कभी पहचान न सके। अपनी एवं दूसरों की शिक्षा के प्रति इतना अनुराग, समय के मूल्य का ज्ञान होने पर लोग उन्हें फेल कर देते थे। यही है अदृश्य का अदृश्य विचार।

उस रात को घर के बाहर वही गंभीर अंधकार। बरामदे में तन्द्राभिभूत दो बूढ़े और घर में दिये के सामने गंभीर अध्ययन में मग्न हम चार प्राणी। छोटे भैया के लौटते ही मारे प्यास के मेरी छाती फटने लगी। टिकट पेश कर आज्ञा की राह देखने लगा। मंझले भैया टिकट वाली कापी पर झुककर सोचने लगे कि मेरा पानी पीने जाना ठीक है कि नहीं—अर्थात् कल—परसों मैं कब पानी पीने गया था।

अचानक ठीक मेरे पीछे 'हम' का शब्द हुआ। छोटे भैया और यतीन भैया जोर से चिल्ला उठे—'अरे बाबा रे! मार डाला रे!' किसने मार डाला, मैं सिर घुमाकर देखने को ही था कि मंझले भैया विचित्र तरह से चिल्लाये और शीघ्रता से पैर फैलाकर दीवट उलट दिया। इस अंधकार में दक्ष—यज्ञ मच गया। मंझले भैया को मूर्छा आती थी। इसी से वे आं—आं करके दीप गिराकर चित्त गिरे तो उठ नहीं सके।

ठेलठाल कर किसी तरह बाहर निकला। फूफाजी अपने दो बच्चों को बगल में दबाकर उससे भी अधिक चिल्ला रहे हैं। मालूम होता था कि छप्पर फट गया। ऐसा लगता था कि तीनों बाप—बेटों

में होड़ हो रही है कि कौन अधिक गला फाड़ सकता है। ठीक समय पर एक चोर जान लेकर भागा जा रहा था। ड्योढ़ी के दरबान उसे पकड़ रखा था। फूफाजी जोर से गरजकर आज्ञा दे रहे थे—'और मारो—मार डालो साले को....... ।'

तुरन्त चारों ओर रोशनी छा गई। नौकर—चाकर और पड़ोस के लोगों से आंगन खचाखच भर गया। दरबान ने चोर को मारते—मारते अधमरा कर दिया। वह प्रकाश में लाया गया। चोर का मुंह देखकर लोगों का मुंह सूख गया। अरे, ये तो भट्टाचार्य जी हैं!

तब कोई दौड़कर पानी ले आया। कोई पंखे से हवा करने लगा। कोई आंख—मुंह पर हाथ फेरने लगा। उधर घर में मंझले भैया का उपचार हो रहा था। पंखे की हवा और पानी के छींटे से रामकमल होश में आये। वे फफक—फफककर रोने लगे, सभी पूछने लगे—'आप इस तरह भागे क्यों जा रहे थे? भट्टाचार्य जी रोते—रोते बोले—'बाबा, बाघ नहीं, वह एक मस्त भालू है—छलांग मारकर बैठक से बाहर चला गया।'

छोटे भैया और यतीन भैया बार—बार कहने लगे—'भालू नहीं बाबा, वह एक भेड़िया था। मुंह समेट पायदान पर बैठा गुर्रा रहा था।'

मंझले भैया होश में आये। एक दीर्घ स्वांस लिया और आंखें बन्द किये हुए बोले—'दी रायल बंगाल टाइगर।'

लेकिन वह है कहां? मंझले भैया का दी रायल बंगाल टाइगर हो या रामकमल का मस्त भालू। वह किस प्रकार आया और कहां चला गया? इतने लोगों ने उसे देखा है, तब वह अवश्य ही कुछ होगा।

किसी को विश्वास होता था, किसी को नहीं। पर सभी लोग लालटेन लेकर उसे खोजने लगे।

अकस्मात् पहलवान किशोरसिंह, 'वह बैठा है', कहकर कूदकर बरामदे पर चढ़ गया। वहां भी ठेला–ठेली शुरू हुई। सब लोग साथ ही ऊपर चढ़ना चाहते थे। देर करना किसी को पसन्द न था। आंगन के एक ओर अनार का एक पेड़ था। उसकी घनी डालों के बीच एक जानवर दिखाई दिया। वह बाघ जैसा बड़ा था। पलक मारते ही बरामदा खाली हो गया और बैठक भर गयी, बरामदे में एक बादमी भी न रहा। घर में भीड़ के बीच फूफाजी चिल्लाने लगे–'बरछी लाओ–बन्दूक लाओ।' हमारे पड़ोसी गगन बाबू के पास एक मुंगेरी बन्दूक थी। वे उसी के विषय में कह रहे थे। 'शीघ्र लाओ'–पर लाए कौन? दरवाजे के पास अनार का पेड़ था। उसी के ऊपर बाघ बैठा हुआ था। हिन्दुस्तानी जरा भी न हिले–डुले। जो लोग तमाशा देखने आये थे वे भी निस्तब्ध रह गये।

इसी विपत्ति के समय न जाने कहां से इन्द्र आ पहुंचा। वह शायद इसी राह से कहीं जा रहा था। हल्लागुल्ला सुनकर भीतर चला आया। क्षण–भर में ही लोग चिल्ला उठे–'बाघ! बाघ, भाग जा रे लड़के!'

पहले तो वह रुका और फिर भीतर चला आया। बाद में सब वृतान्त सुनकर लालटेन लिया और देखने लगा।

दोमंजिले की खिड़की से औरतें इस साहसी लड़के को सांस रोककर देख रही थीं और साथ ही उसके कल्याण के लिए 'दुर्गा' का नाम जपने लगीं।

बुआ तो डर के मारे रोने लगी। नीचे वाले हिन्दुस्तानी सिपाही उसे बढ़ावा देने लगे। उन्होंने विश्वास दिलाया कि हम आते हैं।

अच्छी तरह देखकर इन्द्र ने कहा–'द्वारका बाबू, यह बाघ नहीं जान पड़ता।' उसका कहना समाप्त भी नहीं हुआ था कि एक मनुष्य हाथ जोड़कर रोते हुए बोला–'नहीं बाबूजी, मैं बाघ–भालू नहीं,

श्रीनाथ बहुरूपिया हूं।' इन्द्र ठठाकर हंस पड़ा। भट्टाचार्य जी हाथ में खड़ाऊं लिये सबसे आगे दौड़ पड़े–'हराजमादा, तुझे डराने के लिए दूसरी जगह नहीं मिली?'

फूफाजी ने आगबबूला हो आज्ञा दी–'साले को कान पकड़कर ले आओ।'

किशोरसिंह ने सबसे पहले उसे देखा था, इसीलिए उसका अधिकार उस पर अधिक था। वह उसे कान पकड़कर खींच लाया। भट्टाचार्य ने उसकी पीठ पर एक खड़ाऊं जमाई। मारे शोध के वे हिन्दी बोलने लगे–'इसी हरामजादे, बदजात के कारण मेरी हड्डी चूर–चूर हो गई। साले पछहियों ने घूंसे मार–मार कर मेरा होश ठण्डा कर दिया।'

श्रीनाथ का घर वारासत में था। वह हर साल इसी समय तमाशा दिखाने आता है। कल इस घर में नारद बनकर गाना सुना गया था।

वह भट्टाचार्य जी और फूफाजी के पैर पकड़ने लगा। कहने लगा–'लड़कों ने डर के मारे जब दीवट उलट डाला और कुहराम मचाया तो मैं भय से अनार पर चढ़ गया। सोचा था कि शान्ति होने पर तमाशा दिखाकर चला जाऊंगा। पर ऐसा टेढ़ा पड़ा कि मेरी हिम्मत न पड़ी।'

श्रीनाथ खुशामद करने लगा। फूफाजी का शोध कम नहीं होता था। बुआ ऊपर से बोलीं–'तुम्हारे भाग्य अच्छे थे कि सचमुच का बाघ–भालू नहीं निकला, नहीं तो तुम और तुम्हारे दरबान कैसे साहसी हैं आज सबने देख दिया–एक छोटे लड़के में जो साहस है वह घर–भर में किसी में नहीं।' फूफाजी ने एक न सुनी, उल्टे इस तरह आंख उठाकर बुआ की ओर देखा मानो कह रहे हों कि इसका उत्तर तो दिया जाता 'परन्तु स्त्री–जाति को कोई उत्तर देने

में पुरुषों का अपमान होता है। और गरम होकर आज्ञा दी—'इसकी पूंछ काट लो।' तब रंगीन कपड़ों और घास की बनी हुई लंबी पूंछ काटी गई और वह भगा दिया गया। बुआ ऊपर से शोधित होकर बोलीं—'न जाने पूंछ रखकर कौन काम आएगी!'

इन्द्र ने मेरी ओर देखकर कहा—'जान पड़ता है कि तुम इसी मकान में रहते हो श्रीकान्त?'

मैंने कहा—'हां, तुम इतनी रात को कहां जा रहे हो?'

इन्द्र हंसकर बोला—'अभी रात कहां हुई है रे?' अभी तो संध्या हुई है। मैं अपनी डोंगी पर जा रहा हूं, मछली पकड़ने चलेगा?'

मैंने डरते हुए पूछा—'इस अंधकार में डोंगी पर चढ़ोगे?'

वह फिर हंसा—'डर क्या है रे? यही तो मजा है। अंधेरा हुए बिना मछलियां कहां मिलती हैं? तैरना आता है तुझे?'

'अच्छी तरह आता है।'

'तब चलो भाई।' उसने मेरा एक हाथ पकड़ लिया, 'मैं अकेला नाव को बहाव में नहीं ले सकता। एक ऐसे ही साथी की तलाश में था जो डरे नहीं।'

मैं फिर कुछ कह न सका। उसका हाथ पकड़े हुए रास्ते पर चला आया। मैं नहीं समझ सकता था कि मैं रात में नाव चला सकूंगा। इस अनुरोध के आकर्षण से मैं समस्त शासन का उल्लंघन कर निस्तब्ध रात्रि में नाव खेने चला। उस समय उस पर विचार करना मेरे लिए सम्भव न था। थोड़ी ही देर में गुसाईं बाग की उस भयंकर पगडंडी पर आ इन्द्र का पीछा करते हुए गंगा तट पर पहुंचा।

किनारा खड़ा था कंकड़—पत्थरों का। सिर के ऊपर एक बहुत पुराना बरगद अंधकार जैसा चुपचाप खड़ा था। करीब तीस हाथ नीचे अंधेरे में धारा अपनी पूरी मौज में, भंवर बनाती हुई बह रही थी।

उसी स्थान पर इन्द्र की छोटी नाव बंधी थी। ऊपर से देखने पर वह ऐसी मालूम होती थी कि मानो तीव्र जलधारा में एक छोटा–सा केले का फल पछाड़ खा रहा हो।

मैं कायर नहीं था, किन्तु जब इन्द्र ने ऊपर से नीचे तक लटकती हुई एक रस्सी दिखलाकर कहा—'इस रस्सी को पकड़कर डोंगी पर उतर जाओ। देखो, सावधानी से उतरना। गिरने पर तुम्हारा पता भी नहीं लगेगा,' तब मेरा हृदय धड़कने लगा। सोचा कि यह असंभव है। फिर मेरे लिए तो रस्सी का सहारा है और तुम?

उसने कहा—'तुम्हारे नीचे उतरते ही मैं रस्सी खोल दूंगा। मेरे उतरने के लिये बहुत–सी घास की जड़ें लटक रही हैं।'

अधिक कुछ न कहकर मैं बहुत ही कठिनता से रस्सी से लटककर नीचे उतरा। बाद में उसने रस्सी खोल दी और स्वयं लटक गया। किस चीज को पकड़कर वह नीचे उतरता था, उसका पता मुझे आज तक नहीं है। भय से छाती धड़कने लगी। उसे देखने की इच्छा की, मगर मैं देख न सका। दो–तीन मिनट तक केवल जलधारा के गर्जन के सिवा कुछ सुनाई नहीं पड़ रहा था। एक बार मुंह घुमा मुस्कराकर देखा, नाव ठेल दी गई। वह कूद कर उस पर बैठ गया। छोटी नाव घूमकर तीव्रता से चलने लगी।

2

थोड़ी देर में आगे और पीछे अंधेरा छा गया। दोनों ओर जल की प्रचंड धारा थी। बीच में थी छोटी–सी नाव और उस पर हम दो कुमार। उस समय मेरी उम्र प्रकृति की गंभीरता समझने की नहीं थी। पर आज तक उसे मैं भूल नहीं सका। हवा से हीन, स्थिर, निस्तब्ध और निःसंग रात्रि मानो काली का रूप धारण किये थी। उसके बालों से आसमान और पृथ्वी ढक गई थी। उस भयंकर अंधेरे को चीरकर मानो एक निष्ठुर हंसी बिखर रही थी। चारों ओर उन्मत्त जलधारा नीचे से ऊपर उठकर फट पड़ती थी। कहीं आपस में टकरा जाने से लहरें चक्कर काटती थीं, तो पानी वेग से पागल की तरह दौड़ा जा रहा था।

हम लोगों की नाव कोनाकोनी जा रही थी, केवल इतना पता लग रहा था। इन्द्र उस पार किस स्थान की ओर लक्ष्य करके पतवार पकड़े बैठा था, इसका पता मुझे न था। इस छोटी आयु में ही वह इतना बड़ा नाविक बन गया था। वह एकाएक बोल उठा—'अरे श्रीकांत, क्या डर रहा है?'

मैंने कहा—'नहीं।'

इन्द्र खुश होकर बोला—'यही तो मैं चाहता हूं। तैरना जानते हो तो डर किस बात का?' कुछ उत्तर न देकर मैंने सांस भी दबा

ली, ताकि वह जानने न पावे। किन्तु ऐसे भीषण, अंधकार में, ऐसे अजेय प्रवाह में, तैरने और न तैरने में क्या फर्क है, मैं नहीं समझ सका। वह भी चुपचाप रहा। बहुत देर तक इसी तरह चलने के बाद एक अस्पष्ट और क्षीण–सी आवाज सुनाई पड़ी। ज्यों–ज्यों दूर बढ़ता गया त्यों–त्यों आवाज स्पष्ट होने लगी। मालूम होता था कि बहुत दूर से शोध की आवाज हो। न मालूम कितनी रुकावटों को लांघकर वह आवाज हम लोगों के कानों तक पहुंच रही थी। आवाज से थकान का आभास मिलता था। शोध जैसे कम होने का नाम न लेता था और न बढ़ने का या रुकने का। बीच में एकाध बार झुप–झुप की आवाज सुनाई पड़ती। मैंने पूछा–'इन्द्र, यह किस चीज की आवाज हो रही है?' नाव का मुंह और सीधा करके वह बोला–'जल के वेग से उस पार के कगारे टूटकर पानी में गिर रहे हैं। उन्हीं के गिरने का शब्द है।'

मैंने पूछा–''कितने बड़े कगारे हैं और कैसी धारा है?''

'धारा भयानक है। तभी तो कुल पानी हो गया है न। उस तरफ से नहीं चला जाएगा। कहीं एक चट्टान गिरी तो नाव के साथ हम दोनों भी पिस जाएंगे। तुम डांड चला सकते हो न?'

'चला सकता हूं।'

'तब चलाओ।'

मैं डांड चलाने लगा। इन्द्र बोला–'जो बाईं ओर काला–काला दीख रहा है वही बालू का टीला है। उसी के बीच से होकर निकल जाना है, धीरे–धीरे चलो। मल्लाहों को अगर इसकी खबर मिल गई तो हमें मार और फ़ोड़कर इसी कीचड़ में गाड़ देंगे।' मैंने डरते हुए कहा–'यह क्यों? तब उसके भीतर होकर हम लोग न चलें।' इन्द्र ने जरा हंसकर कहा–'दूसरा रास्ता नहीं है। उसके भीतर होकर ही जाना होगा।

बड़े टीले के बाईं ओर से जहाज भी नहीं जा सकता। हम लोग कैसे जायेंगे?'

'तब फिर मछलियां पकड़ने की आवश्यकता नहीं है भैया,' और मैंने डांड़ फेंक दिया। पलक झपकते ही नाव घूमकर लौट चली। इन्द्र खीझकर बोला—'तब आया ही क्यों था? चल तुझे पहुंचा आऊं—कायर कहीं का।' चौदह से पन्द्रह में पैर रक्खा था मैंने। उस समय मुझे कायर कह दिया उसने। फौरन जी—जान से नाव खेने लगा। इन्द्र प्रसन्न होकर बोला—'यही तो चाहिए। लेकिन भाई, धीरे—धीरे चलाओ—वे बड़े पाजी हैं, मैं झाऊ के जंगल के पास मकई के खेतों से होकर इस प्रकार ले चलूंगा कि सालों को पता भी न लगेगा।' वह हंसकर बोला—'और पता लग जाने पर भी क्या पकड़ लेना इतना आसान है? देख श्रीकांत, तनिक भी डर नहीं। उन सालों के पास चार नावें हैं, परंतु घिर जाने पर यदि और कोई युक्ति न सूझे तो तुरंत कूदकर दूर निकल जाना। काम बन जायेगा। अंधकार में वे नहीं देख सकेंगे। तब मजे से सतूआ के टीले पर चढ़ जायेंगे। मोड़ को तैर कर गंगा के उस पार पहुंच जाएंगे। साले हम लोगों का बिगाड़ ही क्या सकेंगे!'

उस टीले का नाम मैंने सुना था। कहा—'सतूआ' टीला 'घोर नाले' के पास है न? तब तो दूर है वह।'

इंद्र ने लापरवाही से कहा—'अधिक दूर कहां है? कठिनता से छः—सात कोस होगा। तैरते—तैरते यदि हाथ—पैर दुख जाएं तो चित्त पड़ कर सुस्ता लेना। इसके अलावा मुरदा जलाने वाली बड़ी—बड़ी लकड़ियां भी मिल जाएंगी न!'

आत्मरक्षा की सीधी राह उसने दिखा दी। विरोध करने को जगह ही नहीं रही। अंधेरी रात और भयंकर बहाव में सात कोस तक तैरते जाना और भोर होने की प्रतीक्षा करना। इसके पहले किनारे

पर चढ़ने को कोई सूरत नहीं। दस–पंद्रह हाथ ऊंचा बालू का एक कगार है। वह नीचे गिर सकता है। इसी तरफ गंगा का भीषण प्रवाह चक्कर काटता हुआ जा रहा है।

स्थिति अस्पष्ट पाकर मेरा वीर हृदय ठिठक गया। थोड़ी देर नाव चलाने के बाद मैंने कहा–'और नाव का क्या होगा?'

इंद्र ने कहा–'उस दिन भी मैं इसी तरह भागा था। दूसरे दिन आकर निकाल कर ले गया। कह दिया था, घाट पर से कोई डोंगी को चुरा कर ले गया।'

यह उसकी कल्पना नहीं, अनुभव की बात है। धीरे–धीरे नाव खाड़ी के पास पहुंच गई। मल्लाहों की नावें खाड़ी के मुंह पर एक कतार से खड़ी थीं। उनमें चिराग जल रहा था। दो टीलों के बीच का वह बहाव नहर की तरह दीख रहा था। हम लोग घूमकर उसके दूसरी ओर गये। वहां पर जल का वेग मुहाने की तरह बन गया था। झाऊ के पेड़ एक–दूसरे को छिपा रहे थे। एक मुहाने से होकर हम लोग नहर में घुसे। मल्लाहों की नावें बहुत दूर खड़ी काली झाड़ी–सी दिखाई पड़ रही थीं। कुछ और दूर चल कर हम लोग ठीक स्थान पर पहुंच गये।

नहर का द्वार सुरक्षित जानकर मल्लाहों के मुखिया ने उस पर पहरा नहीं रखा था। इसी को कहते हैं मायाजाल। नहर जब सूख जाती है तब उसके चारों ओर मजबूत बांस गाड़ दिये जाते हैं और उन्हीं में जाल लपेटा जाता है। बरसात की जलधारा में जब बड़ी–बड़ी रोहू, कतला इत्यादि मछलियां आती हैं, बांस के कारण निकल नहीं पातीं। वे कूद कर दूसरी तरफ जाना चाहती हैं, मगर जाल में फंस जाती हैं।

दस–पंद्रह–बीस सेर की पांच–छः रोहू–कतला पकड़कर इंद्र ने नाव पर रख ली। बड़ी–बड़ी मछलियां पूंछ फटकारने लगीं, मानो

डोंगी को चूर–चूरकर देंगी। इससे आवाज भी खूब हो रही थी।

'इतनी मछलियों का क्या करोगे, भाई?'—'आवश्यकता है। अब अधिक नहीं, भाग चलो।' उसने जाल छोड़ दिया बहाव में दो–तीन मिनट जोर से बहने के बाद हम लोगों की नाव जरा टकराकर मकई के खेत में घुस गई। उसकी इस बदलती हुई गति को देखकर मैंने पूछा—'क्यों, क्या हुआ?'

इंद्र ने धक्का देकर उसे और भीतर कर दिया और बोला—'चुप, साले जान गये हैं। चार डोंगियां लेकर इसी ओर आ रहे हैं—वह देखो! वही तो थे।' जल में 'छप–छप' करती तीन नावें हम लोगों को पकड़ने आ रही थीं—काले दैत्य के समान। उस ओर जाल से रास्ता बंद था। इस ओर से ये लोग आ रहे थे। निकल भागने का जरा भी स्थान न था। संदेह ही था कि मकई के खेत में भी हम छिप सकेंगे।

'क्या होगा भाई?' कहते–कहते मेरा गला फंस गया। इसी फंदे के भीतर अंधेरे में यदि ये लोग मार कर बहा दें तो कौन क्या करेगा इनका!'

चोर की विद्या बड़ी विद्या, पांच–छः बार तो इंद्र निकल गया था; मगर इस मरतबे!

उसने मुंह से तो कहा—'डरने की कोई बात नहीं है, किंतु आवाज लड़खड़ा रही थी, पर वह रुका नहीं। जी–जान से लग्गी लेकर नाव को भीतर ढकेलने लगा। सारा टीला पानी से भरा था। उस पर आठ–दस हाथ ऊंचे मकई और ज्वार के पेड़ थे, बीच में थे हम दो यार। कहीं छाती तक पानी था तो कहीं कमर तक और कहीं घुटनों तक। ऊपर भयंकर अंधकार था और दोनों ओर घना जंगल। दलदल में लग्गी धंसने लगी थी। नाव एक हाथ भी नहीं बढ़ रही थी। पीछे से मल्लाहों की आवाज सुनाई पड़ने लगी। इसमें अब

थोड़ा भी संशय नहीं रहा कि वे लोग शक पर ही आये हैं।

सहसा डोंगी एक ओर झुकी और सीधी हो गई। देखा कि मैं अकेला रह गया हूं दूसरा कोई आदमी वहां नहीं है। डरते हुए मैंने पुकारा—'इन्द्र!' पांच–छः हाथ की दूर से आवाज आई—'मैं नीचे हूं।'

'नीचे क्यों?'

'डोंगी खींचकर बाहर निकालनी पड़ेगी। मेरी कमर में डोरी बंधी हुई है।'

'खींचकर कहां निकालोगे?'

'गंगा में कुछ दूरी पर बड़ी धारा मिलेगी।'

मैं चुप रह गया। धीरे–धीरे आगे बढ़ने लगा। अकस्मात् वन में कनस्तर पीटने और बांस फटकारने की आवाज से मैं चौंक उठा। पूछा—'क्या है भाई?' उसने उत्तर दिया—'खेतिहर मचान पर से बनैले सूअरों को भगा रहे हैं।'

'जंगली सूअर! कहां हैं?' नाव खींचते हुए इंद्र ने बेफिक्री से कहा—'मैं क्या देख रहा हूं जो तुम्हें बतलाऊं? होंगे कहीं पर।' यह सुनकर मैं चुप रह गया। सोचने लगा, सवेरे किस मनहूस का मुंह देखकर उठा था। सन्ध्या होते ही घर के भीतर बाघ घुस आया था। इस जंगल में बनैले सूअरों के पाले पड़ूं तो क्या आश्चर्य! फिर मैं नाव पर बैठा रहा, लेकिन यह मनुष्य तो छाती–भर कीचड़ और पानी में खड़ा है, सो भी इस भयंकर जंगल में। एक पग भी चलने का उपाय नहीं है। पंद्रह मिनट इसी तरह बीत गये। मैं एक चीज पर ध्यान दे रहा था। प्रायः ऐसा दीख पड़ता था कि किसी ज्वार या मकई के पेड़ों के हिलने से छप शब्द होता था। एक बार मेरे हाथ के पास ही ऐसा हुआ। डर कर मैंने इंद्र का ध्यान उस तरफ खींचा—यदि बड़ा सूअर नहीं तो बच्चा अवश्य है।

इंद्र ने सहज भाव से कहा—'वे कुछ और नहीं, सांप हैं। आहट पाकर जल में कूद पड़ते हैं।'

'कुछ नहीं—सांप!' सिहर कर मैं बीच नाव में बैठ गया। लड़खड़ाती आवाज में पूछा—'कैसे सांप भाई?'

इंद्र बोला—'सब प्रकार के सांप हैं—ठोंड़ा, बोंड़ा, गोखरू, करैत इत्यादि। पानी में भीगते हुए आये और पेड़ों पर चढ़ रहे हैं। कहीं भी तो सूखी जमीन नहीं है। देख रहे हो न?'

'सो देखता हूं।' डर के मारे पैर से सिर तक के बाल खड़े हो गये पर वह आदमी जरा भी न सिहरा। काम करते हुए बोला—'पर ये काटते नहीं हैं, वे स्वयं भय से मर रहे हैं। दो—तीन तो अभी मेरा शरीर छूकर चले गये हैं, ठोंड़ा—बोंड़ा मालूम होते हैं। अगर काट ही लें तो क्या? मरना तो एक दिन है ही।' इसी प्रकार वह और न जाने क्या—क्या अपने स्वाभाविक मीठे स्वर में बोलता रहा। कुछ सुना और कुछ नहीं। मैं चुपचाप एक ही स्थान पर एक ही प्रकार से बैठा रहा। सांस छोड़ने में भय लगता था। यदि एक भी सांप नाव में कूद पड़े तो!

और जो कुछ भी हो, पर वह आदमी क्या है—मनुष्य, देवता या पिशाच, कौन है वह? मैं किसके साथ इस जंगल में घूम रहा हूं? यदि मनुष्य है तो क्या उसे भय का ज्ञान नहीं है? उसका हृदय क्या पत्थर का बना हुआ है? वह क्या हमारी छाती की तरह सिकुड़ता या फैलता नहीं? उस दिन खेल के मैदान में सब के भाग जाने पर मुझ अपरिचित अकेले की जो इसने रक्षा की तो क्या दया—माया इस पत्थर के हृदय में भी समाई हुई थी? और आज विपत्ति का हाल जरा—जरा जानने पर भी बेधड़क इस भयावह और भीषण मौत के मुंह में खड़ा है। एक बार अनुरोध भी नहीं करता है—श्रीकांत, तू एक बार नीचे उतर आ। वह तो मुझे जबरदस्ती नीचे उतर कर

नाव खिंचवा सकता है? यह अब खेल तो है नहीं। जीवन और मृत्यु के बीच इस आयु में इतना स्वार्थ त्याग कौन करता है? बिना किसी आडम्बर के उसने कितने सहज भाव से कह दिया—मरना तो एक दिन होगा ही भाई। इस प्रकार सच बोलने वाले कितने लोग हैं? यह सच है कि वही मुझे इस विपत्ति में ले आया, फिर उसके इस स्वार्थत्याग को आदमी होते हुए, मैं क्यों भूल जाऊं? उसे कैसे भूलूं जिसके हृदय से इतना बड़ा दान बिना मांगे मिल गया? उसके हृदय का निर्माण किसने किया होगा? बाद में न जाने कितने दुःखों को झेलकर आज बूढ़ा हुआ हूं। कितने देश घूम चुका हूं। कितने प्रान्तों की खाक छानी है। नदी—पहाड़—पर्वत और जंगलों में भटक चुका हूं। अपनी आंखों ने जाने कितनी प्रकार के मनुष्य देखे हैं। किन्तु ऐसा महाप्राण कभी कहीं नहीं देखा, अब वह नहीं है। एकाएक एक दिन बुदबुद की तरह शून्य से जा मिला। उसकी याद आते ही मेरी सूखी आंखों में जल भर आता है। केवल एक निष्फल अभिमान हृदय से बाहर फेन—सा निकल जाता था। सृष्टिकर्त्ता, इस अद्‌भुत, अपार्थिव वायु की रचना ही क्यों की थी तूने? फिर क्यों वापस बुला लिया? बड़े दुःख से मेरा असहिष्णु मन आज बार—बार यही प्रश्न कर उठता है। हे भगवान! रुपया—पैसा, धन—दौलत, विद्या—बुद्धि अपने अक्षय भण्डार से लोगों को देते हुए तुमने देखा है। पर आज तक इतने बड़े महाप्राण तुमने कितने दिये? रहने दो उस बात को। जल—प्रवाह पास आता है, यह मैं जानता था। इसलिए बिना कोई प्रश्न किए ही मैंने समझ लिया कि इस वन के अन्तराल में वही धारा है जिसे स्टीमर भी नहीं पार कर सकता। अच्छा अनुभव हुआ। पानी जोर से बढ़ रहा था। धूसर फेनराशि बालू के टीले का भ्रम दे रही थी। भीषण धारा का सामना करने के लिए इंद्र नाव पर चढ़ आया। वह बोला—'अब भय नहीं है। हम लोग बड़ी गंगा में आ गये हैं।' मैंने मन में ही कहा—'भय तुम्हें है काहे का? मैं तो समझता ही नहीं।'

क्षण–भर में ही नाव एक सिरे से दूसरे सिरे तक कांप उठी। पलक गिरते ही गंगा की तेज धारा में जोर से चलने लगी।

उस समय फटे हुए बादलों की आड़ से मालूम हुआ चन्द्रमा उग रहा है। अंधकार में हम लोग जा रहे थे और अब अंधकार नहीं था। साफ न रहने पर भी अब बहुत दूर तक दिखलाई पड़ रहा था। मैंने देखा कि झाऊ एवं मक्का और जुवार वाले टीले की दाहिनी ओर से हमारी नाव सीधी चली जा रही थी।

3

'बड़ी नींद आ रही है इंद्र! अब घर चलो भाई।' इंद्र हंसा और स्त्री–सुलभ स्नेहार्द्र कण्ठ से बोला–'नींद तो आयेगी ही भाई! क्या किया जाय श्रीकान्त! आज तो देर होगी। अभी बहुत–सा काम बाकी है। अच्छा, एक काम करो। यहीं जरा लेट रहो।'

इस बार मैंने अनुरोध किया। मैं गुड़मुड़ा कर उसी तख्ते पर लेट गया। किन्तु नींद नहीं आई। अधखुली आंखों से आसमान के बादल और चन्द्रमा की लुका–छिपी देखने लगा। यह डूबा, फिर हंसा। कान में पानी का हुंकार सुनाई पड़ने लगा। मुझे एक कहानी याद आ गई। मैं उस दिन कुछ भूलकर मेघ और चन्द्रमा में कैसे फंस गया था।

उस प्रकार तन्मय होकर चन्द्रमा देखने की अवस्था न थी। बड़े–बूढ़े लोग सब देख, सुन और समझकर कहा करते हैं कि बादल और चांद कुछ नहीं, मिथ्या हैं, वास्तव में जो कुछ है, वह अपना मन है। जिसे वह जो कुछ दिखलाता है, विभोर होकर वह केवल वही देखता है। मेरी वही दशा थी। एक प्रकार की भयानक घटना में पड़कर कुशलता से बाहर आ जाने के बाद मेरा निर्जीव मन ऐसी ही शांत मूर्ति के अंदर आराम करना चाहता था।

इसी बीच दो घंटे बीत गये। अचानक मुझे मालूम हुआ कि चन्द्रमा बादलों में डूब गया है और दाहिनी ओर से बाईं ओर जाकर अपना मुंह निकाल रहा है। गरदन उठाकर देखा कि नाव उस पार जाने वाली ही है। मैं न तो कुछ बोलना चाहता था और न कुछ पूछना, इसलिए फिर चुपचाप लेट गया। आंखें चन्द्रमा का खेल देखने लगीं और कान सुनने लगे पानी का गर्जन। एक घंटा इसी तरह कट गया।

खस.....स् बालू की रेत से नाव टकरा गई। घबराकर मैं उठ बैठा। अरे, इस पार पहुंच गये! लेकिन यह कौन–सी जगह है? हम लोगों का घर यहां से कितनी दूर है? बालू के अम्बार के सिवा और कुछ दिखाई नहीं पड़ रहा है। कुछ और पूछने के पहले ही पास में कुत्तों का भूंकना सुनकर मैं सीधा होकर बैठ गया। अवश्य पास ही कहीं कोई गांव है।

इन्द्र ने कहा–'जरा बैठ श्रीकान्त! मैं यहीं जा रहा हूं। अब कुछ भय नहीं है तुम्हें। इस कगार के ऊपर ही मल्लाहों के मकान हैं।'

साहस की इतनी परीक्षा पास कर लेने पर यहां फेल होने की मेरी इच्छा न थी–खासकर किशोरावस्था, जिससे बढ़कर महान् विस्मयकारी दुनिया में और कुछ नहीं है। एक तो यों ही मनुष्य की मानसिक गतिविधि अज्ञेय होती है पर किशोर–किशोरी की किशोर–लीला बहुत दिन से रहस्यमय है। बुद्धि से काम न लेने के कारण किसी ने रुचि की दुहाई दी। किसी ने कोई बात न सुनी। तर्क–वितर्क के समूचे घेरे पार कर गए लोग। जो गए वे डूब गए, पागल हो गए, नाचकर, रोकर, गाकर सबको ऐक्य में पिरोकर संसार पागलखाना बनाकर छोड़ा।

तब जिन लोगों ने उन्हें गालियां दी थीं उन्होंने भी कहा–ऐसा रस का स्रोत अन्यत्र नहीं है। जिनकी रुचि का मेल इस लीला से

न मिलता था, उन्होंने भी स्वीकार किया कि सिवा इस पागल दल के कहीं भी ऐसा गाना सुनने को न मिला।

किन्तु जिसका आश्रय लेकर यह काण्ड हुआ वह सदैव पुरातन और चिर–नवीन है। वृन्दावन में होने वाली किशोर–किशोरी की उस सर्वांग सुन्दर लीला का पता किसने लगाया? उसकी तुलना में वेदांत तुच्छ है। मुक्तिफल उसकी तुलना में सागर की बूंद है। न तो किसी ने अब तक खोजा और भविष्य में न कोई खोज पायेगा। इसीलिए तो मैंने कहा कि मैं उस समय किशोर था। यौवनावस्था में तेज और दृढ़ता आई थी। उसका दम्भ अवश्य आ गया था। प्रतिष्ठा की इच्छा हृदय में जग चुकी थी। उस समय अपने मित्र के निकट कौन कायर बनना पसन्द करेगा? अतः तत्क्षण बोल उठा–'डरूंगा क्यों? अच्छा तो जाओ।' इन्द्र और कुछ अधिक न कहकर तेजी से चला गया।

ऊपर सिर पर अंधरे–उजाले की लुका–छिपी हो रही थी और साथ ही पानी का गर्जन–तर्जन भी। सामने रेती का किनारा था। यह कौन जगह है, यही सोच रहा था कि इन्द्र आ गया। 'श्रीकान्त, एक बात तुमसे कहने को लौट आया हूं। यदि कोई मछली मांगने आए तो देना मत, सावधान, कहे देता हूं। मेरे जैसा भी कोई आए तब भी मत देना। कहना, तुम्हारे मुंह में राख दूंगा–इच्छा हो तो ले जाओ। किसी को हाथ से उठाकर न देना।'

'क्यों भाई?'

'फिर आने पर बतलाऊंगा, पर सावधान!' कहते–कहते वह चला गया।

इस बार सिर से पैर तक के रोंगटे खड़े हो गए। मालूम होने लगा कि शरीर के प्रत्येक अंग से बरफ पिघल कर पानी निकल रहा है। एकदम बच्चा तो था नहीं जो इस संकेत का अर्थ न समझता। मेरे जीवन में ऐसी और घटनाएं घट चुकी थीं। उनकी तुलना में

यह घटना समुद्र के आगे गो–खुर के गढ़े में पानी के समान थी। फिर इस रात की यात्रा में जितना डर लगा, उसका चित्रण शब्दों में नहीं किया जा सकता। मालूम हुआ कि मारे डर के होशहवास गुम हो जायेंगे। बार–बार जान पड़ता था कि कोई उस पार से झांक रहा है। ज्यों ही तिरछी नजर से मैं देखता हूं, वह छिप जाता है।

समय कट नहीं रहा था। मानो इन्द्र को गये हुए कई युग बीत गए। वह लौटकर आ नहीं रहा है।

ऐसा जान पड़ता कि किसी मनुष्य की आवाज सुनाई पड़ रही है। जनेऊ को अंगूठे में सौ बार लपेट कर सुनने लगा–मुंह नीचा करके। आवाज साफ मालूम पड़ने लगी। दो–तीन आदमी बातचीत करते जान पड़े। एक इन्द्र था और दो हिन्दुस्तानी। वे चाहे जो हों, पर मैंने बखूबी देख लिया कि उनकी छाया चांदनी में पड़ रही है कि नहीं। क्योंकि मैं लड़कपन से ही जानता था कि भूतों की छाया चांदनी में नहीं पड़ती है।

आ–यह है छाया! अस्पष्ट, पर फिर भी छाया। उस दिन दुनिया के किसी आदमी को कोई चीज देखने पर शायद ही उतना संतोष हुआ हो, पाया हो या न पाया हो, पर दृष्टि का चरम आनन्द इसे ही कहते हैं। यह आज मैं दावे के साथ कह सकता हूं। जो आया उसने तेजी से मछलियों को कपड़े में बांध लिया और उसके बदले इन्द्र के हाथ में कुछ रख दिया। 'खन्' की आवाज ने उसका परिचय मुझे दे ही डाला।

इन्द्र ने नाव खोल दी पर बहाव में नहीं। धारा के पास ही बहाव के विरुद्ध वह धीरे–धीरे नाव खेने लगा।

मैं चुपचाप रहा। उस समय मेरे मन में उसके प्रति घृणा और क्षोभ की भावना भर रही थी। पर यह क्या? अभी तो मैं उसे लौटते देख हृदय से लगाने के लिए अधीर हो उठा था।

हां, मनुष्य का स्वभाव ही ऐसा होता है। थोड़ी–सी त्रुटि देखते ही पहले की बात भूल जाते कितनी देर लगती है। छिः! इसने इस प्रकार रुपये लिए। मछली चुराना अब तक मेरे विचार में चोरी न थी। बचपन में रुपये–पैसे की चोरी को ही चोरी कहते हैं। और सब, अन्याय होते हुए भी चोरी नहीं है। ऐसी अद्‌भुत धारणा प्रायः सभी लड़कों की होती है। यदि ऐसा न होता तो सारी वीरता, सारा पौरुष एक क्षण में ही तृण की तरह झड़ नहीं जाता। वह मछलियों को गंगा में फेंक देता या और कुछ करता—पर रुपयों से उसका संबंध न होता, तो यदि कोई मछली पकड़ने की बात को चोरी कहता तब शोध से पागल हो उसका सिर फोड़ देता। वास्तविक सजा भी यह होती। पर छिः! यह क्या? यह काम तो जेलखाने के कैदी करते हैं।

इन्द्र ने कहा—'तुझे जरा भी भय नहीं लगा। क्यों रे श्रीकान्त?'

मैंने संक्षेप में उत्तर दिया—'नहीं।'

इन्द्र ने फिर कहा—'लेकिन तेरे सिवा वहां और कोई न बैठता, यह जानता है। मैं तुम्हें बहुत प्यार करता हूं। मेरा ऐसा मित्र और कोई नहीं है। अब मैं जब–जब आऊंगा, केवल तुझे ही लाऊंगा।'

मैं चुप रहा। उसके मुंह पर चन्द्रमा का प्रकाश पड़ रहा था। प्रकाश में चेहरे पर जो भी दीख पड़ा उससे फौरन मेरे सारे कुभाव भूल गए। मैंने पूछा—'अच्छा इन्द्र, तुमने कभी उन सबों को देखा है?'

'किनको?'

'वे ही—जो मछली मांगने आते हैं?'

'नहीं भाई। अभी तक देखा तो नहीं, मगर लोगों को कहते हुए सुना है।'

'तुम यहां अकेले आ सकते हो?'

इन्द्र ने हंस कर कहा—'मैं तो सदा अकेला ही आता हूं।'

'डरते नहीं?'

'नहीं। राम–नाम जप लेता हूं। फिर वे नहीं आते किसी प्रकार।' जरा ठहर कर बोला–'राम नाम कोई मामूली चीज है! राम का नाम लेते–लेते यदि तू सांप के मुंह में भी समा जाय तो भी तेरा कुछ न होगा। देखना कि सब मारे भय के राह छोड़–छोड़कर भाग गये हैं। परन्तु भय से काम नहीं होता। वे अन्तर्यामी हैं। जानते हैं कि वे चालाकी कर रहे हैं।'

रेती का किनारा समाप्त होते ही कंकड़ों का किनारा आरंभ हुआ। उस पार की तुलना में इस पार पानी कम था बल्कि यहां धारा उलटी जाती हुई मालूम पड़ी। इन्द्र ने लग्गी हाथ में उठा ली और बोला–'सामने जो जंगल जैसा दिखाई दे रहा है, उसी से होकर हम लोगों को जाना पड़ेगा। मैं वहां थोड़ी देर के लिए उतरूंगा। जाऊंगा और वापस लौट आऊंगा।'

अनिच्छा से मैंने कहा–'अच्छा।' नहीं कहने का रास्ता तो मैं स्वयं बन्द कर चुका था। इन्द्र भी मुझे निर्भीक जानकर निश्चिन्त हो गया था। परन्तु यह बात मुझे अच्छी न लगी। जंगल में अंधकार दीख पड़ा। अभी राम–नाम का माहात्म्य सुन चुका था। पर अंधियारे में बरगद के नीचे डोंगी पर बैठे राम–नाम की महत्ता की परीक्षा करने का साहस मुझे नहीं हुआ। सारे शरीर में कंपकंपी पैदा हो गई। मछलियां तो नहीं थीं, मछली मांगने वाले न आते, पर उन लोगों का लोभ केवल मछलियों तक ही है इसे कौन जानता है? आदमी की गरदन पकड़कर खून पीने का इतिहास भी तो सुना है।

बहाव अनुकूल था। इसलिए डोंगी खेने से आगे बढ़ने लगी। कुछ दूर आगे आते ही दक्षिण के झाऊ और बांस के पेड़ हम दोनों साहसी मानव बालकों को देख रहे थे। उनमें से कितने तो मानो आगे जाने को मना कर रहे थे। बाईं ओर से ऊंचे कंकरीले किनारों

पर उगे उनके जात–बिरादरी वाले भी उसी तरह देखकर मना कर रहे थे। यदि मैं अकेला होता तो उनकी बात मान लेता। लेकिन हमारे कर्णधार के एक 'राम–नाम' के सामने उनकी सारी प्रार्थनाएं बेकार हुईं। दाहिनी ओर का टीला अधिक बड़ा होने के कारण एक छोटी झील–सी मालूम पड़ रहा था। केवल उत्तर की तरफ का मुंह खुला था। मैंने पूछा—'नाव बांधकर ऊपर जाने का रास्ता तो है नहीं, तुम कैसे जाओगे?'

इंद्र ने कहा—'इस बाग के पास एक छोटा–सा घाट है।'

कुछ देर से हवा में एक प्रकार की दुर्गन्ध आ रही थी। ज्यों–ज्यों आगे बढ़े त्यों–त्यों दुर्गन्ध भी बढ़ी। वायु के एक झोके के साथ वह दुर्गन्ध इतनी विकट हो गई कि असह्य–सी लगी। नाक को कपड़े से मूंदकर मैंने कहा—'अवश्य ही कुछ सड़ गया है इंद्र!'

इंद्र ने कहा—'मुरदे हैं। आजकल भयंकर हैजा फैला है। सब लाशें नहीं जलाई जातीं। मुंह से आग लगाकर फेंक दी जाती हैं। कुछ सियार–कूकुर खाते हैं और कुछ सड़ती हैं। उन्हीं की यह दुर्गन्ध है।'

'कहां फेंक दिये जाते हैं भाई?'

''यहां से लेकर वहां तक। यों तो सब श्मशान ही है। जहां जी में आया, फेंक देते हैं। बरगद के नीचे वाले घाट पर स्नान कर घर चले जाते हैं। दूर! भय किसका रे? सियार लड़ रहे हैं। अच्छा, आ मेरे पास बैठ जा।'

मेरे कण्ठ से आवाज न निकली। किसी प्रकार सिमटकर उसकी गोद के निकट बैठ गया। क्षण–भर में ही वह मुझे स्पर्श करते हुए हंसकर बोला—'भय क्या है श्रीकान्त? कितनी ही रातों में मैं यहां अकेला आ गया हूं। तीन बार राम–नाम लेने से किसका साहस है जो पास आए?'

उसके छूने से मेरे शरीर में चेतना आई। अस्फुट स्वर में बोला—'तुम्हारे पैरों पड़ता हूं। यहां कहीं मत उतरो। सीधी राह चलो।'

वह फिर कंधे पर हाथ रखकर बोला—'नहीं श्रीकान्त, एक बार वहां जाना ही पड़ेगा। बिना रुपये दिये काम न चलेगा। वे लोग बैठे राह देख रहे होंगे। मैं तीन दिन से नहीं आ सका था।'

'रुपये कल दे देना भाई।'

'नहीं भाई, ऐसी बात न कहो। तू भी मेरे साथ चल। पर किसी से यह बात कहना नहीं।'

मैंने धीरे से कहा—'ना' और पत्थर की तरह चुपचाप बैठा रहा। गला सूखकर काठ हो गया था। पर हिलने—डुलने या हाथ बढ़ाकर पानी पी लेने की शक्ति नहीं थी।

पेड़ की छाया में पहुंचते ही वह घाट दीख पड़ा। हमें जहां नीचे उतरना था, वह स्थान चन्द्रमा के मलिन प्रकाश में भी खूब चमक रहा था, क्योंकि ऊपर कोई पेड़ न था। यह देखकर मुझे दुःख में भी सुख का अनुभव हुआ। घाट के कंकड़ों के धक्के से डोंगी को बचाने के लिए इन्द्र उसके मुंह पर आकर बैठ गया था। किनारे लगते ही वह फांद गया और भय के मारे उसके मुंह से 'उफ्' शब्द निकला। मैं भी उसके पीछे था। इसलिए हम दोनों की दृष्टि एक साथ ही पड़ी। वह नीचे था, मैं नाव पर।

अकाल—मृत्यु पहले कभी मेरे सामने हृदय—द्रावक रूप में न आई थी। वह दुःख का कारण होती है। इस प्रकार यदि इसे लोग न देखें तो दूसरी प्रकार से इसका ज्ञान नहीं हो सकता। झनझन करती भयानक रात। चारों ओर अंधकार और सन्नाटा। बीच—बीच में झाड़—झंकार के बीच सियारों का लड़ना—झगड़ना, पेड़ पर बैठे हुए पक्षियों के पंखों की आवाज और पानी की हरहराहट सुनाई पड़ना।

हम दोनों चुपचाप, इस परिस्थिति में उस महाकरुण दृश्य को देख रहे थे। एक छः–सात वर्ष का मोटा–ताजा गोरा लड़का, उसका सब धड़ पानी में केवल सिर घाट पर। मालूम होता था कि सियार उसे निकाल ही रहे थे किन्तु हम लोगों के एकाएक आ जाने के कारण कहीं प्रतीक्षा कर रहे होंगे। तीन–चार घण्टे पहले ही वह मरा था। मालूम होता था कि वह बेचारा हैजे की यातना भोगकर गंगा माता की गोद में सोने आया था। मां बड़ी सावधानी से सुकुमार बच्चे को गोद से उतार कर बिछावन पर सुला रही थी। कुछ पानी में और कुछ बाहर पड़े हुए बालक के शरीर पर हमारी आंखें पड़ीं।

मुंह ऊपर उठाकर देखा कि इंद्र की आंखों से बड़ी–बड़ी आंसू की बूंदें टपक रही हैं। उसने कहा–'तू घाट पर खड़ा हो जा श्रीकान्त! मैं इस बेचारे को डोंगी में रखकर टीले के उस झाऊ के जंगल में रख आता हूं।'

उसकी आंखों में आंसू देखकर मेरी आंखें भर आईं। यह सच है, किन्तु उसे छूने के प्रस्ताव से सकुचा गया। दूसरों के दुःख से दुःखी होकर आंसू बहाना सहज नहीं है, यह मैं स्वीकार करता हूं; परन्तु दुःख में अपने दोनों हाथ बढ़ाकर जुट जाना जरा कठिन है। उस समय छोटे और बड़े कितने ही स्थानों से खिंचाव पड़ता है। एक तो मैंने संसार की सर्वश्रेष्ठ हिन्दू जाति के घर जन्म ग्रहण किया, वशिष्ठ का वंशधर कहलाया और जन्मगत संस्कारों के फेर में पड़कर मुरदा छूने को भीषण काम समझा। दूसरे और न जाने कितनी शास्त्रीय बाधाएं हैं और कितने कर्मकाण्ड की घटाएं हैं। इसके बाद भी वह किस रोग से मरा है–किसका लड़का है–किस जाति का है और मरने के बाद यह छोकरा ठीक–ठीक प्रायश्चित कर निकाला गया कि नहीं–इत्यादि बातों का पता लगाये बिना इसे कैसे छुआ जाय?

कुण्ठित स्वर से मैंने पूछा—'किस जाति का मुरदा है—तुम छुओगे?' इन्द्र ने आगे बढ़कर एक हाथ गरदन में लगाया और दूसरा हाथ घुटनों के नीचे रखकर उसे उठा लिया—'नहीं तो बेचारे को सियार नोच—नोचकर खा डालेंगे? मुंह से अभी तक दवा की गन्ध आ रही है रे।' जिस जगह मैं लेटा था उसी जगह उसे लिटा दिया और नाव को ठेलकर स्वयं भी चढ़ गया। 'मुरदे की भी जात होती है रे?' उसने कहा।

मैंने तर्क किया—'क्यों नहीं होती?'

इन्द्र ने कहा—'और यह जो मुरदा है। मुरदे की और क्या जात हो सकती है? यह तो हमारी डोंगी जैसा है। इसकी क्या जात है? आम या जामुन चाहें जिस लकड़ी की बनी हो, इसे डोंगी छोड़ कोई आम या जामुन नहीं कहेगा, समझ गया न? यह भी इसी प्रकार है।'

उदाहरण निरे बच्चों का—सा था। परन्तु यह भी इन्कार करते नहीं बनता कि यह कथन अपने में एक प्रखर सत्य छिपाये हुए है। बीच—बीच में ऐसी खरी बातें वह कह जाता था। मैंने बहुत बार सोचा कि बिना शिक्षा पाये, बल्कि प्रचलित शिक्षा—संस्कारों को तोड़कर इन तत्वों को कैसे प्राप्त किया इसने? आयु बढ़ते—बढ़ते इसका उत्तर मुझे मिल गया। कपट तो इन्द्र में था ही नहीं। उद्देश्य को छिपाकर कोई काम करना वह नहीं जानता था। जान पड़ता था कि किसी अज्ञात नियम के अनुसार वह संसार—व्यापी सत्य को अपनी आत्मा से एक कर देता था। वह अपनी सरल बुद्धि से बिना किसी सुचतुर गुरु की आशा किये प्रत्येक काम को अच्छी तरह जान लेता है। वास्तव में अकपट सहज बुद्धि ही संसार की सर्वश्रेष्ठ बुद्धि है। इसके ऊपर तो कुछ भी भली प्रकार देखने पर मिथ्या नाम की कोई चीज भी संसार में नहीं जान पड़ती। मिथ्या तो आदमी के समझने और समझाने का फल है। सोने को पीतल कहना भी मिथ्या ही है

और कहलवाना भी, यह मैं जानता हूं। पर उससे सोने और पीतल का क्या बनता–बिगड़ता है? तुम्हारी जो इच्छा हो मानो। वह जो है वही रहेगा। उसे सोना बतलाकर सन्दूक में बंद करने पर भी उसके वास्तविक मूल्य में वृद्धि न होगी और पीतल कहकर ठुकरा देने से भी उसका मूल्य नहीं घटेगा। उस दिन भी वह पीतल था और आज भी पीतल है। तुम्हारी मिथ्या के लिए तुम्हें छोड़कर न तो कोई उत्तरदायी है और न उस पर कोई भ्रूक्षेप ही करेगा। इस ब्रह्माण्ड का कण–कण सत्य है। यदि मिथ्या का कहीं अस्तित्व है तो वह मनुष्य के मन के सिवाय और कहीं नहीं। यदि ग्रन्थ ने इस असत्य को जानते हुए अपने हृदय में स्थान न दिया तो आश्चर्य की कौन–सी बात है?

किंतु यह बात उसके लिए विचित्र नहीं थी और दूसरों की बात मैं नहीं जानता। ठीक इसी बहाने अपने जीवन के एक अनुभूत प्रमाण के उल्लेख करने का लोभ मैं नहीं रोक सकता। इस घटना के दस–बारह साल पहले एक तीसरे पहर समाचार मिला कि एक बूढ़ी ब्राह्मणी उस मुहल्ले में सवेरे से मरी पड़ी है। उसकी शिया के लिए लोग नहीं जुटते थे। नहीं जुटने का कारण था कि वह बुढ़िया, काशी से लौटते समय बीमार पड़ी, रेल से उतरकर एक साधारण परिचय वाले व्यक्ति के घर में दो दिन रहकर मर गई और वे विलायत से लौट आने के कारण जातिच्युत कर दिये गये थे। बुढ़िया का यही कसूर था कि वह नितांत निरुपाय अवस्था में एक जाति से निकाले हुए के घर में मरी थी।

लाश फूंकने के दूसरे दिन देखा गया कि हर एक घर का किवाड़ बंद है। सुना गया कि कल रात में हरिकेन लालटेन लेकर पंचों के घर–घर जाकर निश्चित कर दिया कि यह दाह–कर्म शास्त्रविरुद्ध हुआ है इसलिए इन कुलांगारों के सिर मुड़ाना होगा, अपराध मानना होगा और एक ऐसी चीज सबके सामने खानी

पड़ेगी जो पवित्र होते हुए भी भोज्य नहीं है। उन्होंने प्रत्येक घर में स्पष्ट कह दिया कि इनमें उन लोगों का कुछ हाथ भी नहीं। वे जीवन–पर्यन्त ऐसा अशास्त्रीय काम समाज में नहीं होने देंगे। हम लोग विवश होकर डॉक्टर बाबू की शरण में गये। उस समय वे ही शहर के सर्वश्रेष्ठ चिकित्सक थे और बिना रुपये–पैसे के बंगालियों का इलाज करते थे। हम लोगों की कहानी सुनकर डॉक्टर बाबू शोध से बोले–'जो लोग दूसरों को सताते हैं उनके घर में यदि कोई बिना दवा के मरता रहे तो मैं आंख उठाकर भी न देखूं। न जाने किसने वह बात पंचों तक पहुंचा दी। संध्या होते ही सुना कि सिर मुंडाने की आवश्यकता अब नहीं रही। केवल अपराध स्वीकार कर पवित्र वस्तु खा लेने से ही काम चल जायेगा। हमारे अपराध न स्वीकार करने पर सुबह सुना गया कि अपराध स्वीकार करना ही पड़ेगा। वह न खायें तो न सही। इसे भी अस्वीकार करने पर सुना गया कि यह हम लोगों का पहला अपराध है इसलिए क्षमा किया जाता है। प्रायश्चित स्वीकार करने की भी आवश्यकता नहीं रही। किन्तु डॉक्टर साहब बोले–'प्रायश्चित की आवश्यकता नहीं रही। पर दो दिन तक लोगों को जो कष्ट दिया गया उसके लिए प्रत्येक आदमी आकर जब तक क्षमा नहीं मांगेगा तब तक किसी के यहां नहीं जाऊंगा। संध्या समय डॉक्टर साहब के यहां सब पंच एक–एक करके आये। आशीर्वाद देकर उन्होंने जो कहा मैं उसे नहीं जानता, परन्तु दूसरे दिन डॉक्टर साहब का शोध ठण्डा हो गया और हम लोग भी प्रायश्चित करने से बच गए।

जाने दो। क्या कहना था, क्या कह गया। किन्तु वह जो भी हो, मैं निश्चित रूप से जानता हूं कि इसी नाम–धामहीन विवरण में वे पूर्ण सत्य प्राप्त कर लेंगे। मेरे कहने का मूल विषय यह है कि इन्द्र को इसी उमर में सत्य का साक्षात्कार हो गया था। बड़े–बड़े समाजपति उसका कोई तत्त्व न पा सके थे और यदि डॉक्टर साहब

उस दिन उन लोगों की दवा शास्त्र ज्ञान से नहीं कर देते तो उनका रोग दूर होता या नहीं, ईश्वर ही जाने।

टीले पर झाऊ के पेड़ों के बीच इन्द्र ने ममतापूर्वक उस अनजान बालक को रख दिया तब रात्रि अधिक न थी। कुछ देर तक वहीं उस लाश की ओर माथा झुकाए खड़ा रहा और सिर उठाकर देखा तो उसका मुंह धूमिल चांदनी में मलिन दिखाई पड़ा। उससे साफ प्रकट हो रहा था कि मानो कोई कान खड़ाकर किसी की राह देख रहा हो।

मैं बोला—'इन्द्र, अब चलो।'

इन्द्र अन्यमनस्क भाव से बोला—'कहां?'

'अभी जहां तुम चलने को कह रहे थे।'

'ठहरो, आज नहीं जाऊंगा।'

मैं खुश होकर बोला—'अच्छा भाई, यही ठीक है। अब घर चलो।'

प्रत्युत्तर में उसने पूछा—'हां रे श्रीकान्त, मरने पर आदमी का क्या होता है, तुझे ज्ञान है?'

मैंने फौरन कहा—'नहीं भाई, मैं नहीं जानता। तुम घर चलो। वे सब स्वर्ग जाते हैं। भाई! तुम्हारे पैरों पड़ता हूं, मुझे घर पहुंचा दो।'

इन्द्र ने कुछ न सुना—सब तो स्वर्ग नहीं जाते हैं। इसके अतिरिक्त कुछ समय तक सबको यहीं रहना पड़ता है। देखो, जब मैं उसे जल में सोते देखा, उसने चुपके से कहा—'भैया!' मैं रोता हुआ कांपते हुए स्वर में बोला—'क्यों डरा रहे हो भाई!' मैं बेहोश हो जाऊंगा।' इन्द्र ने न तो कुछ कहा और न अभय ही दिया। धीरे–धीरे डांड़ लेकर नाव को वन से बाहर ले आया। नाव सीधी बहने लगी। दो–तीन मिनट तक चुप रहने के बाद गंभीर मीठे स्वर

में बोला—'श्रीकान्त, मन—ही मन राम—नाम जपो। वह नाव छोड़कर गया नहीं है, मेरे पीछे बैठा है।'

मैं उसी जगह मुंह फेरकर औंधा सो गया था। जब आंख खुली तब अन्धकार नहीं था। नाव किनारे लगी हुई थी। इन्द्र मेरे पैर के पास बैठा हुआ था—'अब थोड़ा चलना होगा श्रीकान्त, उठकर बैठ।'

4

पैर चलते नहीं थे—इस तरह गंगा में चलता-चलता लाल आंखें और सूखा मुंह लिये घर पहुंचा। एक भीड़-सी लग गई। यह आया! यह आया! करके सबके सब एक साथ बोल उठे।

यतीन प्रायः मेरे ही उमर का था। अतएव उसकी खुशी सबसे अधिक थी। वह कहीं से आया और 'आ गया श्रीकान्त—यह आ गया मंझले भैया!' इस प्रकार के प्रचण्ड स्वर से मेरे आने की बात घर भर में घोषित कर दी। अविलम्ब आदर से मुझे हाथ पकड़कर बैठक के पायदान पर खड़ा कर दिया गया।

वहां मंझले भैया गंभीर होकर पास करने की पढ़ाई पढ़ रहे थे। मुंह उठाकर उन्होंने मेरी ओर फिर देखा और पढ़ने लगे। बाघ जिस तरह शिकार प्राप्त कर लेने पर दूसरी ओर अवहेलना की दृष्टि से देखता है, यही हालत उनकी थी। दंड देने का इतना बड़ा अवसर उन्हें और कभी मिला था कि नहीं मुझे इसमें शक है।

एक मिनट तक चुप रहे। सारी रात बाहर बिता देने के कारण कान और गालों पर जो विपत्ति आने वाली थी उसे मैं समझता था, लेकिन अब अधिक देर खड़ा न रहा। उधर कर्मकर्त्ता को भी तो समय नहीं था।

हम लोगों के मंझले भैया को शायद आप इतनी जल्दी न भूल गये होंगे। वे वही हैं जिनके कठोर अनुशासन में हमलोग शाम को पढ़ रहे थे और क्षणभर के बाद 'ओं–ओं' शब्द से और दीवट उलट देने की चोट से दी रायल बंगाल टाइगर को भ्रम ले अनार के तले शरण लेनी पड़ी थी।

'जरा पत्रा तो देख दे सतीश, आज इस समय बैंगन खाना अच्छा है कि नहीं'–कहती–कहती बुआ ने ज्यों ही पास का दरवाजा खोलकर पैर रखा ज्यों ही मुझे देखकर अवाक् रह गईं। 'कब आया रे? कहां गया था? धन्य है तू–सारी रात नींद नहीं आई, सोचते–सोचते मर गई। इन्द्र के साथ चुपके से चला गया तो फिर दिखलाई ही नहीं पड़ा। खाने पीने की कुछ परवा नहीं–कहां था बोल रे अभागे? मुंह काला हो गया है, आंखें लाल हो गई हैं। कहीं बुखार तो नहीं आ गया है? जरा पास आ देखूं।' बुआ एक साथ ही इतने प्रश्न करने के पश्चात् खुद मेरे पास आकर सिर देखने लगीं। 'जो सोचती थी वही हुआ न! तुम्हें घर से भेज करके ही मैं दूसरा काम करूंगी। ऐसे सभी लड़कों को हाथ–पैर बांधकर जल बिछुआ लगा दिया, तभी ये लोग शान्त हो सकते हैं। घर चल, जाकर सो जा अभागे!' बैंगन खाने का प्रश्न वह भूल बैठीं। मेरा हाथ पकड़ कर अपनी गोद में खींच लिया।

मंझले भैया ने गम्भीर स्वर से कहा–'अभी वह न जायेगा।'

'यहां क्या करेगा? नहीं, इस समय इसका पढ़ना–लिखना नहीं होगा। बाद में कुछ होगा। पहले दो कौर खाकर थोड़ा सो रहेगा। मेरे साथ चल।' बुआ मुझे अपने साथ ले चलीं।

शिकार हाथ से निकला जा रहा था। मंझले भैया सब कुछ भूलकर जोर से चिल्ला उठे–'खबरदार, मत जाओ, श्रीकान्त!' बुआ चौंक उठीं। मंझले भैया की ओर देखकर बोलीं– 'सती......?' बुआ

गंभीर स्त्री थीं। घर भर उनसे डरता था। मंझले भैया भय के मारे सिट–पिटा गये। निकट ही बड़े भैया बैठे थे। यदि बात उनके कान तक गई तो अच्छा नहीं होगा।

हम लोग बुआ का स्वभाव सदा एक–सा देखते आ रहे थे। कभी किसी कारण से हल्ला–गुल्ला करके वे लोगों को इकट्ठा नहीं करती थीं। बहुत शोध होने पर भी वे जोर से न बोलती थीं। 'मालूम होता है कि वह तुम्हारे ही भय से खड़ा है। देखो सतीश, जब तब सुनती हूं कि तुम लड़कों को मारते–पीटते हो। आज से यदि तूने किसी पर हाथ छोड़ा और मुझे मालूम हुआ तो तुझे खंभ से बांधकर नौकर से बेंत लगवाऊंगी। बेहया, तू हर साल फेल होता है और दूसरों पर रौब जताता है। कोई पढ़े, चाहे न पढ़े, तू किसी से कुछ पूछ भी नहीं सकता है।' इतना कह, मुझे लेकर, वह जिस राह से आई थीं उसी राह से चली गईं। मंझले भैया मुंह काला किये बैठे रह गये। इस आदेश की अवहेलना करने वाला घर भर में कोई न था–यह बात मंझले भैया अच्छी तरह जानते थे।

बुआ मुझे अपने कमरे में ले गईं। मेरे कपड़े बदले। मुझे पेट भर गरम–गरम जलेबियां खिलाकर कमरे की सिकड़ी चढ़ा दी। 'तू मर जाय तो मेरे हाथ जुड़ा जाएं,' यह कह कर चली गईं।

कोई पांच मिनट के बाद छोटे भैया सावधानी से सिकड़ी खोलकर हांफते–हांफते आये और मेरे बिछावन पर सो गये। खुशी के मारे पहले तो कुछ न बोले पर थोड़ी देर के बाद दम लेकर फुसफुसाने लगे–'जानते हो, मंझले भैया को मां ने क्या हुक्म दिया है? हम लोगों के किसी काम में पड़ने की आवश्यकता अब उन्हें न रही। अब हम तुम एक कमरे में पढ़ेंगे–मंझले भैया दूसरे में। हम लोगों का पाठ अब बड़े भैया सुनेंगे। उनकी अब जरा भी परवा हम लोग नहीं करेंगे।' इतना कहकर उसने दोनों अंगूठों को इकट्ठा कर

घुमा दिया। यतीन भी पीछे से आकर खड़ा हो गया। वह अपनी करनी की उत्तेजना से अधीर हो उठा। छोटे भैया को यह खुशखबरी देकर वही यहां खींच लाया था।

पहले तो वह जोर से हंसा। हंसना रोककर बराबर अपनी छाती ठोकते हुए बोला—'मैं!! मैं!! मेरे ही कारण यह सब हुआ है। अगर मैं इसे मंझले भैया के पास खींचकर नहीं ले जाता तो ऐसी आज्ञा मां कैसे देतीं? छोटे भैया! तुम्हें अपना कलदार लट्टू मुझे दे देना पड़ेगा, तो बोलो, देते हो?'

'अच्छा, दिया। मेरे डेस्क में रखा हुआ है, ले आओ।'

ऐसा होता है आदमी की स्वतंत्रता का मूल्य। वैयक्तिक न्यायाधिकार पाकर इतनी प्रसन्नता होती है। आज मेरी समझ में आ रहा है कि बच्चे भी उसे कम नहीं समझते। मंझले भैया ने अग्रज होने के नाते जो छोटों के सारे अधिकारों पर अधिकार कर लिया था उसे प्राप्त कर छोटे भैया ने अपनी प्राणप्रिय चीज को निस्संकोच दे दिया। वस्तुतः मंझले भैया के अत्याचारों की सीमा न थी। रविवार की कड़ी दोपहरी में एक मील जाकर उनके ताश खेलने वाले मित्रों को बुला लाना पड़ता था। गरमी की छुट्टियों में दिन भर वे सोते रहते, पंखा चलाना पड़ता था। जाड़े के दिनों में जब वे रजाई में हाथ—पैर लपेटकर कछुए की तरह पढ़ते तब हम लोगों को पुस्तक के पन्ने उलटने पड़ते। यह सब अत्याचार था। किसी के पास शिकायत करने की हिम्मत न थी।

किसी प्रकार से भी यदि वे जान जाते तो तुरन्त आज्ञा देते—'केशव, तुम भूगोल तो ले आओ, पहले का पाठ सुनूंगा। यतीन, जाओ, झाऊ की एक अच्छी छड़ी तोड़ लाओ।' यानी पीटना जरूरी है। इसलिए यदि इन दोनों के आनन्द में भी होड़ हो रही, तो यह आश्चर्य की बात नहीं।

परन्तु आनन्द का विषय चाहे जितना हो, अब स्कूल जाने का समय हो गया था। मुझे ज्वर हो आया था, इसलिए कहीं जाना न था।

उसी रात को ज्वर चढ़ गया और सात–आठ दिन तक पड़ा रहा। कितने दिनों के पश्चात् स्कूल गया और कब इन्द्र से फिर भेंट हुई, यह याद नहीं है। इतना याद है कि बहुत दिनों बाद भेंट हुई उससे। उस दिन शनिवार था। स्कूल से सवेरे लौट आया था। गंगा में जल बढ़ने लगा था। उसी से लगे हुए एक नाले के पास वंशी लेकर मछली पकड़ने बैठा था। मैं कटिया डाल कर बैठा ही था कि टेंगरा मछली आई। बहुत से लोग मछलियाँ पकड़ रहे थे। एकाएक सरके की आड़ में एक आदमी को टपाटप मछलियां पकड़ते देखा। आड़ में होने के कारण आदमी तो नहीं दीखता था पर उसका मछली पकड़ना दिखाई दे रहा था। बहुत देर से वह स्थान मुझे पसंद नहीं था। सोचा, उसी के पास जाऊं। वंशी हाथ में लिए मैं घूमकर बैठना ही चाहता था कि वह बोला–'मेरी दाहिनी ओर बैठो। अच्छी तरह हो न श्रीकान्त?' हृदय धड़कने लगा।

तब भी उसका मुंह नहीं देख सका था, पर सोचा कि यह इन्द्र है। देह में मानो बिजली कौंध गई। उसके कण्ठ–स्वर से मेरे सारे अवयव सजग हो उठे। हृदय जोर–जोर से धड़कने लगा। किसी प्रकार भी मुंह से उत्तर नहीं निकला। यह बात लिख तो जरूर रहा हूं लेकिन इसे भाषा द्वारा प्रकट करना या दूसरों को समझाना असम्भव है क्योंकि व्यवहार में आने वाले ये मामूली वाक्य चंचल और उद्दाम हो रहे थे। हृदय का रक्त प्रवाहित हो रहा था, लेकिन उसे कितना समझाया जा सकता है। जो नहीं जानता है उसे मन की बात किस प्रकार समझाई जा सकती है। मैं ही उसे कैसे समझा सकता हूं और फिर वह समझे भी कैसे? जिसका मैं हर वक्त स्मरण करता था, कहीं उससे मिलन नहीं हो, इसी बीच मैं सूख कर कांटा

हो गया। उसने इस अनजान रूप में, मुझे देखते ही, अपनी बगल में बैठने का अनुरोध किया। उसके पास बैठने पर भी मैं कुछ कह नहीं सका।

इंद्र ने कहा—'उस दिन लौटने के पश्चात् तुम पर बड़ी मार पड़ी, न रे श्रीकान्त? मैंने तुम्हें ले जाकर अच्छा नहीं किया। मुझे उससे नित्य प्रति बहुत दुख होता है।' मैंने सिर हिलाकर कहा—'मार नहीं पड़ी।' इंद्र प्रसन्न होकर बोला—'नहीं पड़ी! तुम्हारे चले जाने पर मैंने काली माता को बार—बार पुकारा कि तुम्हें कोई न मारे। काली बड़ी जागृत देवी हैं।हृदय से पुकारने पर कोई नहीं मार सकता। मां उसे इस तरह से भुला देती हैं कि कोई कुछ करने नहीं पाता।' अब उसने वंशी को नीचे रखकर दोनों हाथ जोड़कर उन्हें प्रणाम किया। फिर वंशी में चारा लगाकर उसे पानी में फेंकते हुए बोला—'मैं नहीं समझता था कि तुझे ज्वर चढ़ आयेगा, नहीं तो उसे भी नहीं आने देता।'

मैंने धीरे—धीरे पूछा—'तुम क्या करते?' इन्द्र ने कहा—'कुछ नहीं, केवल जवाफूल काली जी के पैरों पर चढ़ा देता। जवाफूल उन्हें बहुत प्रिय हैं। यह सब लोग जानते हैं, तुम नहीं जानते हो?' मैंने पूछा—'तुम्हारी तबीयत तो ठीक रही थी?'

इन्द्र ने आश्चर्य से कहा—'मुझे? कभी कोई बीमारी नहीं होती। कभी कुछ नहीं होता।' एकाएक उद्दीप्त होकर बोला—'देखो श्रीकान्त, तुम्हें एक चीज बता देता हूं। यदि तुम दोनों वेला मन लगाकर देवी का नाम लिया करोगे तो तुम देखोगे कि वे तुम्हारे सामने आकर खड़ी हो गई हैं।

तब कोई तुम्हारा बाल भी न बांका कर सकेगा। तुझे खुद मालूम होगा। फिर मेरी तरह जहां जी चाहे जाओ, जो जी चाहे करो, कोई चिन्ता नहीं। समझे?'

मैंने सिर हिलाकर कहा—'ठीक है।' वंशी में चारा लगाकर उसे पानी में फेंक दिया। और पूछा—'अब तुम अपने साथ किसे ले जाते हो?'

'कहां?'

'उस पार मछली पकड़ने।'

इन्द्र वंशी को उठाकर अपने पास उसे सावधानी से रखते हुए बोला—'मैं अब नहीं जाता।'

उसकी बात सुनकर मुझे बहुत आश्चर्य हुआ। 'फिर एक दिन भी नहीं गये?'

'नहीं, एक दिन भी नहीं।' मुझे सिर की सौगन्ध देकर.....बिना बात पूरी किये ही इंद्र चुप रह गया।

उसके संबंध की यह बात मुझे कांटे की तरह चुभती रही। उस दिन का मछली बेचना कभी किसी कारण भूल नहीं सका था; इससे वह चुप हो रहा, पर मैंने पूछा—'किसने तुझे सिर की कसम दी भाई, तुम्हारी मां ने!'

'नहीं, मां ने नहीं,' इतना कहकर इंद्र चुप हो गया। फिर धीरे—धीरे वंशी में धागा लपेटता हुआ बोला—'श्रीकान्त, हम लोगों की उस रात की बात तूने किसी से कह तो नहीं दी?'

मैंने कहा—'नहीं। पर तुम्हारे साथ चला गया था, यह सब जानते हैं।'

इंद्र ने कुछ न पूछा। मैं समझ रहा था कि वह अब उठेगा। पर उठा भी नहीं, चुपचाप बैठा ही रहा। उसके मुंह पर सदा हंसी रहती थी परन्तु इस समय वह भी नहीं थी। मालूम होता था कि वह मुझसे कुछ कहना चाहता हो, पर कुछ कह न सका और बिना कहे रहा भी न जाता हो—इस तरह की अकुलाहट वह अनुभव कर

रहा था। आप लोग तुरन्त कहने लगेंगे—बाबू यह तो बिलकुल झूठी बात है। ऐसे मन्तव्य ढूंढ़ निकालने की आयु तो आपकी नहीं है। मैं भी इसे स्वीकार करता हूं। लेकिन आप लोग यह बिलकुल भूल जाते हैं कि मैं इंद्र को प्यार करता हूं। एक आदमी दूसरे आदमी की बात सहानुभूति और प्रेम से जान सकता है—बुद्धि और आयु से नहीं। दुनिया में जिसने जितना प्यार किया है उतना ही दूसरों के मन की भाषा उसके सामने व्यक्त हो गई है। यह अत्यन्त कठिन अन्तर्दृष्टि केवल प्रेम के जोर से ही प्राप्त की जा सकती है, और दूसरी प्रकार से नहीं। उसका प्रणाम देता हूं। इंद्र मुंह खोलकर कुछ बोलना चाहता था परन्तु न बोल सकने के कारण उसका मुंह लाल हो गया। जल्दी से सरके का एक डण्डा तोड़कर उसे पानी पर पटकते हुए बोला—'श्रीकान्त!'

'क्या है भाई?'

'तेरे—तेरे पास रुपये हैं?'

'हाँ, हैं।'

'कितने रुपये?'

'कितने रुपये? यही पांच—छः रुपये हैं। तुम लोगे?' मैं बड़ी प्रसन्नता से उसके मुंह की ओर देखने लगा। इतने थोड़े रुपये ही मेरे पास थे। इन्द्र के काम में आ जाने की अपेक्षा, इनका अधिक सदुपयोग मुझे न सूझा। पर इन्द्र प्रसन्न नहीं हुआ। उसका मुंह मारे लाज के अजीब—सा हो गया। कुछ देर चुप रहने के पश्चात् बोला—'लेकिन ये रुपये मैं तुम्हें लौटाऊंगा नहीं।'

'और मैं लौटवाना भी नहीं चाहता।' इतना कहकर मैं गर्व से उसके मुंह की ओर देखने लगा।

थोड़ी देर तक वह नीचे मुंह करके धीरे—से बोला—'मैं स्वयं नहीं चाहता। एक आदमी को देना है भाई, इसीलिए मैंने मांगा है।

वे बहुत दुखी हैं रे, खाना भी नहीं मिलता। तू वहां चलेगा?' तुरन्त उस रात की बात याद आ गई—'वे ही, जिन्हें तुम उस रात को रुपया देने नाव से उतर कर जा रहे थे?' इन्द्र अन्यमनस्क भाव से सिर हिलाते हुए बोला—'हां, वे ही। रुपये तो मैंने स्वयं बहुत दिए होते परन्तु दीदी लेना नहीं चाहतीं। तुम्हें भी एक बार चलना होगा श्रीकान्त, नहीं तो वे रुपये नहीं लेंगी? सोचेंगी कि मैं मां के सन्दूक से चोरी करके ला रहा हूं।'

'मालूम होता है, वे तुम्हारी दीदी हैं।'

इंद्र हंसकर बोला—नहीं, दीदी नहीं हैं। दीदी कहता हूं। चलोगे न?' मुझे मौन देखकर बोला—'वहां दिन में जाने से कुछ डर नहीं है। कल इतवार है; तुम खा—पीकर यहां ठहरे रहना, तुम्हें मैं लेता जाऊंगा और तुरन्त ही लौट आयेंगे। चलोगे न भाई?' इतना कहकर मेरा हाथ पकड़कर वह इस प्रकार देखने लगा कि नहीं कहना मेरे लिए असंभव हो गया। मैं दुबारा उसकी नाव पर आ जाने की प्रतिज्ञा कर घर चला आया।

वचन तो दे आया, पर वहां जाना कितना दुस्साहसिक है; यह मुझसे अधिक कोई न जानता था। उसी समय से मेरा मन भारी हो गया और रात में सोते समय भी समग्र अशान्ति का भाव फैल गया। सवेरे उठकर मैंने सबसे पहले सोचा कि जहां जाने की प्रतिज्ञा मैं कर चुका हूं वहां जाना हितकर नहीं है। किसी प्रकार अगर लोगों को मालूम हो गया तो लौटने पर जो सजा भोगनी पड़ेगी, उसकी कामना तो शायद मंझले भैया के लिए भी छोटे भैया न कर सकेंगे। खा—पीकर और पांच रुपये छिपाकर जब मैं घर से निकला तो बार—बार सोचा कि जाने में क्या बनता—बिगड़ता है। ठीक स्थान पर पहुंचकर देखा कि सरके की झाड़ी के नीचे नाव में बैठा इन्द्र मेरी प्रतीक्षा कर रहा है। आंख मिलते ही वह इस प्रकार से हंसकर बोला

कि न जाने की बात ही मुंह से न निकल सकी। सावधानी से उतर कर धीरे–धीरे नाव पर चढ़ गया। इन्द्र ने नाव छोड़ दी।

आज मन में आता है कि उस दिन भय से भाग न आया, यह मेरे बहुत जन्म के सत्कर्मों का फल था। उस दिन जो चीज मैं देख सका उसे देखना सारी पृथ्वी घूमने पर भी लोगों को भाग्य से ही मिलता है। मैं ही वैसी चीज कहां देख सका हूं? जीवन में भी ऐसा सुअवसर बार–बार नहीं आता। एक बार यदि आता है तो वह समस्त चेतना पर ऐसी गम्भीर छाप छोड़ जाता है कि उसके पश्चात् जीवन उसी तरह का हो जाता है। इसी से मैं स्त्री–जाति को कभी नीची दृष्टि से नहीं देखता हूं। बुद्धि से मैं जितना भी तर्क करूं–संसार में क्या पिशाचिनियां नहीं हैं? यदि नहीं तो राह–बाट में इतनी पाप की मूर्तियां किनकी दीख पड़ती हैं? सब यदि इन्द्र की हैं तो इतनी प्रकार के दुःख के नाले कौन बहाती हैं? तब भी न जाने क्यों मन में आता है कि यह उनका बाहरी रूप है, जिन्हें जब इच्छा हो उनके समान सती के आसन पर जाकर बैठ सकती हैं। मित्र मण्डली कहती है कि मेरा यह विचार जघन्य है, सोचने के लायक भ्रम है। मैं उनका भी प्रतिवाद नहीं करता हूं, यह मेरी युक्ति नहीं है। यह संस्कार है, संस्कार के मूल में जिस पुण्यवती का निवास है वह आज भी बची हैं या नहीं। यदि हैं भी तो कहां हैं, किस प्रकार हैं, उनकी खोज–खबर लेने की कोशिश मैंने कभी नहीं की है। परन्तु मन–ही–मन उन्हें कितनी बार प्रणाम किया है, यह भगवान ही जानते हैं।

श्मशान से उसी संकीर्ण घाट के पास, बरगद में, उससे डोंगी बांध दी और जब हम दोनों रवाना हुए तब भी काफी समय था। कुछ दूर जाने के बाद वन में दाहिनी ओर एक राह दीख पड़ी। इन्द्र उसी राह से भीतर चला। कोई दस मिनट चलने के बाद एक पर्णकुटी नजर आई। निकट आकर देखा कि रास्ता टाटी से बन्द है। इन्द्र ने सावधानी से बंधन खोल दिया और मुझे भीतर लेकर पुनः उसी तरह

इन्द्र नहीं पी सका। धीरे–धीरे नीचे रखकर कहा—'नहीं।' शाहजी ने साश्चर्य कारण पूछा, पर बिना उत्तर की प्रतीक्षा किए खुद उठाकर पीने लगा। समाप्त हो जाने पर उसे उलटकर रख दिया। इसके बाद दोनों आदमियों के बीच मीठे स्वर से कुछ बातचीत हुई। उसका अधिकांश तो मैं न सुन सका और न समझ सका। पर मैंने एक बात देखी कि शाहजी हिन्दी बोलते रहे। इन्द्र ने बंगला छोड़कर और किसी दूसरी भाषा का प्रयोग नहीं किया।

शाहजी का कण्ठ–स्वर धीरे–धीरे उत्तप्त होने लगा। देखते–देखते वह पागल की तरह गरज उठे। इन्द्र को लक्ष्य करके वह इस तरह गाली–गलौज करने लगा, जिसका कहना–सुनना व्यर्थ है। इन्द्र उसे सहन कर गया, पर मैं तो नहीं सह सकता था। उसके बाद वह बेड़े पर सिर रख कर सो गया। दोनों जनों को कुछ देर तक चुपचाप बैठे देखकर मैं अस्थिर होकर बोल उठा—'समय बीत रहा है। तुम वहां नहीं जाओगे?'

'कहां श्रीकान्त?'

'तुम्हें दीदी को रुपये देने हैं न!'

'दीदी के लिए ही तो बैठा हूं। यही तो उसका घर है।'

'यह तुम्हारी दीदी का घर है! यह तो सपेरा है—मुसलमान!' इन्द्र कुछ कहने को उद्यत हुआ, फिर उसे दबा दिया और चुप होकर मेरी ओर ताकने लगा। उसकी दृष्टि किसी भारी दुख से फीकी पड़ गई। थोड़ी देर बाद बोला—'एक दिन सब कहूंगा। सांप का खेल देखेगा, श्रीकान्त!'

उसकी बात सुनकर मैं अवाक् रह गया—'क्या तुम सांप सिखाओगे? अगर काट ले तब?' इन्द्र घर में जाकर एक छोटी झांपी और सपेरे की तूंबी ले आया। उसे सामने रखकर झांपी का ढक्कन खोलकर तूंबी फूंकने लगा। मैं डर के मारे काठ जैसा हो

गया। 'झांपी मत खोलो भाई, भीतर से यदि गोखुरा निकले तो?' इन्द्र ने उसका उत्तर देना आवश्यक नहीं समझा। उसने इशारे से ही बतला दिया कि गोखरे को खिला सकता है और दूसरे ही क्षण सिर हिला–हिलाकर तूंबी बजाते हुए उसने पिटारा का ढक्कन खोल दिया। फिर एक बड़ा गोखुरा सांप एक हाथ का फन काढ़कर खड़ा हो गया। अविलम्ब वह ढक्कन में जोर मारकर बाहर निकल गया–'बाप रे!' कहकर इन्द्र आंगन में उछल पड़ा। मैं बेड़े के ऊपर चढ़ गया। शुद्ध सर्पराज तूंबी पर एक चोट दे घर में घुस गया। इन्द्र ने मुंह फैलाकर कहा–'यह तो जंगली है। जिसे मैं खिलाता था, यह वह नहीं है।' भय, विरक्ति और शोध से मुझे रुलाई आ गई। मैंने कहा–'ऐसा काम क्यों किया था? वह कहीं जाकर शाहजी को काट ले तो?' इन्द्र की लज्जा की सीमा न थी। वह बोला–'घर की ठेकी लगा आऊं? अगर पास ही छिपा हो तब?' मैंने कहा–'निकलते ही तुम्हें काट लेगा?' इन्द्र ने निरुपाय होकर कहा–'काट लेने दो अभागे को। जंगली सांप घर रखता है साला गंजेड़ी। इसको जरा भी अकल नहीं है। यह दीदी आ गई। इधर मत आओ, मत आओ, उसी जगह खड़ी रहो।' मैंने गरदन घुमाकर इन्द्र की दीदी को देखा। वह मानो राख में छिपी आग थी। मालूम होता था कि युग–युग की तपस्या के पश्चात् अभी उठकर आई हो। बाईं ओर कमर पर सूखी लकड़ियों का एक गट्ठर था। दाहिने हाथ में फूलों की डाली की तरह कुछ साक–सब्जी। कपड़े हिन्दुस्तानी मुसलमान की तरह थे। गेरुए रंग में रंगे हुए मैले नहीं। मांग हिन्दुस्तानियों की तरह सिंदूर से भरी थी। लकड़ी के गट्ठर को नीचे रखकर ठेकी खोलती हुई बोली–'क्या?' इन्द्र बहुत ही व्यस्त होकर बोला–'खोलो न दीदी, तुम्हारे पैरों पड़ता हूं–'एक बड़ा सांप घर में घुस गया है।' मेरी ओर देखकर कुछ सोचने लगीं। इसके बाद जरा हंसकर शुद्ध बंगला में बोलीं–'सपेरे के घर में सांप घुसा है यह बड़े आश्चर्य की बात है

न श्रीकान्त?' मैं एकटक उनके मुंह की ओर देखता रहा—'किन्तु सांप कैसे घुसा?' इन्द्रनाथ बोला—'झांपी के भीतर से निकल गया। असली जंगली सांप है।'

'वे शायद सो रहे हैं?' इन्द्र ने जरा जोर से कहा—'गांजा पीकर बेहोश पड़े हैं। चिल्लाकर मर जाने पर भी नहीं उठेंगे।' वे हंसकर बोलीं—'और तुम इसी सुयोग से श्रीकान्त को सांप का खेल दिखाने चले थे न? अच्छा आओ, मैं पकड़े देती हूं।'

"तुम न जाओ दीदी, तुम्हें काट खाएगा। शाहजी को जगा दो—मैं तुम्हें नहीं जाने दूंगा।" यह कहकर इन्द्र हाथ पसार कर खड़ा हो गया। उसके इस व्याकुल कण्ठ—स्वर से जो आवाज निकली उससे वे निहाल हो गईं। क्षणभर में ही उनकी आंखें छलछला उठीं। उन्होंने उसे छिपाया और हंसकर बोलीं—'अरे पागल! इतना पुण्य तेरी इस दीदी ने नहीं किया है। वह मुझे नहीं काटेगा रे, अभी—अभी पकड़ लाती हूं।' इतना कहकर बांस के मंच पर से किरासिन की एक डिबिया जलाकर घर में घुसीं और एक मिनट में सांप को पकड़कर झांपी में बन्द कर दिया। इन्द्र चट से उनके पैरों पर गिर पड़ा। उन्हें नमस्कार किया। उनकी चरण—रज सिर में लगाकर बोला—'दीदी! अगर कहीं तू मेरी दीदी होती!' अपना दाहिना हाथ बढ़ाकर उन्होंने इन्द्र का चिबुक स्पर्श किया और अपनी अंगुली का चुम्बन किया। इसके बाद मुंह धोकर अलक्ष्य में मानो अपनी आंखें पोंछ लीं।

5

सारी बातें सुनकर इन्द्र की दीदी एकाएक दो बार सिहर उठीं। यदि इन्द्र उन्हें देखता तो अवश्य आश्चर्य करता। वह देख न सका, पर मैंने देख लिया। वे थोड़ी देर तक चुप रहकर स्नेहयुक्त तिरस्कार से बोलीं—'छिः भैया! ऐसा काम फिर कभी न करना। इन भयानक जन्तुओं से खेल किया जाता है? तुम्हारे भाग्य से उसने झांपी पर ही फन मारा, नहीं तो आज गजब हो जाता।'

''मैं क्या इतना मूर्ख हूं दीदी!' कहकर इन्द्र अपनी धोती का छोर खींचकर कमर में सूत से बंधी एक सूखी जड़ी दिखलाकर बोला—'यह देखो दीदी, कितनी सावधानी से बांध रखा है इसे? यह न रहती तो आज वह मुझे बिना काटे न छोड़ता। शाहजी से इसे लेने में मुझे कम कष्ट नहीं उठाना पड़ा। इसके पास रहने से मुझे कोई सांप काट नहीं सकता; और यदि काट भी ले तो क्या होगा? तुरन्त शाहजी को उठाकर जहरमुहरा लगा देना। अच्छा दीदी, जहरमुहरा कितनी देर में सारा विष खींच लेता है? आध घण्टे में? एक घण्टे में? नहीं इतना समय नहीं लगता होगा दीदी।'

पर दीदी उसी तरह चुपचाप देखती रही। इन्द्र उत्तेजित होकर बोला—'दीदी, आज मुझे एक जहरमुहरा देना। तुम्हारे यहां

तो दो–दो, तीन–तीन धरे रहते हैं और मैं कितने दिनों से मांग रहा हूं।' इतना कहकर वह बिना उत्तर की प्रतीक्षा किये ही बोल उठा–'तुम लोग मुझे जो कहते हो, वही करता हूं और तुम लोग केवल झांसा–पट्टी देकर आज, कल, परसों कह देते हो, यदि नहीं देना है तो साफ क्यों नहीं कर देते? मैं फिर न आऊंगा–जाओ।'

उसकी दीदी के चेहरे पर व्यथा और लज्जा के चि दिखाई पड़ने लगे। इन्द्र उसे नहीं देख सका पर मैंने देख लिया। किन्तु कुछ देर बाद अपने सूखे मुंह पर बरबस हंसी लाकर बोलीं–'हां इन्द्र, तू अपनी दीदी के घर केवल सांप, मन्त्र और जहरमुहरे के लिए आता है?'

इन्द्र ने निस्संकोच होकर कहा–'नहीं तो और किसलिए?' सोते हुए शाह जी को तिरछी दृष्टि से देखकर कहा–'किंतु ये केवल मुझे झांसा देते हैं, इस दिन नहीं उस दिन। वही जो झाड़ने का मंत्र दिया था उसके बाद कुछ नहीं देना चाहते। पर आज मुझे मालूम हो गया दीदी, तुम भी कम नहीं, तुम भी सब जानती हो। उनकी अब और खुशामद नहीं करूंगा दीदी, तुम से सब मन्त्र ले लूंगा।' अब उसने मेरी ओर देखा और शाहजी को लक्ष्य कर आदर से कहा–'शाहजी गांज–वांजा अवश्य पीते हैं श्रीकान्त, परन्तु तीन दिन के मुर्दे को भी आध घण्टे में ही जिला कर खड़ा कर देते हैं–इतने बड़े गुरु हैं ये! हां दीदी, क्या तुम भी मुर्दे को जिला देती हो?'

दीदी कुछ देर तक चुप रहीं। फिर एकाएक खिलखिला पड़ीं। कितनी मीठी हंसी थी! इस तरह हंसते आज तक मैंने बहुत कम आदमियों को देखा है। किन्तु दूसरे ही क्षण वह हंसी मानो काले बादलों में समा गई।

किन्तु इन्द्र ने उस ओर ध्यान नहीं दिया, और वह दीदी के गले पड़ गया। वह हंसकर बोला–'मैं जानता हूं, तुम्हें सब आता है किन्तु

एक–एक करके सभी विद्याएं सिखानी पड़ेंगी। बोलो, सिखलाओगी? मैं जितने दिन जिन्दा रहूंगा, तुम्हारा दास रहूंगा। कितने मुर्दे तुमने जिलाए हैं दीदी?'

दीदी बोलीं–'मैं तो मुर्दे जिलाना नहीं जानती इन्द्रनाथ!'

इन्द्र ने प्रश्न किया–'शाहजी ने तुम्हें यह नहीं सिखलाया है?' दीदी ने गरदन हिलाकर कहा, 'नहीं।' इन्द्र कुछ देर तक उसके मुंह की ओर देखता रहा, फिर गरदन हिलाकर बोला–'यह विद्या क्या कोई इतनी जल्दी देना चाहता है दीदी! अच्छा, कौड़ी चलाना तो तुम अवश्य ही जानती होगी?'

दीदी बोली–'कौड़ी चलाना किसे कहते हैं, यह भी नहीं जानती भाई!'

इन्द्र को विश्वास नहीं हुआ। उसने कहा–'हुश्! जानती क्यों नहीं! 'दूंगी नहीं' यह कह दो।' मेरी ओर घूम कर बोला–'कौड़ी चलाना कभी देखा है श्रीकान्त! दो कौड़ियां मंत्र पढ़कर छोड़ दी जाती हैं। सांप जहां भी होता है उसके सिर पर चिपककर वे दस कोस से भी ले आती हैं। इतना होता है मन्त्र का जोर! अच्छा दीदी, घर बांधना, देह बांधना, धूल पढ़ना यह सब तो जानती हो न? यदि नहीं जानतीं तो इस तरह सांप कैसे पकड़ लेतीं?' इतना कहकर वह उत्तर पाने के लिए दीदी के मुंह की ओर देखने लगा।

दीदी बहुत देर तक सिर झुकाए खड़ी–खड़ी न जाने क्या सोचती रहीं। फिर मुंह उठाकर धीरे–धीरे बोलीं–'तुम्हारी दीदी के पास ये विद्याएं कानी कौड़ी की भी नहीं है। किन्तु क्यों नहीं है, सो यदि तुम लोग विश्वास करो तो मैं सारी बातें कहकर हृदय का बोझ हल्का कर लूं। बोलो, मेरी बातों पर विश्वास करोगे?'

मैं अभी तक चुप था। इस बार बोल उठा–'तुम्हारी बातों पर विश्वास करूंगा दीदी! जो कहोगी, सब पर।'

वह मेरी ओर देख, हंसकर बोलीं—'विश्वास क्यों न करोगे भाई! तुम लोग भले आदमी के लड़के ठहरे। जो नीच होते हैं वही दूसरों की बात पर अविश्वास करके भय से दूर भागते हैं।'

उस समय संध्या का अंधकार हटकर चांदनी छिटक गई थी। उसका प्रकाश पेड़ की डालों और पत्तों से छनकर पृथ्वी पर पड़ रहा था।

थोड़ी देर चुप रहने के पश्चात् दीदी एकाएक बोल उठीं—'इन्द्रनाथ, मन करता है कि अपनी सारी कहानी तुम लोगों को आज ही सुना दूं। किन्तु वह समय अभी नहीं आया है। पर मेरी इस बात पर अवश्य विश्वास कर लो कि हम लोगों का सारा काम धोखे का है और तुम झूठी आशा में पड़कर शाहजी के पीछे न पड़ो। हम लोग न तो मन्त्र—तन्त्र जानते हैं और न मुरदे को जिलाते हैं। कौड़ी डालकर सांप भी नहीं बुलाते। और कोई कर सकता है कि नहीं, यह भी नहीं जानती।'

न जाने क्यों इतनी थोड़ी देर के परिचय में मैंने उसकी सभी बातों का विश्वास कर लिया; लेकिन इतना घनिष्ठ परिचय रहते हुए भी इन्द्र विश्वास न कर सका। वह शोधित होकर बोला—'नहीं जानतीं तो सांप को कैसे पकड़ लिया?'

दीदी बोलीं—'यह तो हाथ की सफाई है इन्द्र। किसी का जोर नहीं है। सांप का मंत्र हम लोग नहीं जानते।'

इन्द्र बोला—'यदि नहीं जानते तो तुम लोगों ने धूर्तता से मुझसे इतने रुपये क्यों ठग लिये?'

दीदी तुरन्त उत्तर न दे सकीं। मालूम पड़ा कि वे अपने को सम्भाल रही हैं। इन्द्र ने फिर कर्कश स्वर में पूछा—'ठग, धूर्त, चोट्टे हो तुम सब। अच्छा, अब मैं तुम लोगों को उसका मजा चखाता हूं।' नजदीक ही एक किरासिन की ढिबरी जल रही थी। उसी के प्रकाश

में मैंने देखा कि दीदी का मुंह मुरदे के समान फीका हो गया है। वे भयभीत हो संकोच के साथ बोलीं—'हम सपेरे हैं भाई! ठगना ही तो हम लोगों का व्यवसाय है।'

'व्यवसाय अभी निकाले देता हूं—चल रे श्रीकान्त, साले ठगों की छाया से दूर रहना चाहिए। हरामजादा, बदजात, धूर्त!' इन्द्र एकाएक मेरा हाथ जोर से खींचकर खड़ा हो गया और बिना देरी किये मुझे जोर से खींचकर ले चला।

इन्द्र को दोष नहीं दिया जा सकता; क्योंकि उसकी बड़ी–बड़ी आशाएं पलक मारते ही विलीन हो गईं, लेकिन मेरी आंखें दीदी की आंखों की ओर न लौट सकीं। जोर से अपना हाथ इन्द्र से छुड़ाता हुआ पांच रुपये रखकर बोला—'तुम्हारे ही लिए ले आया था दीदी, इन्हें रखो।'

इन्द्र ने झपटकर उन्हें उठा लिया और कहा—'अब रुपये नहीं मिलेंगे। ठग करके इन लोगों ने मुझसे बहुत रुपये ले लिये हैं। मैं चाहता हूं कि ये लोग भूखों मर जायें।'

मैं उसका हाथ दबाकर बोला—'नहीं इन्द्र, दे दो। मैं दीदी के लिए ही इन्हें ले आया था।'

'ओह—वाह री दीदी!' कहकर उसने मुझे खींच लिया।

इतनी देर के गोलमाल से शाहजी का नशा टूट गया। 'क्या हुआ? क्या हुआ?' वे बोल उठे।

इन्द्र मुझे छोड़कर उसके पास जाकर बोला—'साले डाकू! रास्ते में कभी देख पाया तो चाबुक से तेरी चमड़ी उधेड़ लूंगा। क्या हुआ? बदमाश साला कुछ जानता भी नहीं और कहता है कि मंत्र के जोर से मुरदे को जिलाता हूं। कभी रास्ते में मिला तो अच्छी तरह देखूंगा तुम्हें।' कहकर उसने ऐसा बेहूदा इशारा किया कि शाहजी तमतमा उठे।

एक तो नशे की खुमारी और फिर यह अकल्पित घटना। जिसे हम लोग सरल भाषा में किंकर्त्तव्यविमूढ़ हो जाना कहते हैं उसी स्थिति में वह चुपचाप बैठकर टुकुर–टुकुर ताकता रहा।

इन्द्र जब मुझे लेकर दरवाजे से बाहर चला आया तब उसने शुद्ध बंगला में पुकारा–'सुन इन्द्रनाथ, बतला तो सही क्या हुआ?'

मैंने उसे पहली बार बंगला बोलते सुना।

इन्द्र घूमकर बोला–'तुम कुछ नहीं जानते। क्यों झूठ–मूठ मुझे धोखा देकर इतने दिन से रुपये लिये, इसका उत्तर दो!'

उसने कहा–'किसने कहा नहीं जानता हूं?'

इन्द्र ने उसी दम चुपचाप सिर झुकाये खड़ी दीदी की ओर इशारा किया और कहा–'वही तो कहती हैं कि तुम्हारे पास कानी कौड़ी की भी विद्या नहीं है। लोगों को ठगने और धोखा देने की विद्या है। यह तुम लोगों का पेशा है। झूठा! चोर!'

शाहजी की आंखें लाल हो गईं। वह भयंकर स्वभाव का आदमी होगा, यह मुझे नहीं मालूम था। उसकी भयानक आंखों से ही मेरे रोंगटे खड़े हो गये। झटपट अपनी बिखरी हुई जटाओं को बांधकर वह बोला–'क्या कहा तूने?'

दीदी उसी तरह नीचा मुंह किये चुप खड़ी रहीं। इन्द्र मुझे धक्का देकर बोला–'रात हो रही है, चल न।' सचमुच रात हो रही थी लेकिन मेरे पैर न उठते थे। लेकिन इन्द्र ने उस ओर देखा तक नहीं। मुझे जोर से पकड़ खींच ले चला।

कुछ दूर जाने पर शाहजी का स्वर हम लोगों ने सुना–'क्या बतला दिया?'

केवल प्रश्न ही सुना, उत्तर न सुन सका। दो–चार कदम आगे बढ़ा था कि चारों ओर के उस अंधेरे में एक जोर से चिल्लाने की

बहुत कष्ट सहकर मैं जब देर करके शाहजी के आंगन में पहुंचा तो देखा कि एक ओर दीदी मूर्छित पड़ी हैं और दूसरी ओर गुरु–चेले में कुश्ती हो रही है। पास में एक तेज धार वाली बरछी पड़ी हुई है।

शाहजी बहुत बलवान् था, परन्तु इन्द्र उससे कहीं बली है, इसका पता मुझे न था। यदि पता रहता तो शायद शाहजी दुस्साहस का परिचय न देता। देखते–देखते उसे चित्त करके इन्द्र उसकी छाती पर चढ़ बैठा और उसकी गरदन दबाने लगा। वह ऐसे दबोचता था कि यदि मैं उसे न रोकता तो शायद उसी समय शाहजी का मदारी जीवन समाप्त हो जाता।

बहुत खींचा–तानी के बाद मैं दोनों को अलग कर सका। इन्द्र की दशा देखकर मुझे रुलाई आ गई। अंधेरे में न देख सकता था कि उसके कपड़े खून से तर हो गये हैं।

इन्द्र ने हांफते–हांफते कहा–'साले गंजेड़ी ने मुझे सांप मारने की बरछी से मारा है, यह देख।' कुर्ते की आस्तीन उठाकर उसने दिखलाया। बांह में दो–तीन इंच गहरा घाव हो गया था। उसमें से खून बह रहा था।

इन्द्र ने कहा–'रोओ मत, इसे कपड़े से खूब कसकर बांध दो। अबे खबरदार! चुपचाप बैठा रह। उठा तो गले पर पैर रखकर तेरी जीभ खींच लूंगा हरामजादा, सुअर! लो, तुम कसकर बांधो। देर मत करो।' इतना कहकर उसने अपनी धोती का किनारा फाड़ डाला।

मैं कांपते हुए हाथों से घाव बांधने लगा और शाहजी निकट ही बैठे, मरते हुए विषैले सांप की तरह चुपचाप देखने लगे।

इन्द्र ने कहा—'नहीं, तुम्हारा विश्वास नहीं। तुम खून कर सकते हो। मैं तुम्हारे हाथ बांध दूंगा।' अब उसी की गेरुये रंग की पगड़ी से उसके दोनों हाथ कसकर बांध दिये। उसने रोक–टोक नहीं की।

जिस लाठी की चोट से दीदी बेहोश हुई थीं उसे एक तरफ रखकर इन्द्र बोला—'कितना नमकहराम और शैतान है यह साला। पिता जी के जाने कितने रुपये इसे चुराकर दिये और न जाने कितने और देता, अगर दीदी ने मुझे सिर की कसम न दी होती। इतना करने पर भी यह मुझे बरछी मारता है। श्रीकान्त, इसे देखता रह जिससे यह उठने न पाये। दीदी के आँख–मुंह पर पानी के छींटे देता हूं।'

पानी के छींटे देकर हवा करते हुए वह बोला—'दीदी कहती थीं इन्द्रनाथ, यदि तुम कमाकर पैसे देते तो लेती। पर इन रुपयों को लेकर मैं भविष्य खराब न करूंगी।' यह शैतान का बच्चा उस दिन से अब तक न जाने कितनी बार पीट चुका है इन्हें। इतना होने पर भी दीदी, लकड़ियां बेचकर किसी तरह इसे खिलाती–पिलाती और गांजे के लिए पैसे देती हैं। पर वह उनका अपना न हुआ। अब मैं इसे पुलिस के हवाले करूंगा, वरना यह दीदी का खून कर डालेगा।'

ऐसा जान पड़ा कि वह आदमी इस बात से सिहर उठा। उसने सिर नीचा कर लिया। क्षण भर में ही यह सब हो गया। पर दोषी होने से उसके चेहरे पर शंका की छाप लग गई।

इस कहानी को, जिसे आज मैं लिख रहा हूं, लोग सच मान लेंगे, यह मुझे अच्छी तरह मालूम है। इसे कल्पना समझकर लोग इसका उपहास भी करेंगे, यह जानते हुए भी मैंने लिखा और मेरी जानकारी का यह सच्चा मूल्य है, बिना सत्य का सहारा लिए यह

कहानी मुंह से बाहर नहीं निकल सकती। हमेशा यह डर बना रहता है कि कहीं लोग इसे हंसी में न उड़ा दें। संसार की सच्ची घटनाएं कभी–कभी कल्पना को बहुत पीछे छोड़ देती हैं। लिखते समय ऐसी घटनाएं किसी प्रकार की सहायता नहीं पहुंचातीं बल्कि कलम पकड़ कर खींचती हैं।

इस बात को रहने दो। दीदी जिस समय आंखें खोल उठकर बैठीं उस समय शायद आधी रात हो चुकी थी। उनकी अधीरता दूर होने में एक घण्टा और भी लग गया। मैंने सारी बातें उनसे कह सुनाईं। वे धीरे–से उठीं और शाहजी के बंधन खोलकर बोलीं–'जाओ सो रहो।'

उसके चले जाने के पश्चात् दीदी ने इन्द्र को बुलाया। उसका हाथ अपने सिर पर रखकर बोलीं–'इन्द्र, कसम खाकर कहो कि अब इस घर में नहीं आओगे। हम लोगों का जो होना होगा, वह होगा, अब हम लोगों की सुध न लेना।'

पहले तो इन्द्र चुप रहा, फिर आग–बबूला होकर बोला–'ठीक है। मेरा खून कर रहा था; इसका तो कुछ नहीं, पर मैंने उसे बांध दिया तो तुम्हें इतना शोध आया। यदि ऐसा न हो तो यह कलियुग ही काहे का। पर तुम लोग बड़े नमकहराम हो। आ रे श्रीकान्त अब चलें।'

दीदी ने दोषारोपण का कुछ भी उत्तर नहीं दिया। उन्होंने क्यों प्रतिवाद नहीं किया, इसका कारण मैं उस समय नहीं समझ सका, पीछे लाख समझता रहूं।

पांच रुपये खंभे के नजदीक रखकर इन्द्र के पीछे–पीछे चला आया। आंगन के बाहर आकर इन्द्र जोर से हंसने लगा–'एक हिंदू की लड़की अगर मुसलमान के यहां चली आए तो उसका धर्म–कर्म ही क्या? जाय भाड़ में, अब मैं सुध न लूंगा। हरामजादा–लुच्चा,'

कहते हुए वह तेजी से जंगल का रास्ता पार कर चल दिया। हम दोनों आकर नाव में बैठ गये। इन्द्र चुपचाप नाव खेने लगा।

बीच–बीच में हाथ उठाकर आंखें भी पोंछ लेता था। उसे रोता समझकर मैंने कोई बात नहीं पूछी।

श्मशान की राह से मैं लौटकर आया था और आज भी उसी राह से जा रहा हूं; पर मुझे जरा भी भय न लगा। उस समय इतना विह्वल हो रहा था कि यह सोचने का अवकाश नहीं रहा कि इतनी रात बीते मैं कैसे घर में घुसूंगा और घुसने पर क्या फल होगा?

रात में तीसरे पहर नाव घाट पर लगी। मुझे उतार कर इन्द्र ने कहा—'अब तू घर चला जा श्रीकान्त! तू बड़ा मनहूस है। तुझे साथ ले आने से एक–न–एक झंझट हो जाती है। मैं तुझे अब किसी काम के लिए नहीं बुलाऊंगा। तू भी अब मेरे सामने न आना, चला जा।' तब वह गहराई में नाव ठेलकर चला गया। विस्मित, व्यथित होकर मैं नदी के किनारे अकेला खड़ा रह गया।

6

अंधेरी रात में जब वह मुझे गंगा के निर्जन तट पर छोड़कर चला गया तब मैं रोने लगा। मैं उसे इतना प्यार करता था और उस प्रेम का उसने कुछ भी ध्यान नहीं किया। दूसरे के घर में रहने पर भी शासन–जाल को तोड़कर मैंने उसका साथ दिया, इसकी भी कोई कद्र उसने न की। मुझे मनहूस कहकर बिलकुल असहाय अवस्था में छोड़कर चला गया। उसकी यह कटुता आज मुझे जिस तरह खल रही है उसका वर्णन करना बेकार है। बहुत दिन तक न उसने ही मुझे खोजा और न मैंने उसे। संयोग से यदि कहीं रास्ते में उससे भेंट हो जाती तो मैं मुंह फेरकर चला जाता था जिससे उस पर दृष्टि न पड़े। लेकिन मेरा यही 'जिससे' तो मुझे सदा भूसे की आग की तरह जलाता रहता था। उसका कुछ भी न बिगड़ता था। लड़कों में उसकी बड़ी इज्जत थी। फुटबाल, क्रिकेट आदि के दल का वह मुखिया था। जिमनास्टिक के अखाड़े का वह मास्टर था। न जाने उसके कितने भक्त थे। उसकी तुलना में मैं तो कुछ भी न था। न जाने क्यों वह केवल दो दिन के परिचय से ही मुझे मित्र कहने लगा और फिर त्याग दिया। पर जब उसने मुझे छोड़ दिया तब फिर मैं जबरदस्ती उससे मेल करने नहीं गया। मुझे ठीक

याद है कि जब मेरे साथी इन्द्र के संबंध में अनेक अचरज की बात करते तो मैं चुपचाप सुनता था। एक बात से भी मैंने यह पता नहीं लगने दिया कि मैं भी उसे या उसके संबंध में कुछ जानता हूं। उस छोटी–सी आयु में ही मुझे ज्ञात हो गया था कि बड़ों और छोटों की मित्रता में प्रायः ऐसा होता ही है। जीवन में मुझे भाग्यवश अनेक बड़े मित्रों का साथ हुआ, इसलिए शायद ईश्वर ने कृपा करके यह ज्ञान पहले ही दे रखा था कि मैं अपनी स्थिति का ध्यान करके ही मित्रता का मूल्य आंकूं। देखते–देखते 'मित्र' मालिक बन जाता है और साथ की मित्रता का फन्दा बेड़ी बनकर छोटों के पैर में जकड़ जाता है। ऐसा ज्ञान सहज ही में हो गया था कि जिसमें मैं सदा के लिए अपमानों और लांछनाओं से बच गया।

तीन–चार महीने बीत गये। दोनों ने दोनों ही को छोड़ दिया। इसका मोह किसी के लिए दारुण भले ही हो, पर किसी ने किसी की सुध नहीं ली।

दत्त परिवार के घर में काली पूजा के उत्सव में चाव से नाटक का रंगमंच तैयार किया जा रहा था। मेघनाद–वध का अभिनय होने को था। इसके पहले लीला ही देख सका था, नाटक कम देखे थे। सारा दिन न तो मैंने स्नान किया, न भोजन किया। विश्राम भी नहीं कर सका। रंगमंच तैयार करने में सहायता देकर कृतार्थ हो गया। इतना ही नहीं जो राम का अभिनय करने वाले थे, उन्होंने स्वयं मुझसे एक रस्सी पकड़े रहने को कहा। इससे बड़ी आशा थी कि रात में जब सब लड़के कनात की छेद से ग्रीनरूम की ओर झांकेंगे उस समय मैं श्रीराम की कृपा से बच जाऊंगा। ये मुझे देखकर भीतर जाने देंगे। किन्तु हाय रे दुर्भाग्य! दिन–भर जिसने जान लड़ाकर परिश्रम किया, उसे सांझ को कोई पुरस्कार न मिल सका। घण्टों ग्रीनरूम के दरवाजे पर खड़ा रहा, रामचन्द्र न जाने कितनी बार आये–गये, पर मुझे न पहचाना। एक बार पूछा भी नहीं

कि इस तरह क्यों खड़े हो? अकृतज्ञ राम! डोरी पकड़वाना भी तुम एकदम भूल बैठे।

रात को दस बजे नाटक की पहली घण्टी बजी। मैं सर्वथा खिन्न हो सारे कार्यक्रम से मन हटाकर पर्दे के सामने एक स्थान पर जाकर बैठ गया। पर थोड़ी देर पश्चात् सारा अभिमान दूर हो गया। कैसा खेल था? जीवन में बहुत बार नाटक देखा था, पर ऐसा कभी नहीं। मेघनाथ खुद एक बड़ा तमाशा था। उसकी देह छः हाथ की और पेट का घेरा चार–साढ़े चार हाथ। सब लोग कहते थे कि मरने पर गाड़ी पर लादकर श्मशान भेजा जायेगा। किन्तु उस दिन जो अद्भुत विक्रम दिखलाया वैसा तो हमारे देश में हारान पलसाई, भीम के पार्ट में सागवान की डाल कंधे पर रखकर और दांत कटकटाकर भी नहीं दिखा सकते।

ड्राप सीन उठा। मालूम हुआ कि ये लक्ष्मण हैं। थोड़ी वीरता दिखला रहे हैं। इसी समय वह मेघनाथ न जाने कहां से छलांग मारकर आ पहुंचा। सारा रंगमंच भड़भड़ाकर कांप उठा। रोशनी के पांच–छः गोले उलटकर बुझ गये। उसका कमर बल्लां भी तड़ से टूट गया। हलचल–सी मच गई। कितने लोग चिल्लाकर उसे बैठ जाने को कहने लगे। कितने लोग सीन ड्राप कर देने के लिए चिल्ला उठे; पर बहादुर मेघनाथ ने किसी की न सुनी। बाएं हाथ से पतलून को थाम लिया और दाहिने हाथ से तीर लेकर युद्ध करने लगा।

धन्य वीर! धन्य वीरत्व! भांति–भांति के युद्ध देखे हैं, यह मैं मानता हूं; लेकिन बायां हाथ फंसा रहने पर और धनुष न रहने पर इस तरह की लड़ाई नहीं देखी। बाद में उसी की जीत हुई। विपक्षी को हार मान आत्मरक्षा करनी पड़ी।

आनन्द की सीमा न थी। मगन होकर खेल देख रहा था और मन–ही–मन उसकी प्रशंसा बार–बार कर रहा था कि पीठ

पर अंगुली की चाप पड़ी। मुंह फेरकर देखा, इन्द्र था। चुपचाप बोला—'आओ, श्रीकान्त, दीदी तुम्हें बुला रही हैं।' बिजली के स्पर्श की तरह मैं खड़ा हो गया और पूछा—'वे कहां हैं?'

'बाहर निकल आ, मैं कहता हूं। बाहर आने पर—मेरे साथ चल।' कहकर आगे बढ़ने लगा।

गंगा के घाट पर पहुंच कर देखा कि उसकी नाव बंधी है। हम दोनों उसमें चुपचाप बैठ गये। इन्द्र ने नाव खोल दी।

फिर उसी अंधेरे जंगल के मार्ग हम लोग शाहजी की कुटी के पास पहुंच गये। उस समय रात अधिक न थी।

मिट्टी के तेल की ढिबरी जलाकर दीदी बैठी थीं। उनकी गोद में शाहजी का सिर पड़ा था। उनके पैर के पास एक बड़ा—सा गोखुरा सांप पड़ा था।

मीठी आवाज में दीदी ने सारी घटना का वृत्तान्त सुनाया। 'आज दोपहर को किसी के यहां से सांप पकड़ने को बुलावा आया था। वहां इस सांप को पकड़ने में जो इनाम मिला उससे ताड़ी पीकर शाम होने के पहले ही घर लौट आये। यहां आकर इसे खिलाने लगे। पर जब खेल समाप्त होने वाला था तो वे इसकी पूंछ पकड़कर हांडी में रखते समय इसका मुंह चूमने लगे तो इसने भी इनके गले को जोर से चूम लिया।'

दीदी अपने मैले आंचल से मुंह पोंछती हुई बोलीं—'श्रीकान्त, जब वे होश में थे तभी—आओ, हम दोनों एक साथ ही चलें कहकर उन्होंने इसका सिर पैर से दबाकर फेंक दिया। दोनों जीवों का खेल एक साथ ही समाप्त हो गया।

बहुत दुःख के साथ शाहजी के मुंह से कपड़ा हटाकर उनके और अपने ओंठ एक साथ मिला दिये।—जाने दो, अच्छा ही हुआ। इन्द्रनाथ! भगवान को मैं जरा भी दोष न दूंगी।'

हम दोनों चुप खड़े रहे। उनके कण्ठ–स्वर में जो मर्मान्तक वेदना थी, जो प्रार्थना थी और गर्व का जो भास हो रहा था उसे भूल जाना सुनने वाले को मुश्किल है। पर यह प्रार्थना और अभिमान किसके लिए था?

कुछ स्थिर होकर बोलीं–'तुम अभी बच्चे हो। तुम्हें छोड़कर मेरा और कौन है भाई! इनका कुछ प्रबंध करके जाओ।' अपनी अंगुली से कुटिया के दक्षिण ओर एक जगह बताकर बोलीं–'उधर एक जगह है इन्द्रनाथ! मैं बहुत दिनों से सोच रही थी कि मरने के बाद वहीं सोऊंगी। सवेरा होते ही इन्हें वहीं लिटा आओ भाई। जीवन में इन्होंने बहुत दुःख सहा है। अब इन्हें शान्ति मिलेगी।'

इन्द्र ने पूछा–'शाहजी कब्र में गाड़े जायेंगे?'

दीदी ने कहा–'ये मुसलमान हैं न भाई। कब्र में ही दफनाना होगा।'

इन्द्र ने फिर पूछा–'दीदी, तुम भी मुसलमान हो?'

दीदी बोलीं–'मुसलमान नहीं हूं तो और क्या?'

यह उत्तर सुनकर इन्द्र सकुचा गया। उसके चेहरे से स्पष्ट होता था कि उसे इस उत्तर की आशा न थी। दीदी को वह बहुत मानता था। मन–ही–मन वह आशा छिपाये बैठा था कि दीदी उसीके समाज की स्त्री हैं। उनके कहने पर मुझे विश्वास नहीं हुआ। स्वयं उनके मुंह से मुसलमान होने की स्वीकृति सुनकर मुझे विश्वास न हुआ कि ये हिन्दू स्त्री नहीं हैं।

बाकी रात बीत गई। बतलाए हुए स्थान पर जाकर इन्द्र कब्र खोद आया। फिर हम तीनों आदमी गये और शाहजी की लाश दफना दी। ठीक गंगा के ऊपर कंकड़ों का थोड़ा–सा किनारा टूटकर गिर पड़ा था; मालूम होता था कि माता गंगा ने शाहजी के लिए अंतिम स्थान बना दिया है। बीस–पच्चीस हाथ नीचे माता जा वी बह रही

थीं, ऊपर से जंगली पेड़ों और लताओं की छाया थी। मालूम होता था किसी प्रिय वस्तु को छिपाकर रखने के लिए ही उसका निर्माण किया गया हो! भारी मन से हम तीनों आदमी पास–पास ही बैठे। एक आदमी हम लोगों के सामने ही मिट्टी के नीचे चिरनिद्रा में निमग्न हो गया। अभी सूरज नहीं उगा था। भागीरथी का कलकल निनाद सुनाई पड़ रहा था। वन के पक्षी चारों ओर प्रभाती गाने लगे। जो कल था वह आज भी है। कल सवेरे यह सोच भी न सका था कि रात कैसे बीतेगी! किसे मालूम था कि एक आदमी का अंत इतना निकट आ गया है।

अचानक दीदी कब्र पर लोट गईं। पुक्का फाड़कर चिल्ला उठीं और बोलीं–'गंगा माता, अपने चरणों में मुझे भी स्थान दो। मेरे लिए अब कहीं स्थान नहीं है।' उस प्रार्थना में, उस निवेदन में कितना मर्मान्तक सत्य छिपा हुआ था, उस समय मेरी समझ में न आया। दो दिन पश्चात् मैं उसे समझ सका। इन्द्र ने एक बार मेरी ओर देखकर नीचे से दीदी का सिर अपनी गोद में उठा लिया और उसी प्रकार आर्द्र–स्वर में बोला–'दीदी, तुम मेरे यहां चलो। मेरी मां अभी जिन्दा है, वह तुम्हें छोड़ेगी नहीं। अपनी गोद में उठा लेगी। वह माया की मूर्ति है, तुम चलकर एक बार उनके सामने खड़ी हो जाना। हिन्दू–स्त्री हो दीदी, मुसलमान नहीं।'

दीदी कुछ न बोलीं। कुछ देर तक उसी तरह मूर्छित दशा में पड़ी रहीं और फिर उठीं। हम लोगों ने गंगा–स्नान किया। दीदी ने हाथ की चूड़ियां और गले की सुहाग की कण्ठी तोड़कर पानी में फेंक दी। मिट्टी से सिर का सिन्दूर धोया और सद्यः विधवा की तरह सूर्योदय होते ही लौट आईं। इतने दिन में मुझे आज पहली बार मालूम हुआ कि शाहजी दीदी के पति थे। पर इन्द्र के दिल में यह बात धंसती ही न थी। सन्दिग्ध आवाज में उसने पूछा–'पर तुम हिन्दू लड़की हो दीदी!'

दीदी ने कहा—'हां, ब्राह्मण की बेटी हूं और वह भी ब्राह्मण थे।'

इन्द्र कुछ देर तक तो चुप रहा, फिर पूछा—'उन्होंने अपनी जाति क्यों छोड़ दी थी?'

दीदी ने कहा—'मैं ठीक नहीं जानती भाई। पर जब उन्होंने अपनी जाति दी तो मेरी जाति भी चली गई। वैसे न तो मैंने अपनी जाति ही छोड़ी है और न किसी प्रकार का अनाचार ही किया है।'

इन्द्र गम्भीर स्वर में बोला—'सो मैं देखता हूं दीदी! इसी से बार–बार मेरे मन में यह बात आती रही है। क्षमा करना दीदी! न जाने कैसे और किस कुबुद्धि में फंसकर तुम यहां आईं। पर अब मैं कुछ नहीं सुनूंगा। तुम्हें मेरे यहां चलना ही पड़ेगा। इसी समय चलो।'

दीदी थोड़ी देर तक चुप हो कुछ सोचती रहीं और फिर धीरे–धीरे बोलीं—'अभी मैं कहीं नहीं जाऊंगी, इन्द्रनाथ!'

'क्यों नहीं जाओगी, दीदी?'

दीदी बोलीं—'मैं जानती हूं कि वे कुछ कर्ज छोड़कर मर गये हैं। जब तक उसे चुका न दूंगी, यहां से टसक नहीं सकती।'

इन्द्र ने क्रोधित होकर कहा—'वह तो मुझे मालूम है। ताड़ी वाले को देना है, गांजे वाले को देना है; पर उससे तुम्हें क्या मतलब? किसका साहस है कि तुमसे मांगे? चलो तो मेरे साथ। देखूं कौन रोकता है?'

इतने दुःख में भी दीदी को थोड़ी–सी हंसी आ गई। वह बोलीं—'अरे पगले, मुझे रोकने वाला स्वयं मेरा धर्म है। पति का कर्ज मेरा कर्ज है। लेने वालों को कैसे रोकोगे भाई? तुम लोग आज अपने घर जाओ। घर में जो–कुछ थोड़ी चीज है उसे बेचकर मैं ऋण चुकाने का प्रयत्न करूंगी। कल या परसों आना।'

मैं अब तक चुप था। इस बार बोला—'दीदी, घर पर मेरे चार—पांच रुपये और हैं, उन्हें ले आऊं?' पूरी बात न कह सका था कि वे उठकर खड़ी हो गईं और मुझे छाती से लगाकर मेरा माथा चूमती हुई बोलीं—'नहीं भैया, अब ले आने की आवश्यकता नहीं। मैं आशीर्वाद देती हूं कि ईश्वर हमारे ह्रदय में रहें और तुम इसी तरह दुखियों के लिए आंसू बहाओ।' उनकी आंखों से पानी टपकने लगा।

लगभग आठ—नौ बजे हम लोग घर चलने की तैयारी करने लगे। उस दिन वे साथ—साथ पहुंचाने आईं। लौटती बार इन्द्र का हाथ पकड़कर कहने लगीं—'इन्द्रनाथ श्रीकान्त को तो आशीर्वाद दे दिया पर तुम्हें देने का साहस मुझ में नहीं है। तुम आदमी के आशीर्वाद से बाहर हो। इसलिए आज मैंने तुम्हें भगवान के चरणों में समर्पित कर दिया। वे तुम पर कृपा करें।'

वे इन्द्र को पहचान गई थीं। लाख रोकने पर भी इन्द्र ने उनके पैरों की रज लेकर अपने मस्तक में लगा ली और रोता हुए बोला—'दीदी, इस भयानक जंगल में तुम्हें अकेली छोड़कर जाने का साहस नहीं है। मालूम होता है, अब फिर मैं तुम्हें न देख सकूंगा।'

दीदी ने कुछ उत्तर नहीं दिया। मुंह फेरकर आंखें पोंछती हुई वे कुटिया में लौट गईं। जहां तक दृष्टि गई, मैं उन्हें देखता रहा लेकिन वह घूमकर नहीं देख सकीं। सिर झुकाये हुए एक—सी गति से चली गईं। उनके न लौटकर देखने का कारण हम दोनों ने मन—ही—मन समझ लिया।

तीन दिन बाद स्कूल से छुट्टी होने पर आकर देखा कि इन्द्रनाथ फाटक के बाहर खड़ा है। उसका मुंह सूखा था। नंगे पैर थे। घुटने तक धूल चढ़ी हुई थी। उसके उदास चेहरे को देखकर मैं डर गया। अमीर का लड़का था। कुछ शौकीन भी था। मैंने उसे ऐसी हालत में कभी नहीं देखा था। औरों ने भी शायद न देखा

होगा। इशारे से मुझे मैदान की तरफ ले गया और बोला—'दीदी कहीं चली गईं। मुझे देखा तक नहीं उन्होंने। कल मैं कितने ही स्थानों पर खोज आया, पर कहीं पता नहीं लगा। लो, तुम्हारे लिए एक पत्र छोड़ गई हैं।' इतना कहकर एक पीला-सा मोड़ा हुआ कागज मुझे देकर वह जल्दी से न जाने कहां चला गया। मालूम होता था, उसका हृदय इतना शोकाभिभूत हो गया था कि वह किसी से बात भी नहीं कर सकता था।

मैं उस स्थान पर बैठ गया और पत्र को खोलकर आंखों के सामने रखा। जितनी बातें उसमें लिखी हुई थीं, मुझे ठीक-ठीक याद तो नहीं है पर उसका भाव यों था—श्रीकान्त जाने के समय तुम लोगों को आशीर्वाद दिये जाती हूं। मेरे लिए दुःखी मत होना। इन्द्रनाथ मुझे खोजता फिरेगा, परन्तु उसे समझाकर रखना। मेरी सब बातें तुम समझ नहीं सकोगे। जब बड़े हो जाओगे तो अवश्य समझने लगोगे, इसी से यह लिख कर जा रही हूं। अपनी कहानी तुमसे कह सकती थी, पर नहीं कह सकी। इसका कारण भी नहीं बता सकतीं। आज यदि वह कहानी नहीं सुना सकी तो कभी फिर वह अवसर हाथ न लगेगा।

'मेरी कहानी केवल मेरी ही कहानी नहीं है। मेरे पति की कहानी है भाई! अपने इस जन्म के पापों को तो नहीं जानती, पर पूर्व जन्म के पापों की गणना नहीं की जा सकती। इसमें लेशमात्र भी शक नहीं। जब-जब मेरी इच्छा कहानी सुनाने की हुई है, तब-तब यही सोचती थी कि पति की शिकायत करके पाप के बोझ को भारी न बनाऊंगी। पर अब वे दूसरे लोक में चले गये। परलोक चले जाने पर कहने में कुछ दोष नहीं है, इसे भी मैं नहीं स्वीकार करती। बिना अपनी कहानी सुनाये विदा लेने में असमर्थ हूं।' 'श्रीकान्त, तुम्हारी इस दुखिया दीदी का नाम अन्नदा है। पति का नाम छिपाने का कारण तुम्हें इस लेख का अंतिम भाग पढ़ने पर मालूम होगा।'

'मेरे बाप बड़े आदमी थे। उनके कोई लड़का नहीं था। हम सिर्फ दो बहनें थीं। इसलिए मेरे बाप ने मेरे पति को गरीब के घर से लाकर, अपने यहां रखकर, पढ़ा–लिखाकर आदमी बनाना चाहा। उन्होंने उन्हें पढ़ाया–लिखाया तो अवश्य, पर आदमी बनाने में असफल रहे। मेरी बड़ी बहन विधवा थी और घर में ही रहती थी। उसकी जान लेकर वे एक दिन अन्तर्धान हो गये। यह दुष्कर्म उन्होंने क्यों किया, इसका कारण तुम्हें अभी नहीं मालूम होगा। तुम अभी बच्चे हो। बड़े हो जाने पर किसी दिन मालूम कर लोगे।'

'उस घटना के सात वर्ष बाद मैंने उन्हें फिर देखा। तुमने जिस वेश में उन्हें मेरी कुटिया में देखा था वे उसी वेश में मेरे घर के सामने सांप का खेल दिखला रहे थे। उन्हें और कोई तो नहीं पहचान सका, परन्तु मैं पहचान गई। मेरी आंखों को वे धोखा न दे सके। सुना जाता है कि यह दुस्साहस उन्होंने मेरे लिए ही किया था। पर वह झूठी बात है। तब भी एक दिन गहरी रात में खिड़की का द्वार खोलकर स्वामी के लिए ही मैंने घर छोड़ दिया। लेकिन सबों ने सुना, सबों ने जाना कि अन्नदा कुल छोड़कर निकल गई। कलंक का यह बोझ मैं बहुत दिनों से ढो रही हूं। कोई उपाय नहीं है। स्वामी के जिन्दा रहते आत्म–प्रकाश तो नहीं कर सकती। पिताजी को पहचानती हूं लेकिन वे संतान–घातक को कैसे क्षमा करेंगे। किन्तु वे इतने दिनों के पश्चात् इस पर विश्वास नहीं करेंगे। इस से पिता के घर में अब मेरे लिए स्थान नहीं है। आज मैं मुसलमानिन हूं।'

'जो स्वामी का ऋण था, उसे चुका दिया। मैंने दो सोने की बालियां छिपाकर रख ली थी। तुम जो एक दिन पांच रुपये रख गये थे उन्हें खर्च नहीं किया है। सड़क के मोड़ पर जो एक मोदी की दुकान है, उसी के पास रख दिये हैं। मांगने पर तुम्हें मिल जायेंगे। मन में दुःख न करना भाई। रुपये तो अवश्य लौटा दिये हैं

परन्तु तुम्हारा नाम और कोमल ह्रदय को छाती से लगा रखा है। यह तुम्हारी दीदी का आदेश है। श्रीकान्त कि अब मेरी बात सोचकर दुःख न करना। सोच लेना कि तुम्हारी दीदी जहां भी रहेगी, प्रसन्न रहेगी। दुःख सहते–सहते एक प्रकार की आदत–सी हो गई है। इस शरीर पर अब दुःख असर नहीं करेगा। मेरे दोनों भाइयो! क्या कहकर तुम लोगों को आशीर्वाद दूं, सोचने पर भी नहीं सूझता। इसलिए इतना ही कहे जाती हूं—भगवान पतिव्रताओं की बात मानते हैं तो तुम लोगों की मित्रता सदा बनी रहे।

तुम लोगों की—

दीदी, 'अन्नदा'।

7

मैं आज अकेला ही मोदी की दुकान पर जाकर खड़ा हो गया। परिचय होने से मोदी एक छोटा–सा चीथड़ा ले आया और गांठ खोलकर उसमें से दो सोने की बालियां और पांच रुपये निकाले। कुछ रुपये मेरे हाथ में देता हुआ बोला–'बहू इन बालियों को मेरे हाथ इक्कीस रुपये में बेचकर शाहजी का सारा कर्ज चुकाकर चली गईं। पर मैं नहीं जानता कि कहां गईं।' इतना कह कर वह किसका कर्ज था, इसका हिसाब देकर बोला–'जाते समय बहू के हाथ में केवल साढ़े पांच आने पैसे थे। सिर्फ बाईस पैसे लेकर वह निराश्रय और निरुपाय स्त्री संसार की दुर्गम यात्रा को चल पड़ी।' पीछे उसके दोनों प्रिय बालक उन्हें आश्रय देने का व्यर्थ प्रयास न करें, निरुपाय होकर दुःखी न हों, वे बिना किसी के कहे चली गईं, यह भी किसी को विदित नहीं होने दिया। न जानने दें, पर मेरे पांच रुपये भी नहीं ले सकीं।

मेरे रुपये वे ले चुकी होंगी, ऐसा सोचकर न जाने कितने दिनों से मैं आकाश–कुसुम की सृष्टि कर रहा था। आज वे सब धूल में मिल गये। आंखें भर आईं, पर उसे उस बुड्ढे से छिपाने के लिए मैं जल्दी से बाहर चला आया। बार–बार सोचने लगा–इन्द्र से उन्होंने

कितने रुपये लिये लेकिन मुझसे कुछ भी न ले सकीं, जाते समय लौटा दिये।

अब मेरे मन में वह दुःख नहीं है। बड़े होने पर समझ लिया कि किस पुण्य के आधार पर उन्हें दान दे सकता था। जलती आग में जो मैं देता, सब जलकर खाक हो जाता। यही समझकर शायद दीदी ने मेरा दान वापस कर दिया। किन्तु इन्द्र! क्या मैं और इन्द्र एक ही धातु के बने हुए हैं कि जो वह दान करे तो मैं भी हाथ बटाऊं? इसके अतिरिक्त यह भी तो समझ चुका हूं कि दीदी ने किसका मुंह देखकर इन्द्र के सामने हाथ फैलाया। जाने दो उस बात को।

इसके बाद बहुत जगह मैं घूमा। पर हमारी आंखें उन्हें कहीं नहीं देख सकीं। उन्हें तो नहीं देखा, पर उन हंसते हुए चेहरे को मैं बराबर देखा करता। उनके चरित्र की कहानी याद आते ही मैं सिर झुका कर उन्हें प्रणाम करता हूं। तब मेरे मन में विचार उठता है कि ईश्वर! यह तुम्हारा कैसा विचार है कि सती–सावित्री के देश में स्वामी के लिए स्त्री को अकथ दुःख देकर सतीत्व को उज्ज्वल से उज्ज्वलतर बनाया। यह मैं जानता हूं। उनके सब दुखों को चिरस्मरणीय बना कर संसार की नारी जाति को कर्त्तव्य के ध्रुव पथ की ओर आकर्षित करते हो–तुम्हारी यह इच्छा मैं समझता हूं, किन्तु मेरी दीदी के भाग्य में इतनी बड़ी विडम्बना क्यों लिख दी थी? क्यों तुमने ऐसी सती के मुंह पर कुलटा की छाप लगाकर निवार्सित कर दिया। उनका तुमने क्या नहीं छुड़ा दिया? उनकी जाति छुड़ा दी, उनका धर्म ले लिया। समाज–प्रतिष्ठा और संसार सब–का–सब छुड़ा लिया। उन्हें जितना दुःख दिया उसका साक्षी मैं हूं। मुझे इसका भी दुःख नहीं। जगदीश्वर! परन्तु जिसका आसन सीता, सावित्री आदि सतियों के समीप होना चाहिए था, उसे उसके मां–बाप, अपने–बेगाने, शत्रु–मित्र ने किस रूप में देखा? कुलटा की

तरह, वेश्या की तरह। इससे तुम्हें क्या लाभ हुआ और संसार को भी क्या मिला?

हाय रे, कहां हैं उनके आत्मीय लोग, शत्रु और मित्र। यदि एक बार भी मैं उन्हें जानता तो वह देश चाहे जितनी दूर होता, मैं एक बार जाता अवश्य और उनसे यह कहता—यह तुम्हारी अन्नदा है और यह उनकी अमिट कहानी। तुम लोगों ने जिस लड़की को कुल त्यागिनी समझ लिया है, सवेरे यदि उसका नाम एक बार भी लो तो अनेक पाप कट जायें।

तभी मुझे एक सत्य की प्राप्ति हुई। एक बार पहले भी मैं कह चुका हूं कि स्त्री के कलंक पर मैं आसानी से विश्वास ही नहीं करता। दीदी मुझे याद आ जाती हैं। यदि उनके भाग्य में इतनी बड़ी बदनामी थी तो दुनिया में और क्या नहीं हो सकता? एक मैं और दूसरे सब पाप–पुण्य के साक्षी वे, अन्नदा को स्नेह–स्मरण कर सकते हैं। अतएव विचार करता हूं कि अनजान स्त्री के कलंक की बात पर अविश्वास करके पाप का भागी होना भला नहीं है।

उसके बाद, बहुत दिनों तक इन्द्र को मैंने नहीं देखा। गंगा किनारे घूमने जाता तो देखता उनकी डोंगी बंधी है। वह पानी में भीग रही है, धूप में फट रही है। इसके पश्चात् हम लोगों में से कोई भी उस नाव पर नहीं चढ़ सका। मानो हम लोगों की नावों की यात्रा समाप्त हो गई। पर एक दिन अखण्ड स्वार्थपरता का जो उत्कृट दृष्टान्त देखने को मिला वह सहज ही नहीं भूल सकता। वह कहानी भी कहे देता हूं।

उस दिन शीतकाल की ठण्डी सन्ध्या थी। पहले दिन जोर की वृष्टि हुई। इसलिए शरीर में ठण्ड सुई की तरह गड़ रही थी। आसमान में चांद पूरा उगा था। चारों ओर चांदनी छिटक रही थी। एकाएक इन्द्र आ गया। कहने लगा—'थियेटर होगा, चलोगे देखने?'

थियेटर का नाम सुनते ही मैं उछल पड़ा। इन्द्र ने कहा—'शीघ्रता से कपड़े पहनकर मेरे घर तुरन्त आ जाओ।' पांच मिनट में एक चादर लेकर चलता बना। उस स्थान को गाड़ी से जाना होता था। सोचा, उनके घर से गाड़ी करके स्टेशन जाना होगा—इसीलिए इतनी जल्दी है।

इन्द्र ने कहा—'नहीं, हम डोंगी से जायेंगे।' मैं हताश हो गया, क्योंकि गंगा में नाव खेकर ले जाना होगा। देर होने की सम्भावना थी। समय पर शायद हम लोग न पहुंच सकें। इन्द्र बोला—'भय नहीं है। हवा तेज है, देर न होगी। मेरे नवीन भैया कलकत्ते से आये हैं। वे गंगा से होकर जाना चाहते हैं।'

हम लोग जब पाल बांध कर बैठे तब बहुत देर बाद इन्द्र के नवीन भैया घाट पर पहुंचे। चांदनी में उन्हें देखकर मैं डर गया। कलकत्ता के बाबू—यानी भयंकर बाबू। रेशमी मौजा, चमचमाता हुआ पम्प शू, नीचे तक ओवर कोट। गले में गुलीबन्द, हाथ में दस्ताना और सिर पर टोपी। ठण्ड के विरुद्ध उनकी सावधानी का अंत नहीं था। हम लोगों की नाव को रद्दी बताते हुए वे इन्द्र के कंधे पर भार देकर और मेरा हाथ पकड़कर बड़ी कठिनाई से, बहुत सावधानी से नाव पर बैठ गये।

'तुम्हारा नाम क्या है?'

डरते—डरते मैं बोला—'श्रीकान्त।'

उन्होंने श्री निकाल कर कहा—'श्रीकान्त, केवल 'कान्त' यथेष्ठ है। इन्द्र, हुक्का—चिलम कहां रखा है तूने? दो छोकरे को, तम्बाकू चढ़ावे।'

अरे बाबा! कोई अपने नौकर को भी इस विकट ढंग से आज्ञा नहीं देता। इन्द्र ने कहा—'जरा तुम डांड़ पकड़ो मैं तम्बाकू चढ़ा रहा हूं।'

उसका कोई उत्तर न देकर मैं तम्बाकू चढ़ाने गया। इन्द्र के मौसेरे भाई थे, कलकत्ते में रहते थे और एम. ए. पास थे। परन्तु मन बिगड़ गया। तम्बाकू चढ़ा कर हाथ में देते ही वे प्रसन्न होकर बोले—'तू कहां रहता है रे कान्त? तेरे शरीर पर काला—सा क्या है रे? चादर? आह, चादर की क्या शोभा है! तेल की गन्ध से तो भूत भी भाग जाये। लड़के—बिछा तो दे, बैठूं उस पर।'

'मैं देता हूं नवीन भैया। मुझे ठण्डक नहीं लगती—यह लीजिए,' इतना कह कर उसने शरीर पर ने अलवान उतार कर जल्दी से फैला दिया। उन्होंने उसे अच्छी तरह फैला दिया। ठाट से बैठकर हुक्का पीने लगे।

जाड़े की गंगा अधिक चौड़ी न थी। आधे घण्टे में ही डोंगी उस पार जा लगी। साथ ही हवा भी बन्द हो गई।

इन्द्र ने व्याकुल होकर कहा—'नवीन भैया, यह तो बड़ी कठिनाई हुई। हवा मंद पड़ गई। पाल तो अब चलेगा नहीं।'

नवीन भैया ने उत्तर दिया—'इस लड़के को दो, डांड़ खींचे।' कलकत्ता के रहने वाले नवीन भैया की अज्ञानता पर फीकी हंसी हंस कर इन्द्र ने कहा—'डांड़ किसी से नहीं खींचा जा सकता नवीन भैया। इस रेत से ढकेल कर उस स्थान तक नहीं ले जाया जा सकता। हम लोगों को लौट जाना होगा।'

लौट जाने का प्रस्ताव सुनकर नवीन भैया आग—बबूला हो गये। 'तब मुझे क्यों ले आये अभागे? चाहे जैसे हो, पहुंचना ही होगा। मुझे थियेटर में हारमोनियम बजाना है। उन लोगों का खास अनुरोध है।' इन्द्र ने कहा—'वहां बजाने वाले और लोग हैं नवीन भैया! आपके न जाने से भी काम नहीं रुकेगा।'

'नहीं। रुकेगा कैसे नहीं? इस गंवार देश के छोकरे हारमोनियम बजा सकेंगे! चाहे जैसे हो, मुझे ले चलो।' अब उन्होंने इस तरह मुंह

बनाया कि उसे देखकर मेरी देह जल गई। बाद में इनका बजाना भी सुना, पर उल्लेख की आवश्यकता नहीं।

इन्द्र के संकट की दशा समझकर मैंने धीरे–धीरे कहा–'इन्द्र, इसे डोरनी से खींचकर ले चलने से न बनेगा।' बात ज्यों ही समाप्त हुई, मैं चौंक उठा। वे इस तरह दांत किटकिटाकर बोले कि उनकी वह शक्ल मुझे आज तक याद है। वे बोले–'तो जाकर खींच न? जानवर के समान बैठा क्या है!'

मैं और इन्द्र बारी–बारी से रस्सी खींचने लगे। कभी ऊंचे कगार पर से कभी नीचे ठंडे जल में खड़े हो बड़े परिश्रम से हम लोग बढ़ने लगे। बीच–बीच में हुक्का चढ़ाने के लिए नाव खड़ी करनी पड़ती थी। बाबू वैसे ही बैठे रहे। जरा भी सहायता न पहुंचा सके। इन्द्र ने एक बार उन्हें पतवार पकड़ने को कहा तो बोले–ऐसी ठण्ड में दस्ताना खोलकर निमोनिया मोल न लूंगा। इन्द्र कहता गया–'नहीं, जरा पहने हुए ही–'

'हां, कीमती दस्ताने को मिट्टी कर दूं। नहीं, जो करना हो करो।'

ऐसे स्वार्थी, असज्जन आदमी मैंने बहुत कम देखे हैं। उन्हीं के एक व्यर्थ के शौक को पूरा करने के लिए हम लोगों ने इतना कष्ट सहा, पर वे टस से मस नहीं हुए। उनकी अपेक्षा हम लोग बहुत छोटे थे। ठण्ड लगने से कहीं उनकी तबीयत न खराब हो जाये, जल के छींटे पड़ने से कहीं उनका ओवर कोट न भीग जाये; इस डर से वे पुतला बन बैठे थे और लगातार आज्ञाओं का तांता लगा रहे थे।

एक और भी विपत्ति आई। गंगा की रुचिकर वायु और बक–झक से उन्हें जोरों की भूख लगी। चलते–चलते रात के दस बज चुके थे। थियेटर में पहुंचते–पहुंचते दो बज जायेंगे, यह सुनकर बाबू पागल हो गये। ग्यारह बजे रात को कलकतिया बाबू बेकाबू होकर

बोले—'हां रे इन्द्र, इस ओर कोई छोटी—मोटी बस्ती नहीं है? कुछ चूड़ा—वूड़ा मिल सकता है?'

इन्द्र ने कहा—'सामने ही एक बड़ी बस्ती है नवीन भैया! वहां सभी वस्तुएं मिलती हैं।'

'तब जाओ, जाओ। अरे लड़के, ओह खींच न जोर से—भात नहीं खाया है? इन्द्र, अपने इस साथी को जोर से खींचने को कह न।'

न मैंने जवाब दिया और न इन्द्र ने ही। जिस रफ्तार से चल रहा था उसी तरह चलता—चलता एक गांव के निकट पहुंचा। यहां पर किनारा ढालू होकर पानी में मिल गया था। नाव को धक्का देकर छिछले पानी में रख देने के बाद हम दोनों ने आराम की सांस ली।

बाबू साहब बोले—'मैं उतरना चहता हूं। हाथ—पैर सीधा करना होगा।' इन्द्र ने उन्हें कंधे पर उठाकर उतार दिया। वे चांदनी में गंगा की उजली रेती पर टहलने लगे।

हम दोनों आदमी उनकी भूख मिटाने के लिए गांव में गये। हम लोगों को मालूम था कि गरीबों के गांव में इतनी रात बीते भोजन मिलना आसान काम नहीं है। फिर भी बिना कोशिश किये खैरियत न थी। उनके कुछ कहने के पहले इन्द्र बोल उठा—'चलिए नवीन भैया, अकेले आपको भय मालूम होगा। हम लोगों के साथ टहल भी आएंगे। यहां कोई चोर—चुहाड़ नहीं रहते, डोंगी कोई ले नहीं जाएगा, चलिए।'

नवीन भैया मुंह बनाकर बोले—'भय! हम दरजीपाड़ा के लड़के हैं—यम से भी नहीं डरते, जानते हो। छोटी जाति वालों के गन्दे टोले में हम लोग नहीं जाते। सालों की शरीर की गंध भी नाक में समा जाय तो हम लोगों की तबीयत खराब हो जाय।' उनकी आन्तरिक इच्छा थी कि मैं उनके पहरे में रहकर तम्बाकू चढ़ाऊं।

उनके व्यवहार से मैं इतना चिढ़ गया था कि कहने पर भी वहां रहने को राजी न हुआ। इन्द्र के साथ ही चला गया।

दरजीपाड़ा के बाबू हाथ से ताल दे–देकर गाने लगे।

हम लोगों को बहुत दूर तक उनका स्वर सुनाई पड़ा। इन्द्र स्वयं अपने भाई के व्यवहार से क्षुब्ध और लज्जित था। धीरे–धीरे उसने कहा–'ये लोग जो कलकत्ता में रहते हैं, हम लोगों के समान हवा–पानी नहीं सहन कर सकते। समझे श्रीकान्त!'

मैंने कहा–'हूं!'

तब इन्द्र उनकी असाधारण विद्या–बुद्धि का परिचय, शायद मुझमें श्रद्धा उत्पन्न करने के लिए, देने लगा–'वे बहुत जल्दी बी. ए. पास करके डिप्टी होंगे, प्रसंगवश उसने यह भी कहा। जो हो, इतने दिन बाद अब न जाने वे कहां के डिप्टी हैं या आज भी उन्हें काम मिला है या नहीं; यह मुझे मालूम नहीं। जान पड़ता है, वे डिप्टी अवश्य हो गये होंगे; नहीं तो इतने बंगाली डिप्टियों का नाम कैसे सुनाई पड़ता? उस समय उनकी नई जवानी थी। सुनता हूं कि जीवन के इस समय में हृदय की प्रशस्तता और संवेदना की व्याकुलता जितनी बढ़ती है उतनी कभी नहीं। आधे घण्टे के साथ में उन्होंने जो नमूना पेश किया वह इतने दिनों के बाद भी भुलाया नहीं जा सकता। बड़े भाग्य से ऐसे नमूने मिलते हैं, नहीं तो बहुत पहले ही संसार थाना–पुलिस हो जाता।

भगवान उनपर क्रुद्ध थे, यह समाचार भी पाठकों को देना आवश्यक है। इस ओर के गली–कूंचे, हाट–बाजार सभी को इन्द्र जानता था। वह मोदी की दुकान पर गया। दुकान बन्द थी। दुकानदार जाड़े के भय से दरवाजा–जंगला बन्द करके गाढ़ी नींद में सो रहे थे। गाढ़ी नींद कैसे होती है, यह जो नहीं जानते उन्हें लिखकर नहीं बतलाया जा सकता। ये लोग न तो अमलरोगी निकम्मे

जमींदार हैं और न बहुत बोझ से दबे हुए–लड़की के दहेज की चिन्ता से पिसे हुए बंगाली गृहस्थ। अतएव ये सोना जानते हैं। दिन भर खूब मेहनत करने के उपरांत जहां चारपाई पर पड़े कि हल्ला करके या दरवाजा खटखटा कर सत्यवादी अर्जुन, जयद्रथ के मारने के बजाय, उन्हें उठाने का प्रण करते तो शायद उन्हें झूठे प्रण–पाप से जलकर मर जाना पड़ता।

हम दोनों आधा घण्टा बाहर खड़े रहे, हल्ला–गुल्ला करके और जैसे बना वैसे उन्हें आजमाकर खाली हाथ वापस लौट आये। आकर देखा तो घाट खाली था। चांदनी में जहां तक दृष्टि गई वहां तक खाली था। दरजीपाड़े के बाबू कहीं न थे। डोंगी जैसे रखी थी वैसे ही थी। ये गये कहां? हम लोगों की आवाज दोनों ओर के ऊंचे कगारों से टकराकर लौट आई। इस ओर जाड़े में बाघ आने की बात भी सुनी जाती थी। गृहस्थ किसान इन बाघों से परेशान रहते थे। एकाएक इन्द्र वही बात कह उठा–'उन्हें बाघ तो नहीं ले गया रे।' भय के मारे शरीर में कांटे चुभने लगे। यह क्या? इसके पहले उनके व्यवहार से मैं क्रुद्ध अवश्य हो गया था, पर इतना बड़ा अभिशाप मैंने नहीं दिया था।

कुछ दूरी पर, बालू के ऊपर, कोई चीज चांदनी में चमकती दिखाई पड़ी। जाकर देखा तो उन्हीं के बेशकीमती पम्प–शू का एक पल्ला पड़ा था। इन्द्र गीली बालू पर लेट गया–'श्रीकान्त! मेरी मौसी भी आई है। अब मैं घर लौटकर नहीं जाऊंगा।' धीरे–धीरे सब बात ठीक–ठीक जान पड़ने लगी। जब हम मोदी की दुकान पर उन लोगों को जगाने का व्यर्थ प्रयत्न कर रहे थे, उसी समय इस ओर कुत्ते भों–भों करके हम लोगों को यह संवाद सुना रहे थे। अब यह बात जल की तरह साफ हो गई। अभी तक उनकी आवाज दूर सुनाई पड़ रही है। अब यह संशय भी नहीं रहा कि बाघ उन्हें ले जाकर खा रहे हैं और पास ही कुत्ते भौंक रहे हैं।

अचानक इन्द्र उठकर सीधा खड़ा हो गया और बोला—'मैं जाऊंगा।' डरकर मैंने उसका हाथ थाम लिया और कहा—'पागल हुए हो भाई!' इन्द्र ने उसका उत्तर नहीं दिया। नाव पर से उसने लग्गी कंधे पर ले ली और एक बड़ी लंबी छुरी पाकेट से निकाल हाथ में लेकर बोला—'यहीं रह तू श्रीकान्त, यदि मैं न आऊं तो तू जाकर यह सूचना मेरे घर में दे देना, मैं चला।'

उसका मुंह बिल्कुल पीला हो गया था। आंखें लाल हो रही थीं। मैं उसे भली—भांति पहचानता था। उसकी यह उछल—कूद व्यर्थ की नहीं थी। मैं खूब जानता था कि वह रोका नहीं जा सकता। अवश्य जायेगा। जिसके लिए दुनिया में भय नाम की कोई चीज नहीं है, उसे कैसे और क्या कहकर रोका जा सकता है? जब वह जाने लगा तब मैं भी न रुक सका। जो कुछ भी मिला, हाथ में लेकर उसके साथ चल पड़ा। इन्द्र ने मुंह फेरकर कहा—'तू पागल हो गया है श्रीकान्त! तेरी क्या भूल है कि तू जायेगा?'

उसकी बात सुनकर मेरी आंखें भर आईं। उसे किसी प्रकार छिपाकर मैंने कहा—'तुम्हारी भी तो कोई भूल नहीं है। तुम क्यों जाते हो?'

इन्द्र ने मेरे हाथ से बांस छीनकर नाव में फेंक दिया और बोला—'मेरी भी कोई भूल नहीं है भाई। मेरी भी नवीन भैया को लाने की एक पाई भी राय न थी; अब तो अकेले घर भी नहीं जा सकता। मुझे तो जाना ही होगा।'

'मुझे भी जाना चाहिए।' पहले ही कह चुका हूं कि मैं कायर न था। फिर बांस उठाकर खड़ा हो गया। बिना बहस—मुबाहसा के चल पड़ा। इन्द्र ने कहा—'बालू पर दौड़ नहीं सकते, इसलिए दौड़ने की कोशिश न करना। पानी में गिर पड़ोगे।' जहां तक हम लोगों की दृष्टि पड़ी वहां तक बाघ की क्या बात, सियार भी नहीं दिखाई

पड़े। कुछ दूर आगे जाने पर मालूम हुआ कि कोई काली–सी वस्तु है पानी में और कुत्ते उस पर ही छा रहे हैं। इन्द्र जोर से चिल्ला उठा–'नूतन भैया!'

नूतन गरदन भर पानी में खड़े लड़खड़ाते हुए बोले–'मैं यहां हूं।'

हम लोग जोर से दौड़े। कुत्ते हट कर दूर खड़े हो गये। इन्द्र पानी में कूद कर अपने दरजीपाड़े के मूर्छितप्रायः भाई को बाहर ले आया। उनके पैरों में उस समय भी कीमती पम्म–शू था। शरीर पर ओवरकोट पड़ा हुआ था। हाथ में दस्ताने थे। गुलीबन्द से गला बंधा था। सिर पर टोपी थी, वे भीगकर फूल गये थे। हम लोगों के चले जाने पर वे ताली बजा–बजाकर गा रहे थे। सम्भव है, उसी तान से गांव के कुत्ते एक होकर, विचित्र गीत और विचित्र पोशाक की खूबसूरती से आकृष्ट होकर, इस महामान्य व्यक्ति के पीछे पड़ गये थे। जान छुड़ाने के लिए वे भाग खड़े हुए। इतनी दूर भागने पर भी जब दूसरी सूरत नहीं नजर आई तब पानी में कूद पड़े। जाड़े की भयानक रात में, बरफ जैसे पानी में खड़े–खड़े अपने पूर्वजन्म के पापों का प्रायश्चित करते रहे। पर उनका यह संकट मिटाने में भी हम लोगों को कम परिश्रम नहीं करना पड़ा। सबसे अधिक आश्चर्य की बात यह हुई कि पानी से निकलते ही बाबू साहब बोले–'मेरा एक पम्प–शू कहां है?'

'वह वहां पड़ा है,' इतना सुनकर वे उसे उठा लाने के लिए सीधे होकर खड़े हो गये। फिर कोट के लिए, गुलीबन्द के लिए, दस्ताने लिए, मौजे के लिए और टोपी के लिए, एक–एक करके शोक करने लगे। रात को जब तक हम लोग घर न लौट आये, तब तक हम लोगों का तिरस्कार करके कहते रहे–'क्यों तुम लोगों ने बिना मेरे कहे जल्दी–जल्दी कपड़े खोलकर मिट्टी में मिला दिये?'

हम लोगों को असभ्य किसानों में रहने वाला कहकर बार–बार कहने लगे कि 'ऐसी चीजें हम लोगों ने नहीं देखी हैं कभी।' और यों बकते–बकते वे घर पहुंचे। जिस शरीर पर एक बूंद पानी पड़ने के नाम से डरते थे, कपड़ों के शोक में उसे भूल गये। उपलक्ष्य वस्तु लक्ष्यवस्तु से कई गुनी बढ़कर उसे पार कर जाती है। इसका ज्ञान लोगों के संसर्ग के बिना नहीं होता।

दो बजे रात को हमारी डोंगी घाट पर आकर लगी। मेरी जिस चादर की दुर्गन्ध से कलकत्ते के बाबू साहब को मूर्छा आ रही थी, उसी को ओढ़कर उसी की निन्दा करते–करते घर पहुंचे। इन्द्र और मैं केवल एक–एक धोती ओढ़कर जाड़े की ठंडक में कांपते हुए आये। जो हो, हम लोगों पर दया करके वे बाघ की खुराक नहीं हुए, इसी प्रसन्नता में हम लोग फूले न समाये थे। इतने उपद्रव और अत्याचार सहन कर और नाव पर चढ़ने के चाव का अंत कर, उस दुर्जय जाड़े की रात में हम लोग कांपते हुए घर आये।

8

लिखते समय मुझे आश्चर्य होता है और मैं सोचता हूं कि असंबद्ध घटनाओं का क्रम कौन ठीक कर देता है? जिस तरह वर्णन कर रहा हूं उस समय तो शृंखलित रूप से वह घटनाएं नहीं हुई थीं। क्या सिकड़ी की सारी कड़ियां बंधी नहीं रहतीं? उन्हें कौन जोड़ता है?

एक और भी विस्मय की चीज है। पंडित लोग कहते हैं कि बड़ों के दबाव से छोटे धंस जाते हैं। यदि ऐसी बात है तो जीवन की छोटी–बड़ी सभी घटनाएं याद रखने की वस्तुएं हैं? किन्तु ऐसा भी तो नहीं देखता हूं। बचपन की बातें लिखते समय एकाएक मैंने देखा है कि बहुत–सी छोटी घटनाएं भी बड़ी हो गई हैं और बड़ी घटनाएं छोटी बनकर मानो दब–सी गई हैं। बोलते समय भी यही होता है। छोटी बातें बड़ी बनाकर याद आ जाती हैं और बड़ी बातें भूल जाती हैं। न जाने क्यों इसका विवरण भी पाठकों के सामने नहीं उपस्थित कर सकता।

इस प्रकार की एक छोटी–सी बात है जो मन में इतने दिनों से घर बनाकर आज इतनी बड़ी हो गई है कि उसका पता पाकर मैं खुद आश्चर्य में पड़ गया हूं। पाठकों को आज वही सुनाऊंगा।

जब तक उसका परिचय न दिया जाएगा, बात स्पष्ट न हो पायेगी। अगर मैं उसे प्रेम का इतिहास कह दूं तो झूठा तो न बनूंगा, शायद वह जितना बड़ा हो गया है मेरी भाषा उसे अवश्य बड़ा बना देगी।

बहुत पीछे की बात है। दीदी की याद धुंधली पड़ गई थी। जिसके चेहरे को याद कर चढ़ती जवानी की उच्छृंखलता दब जाती है, उसी समय की यह कहानी है। अब दीदी का स्मरण उस तरह नहीं होता। एक राजकुमार का निमन्त्रण पाकर मैं शिकार–पार्टी में सम्मिलित हुआ था। वह मेरा सहपाठी रह चुका था। चुपचाप बहुत बार उसका हिसाब कर दिया करता था। इससे वह मुझे खूब चाहता था। मैट्रिक क्लास से हम दोनों अलग हो गये थे। मैं इस बात का कायल हूं कि राजकुमारों में स्मरण–शक्ति कम होती है इसलिए यह भी सोचने का कष्ट न उठा सका था कि वह चिट्ठी–पत्री शुरू कर देगा। अचानक उससे एक दिन भेंट हो गई। उन दिनों वह बालिग था। रुपये खूब हाथ लगे थे और उसके पश्चात्......आदि......आदि। राजा तक को यह खबर लग गई कि मैं रायफल चलाने में सिद्ध हस्त हूं और न जाने इतने अरसे में कितने गुणों की खान हो गया हूं। इससे मैं राजकुमार का घनिष्ठ मित्र होने योग्य हूं। लोग अपने आदमी की तारीफ कुछ बढ़ा–चढ़ाकर करते ही हैं। मैं इतनी छोटी आयु में इतनी विद्याएं जानता था। यह अहंकार मुझे नहीं शोभता, विनीत होना भी आवश्यक है। छोड़ दो इन बातों को। शास्त्र बनाने वालों की राय है कि राज–दरबार की बुलाहट को टालना नहीं चाहिए। हिन्दू के लड़के तो शास्त्रों को अमान्य नहीं ठहराते। मैं चला गया। स्टेशन से दस–बारह कोस तक हाथी पर गया। जाकर देखा तो बालिग होने के सभी निशान थे। पांच तम्बू खड़े थे। एक उनके लिए, एक मित्रों के लिए। एक नौकरों का और एक रसोई के लिए। एक और तम्बू भी कुछ हटकर था। उसे दो भागों में बांट कर दो वेश्याएं, अपने साजिन्दों के साथ बैठी थीं।

सन्ध्या हो गई। भीतर जाते ही मैं समझ गया कि संगीत का बाजार देर से गरम है। राजकुमार ने बड़े आदर से मेरा स्वागत किया। जैसे ही उठने लगे कि तकिया से टकरा कर चित्त हो गये। उनकी मित्र–मण्डली अधीर हो–'पधारिए, आइए, आइए' कहने लगी। मैं बिल्कुल अनजान था। परन्तु वहां उस अवस्था में अपरिचितपने में भी रुकावट न थी।

एक बाईजी आई थीं पटने से। उन्हें बहुत–सा रुपया देने की शर्त पर एक सप्ताह के लिए लाया गया था। राजकुमार ने इस काम में जो विवेचना और विलक्षणता का आभास दिया उसकी प्रशंसा करनी पड़ेगी। बाईजी खूबसूरत थीं। गला अच्छा था और गान–विद्या में पारंगत थीं।

मेरे अन्दर जाते ही गाना रुक गया। थोड़ी देर तक अदब–कायदे से प्रासंगिक बातें हुईं। राजकुमार ने कृपा करके मुझसे गाने की फरमाइश करने का हुक्म दिया। राजाज्ञा सुनकर पहले तो मैं लजा गया, पर थोड़ी देर पश्चात् समझ गया कि इस जमात में मुझे ही थोड़ा–बहुत ज्ञान है और सब छुछून्दर के समान काने हैं।

बाईजी प्रफुल्लित हो गईं। पैसे के लोभ में बहुत–सा काम किया जा सकता है, यह मैं जानता हूं। पर इन मूर्खों की मण्डली में बैठकर वीणा बजाना बड़ा कठिन काम था। एक समझदार व्यक्ति पाकर वह बच गईं। रात में देर तक अपनी सारी विद्या, सारा सौन्दर्य और समस्त कंठ के माधुर्य से मेरे चारों ओर मदोन्मत्तता फैलाकर वे आप भी स्तब्ध हो गईं।

बाईजी पटने की थीं। उनका नाम प्यारी था। रात को उन्होंने अपनी सारी शक्ति लगाकर मुझे गाना सुनाया। शायद पहले कभी इस उत्साह से न सुना सकी होंगी। मैं मुग्ध हो गया। गाना खत्म होते ही मेरे मुंह से निकल पड़ा–'खूब!'

प्यारी मुंह नीचा करके हंस पड़ी। इसके बाद दोनों हाथ जोड़कर प्रणाम किया–'सलाम नहीं।' रात–भर के लिए सभा उठ गई।

सभा में कोई तो सो गया था और कोई तन्द्रा में था, अधिकांश लोग अचेत थे। अपने दल के साथ बाईजी अपने तम्बू में जाने की तैयारी कर रही थीं। मैं खुश होकर हिन्दी में बोल उठा–'बाईजी, मेरा सौभाग्य है कि तुम्हारा गाना मैं एक सप्ताह तक सुन सकूंगा।' पहले तो बाईजी ठिठक गईं, पर थोड़ी देर बाद पास आकर मीठे स्वर से शुद्ध बंगला में बोलीं–'रुपये लिये हैं तो गाना ही पड़ेगा, किन्तु क्या आप भी पन्द्रह–सोलह दिनों तक मुसाहबी करेंगे? कल ही अपने घर चले जाइये।'

उनकी बात सुनकर मुझे काठ मार गया। उत्तर न सूझ पड़ा। इतने में बाईजी बाहर चली गईं। सवेरे हल्ला–गुल्ला करके कुमारजी शिकार खेलने गये। मद्य–मांस का आयोजन सबसे अधिक था। साथ में दस–बारह शिकारी नौकर थे। पन्द्रह बन्दूकें थीं जिनमें छः रायफल थीं। शिकार का स्थान था एक अधसूखी नदी के दोनों किनारे। इस पार एक गांव था और उस पार बालू का मैदान। इस पार एक कोस तक सेमर के वृक्ष थे और उस पार कुश और कांस के झुरमुट। इसी जगह पन्द्रह बन्दूकों से शिकार होने वाला था। सेमर के पेड़ पर कुछ घूघू मुझे दीख पड़े और सूखी नदी में चलते दो चकवा–चकवी।

लोग किस ओर चलें, इस बात पर देर तक सलाह हुई। इसी बीच लोगों ने दो–एक प्याले चढ़ाकर शरीर और मन बहादुरों जैसा बना लिया। मैंने बन्दूक रख दी। एक तो बाईजी का व्यंग रात–भर विकल करता रहा और दूसरे शिकार का स्थान देखकर मैं जल–भुन गया।

राजकुमार ने पूछा—'क्यों भाई कान्त! तुम चुपचाप हो और बंदूक भी रख दी तुमने?'

'मैं चिड़िया नहीं मारता।'

'यह क्यों भाई?'

'रेख भीगने के बाद मैंने कभी छर्रे वाली बन्दूक नहीं चलाई, मैं चलाना भूल गया हूं।'

राजकुमार खूब हंसे। लेकिन उस हंसी में द्रव्य का कितना आभास था, यह बात दूसरी है।

सूरज की आंख—मुंह लाल हो गया। वही इस दल का मुख्य शिकारी और राजकुमार का प्रिय साथी था। उसके अचूक निशाने की प्रशंसा मैं सुन चुका था। वह क्रोधित होकर बोला—'चिड़ियों के शिकार में कुछ शरम है?'

मेरी तबीयत भी ठीक न थी, इसलिए उत्तर दिया—'सबको शरम नहीं, पर मुझे अवश्य है। खैर कुमार साहब, मेरी तबीयत ठीक नहीं है', यह कहकर मैं तम्बू में लौट आया। इस पर कौन हंसा, किसने आंखें चमकाईं, किसने मुंह बिचकाया, यह देखने की इच्छा रखते हुए भी मैं न देख सका।

तम्बू में आकर मैं फर्श पर चित्त होकर लेट गया और एक प्याला चाय बनाने की आज्ञा देकर चुपचाप सिगरेट पीने लगा। इतने में बैरे ने आकर कहा—'बाईजी आपसे एक बार मिलना चाहती हैं।' मैं इसी बात की आशा और आशंका कर रहा था। पूछा—'क्यों मिलना चाहती हैं?'

'सो मैं नहीं जानता।'

'तुम कौन हो?'

'मैं बाईजी का खानसामा हूं।'

'तुम बंगाली हो?'

''जी हां, नाई हूं। रतन नाम है।'

'बाईजी भी हिन्दू हैं?'

रतन हंसकर बोला—'यदि हैं नहीं तो मैं कैसे हूं?'

मुझे साथ ले जाकर तम्बू का दरवाजा दिखलाकर रतन खिसक गया। परदा उठाकर देखा तो अन्दर अकेली बैठी बाईजी प्रतीक्षा कर रही थीं। कल रात में पेशवाज और ओढ़नी के कारण ठीक–ठीक नहीं पहचान सका। आज अच्छी तरह देखकर पहचान लिया। बाईजी चाहे जो हों, पर हैं बंगालिन। बहुमूल्य दरी पर गरद की साड़ी पहने बाईजी बैठी थीं। भीगे बाल पीठ पर बिखर रहे थे। सामने पान का सरंजाम और हुक्का रखा हुआ था। मुझे देखकर खड़ी हो गईं और सामने का आसन दिखलाती हुई हंसकर बोलीं—'बैठिए, आपके सामने मैं तंबाकू न पीऊंगी। अरे रतन, इसे उठा ले जा। खड़े क्यों हैं? बैठिए न।'

रतन हुक्का ले गया। बाईजी ने कहा—'आप तम्बाकू पीते हैं, यह जानती हूं, किन्तु दे कैसे सकती हूं। दूसरे स्थान पर आप चाहे जो भी करते हों पर मैं आपको अपना हुक्का नहीं दे सकती। चुरुट ला रही हूं, अरे ओ......।'

'ठहरो, चुरुट की आवश्यकता नहीं है। चुरुट मेरे पाकेट में ही है।'

'है? तो जरा स्थिर होकर बैठ जाइए। बहुत बातें करनी हैं। भगवान किस समय किससे भेंट करा देते हैं, यह कहा नहीं जा सकता। स्वप्न में भी अगोचर हैं। शिकार खेलने गये थे न, इतनी शीघ्र क्यों लौट आये?'

'अच्छा नहीं लगता।'

'अच्छा न लगने की बात ही है। मनुष्य कितने निष्ठुर होते हैं? बेकार जीव–हत्या करने में न जाने कौन–सा आनन्द मिलता है, यह वे ही जानते हैं। बाबूजी अच्छी तरह हैं?'

'बाबूजी मर गए।'

'मर गये! और मां?'

'वे तो पहले ही मर गई थीं।'

'ओह, इसी से तो' इतना कहकर एक लंबी सांस लेकर बाईजी मेरे मुंह की ओर देखने लगीं। ऐसा लगा कि उनकी आंखें छलछला उठीं। यह तो मेरे मन की भूल थी। पर जब दूसरी बार वह बोलीं तो भूल के लिए कुछ न रहा। नारी की चंचलता और कण्ठ–स्वर की मृदुता का आभास मिला। बोलीं—'अब तुम्हारी देख–रेख करने वाला कोई न रहा। बुआजी के पास हो न? वहां नहीं तो और कहां रहोगे? शादी तो हुई नहीं है, यह मैं देख ही रही हूं। पढ़ना–लिखना हो रहा है कि उसे भी छोड़ बैठे?'

अब तक तो उनके कौतूहल और सवालों को सहता आया, पर जाने पिछला प्रश्न असह्य प्रतीत हुआ—'तुम्हें जीवन में कभी देखा है, यह भी याद नहीं है। मेरे विषय में इतनी बातें तुम कैसे जानती हो? और जानने से लाभ ही क्या?'

बाईजी को गुस्सा नहीं आया। वे हंसकर बोलीं—'क्या लाभ–हानि ही संसार में सब कुछ है? माया, ममता, प्रेम क्या कुछ नहीं है? मेरा नाम प्यारी है। जब तुम मेरा चेहरा देखकर नहीं पहचान सके तो बचपन के पुकारने के नाम से क्या पहचानोगे? और मैं तुम्हारे उस गांव की लड़की भी तो नहीं हूं।'

'अच्छा, तुम्हारा मकान कहां है, बतलाओ।'

'नहीं बतलाऊंगी।'

'तब अपने बाप का ही नाम बताओ।'

बाईजी जीभ निकालकर बोलीं—'वे स्वर्गवासी हो गये। छिः—छिः! अब मैं उनका नाम ले सकती हूं?'

मैं अधीर हो उठा। बोला—'यदि तुम नहीं बतला सकतीं तो मुझे पहचान कैसे गईं। यह बात कहने में कोई दोष होगा?'

प्यारी मेरे मन का भाव समझकर हंस पड़ी। बोली—'नहीं, उसमें दोष नहीं है। किन्तु तुम उस पर विश्वास करोगे?'

'बतलाकर देखो।'

प्यारी ने कहा—'तुम्हें पहचानती हूं महाराज, बुद्धि की मार से और कैसे? तुमने मेरी आंखों से जितना पानी बहाया है उसे सूर्य भगवान यदि सुखा नहीं लेते तो शायद वह तालाब हो जाता। बोलो, इस बात पर विश्वास करोगे?'

मैं इस पर विश्वास न कर सका, किन्तु यह मेरी ही भूल थी। पर उस समय यह भी याद नहीं पड़ा कि प्यारी के होंठों की बनावट ही इस प्रकार की है कि मजाक करके ही कहती और हंसती है। मैं चुप रहा। चुप रहने के पश्चात् वह सचमुच ही हंस पड़ी। पर इतनी ही देर में मुझे जान पड़ा कि उसने अपनी लज्जित अवस्था को सम्भाल लिया है। हंसकर बोलीं—'नहीं महाराज, मैं तुम्हें जितना बुद्धू समझ रही थी उतने नहीं हो। मेरे कहने का ढंग तुम समझ चुके हो। तुमसे अधिक बुद्धिमान लोग भी इस बात पर अविश्वास नहीं कर सकते। तब इतने बुद्धिमान हो तो फिर मुसाहबी क्यों कर रहे हो? यह नौकरी तो तुम्हारे जैसे मनुष्यों के लिए नहीं है। जाओ, चटपट यहां से खिसक जाओ।'

मारे क्रोध के सारा शरीर जल उठा, पर उसे प्रकट नहीं होने दिया। सहज भाव से बोला—'नौकरी जितने दिन रहे उतनी अच्छी। बैठे से बेगार भली, जानती हो न? अच्छा, अब जाता हूं, बाहर के लोग शायद शक करें।'

प्यारी ने कहा—'शक करें तो तुम्हारा सौभाग्य है महाराज! यह क्या कोई पश्चात्ताप की बात है?'

उत्तर न देकर जब मैं दरवाजे की ओर बढ़ा, वह हंसकर बोलीं—'देखो भाई, मेरी आंखों से पानी बहने की कहानी तुम भूल मत जाना। कुमार साहब के दरबार में मित्रों के बीच कह दोगे तो मुमकिन है तुम्हारा भाग्य खुल जाये।'

निरुत्तर हो मैं बाहर चला। किन्तु उस निर्लज्ज की हंसी और परिहास मेरे शरीर में बिच्छू के डंक जैसा व्याप गया।

अपने तम्बू में आया। एक प्याला चाय पीकर चुरुट सुलाकर ठंडे दिल से सोचने लगा कि यह कौन है? जीवन के पांच बरस से अब तक की घटनाओं को याद करके सोचने लगा। अतीत में जहां तक मेरी दृष्टि गई, उतनी दूर तक मैंने डूब—डूब कर देखा, पर कहीं प्यारी न मिली और वह मुझे पहचानती है। बुआ तक को जानती है। मैं दरिद्र हूं, उसे इसका भी ज्ञान है। और तो कोई गहरी चाल है नहीं इसमें। यह मुझे जल्दी यहां से भगा देना चाहती है। पर किसलिए? मेरे रहने या न रहने से इसे क्या लाभ? बात—बात में उसने कहा—संसार में क्या हानि—लाभ ही सब कुछ है? प्रेम कुछ नहीं। मैंने इसे कभी देखा नहीं, इसके मुंह से यह बात सुनकर मुझे हंसी आई। पर सारी बातों को दबाकर उसका अंतिम व्यंग मुझे छेदने लगा।

सन्ध्या समय शिकारियों का दल लौट आया। नौकर के मुंह से सुना कि आठ घूघू चिड़िया मार कर लाई गई हैं। कुमार साहब ने बुला भेजा। अस्वस्थता का बहाना कर मैं बिछाने पर पड़ा रहा। इसी तरह कई रात प्यारी का गाना और मतवालों की वाह—वाह सुनता रहा। इसके पश्चात् तीन—चार दिन एक ही तरह कट गये। इसीलिए कह रहा हूं, एक शिकार छोड़कर बाकी सब वैसे ही थे।

मालूम होता था कि प्यारी का अभिशाप फल गया। प्राणी–हत्या के लिए अब किसी को उत्साह न दीख पड़ा। कोई तम्बू से बाहर नहीं जाना चाहता था। मेरे वहां से भाग जाने का कोई मुख्य कारण न था, पर इन बाईजी से मुझे बड़ी चिढ़ हो गई थी। उनके आते ही ऐसा मालूम होता था कि मुझे कोई मार रहा हो; वहां से चले जाने पर ही आराम मिलता था। यदि उठ न सकता तो किसी को बातचीत करते देखकर अन्यमनस्क भाव दिखलाने की चेष्टा करता। वह बराबर मुझसे आंखें मिलाना चाहती, इसे भी खूब समझता। पहले वह एक दो दिन मुझे लक्ष्य कर कुछ परिहास करना चाहती थी किन्तु मेरा रुख देखकर वह चुप रह गई।

उस दिन शनिवार था। अब मैं किसी प्रकार ठहर नहीं सकता था। खा–पीकर आज ही रवाना हो जाऊंगा, यह खबर पाकर सवेरे से ही गाना–बजाना शुरू हो गया। बाईजी थक कर चुप हो गईं। एकाएक सब कहानियों में श्रेष्ठ भूतों की कहानी आरम्भ हुई।

पहले तो मैं लापरवाही से सुन रहा था। पर बाद में गर्दन ऊंची कर बैठ गया। कहने वाले थे गांव के ही एक अधेड़ भलेमानस। कहानी कहना उन्हें मालूम था। वे बोल रहे थे–'प्रेत योनि में जिन्हें कुछ संशय हो, वे आज शनिवार की अमावस्या के दिन इस गांव मे आकर अपने आंख–कान का बहम मिटा जायें। चाहे जिस जाति का हो, चाहे जितने आदमियों को लेकर महा–श्मशान में जाये, उसका जाना तो आज निष्फल न होगा। आज केवल भूत दिखलाई ही नहीं पड़ेंगे, आवाज भी सुनाई पड़ेगी और जो चाहे बातें भी कर सकता है उनसे।' मुझे लड़कपन की बातें याद आ गई। मैं हंस पड़ा। वृद्ध महाशय मेरी ओर लक्ष्य कर बोले–'आप विश्वास नहीं करते?'

'नहीं।'

'क्यों नहीं करते? विश्वास न करने का कोई विशेष कारण है?'

'नहीं।'

'तब फिर? इस गांव में दो–एक सिद्ध साधक हैं जिन्होंने अपनी आंखों से देखा है। आप विश्वास नहीं करते और ऊपर से हंसते हैं, यह केवल दो पन्ना अंग्रेजी पढ़ने का परिणाम है। मुख्यतया बंगाली लोग तो और नास्तिक होते हैं, म्लेच्छ।' कौन–सी बात के बीच कौन–सी बात आ पड़ी, यह देखकर मैं दंग रह गया। बोला–'देखिए, इस सम्बन्ध में तर्क करना मैं नहीं चाहता। मेरा विश्वास मेरे लिए है। मैं नास्तिक हूं, म्लेच्छ हूं, भूत–पिशाच नहीं मानता।'

वृद्ध महाशय ने मेरा हाथ पकड़कर कहा–'आज रात में आप श्मशान जा सकेंगे?' मैंने हंसकर कहा–'जा सकता हूं। मैं लड़कपन ही में बहुत से श्मशानों में गया हूं।'

वृद्ध ने चिढ़कर कहा–'शेखी मत करो बाबू।' वे सारे श्रोताओं की स्तम्भित कर श्मशान का भयानक वर्णन करने लगे–'यह श्मशान ऐसा है। इस जगह नित्य रात को महाभैरवी अपनी सहेलियों के साथ नरमुंडों के गेंद खेलती हैं और नाच–नाचकर घूमती हैं। उनकी खिलखिलाहट से न जाने कितनी बार अंग्रेज डिप्टी, मजिस्ट्रेटों के हृदय की धड़कन रुक गई हैं।' यह लोमहर्षक कहानी इस ढंग से कह रहे थे। दिन में तम्बू के भीतर ही कितने आदमियों के सिर के बाल तक खड़े हो गये।

इस प्रकार उस महाश्मशान का इतिहास समाप्त करके वे मेरी ओर कटाक्ष करते हुए बोले–'क्यों बाबू साहब, आप जायेंगे?'

'जाऊंगा क्यों नहीं?'

'जाओगे? अच्छा, आपकी इच्छा। मगर प्राण जाने से.......?'

मैंने हंसकर कहा–'नहीं बाबूजी, प्राण जाने पर भी तुम्हें दोष नहीं लगेगा। तुम डरो नहीं। पर अनजान स्थान में मैं बन्दूक लेकर ही जाऊंगा।'

इन लोगों के दल में ऐसा एक ही आदमी था जो स्वीकार करता था कि वह शिकार नहीं जानता। वह बातें कम करता और शराब भी कम पीता था। उसका नाम पुरुषोत्तम था। शाम को आकर उसने मुझे पकड़ लिया और बोला—'मैं भी साथ चलूंगा। इसके पहले मैंने भूत नहीं देखा है। अतएव आज जब ऐसी सुविधा है तो उसे छोड़ना नहीं चाहिए।' वह खूब हंसने लगा। मैंने पूछा—'क्या तुम भूत नहीं मानते?'

'नहीं।'

'क्यों नहीं मानते?'

'नहीं है, इसलिए नहीं मानता।' कहकर वह प्रचलित तर्क को हटाकर निरंतर कहने लगा—'मैंने बहुत दिनों से सुना था कि इसमें न तो युक्ति है और न तर्क। वह केवल संस्कार है। बुद्धि के द्वारा जो किसी वस्तु को नहीं मानते वे भी भय की जगह आते ही बेहोश हो जाते हैं।'

पुरुषोत्तम आसानी से छोड़ने वाला न था। बस धोती खोलकर पक्के बांस की एक लाठी कंधे पर लेकर बोला—'आपकी इच्छा हो तो बन्दूक ले लीजिए। पर मेरे हाथ में लाठी रहते भूत की क्या शक्ति कि पास फटके।'

'समय पर हाथ में लाठी न रहेगी तब?'

'इसी तरह रहेगी बाबू, आप देख लेना। एक कोस का रास्ता है। इसलिए ग्यारह बजे के पहले चलना होगा।'

मैंने देखा कि उसका आग्रह कुछ व्यर्थ—सा है।

उस समय यात्रा में एक घंटे की देर थी। मैं तम्बू के बाहर टहल रहा था और मन—ही—मन सोच रहा था कि कौन—सी बात हो सकती है। मैं इन विषयों में जिसका शिष्य था, उसे बिलकुल ही भूतों

का डर नहीं था। लड़कपन की बातें याद आ रही थीं। इन्द्र ने कहा था–श्रीकान्त मन–ही–मन राम–नाम कहो, लड़का अभी मेरे पीछे बैठा है। केवल उसी दिन मैं डर के मारे अचेत हो गया था। पर वह डरा नहीं था। यदि आज की कहानी सच है तो वह कौन–सी वस्तु है। इन्द्र स्वयं भूतों का विश्वास करता था; पर उसने कभी आंखों से नहीं देखा था।

पांच–छः वर्ष पहले हम लोगों की पड़ोसिन नीरू दीदी बाल विधवा थीं। प्रसूत रोग से पीड़ित छः महीने तक खाट पर पड़े रहने के बाद कष्ट भोग कर मरीं। उस समय उनकी मृत्युशय्या के पास मेरे सिवा और कोई न था। बगीचे के बीच एक कच्चे घर में वे अकेली रहती थीं। सब प्रकार के रोगों में, शोक में, सम्पत्ति में, विपत्ति में इतनी बड़ी सेवापरायण एवं निस्वार्थ परोपकारिणी उस टोले में कोई दूसरी न थी। कितनी ही लड़कियों को लिखना–पढ़ना सिखलाया और कितनों को गृहस्थी के सब प्रकार के काम सिखलाकर योग्य बनाया।

स्निग्ध, शान्त स्वभाव और निर्मल चरित्र वाली स्त्री को मुहल्ले वाले भी बहुत चाहते थे। किन्तु जब तीस साल की उम्र में उसी नीरू दीदी के पैर फिसल गये और भगवान ने इस कठिन आघात से उनके ऊंचे ललाट को मिट्टी में मिला दिया तो मुहल्ले का कोई भी उस अभागिन के उद्धार के लिए हाथ न बढ़ा सका। पाप के स्पर्श से अछूते हिन्दू समाज ने उस अभागिन के सामने खिड़की–दरवाजे बन्द कर लिए। उस मुहल्ले में एक भी ऐसा न था जिसने नीरू दीदी की सेवा से लाभ न उठाया हो। वह अभागिन लंबे छः महीने तक लज्जा और घृणा से अपने फिसल जाने का प्रायश्चित करती रही। बिना दवा–दारू के सावन की एक अंधेरी रात को चल बसी। इसका विवरण किसी भी पंडित–पुरोहित से पूछकर जाना जा सकता है।

मेरी बुआ छिपकर उसकी मदद किया करती थीं यह मैं जानता था और घर की एक बूढ़ी नौकरानी के अलावा दुनिया में उसका कोई नहीं था। बुआ ने एक दिन अकेले में मुझसे कहा—'भैया श्रीकान्त, तू रोग–शोक में बहुतों की खबर लिया करता है, उस छोकरी को भी तो एक–आध बार देख आया कर।' उस समय से मैं बराबर जाकर उन्हें देख आता और बुआ के पैसे से सौदा भी खरीदकर ला दिया करता। मरते समय में मैं ही अकेला उसके पास था। मृत्यु के समय ऐसा विचार और ऐसा ज्ञान मैंने किसी में नहीं देखा। विश्वास करने पर भी सारे शरीर में कंपकंपी पैदा हो गई। इससे मैं यह बात कह रहा हूं।

उस दिन भी श्रावण की अमावस्या थी। आंधी और पानी से मालूम होता था कि पृथ्वी उलट जायेगी। खिड़की–दरवाजे बन्द थे। खाट के पास ही मैं एक अधटूटी आराम–कुर्सी पर लेटा हुआ था। नीरू दीदी ने स्वाभाविक आवाज में मुझे बुलाया। अपने हाथ से मेरी गर्दन नीची करके कान में कहा—'श्रीकान्त, तुम घर जाओ।'

'क्यों नीरू दीदी, इस आंधी–पानी में?'

'बला से आंधी–पानी है। जान तो पहले है।' यों ही बक रही हैं, ऐसा समझ कर मैंने कहा—'अच्छा जाता हूं, जरा पानी थमने दो।' नीरू दीदी घोर चिन्ता करके बोलीं—'नहीं, नहीं, श्रीकान्त, तुम जाओ। जरा भी देर न करो, तुम भागो।' इस बार उसके भाव से मेरी छाती कांप गई। मैंने कहा—'मुझे जाने को क्यों कह रही हो?'

उन्होंने मेरा हाथ थामकर बन्द खिड़की की ओर इशारा करते हुए चिल्लाकर कहा—'जाओगे नहीं तो क्या प्राण दोगे? देखते नहीं, मुझे ले जाने के लिए काले–काले सिपाही आये हैं? तेरे यहां रहने से वे लोग मुझे खिड़की से ही डरा–धमका रहे हैं।' इसके पश्चात् उन्होंने फिर कहा—'वे खटिया के नीचे हैं, वे माथे के ऊपर हैं।

वे मारने आ रहे हैं। यह लिया; वह पकड़ लिया।' इस तरह का चिल्लाना उस रात को शायद मरने के समय तक जारी रहा।

यह घटना मुझे नहीं भूलती। मैं डरा तो अवश्य उस रात था, पर कुछ चेहरे भी मैंने देखे थे। उसे याद कर हंसता हूं पर यदि यह विश्वास होता कि किवाड़ खोलकर भाग जाने से नीरू दीदी को लेने आये हुए सिपाही मुझे पकड़ लेंगे तो मैं अवश्य भाग जाता। मैं समझता हूं कि यह सब कुछ नहीं है, कुछ भी नहीं था। मैं जानता हूं मरता आदमी बेहोशी की दशा में बड़बड़ा रहा था।

इतने में किसी ने पुकारा—'बाबू!'

मैं चौंक उठा। घूमकर देखा—रतन है।

'क्यों रे?'

'बाईजी प्रणाम कहती हैं।'

जितना मुझे आश्चर्य हुआ उतना ही क्रोध भी आया। इस रात को एकाएक बुलावा पाना अत्यन्त अपमानजनक ही नहीं मालूम हुआ बल्कि तीन-चार दिन के व्यवहार का स्मरण करके भी यह संदेश कहला भेजना मुझे बेहूदा-सा लगा।

किन्तु नौकर के सामने उत्तेजना को छिपाने के लिए अपने को रोककर मैंने कहा—'आज मुझे समय नहीं है रतन। मुझे बाहर जाना है; कल मिलूंगा।'

रतन शिक्षित नौकर था, अदब कायदे में पक्का। आदर के साथ मीठे स्वर में बोला—'बड़ी आवश्यकता है बाबू, इसी समय एक बार चरण-रज देनी होगी, नहीं तो बाईजी खुद आएंगी!' कैसा—सर्वनाश!

इस तम्बू में इतनी रात बीते, इतने लोगों के सामने! मैंने कहा—'समझे न रतन, आज नहीं, कल सवेरे मिलूंगा। आज मैं किसी तरह नहीं जा सकूंगा।'

रतन ने कहा—'मैं पांच वर्ष से देख रहा हूं बाबू, बाईजी के एक भी काम में अंतर नहीं पड़ता। आपके नहीं जाने से वे स्वयं आएंगी।'

इस अन्याय और असंगत जिद से मैं सिर से पैर तक जल उठा। कहा—'अच्छा ठहरो, मैं चलता हूं।' तम्बू के भीतर जाकर देखा—शराब की कृपा से कोई भी होश में है। पुरुषोत्तम भी गाढ़ी नींद में सो रहा था। नौकरों के तम्बू में दो—चार आदमी जाग रहे थे। जल्दी से बूट पहनकर शरीर में कोट डाल लिया। रायफल ठीक ही थी। उसे हाथ में लेकर धीरे—धीरे बाईजी के तम्बू में गया। प्यारी भी सामने बैठी थी। मुझे सिर से पैर तक बार—बार देखकर बिना किसी भूमिका के, क्रोधित होकर बोलीं—'मरघट जाना तुम्हारा किसी प्रकार भी नहीं होगा, किसी प्रकार भी नहीं।'

अमिट आश्चर्य हुआ—'क्यों?'

'क्यों और क्यों?' क्या भूत—प्रेत नहीं हैं, जो इस शनिवार की अमावस्या को तुम श्मशान जाओगे? प्राण लेकर लौट आओगे तुम वहां से?' इतना कहकर प्यारी फफक— फफककर रोने लगी। मैं विह्वल हो चुपचाप खड़ा रहा। क्या करूं, क्या उत्तर दूं, कुछ समझ में नहीं आ रहा था। समझ में न आने से आश्चर्य नहीं तो और क्या? जिससे जान न पहचान, वह यदि आधी रात को बुलाकर सामने रोए तो कौन आश्चर्यचकित न हो जाये? कुछ और न पाकर प्यारी आंखें पोंछती हुई बोलीं—'तुम क्या कभी शान्त और सुबोध नहीं बनोगे? वैसे ही जिद्दी बने रहोगे! जाओ, देखूं कैसे जाते हो? मैं भी साथ चलूंगी।' अब वह दुशाला ओढ़ने लगी।

मैंने संक्षेप में कहा—'अच्छा चलो।' मेरे इस प्रच्छन्न व्यंग्य से चिढ़ कर प्यारी बोलीं—'देश—विदेश में ख्याति की सीमा न रहेगी! बाबू आये थे शिकार खेलने और आधी रात को एक बाईजी को लेकर भूत देखने गये। मैं पूछती हूं, घर से क्या एकदम 'आउट'

होकर आये हो? घृणा, लाज, शरम क्या कुछ भी नहीं रह गई।' कहते–कहते उसका कण्ठ भीग गया। उसने कहा–'पहले तो तुम ऐसे नहीं थे। तुम्हारा इतना अधःपतन होगा, ऐसा कभी किसी ने नहीं सोचा था।' और कोई समय होता तो उसकी पिछली बात पर मैं अत्यन्त क्रोधित होता, पर इस समय मुझे गुस्सा न आया। ऐसा मालूम हुआ जैसे प्यारी को पहचान लिया है। ऐसा क्यों सोचा, फिर कभी कहूंगा। उस समय मैंने कहा–'लोगों के सोचने–समझने का क्या मूल्य है यह तुम स्वयं सोच सकती हो। तुम ही इस अधःपतन मार्ग पर जाओगी, यह किसने सोचा था?'

क्षण–भर में प्यारी के मुंह पर शरत्–मेघ की ज्योत्स्ना की तरह हंसी की एक छटा दिखाई पड़ी; किन्तु थोड़ी देर के लिए ही। वह बोली–'मेरे संबंध में तुम क्या जानते हो? मैं कौन हूं? बतलाओ तो जानूं?'

'तुम प्यारी हो।'

'यह तो सभी जानते हैं।'

'जो सभी नहीं जानते उसे मैं जानता हूं, सुनकर क्या तुम प्रसन्न होओगी? यदि प्रसन्न होती तो स्वयं अपनी परिचय देतीं। जब दिया नहीं है तो मेरे मुंह से भी कुछ नहीं सुन सकोगी। इस बीच सोचकर देखो–अपने को प्रकट करोगी कि नहीं! किन्तु अब और समय नहीं, मैं चला।'

प्यारी विद्युत के समान तेजी से मेरा रास्ता रोककर बोली–'यदि नहीं जाने दूं तो क्या जबरदस्ती चले जाओगे?'

'जाने ही क्यों न दोगी?'

प्यारी बोली–'क्यों जाने दूंगी? सचमुच क्या भूत नहीं होते कि तुम्हारे 'जाने दो' कहने से जाने दूंगी? माई–री–माई चिल्लाकर मैं भीड़ लगा दूंगी, कहे देती हूं।' इतना कहकर वह बंदूक छीनने लगी।

मैं एक पग पीछे हट गया। कुछ देर पश्चात् मेरा क्रोध हंसी में बदल गया। इस बार हंसकर कहा—'सचमुच भूत होते हैं कि नहीं, यह मैं नहीं जानता, पर झूठ—मूठ के भूत होते हैं, यह जानता हूं। वे सामने होकर बातें करते हैं, हंसते हैं और रास्ता तक रोक लेते हैं। जरूरत पड़ने पर गरदन मरोड़कर वे खा भी जाते हैं।' प्यारी मलिन हो गईं। कुछ देर तक उत्तर खोज कर हार गई। इसके पश्चात् बोली—'क्या तुम मुझे पहचानते हो? यह तुम्हारी भूल है। वे बहुत से नाम के काम करते हैं पर गरदन मरोड़ने के लिए राह पर खड़े नहीं रहते। उन्हें भी अपने—पराये का ज्ञान रहता है।' मैंने हंसकर कहा—'यह तो तुम्हारी अपनी बात है। तो क्या तुम भूत हो?'

प्यारी बोली—'भूत नहीं तो और क्या? जो मर कर भी नहीं मरते वे ही तो भूत होते हैं यही तुम्हारे कहने का मतलब है न।' थोड़ी देर पश्चात् वह फिर बोली—'एक हिसाब से तो मैं मर गई थी, यह सच है। पर सच हो या झूठ, अपने मरने की बात तो मैंने स्वयं फैलाई थी नहीं। मामा के द्वारा मां ने फैलाई थी। सुनोगे सब बात?' उसकी मृत्यु की बात सुनकर उसी क्षण मेरा संशय दूर हो गया। ठीक—ठीक पहचान गया कि यह राजलक्ष्मी है। बहुत दिन पहले वह अपनी मां के साथ तीर्थ करने गई थी। फिर लौटकर नहीं आई। गांव भर में बात प्रसिद्ध हो गई कि वह काशी में हैजे से मर गई। इसके पहले कभी मैंने उसे देखा था, यह याद नहीं, पर जब से मैं आया था तबसे उसकी एक आदत पर लक्ष्य कर रहा था। वह गुस्से में आती तो ओठों को दांतों से दबा लेती थी। कभी ठीक ऐसे ही करते किसी को देखा है; पर वह कौन है, कहां देखा है, कब देखा है, यह सब कुछ भी याद नहीं है। उस राजलक्ष्मी को इस तरह देखकर मुझे बड़ा विस्मय हुआ। मैं जब अपने गांव में मनसा पंडित की पाठशाला में लड़कों का मुखिया था, तब इसके दो पुश्त के कुलीन बाप ने अपना दूसरा विवाह कर लिया और इसकी मां को घर से निकाल

दिया। पति द्वारा परित्यक्त मां सुरलक्ष्मी और राजलक्ष्मी नाम की दो कन्याओं को लेकर अपने बाप के घर चली गई। उसकी उम्र उस समय आठ–नौ साल की होगी, और सुरलक्ष्मी, बारह–तेरह साल की थी। इसका रंग तो खूब गोरा था; पर मलेरिया और प्लीहा से पेट मटके की तरह, हाथ–पैर लकड़ी की तरह, और बाल तांबे के तार के समान थे, कितने थे सो भी गिने जाते। मार के भय से वह लड़की रोज करौंदे के वन में घुस कर पके करौंदे की माला गूंथकर मुझे देती थी। जिस दिन माला छोटी होती, मैं उसे खूब चपतें लगाता। मार खाकर यह लड़की गुमसुम होकर होकर ओठ चबाती, पर कभी यह न कहती कि करौंदे बटोरना कठिन है। इतने दिनों तक तो मैं यही समझता था कि मार के भय से ही करौंदे चुनती है; लेकिन आज कुछ संशय हुआ। खैर, जाने दो! इसके पश्चात् इसका विवाह हो गया। यह भी एक विचित्र बात थी। भानजियों का विवाह न होने के कारण मामा चिन्ता के मारे मरा जाता था। संयोग से यह खबर लगी कि विरंचि दत्त का रसोइया एक कुलीन ब्राह्मण है। इस कुलीन ब्राह्मण को दत्त महाशय बांकुड़ा से बदली के समय साथ ले आये थे। विरंचि दत्त के दरवाजे पर मामा धरना देकर पड़े रहे—ब्राह्मण की जाति–रक्षा करना आवश्यक है। इतने दिन से सब लोग जानते थे कि दत्त महाशय का ब्राह्मण रसोइया बड़ा भोला–भाला भलामानुस है। परन्तु काम के समय देखा गया कि वह सांसारिक बुद्धि में किसी से कम नहीं है। इक्यावन रुपया दहेज की बात सुन कर सिर हिलाकर जोर से बोला—'इतने सस्ते में नहीं होगा महाशय। बाजार भाव जांचकर देखिए। पचास और एक रुपये में तो एक जोड़े बकरे भी नहीं मिलते। आप तो इतने में दामाद खोजते हैं। एक सौ एक रुपये दीजिए तो एक बार इस पटरी पर और एक बार उस पटरी पर बैठकर दो फूल छोड़ दूं। दोनों बहनें एक बार ही पार कर जायेंगी। एक सौ रुपये—दो सांड खरीदने का दाम आप नहीं दे सकते? बात

बेजा नहीं थी, फिर भी बहुत मोल–तोल और सिफारिश के बाद सत्तर रुपये में, एक ही रात में एक साथ सुरलक्ष्मी और राजलक्ष्मी का विवाह हो गया। दो दिन पश्चात् दो पीढ़ी का कुलीन दामाद रुपये लेकर बांकुड़ा चल दिया, फिर कभी उसे किसी ने नहीं देखा। डेढ़ साल बाद सुरलक्ष्मी प्लीहा के बुखार से मर गई और उसके डेढ़ साल बाद काशी में मर कर राजलक्ष्मी ने शिवत्व प्राप्त किया। यही है प्यारी बाईजी का संक्षिप्त इतिहास।

बाईजी ने कहा–'तुम क्या सोच रहे हो, बताऊं?'

'क्या सोच रहा हूं?'

'तुम सोच रहे हो, अहा! लड़कपन में मैंने इसे कितना कष्ट दिया है। कंटीले वन में भेजकर इससे रोज करौंदे तुड़वाता था और बदले में मारता–पीटता था। मार खाकर केवल रोती थी, पर कभी कुछ चाहती न थी। आज अगर कुछ कहती है तो क्यों न सुन लूं। तो आज नहीं जाऊंगा श्मशान! यही न?'

मैं हंस पड़ा।

प्यारी हंसकर बोली–'होगा ही। लड़कपन में जिससे एक बार प्रेम हो जाता है, उसे कभी भूल सकता है कोई? उसका अनुरोध ठुकराया नहीं जाता। ऐसा निष्ठुर संसार में कौन है? रतना, बाबू के जूते खोल दो। हंसते हो?'–

'तुम किस तरह भुलाकर आदमी को वश में कर लेती हो, यह देखकर हंसता हूं।'

प्यारी भी हंसी; बोली–'इसी से हंसते हो। दूसरे को तो बातों में भुलाकर वश में किया जाता है; पर ज्ञान होते ही स्वयं जिसके वश में हो जाय उसे भी क्या बातों में भुलाया जा सकता है? अच्छा, आज तो मैं बात करती हूं पर जिस दिन कांटों में बिंध कर करौंदे की माला गूंथकर देती थी, तब कितनी बातें करती थी? वह क्या

मार के डर से? यह कभी न सोचना। राजलक्ष्मी ऐसी नहीं है। पर राम! राम! तुम तो मुझे बिल्कुल भूल बैठे थे—देखने पर पहचाना तक नहीं।' इतना कहकर हंसने लगी और उसके कान के दोनों हीरे भी हंसकर डोलने लगे।

मैंने कहा—'तुम्हें याद ही कब किया था कि आज भूल जाऊंगा? आज मैंने तुम्हें पहचान लिया। यह देखकर तो मुझे खुद आश्चर्य हो रहा है। अच्छा, बारह बजने को हैं, चलता हूं।'

प्यारी का हंसता हुआ चेहरा बिलकुल मलिन पड़ गया। वह कुछ स्थिर होकर बोली—'अच्छा, भूत—प्रेत नहीं मानते। सांप—बिच्छू, बाघ—भालू, बनैले सूअर तो वन में रहते हैं, इन सबों को तो मानना चाहिए।'

मैं बोला—'इन सबों को मानता हूं और चौकन्ना होकर चलता हूं।'

मुझे उद्यत देखकर वह धीरे—धीरे बोली—'तुम जिस धातु के बने हुए हो, उसे देखकर तुम्हें अटकाना बहुत मुश्किल है। यह डर मुझे था, पर सोचती थी कि रो—धोकर, हाथ—पैर पकड़कर तुम्हें समझा लूंगी। मेरा रोना ही सब—कुछ है।' मुझे जवाब न देते देखकर वह फिर बोली—'अच्छा जाओ, पीछे बुलाकर और असगुन नहीं करूंगी। लेकिन कुछ हो जाने पर विदेश में राजे—रजवाड़े, बन्धु—बान्धव कोई काम नहीं आएगा। उस समय मुझे ही भुगतना पड़ेगा। मुझे पहचान न सके और मेरे मुंह पर पौरुष की डींग हांकते हो; किन्तु मेरा मन तो औरत का है न। विपत्ति के समय तो मैं नहीं कह सकती कि तुम्हें नहीं पहचानती।' इतना कहकर उसने एक लंबी सांस ली। मैं जाते—जाते फिर डरा और खड़ा होकर हंसने लगा। न जाने क्यों कुछ क्लेश का अनुभव हुआ। मैंने कहा—'अच्छा तो बाईजी, इससे भी तो मुझे लाभ ही होगा। मेरा तो कोई कहीं नहीं है, तब तो जानूंगा कि एक आदमी ऐसा है जो मुझे नहीं छोड़ सकता।'

प्यारी ने कहा—'वह क्या तुम्हें नहीं मालूम है। सौ बार मुझे बाईजी कहकर तुम मेरा अपमान क्यों न करो, पर राजलक्ष्मी तुम्हें छोड़ कर नहीं जा सकती—यह क्या तुम मन में नहीं समझते? पर मैं छोड़कर चली जाती तो अच्छा होता। तुम्हें एक शिक्षा मिल जाती। किन्तु कितनी खराब है स्त्रियों की जाति, एक बार प्यार किया कि मरी।'

मैं बोला—'प्यारी, अच्छे संन्यासी को भीख नहीं मिलती, जानती हो?'

प्यारी ने कहा—'जानती हूं। पर तुम्हारे इस व्यंग में इतनी धार नहीं है जिससे मैं बिंध जाऊं। यह ईश्वरप्रदत्त सम्पत्ति है। जब अच्छे—बुरे का ज्ञान नहीं था, तब का है, आज का नहीं है।' मैंने नरम होकर कहा—'अच्छी बात है। आशा करता हूं कि आज मुझे कुछ अवश्य होगा। कुछ होने से तुम्हारी ईश्वरप्रदत्त सम्पत्ति की जांच हाथों—हाथ हो जायेगी।'

'दुर्गा, दुर्गा! छिः! ऐसी बात मुंह से न निकालो। भली प्रकार लौट आओगे। यह सच है, जांच करने की आवश्यकता नहीं है। मेरा कहां ऐसा भाग्य है कि समय पड़ने पर हाथ हिला—डुलाकर तुम्हें भला—चंगा कर दूं। तब तो जानती कि इस जन्म का एक काम कर चुकी।' इतना कहकर प्यारी ने मुंह फेरकर आंसू बहाये जिसे मैंने हरीकेन के क्षीण प्रकाश में देखा।

'अच्छा, तुम्हारी जब यह साध है तो भगवान एक दिन अवश्य ही पूरी करेगा।' मैं तम्बू से बाहर चला आया। किसे मालूम था कि हंसी—हंसी में मुंह से एक प्रचण्ड सत्य निकल जायेगा!

तम्बू के भीतर से अश्रु—विकृत कण्ठ—स्वर में 'दुर्गा! दुर्गा!' की कातर ध्वनि मेरे कानों में पहुंची। मैं तीव्रता से श्मशान की ओर चला।

सारा मन प्यारी की बातों में ढक गया था। कब आम के बगीचे से होकर अंधेरी राह पार कर गया और कब सरकारी बांध के पास चला आया; मुझे ज्ञान न हुआ। सारी राह यही सोचते–सोचते बीती कि स्त्री के मन का हाल भी कैसा विराट् और अचिंत्य है। यही लड़की प्लीहा से पीड़ित थी, इसका पेट भटके जैसा था; हाथ–पैर लकड़ी की तरह। ऐसी अवस्था में इसने मुझे प्यार किया और करौंदे की माला, दरिद्र ने पूजा के रूप में चढ़ाई, इसका ध्यान ही मुझे न रहा। आज जब मुझे ज्ञान हुआ तो मेरे आश्चर्य की सीमा न रही। उपन्यास और नाटकों में लड़कपन के प्यार की कहानियां मैं पढ़ चुका था; पर जिस वस्तु को यह सगर्व ईश्वर–प्रदत्त कह सकी उसे अपने घृणित जीवन में पोंगे प्रेमियों के बीच हृदय के किस कोने में छिपाकर रख छोड़ा था? इसके लिए वह भोजन कहां से बटोरती थी? कैसे वह इसका लालन–पालन करती थी?'

इतने में सुन पड़ा—'बाप!'

मैं चौंक पड़ा। सामने देखा, धूसर बालू का विस्तीर्ण मैदान और उसे फोड़ती हुई नदी की टेढ़ी रेखा। पतली धारा टेढ़ी–मेढ़ी होकर बहुत दूर जाकर अन्तर्हित हुई है। समूचे मैदान में स्थान–स्थान पर कांस फैला हुआ था। अंधेरे में एकाएक मालूम पड़ा कि वे सब आदमी हैं, जो आज अमावस्या की रात में निमन्त्रण पाकर भूतों का नृत्य देखने आए हुए हैं और बालू के फर्श पर आसन लगाकर राह देख रहे हैं। सिर के ऊपर अंधेरे आकाश में ग्रह तारे भी मानो आंखें खोले हुए हैं। हवा नहीं, शब्द नहीं, अपने हृदय को छोड़कर जहां तक दृष्टि जाती है वहां तक जीव की कहीं आहट भी नहीं। जो रात्रिचर पक्षी एक बार 'बाप' कहकर उड़ गया उसका भी फिर पता न लगा। पश्चिम की ओर धीरे–धीरे चला। इसी ओर वह महाश्मशान था। एक दिन शिकार में आकर जो सेमर का वृक्ष देखा था उसी की डाल और पत्ते काले–काले दिखाई दे रहे थे। ये ही महाश्मशान

के द्वारपाल हैं। इन्हें पार कर जाना होगा। इसी समय एक जीव की कुछ आहट मिलने लगी। पर वह भी तबीयत को खुश करने वाली न थी। आगे बढ़ने पर वह साफ मालूम हुई। माता की कुम्भकर्णी नींद में सो जाने पर जब कोई बच्चा रोते–रोते बेजान–सा होकर घिग्घी बांध देता है, मालूम हुआ कि ठीक वैसा ही श्मशान के किनारे कोई रिरिया रहा है। मैं बाजी मारकर कह सकता हूं जिसने कभी ऐसे रोने का इतिहास न सुना होगा वह एक कदम भी आगे बढ़ने का साहस नहीं करता। वह आदमी का बच्चा नहीं, चमगादड़ का बच्चा था–अंधेरे में अपनी माता के लिए रो रहा था। अनजान आदमी के लिए यह बताना संभव नहीं है। मैंने निकट जाकर देखा–वही था। झोली की तरह सेमर की डाल पर अनगिनत चमगादड़ रहते हैं; और उन्हीं का एक दुष्ट बच्चा ऐसा चिल्ला रहा था।

पेड़ के ऊपर वह चिल्लाता रहा। मैं महाश्मशान के एक भाग में आकर खड़ा हो गया। सवेरे उन्होंने कहा था–लाखों नरमुण्ड गिने जा सकते हैं। देखा कि इसमें जरा भी अत्युक्ति नहीं है। सारी पृथ्वी नर–कंकालों से पटी हुई है। गेंद खेलने के लिए असंख्य नरमुण्ड हैं पर खिलाड़ियों का अभी तक पता न था। मुझे छोड़कर और कोई अशरीरी दर्शक था कि नहीं, इसका आविष्कार मेरी नश्वर आंखों ने नहीं किया। घोर अमावस्या की रात थी। खेल आरंभ होने में अधिक देर न समझकर मैं एक टीले पर बैठ गया। बन्दूक खोलकर उसके टोंटे की जांच की और फिर उसे बन्द कर दिया। उसे गोद में रखकर मैं तैयार था, हाय रे टोंटा! विपत्ति के समय उससे कोई सहायता न मिली।

प्यारी की बात मन में आई। उसने कहा था–यदि कपट छोड़कर विश्वास नहीं करते तो कर्म भोग करने क्यों जा रहे हो? यदि विश्वास का जोर नहीं है, तो भूत–प्रेत हों या न हों, तुम्हें नहीं जाने दूंगी। सच तो है। यह क्या देख रहा हूं? मन का अगोचर तो

पाप नहीं है। मैं कुछ देखने नहीं आया, पर दिखलाने आया हूं कि मुझ में कितना साहस है। सवेरे जो उन्होंने कहा—कायर बंगाली काम पड़ने पर भाग जाते हैं उनके सामने यही प्रमाणित करना था कि बंगाली लोग भी वीर होते हैं।

बहुत दिनों से मेरा विश्वास था कि मर जाने पर मनुष्य फिर नहीं बचता। यदि रहता भी है तो भी, उस श्मशान में जहां लोग उसके पार्थिव शरीर को यातना देते हैं, वहां लुढ़काये जाने की इच्छा रखना न तो स्वाभाविक है और न उचित। मैं तो अपने लिए ऐसा ही समझता हूं। मनुष्य की रुचि भिन्न–भिन्न होती है, यह बात दूसरी है। यदि किसी की इच्छा रहती भी है, तो मेरा श्मशान में आकर बैठना निष्फल नहीं जायेगा। आज उस बूढ़े आदमी ने इसका विश्वास भी तो दिलाया था।

अचानक वायु का एक झोंका बहुत–सी रेत उड़ाता हुआ निकल गया। एक ही बार नहीं, तीन बार ऐसे झोंके आये। मैं सोचने लगा कि यह क्या है! इसके पहले तो हवा का नाम–निशान तक न था, बहुत समझाने पर भी संस्कार बना रहता है। मृत्यु के बाद भी अज्ञात ढंग का कुछ रहता है। जब तक देह में हाड़–मांस है तब तक इसकी स्थिति है। हवा ने न केवल रेत ही उड़ाई पर मेरे अन्दर के गुप्त संस्कार पर चोट भी की। हवा और तीव्रता से चलने लगी। बहुतों को यह नहीं मालूम रहता कि मरे हुए मनुष्य की खोपड़ी से जब हवा निकलती है तब सांस लेने जैसा शब्द होता है। देखते–देखते आस–पास दीर्घ श्वासों की झड़ी लग गई। ऐसा मालूम पड़ने लगा कि न जाने कितने लोग मुझे घेर कर लगातार सांस छोड़ रहे हैं। चमगादड़ का बच्चा उस समय तक चुप नहीं हुआ था। वह बाद में और जोर से चिल्लाने लगा। मुझे भय लगा, बहुत जानकारी के बाद खूब जानता था कि ऐसे समय में यदि भय न दबाया जाय तो मृत्यु हो जाती है। वास्तव में ऐसे भयंकर स्थान में इसके पहले मैं कभी

अकेला नहीं आया था। इंद्र स्वच्छन्दता से यहां अकेला आ सकता था। बहुत बार उसके साथ भयंकर स्थानों में जाने से मैं यह समझ चुका था कि इच्छा होने पर ऐसे स्थानों पर मैं अकेला जा सकता हूं। पर यह बड़ा भारी भ्रम था। झोंकों से ही मुझे इसका पता चला। आज एक ही क्षण में सब बात साफ हो गई। मेरी छाती उतनी चौड़ी नहीं है। मेरे पास राम नाम का अभेद्य कवच नहीं है। मैं इन्द्र नहीं कि उस प्रेत–भूमि में अकेला खड़ा रहूं, आंखें गड़ाकर प्रेतों का गेंद खेलना देखूं। मन में आया कि कहीं एक–आध जीवित बाघ या भालू मिले तो मेरी जान शायद बच जाय। एकाएक किसी ने मेरे दाहिने कान में हवा डाली। वह बरफ के समान ठण्डी थी। बिना गरदन उठाये ही साफ–साफ मालूम हुआ कि एक खोपड़ी से निःश्वास आई है; उसमें न चाम है न मांस, एक बूंद लोहू भी नहीं। उसमें सिर्फ हाड़ और छिद्र हैं। चारों ओर अंधेरा है। सूनी रात सांय–सांय करने लगी। आस–पास की हाय–हाय मानो हाथों को छूने लगी। निरंतर कानों के ऊपर ठण्डी उसांसें आने लगीं। मैं परवश हो चला। मालूम हुआ कि सारे प्रेत–लोक की हवा उसी गढ़े में से आकर मुझे लग रही है।

इस हालत में भी मैं यह न भूल सका था कि होश–हवास समाप्त कर देने से काम नहीं चलेगा। अचेत हो जाने पर मृत्यु अनिवार्य हो जायेगी। दाहिना पैर थर–थर कांपने लगा। थामने से थमता न था। जान पड़ा कि वह मेरा पैर ही नहीं है।

इसी समय बहुत दूर से बहुत आदमियों की आवाज कानों में पड़ी—'बाबूजी!' 'बाबू साहब!' सारे शरीर में कांटे चुभ गये। कौन पुकार रहा है? फिर आवाज आई—'कहीं गोली मत छोड़ दीजियेगा। आवाज निकट आने लगी। तिरछी दृष्टि से देखने पर दो क्षीण रेखाएं आती दिखाई पड़ीं। एक बार ऐसा जान पड़ा कि रतन की आवाज है। कुछ देर के बाद साफ मालूम हुआ कि वही है और आगे बढ़कर

सेमर के पेड़ की आड़ में होकर बोला—'बाबूजी, आप जहां भी हों, गोली—वोली मत छोड़िये, मैं रतन हूं।' वह सचमुच ही रतन नाई है इसमें मुझे जरा भी संदेह न रहा।

उल्लास से चिल्लाकर खबर देना चाहा, पर आवाज न निकली। एक प्रवाद है कि भूत—प्रेत जाने के समय भी अनिष्ट करते हैं। जो मेरे पीछे हैं वह मेरा कण्ठ—स्वर तोड़कर भाग जा सकते हैं।

रतन और तीन आदमियों के साथ, दो लालटेनें और हाथ में लाठी लिये पहुंचा। इन तीनों में से एक छोटेलाल था—जो तबला बजाता था; और एक आदमी प्यारी का दरबान था। तीसरा गांव का चौकीदार था।

रतन ने कहा—'चलिए, तीन बज रहा है।'

'चलो' कहकर मैं आगे बढ़ा। रास्ते में चलते—चलते बोला—'बाबू, आपके साहस की बलिहारी है। हम लोग चारों आदमी जितना डरते—डरते आये हैं, यह भगवान जानें।'

'आये क्यों?'

रतन ने कहा—'रुपये के लोभ में। हम सबों को एक महीने का वेतन नगद मिल गया है।' मेरे पास आकर धीरे—धीरे बोला—'बाबू, आपके चले आने के बाद वे बैठी—बैठी रो रही थीं। मुझसे कहा—'रतन, क्या होगा? बाबा, उनके पीछे—पीछे जाओ। मैं तुम लोगों को एक—एक महीने का वेतन पुरस्कार में दूंगी।' मैंने कहा—'छोटेलाल और गणेश को लेकर मैं जा सकता हूं, मां, परन्तु रास्ता नहीं जानता।' मां ने कहा—'इस समय चौकीदार पहरा दे रहा है। उसे बुला ला रतन, वह अवश्य मार्ग जानता होगा।' बाहर जाकर उसे बुला लाया। चौकीदार हाथ में छः रुपये लेकर तब हम लोगों का मार्ग दिखलाने आया। अच्छा बाबू, छोटे बच्चे को रोते हुए सुना है, कह कर रतन सिहर उठा। मेरे कोट का छोर पकड़कर फिर बोला—'हमारे गणेश पांडे

ब्राह्मण हैं। इन्हीं के कारण आज हम लोग बच गये—नहीं तो.....।'

मैं कुछ नहीं बोला। प्रतिवाद कर किसी के भ्रम को दूर करने की दशा मेरी न थी। आच्छन्न, अभिभूत के समान मैं चुपचाप मार्ग में चलने लगा।

कुछ दूर आने पर रतन ने पूछा—'आज कुछ देखा बाबू जी?'

मैंने कहा—'नहीं।'

मेरे इस संक्षिप्त उत्तर से क्षुब्ध होकर रतन बोला—'मेरे आने से क्या आप क्रुद्ध हो गये बाबू? मां का रोना देखते तो......।'

मैंने जल्दी से कहा—'नहीं रतन, मैं जरा भी क्रुद्ध नहीं हूं।'

तम्बू के निकट आकर चौकीदार अपने काम पर चला गया। गणेश और छोटेलाल नौकरों के तम्बू में चले गये। रतन ने कहा—'मां ने कहा था, जाने के समय जरा भेंट कर लेंगे।'

मैं रुककर खड़ा हो गया। आंखों से साफ—साफ देखा कि प्यारी दीपक के सामने अधीर आग्रह से गीली आंखें किये हुए प्रतीक्षा कर रही है। मेरा सारा मन उन्मत्त—जैसा उधर दौड़ा जा रहा था।

रतन ने विनय से बुलाया—'आइए!'

पल भर आंखें साफ कर देखा कि कोई अपने होश में नहीं है। सब लोग मदिरा पीकर मतवाले हो रहे हैं। छिः! छिः! इसी मतवाले दल के साथ मैं उससे मिलने जाऊं! यह मुझसे नहीं हो सकता।

देरी होते देखकर रतन ने आश्चर्य से कहा—'वहां अंधेरे में क्यों खड़े हैं? आइए न बाबूजी!'

मैं चटपट बोल उठा—'नहीं रतन, इस समय, समय नहीं है। मैं चलता हूं।'

रतन ने उदास होकर कहा—'लेकिन मां राह देखती हैं.......।'

'राह देखती हैं, देखने दो। उनसे मेरा असंख्य नमस्कार कह देना।' कल जाने के पहले भेंट होगी, मुझे गहरी नींद आ रही है रतन, मैं जा रहा हूं।' इतना कहकर विस्मित, क्षुब्ध, रतन को उत्तर देने का भी अवसर न दे मैं जल्दी कदम बढ़ाता हुआ दूसरे तम्बू की ओर चल पड़ा।

9

आदमी के भीतर की किसी चीज को पहचान कर जब मनुष्य उसके न्याय का भार ईश्वर पर न छोड़कर अपने ऊपर लेता है तो मुझे शर्म आती है। मनुष्य कहता है मैं ऐसा, मैं वैसा, यह मैं नहीं समझ सकता था, मर जाने पर भी नहीं। यह केवल अपने ही तक सीमित नहीं है, दूसरे के बारे में भी आदमी के गौरव की समाप्ति मैं नहीं देखता। एक बार आलोचकों के लेख पढ़ने पर हंसी नहीं रुकती। कवि को छोड़कर वे काव्य के मनुष्य पहचानते हैं; फिर जोर से कहते हैं—'यह चरित्र किसी प्रकार वैसा नहीं हो सकता—यह चरित्र कभी वैसा नहीं कर सकता—इस प्रकार और न जाने कितनी बातें हैं। लोग कहते हैं—वाह—वाह! यही आलोचना है। इसी को तो कहते हैं चरित्र— समालोचना। अमुक समालोचक के होते हुए राख—पात लिख देने से कैसे काम चलेगा। देखो, पुस्तक में जितनी भूलें थीं उन सबों को छान—बीनकर रख दिया है। रख देने दो। भूल किससे नहीं होती। किन्तु फिर भी जो मैं आलोचना करके, यह सब पढ़कर उन लोगों की लाज के मारे अपना सिर नहीं, उठा सकता। मन—ही—मन कहता हूं—हाय रे दुर्भाग्य! मनुष्य के अन्तर की वस्तु अनन्त है। क्या कहने को ही? दम्भ प्रकट करते समय क्या इसका

मूल्य कानी कौड़ी भी नहीं होता? तुम्हारे असंख्य जन्मों के असंख्य अद्‌भुत काम इस अनंत में आश्रय ले सकते हैं और एकाएक जाग्रत होकर तुम्हारी बहुज्ञता, तुम्हारा पढ़ना–लिखना, तुम्हारी विद्वत्ता और तुम्हारे आदमी पहचानने के छोटे ज्ञान को क्षण भर में चूर कर सकते हैं? पर क्या तुम एक बार भी नहीं सोचते–तुम यह भी नहीं समझ पाते कि यह सीमाहीन आत्मा का आसन है।

अनन्दा दीदी में मैंने यही देखा है। उनकी उजली दैदीप्यमान मूर्ति अभी तक नहीं भूलता। जब से दीदी चली गईं तब से जाने कितनी रातों को मेरा तकिया भीग गया। मैंने मन–ही–मन कहा–अपने लिए अब और सोच नहीं है। दीदी, तुम्हारे पारस के स्पर्श से मेरे भीतर–बाहर का लोहा सोना हो गया है। किसी प्रकार के वायु–पानी के जंग से टूटने का भय उसे नहीं है। पर दीदी, तुम कहां चली गयीं? और किसी को भी मैं अपने भाग्य का भाग न दे सका। कुछ तुम्हें दे भी न सका। तुम्हारे दर्शन से प्रत्येक आदमी सच्चरित्र हो जाता। मुझे इसमें लेश–मात्र भी संदेह नहीं। बच्चों की–सी कल्पनाओं में मैं सारी रात बिता देता, यह कैसे संभव है? कभी सोचता, यदि देवी चौधरानी की तरह मुझे सात्त मटके मुहरें मिल जातीं तो दीदी को सिंहासन पर बैठाकर, जंगल काटकर, देश भर के लोगों को बुलाकर, चारों ओर बसा देता। कभी ध्यान आता कि एक बड़े बजरे में उन्हें बैठाकर बैंड बजाता हुआ सारी दुनिया में घूमता फिरता। इसी तरह न जाने कितनी विलक्षण आकाश–कुसुमों की मालाएं गूंथता रहा। उसे याद कर इस समय मुझे हंसी आती है। आंखों से आंसू भी थोड़े नहीं गिरते।

उस समय मेरे मन में यह बात हिमाचल की तरह घर कर गई थी कि मुझे मुग्ध करने वाली स्त्री इस संसार में एक भी नहीं है–पर परलोक में है या नहीं, यह मैं नहीं सोच सकता था। सोचता था कि मुंह में कोमल बोली, ओठों में मधुर हंसी, ललाट पर अलौकिक तेज,

आंखों में सजल करुण दृष्टि वाली स्त्री पाकर ही दृष्टि उठाकर देखूंगा। जिस मैं दिल दूंगा, वह भी सती और साध्वी होगी। उसके पग–पग पर अनिर्वचनीय महिमा फूट उठेगी और वह भी इसी प्रकार संसार का सुख–दुःख, अच्छा–बुरा, धर्म–अधर्म त्यागकर मुझे ग्रहण करेगी।

मैं तो वही हूं! फिर भी आज सवेरे नींद टूटते ही किसके मुंह की बात, किसके होंठों की हंसी, किसकी आंखों का पानी याद आने पर मेरे ह्रदय में एक पीड़ा उत्पन्न हो गई। मेरी संन्यासिनी दीदी का कहां किस अंश में सादृश है? फिर भी ऐसा ही हुआ। छः दिन पहले मेरे अन्तर्यामी भी आकर मुझ से कहते तो मैं उसे भी हंसी में उड़ाकर कहता—हे अन्तर्यामी! इस शुभेच्छा के लिए तुम्हें सहस्त्र धन्यवाद! किन्तु तुम अपने काम पर जाओ, मेरे लिए चिन्ता करने की आवश्यकता नहीं। मेरे मन की कसौटी पर पक्का सोना कसा जा चुका है, वहां पीतल की दुकान खोलने से खरीदार नहीं जुटेंगे।

फिर भी खरीदार जुटे। मेरे अन्तर में जहां अन्नदा दीदी के आशीर्वाद से खरे सोने की बहुलता थी वहां एक अभागे पीतल का लोभ नहीं संवरण कर सका। उसे खरीद बैठा, यह क्या कम आश्चर्य की बात है!

मैं भली–भांति जानता हूं कि लोग खूब समझदार हैं। वे मेरी आत्मकहानी में इस जगह अधीर होकर कहेंगे—बाबू, इतना फैलाकर तुम क्या कहना चाहते हो? साफ–साफ कह दो न कि वह कौन है। आज सवेरे उठते ही तुम्हें प्यारी का चेहरा याद आ गया और तुम व्यथित हो उठे, यही न? जिसे ह्रदय के द्वार से झाड़ मार कर निकाल देते थे उसे फिर बुलाकर घर में रखना चाहते हो। यही न? ठीक है। यदि यह सच है तो इस बीच अन्नदा दीदी का नाम मत लो, अकारण तुम जितनी ही बातें बना–चुनाकर क्यों न कहो, हम

लोग भी मानव–चरित्र जानते हैं। दावे के साथ कह सकते हैं कि तुम्हारे मन में सती–साध्वी का आदर्श स्थायी न हो सका है। उसे तुम अपनी सारी शक्ति लगाकर भी नहीं ग्रहण कर सकते। यदि कर सकते तो इस मिथ्या प्रसंग में अपने को इस प्रकार न खो बैठते।

ठीक है। पर अब और तर्क न चाहिए। मैं अच्छी प्रकार समझ चुका हूं कि अन्त तक मनुष्य अपना पूर्ण परिचय नहीं पाता। वह जो नहीं है, वही अपने को समझ बैठता है और बाहर प्रचार कर केवल विडम्बना की सृष्टि करता है। इसका दण्ड जो मनुष्य को भोगना पड़ता है वह भी हल्का नहीं होता। पर रहने दो, मैं स्वयं जानता हूं कि किसी स्त्री के आदर्श पर इतने दिन क्या प्रचार करना फिरा हूं? इसलिए मेरी इस दुर्गति के इतिहास पर जब लोग कहेंगे कि श्रीकान्त धोखेबाज और हिपोक्रैट है तो मुझे चुप होकर सुन ही लेना होगा। फिर भी मैं हिपोक्रैट था नहीं, धोखा देने की मेरी आदत नहीं थी। मेरा अपराध यही है कि मुझमें जो दुर्बलता छिपी हुई थी उसका पता मैंने नहीं रखा। आज जब वह समय पाकर सिर उठाकर खड़ी हो गई और अपनी जैसी एक और दुर्बलता का सादर आह्वान कर एकबारगी जब उसने मेरे भीतर बैठा दिया तब असत्य विस्मय के साथ मेरी आंखों से आंसू गिर पड़े, लेकिन 'जा' कहकर उसे विदा न कर सका। यह भी जानता हूं कि आज लज्जा के मारे मुंह छिपाने का स्थान नहीं है, किन्तु फिर भी हृदय तो इसे त्याग करना नहीं चाहता।

'बाबू साहब!'—राजा का नौकर आकर खड़ा हो गया। मैं शय्या पर सीधा होकर बैठ गया। उसने सम्मान के साथ निवेदन किया कि राजा साहब और बहुत आदमी मेरी रामकहानी सुनने को उत्सुक हैं। मैंने पूछा—'उन लोगों को मालूम कैसे हुआ?' बैरे ने कहा—'तम्बू के दरबान ने कहा कि आप रात्रि समाप्त होने पर आये हैं।'

हाथ–मुंह धोकर, कपड़े बदलकर ज्यों ही मैं बड़े तम्बू में गया कि सब लोग एक साथ हो–हल्ला मचाने लगे। एक साथ ही लाखों प्रश्न हो गये। मैंने देखा कि कल वाले बूढ़े व्यक्ति भी हैं। एक ओर प्यारी भी अपने दल–बल के साथ चुपचाप बैठी थी। प्रतिदिन की तरह आज उससे आंखें चार नहीं हुईं। मालूम होता था कि वह जान–बूझकर ही मेरी ओर आंखें नहीं फेरती।

उच्छ्वसित प्रश्न–तरंग शान्त होने पर मैंने उत्तर देना शुरू कर दिया। कुमार साहब ने कहा–'धन्य है तुम्हारा साहस श्रीकान्त! कितनी रात को वहां पहुंचे?'

'बारह और एक बजे के मध्य।'

वृद्ध महाशय बोले–'घोर अमावस्या। साढ़े ग्यारह के पश्चात् ही अमावस्या पड़ी थी।'

चारों ओर से विस्मय–सूचक ध्वनि उठी। उसके शान्त होते ही कुमार साहब बोले–'उसके पश्चात् वहां क्या देखा?'

मैंने कहा–'चारों ओर फैला हुआ हाड़–मांस और मुरदों की खोपड़ी।'

कुमार साहब बोले–'उफ्! कितना भयंकर साहस! श्मशान के भीतर गये या बाहर ही खड़े रहे?'

मैं बोला–'अंदर जाकर बालू के टीले पर बैठ गया।'

'इसके पश्चात्, बैठने पर क्या देखा?'

'बालू के टीले धूं–धूं कर रहे थे।'

'और?'

'कांस के झुरमुट और सेमर के पेड़।'

'और?'

'नदी का पानी।'

कुमार साहब और अधीर होकर बोले—'यह सब तो जानता हूं जी! कहता हूं वह सब कुछ........।'

मैं हंस पड़ा। कहा—'दो–चार चमगादड़ों को सिर के ऊपर से उड़कर जाते देखा।'

वृद्ध महाशय स्वयं आगे बढ़कर बोले—'और कुछ नहीं देखा?'

मैंने कहा—'नहीं!' उत्तर सुनकर तम्बू के लोग बिलकुल निराश हो गये। वृद्ध महाशय रूठ कर बोले—'ऐसा कभी हो नहीं सकता, आप गये नहीं।' उनको क्रुद्ध देखकर मैं जरा हंसा। क्रुद्ध होने की बात ही थी। कुमार साहब मेरी हंसी रोककर विनीत स्वर में बोले—'तुम्हें सौगन्ध है श्रीकान्त! क्या देखा, सच बोलो?'

'सच कह रहा हूं, कुछ नहीं देखा।'

'कितनी देर तक वहां रहे?'

'तीन घण्टे तक।'

'अच्छा, देखा नहीं तो कुछ सुना भी?'

'हां, सुना।'

क्षण–भर में ही सबका मुंह उत्साह से उज्ज्वल हो उठा। क्या सुना, यह सुनने के लिए वे लोग मेरे पास खिसक आये। मैंने कहना शुरू किया कि किस प्रकार राह में एक निशचर का बच्चा 'बाप' कह कर उड़ गया, किस प्रकार एक पक्षी के बच्चे ने सेमर के पेड़ पर रिरियाना शुरू किया, किस प्रकार आंधी उठी और खोपड़ियां दीर्घ श्वास छोड़ने लगीं और किस प्रकार मेरे कान में ठण्डी हवा आने लगी। मेरा कहना समाप्त हो गया, पर कुछ देर तक किसी के मुंह से एक शब्द भी न निकला। समस्त तम्बू के लोग चुप थे। बाद में उन वृद्ध महाशय ने ठण्डी सांस ली और मेरे कंधे पर हाथ

रखकर कहा—'बाबू जी, आप सचमुच ब्राह्मण के लड़के थे इसलिए जान लेकर लौट आये, यदि और कोई होता तो जीवित लौटकर न आता। किन्तु आज से आपको मेरी सौगन्ध है, कभी ऐसा दुस्साहस न कीजिएगा। आपके माता–पिता के चरणों में कोटि–कोटि प्रणाम, उन्हीं लोगों के पुण्य–प्रताप से आप बच गये।' इतना कहकर झोंक से उन्होंने मेरे पैर छू लिये।

मैं पहले ही कह चुका हूं कि यह मनुष्य कहानी कहना जानता था। इस बार उसने कहानी शुरू की आंखों की पुतलियां और भौंह चढ़ाकर, कभी सिकोड़कर, कभी फैलाकर, कभी झुककर और कभी फेरकर पक्षी के रोने से आरंभ करके कान पर ठण्डी हवा छोड़ने तक की ऐसी सूक्ष्म व्याख्या उसने की कि दिन में उतने लोगों के मध्य मेरे रोंगटे खड़े हो गये।

कल सवेरे के समान आज भी प्यारी आकर बैठ गई। इस पर मैंने ध्यान नहीं दिया। एकाएक निःश्वास के शब्द से गरदन घुमाकर जब मैंने पीछे मुड़कर देखा तो वह पीठ के पास बैठी थी। वह बोलने वाले के मुंह की ओर चुपचाप एकटक देख रही थी। उसके गालों पर आंसू गिरकर सूख गये थे। कब और क्यों आंसू गिरे थे, यदि वह जानती तो अवश्य पोंछ लेती। किन्तु इसी अश्रु–कलुषित मुंह को देखने से मेरे हृदय से एक अग्निरेखा खिंच गई। कहानी पूरी होते ही वह धीरे से उठी और कुमार साहब को सलाम कर चली गई।

आज सवेरे ही मेरे विदा होने की थी; परन्तु शरीर अस्वस्थ था, इसलिए कुमार साहब के आग्रह से जाना स्थगित कर मैं तम्बू में लौट आया। इतने दिनों में आज पहली बार प्यारी के आचरण में तबदीली देखी। इतने दिनों में उसने परिहास किया है, व्यंग्य किया है और कलह की भावना भी कुछ दिखाई पड़ी है, किन्तु इस प्रकार की उदासीनता कभी नहीं देखी थी। फिर भी दुःखी होने के बदले

मैं खुश ही हुआ। क्योंकि मैं यह जानता हूं, यद्यपि किसी युवती के मन की गतिविधि के लिए माथा–पच्ची करने का मेरा काम नहीं है, फिर भी मेरे मन में अनेक जन्मों की जो अखण्ड धारावाहिकता छिपी हुई है, उसके बहुदर्शन की अभिज्ञता से रमणी–हृदय का निगूढ़ तात्पर्य स्वभाव से स्पष्ट हो उठा। इससे निश्चल भावना क्षुण्ण नहीं हुई वरन् प्रणय–अभिमान से मैं पुलकित हो गया। शायद इसी के मौन इशारे से अपनी श्मशान यात्रा में इसका उल्लेख तक नहीं किया कि मुझे लौटा लाने के लिए प्यारी ने कल रात को आदमी भेजा था और स्वयं भी बात पूरी होते ही चुपचाप उठकर चली गई थी। यही है अभिमान! कल रात लौटती बार न तो मैं उससे मिला और न उसे यात्रा का वर्णन ही सुनाया। जिस बात को एक अकेले सुनने का उसको अधिकार था, उसे वह यहां सबसे पीछे बैठकर सुन रही थी। अहा! अभिमान भी कितना मधुर होता है! जीवन में पहली बार उसे मैं पा सका था। एकान्त में बैठकर बच्चों के समान उसका रस लेने लगा।

मैं दोपहर को सोना चाहता था। बिछौने पर पड़े–पड़े नींद आती पर रतन के आने की आशा बार–बार झकझोर देती। समय निकल गया, पर रतन नहीं आया। मुझे विश्वास था कि वह अवश्य आयेगा, पर जब बिछौना छोड़कर उठा तो सूर्य पश्चिम दिशा में ढल चुका था और तब निश्चय हो गया रतन मुझे सोता देखकर चला गया होगा। मूर्ख! एक बार क्यों नहीं पुकारा? दोपहर का निर्जन अवसर व्यर्थ समाप्त हो गया, इससे मुझे शोध हो आया। फिर भी यह आशा लगी रही कि शाम को वह आकर एक अनुरोध या एक पुरजा जरूर थमा जायेगा। पर यह समय कटे कैसे? सामने देखा तो बहुत दूर पर बहुत–सा पानी झकझकाने लगा। वह किसी दिवंगत जमींदार की कीर्ति थी। उस तालाब का क्षेत्रफल करीब एक मील का था। उत्तर की ओर टूट–फूट गया था। घने जंगल उग गये थे।

गांव से बाहर होने के कारण गांव की स्त्रियां उसमें से पानी न लेती थीं। बातचीत के सिलसिले में सुना कि यह तालाब कितना पुराना है और किसका बनवाया हुआ है, यह किसी को याद नहीं। एक पुराने टूटे हुए घाट पर जाकर मैं अकेला बैठ गया। उस समय इनके चारों ओर बस्ती थी। शायद यह कभी हैजे और महामारी के कारण सरक कर इस ओर चली आई थी। टूटे मकानों के चि अभी तक मौजूद थे। डूबते हुए सूर्य की किरणों ने धीरे–धीरे ढलकर तालाब के पानी को काला बना लिया था। मैं एकटक उसे देखता रहा।

इसके बाद धीरे–धीरे सूर्य डूब गया। तालाब का पानी और भी काला हो गया। निकट के जंगल से निकलकर दो प्यासे सियार डरते–डरते पानी पीकर चले गये। मेरे उठने का समय हो गया। जिस समय को काटने के लिए मैं गया, वह कट गया था। यह सब जानकर भी वहां से नहीं उठा, मानो यह टूटा घाट मुझे बलपूर्वक बैठाये रहा।

मन में आया कि जहां मैं पैर रखकर बैठा हुआ हूं वहां पैर रखकर न जाने कितने आदमी आये–गये होंगे। इसी घाट पर वे स्नान करते, मुंह धोते, कपड़े धोते और जल भरते होंगे। इस समय वे कहां, किस तालाब में, अपनी नित्य–कर्म करते होंगे। जब यह गांव था तब अवश्य ही वे यहां आकर बैठते होंगे। कितने लोग गाना गाकर, गप्पें लड़ाकर, दिन–भर की थकावट दूर करते थे। इसके बाद जब इस गांव में महामारी का प्रकोप हुआ तो जाने कितने मनुष्य यहां आकर जान दे गये होंगे। शायद उनकी प्यासी आत्मा यहीं पर चक्कर काटती होंगी। जो आंखों से नहीं दीखता वह है कि नहीं, यह भी दावे से कोई नहीं कह सकता। आज ही उस बूढ़े ने कहा था–'बाबूजी, कभी मन में यह न समझना कि मरने पर कुछ बचा नहीं रहता। असहाय प्रेतात्माएं हम लोगों के ही समान सुख–दुख, क्षुधा–तृष्णा लिए नहीं घूमतीं? इसके पश्चात् भी उसने

वीर विक्रमाजीत और अन्य तान्त्रिक तथा साधु–संन्यासियों की कथा सुनाई थी और कहा भी था कि यह कभी मत सोचना कि समय और सुयोग मिलने पर वे नहीं दिखाई देते हैं, बात नहीं कर सकते या नहीं करते हैं। कभी उस स्थान पर जाने के लिए मैं तुम्हें नहीं कहता, पर जो यह काम कर सकते हैं उनके सभी दिन सार्थक नहीं जाते। मेरी इस बात पर कभी अविश्वास नहीं करना।'

सवेरे की रोशनी में जिन कहानियों ने हंसने की सामग्री जुटा दी थी वे इस समय, इस निर्जन अंधेरे में, दूसरे ही रूप में दीख पड़ीं। मन में आया कि संसार में प्रत्यक्ष सत्य केवल मौन ही है। जीवन की सभी अवस्थाएं, सुख–दुख की, भले–बुरे की सभी आतिशबाजी हैं। इनका निर्माण इतने कौशल से केवल इसलिए हुआ है कि एक दिन जलकर राख हो जाएं और तब मृत्यु के पश्चात् का इतिहास यदि सुन लिया जाय तो इससे बढ़कर लाभ क्या हो सकता है? फिर उसे कोई भी कैसे ही क्यों न कहे।

अचानक किसी के पैरों की आहट से ध्यान टूटा। मुड़कर देखा तो कोई नहीं, केवल अंधेरा था। देह झाड़कर उठ खड़ा हुआ। कल रात की बात याद करके बोला–'नहीं, अब यहां नहीं रहना चाहिए। कल उसांस केवल दाहिने कान पर छोड़ा गया था, आज यदि बाएं कान में छोड़ा जाय तो आसान न होगा।'

मैं वहां कितनी देर से बैठा था और कितनी रात बीत गई थी, इसका ध्यान मुझे न था। जान पड़ता था कि आधी रात का समय हो गया है। पर यह क्या? चलते–चलते इस संकड़ा पगडण्डी का अन्त ही नहीं होता। इतने तम्बुओं में से एक दीपक की रोशनी भी नहीं आती। बहुत देर से सामने एक बांस का झुरमुट दृष्टि रोके खड़ा था। एकाएक ध्यान आया कि आते समय तो इसे नहीं देखा था। दिशा भूलकर कहीं और तो नहीं जा रहा हूं और दूर जाने पर

मालूम हुआ कि बांस का झुरमुट नहीं है, पर कुछ इमली के पेड़ एक—दूसरे से सटे हुए खड़े हैं और मार्ग उसी ओर से जाकर लोप हो गया है। इतना अंधेरा कि अपना हाथ भी नहीं दिखाई पड़े। हृदय धड़कने लगा। मैं कहां जा रहा हूं? किसी प्रकार आंख—कान बंद करके इमली—पंक्ति से आगे बढ़कर देखा तो काला आकाश और विस्तीर्ण मैदान था। सामने वह ऊंची कौन—सी जगह है? नदी का सरकारी बांध तो नहीं है। मेरे दोनों पैर टूटने लगे पर उन्हें किसी प्रकार घसीट कर ऊपर चढ़ गया। जो सोचा ठीक वही हुआ। उसके नीचे ही वह महाश्मशान था। फिर भी किसी के पैरों का शब्द नीचे की ओर जाकर विलीन हो गया। मैं किसी प्रकार बालू की रेती में बैठ गया। अब मुझे लेशमात्र भी शक नहीं रहा कि कोई मुझे एक महाश्मशान से दूसरे महाश्मशान तक राह दिखाकर पहुंचा गया है। जिसके पैरों की आवाज घाट पर सुनी थी उसी की आवाज फिर सुनाई पड़ी और सामने की ओर विलीन हो गई।

10

जिस आयु में मनुष्य की सभी घटना देखने की जिद्द रहती है वह आयु मैं पार कर चुका था। अतएव किस प्रकार मैं उस अंधेरी रात में तालाब के टूटे घाट से इस महाश्मशान में आ गया, किसके पैरों की आवाज मुझे यहां लिवा लाई और अंत में विलीन हो गई, इस बात का निर्णय करने की मुझमें बुद्धि ही नहीं रही। पाठकों के निकट अपनी इस कमजोरी को स्वीकार करने में मुझे जरा भी लज्जा नहीं है। आज भी वह रहस्य मेरे सामने उतने ही अंधेरे में ढका है। परन्तु यह प्रेतयोनि को मानने की प्रच्छन्न स्वीकारोक्ति नहीं है। मैंने अपनी आंखों से देखा है—मेरे गांव में एक पागल था। वह दिन में घर—घर घूमकर भीख मांगता था और खाता था। रात को बांस पर कपड़ा डाल कर उसे सामने की ओर ऊंचा करके घूमता था। अंधेरे में उसकी शक्ल देखकर लोगों को भय लगने लगता था। इससे उसे कोई लाभ न था, पर यह तो उसका नित्य का काम था। आदमियों को यों ही डराने के लिए वह दूसरे उपाय भी काम में लाता था। पेड़ की डालों पर सूखी लकड़ी बांधकर आग लगा देता और कभी—कभी मुंह पर काला कपड़ा लपेटकर काली के मंदिर में खड़ा रहता और उठता—बैठता। कभी सुनसान रात को घर के पीछे बैठकर नाक

के स्वर से किसानों का नाम लेकर पुकारता। पर उसे कोई पकड़ न सका। दिन में उसका चाल–चलन, स्वभाव आदि देखकर किसी को भी उस पर शक नहीं होता था। केवल मेरी ही बस्ती में नहीं, आठ–दस गांव में वह यही करता–फिरता था। मृत्यु के समय उसने अपनी शैतानी स्वयं स्वीकार कर ली, उसके मरने के पश्चात् गांव में भूत इत्यादि का नाम भी नहीं सुना गया। इसमें भी शायद कुछ वैसी ही बात थी–शायद न भी हो!

हां तो मैं कह रहा था कि उस टीले पर मैं हतबुद्धि–सा बैठ गया, तब केवल दो पद–ध्वनि सुनाई पड़ी। मन में आया कि उसने मुझसे साफ–साफ कह दिया–छिः! छिः! यह क्या किया तुमने? तुम्हें यहां बैठने के लिए मैं इतनी दूर से राह दिखाकर ले आया था। आ, आ, एक बार मेरे पास चला आ। ऐसी अशुद्ध जगह में मत बैठ, हम लोगों के बीच में आकर बैठ जा, वह मैंने कानों से सुना या अपने हृदय की बात थी, मुझे ठीक–ठीक याद नहीं। मैं उस समय होश में इसलिए था कि चेतना को बरबस पकड़ लेने पर बुद्धि काम करती है, यह मैंने अच्छी प्रकार देखा है। इसलिए मैं आंखें खोलकर उसे देखता रहा। वह देखना मानो तन्द्रा का था। न तो वह नींद थी और न जागरण ही। न तो उसमें सोने का विश्राम रहता है और न जागने की सक्रियता। मैं यह नहीं भूला कि रात बहुत बीत गई और मुझे तम्बू में लौट जाना है। उसके लिए एक बार प्रयत्न करने की इच्छा भी हुई पर फिर सोचा कि व्यर्थ है। मैं यहां अपनी इच्छा से तो आया नहीं हूं, जाने की कल्पना भी नहीं कर सका था। जो मुझे यहां ले आया है उसका कोई मुख्य काम अवश्य है। अब मुझे यों ही लौटकर न जाने देगा।

मैं पहले सुन चुका था कि इच्छा रहते भी इन लोगों से जल्दी छुटकारा नहीं मिलता। जिस मार्ग से भी निकलो, जितनी शक्ति लगाओ पर सारा का सारा गोरखधंधे के समान वहीं लाकर रख

देता है। चंचल होकर छटपटाना बिलकुल अनावश्यक समझकर मैं स्थिर होकर चुपचाप बैठ गया। बैठने पर जो कुछ देखा उसे अभी तक भूल नहीं सका।

रात का जो एक रूप होता है वह पृथ्वी के पेड़–पौधे, पहाड़, जल–थल, वन–जंगल इत्यादि पदार्थों से भिन्न है, आज यह मैंने आंखों से देखा। मैंने देखा कि अन्तहीन काले आकाश के नीचे आसान लगाये गंभीर रात्रि आंखें बन्द किये बैठी थी। सारा संसार मुंह बन्द किये, सांस रोककर उस अटल शान्ति की रक्षा कर रहा था। एकाएक आंखों पर सौन्दर्य–तरंग खेल उठी। मन में आया—कौन मिथ्या प्रचार कर रहा है कि प्रकाश का रूप होता है, अंधेरे का नहीं? इतने बड़े धोखे को आदमी कैसे चुपचाप मान लेता है? समस्त आकाश स्वर्ग–मर्त्य सबको व्याप्त करके, दृष्टि के बाहर–भीतर अंधेरे का साम्राज्य बढ़ा जा रहा है। वाह! ऐसा सुन्दर रूप का झरना कब देखा है? इस ब्रह्मांड में जो जितना ही अचिंत्य और जितना ही सीमाहीन है वह उतना ही अंधकारमय है। अथाह सागर स्याही जैसा काला है। अगम्य जंगल बिलकुल अन्धकारमय है। सब लोगों का आश्रय, प्रकाश का प्रकाश, गति की गति, जीवन का जीवन, सारे सौन्दर्य का प्राण–पुरुष भी, मनुष्य की दृष्टि में घोर अन्धकारमय है पर वह क्या रूप के प्रभाव में? जिसे नहीं समझते, जिसे नहीं जानते जिसके अन्दर जाने का रास्ता नहीं पाते वह उतना ही अन्धकार है। मृत्यु इसी से आदमी की दृष्टि में इतनी काली है। इसीलिए उसका परलोक–पथ इतना अन्धकारपूर्ण है, इसीलिए राधा की आंखों में समाकर, जिस रूप ने प्रेम से समस्त जगत को प्लावित कर दिया वह भी घनश्याम है। मैं कभी यह नहीं सोच सका था, इस रास्ते कभी नहीं आया था, फिर न जाने कैसे इस महाश्मशान में बैठकर, अपने अकेलेपन को लांघकर हृदय में एक रूप का आनन्द खेलने लगा और एकाएक मन में यह बात आई कि काले में इतना

सुन्दर रूप है, पहले यह कभी नहीं समझ सका था। तब तो मृत्यु भी काली होने से घृणित नहीं है। एक दिन जब वह मुझे दर्शन देने आएगी तब शायद मेरी आंखें उसके दर्शन से जुड़ जाएंगी। यदि दर्शन देने की तिथि आज ही हो तो अपने निकट की पद–ध्वनि, सब दुःख हरने वाले अनन्त, सुन्दर, तुम अपने अनादि अन्धकार से सब अंग भरकर मेरी आंखों में आओ और इस निर्जन मृत्यु–मंदिर के द्व ार पर तुम्हें उमंग के साथ वरण करके तुम्हारा अनुसरण करूंगा। एकाएक मेरे मन में आया कि इस मूक आह्वान की उपेक्षा करके मैं क्यों बाहर बैठा हूं? एक बार अन्दर जाकर क्यों न बैठूं?

मैं नीचे उतर कर श्मशान के बीच में बैठ गया। कितनी देर तक चुपचाप बैठा रहा, इसकी खबर मुझे उस समय नहीं थी। होश संभालकर देखा तो अंधेरा कम हो गया था। आकाश मानो साफ हो गया था। निकट ही शुक्र चमक रहा था। धीमे स्वर में बातचीत सुनाई पड़ी। गौर से देखा कि सेमर की झाड़ में बांध के ऊपर से कुछ लोग जा रहे हैं। इधर–उधर लालटेन का प्रकाश भी मालूम हुआ। फिर बांध पर चढ़कर उसी प्रकाश में मैंने देखा कि दो बैलगाड़ियों के साथ कुछ लोग इधर ही आ रहे हैं। जान पड़ा कि इसी मार्ग से होकर कुछ लोग स्टेशन जा रहे हैं।

उस समय सुबुद्धि जागी कि मार्ग छोड़कर कुछ दूर हट जाना आवश्यक है। आने वालों का दल चाहे जितना समझदार हो पर एकाएक अंधेरी रात में मुझे भूत के समान अकेला देखकर और कुछ नहीं तो एक विषम हें–हें रे–रे का चीत्कार तो अवश्य करेंगे।

मैं लौटकर पुरानी जगह पर खड़ा हो गया। थोड़ी देर बाद चटाई लगी हुई दो बैलगाड़ियां पांच–छः आदमियों के साथ मेरे पास आ पहुंचीं। ध्यान आया कि उनमें से दो आदमी मेरी ओर देखकर धीरे–धीरे काना–फूंसी कर रहे हैं। थोड़ी देर बाद सारे लोग दल

बांधकर झाड़ी की ओट हो गये। यह समझ कर कि अब रात अधिक नहीं है, मैं लौटने की तैयारी कर रहा था; उसी समय झाड़ी में से खूब जोर की आवाज आई— 'श्रीकान्त बाबू!'

मैंने कहा—'कौन है? रतन!'

'हां! मैं ही हूं। आप निकट चले आइए।' शीघ्र ही बांध पर चढ़कर मैंने कहा—'तुम लोग घर जा रहे हो, रतन?'

रतन ने उत्तर दिया—'हां! मां गाड़ी में हैं।'

ज्यों ही निकट आया, प्यारी ने परदे के भीतर से मुंह निकालकर कहा—'दरबान की बात सुनकर मैं जान गई कि सिवा तुम्हारे और कोई नहीं हो सकता। गाड़ी पर चले आओ, कुछ बातें करनी हैं।'

मैंने निकट जाकर पूछा—'क्या कहना है?'

'मैं कहती हूं ऊपर आ जाइए।'

'मैं नहीं आ सकता। समय नहीं है। सवेरा होने के पहले ही मुझे तम्बू में जाना है।' प्यारी ने तुरन्त मेरा दाहिना हाथ पकड़ लिया और जिद के स्वर में कहा—'नौकर—चाकरों के बीच हाथापाई करना ठीक नहीं है—तुम्हारे पैर पड़ती हूं, चुपचाप आ जाओ।'

उसकी स्वाभाविक उत्तेजना से लाचार होकर मैं चुपचाप गाड़ी पर बैठ गया। प्यारी ने गाड़ी हांकने की आज्ञा दी और मुझसे कहा—'आज फिर यहां क्यों आये?'

मैंने सच—सच बता दिया—'मैं नहीं जानता क्यों आया।'

प्यारी अभी तक मेरा हाथ पकड़े बैठी थी। उसने कहा—'अच्छा तुम नहीं जानते, पर छिपकर क्यों आए?'

मैंने कहा—'यहां आने की बात किसी को नहीं मालूम यह सच है, पर मैं छिपकर नहीं आया।'

'झूठ।'

'नहीं।'

'इसके मानी।'

'मानी—यदि साफ—साफ बतला दूं तो विश्वास न करोगी। न मैं छिपकर ही आया हूं और न मेरी आने की इच्छा ही थी।'

प्यारी ने व्यंग्य से कहा—'तम्बू से तब तुम्हें भूत उड़ाकर ले आये। जान पड़ता है, यही कहना चाहते हो।'

'नहीं, यह कहने का विचार नहीं है। कोई मुझे उड़ाकर नहीं ले आया है, अपने पांव से चलकर आया हूं। पर कब आया, कैसे आया यह नहीं बता सकता।'

प्यारी चुप रही। मैंने कहा—'राजलक्ष्मी, मैं नहीं जानता कि तुम विश्वास करोगी या नहीं पर वास्तव में जो हुआ है, वह एक विचित्र घटना है।' इसके पश्चात् मैंने एक—एक करके सारी घटना सुना दी।

सुन—सुन कर उसका हाथ सिहर उठा। वह बिल्कुल चुप रही। परदा उठा हुआ था। पीछे की ओर मुड़कर देखा तो उजाला हो गया था। मैंने पूछा—'मैं जाऊं?' प्यारी ने स्वप्नविष्ट की भांति कहा—'नहीं।'

'नहीं क्यों?' इस प्रकार तुम्हारे साथ चले जाने का अर्थ क्या होगा जानती हो?'

'मालूम है, सब मालूम है। पर ये लोग तुम्हारे अपने तो हैं नहीं कि मान के लिए तुम जान तक दे दोगे।' इतना कहकर उसने हाथ जोड़कर मेरा पैर पकड़ लिया और रुद्ध कण्ठ से बोली—'कान्त दादा, तुम वहां लौटकर जाओगे तो जिन्दा नहीं रहोगे। तुम्हें मेरे साथ नहीं जाना है पर मैं तुम्हें लौटकर वहां न जाने दूंगी। तुम्हारा टिकट भी ले लिया जाता है, घर वापस चले जाओ। वहां एक क्षण भी नहीं ठहरना।'

मैंने कहा—'मेरा बिस्तर और कपड़े तो वहीं हैं।'

प्यारी बोली—'रहने दो। वे चाहेंगे तो तुम्हारे पास भेज देंगे और नहीं तो जाने दो। उनका मूल्य अधिक नहीं है।'

मैंने कहा—मूल्य तो ज्यादा नहीं; पर वहां जो मेरी बदनामी होगी उसका मूल्य तो कम नहीं है।'

प्यारी पैर छोड़कर चुप बैठी रही। गाड़ी एक मोड़ पर फिरी और पीछे का दृश्य मेरे सामने आ गया। अचानक मुझे याद आया कि इस पतिता का मुंह पूर्व—दिशा के आकार से मिलता—जुलता है। दोनों के बीच एक बड़ा अंगार धकाधक कर अंधेरे को दूर कर रहा है। मैं भी उसी का आभास देख रहा हूं। मैंने कहा—'तुम चुप क्यों हो?'

प्यारी फीकी हंसी हंस कर बोली—'तुम कैसे समझ सकते हो कान्त बाबू कि जिस कलम से मैं जिन्दगी भर जाली खत लिखती रही हूं, आज उसी कलम से दानपत्र लिखने को मेरा हाथ नहीं उठता। जा रहे हो तो जाओ, पर प्रतिज्ञा करो कि वहां से बारह बजे के पहले ही रवाना हो जाओगे।'

'यही सही।'

'किसी के कितना ही रोकने पर भी आज रात वहां नहीं रहोगे?'

'नहीं रहूंगा।'

प्यारी ने अपने अंगूठी निकालकर मेरे पैर रख दी। मुझे प्रणाम किया, चरण—रज लेकर अंगूठी मेरी जेब में डाल दी फिर कहा—'अच्छा, जाओ। मैं समझती हूं, डेढ़ कोस तुम्हें अधिक चलना पड़ेगा।'

मैं बैलगाड़ी से उतर गया। सवेरा हो चुका था।

प्यारी ने विनय से कहा—'मेरी एक बात और माननी पड़ेगी। घर पहुंचने पर एक पत्र लिखना।'

मैं स्वीकार कर रवाना हुआ। एक बार भी पीछे नहीं देखा कि वे लोग खड़े हैं या चले गये। पर बड़ी देर तक अनुभव करता रहा कि दो गीली आंखों की दृष्टि बार–बार मेरी पीठ पर है।

अड्डे पर पहुंचने में आठ बज गये। राह में प्यारी के उजड़े हुए तम्बू की बिखरी वस्तुओं पर दृष्टि पड़ते ही मेरा हृदय मानो हाहाकार कर उठा। मुंह फेरकर जल्दी से मैं अपने तम्बू के भीतर गया।

पुरुषोत्तम ने पूछा–'क्या आप बहुत सवेरे ही घूमने चले गए थे?'

बिना किसी प्रकार का उत्तर दिए मैं बिस्तर पर जाकर, आंखें बन्दकर, लेट रहा।

11

प्यारी से जो मैंने प्रतिज्ञा की थी उसकी रक्षा की। घर पहुंचते ही मैंने उसे पत्र लिख दिया। उत्तर भी शीघ्र आ गया। मैं एक बात का ध्यान कर रहा था कि प्यारी ने कभी मुझे पटने आने को नहीं लिखा। आग्रह तो दूर रहा, मौखिक निमन्त्रण भी उसने नहीं दिया। नीचे एक अनुनय लिखा जो आज भी मुझे अच्छी प्रकार याद है—सुख में नहीं तो दुःख में मुझे न भूलिए—यही मेरी प्रार्थना है।

दिन बीतने लगे। याद भी धुंधली होकर विलीन हो गई। पर एक आश्चर्य की बात मेरे मस्तिष्क में आने लगी कि इस बार शिकार से लौटने पर मैं अनमना—सा रहने लगा, जैसे एक अभाव की वेदना, थोड़ी ठण्डक की तरह, देह के रोएं में रम गई है। बिछौने पर जाते ही वह मानो चुभने लगती है।

आज भी याद है कि होली की रात थी। सिर पर का अबीर साबुन से धोकर मैं अभी तक साफ न कर सका। थका—सा बिछौने पर पड़ा था। बगल की खिड़की खुली हुई थी। मैं सामने के पीपल के पत्तों की फांक में से चांदनी की ओर देख रहा था। इतना ही याद है। न जाने क्यों, द्वार खोलकर स्टेशन की ओर चल पड़ा। पटने का टिकट कटाकर गाड़ी में चढ़ गया। याद है, दिन को जैसे

ही मैंने सुना कि बाढ़ स्टेशन पर है और पटना अब ज्यादा दूर नहीं है, तो वहीं उतर पड़ा। हाथ डालकर देखा, घबराने का कोई कारण नहीं जान पड़ा। एक दुअन्नी और दस पैसे मेरे पास थे। खुश होकर दुकान की खोज में स्टेशन से बाहर चला गया। दुकान मिल गई। चूड़ा–दही और शक्कर के उत्तम भोजन में आधे पैसे खर्च हो गये। होने दो। जीवन में तो इस प्रकार न जाने कितना खर्च होता रहता है। इसके लिए खेद करना कायरता है।

गांव घूमने चला। उस गांव का चूड़ा–दही जितना अधिक लाभदायक है, उतना ही पानी घटिया है, यह अनुभव मुझे घूमने के एक घण्टे के अंदर ही हुआ। मेरे भर–पेट भोजन को इतनी जल्दी पचा डाला कि मालूम हुआ, दस–बीस दिन से चावल का एक कण भी मेरे मुंह में नहीं गया है। ऐसी खराब जगह एक पल भर भी रहना उचित नहीं जान पड़ा। सोच कर वह जगह छोड़ देने का विचार कर ही रहा था कि निकट आम के बगीचे से धुआं निकलते देखा।

मैं न्याय–शास्त्र जानता था। धुएं को देखकर आग का अनुमान तो अवश्य कर लिया, पर आग के हेतु का भी अनुमान करते मुझे देर न लगी। अतएव सीधे उसी तरफ चल दिया। पहले कह चुका हूं कि इस स्थान का पानी बहुत खराब है।

वाह! यही तो चाहिए। यह है सच्चे संन्यासी का आश्रम। बड़ी धूनी के ऊपर चाय के लिए लोटे में पानी चढ़ा था। बाबा आधी आंखें मूंदे बैठे थे। आस–पास गांजे का सामान रखा था। एक बच्चा–संन्यासी बकरी दुह रहा था। सेवा में चाय लगेगी। दो ऊंट, दो घोड़े बंधे थे। एक बच्चे वाली गाय भी थी। निकट ही एक तम्बू था। भीतर जाकर देखा कि मेरा उम्र का एक चेला दोनों पैरों से खरल दबाये नीम के सोटे से भांग घोंट रहा था। यह सब देखकर मैं भक्ति से तर हो गया और क्षण भर में ही बाबाजी के पैरों पर लोट

गया। मस्तक पर पद–रज लगा कर, हाथ बांध कर, मन–ही–मन कहने लगा–'भगवान, तुम्हारी कैसी असीम करुणा है। कैसी जगह मुझे पहुंचा दिया। चूल्हे में चाय प्यारी–इस मुक्ति–मार्ग के सिंह द्वार को छोड़कर यदि कहीं तिल भर भी हटूं तो मेरे लिए अत्यन्त नरक में भी स्थान नहीं रहेगा।'

साधु ने कहा–'क्यों बेटा?'

मैंने सविनय निवेदन किया–'मैं गृहत्यागी, मुक्ति–पथान्वेषी, अभागा बालक हूं। दया करके मुझे अपनी चरण–सेवा का अधिकार दीजिए।'

साधु मीठी हंसी हंस कर, दो बार सिर हिला कर कहा–'बेटा, घर चला जा। यह मार्ग बहुत दुर्गम है।'

मैंने करुणा–भरे शब्दों में उत्तर दिया–'बाबा, महाभारत में लिखा है कि महापापी जगाई और मधाई वशिष्ठ मुनि के चरण पकड़ कर स्वर्ग में चले गये थे। मैं क्या आपके चरण पकड़ कर भी मुक्ति नहीं पाऊंगा? अवश्य पाऊंगा।'

साधु ने प्रसन्न होकर कहा–'तेरी बात सच्ची है। अच्छा बेटा, रामजी की इच्छा।' दूध दुहने वाले व्यक्ति ने बाबा जी की सेवा में चाय रख दी।

शाम के लिए भांग बन रही थी पर उस समय दिन शेष था, इसलिए और भी आनन्द का उद्योग करते हुए बाबा ने एक चेले को आज्ञा दी गांजा चढ़ाने को।

आधा घण्टा बीत गया। सर्वदर्शी बाबाजी सन्तुष्ट होकर बोले–'हां, तेरे में अनेक गुण हैं। मेरा चेला होने के योग्य है।'

मैंने प्रसन्नता से एक बार और बाबा जी की चरण–रज को मस्तक पर धारण किया।

दूसरे दिन सवेरे ही मैं नहाकर आया। देखा कि गुरुजी की कृपा से कमी किसी वस्तु की नहीं है। प्रधान चेले ने नया गेरुए कपड़ों का सूट, बीस छोटी–बड़ी रुद्राक्ष की मालाएं और पीतल के कड़े बाहर निकाल दिये। जो चीज जहां पहनने की थी उसे वहीं पहनकर मस्तक पर धूनी की राख मल ली। आंख मींच कर बोला–'बाबा जी, शीशा है? एक बार मुंह देख लेने की बड़ी इच्छा है।' मैंने उनमें भी रस का ज्ञान देखा। उन्होंने कुछ गंभीर होकर उपेक्षा से कहा–'है एक।'

'तो जरा छिपाकर ले न आइये।'

दो मिनट बाद मैं शीशा लेकर पेड़ की आड़ में चला गया। पश्चिमी के नाई जिस प्रकार का आईना लेकर हजामत बनाते हैं उसी प्रकार की यह छोटी–सी टीन चढ़ी आरसी थी। चाहे जैसी हो, मैंने देखा कि बराबर उपभोग में आती रहने के कारण वह साफ–सुथरी थी। चेहरा देखने पर हंसी आई। भला कौन कह सकता है कि मैं वह श्रीकान्त हूं जो राजे–रजवाड़े के साथ मजे में बैठकर बाईजी का गाना सुनता था।

एक घण्टे पश्चात् मैं गुरुजी के पास दीक्षा के लिए लाया गया। गुरु महाराज चेहरा देख प्रसन्नता से बोले–'बेटा, एक–आध महीना ठहर जाओ।'

धीरे से 'बहुत–अच्छा' कहकर, उनकी चरण–रज लेकर, मैं एक ओर बैठ गया।

बात–ही–बात में वह बहुत उपदेश दे गये। संन्यासी की दुरूहता और कठोर साधना के विषय में बहुत कुछ कह गये। आजकल के पाखंडी लोग इसे किस प्रकार कलंकित कर देते हैं, यह भी बताया। सूखी लकड़ी के धुएं के पानी से जितने फायदे होते हैं उन सबका उल्लेख भी किया। इस प्रकार और भी कितनी बातों

से मेरे उत्साह को काफी जागरूक किया। उसी दिन मोक्ष के गूढ़ रहस्यों को इस प्रकार जानकर मैं बाबाजी का तीसरा चेला हो गया।

गम्भीर वैराग्य और कठोर साधना के लिए हम लोगों की व्यवस्था बहुत कड़ी थी। परिणाम में वह जैसी थी वैसी ही स्वाद में। चाय, रोटी, घी, दही–दूध, चूड़ा–शक्कर आदि पूरा सात्विक भोजन और उन्हें पचाने का अनुमान भी था। भगवान के चरण–कमलों में हमारी भक्ति कम न हो, इस ओर से भी हम लोगों की लापरवाही कम थी। इसके फलस्वरूप सूखे काठ में फूल लग गया–तोंद दिखाई पड़ने लगी।

एक काम था–भिक्षा के लिए बाहर जाना। संन्यासी का सबसे प्रधान कार्य तो नहीं, पर एक प्रधान कार्य यह अवश्य है। सात्विक भोजन के साथ इसका घनिष्ठ सम्बन्ध था। किन्तु स्वयं महाराज यह कर नहीं सकते थे। उनके सेवक ही इसे पारी बांध कर करते थे। संन्यासी के और कामों में तो मैं उनके दो चेलों को जल्दी से पार कर गया पर इस काम में लंगड़ाता ही रहा। इसे कभी अपने अनुकूल न बना सका। फिर भी एक सुविधा थी। यह हिन्दी बोलने वालों का देश था। मैं भले–बुरे की बात नहीं कह रहा हूं। मैं कहता हूं कि बंगाल की औरतों के समान 'खाली हाथ नहीं हैं, दूसरा दरवाजा देखो' का उपदेश यहां नहीं मिलता था। वहां के पुरुषों की तरह–'नौकरी कर न, भीख क्यों मांगता है' यह कैफियत नहीं मांगते। गरीब–अमीर सब भिक्षा देते हैं, कोई विमुख नहीं करता। इसी प्रकार दिन बीत रहे थे। करीब पन्द्रह दिन तो उसी आम के बगीचे में कट गये। दिन को तो कोई तकलीफ नहीं थी, पर रात को मच्छरों के उत्पात से मन में आता–जाने दो मोक्ष–साधन को। शरीर की चमड़ी यदि और मोटी न की जाय तो जान नहीं बचेगी। और चीजों में बंगाली चाहे जितने ऊंचे क्यों न हों पर यह तो मानता पड़ेगा कि हिन्दुस्तानी चमड़ी संन्यास के लिए अधिक अनुकूल है।

उस दिन प्रायः स्नान करके सात्विक भोजन की तलाश में जा रहा था कि गुरु महाराज ने बुलाकर कहा—

भरद्वाज मुनि बसहिं प्रयागा।

जिनहिं राम—पद अति अनुरागा।

अर्थात्—स्ट्रायक दी टेंट—'प्रयाग की यात्रा करनी ही होगी।' किंतु यह काम सहज नहीं है। संन्यासी की यात्रा ठहरी। बंधाऊ घोड़े खोजते, उन पर सामान लादते, ऊंटों पर महाराज की जीन कसते, गाय—बकरियों को साथ लेते, गठरी बांधते एक पहर बीत गया। उसके बाद रवाना होकर दो कोस चलते—चलते संध्या हो गई। बिठौरा गांव के निकट एक विशाल बरगद के नीचे डेरा पड़ा। स्थान मनोरम था। गुरु महाराज को खूब पसन्द आया। यह तो हुआ, किन्तु भारद्वाज मुनि के आश्रम तक पहुंचने में कितने दिन लगेंगे, इसका अनुमान मैं नहीं कर सकता।

सुनिए, बिठौरा गांव का नाम अभी तक मुझे क्यों याद है। उस दिन पूर्णिमा थी, अतएव गुरुजी के आदेश से हम तीन आदमी, तीन ओर, भिक्षा के लिए निकले। मैं अकेला रहने पर भी उदर—पूर्ति की चेष्टा कम न करता। पर आज मेरी वह चाल नहीं थी। इसी से यों ही इधर—उधर घूम रहा था। अचानक एक घर के खुले द्वार से मुझे एक बंगाली लड़की की शक्ल दिखलाई पड़ी। यद्यपि उसके कपड़े देशी करघे में बुने टाट की तरह मोटे थे; फिर भी पहनने के ढंग ने मेरा कौतूहल बढ़ाया।

मन में आया, पांच—छः दिन से इस गांव में हूं, पर बंगाली स्त्री की बात ही क्या, बंगाली पुरुष का चेहरा भी देखने को नहीं मिला। साधु—संन्यासियों के लिए रोक—टोक नहीं भीतर जाते ही वह स्त्री मेरी ओर देखने लगी। उसका चेहरा मुझे आज भी याद है। कारण यह है कि दस—बारह बरस की लड़की के चेहरे पर इतनी उदासी

मैंने कभी नहीं देखी। उसके मुंह से, ओठों, आंखों से ही नहीं, सर्वांग से दुःख और निराशा फूट रही थी। मैंने एकाएक बंगला में कहा—'कुछ भिक्षा दो मां!' पहले वह चुप रही। थोड़ी देर बाद उसके ओंठ पहुंचकर फूल गये और वह रो उठी।

मैं मन में लजाकर रह गया, क्योंकि न तो कोई सामने था और न किसी औरत की बात सुनाई पड़ रही थी। यदि कोई भी औरत हम दोनों को इस प्रकार खड़ा देख ले तो क्या कहेगी? यह मैं पहले न सोच सका। खड़ा रहूं या चला आऊं, यही सोच रहा था कि उस लड़की ने रोते-रोते मुझसे हजारों प्रश्न किये—'कहां से आ रहे हैं? कहां रहते हो? क्या तुम्हारा घर बर्दवान जिले में है? तुम कब जाओगे? क्या तुम गौरी तिवारी को पहचानते हो? तुम्हें राजपुर का हाल मालूम है?'

मैंने पूछा—'तुम्हारा घर बर्दवान जिले के राजपुर गांव में है?'

लड़की ने आंखें पोंछते हुए कहा—'मेरे बाप का नाम गौरी तिवारी और भाई का नाम रामलाल तिवारी है। क्या तुम उन्हें पहचानते हो? तीन महीने से मैं ससुराल आई हूं। अभी तक एक भी चिट्ठी नहीं मिली। मां-बाप, भाई, गिरिबाला और बाबू न जाने कैसे हैं, मुझे कुछ भी नहीं मालूम। उस पीपल के पेड़ के नीचे मेरी बहन की ससुराल है। पिछले सोमवार को दीदी फांसी लगाकर मर गई है। पर ये लोग कहते हैं कि वह हैजे से मर गई।'

मैं अचरज में बावला-सा हो गया। यह बात है, ये लोग पूरे हिन्दुस्तानी और यह लड़की विशुद्ध-बंगालिन! इतनी दूर, ऐसे घर में इन लोगों की ससुराल कैसे हुई? इनके पति, सास, ससुर आदि यहां क्या करने आये?

मैंने पूछा—'तुम्हारी बहन ने क्यों फांसी लगाई?' उसने कहा—'दीदी रात दिन राजपुर जाने के लिए रोती थी। न जाती थी

और न सोती थी, इसलिए बाल छन्नी से बांधकर उसे दिन–रात खड़ा कर रखा था। दीदी इसी से फांसी लगाकर मर गई।'

मैंने पूछा–'तुम्हारे सास–ससुर हिन्दुस्तानी हैं?'

लड़की रोती हुई बोली–'हां! उनकी बोली समझ सकती, उन लोगों का खाना नहीं खाती। रात–दिन रोती रहती हूं। बाबूजी न तो चिट्ठी लिखते हैं और न लिवा ही जाते हैं।'

मैंने पूछा–'तुम्हारे बाप ने इतनी दूर ब्याह क्यों किया?'

लड़की बोली–'हम लोग तिवारी हैं। हमारी जाति के लड़के उस देश में नहीं मिलते।'

'तुम्हें वे मारते–पीटते भी हैं?'

'जी हां! यह देखिए न,' इतना कहकर लड़की अपनी बांहों में, पीठ पर और गालों में मार के निशान दिखाकर रोने लगी। रोते–रोते कहा–'मैं भी दीदी की तरह फांसी लगाकर मर जाऊंगी।'

उसे रोते देख, मेरी आंखों में भी जल आ गया। बिना कुछ पूछ–ताछ किये और भिक्षा लिए मैं बाहर चला आया। पर लड़की मेरे पीछे–पीछे आकर कहने लगी–'मेरे बाबूजी को कह दीजिएगा न? वे मुझे यहां से एक बार ले चलें नहीं तो...।'

मैंने किसी प्रकार गरदन हिलाकर उसे स्वीकार किया और तेजी से चलता बना। लड़की का हृदयवेधी आवेदन मेरे कानों में गूंजने लगा।

मार्ग में मोड़ पर ही एक बनिए की दुकान थी। पहुंचते ही दुकानदार ने मुझे हाथ जोड़े। खाने की वस्तु न मांगकर जब मैंने पत्र लिखने के लिए कागज–कलम मांगा तब उसे कुछ आश्चर्य तो अवश्य हुआ, पर वह मना न कर सका। वहीं बैठकर गौरी तिवारी को मैंने पत्र लिख डाला। सभी बातें लिखने के बाद यह लिखना भी

न भूला कि लड़की की बहन हाल में ही फांसी लगाकर मर गई है और इसने भी मारपीट से ऊबकर वही निश्चय किया है। तुम स्वयं आकर कुछ यत्न न करोगे तो कहा नहीं जा सकता कि क्या होगा। सम्भव है, तुम्हारी चिट्ठी–चपाती ये लोग लड़की को न दिखाते हों। पता लिखा, बर्दवान जिले में राजपुर गांव। मैं नहीं जानता कि चिट्ठी गौरी तिवारी को मिली या नहीं; और यदि मिली तो उसने कुछ प्रबंध किया या नहीं। किन्तु यह घटना मेरे हृदय में इस तरह अंकित हो गई और हिन्दू–समाज के अति–सूक्ष्म जाति–भेद के विरुद्ध आज भी एक विरोध की भावना मेरे मन में है।

सम्भव है कि जाति–भेद का सिद्धान्त अच्छा हो। जब इसी उपाय से सनातन हिन्दू जाति आज तक बची हुई है तो इसके लाभ के बारे में प्रश्न करना व्यर्थ है। दो अभागी लड़कियां फांसी लगाकर मरेंगी, इस भय से भी जाति–भेद बंधन ढीला नहीं किया जा सकता। इसकी कल्पना भी पागलपन है। जिसने उस लड़की को रोते देखा, उसके लिए संभव नहीं कि इस प्रश्न को टिका रहने दे। इसको रहने देने में क्या जीवन की चरम सार्थकता है? इसी प्रकार बहुत–सी जातियां बनी हुई हैं। कौरके हैं, कोल–भील–संथाल हैं; प्रशान्त महासागर के छोटे–छोटे द्वीपों की, छोटी–छोटी जातियों की श्रृंखला मानव–दृष्टि में आज तक है। अफ्रीका है, अमेरिका है, उनके सामाजिक कानून भी कड़े हैं, जिनकी कल्पना से ही रोंगटे खड़े हो जाते हैं। आयु के हिसाब से वे लोग यूरोप की अनेक जातियों के अति वृद्ध प्रपितामह से भी पुराने हैं और हमसे भी पुराने हैं। परन्तु इसलिए इन जातियों के सामाजिक आचार–विचार हम लोगों से श्रेष्ठ हैं। मैं समझता हूं कि ऐसा अद्भुत विचार किसी के मन में न उठता होगा। सामाजिक बन्धन झुण्ड में दिखाई नहीं देते। कभी–कभी एक–आध दिखाई पड़ता है। अपनी दोनों लड़कियों को हिन्दुस्तानियों के घर में विवाह करते समय गौरी तिवारी के मन में

शायद ऐसा प्रश्न हुआ हो। किन्तु इस कठिन प्रश्न का हल न पाकर ही अपनी कन्याओं को सामाजिक बलिदेवी पर बलि देने को वह बेचारा लाचार हो गया था। जो समाज इन असहाय लड़कियों को स्थान दे सका, जिस समाज में उदारता नहीं है, उस लंगड़े, प्राण ाहीन समाज के लिए मुझे तनिक भी गर्व नहीं। किसी बड़े लेखक के लेख में पढ़ा था कि हमारे समाज में जो व्यवस्था जाति–भेद के रूप में है, उसका निर्णय आज तक नहीं हो सका। उन युक्तिहीन उच्छ्वासों का उत्तर नहीं देना है। 'हुई नहीं', और 'होगी नहीं' कहकर जो अपने प्रश्न का उत्तर स्वयं दबा लेते हैं, उनको जवाब देने की प्रवृति नहीं होती।

दुकान से उठा। लेटरबक्स ढूंढकर उसमें बैरंग पत्र डाल दिया। जब डेरे पर लौटा, तो मेरे दूसरे साथी आटा–दाल लेकर न लौटे थे।

साधु बाबा कुछ क्रुद्ध जान पड़े। इसका कारण उन्होंने स्वयं बता दिया—इस गांव के लोगों को साधु–संन्यासियों पर जरा भी अनुराग नहीं है; सेवा इत्यादि का प्रबंध भी ठीक तौर पर नहीं होता, इसलिए कल ही इस स्थान से चल देना है। 'जो आज्ञा' कहकर मैंने तुरंत अनुमोदन किया। पटना देखने का मन में जो कौतूहल था, उसे देर तक नहीं छिपाया।

इसके सिवा बिहार के गांवों में किसी प्रकार का आकर्षण नहीं मिला। पहले मैं बंगाल के गांवों में घूम चुका था, उनसे इनकी तुलना नहीं हो सकती। नर–नारी, पेड़–पौधे, जलवायु–किसी को भी अपना कहने की इच्छा नहीं होती। सवेरे से लेकर रात तक भागने की इच्छा रहती है।

शाम को इन गांवों के टोलों में झांझ–करताल के साथ कीर्तन का स्वर नहीं सुनाई पड़ता। मंदिरों में आरती के समय घंटों की

आवाज भी नहीं सुनाई पड़ती। इस प्रदेश की स्त्रियां शंख नहीं बजातीं। तब आदमी यहां किस आराम के लिए रहते हैं? मैं यह भी सोचने लगा कि यदि मैं इन गांवों में न आता तो शायद अपने गांवों का महत्त्व न समझ सकता। यह सच है कि हमारे यहां के जल में काई रहती है, हवा में मलेरिया है, अधिकतर मनुष्यों के पेट में पिलही रहती है, घर–घर में अभियोग हुआ करते हैं, टोले–पड़ोस में दलबंदियां रहती हैं; फिर भी उसमें कितना रस है, कितनी तृप्ति है, इस समय कुछ न जानकर भी मैं सब–सब कुछ जानने लगा।

दूसरे दिन तम्बू उखाड़कर रवाना हो गये। साधु बाबा यथाशक्ति दल–बल के साथ भारद्वाज मुनि के आश्रम की ओर बढ़ने लगे। राह चाहे सीधी हो या साधु ने मेरे मन की बात जान ली हो, पटना से दस कोस के बीच कहीं तम्बू नहीं गाड़ा गया। मन में एक इच्छा थी। तो इसे जाने दो। बहुत पाप किया। कुछ दिन साधु के साथ रहकर उसे काट लूं। एक बार शाम के कुछ पहले हमारा डेरा जहां पड़ा, उस स्थान का नाम था छोटी बगिया। यह आरा स्टेशन से आठ कोस पर है। इस गांव में एक नामी बंगाली सज्जन से मेरा परिचय हो गया। उनकी सदाशयता का वर्णन करूंगा। उनके पैतृक नाम को छिपाकर रामबाबू कहता हूं। वे अभी तक जीवित हैं। उनसे दूसरे स्थान पर फिर मिलन हुआ था, पर वे मुझे पहचान नहीं सके। यह कोई आश्चर्य की बात नहीं। किन्तु मैं उनके स्वभाव को जानता हूं। उन्होंने गुप्तरूप से जो सत्कार्य किया है, उसे प्रकट करने पर वे विनय से संकुचित होंगे यह मैं जानता हूं। इसलिए उनका नाम है रामबाबू। किस सूत्र से रामबाबू यहां आये थे और कैसे यहां जमकर खेती करने लगे थे, यह मैं नहीं जानता। मैं इतना ही जानता हूं कि उन्होंने दोबारा विवाह किया था और तीन–चार पुत्र–पुत्रियों के साथ सुख से वहां रहते थे।

सवेरे मालूम हुआ कि छोटी और बड़ी बगिया में तथा और

पांच–सात गांवों में चेचक का प्रकोप है। प्रायः ऐसे संकट के समय साधु–संन्यासियों की सेवा संतोषजनक होती है। इसलिए साधु बाबा ने यहां ठहर जाने का निश्चय कर लिया।

अच्छी बात है। यहां एक बात संन्यासियों के सम्बन्ध में कहता हूं। मैंने बहुत से संन्यासियों का जीवन देखा है। चार बार तो मैं उनमें घुल–मिलकर रह चुका हूं। उन लोगों में जो दोष हैं, यह आप लोग अच्छी प्रकार जानते हैं, किन्तु इन लोगों का यह दोष मुझे नहीं जंचता। स्त्रियों के संबंध में इनका संयम कहिए या उत्साह की कमी कहिए, इनमें बहुत अधिक होता है। जान का भय बहुत कम होता है। जब तक जिये मौज तो करते हैं, पर किस उपाय से अधिक दिन जीवित रह सकते हैं, इसका ध्यान इन लोगों को नहीं होता। हमारे साधु बाबा भी ऐसे ही थे। पहली वस्तु के लिए इन्होंने दूसरी को तुच्छ समझ लिया था।

जरा–सी धूनी की राख और एक बूंद कमण्डल के जल के बदले घरों से जितनी वस्तुएं आईं, उससे क्या साधु और क्या गृहस्थ–किसी को बैराग नहीं हो सकता।

रामबाबू अपनी स्त्री के साथ रोते हुए आये। चार दिन ज्वर आने के पश्चात् आज सवेरे उनके बड़े लड़के को चेचक दिखलाई पड़ी। छोटा लड़का कल रात से ही ज्वर में बेहोश पड़ा था। उन्हें बंगाली समझकर मैंने पास जाकर उनसे परिचय किया।

मैं कहानी के सिलसिले में एक महीने का हेर–फेर करना चाहता हूं। उनसे घनिष्ठता कैसे हुई, उनके दोनों लड़के कैसे अच्छे हुए, यह लंबी कहानी है। कहते–कहते मुझे ही धैर्य न रह जायेगा, पाठकों की बात दूर रही। बीच की एक बात सुन लीजिये। पन्द्रह दिन बाद जब रोग का प्रकोप बढ़ गया, तब साधुजी ने डेरा उखाड़ने का आदेश दिया। रामबाबू की स्त्री रोती हुई बोली–'संन्यासी

भैया, तुम सचमुच में संन्यासी हो। तुम में दया–माया है। यदि तुम मेरे जीवन और नवीन को छोड़कर चले जाओगे, तो वे न बचेंगे। जाओ तो, देखूं कैसे जाते हो?' अब उसने मेरा पैर पकड़ लिया। मेरी आंखों में आंसू भर आये। रामबाबू भी स्त्री की प्रार्थना में साथ देकर खुशामद करने लगे। इसलिए मैं न जा सका। साधु बाबा से कहा–'प्रभु, आप आगे चलें, रास्ते में न हो सका तो मैं प्रयाग में चरण–रज अवश्य लूंगा।' प्रभु कुछ खीझे। अन्त में कहीं विलम्ब न करने का आदेश बार–बार देकर वे दल के साथ रवाना हुए। मैं रामबाबू के घर रह गया। इतने थोड़े दिनों में ही मैं साधु बाबा का इतना प्रिय हो गया था कि उनकी मृत्यु के पश्चात् दो टट्टुओं और दो ऊंटों का उत्तराधिकारी होता, इसमें शक नहीं रह गया था। बीती बात पर पछताने से कुछ लाभ नहीं!

दोनों लड़के अच्छे हो गये। इस समय बीमारी सचमुच महामारी होकर आई थी। कैसा दृश्य था, यह जिसने अपनी आंखों नहीं देखा उसको लेख पढ़कर, कहानी सुनकर या कल्पना करके याद नहीं किया जा सकता। इसलिए इस असंभव को सम्भव करने का प्रयत्न मैं न करूंगा। लोग भागने लगे। इसमें और कोई आचार–विचार नहीं रहा। जहां मनुष्य का चि दिखलाई देता था, वहां मां अपनी पीड़ित संतान को आगे लिए बैठी हुई दीख पड़ती थी।

रामबाबू ने अपने घर की बैलगाड़ी पर सारा माल–असबाब लाद दिया। कई दिन पहले ही वे ऐसा करना चाहते थे। पर लाचारी से रुक जाते थे। पांच–छः दिन पहले से ही मेरे शरीर में एक प्रकार की सुस्ती भर गई थी। मुझे कुछ भी अच्छा न लगता था। जान पड़ता था कि रात में जागने और परिश्रम करने से इतना भारीपन है। उस दिन सवेरे से ही सिर दर्द होने लगा। तबीयत ठीक न रहने पर भी दोपहर को जो मैंने खाया, उसकी कै हो गई। रात को नौ–दस बजे ऐसा मालूम हुआ कि मुझे ज्वर चढ़ आया है। सारी रात जाग

कर वे लोग सामान लाद रहे थे। बहुत रात बीते रामबाबू की स्त्री ने आकर कहा—'संन्यासी भैया, तुम हम लोगों के साथ आरा तक चलो, चलोगे न?'

मैं बोला—'अवश्य चलूंगा, पर गाड़ी में मुझे थोड़ा स्थान देना पड़ेगा।'

बहिन ने उत्सुक होकर पूछा—'क्यों संन्यासी भैया! दो से अधिक गाड़ियां नहीं मिलीं। उसमें हम लोगों के लिए स्थान नहीं है।'

मैंने कहा—'मुझमें चलने की शक्ति नहीं है बहिन! सवेरे से ही ज्वर चढ़ा है।'

'ज्वर? क्या कहते हो?' कहकर मेरी नई बहिन मुंह लटका कर चली गई।

कितनी देर तक सोता रहा, इसका मुझे होश नहीं। उठकर देखा तो दिन चढ़ आया था। घर के सभी कमरों में ताले बन्द थे। आदमी का कहीं चि तक नहीं था।

मैं बाहर जिस कमरे में सोया हुआ था, उसी के सामने से एक कच्ची सड़क आरा स्टेशन तक गई है। इस सड़क पर नित्य कम–से–कम पांच–छः बैलगाड़ियां भयभीत हुए मनुष्यों का माल–असवाब लेकर जाती थीं। दिन भर कोशिश करने के बाद एक गाड़ी में मुझे थोड़ा–सा स्थान मिला। जिस बूढ़े बिहारी सज्जन ने दया करके मुझे अपने साथ ले लिया था उसने बड़े सवेरे ही मुझे आरा स्टेशन के निकट एक पेड़ के नीचे उतार दिया। उस समय मुझ में बैठने की भी शक्ति न थी। मैं वहीं लेट गया। निकट ही एक टीन का शेड था। वह मुसाफिरखाना था। बरसात में वहां गाय–बछड़े बैठते थे। वे बूढ़े सज्जन स्टेशन से एक बंगाली नौजवान को बुला लाये। उसकी दया से और कुलियों की सहायता से मैं शेड के भीतर आया।

बड़े खेद की बात है कि मैं उस नवयुवक का परिचय नहीं दे सकता। मैंने उससे कुछ नहीं पूछा। पांच–छः महीने के पश्चात् जब मुझमें पूछने की शक्ति आई तो पूछने पर मालूम हुआ शीतला से वह मर गया। मुझे इतना ही मालूम है कि वह पूर्वी बंगाल का था और स्टेशन पर पन्द्रह रुपये का नौकर था। थोड़ी देर के बाद वह अपना फटा हुआ बिस्तर ले आया और बार–बार कहने लगा कि मैं स्वयं रसोई बनाता हूं और दूसरे के घर में रहता हूं। दोपहर को एक बरतन में गरम दूध ले आया, उसे जबरदस्ती पिलाकर बोला–'डरने की कोई बात नहीं है, अच्छे हो जाओगे। यदि किसी को खबर देना हो तो ठिकाना मालूम होने पर तार दे सकता हूं।'

मुझे उस समय भी काफी होश था, इसलिए समझता था कि ऐसी दशा देर तक न रहेगी। यदि इसी तरह पांच–छः घण्टे पड़ा रहा तो चेत अवश्य ही न रहेगा। अतएव जो कुछ करना है, इतने समय के भीतर ही कर लेना चाहिए।

यह ठीक है; पर खबर देने की बात से मैं दुविधा में पड़ गया। सोचा, गरीब का पैसा टेलीग्राम में खर्च करने की क्या आवश्यकता है।

शाम को वह भलामानस नौकरी से छुट्टी पाकर एक घड़ा पानी और एक किरासिन की ढिबरी लेकर आया। उस समय ज्वर की गर्मी से मस्तिष्क ठीक न था। उसे पास बुलाकर कहा–'जब तक मैं होश में रहूं, आकर देख जाना; इसके बाद जो होगा, आप और कष्ट न करना।'

बात बनाकर कहने का ज्ञान उस भलेमानस में न था। वह केवल 'नहीं', 'नहीं' कहकर चुप हो गया।

मैंने पूछा–'आप खबर देना चाहते हैं? मैं संन्यासी हूं। मेरा कोई नहीं है, फिर भी आप पटने में प्यारी बाई जी को कार्ड लिख

दें कि श्रीकान्त आरा स्टेशन के बाहर एक टीन–शेड में अब–तब की दशा में पड़ा है तो.......।'

युवक बहुत उतावला होकर बोला– 'मैं इसी समय चिट्ठी लिखता हूं और टेलीग्राम भेजता हूं।' जब वह चला गया–मैंने मन–ही–मन कहा–भगवान, उसे खबर मिल जाये।

होश आने पर भी मुझे अपनी दशा का ज्ञान नहीं हुआ। माथे पर हाथ ले गया तो जान पड़ा कि आईस बैग रखा हुआ है। आंख खोलकर देखा कि एक कमरे में खटिया पर पड़ा हूं। सामने स्टूल पर एक दीपक और दो–तीन दवा की शीशियां रखी हुई हैं। पास ही दूसरी खटिया पर एक आदमी लाल चेक की एक चादर ओढ़े पड़ा हुआ है। मैं देर तक कुछ भी याद न कर सका। फिर जान पड़ने लगा कि न जाने कितने स्वप्न देखे हैं। बहुत से लोगों की आवा–जाही धर–पकड़ कर डोली में चढ़ाना, सिर उठाकर दवा पिलाना ऐसे और कितने काम दिखलाई पड़े।

थोड़ी देर के पश्चात् जब वह आदमी उठकर बैठ गया तब देखा कि कोई बंगाली है। उम्र करीब अट्ठारह–उन्नीस की होगी। फिर मेरे सिरहाने मृदु–स्वर में उसे जिसने बुलाया, उसे मैंने पहचान लिया।

प्यारी बहुत मीठी आवाज में बोली–'बंकू, एक बार और बरफ क्यों नहीं बदल दिया बेटा?'

लड़के ने कहा–'बदले देता हूं। तुम अभी सोओ मां। डॉक्टर बाबू जब कह गये हैं कि चेचक नहीं है तो डरने की कोई बात नहीं।'

प्यारी ने कहा–'बाबा, डॉक्टर ने भय से नहीं कहा है कि औरतें डर जाती हैं, तुम चिन्ता न करो। बरफ बदलकर सो जाना बंकू। अब रात में न जागना।'

बंकू ने बरफ बदल दी और फिर जाकर उसी खटिया पर सो रहा। जब उसकी नाक बजने लगी तब मैंने धीरे–धीरे पुकारा–'प्यारी!'

प्यारी मेरे मुंह के ऊपर झुक गई। सिर पर की पसीने की बूंदों को आंचल से पोंछती हुई बोली—'मुझको पहचान रहे हो? अब कैसी तबीयत है? कल.......!'

'अच्छा हूं। तुम कब आईं? यह क्या आरा है?'

'हां, आरा है। कल हम लोग घर चलेंगे।'

'कहां?'

'पटना। अपना घर छोड़कर और तुम्हें कहां जाने दूंगी?'

'यह लड़का कौन है राजलक्ष्मी?'

'मेरी सौत का लड़का है; किन्तु बंकू मेरे ही पेट के लड़के जैसा है। मेरे पास रहकर पटना कॉलेज में पढ़ता है। अब बातचीत मत करो, सो जाओ। कल सब बातें कहूंगी।' मेरे मुंह पर हाथ रखकर उसने बोलना बंद कर दिया।

मैं राजलक्ष्मी का दाहिना हाथ पकड़ कर करवट बदलकर सो रहा।

12

जिस ज्वर से बेहोश होकर मैं खटिया पर पड़ गया था, वह चेचक न थी, दूसरे प्रकार का ज्वर था। चिकित्सा–शास्त्र में उसका कोई बड़ा नाम अवश्य था, परन्तु वह मुझे मालूम नहीं। संदेशा पाकर प्यारी अपने लड़के, दो नौकरों और एक दाई को साथ लेकर वहां आ गई। उसी दिन एक घर किराये पर लेकर मुझे उसमें उठा ले गई। शहर के सभी छोटे–बड़े डॉक्टरों को बुलाया। उसने अच्छा ही किया, नहीं तो चाहे जो हानि होती, पर भारतवर्ष के पाठक–पाठिकाओं का धैर्य प्रकट न हो पाता।

सवेरे प्यारी ने कहा–'बंकू, अब देरी न कर बेटा! इसी समय जाकर एक सेकेंड क्लास रिजर्व करा लो। इन्हें क्षण भर भी यहां रखना ठीक नहीं।'

बंकू की नींद पूरी नहीं हुई थी। उसकी आंखें भारी थीं। वह आंखें बन्द किये ही बोला–'तुम पागल हो गई हो मां! इस दशा में भी यहां–वहां ले जाया जाता है?'

प्यारी ने हंसकर कहा–'पहले तुम उठकर हाथ–मुंह धो लो, पीछे यहां–वहां हटाने की बात मालूम हो जायेगी। मेरे राजा बेटा, उठो तो!'

बंकू दूसरा उपाय न देखकर उठा। हाथ–मुंह धो, कपड़ा बदलकर वह स्टेशन चला गया। उस समय भी बहुत सवेरा था। घर में कोई न था। मैंने धीरे से पुकारा–'प्यारी!' मेरे सिरहाने एक और खटिया बिछी हुई थी। थकी हुई वह उसी पर आंखें बन्द करके लेट गई थी, वह झटपट उठकर मेरी ओर झुक गई। कोमल कंठ से पूछा–'नींद टूट गई?'

'मैं तो जागता ही रहा।' प्यारी सिर पर हाथ फेरती हुई बोली–'ज्वर अभी बहुत कम है। आंख बंद करके सोने का प्रयत्न क्यों नहीं करते?'

'प्रयत्न तो करता हूं प्यारी! ज्वर चढ़े आज कितने दिन हुए?'

'तेरह दिन हुए।' कहकर वह बूढ़ी जैसी गम्भीरता से बोली–'देखो, लड़के वालों के सामने मुझे उस नाम से न पुकारा करो। बहुत दिन पहले लक्ष्मी कहते थे, उसी नाम से क्यों नहीं पुकारते?'

दो दिन से मैं होश में था। मुझे सारी बातें याद आ गईं। मैंने कहा–'अच्छा।' जो कहने के लिए मैंने उसे बुलाया था, उन बातों को क्रम से कहा–'तुम मुझे ले जाने का यत्न कर रही हो; तुम्हें बहुत कष्ट दिया। अब नहीं देना चाहता।'

'तब क्या करोगे?'

'मैं सोचता हूं कि इस समय मेरी जैसी दशा है उससे तो तीन–चार दिन में अच्छा हो जाऊंगा। इतने दिन ठहरकर तुम लोग चले जाओ।'

'तब तुम क्या करोगे?'

'जो होना होगा, वह होगा।'

'वही होगा।' कहकर प्यारी हंसी। फिर सामने से आकर खटिया की एक पाटी पर बैठ गई। कुछ देर तक मुंह देखती रही। हंसकर

उसने कहा—'तीन—चार दिन में तो नहीं, दस—बारह दिन में तुम अवश्य अच्छे हो जाआगे। तुम्हारी असली रोग कब तक अच्छा होगा?'

'असली रोग कौन—सा?'

'सोचोगे कुछ, करोगे कुछ और बोलोगे कुछ। बहुत दिनों से तुम्हें यही रोग है। एक महीने तक तुम्हें मैं अपनी आंखों की ओट नहीं होने दूंगी। तुम कहोगे—तुम्हें कष्ट दिया, तुम जाओ। अरे ओ दयामय! मेरे लिए यदि तुम्हें इतना ही दर्द है तो हो, पर संन्यासी मत होओ। संन्यासी होकर तुमने कौन—सा झमेला खड़ा कर रखा है? आकर देखा तो जमीन में फटी कथरी पर बिलकुल बेहोश पड़े थे। सिर की जटाएं धूल—मिट्टी से भरी हुई थीं। गले में रुद्राक्ष की माला थी। हाथ में पीतल के कड़े थे। दैया री दैया! तुम्हें देखकर रोये बिना न रह सकी!' कहते—कहते प्यारी की आंखों से आंसू गिर पड़े। उसे जल्दी पोंछकर फिर बोली—'बंकू ने पूछा—ये कौन हैं मां?' मन—ही—मन मैंने कहा—'तू अभी लड़का है बेटा, तुझे क्या बतलाऊं? वह भी कैसी विपत्ति का समय था। माई—री!'

'यह सच है कि पाठशाला में जाने किस सायत में हम लोगों में आंखें चार हुई थीं। जितना दुःख तुमने मुझको दिया है शायद संसार में उतना किसी ने किसी को न दिया होगा और देगा भी नहीं। शहर में चेचक दिखलाई पड़ी। सबको लेकर अच्छी तरह भाग सकूं तो जान बचे।' उसने एक दीर्घ सांस ली।

उसी रात को हम लोग आरा से रवाना हो गये। एक कम आयु का डॉक्टर हम लोगों को पटने तक पहुंचाने गया।

पटना पहुंचकर मैं बारह—तेरह दिन में एक प्रकार से अच्छा हो गया। एक दिन सवेरे प्यारी के मकान के सभी कमरों को अकेले घूम—घूमकर देख लिया। उसका माल—असवाब देखकर मैं दंग हो

गया। यह नहीं कि इसके पहले इतना न देखा हो। चीजें अच्छी थीं, मूल्यवान थीं। परन्तु इस मारवाड़ी मुहल्ले में, कम पढ़े–लिखे शौकीन आदमियों के बीच, इतनी मामूली चीजों से इसे कैसे संतोष होता था! पहले मैंने जितना घर–द्वार देखा था, उससे इसकी तुलना नहीं हो सकती। उनके भीतर घुसते ही ख्याल होता था कि आदमी उनमें कैसे रहता होगा। झाड़फानूस, तसवीर, आईना आदि को देखकर शंका होती थी। मालूम पड़ता था कि सांस लेने की फुरसत न मिलेगी। बहुतों की दी हुई भेंट की चीजों से कमरे भरे थे। जान पड़ता था कि अचेतन वस्तुएं सचेतन का स्थान पाने के लिए रगड़ा–झगड़ा कर रही हैं। इस मकान के किसी भी कमरे में जरूरत से ज्यादा चीजें नहीं मिलीं। जितनी चीजें दिखलाई पड़ीं वे मालकिन के काम की थीं। तुरन्त मालूम हो गया कि एक भी फालतू चीज बेकार जगह नहीं टंगी है। एक और बात से मैं आकृष्ट हुआ। इतनी प्रसिद्ध बाईजी के घर में गाने–बजाने का कोई सामान नहीं। सभी कमरों में टहलता हुआ मैं दोमंजिले के एक कोने के कमरे के सामने जा खड़ा हुआ। यह बाईजी के सोने का कमरा था। यहां झांकते हुए मालूम हो गया कि मेरा सोचा हुआ कितना गड़बड़ था, उसमें भी कोई फालतू चीज न थी। मेज उजले पत्थर की थी। दीवार दूध की तरह चमक रही थी। एक किनारे लकड़ी के छोटे तख्ते पर बिछौना लगा हुआ था। एक अलगनी पर थोड़े कपड़े थे। एक लोहे की अलमारी भी थी। और कुछ न था। जूता पहने हुए भीतर जाने में मुझे संकोच हुआ। बाहर जूते उतारकर मैं थकावट के मारे उसी बिस्तरे पर पड़ गया। कमरे में दूसरा बैठने का स्थान होता तो शायद उस पर न बैठता। सामने एक बड़ा नीम का पेड़ था। उसी से छनकर हवा आ रही थी। खिड़की की ओर देखकर मैं कुछ अनमना–सा हो गया था। एक मीठी–सी आवाज आई। मैंने चौंककर देखा तो प्यारी गुनगुनाती हुई कमरे में घुस आई थी। गंगास्नान करके गीले कपड़े उतारने आई थी। उसने मेरी ओर

एक बार भी नहीं देखा। अलगनी से सूखे कपड़े उतार रही थी, मैंने कहा—'घाट पर कपड़े लेकर क्यों नहीं जाती?'

प्यारी चौंकी। हंसकर बोली—'मेरे कमरे में चोर की तरह घुसकर बैठे हो? नहीं जी, बैठे रहो, मत जाओ। दूसरे कमरे में कपड़े बदलकर मैं आ रही हूं।' गरद की साड़ी हाथ में लेकर वह धीरे से चली गई।

पांच ही मिनट में वह लौट आई। उसने हंसकर मुझसे पूछा—'मेरे कमरे में कुछ नहीं है। क्या चोरी करने आए हो? मुझे तो नहीं चुराओगे?' उसी क्षण उत्तर दिया—'तुमने मुझे ऐसा समझ रखा है। तुमने मेरे लिए इतना किया और मैं तुम्हें ही चुरा लूं। मैं इतना लोभी नहीं हूं।'

प्यारी का चेहरा उतर गया। मैं उस समय नहीं समझ सका था कि इस बात से इसे दुःख होगा। दुःख देने की मेरी इच्छा भी नहीं थी और न दुःख देना स्वाभाविक ही था और वह भी जब मैं एक दिन बाद वहां से चला जाने वाला था। बिगड़ी बात बना लेने की गरज़ से मैंने जबरदस्ती हंसते हुए कहा—'अपने चीज को भी कोई चुराता है? इतनी भी अकल तुझे नहीं है?'

पर वह जल्दी इस भुलावे में नहीं आ सकती थी। वह उदास होकर बोली—'उस समय तुमने खबर दे दी, यही बहुत है। अधिक कृतज्ञ होने की आवश्यकता नहीं है। मेरे लिए यही अधिक है।'

उसके खिले हुए चेहरे को सवेरे ही मैंने मलिन कर दिया। मुझे पछतावा होने लगा। उस थोड़ी—सी हंसी के भीतर जो मधुरता छिपी थी उसके हटते ही हानि की आशंका होने लगी। उसे लौटा लाने की आशा से मैंने दुःखी होकर कहा—'तुम से कुछ परदा तो है नहीं लक्ष्मी, तुम सब—कुछ जानती हो। यदि तुम वहां न पहुंचती तो मैं वहीं समाप्त हो जाता। कोई एक बार अस्पताल भेजने का भी प्रयत्न न करता। तुमने अपने पत्र में लिखा था—सुख के दिनों में नहीं तो,

दुःख में मुझे अवश्य याद करना। मेरी आयु बाकी थी, इसीलिए याद आ गई। मैं अच्छी तरह इसका अनुभव कर रहा हूं।'

'कर रहे हो?'

'अवश्य।'

'तो मेरे ही लिए तुम्हारे प्राण वापस आये हैं?'

'इसमें मुझे कोई संदेह नहीं है।'

'तो मैं उस पर दावा कर सकती हूं? बोलो!'

'हां, कर सकती हो। किन्तु मेरे प्राण इतने तुच्छ हैं कि उन पर तुम्हारा लोभ नहीं।'

प्यारी इतनी देर बाद हंसी और बोली—'गनीमत है कि इतने दिन पश्चात् तुमने अपना मोल समझा।' फिर गंभीर होकर बोली—'हंसी छोड़ दो—बीमारी तो गई। तुम कब जाओगे?'

मैं इस प्रश्न को ठीक–ठीक नहीं समझ सका। गम्भीर होकर कहा—'जाने की कोई जल्दी नहीं है। कुछ दिन और ठहर जाना चाहता हूं।'

प्यारी ने कहा—'किन्तु मेरा लड़का बांकीपुर से प्रायः आता ही रहता है। अधिक दिन ठहरने से शायद वह कुछ दूसरी बात समझ ले।'

मैं बोला—'समझने दो न। उससे डरकर तो तुम चलती नहीं हो। ऐसा आराम छोड़कर मैं जल्दी जाना नहीं चाहता।'

प्यारी उदास मुख से बोली—'यह भी कहीं होता है?' वह एकाएक उठकर चली गई।

दूसरे दिन शाम को पश्चिम की ओर के बरामदे में आराम–कुर्सी पर बैठा मैं सूर्यास्त देख रहा था। इसी समय बंकू आ गया। कुर्सी पर बैठने का संकेत कर मैंने पूछा—'बंकू, तुम क्या पढ़ते हो?'

लड़का सीधा–सादा भलामानस था। उसने कहा–'पिछले वर्ष मैंने एण्ट्रेंस पास किया है।'

'अब बांकीपुर कॉलेज में पढ़ते हो?'

'जी हां।'

'तुम कितने भाई–बहन हो?'

'भाई नहीं है। चार बहनें हैं।'

'उनका विवाह हो गया है?'

'जी हां! मां ने ही उनका ब्याह कर दिया है।'

'तुम्हारी सगी मां है?'

'जी हां! वे देश के मकान में रहती हैं।'

'तुम्हारी यह मां कभी देश के मकान पर गई हैं?'

'कई बार। पांच–छः महीने पहले हो आई हैं।'

'इनके आने–जाने से देश में कोई गड़बड़ी तो नहीं मचती?'

बंकू तनिक चुप रहा, फिर बोला–'मचती रहे। हम लोगों को जाति से अलग कर रखा है। इससे क्या हम अपनी मां को छोड़ देंगे! ऐसी मां कितनों को नसीब होती हैं?'

मन में आया कि पूछूं–मां पर इतनी भक्ति कैसे हुई? किन्तु उसे दबा दिया।

बंकू कहने लगा–'अच्छा, आप ही कहिए, गाने–बजाने में कोई दोष है? मेरी मां तो केवल यही करती हैं। पराई निन्दा और पराई चर्चा तो करती नहीं हैं। गांव में जो लोग हमारे शत्रु हैं उन्हीं के आठ–दस लड़कों को पढ़ने का खर्च देती हैं; जाड़े में कितने को वस्त्र देती हैं, कम्बल देती हैं। यह क्या बुरा करती हैं?'

मैंने कहा–'नहीं, यह तो बहुत अच्छा काम है।'

बंकू उत्साहित होकर कहने लगा—'तब हम लोगों के गांव—जैसा बदमाश गांव और कहां है? देखिए, उस साल ईंटें पथवाकर हम लोगों ने मकान बनाया। गांव में पानी की तकलीफ देखकर मां ने मेरी मां से कहा—'दीदी, कुछ रुपये खर्च कर ईंट के भट्टे में ही एक तालाब बनवा दो।' तीन—चार हजार रुपये व्यय कर तालाब बनवा दिया, घाट बनवा दिया। पर गांव के लोगों ने मां को उसकी प्रतिष्ठा तक न करने दी। ऐसा अच्छा पानी—किन्तु कोई पीयेगा नहीं, छुयेगा नहीं, ऐसे बदजात आदमी हैं। सिर्फ इसी ईर्ष्या से मरे जाते हैं कि हम लोगों का मकान पक्का बन गया। समझ गए न?'

मैंने आश्चर्य से कहा—'क्या कहते हो जी, पानी का इतना दुःख सहेंगे, फिर भी ऐसा जल नहीं पियेंगे?'

बंकू जरा हंसकर बोला—'यही तो। किन्तु यह क्या अधिक दिन तक चलने को था। पहले वर्ष तो भय के मारे कोई पानी नहीं पीता था। पर अब छोटी जाति के लोग पानी पीने लगे हैं। ब्राह्मण—कायस्थ चैत—बैसाख में चोरी—छिपे पानी ले जाते हैं। फिर भी उन्होंने तालाब की प्रतिष्ठा नहीं होने दी। इससे क्या मां को कम दुःख होता है।'

मैंने कहा—'अपनी नाक काट कर दूसरे का असगुन करने की एक कहावत है। यह तो वही है।'

बंकू जोर से बोला—'जी हां, वही है। इस गांव से पृथक् रहना शाप नहीं, वरदान है। आपकी क्या राय है?' मैं गरदन हिलाकर हंस दिया। हां या नहीं कुछ स्पष्ट न कहा। किन्तु इससे बंकू के उत्साह में कमी न पड़ी। देखा कि लड़का अपनी विमाता से सचमुच प्रेम करता है। ठीक श्रोता पाकर देखते—ही—देखते वह भक्ति के आवेग में आ गया। उसके भक्तिवाद से मैं व्याकुल हो उठा। एकाएक उसे ध्यान आया कि मैं उसकी एक बात में भी शामिल नहीं हुआ हूं। वह

अप्रतिभ होकर प्रसंग बदल देने के लिए बोला—'और कुछ दिनों तक आप यहां रहेंगे न?'

मैंने हंसकर कहा—'मैं कल सवेरे ही चला जाऊंगा।'

'कल?'

'हां, कल ही।'

'किन्तु, आपका शरीर अभी स्वस्थ नहीं हुआ है। आप सोचते हैं कि बीमारी भाग गई?'

'सवेरे तक तो समझता था कि बीमारी चली गई, पर इस समय मन ठीक नहीं है। आज दोपहर से ही मेरे सिर में दर्द है।'

'तब इतनी जल्दी क्यों चले जाएंगे? यहां तो आपको कष्ट नहीं है।' अब लड़का चिन्तित होकर मेरी ओर ताकने लगा।

मैं भी थोड़ी देर तक चुप रहकर, उसके मन की दशा को पढ़ने की कोशिश करने लगा। जितना पढ़ सका, उसमें सच को छिपाने की कोई चेष्टा न थी। लड़का लजा गया और लाज को छिपाने की कोशिश करता हुआ बोला—'अभी आप नहीं जाने पायेंगे।'

'क्यों न जाऊं?'

'आपके रहने से मां आनन्द से रहती हैं।' इतना कहते ही उसका मुंह लाल हो गया। वह तुरन्त चला गया। लड़का भोला और सीधा अवश्य था, पर मूर्ख नहीं था। प्यारी ने कहा था, अधिक दिन रहने से मेरा लड़का शक करेगा। इस बात के साथ उस लड़के के व्यवहार की छानबीन मैं कर चुका हूं। मातृत्व की इस नई तस्वीर से मुझे एक नया ज्ञान हुआ। प्यारी के हृदय की एकाग्र वासना का अनुमान कर लेना मेरे लिए असम्भव न था। वह संसार में सब प्रकार से स्वाधीन है, मेरी इस कल्पना में भी पाप नहीं है। जब उसने एक दरिद्र बालक के मातृपद को अपनी इच्छा से स्वीकार किया है तभी

से मानो उसने अपने पैरों में लोहे की बेड़ियां डाल दी हैं। वह स्वयं चाहे जो हो, पर माता को सम्मान तो उसे अब देना ही होगा। उसकी उद्दाम कामनाएं और उच्छृंखल प्रवृत्तियां चाहे जितना अधःपतन की ओर उसे ले जायें, पर उसे बराबर ध्यान रखना ही होगा कि वह एक लड़के की मां है और उस संतान की भक्ति से नम्र दृष्टि के सामने तो वह मां को किसी प्रकार अपमानित नहीं होने देगी। मैं नहीं जानता उसके विह्वल यौवन के बसन्त में किसने उसका प्यारी नाम रखा था, पर यह नाम भी वह अपने लड़के के सामने छिपा रखना चाहती है। मुझे यह बात याद आ गई।

आंखों के सामने सूर्य ही डूब गया। उस ओर ताकते–ताकते मेरा अन्तःकरण पिघल कर रांग हो गया। मैंने मन ही मन सोचा कि राजलक्ष्मी को अब नीची दृष्टि से नहीं देख सकता। हम लोगों का बाहरी व्यवहार चाहे जिस स्वतंत्रता की मर्यादा की रक्षा करते हुए इतने दिन चला, स्नेह चाहे जितनी मधुरिमा क्यों न उंडेल दे पर इसमें जरा भी संदेह नहीं कि हम दोनों की कामनाएं एक–दूसरे की ओर दौड़ रही हैं। आज ज्ञात हुआ कि यह असंभव है। एकाएक बंकू की मां मेरे और राजलक्ष्मी के बीच हिमालय के समान खड़ी हो गई। कल सुबह ही मुझे यहां से जाना है, ऐसा न हो कि लाभ–हानि का हिसाब कर कुछ बचाने का प्रयत्न करना पड़े। मेरा जाना अन्तिम होगा। वासना का एक सूत्र भी यहां न रहे, जिसे पकड़ कर मुझे यहां फिर आना पड़े।

राजलक्ष्मी भीतर आई। वह रुक कर बोली–'सिर में दर्द है, ओस में न बैठो, भीतर आओ।'

मुझे हंसी आई, मैंने कहा–'तुमने निरुत्तर कर दिया राजलक्ष्मी! ओस कहां है इस समय?'

राजलक्ष्मी ने कहा–'ठण्डी हवा तो है न? वही कौन अच्छी है?'

'यह भी तुम्हारी भूल है। ठण्डी गरम कोई हवा नहीं है।' राजलक्ष्मी ने कहा—'सब मेरी भूल ही है; किन्तु तुम्हारे सिर में दर्द है यह मेरी भूल नहीं है। यह सच है। घर में जाकर सोओ न। रतन क्या करता है? थोड़ा—सा ओडीक्लोन सिर में नहीं लगा सकता? इस घर के नौकरों से बढ़कर नवाब के घर के नौकर नहीं।' राजलक्ष्मी अपने काम से चली गई।

रतन हड़बड़ा कर लज्जित हो, ओडीक्लोन और पानी ले आया और अपनी भूल पर बार—बार पछताने लगा; मैं हंसी न रोक सका।

इससे साहस कर रतन धीरे—धीरे बोला—'इसमें मेरा क्या दोष है बाबू! यह क्या मुझे नहीं मालूम है। किन्तु मां से कहने का साहस नहीं होता! उन्हें जब क्रोध आता है तो घर को क्यों बदनाम करती हैं?'

मैंने कौतूहल से पूछा—'क्रोध क्यों आता है? रतन बोला—'यह जानने का कोई उपाय नहीं। बड़े लोगों को यों ही क्रोध आ जाता है। उस समय यदि मुंह छिपा कर न रहा जाय तो समझ लीजिए कि नौकरों—चाकरों के प्राण गए।' दरवाजे के समीप से एकाएक प्रश्न हुआ—'तब तुम लोगों का सिर काट लेती हूं, क्यों रतन? बड़े लोगों के घर में यदि इतनी आफत है तो और कहीं क्यों नहीं चले जाते?'

मालकिन की बात सुन कर रतन सकपका कर, नीचे मुंह किये चुप बैठा रहा। राजलक्ष्मी ने कहा—'तुम्हारा काम ही और क्या है? उनके सिर में दर्द का हाल मुझे बंकू से मालूम हुआ और तब मैंने तुझसे कहा। इसी से आठ बजे रात को आकर मेरी प्रशंसा कर रहे हो। कल से कहीं और प्रबंध कर लो।'

राजलक्ष्मी चली गई। रतन मेरे सिर पर ओडीक्लोन रख कर हवा करने लगा। राजलक्ष्मी तुरन्त आकर मुझसे पूछने लगी—'कल सवेरे ही घर जाओगे न?' जाने की प्रतिज्ञा तो थी, पर घर जाने

की नहीं। उसको उत्तर मैंने दूसरी प्रकार से दिया—'हां, कल सवेरे ही जाऊंगा।'

'सवेरे कै बजे की गाड़ी से जाओगे?'

'सवेरे ही निकल जाऊंगा, चाहे जब गाड़ी मिले।'

'अच्छा, टाइम—टेबुल के लिए किसी को स्टेशन भेज रही हूं।'

अपना काम करके रतन चला गया। नीचे से नौकर—चाकरों का शब्द भी बन्द हो गया। समझ गया कि सब सोने को चले गये।

मुझे तनिक भी नींद न आई। घूम—फिरकर एक ही बात मन में आने लगी—'प्यारी क्रुद्ध क्यों हो गई? ऐसा कौन—सा काम किया कि सवेरे ही मुझे विदा कर देने लिए बेचैन हो उठी? रतन ने कहा था कि बड़े लोगों को क्रोध आ जाता है। वह बात प्यारी के सम्बन्ध में कभी ठीक नहीं है। वह संयमी और बुद्धिमती है। इसका परिचय मुझे बहुत बार मिल चुका था। मुझमें चाहे बुद्धि न हो, पर संयम उससे कम नहीं है। मेरे मन में चाहे जो हो, पर उसे निकालना सम्भव नहीं। व्यवहार में ऐसी बात हुई हो तो यह मुझे याद नहीं है। मेरे ऊपर क्रोध करने का क्या कारण है? विदा के समय मुझे उसके इस व्यवहार से दुःख होने लगा।

बहुत रात बीते मेरी नींद टूटी। आंख खोलकर देखा कि राजलक्ष्मी मेरे कमरे में है। टेबुल पर का लैम्प बुझाकर दरवाजे के कोने की आड़ में रख दिया। खिड़की खुली थी, उसे बन्द कर दिया। मेरी खाट के पास आकर कुछ सोचने लगी। मसहरी के नीचे हाथ डालकर मेरा सिर टटोला। इसके बाद बटन खोलकर मेरी छाती को देखने लगी। अकेले आने वाली स्त्री के इस गुप्त स्पर्श से मैं पहले तो लज्जित और कुण्ठित हो गया, फिर सोचा कि इस देश में जिसने चेतना लौटा दी उससे लजाने की क्या बात है? इसके बाद उसने बटन लगा दिया, ओढ़ना सरक गया था, उसे गले तक

ओढ़ा दिया, फिर मसहरी ठीक कर बहुत सावधानी से किवाड़ बन्द कर चली गई।

मैंने सब देखा और समझा। जो छिपकर आई, उसे वैसे ही जाने दिया परन्तु इस निर्जन रात को कितना मेरे पास छोड़ गई, उसे स्वयं भी इसका पता न चला। सवेरे नींद टूटी तो ज्वर चढ़ा हुआ था, तब भी जाना ही है। इस घर में मुझे अपने ऊपर जरा भी विश्वास नहीं था, न मालूम कब धोखा हो जाए, फिर भी मुझे अपने लिए भय नहीं था। राजलक्ष्मी के लिए ही राजलक्ष्मी को छोड़ना पड़ेगा; इसमें चीं–चपाड़ करने से काम न चलेगा।

मन–ही–मन सोचा कि पिछले जीवन की बहुत–सी कालिमा को उसने धो डाला है। आज बहुत से बच्चे मां–मां कहकर उसे घेरे खड़े हैं। इस भक्ति और प्रीति के आनन्द भवन से उसे अपमान के साथ निकाल कर ले जाऊं? इतने बड़े प्रेम की यही सार्थकता मेरे जीवन के अध्याय में होगी?

कमरे में आकर प्यारी ने पूछा–'तबीयत कैसी है?'

'अधिक खराब नहीं है। जा सकूंगा।'

'आज न जाओ तो काम न चलेगा?'

'जाना तो आज ही चाहता हूं।'

'तो घर पहुंचकर खबर देना नहीं तो हम लोगों को चिन्ता रहेगी।'

उसका अडिग धैर्य देखकर मुग्ध हो गया। तुरन्त बोला–'अच्छा, मैं घर ही जाऊंगा। वहां से तुम्हें पत्र दूंगा।'

प्यारी ने कहा–'देना, मैं चिट्ठी लिखकर तुमसे दो–एक बातें पूछूंगी।'

मैं जब बाहर सवारी पर चढ़ने लगा तो देखा कि दुतल्ले पर

प्यारी चुपचाप खड़ी है। उस पर क्या बीत रही है, यह चेहरे को देखकर नहीं बतलाया जा सकता। अनन्दा दीदी मुझे याद आ गई। बहुत दिन पहले वे भी इसी तरह गम्भीर होकर खड़ी थीं। उसकी करुणा–पूर्ण आंखें मुझे आज भी याद हैं। उस दृष्टि में जुदाई की व्यथा कितनी घनी हो रही थी उसे मैं नहीं पढ़ सका था। नहीं मालूम कि इन काली आंखों में आज भी कुछ है या नहीं।

सांस छोड़कर मैं पालकी में बैठ गया। बड़ा प्रेम केवल पास ही नहीं खींचता वरन् दूर भी हटा देता है। छोटा–मोटा प्रेम इन सुख और ऐश्वर्य से भरे–पूरे स्नेही–स्वर्ग से मुझे, भले के लिए, एक पग भी आगे नहीं बढ़ने देता। कहार पालकी लेकर स्टेशन की ओर चल दिये। मैं मन–ही–मन बार–बार कहने लगा–'लक्ष्मी, दुःखी मत होना। यह अच्छा ही हुआ कि मैं यहां से चला जा रहा हूं। इस जीवन में तुम्हारा ऋण चुकाने की शक्ति मुझ में नहीं है। किन्तु तुमने जो जीवन दिया है उसका दुरुपयोग कर मैं तुम्हें अपमानित न करूंगा। दूर रहते हुए भी मैं यह संकल्प सदा दृढ़ रखूंगा।'

दूसरा अध्याय

1

इस अभागे जीवन के एक अध्याय को मैं उस दिन राजलक्ष्मी से विदा लेते समय आंसुओं में पूरा कर आया था। मैं उस समय वह सोच भी न सका था कि फिर खुली गांठ जोड़ने के लिए मैं बुलाया जाऊंगा। किन्तु जब सचमुच मेरी पुकार हुई, जब मैंने समझा कि विस्मय और संकोच जितना हो, उसका पालन करना पड़ेगा। इसीलिए आज फिर मुझे इस भ्रष्ट जीवन की अक्रमिक कड़ियों को दुबारा जोड़ने की इच्छा हुई।

घर लौट आने पर ऐसा जान पड़ा मानो किसी ने मेरे सुख–दुख के जीवन के दो भाग कर दिये हैं। मैं उस समय सोचता था कि जीवन में दुःखों का बोझ केवल मुझ पर ही नहीं है। इस बोझ को लेकर गरजू आदमी ही घूमता है अर्थात् मैं जो दया करके बच गया, यह राजलक्ष्मी का भाग्य है। देखते–देखते आसमान का रंग बदल गया। हवा दूसरे प्रकार की मालूम होने लगी। ऐसा लगने लगा कि कहीं मेरा घरद्वार और अपने–पराये न हों। एक प्रकार के अनिवर्चनीय उल्लास से मेरा बाहर–भीतर एक–सा हो गया। रोग, रोग नहीं मालूम होता था। विपत्ति, विपत्ति नहीं जान पड़ती थी। कमी, कमी न रही, मुझे कुछ करने में, कहीं जाने में अब किसी

प्रकार की शंका और दुविधा नहीं रह गई। यह बहुत दिनों की बात है। अब वह आनन्द नहीं है।

किन्तु उस दिन इस पक्के विश्वास के सहारे का स्वाद मिल गया। उसके खो जाने का दुःख मुझे किसी दिन हुआ। बीच–बीच में यही ध्यान आता है कि जिस शक्ति के जगने से इतनी जल्दी संसार का सारा आनन्द छिन गया, वह शक्ति कितनी विशाल है। आज सोचता हूं कि यदि उस दिन मैं दो दुर्बल हाथों पर अपना भार रखना सीख लेता तो आज मुझे कौन–सी चिन्ता होती?

घर पहुंचकर मैंने राजलक्ष्मी को चिट्ठी लिख दी। बहुत दिन बाद उसका उत्तर आया। मेरे स्वस्थ शरीर के लिए दुःखी होकर मुझे गृहस्थ बन जाने के लिए उसने बड़े–बड़े उपदेश दिए थे। चिट्ठी के अन्त में लिखा था कि झंझटों में फंसे रहने के कारण यदि मैं पत्र न लिख सकूं तो भी अपनी सुध निरंतर देते रहना।

इतने दिनों में राजलक्ष्मी की यह चिट्ठी मिली। आकाश–कुसुम आकाश में ही सूख गये। जो दो–एक पंखुड़ियां हवा से इधर–उधर बिखर कर झुक गईं, उन्हें चुनकर घर ले जाने के लिए मैंने हाथ तक नहीं बढ़ाया–आंखों से दो–एक बूंद कभी टपक पड़ी हों तो मुझे याद नहीं। इतना याद है कि मेरे दिन स्वप्नवत् नहीं कटे, फिर भी इसी तरह पांच–छः महीने निकल गये।

मैं एक दिन सवेरे बाहर जाने की तैयारी कर रहा था, उसी समय एक विचित्र पत्र आया। ऊपर औरत के हाथ से टेढ़े–मेढ़े अक्षरों से मेरा नाम और पता लिखा था। पत्र खोलते ही उसमें से एक और छोटा–सा पत्र निकला। मैंने उसे उठाकर देखा। उसकी लिखावट और हस्ताक्षर देखकर मुझे अपनी आंखों पर विश्वास नहीं हुआ। यह मेरी मां के हाथ का लिखा हुआ था। वे दस साल पहले मर चुकी थीं, यह उन्हीं का नाम था। मैंने पढ़कर देखा कि माता

जी ने गंगाजली को जितना अभय दिया जा सकता था, उतना ही दिया है। बारह–तेरह वर्ष पहले गंगाजली के घर एक कन्या का जन्म हुआ था। उस उत्तर में मेरी स्वर्गवासिनी माता ने उस लड़की के विवाह का जिम्मा लिया था। यह वही मूल्यवान पत्र था। सामयिक करुणा से विचलित हो मां ने अन्त में लिखा था कि कहीं सुपात्र न मिले तो उनका लड़का है ही। बहुत ठीक, संसार में यदि 'सुपात्र' की कमी है तो मैं हूं ही। समूचे पत्र को आदि से अन्त तक पढ़कर मैंने देखा कि वह मुंशियाना ढंग का है। मां को वकील होना चाहिए था। जितनी कल्पनाएं की जा सकती थीं उतनी कल्पनाओं द्वारा अपने को और अपने वंशधरों को बांध गई थीं। दलील पेश करने की जरा भी गुंजाइश न थी।

मुझे ऐसा नहीं जान पड़ा कि गंगाजली इस पक्के दस्तावेज के कारण ही तेरह लम्बे वर्ष से चुपचाप बैठी है। मुझे ध्यान आया कि रुपयों की कमी और लड़की को बढ़ते हुए देखकर जब हृदय का खून माथे पर चढ़ने लगा तभी इस अभागे सुपात्र के ऊपर ब्रह्मास्त्र फेंका गया है।

माता जिन्दा होतीं तो इस पत्र के लिए मैं उनका सिर खा जाता। यदि वे हंसती रहतीं तो उनके पैरों पर माथा टेककर मैं शरीर की जलन मिटा लेता। पर मेरे लिए यह मार्ग बन्द था।

मां का मैं कुछ नहीं कर सका। हां, उनकी गंगाजली की कुछ कर सकता था कि नहीं, यह देखने के लिए मैं एक रात को स्टेशन पहुंचा। सारी रात गाड़ी में काट कर मैं जब उनके घर पहुंचा तो दिन ढल चुका था। गंगाजली–मां पहले मुझे पहचान न सकीं। मेरा परिचय पा करके वे रो उठीं। इतनी जोर से रोईं कि मां की मृत्यु के समय भी कोई आदमी इतना न रो सकता था और वह भी तेरह साल बाद।

उन्होंने कहा—'लौकिक और धार्मिक दोनों तरह से वह मेरी मां हैं।' दायित्व लेने की पहली सीढ़ी से लेकर उन्होंने जीवन की आलोचना शुरू कर दी—बाप कितना छोड़ गये हैं, मां के पास कितने गहने थे और वे किसके पास हैं, मैं नौकरी क्यों नहीं करता, यदि करता तो कितना वेतन पाता, इत्यादि।'

उनका मुंह देखकर मैंने सोचा कि आलोचना का फल संतोषजनक नहीं हुआ। उन्होंने कहा कि उनका रिश्तेदार बर्मा में नौकरी करके मालामाल हो गया है। वहां राह—बाट में रुपये छितराये मिलते हैं—बटोरने भर की देरी रहती है। जहाज से उतरते ही साहब लोग बंगालियों को कंधे पर चढ़ाकर नौकरी देते हैं। इसी प्रकार की और भी कहानियां थी। मैंने घर में देखा कि यह भ्रम केवल उन्हीं को नहीं है, और भी बहुत से लोग माया—मरीचिका में फंसकर वहां दौड़ गये हैं। टूट जाने के पश्चात् उन्हें लौटा लाने में भी हम लोगों को कम कष्ट नहीं सहना पड़ा है। खैर, गंगाजली—मां का बरमा—वर्जन मुझे तीर की तरह लगा। मालामाल होने की आशा नहीं थी। मुझमें जो एक घुमक्कड़ प्रवृत्ति थी, वह देह झाड़कर तुरन्त उठ खड़ी हुई। मैं जिस सागर को पहले दूर से खड़ा होकर देखता और मुग्ध हो जाता था, उस अनन्त जल—राशि को भेदकर जाने की इच्छा ने मुझे बेचैन कर दिया। किसी प्रकार एक बार छुटकारा पाना चाहिए।

एक आदमी दूसरे आदमी से जितनी बहस कर सकता है, उतनी से गंगाजली मां चूकी नहीं। अपनी लड़की के योग्य पात्र से उन्होंने मुझे छुटकारा दे दिया। मैं भी एक प्रकार से निश्चिन्त हो गया। पर रात में भोजन करते समय उनकी भूमिका से मैं घबरा गया। मैंने देखा कि मुझे बिल्कुल छोड़ देने की इच्छा उन्हें नहीं। उन्होंने कहा कि यदि लड़की के भाग्य में न लिखा हो तो पैसा—कौड़ी, घर—द्वार, विद्या—बुद्धि आदि सब निष्फल हो जाता है। इनके बहुत से उदाहरण देकर उन्होंने विफलता का प्रमाण दिया।

इतना ही नहीं, बहुत से ऐसे लोगों का उदाहरण भी उन्होंने दिया जो स्त्री के भाग्य से ही मालामाल हो गये हैं।

मैंने विनीत होकर कह दिया कि रुपये–पैसों का लाभ होने पर भी मुझे उस चौबीसों घंटे बैठा रहना अच्छा नहीं जंचता। इसके लिए स्त्री के भाग्य को देखने का कौतूहल भी मुझे नहीं है, पर इसका कुछ फल नहीं हुआ। उन्हें मैं चुप न कर सका क्योंकि जो तेरह साल पश्चात् भी एक पत्र को दस्तावेज के रूप में पेश कर सकती हैं, उसे भुलाना आसान नहीं। वे बार–बार कहने लगीं कि हमें इसे माता के ऋण की तरह लेना ही ठीक है। जो संतान समर्थ होने पर भी, मातृ–ऋण नहीं चुकाती वह.....इत्यादि।

मैं जब बहुत ही शक्तिहीन और उद्भ्रान्त हो गया तो बातों–बातों में मालूम हुआ कि पास के ही गांव में एक सुपात्र है, किन्तु पांच सौ के बिना उससे सम्बन्ध नहीं हो सकता।

आशा की एक क्षीण झलक दिखलाई पड़ी। 'एक महीने में जो बन पड़ेगा करूंगा'—यह कहकर मैं दूसरे दिन सवेरे रवाना हुआ। किन्तु क्या उपाय करूंगा, किसी प्रकार कोई सहारा नजर नहीं आया।

यह भार जो मेरे ऊपर लादा गया है, यह हरगिज मेरा नहीं हो सकता। मैं अपने मन को तरह–तरह से समझाने लगा। मां की इस प्रतिज्ञा से निकल भागने का कोई रास्ता न था। खिसक जाने की बात मैं न सोच सका।

एक ही उपाय था—प्यारी से कहना। कुछ दिन तक इसका भी निश्चय न कर सका। मुझे बहुत दिनों से उसकी सुध न मिली थी। पहुंचने की चिट्ठी छोड़कर और दूसरा पत्र भी मैंने नहीं लिखा था, चिट्ठी–पत्री के द्वारा ही दो आत्माओं का मिलन होता रहता है इसकी वह कायल नहीं थी। उसके अगले पत्र से मैंने तो यही सोचा था,

फिर भी आश्चर्य है कि मैं दूसरे की लड़की के लिए, भिक्षा मांगने पटना पहुंच ही गया।

मकान में जाते ही मैंने देखा कि बाहर के बरामदे में दो वर्दीधारी दरबान बैठे हैं। वे एक अनजान को इस तरह देखने लगे कि एकाएक मुझे ऊपर जाने में संकोच हुआ। मैंने पहले इन लोगों को नहीं देखा था। बूढ़े दरबान जी के रहते, प्यारी को इन दो नये दरबानों की क्या आवश्यकता पड़ी। मैं सोचने लगा कि इन लोगों से ऊपर जाने की आज्ञा लूं या यों ही ऊपर जाऊं। इतने में रतन ऊपर से धड़धड़ाता चला आ रहा था। वह मुझे देखकर दंग रह गया। फिर उसने पैर छूकर मुझे प्रणाम किया और कहा—'आप कब आये? यहां क्यों खड़े हैं?'

'अभी आ रहा हूं रतन। सब ठीक—ठाक है न?'

रतन सिर हिलाकर बोला—'सब ठीक है बाबू। ऊपर चलिए, मैं अभी बरफ लेकर आ रहा हूं।'

'तुम्हारी मालकिन ऊपर हैं?'

'हैं।'—कहकर बाहर वह चला गया। ऊपर चढ़ते ही बगल में बैठक—खाना है। मुझे भीतर से जोर की हंसी और बहुत से लोगों की आवाज सुनाई पड़ी। जरा अचरज में पड़ गया। दरवाजे के निकट पहुंचते ही मैं दंग रह गया। पिछली बार इस कमरे का उपयोग होते मैंने नहीं देखा था। इसमें तरह—तरह की चीजें, कुरसी—टेबुल एक ओर पड़ी रहती थीं। इसमें कोई आता भी न था। मैंने आज देखा—समूचे कमरे में बिस्तर बिछा है। शुरू से आखिर तक गलीचा बिछा हुआ है। उस पर सफेद चांदनी चमक रही है। सब तकिये में खोल लगे हुए हैं। उनके सहारे बहुत से सज्जन बैठे हैं। वे लोग अचरज से मेरी ओर देख रहे हैं। वे धोती पहने हुए थे, फिर भी माथे पर बूटेदार मलमल की टोपी से वे बिहारी जान पड़े। तबलची

हिन्दुस्तानी था। उसके निकट ही प्यारी बाई बैठी हुई थी। एक ओर एक छोटा–सा हारमोनियम रखा था। प्यारी पेशबाज नहीं पहने थी, पर बनाव–सिंगार की भी कमी न थी। मैंने समझा–यह संगीत की बैठक है। थोड़ी देर आराम किया जा रहा है।

मुझे देखते ही प्यारी का खून सूख गया। वह नकली हंसी हंसकर बोली–'यह क्या? श्रीकान्त बाबू हैं! कब आये?'

'आज ही।'

'आज ही? कब? कहां ठहरे हैं?'

मैं थोड़ी देर तक खोया–सा रहा। पर अपने को सम्भालने में देर न लगी। मैंने कहा–'तुम यहां के सब लोगों को नहीं पहचानतीं। नाम सुनकर भी नहीं जान सकोगी।'

जो सबसे अधिक बन–ठनकर बैठे थे, वे ही शायद यहां के मुखिया थे। उन्होंने कहा–'आइए बाबूजी, बैठिए!' ओठों को दबाकर वे जरा हंसे। उनके भाव से जाहिर हुआ कि हम लोगों के सम्बन्ध का उन्हें ठीक–ठीक पता लग गया है। उनको आदर से अभिवादन कर, जूते के फीते खोलने के बहाने, नीचे सिर कर मैंने स्थिति को समझ लेना चाहा।

अधिक सोचने का समय नहीं था। मन में जो भी हो, पर व्यवहार से उसको न बताने का निश्चय मैंने कर लिया। मैंने सोच लिया मेरी बातचीत से, आंखों से, यहां तक कि मेरे व्यवहार से जरा भी अभिमान नहीं टपकना चाहिए। मैं सब लोगों के बीच बैठा। अपनी सूरत तो आप न देख सका, पर भीतर–ही–भीतर यह अनुभव हुआ कि क्रोध का जरा भी लक्षण नहीं रह गया है। राजलक्ष्मी को देखकर हंसता हुआ, मैं बोला–'बाईजी, अगर शुकदेव मुनि का पता मुझे आज होता तो उन्हें तुम्हारे सामने बैठाकर मैं उनकी शक्ति की परीक्षा लेता। यह क्या? रूप का सागर बहा दिया तुमने?'

प्रशंसा सुनकर मुखिया बाबू प्रसन्न हो गरदन हिलाने लगे। वे पूर्णिया जिले के थे। वे बंगला तो बोल नहीं सकते थे, पर बखूबी समझ लेते थे। प्यारी के कान तक लाल हो गये, लज्जा से नहीं, क्रोध से। यह समझ लेने में मुझे देर न लगी। मैंने उनकी ओर देखा तक नहीं। बाबू साहब को लक्ष्य कर कहा—'यदि मेरे आने से आप लोगों के आनन्द में विघ्न हुआ हो तो इसका मुझे खेद होगा। गाना—बजाना होने दीजिए।'

बाबू साहब इतने प्रसन्न हुए कि मेरी पीठ पर एक मुक्का मारकर बोले—'बहुत अच्छा बाबू! प्यारी बीबी; एक अच्छा—सा गाना होने दो।'

'शाम को होगा। इस समय नहीं।' प्यारी हारमोनियम खिसकाकर सहसा उठ गई।

इस बार बाबू साहब मेरा परिचय जानने के लिए अपना परिचय देने लगे। उनका नाम था रामचन्द्र सिंह। वे पूर्णिया जिले के जमींदार थे। दरभंगा के महाराजा उनके कुटुम्बी थे। प्यारी बीबी को वे सात—आठ साल से जानते थे। यह उनके घर, पूर्णिया जाकर भी तीन—चार बार मुजरा सुना आई है। तीन महीने पहले भी एक बार गई थी, उन्होंने मेरे आने का कारण पूछा। मेरे उत्तर देने से पहले ही प्यारी आ गई। उसकी ओर इशारा करके मैंने कहा—'बाईजी से ही पूछ लीजिए।'

प्यारी ने मेरी ओर एक तीव्र कटाक्ष डाला, पर उत्तर दिया उसने शान्त स्वर में— 'ये मेरे ही देश के आदमी हैं।'

मैंने हंसकर कहा—'बाबूजी, जहां मधु रहता है, वहां मधुमक्खियां पहुंचती ही हैं। वे देश—विदेश का ध्यान नहीं करतीं।' पूर्णिया के जमींदार मतलब को न भांप सके। उन्होंने अपना मुंह गम्भीर बना लिया। संध्या—पूजा की तैयारी की खबर देने उनका नौकर आया

और वे तुरन्त उठकर चले गए। तबलची और दो आदमी उन्हीं के साथ गये। उनका मन एकाएक क्यों विकल हो गया, यह बात मेरी समझ में न आई।

रतन ने आकर पूछा—'मां, बाबू का बिछौना कहां लगाऊं?'

प्यारी ने चिढ़कर कहा—'क्या और कमरा नहीं है?'

'रतन! बिना पूछे तू जरा भी अकल नहीं दौड़ाता? जा, यहां से।' वह रतन के साथ खुद भी बाहर चली गई। मैंने अच्छी तरह देख लिया कि मेरे आने से इस घर का भार केन्द्री बुरी प्रकार गड़बड़ हो गया है। प्यारी जल्दी ही लौट आई। उसने मुझसे पूछा—'अचानक कैसे आये?'

मैंने कहा—'देश का आदमी हूं। बहुत दिनों से तुम्हें नहीं देखने के कारण व्याकुल हो उठा था।'

प्यारी का मुंह और भारी हो गया। मेरे परिहास में उसने जरा भी सहयोग न दिया—'आज रात यहीं रहोगे न?'

'रहने दोगी तो रहूंगा।'

'मेरे न रहने देने का क्या सरोकार! फिर भी यहां रहने में तुम्हें असुविधा होगी। तुम जिस कमरे में सोते थे उसमें........।'

'बाबू सोएंगे? मैं नीचे सो रहूंगा। नीचे के कमरे भी तो बहुत अच्छे हैं।'

'नीचे सोओगे? क्या कहते हो? तुम्हारे मन में जरा भी विचार नहीं। दो ही दिन में इतने बड़े परमहंस बन गये?'

मैंने मन–ही–मन कहा—प्यारी अभी तक मुझे नहीं पहचानती। मैंने प्रकट में कहा—'मान–अपमान का मुझे जरा भी विचार नहीं है, कष्ट की बात तुम सोचो तो फिजूल है। घर से निकलते ही खाने–सोने की चिन्ता मैं छोड़ देता हूं। यह तुम्हें मालूम है! बिछौना

फालतू हो तो मंगवा दो, नहीं तो उसकी भी जरूरत नहीं। मुझे अपने कम्बल का सम्बल है।'

प्यारी ने सिर हिलाकर कहा—'हां, वह तो है, मैं जानती हूं! किन्तु इस अवस्था से तुम्हारे मन में दुःख तो नहीं होगा?'

मैंने हंसकर कहा—'नहीं। स्टेशन पर पड़े रहने से यह बहुत अच्छा है।'

प्यारी कुछ देर चुप रहकर बोली—'तुम्हारे स्थान पर मैं होती तो पेड़ तले सोती पर यह अपमान न सहती।'

उसे चिढ़ते देखकर मैं हंसी न रोक सका। वह मुझसे जो सुनना चाहती थी वह मैं समझ रहा था। मैंने शान्त और स्वाभाविक स्वर में उत्तर दिया—'मैं इतना मूर्ख नहीं हूं कि सोच लूं कि तुम मेरा अपमान करने के लिए ही मुझे नीचे सुला रही हो। यदि संभव होता तो उस बार के समान ही तुम मेरे सोने का इन्तजाम करती। छोड़ो छोटी बातों को। तुम रतन को भेजकर मुझे नीचे का कमरा दिखलवा दो। कम्बल बिछाकर सो रहूंगा। मैं बहुत थक गया हूं।'

प्यारी ने कहा—'तुम ज्ञानी आदमी ठहरे, तुम मेरी दशा न समझोगे तो कौन समझेगा? खैर!' उसने एक लम्बी सांस ली और फिर पूछा—'एकाएक आने का सच कारण तो बतलाओ।'

मैंने कहा—'पहला कारण नहीं सुन सकती, दूसरा सुन सकती हो।'

'पहला क्यों नहीं सुन सकूंगी?'

'अनावश्यक है।'

'अच्छा, दूसरा ही सुनूं।'

'मैं बर्मा जा रहा हूं, फिर कभी शायद न मिल सकूं। बहुत दिनों तक तुमसे मिलना नहीं होगा, यह तो पक्की बात है। इसके पहले एक बार भेंट करने आया हूं।'

रतन आकर बोला—'बाबू, आपका बिछौना लग गया, आइए।'

मैंने खुश होकर कहा—'चलो।' मैंने प्यारी से कहा—'नींद आ रही है। एक घण्टे में समय मिले तो नीचे आना, बहुत–सी बातें करनी हैं।'

मैं रतन के साथ चला गया।

प्यारी के सोने के कमरे में जब रतन ने मुझे बिछौना दिखलाया तो मुझे बड़ा आश्चर्य हुआ। मैंने पूछा—'मेरा बिछौना नीचे न लगाकर यहां क्यों लगाया?'

उसने आश्चर्य से कहा—'नीचे के कमरे में?'

मैंने कहा—'हां।'

वह चुपचाप मेरी ओर थोड़ी देर तक देखता रहा और अन्त में बोला—'आपका बिछौना नीचे लगेगा? आप भी क्या तमाशा करते हैं बाबू!' वह हंसकर जाने लगा तो मैंने बुलाकर पूछा—'तुम्हारी मालकिन कहां सोएंगीं?'

रतन ने कहा—'बंकू बाबू के कमरे में उनका बिछौना लगा देता हूं।' मैंने पास जाकर देखा, राजलक्ष्मी के डेढ़ हाथ चौड़े तख्त पर वह बिछौना नहीं था। एक बड़ी खाट पर, ऊंचे गद्दे पर राजशय्या तैयार की गई थी। आईने के पास, एक छोटी टेबुल पर बत्ती जल रही थी। एक ओर बंगला की किताबें रखी थीं और दूसरी ओर गुलदस्ते में न जाने कितने फूल थे। मैं देखते ही समझ गया कि वह नौकरों की तैयारी नहीं है। जो मुझे खूब प्यार करती है, उसी के हाथ की तैयारी है। ऊपर की चादर राजलक्ष्मी अपने ही हाथों से बिछा गई है, यह मैं समझ रहा था।

एकाएक उन लोगों के सामने आने के कारण राजलक्ष्मी ने मेरे साथ चाहे जैसा व्यवहार किया, पर यह बात मुझसे छिपी नहीं

है कि मेरी उदासीनता से वह शंकित हो उठी और मेरे अन्दर ईर्ष्या देखने के लिए वह बार–बार उकसाने लगी। फिर भी अपने निष्ठुर स्वभाव को मरदानगी समझकर मैंने उसका अभिमान तोड़ दिया। मैंने उसकी प्रत्येक चाल का उत्तर सौ गुना बढ़ाकर दिया। मुझे वह अन्याय अब सुई की तरह चुभने लगा। बिछौने पर मैं लेट गया तो नींद न आई। मैं जानता था कि एक बार वह जरूर आएगी। मैं उसकी राह देखने लगा।

थका होने के कारण जरा आंखें झंप गई थीं। खोल कर देखा तो प्यारी मेरे शरीर पर हाथ रखे बैठी है। मैं भी उठकर बैठ गया। उसने पूछा–'बर्मा जाने वाला आदमी फिर लौट कर नहीं आता, यह तुम नहीं जानते?'

'नहीं, मुझे नहीं मालूम।'

'फिर?'

'मुझे वापस आना चाहिए, ऐसी तो किसी के सिर की सौगन्ध है नहीं।'

'तुम संसार के सभी लोगों का हाल जानते हो क्या?'

बात बहुत मामूली है। संसार में यह भारी आश्चर्य की बात है कि मन की दुर्बलता न जाने कब किस भरोसे निकलकर प्रकट हो जाती है, इसका अन्दाज नहीं लगाया जा सकता। इसके पहले न जाने कितनी बातें हुई थीं। मैं कभी पकड़ में नहीं आया था। किन्तु आज उसकी मामूली–सी बात नहीं पा सका। एकाएक मुंह से निकल पड़ा–'सब के मन की बात तो नहीं जानता, किन्तु एक व्यक्ति को जानता हूं। यदि कभी लौटकर आऊंगा तो तुम्हारे ही लिए। तुम्हारे सिर की सौगन्ध, मैं इसकी अवहेलना न करूंगा।'

प्यारी मेरे पैरों पर औंधी गिर पड़ी। इच्छा रखने पर भी मैं पैर नहीं हटा सका। जब दस मिनट के बाद भी वह न उठी तब मैंने

अपना दाहिना हाथ उसके सिर पर रखा। वह सिहर उठी, पर पड़ी वैसे ही रही। वह सिर भी न उठा सकी और कुछ बोल भी न सकी। मैंने कहा—'उठकर बैठो। इस प्रकार कोई देख ले तो अचरज में पड़ जाये।'

प्यारी ने उत्तर नहीं दिया तो मैंने उसे बरबस उठाया। उठाकर देखा कि उसके आंसुओं से वहां की चादर भीग गई थी। खींचा—तानी करने पर वह भरे हुए गले से बोली—'पहले मेरी दो—तीन बातों का उत्तर दो तो उठूंगी।'

'किन बातों का?'

'पहले बतलाओ, उन लोगों के यहां रहने से तुमने कोई बुरा ख्याल तो नहीं किया?'

'नहीं।'

प्यारी कुछ देर चुप रहकर बोली—'किन्तु मैं अच्छी स्त्री तो नहीं हूं, यह तुम्हें ज्ञात है न?'

प्रश्न बहुत कठिन था। वह अच्छी स्त्री नहीं थी, यह मैं जानता था। वह बुरी है, यह भी मैं नहीं सोच सकता। मैं चुप बैठा रहा।

वह एकाएक आंखें पोंछकर उठ बैठी और बोली—'तुमसे मैं पूछती हूं कि मर्द चाहे कितने खराब क्यों न हों, यदि वे अच्छा बनना चाहें तो उन्हें कोई रोक नहीं सकता। औरतों की बारी आने पर सभी मातबिर क्यों हो जाते हैं? अनजाने धन की कमी के कारण, एक दिन जो कर गुजरी बहुत दिनों मुझे वही क्यों करना पड़े? हम लोगों को तुम लोग क्यों सुधरने नहीं देते?'

'मैंने किस दिन मना किया तुम्हें? यदि हम रोकें भी तो संसार में अच्छा बनने से कोई किसी को रोक नहीं सकता।'

प्यारी देर तक मेरी ओर देखती रही। फिर धीरे—धीरे बोली—'बहुत अच्छा, तुम भी मुझे नहीं रोक सकते?'

मेरे उत्तर देने के पहले ही दरवाजे के निकट रतन की खांसी सुनाई पड़ी।

प्यारी ने कहा—'क्या है रतन?'

रतन ने आगे बढ़कर कहा—'मां, रात बहुत बीत गई। बाबू जी के लिए खाना ले आऊं? रसोइया महाराज झुकते—झुकते वहीं सो रहे हैं।'

'तुम लोगों में से किसी ने अब तक खाना नहीं खाया है'—इतना कहकर प्यारी उतावली से लज्जित होकर खड़ी हो गई। मेरे लिए खाना वह अपने हाथों से ले आती थी, आज भी लाने गई।

भोजन करके मैं सो गया, तब एक बज रहा था। प्यारी आकर मेरे पैरों के पास बैठ गई। वह बोली—'तुम्हारे लिए अकेली जागकर न जाने कितनी रातें काटी हैं आज तुम्हें भी जगाकर रखूंगी।'—बिना उत्तर का रास्ता देखे ही उसने तकिया खींच लिया और बाएं हाथ का सहारा देकर लेट गई। फिर उसने कहा—'खूब सोचकर देख चुकी। तुम्हारा उतनी दूर जाना कतई ठीक नहीं।'

मैंने पूछा—'क्यों नहीं? इसी प्रकार मारा—मारा फिरूं?'

प्यारी उसका उत्तर न देकर बोली—'तो बर्मा किसलिए जा रहे हो?'

'नौकरी करने, घूमने—फिरने नहीं।'

मेरी बात से प्यारी उत्तेजित होकर बैठ गई और कहने लगी—'देखो, दूसरों को जो चाहे कहना; मगर मुझे न ठगना। मुझको ठगोगे तो यह लोक और परलोक दोनों ही न बनेंगे—यह समझ लो।'

'खूब जानता हूं, तब क्या करूं?'

मेरी स्वीकृति से प्यारी प्रसन्न हुई। हंसकर बोली—'स्त्रियां जो प्राचीन काल से कहती आई हैं, वही कहती हूं। विवाह कर गृहस्थ बन जाओ—संसार के धर्म का पालन करो।'

मैंने पूछा—'सचमुच तुम्हें खुशी होगी?'

सिर हिलाकर कर्णफूल हिलाते हुए उत्साह से बोलो—'अवश्य। हजार बार। इसमें मैं खुश न होऊंगी तो संसार में कौन होगा?'

मैंने कहा—'मैं नहीं जानता, पर मेरे मन का एक कुभाव चला गया। सचमुच यही खबर देने मैं यहां आया था। और उपाय नहीं है।'

प्यारी एक बार और अपना सोने का कर्णफूल डुलाकर बोली—'तब तो मैं कालीघाट जाकर पूजा चढ़ा आऊंगी। पर लड़की मैं ही पसन्द करूंगी।'

मैं बोला—'अब समय नहीं है लड़की पक्की कर ली गई।'

मेरी गम्भीर आवाज पर प्यारी ने ध्यान न दिया। एकाएक हंसते हुए चेहरे पर मलीन छाया पड़ गई। वह बोली—'अच्छा, पक्की हो गई तो खुशी की बात है।'

मैंने कहा—'सुख—दुःख की बात मैं नहीं जानता राजलक्ष्मी, जो पक्की हो चुकी है वही बतलाता हूं।'

प्यारी नाराज होकर बोली—'चालाकी मत करो, यह झूठ बात है।'

'एक बात भी झूठ नहीं है। पत्र देखकर समझ लोगी।' अब मैंने कुरते की जेब से पत्र निकला।

'देखूं चिट्ठी'—प्यारी ने हाथ बढ़ाकर पत्र ले लिया। उसके मुंह पर उदासी आ गई। दोनों पत्रों को हाथ में लेकर उसने कहा—'दूसरों का पत्र पढ़ने की मुझे कोई जरूरत नहीं। कहां पक्का हुआ?'

'पढ़कर देख लो।'

'मैं गैर का पत्र नहीं पढ़ती।'

'तो दूसरों की खबर जानने की आवश्यकता नहीं है?'

'मैं नहीं जानना चाहती'—कहकर वह लेट गई। किन्तु दोनों पत्र उसी की मुट्ठी में रहे। फिर धीरे–धीरे उठकर, लैम्प के सामने वह बैठ गई। उसने पत्रों को तीन–चार बार पढ़ा। फिर वैसे ही लेट गई। थोड़ी देर में बोली—

'सो गये?'

'नहीं।'

'वहां मैं शादी न होने दूंगी। वह लड़की अच्छी नहीं है, मैंने उसे लड़कपन में देखा है।'

'मां का पत्र भी पढ़ लिया?'

'किन्तु चाची ने यह नहीं लिखा है कि उसे तुम्हारे गले मढ़ा जायेगा। अच्छी हो या बुरी, उस लड़की को मैं घर में न लाऊंगी।'

'जरा सुनूं तो कैसी लड़की घर में लाना चाहती हो?'

'अभी कैसे बतला दूं? सोचकर देखूंगी।'

तनिक चुप रहकर मैं बोला—'तुम्हारे चुनाव और छांट पर रहा जाय तो कुंवारापन उतारने के लिए दूसरा जन्म लेना पड़े। उसमें भी शायद ही पूरी पड़े। खैर दूसरा ही जन्म लूंगा। इस लड़की का उद्धार कर दो। उन्हीं के मुंह से सुना है कि पांच सौ रुपयों में काम चल जाएगा।'

प्यारी खुश होकर उठ बैठी और कहने लगी—'मैं कल ही रुपये भेज दूंगी। चाची की बात झूठ न होगी।' कुछ ठहरकर बोली—'यह लड़की तुम्हारे लिए अच्छी नहीं है। इसी से कहती हूं, नहीं तो....... ।'

'नहीं तो क्या?'

'कुछ नहीं। तुम्हारे योग्य लड़की खोजकर तब इसका उत्तर दूंगी।'

मैंने सिर हिलाकर कहा—'तुम व्यर्थ कोशिश मत करो, राजलक्ष्मी। मेरे योग्य लड़की तुम्हें न मिलेगी।'

बहुत देर में वह बोली—'न मिलेगी तो तुम मुझे बर्मा ले चलोगे?'

यह सुनकर मैं हंसा—'मेरे साथ जाने का साहस है?'

प्यारी तेज दृष्टि से देखकर बोली—'साहस! इसे क्या बड़ी बात समझते हो?'

'मैं जो समझूं, पर तुम्हारे घर–द्वार, चीज–वस्तु सारे सामान का क्या होगा?'

'कुछ भी हो। तुम्हें नौकरी करने इतनी दूर जाना पड़ा—यह सब कुछ तुम्हारे काम न आया तो, बंकू को दे दूंगी।'

इसका उत्तर न देकर, मैं खिड़की के बाहर देखकर रहा।

उसने फिर कहा—'इतनी दूर न जाओ, क्या यह सब तुम्हारे काम में कभी नहीं आ सकता?'

'नहीं, किसी दिन नहीं।'

अब उसने मेरे पैर पर हाथ रख दिया। एक दिन यही प्यारी मुझे जबरदस्ती घर से निकाल रही थी। उस दिन उसके साधारण धैर्य और मनोबल को देखकर मैं दंग रह गया था। आज उसी में इतनी दुर्बलता है। वह नम्र होकर खुशामद कर रही है। यह सोचने से मेरा हृदय फटने लगा। पर कुछ मंजूर न कर सका। मैंने कहा—'तुम्हें साथ तो न ले जाऊंगा, पर जब बुलाओगी, चला आऊंगा। चाहे जहां रहूं, पर तुम्हारा ही होकर रहूंगा, राजलक्ष्मी।'

'तुम सदा इसी पापिष्ठा के होकर रहोगे?'

'हां।'

'तब तो कभी तुम्हारी शादी नहीं होगी।'

'नहीं। तुम्हारी सलाह लिये बिना, तुम्हें दुःख देकर इस ओर कभी मेरी प्रवृत्ति न होगी।'

प्यारी थोड़ी देर तक एकटक मुझे देखती रही। फिर उसकी आंखें भर आईं। टपटप आंसू गिरने लगे। आंखें पोंछकर वह बोली—'इसी अभागिनी के लिए तुम सदा संन्यासी बने रहोगे?'

'हां, बना रहूंगा। तुम्हारे पास जो वस्तु है उसके बदले संन्यासी होकर रहने में कुछ हानि नहीं है। मैं चाहे जहां रहूं, मेरी बात पर अविश्वास न करना।'

क्षण—भर में ही आंखें चार हुईं। दूसरे ही क्षण वह तकिए में मुंह छिपाकर औंधी पड़ी रही। रोकी गई रुलाई के वेग से उसका शरीर कांप—कांप कर फूल उठा।

मैंने उठकर देखा। घर के सब लोग सो रहे थे। कोई जानता नहीं था। मन में आया, 'खिड़की के बाहर से अंधेरी रात, प्रिय सहचरी प्यारी को जी भर कर देख रही है।

2

ऐसी बहुत–सी बातें हैं जिन्हें जीवन में भूल नहीं सकता। जब वे याद आती हैं तब मानो उस समय के शब्द भी याद पड़ जाते हैं। प्यारी के अन्तिम शब्द भी इसी तरह के थे। वे शब्द आज भी गूंज रहे हैं। वह बड़ी संयमी है, इसका परिचय लड़कपन में बार–बार उसने दिया है। फिर इतने दिनों की दुनिया की शिक्षा मिली है। उस बार विदा करते समय छिपकर उसने जान बचा ली थी; पर इस बार अपने को सम्भाल न सकी, नौकर–चाकरों के सामने ही रो पड़ी। रुंधे गले से बोली—'देखो, मैं अबोध नहीं हूं; फिर भी कहती हूं कि हमारा समाज बड़ा निर्दयी है। इसे भी एक दिन भगवान इसकी सजा देंगे।'

समाज को इतना बड़ा अभिशाप उसने क्यों दिया? यह वह जाने या उसके अन्तर्यामी। मैं जानता हूं फिर भी चुप रह गया। बूढ़ा दरबान गाड़ी का दरवाजा खोलकर मेरी ओर देखने लगा। मैं पैर बढ़ाना चाहता था कि प्यारी आंखों में आंसू रहने पर भी हंसकर बोली—'कहां जा रहे हो! फिर दर्शन न दोगे, एक भिक्षा दोगे?'

'दूंगा।'

प्यारी ने कहा—'भगवान न करें, किन्तु तुम्हारे जीवन का जो ढंग है उससे—अच्छा, कहीं भी रहो। खबर देते शरमाओगे तो नहीं?'

'न लजाऊंगा—खबर दूंगा।'—कह कर मैं धीरे–धीरे गाड़ी में बैठ गया। पीछे से प्यारी आई और आंचल में चरण–रज ले ली।

'सुनते हो जी?' मुंह ऊपर कर देखा। वह ओठों को काबू में रखने का प्रयत्न कर रही थीं आंख मिलते ही आंसू गिरने लगे; रोके गये अस्पष्ट स्वर में उसने कहा—'इतनी दूर न जाओ!'

चुपचाप आंखें फिरा लीं। गाड़ीवान ने गाड़ी हांक दी। चाबुक की सपासप और चारपहियों की घरघराहट होने लगी। किन्तु इन सब को दबाकर एक रुके हुए कण्ठ का रोदन मुझे सुनाई देने लगा।

3

पांच–छः दिन व्यतीत होने पर एक दिन सवेरे एक लोहे का ट्रंक और हल्का बिस्तरा लेकर मैं कोयलाघाट पहुंचा। गाड़ी से उतरते ही खाकी जाकेट पहने एक कुली मेरा सामान लेकर न जाने कहां अन्तर्धान हो गया। उसे खोजते–खोजते मेरी आंखों में आंसू आ गये पर उसका कुछ पता न चला।

गाड़ी पर आते–आते मैंने देखा जेटी और बड़ी राह के बीच की पृथ्वी रंग–बिंरगी चीजों से भरी हुई है। थोड़ा–सा कुहरा भी छाया हुआ था। जान पड़ा कि जानवरों का झुण्ड चालान करने के लिए बंधा हुआ है। पास आकर देखा तो ये मनुष्य थे। चालान होना आवश्यक था। सवेरे सबसे पहले जहाज में स्थान पाने के लिए बड़ी गठरियां लिए, स्त्री, बच्चों के हाथ पकड़कर वे रात–भर ओस में खड़े रहे। किसी के लिए यह सम्भव न था कि उन्हें पार कर जेटी के द्वार पर पहुंच सके। थोड़ी देर पश्चात् जब ये लोग खलबला कर उठे तो देखा कि काबुल के उत्तर से लेकर कन्या कुमारी तक के व्यक्ति कोयलाघाट पर मौजूद थे।

काली–काली गंजी पहने चीनियों का झुण्ड भी था। मैं भी डेक का यात्री था। सबको हराकर मुझे अपने लिए एक स्थान बनाना

था। यह सोचते ही मेरा शरीर बरफ की तरह ठण्डा हो गया। मुझे जाना है ही और जहाज के सिवा कोई दूसरा रास्ता नहीं है तो मुझे उन्हीं लोगों की राह चलना चाहिए। यह सोचकर मन को जितना बढ़ाता था वह उतना ही हट जाता था। जहाज ही जानता था कि जहाज कब आकर घाट पर लगेगा। मैंने देखा कि चौदह–पन्द्रह सौ आदमी, भेड़ों के झुण्ड के समान, खड़े हो गये। मैंने एक हिन्दुस्तानी से पूछा–'ये लोग चुपचाप बैठे हुए थे, एकाएक कतार में क्यों खड़े हो गये?'

'डागदरी होगा।'

'डागदरी क्या है?'

वह आदमी पीछे के धक्के को सम्भालते हुए झुंझलाकर बोला–'अरे पिलेग का डागदरी।'

बात और भी कड़ी हो गई। समझ में आए या न आए, जो इतने लोगों के लिए आवश्यक है वह मेरे लिए भी चाहिए। उस झुण्ड में कैसे पिल पड़ूं, यह समस्या मेरे सामने आई। मैं जरा–सी जगह खोजने लगा। देखा कि बहुत दूर पर खिदिरपुर के मुसलमान सिमिट कर खड़े हैं। मैंने देश–परदेश सभी स्थान पर देखा है कि लजाने की बातों में बंगाली जरूर लजा जाते हैं। भारत की दूसरी जातियों की तरह बिना हिचकिचाये वे धक्का–मुक्की और मारपीट नहीं करते। इस प्रकार खड़े रहने की ओछाई का ध्यान कर ये लोग सिर नीचा कर लेते हैं। ये लोग रंगून में दरजी का काम करते थे। कई बार आ–जा चुके थे। पूछने पर मालूम हुआ कि सावधानी इसलिए की जा रही है कि बर्मा में प्लेग न पहुंच जाये। डॉक्टर पास कर दे तो जहाज में जाएं। जो लोग बर्मा जाना चाहें तो जांच करा लें कि वे इस रोग के रोगी नहीं हैं। अंग्रेजी राज्य में डॉक्टरों की खूब चलती है। सुना है कि कसाईखाने में कटने के लिए जाने वाले जानवरों को

भी डॉक्टरों का मुंह जोहना पड़ता है। किसने सोचा था कि समय के अनुसार रंगून जाने वालों से उन पशुओं की इतनी समानता है, अब प्लेग की डॉक्टरी नजदीक आ गई। डॉक्टर साहब सिपाही के साथ दिखलाई पड़े। उस कतार में गरदन झुकाकर देखने का मौका तो नहीं था लेकिन परीक्षा की जितनी तरकीब की गई उसे देखकर मुझे बड़ी चिन्ता हुई। डरपोक बंगालियों को छोड़कर वहां ऐसा कोई न था जो अपने शरीर के निचले भाग को खोलने से डरे। फिर भी मेरे सामने के वे गम्भीर पुरुष भी डर गये। उन्हें देखकर मैं भी सशंक हो गया। सभी जानते हैं कि प्लेग होने पर शरीर का स्थान विशेष फूल जाता है। डॉक्टर साहब जिस प्रकार संदेह के स्थान को हाथ से टटोलकर सूजन देखने लगे उससे काठ को भी ऐतराज हो सकता था। पर भारतीय केवल एक बार चौंककर रह जाते थे। कोई दूसरी जाति होती तो डॉक्टर साहब के हाथ मरोड़ देती। पास होना आवश्यक था, इसलिए बारी आने पर मैंने निराश हो अपने को डॉक्टर के हवाले कर दिया। पास भी हो गया। अब जहाज पर चढ़ना है। डेक–पैसेन्जर चढ़ते कैसे हैं, इसकी कल्पना बाहरी लोग नहीं कर सकते। जिन्होंने कल–कारखानों में दांतों वाली चक्कियों का काम देखा है, वे यह समझ सकते हैं, चक्कियां जिस प्रकार आगे को खींच और पीछे के धक्के से चलती हैं, उसी प्रकार काबुली, पंजाबी, मारवाड़ी, मराठे, मदरासी, बंगाली, चीनी और उड़ियों की सेना आपस की ठेला–ठेली से जहाज पर चढ़ गई। सामने एक सीढ़ी लगी हुई थी। जहाज पर जाने का यही मार्ग था। नाले के बन्द मुंह को खोल देने पर जिस प्रकार वेग से पानी बहने लगता है उसी प्रकार यह दल भी जीने–मरने की परवाह छोड़ नीचे उतरने लगा। मुझे अच्छी प्रकार याद है, नीचे जाने की मेरी इच्छा न थी। थोड़ी देर के लिए मैं बेहोश भी हो गया। यदि कोई मेरी इस बात पर विश्वास न करे तो न करे। चेत होने पर मैंने दिखा कि

मैं उस छोटी–सी जगह में एक कोने में खड़ा हूं। चारों ओर देखा तो प्रत्येक आदमी ने दरी–कम्बल, बक्स–पेटी फैलाकर अपने लिए जगह कर ली है। आराम से बैठकर साथियों से जान–पहचान कर रहा है। इतनी देर में मेरे कुली ने आकर कहा–'ट्रंक और बिस्तर ऊपर रख आया हूं। आप कहें तो नीचे ले आऊं।'

'नहीं; मुझे भी यहां से उठाकर ऊपर ले चलो।'

वहां इतनी भी जगह न थी कि दूसरों के बिछौने मोड़े बिना और दूसरों से हाथापाई किये बिना, मैं पैर भी फैला सकता। पानी बरसने पर ऊपर भीगना अच्छा है, पर यहां एक पल भी रहना ठीक नहीं है। बड़ी कठिनता से अधिक पैसे के लोभ में, कुली दरियों और सतरञ्जियों को मोड़ता हुआ मुझे ऊपर ले गया। वह मेरा सामान दिखलाकर पुरस्कार लेकर चला गया। यहां भी वह दुर्गति थी। बिस्तर फैलाने को भी जगह न थी। दूसरा उपाय न देख अपने ट्रंक पर ही बैठने का प्रबन्ध कर मैं भागीरथी के दोनों तटों की शोभा देखने लगा। तब तक स्टीमर चलने लगा। बहुत देर से प्यासा था। इन दो घण्टों में जिस आफत में था उसे देखकर कलेजा कांप जाता था; ऐसे बहुत ही कम लोग होंगे, जिनका न कांपे। गिलास–लोटा कुछ भी साथ में न था। साथियों में कोई बंगाली हो तो काम चले। यह देखने को मैं बाहर निकला। नीचे उतरने के पहले ही एक भारी आवाज हुई। मेरा ज्ञान इतना नहीं कि उस आवाज की तुलना कर सकूं। गोशाला में आग लगा दी जाये तो एक बड़ा हो–हल्ला उठ सकता है। इतनी बड़ी आवाज के लिए इतनी बड़ी गोशाला तो महाभारत के राजा विराट की ही थी। इस कलियुग में किसी की इतनी बड़ी गोशाला होने की कल्पना भी कोई नहीं कर सकता। डर के मारे दो–तीन सीढ़ी उतर कर मैंने झांका तो देखा कि यात्रियों ने अपना–अपना जातीय संगीत शुरू कर दिया है। मानो काबुल से होकर ब्रह्मपुत्र तक और कन्याकुमारी से लेकर चीन तक के

सभी स्वर–ब्रह्मों का अभ्यास हो रहा हो। ऐसा महासंगीत सुनने का अवसर शायद ही मिलता है। संगीत सारी ललित कलाओं में श्रेष्ठ है, यह मैंने खड़े–खड़े मान लिया। आश्चर्य की बात तो यह थी कि इतने संगीत विशारद एक साथ ही कैसे एकत्र हो गये थे!

मैं जल्दी निर्णय नहीं कर सका कि नीचे उतरूं या नहीं। अंग्रेज महाकवि शेक्सपीयर ने कहा कि जो संगीत से खुश नहीं होता, वह हत्या तक कर सकता है। किन्तु एक मिनट सुन लेने पर खून को ठण्डा कर देने वाले संगीत की खबर उन्हें भी न थी। मैं नहीं जानता कि जहाज का गर्भ वीणापाणि का स्थान है कि नहीं, यदि नहीं होता तो यह कौन सोच सकता कि काबुल वाले भी गाते हैं। एक ओर यह विचित्र लीला मैं देख रहा था, दूसरी ओर मैंने एकाएक देखा कि एक आदमी बार–बार हाथ हिलाकर मुझे अपनी ओर बुलाना चाहता था। बड़ी कठिनाई से, बहुतों की लाल आंखें बरदास्त कर मैं उसके पास पहुंचा।

ब्राह्मण जानकर उसने मुझे हाथ जोड़कर प्रणाम किया। वह रंगून का नन्द मिस्त्री था। उसके पास ही एक अधेड़ मोटी स्त्री बैठी मुझे एकटक देख रही थी। मैं उसकी ओर देखकर अचकचा गया। उसकी जैसी गेंद की तरह बड़ी–बड़ी आंखें और मोटी–मोटी सटी हुई भौहें मैंने कभी न देखी थी। नन्द मिस्त्री ने उसका परिचय देते हुए कहा–''बाबूजी घरवा.......'' बात पूरी होने से पहले ही वह स्त्री गरज उठी–'घरवाली! मेरे सात भांवरों के स्वामी कहते हैं घरवाली! खबरदार, चेता देती हूं मिस्त्री, बिना पहचान वालों के सामने झूठी बात कहकर मुझे बदनाम न किया करो।'

मैं अचम्भे में रह गया।

नन्द मिस्त्री सकुचा कर कहने लगा–'शुद्ध क्यों होती हो? घरवाली और किसे कहते हैं? बीस बरस........।'

वह भयानक क्रोध में बोली—'बीस बरस हुआ तो क्या हुआ? करम अभागे! वैष्णव की लड़की होकर कहलाऊं केवट की घरवाली। कैसे, किस दुःख से? बीस बरस से तुम्हारे पास हूं, पर एक दिन भी तुम्हें अपने चौके में घुसने दिया है? टगर वैष्णवी ही रहकर मर जाएगी पर जात न जाने देगी, मालूम है?' अब वह वैष्णव की लड़की मेरी ओर देखकर गर्व से अपनी बड़ी–बड़ी आंखें घुमाने लगी।

नन्द मिस्त्री लजाकर बार–बार कहने लगा—'देखिए बाबूजी, देखिए इसे अपनी जाति का घमण्ड अब तक है। मैं ही सहता हूं, दूसरा कोई होता......।' बीस साल की घरवाली के सामने भी वह अपनी बात पूरी न कर सका।

मैं बिना कुछ कहे गिलास लेकर चल दिया। ऊपर गया तो वैष्णवी की बात यादकर मेरी हंसी न रुकी। थोड़ी देर पश्चात् मैंने सोचा कि यह तो कम पढ़ी–लिखी औरत है, देहातों में ऐसे शिक्षित लोग भी हैं जो बड़े–से–बड़ा पाप करके भी छुआछूत बचाकर मार्ग निकाल लेते हैं। यहां मर्दों की चाल देखकर तो हंसी नहीं आती, केवल औरतों को देखकर हंसी आती है।

सन्ध्या से थोड़े–थोड़े बादल घिर रहे थे। रात को एक बजे थोड़ी–सी वायु चली और मामूली वर्षा हुई। कुछ देर के लिए जहाज खूब हिला–डोला। दूसरे दिन सुबह से वह ठीक चलने लगा। समुद्री बीमारी नाम की चीज तो लड़कपन में ही नाव पर कट चुकी थी। रात को एक उल्टी हुई।

नन्द मिस्त्री का हाल जानने के लिए मैं नीचे गया। कल वाले गवैये अभी औंधे पड़े थे।

मैं समझ गया कि रात की अशान्ति में ये लोग अभी तक महासंगीत की तैयारी नहीं कर सके। नन्द मिस्त्री और उसकी बीस बरस की रखैल दोनों चुप बैठे थे। मुझे देखकर उन्होंने प्रणाम

किया। उनकी सूरत से मालूम हो गया कि रात में जरूर कोई घटना हुई है। मैंने पूछा—'रात को कैसे रहे मिस्त्री?'

'अच्छा रहा।'

घरवाली गरज पड़ी—'खाक अच्छे रहे! मैया री! कैसी विचित्र घटना हो गई?'

मैंने घबराकर पूछा—''कैसी घटना?'

नन्द मिस्त्री मेरी ओर देखकर जंभाई लेने लगा। चुटकी बजाकर वह बोला—'घटना कोई खास न थी। कलकत्ते के मोड़ों पर साढ़े बत्तीस तरह का चबेना बेचते हुए आपने देखा है किसी को? अगर आपने देखा है तो अच्छी तरह समझ लें। जिस प्रकार वह अंगूठे के नीचे दो–तीन अंगुलियों से भुने हुए चावल, दाल, मटर, मसूर आदि को एक में मिला देता है उसी प्रकार हम सब जम गये थे। अभी अपने–अपने कपड़े पहचान कर बैठे हैं।' फिर वह टगर की ओर देखकर बोला—'अजी भाग्य से वैष्णवों की जाति नहीं जाती, नहीं तो मेरी टगर........।'

टगर चौंके हुए भालू की तरह गरज उठी—'फिर वही।'

'तो जाने दो।' कहकर नन्द उदास होकर मेरी ओर देखने लगा। पास ही साक्षात् गन्दगी की मूर्ति, सारी दुनिया का सम्मान लेकर रोटी खा रहे थे। टगर नाराजी से उन्हें देखकर आग बरसा रही थी। नन्द ने अपनी घरवाली से पूछा—'आज खाना–पीना नहीं होगा?'

घरवाली ने कहा—'कैसे होगा!' बात न समझकर मैंने कहा—'अभी बहुत सवेरा है, थोड़ी देर के पश्चात्........।'

नन्द मेरी ओर देखकर बोला—'कलकत्ते से एक हांडी रसगुल्ला ले आया था। जहाज पर चढ़कर ही कहा—'आओ टगर, थोड़ा खा लें। आत्मा को कष्ट नहीं देना चाहिए।'

'नहीं, रंगून ले जाऊंगी।'

'जाओ न रंगून रसगुल्ले लेकर!'

टगर चुप रही। गर्व से वह मेरी ओर देखने लगी। वह फिर उस अभागे काबुली को पहले की तरह घूरने लगी।

'रसगुल्ले क्या हुए?'

नन्द, टगर पर कटाक्ष करके बोला—'मैं नहीं कह सकता कि उसका क्या हुआ। फूटी हांडी और बिछौने पर गिरा हुआ रस देखो—इससे अधिक जानने की इच्छा हो तो पूछो उस हरामजादे से।'—इतना कहकर वह भी टगर के समान उन्हें देखने लगा।

मैंने मुश्किल से हंसी रोककर कहा—'जाने दो, पास में चूड़ा है न?'

नन्द ने कहा—'उस ओर से भी फुरसत मिल गई है। बाबू को एक बार दिखा दो टगर।'

टगर एक छोटी—सी गठरी को ठुकरा कर बोली—'तुम्हीं दिखा दो न।'

नन्द ने कहा—'चाहे जो हो बाबू, काबुलियों को नमकहराम नहीं कहा जा सकता। जिस तरह ये लोग रसगुल्ले खा जाते हैं उसी प्रकार काबुल की मोटी—मोटी रोटियां भी बांध देते हैं। फेंक मत देना टगर, तेरे ठाकुरजी को भोग लगेगा।'

नन्द की इस दिल्लगी से मैं हंस पड़ा, पर तुरन्त टगर की ओर देखकर डर गया। मारे क्रोध से उसका मुंह लाल हो गया। जोर से चिल्लाकर वह लोगों को चौंकाकर बोली—'जाति तक न जाओ मिस्त्री, कहे देती हूं; नहीं तो ठीक नहीं होगा, हां.......।'

उसकी भयानक आवाज सुनकर जिन लोगों ने देखा, उनके सामने नन्द मिस्त्री शरम के मारे लजा गया। टगर को खूब जानता

था। बेकार की हंसी के कारण उपजे क्रोध को दबा देने में ही कुशल थी। वह शरमा कर चटपट बोल उठा—'मेरे सिर की कसम, नाराज न हो टगर, मैं तो हंसी कर रहा था।'

टगर ने मानो सुना ही नहीं। भौंहें और आंखें बाएं—दाएं घुमाकर कड़े स्वर में बोली—'हंसी कैसी? किसी की जाति की हंसी की जाती है! मुसलमान की रोटी का भोग लगेगा? केवट के मुंह में आग—जरूरत हो तो तुम्हीं रख लो, बाप को पिंड देना!'

प्रत्यंचा से छूटे धनुष की तरह नन्द सीधा खड़ा हो गया। उसने टगर का झोंटा पकड़कर कहा—'हरामजादी, तू बाप तक जाती है!'

टगर धोती सम्भालकर हांफते—हांफते बोली—'हरामजादा, तू जाति तक जायेगा न!' इसके बाद मुंह फैला कर उसने नन्द मिस्त्री का हाथ काट लिया। क्षणभर में नन्द मिस्त्री और टगर वैष्णवी में मारपीट होने लगी। देखते—देखते सब लोग घेर कर खड़े हो गए। भीड़ लग गई। समुद्री बीमारी का कष्ट भूलकर सब हिन्दुस्तानी वाह—वाह करने लगे। पंजाबी छिः! छिः और उड़िया चीं—चीं करने लगे। पूरा लंकाकाण्ड छिड़ गया। इतनी छोटी—सी बात के लिए शर्म के नंगे नाच की कल्पना भी मैंने न की थी। एक बंगाली स्त्री—पुरुष का झगड़ा देखकर मैं गड़ा जा रहा था। पास ही एक जौनपुरी दरबान चाव के साथ तमाशा देख रहा था। वह मुझे देखकर बोला—'बाबू साहब, बंगालिन तो बहुत अच्छी लड़ने वाली होती हैं, जल्दी नहीं हटतीं।'

मैं उसकी ओर देख भी न सका। सिर नीचे कर भीड़ को चीरता हुआ मैं ऊपर चला गया।

4

उस दिन नीचे जाने को इच्छा न हुई, इसलिए यह नहीं कह सकता कि नन्द और टगर की लड़ाई कैसे बन्द हुई और किन शर्तों पर मेल हुआ। शर्त चाहे जो हो, मैंने देखा है कि विपत्ति के समय, 'स्क्रैप आप पेपर' कुछ काम नहीं आता। जब जिसे आवश्यकता होती है, दूसरों का मोर्चा तोड़ कर घुस जाता है। बीस साल से ये लोग यही करते आये हैं, शायद, बीस बरस तक यही करते रहें!

दिनभर आकाश में बादल घुमड़ रहे थे; परन्तु काले–काले मेघ घिर आये। खलासियों के चेहरों पर चिन्ता की छाया घिर गई। चलने–फिरने में भी एक प्रकार की घबराहट दिखलाई पड़ने लगी।

एक बूढ़े–से खलासी को बुलाकर पूछा—'कहो चौधरी, आज रात भी क्या कल की ही तरह आंधी आएगी?'

चौधरी ने खड़े होकर कहा—'मालिक, आप नीचे चले जाइए। कप्तान ने कहा है कि साइक्लोन आ सकता है।'

पन्द्रह मिनट बाद ही पता चला कि उसका कहना झूठ नहीं है। ऊपर के यात्रियों को खलासी लोग जबरदस्ती होल्डार में उतारने लगे। कुछ लोगों के आनाकानी करने पर सेकेंड अफसर ने धक्के देकर उठा दिया। उनके सामान को पैरों से ठुकराकर हटा दिया।

खलासी उसी दम मेरा ट्रंक और बिस्तर नीचे ले गया। मैं एक ओर दुबक रहा। सुनने में आया कि जिन लोगों ने दस रुपये से कम किराया दिया है उन्हें नीचे भरकर जहाज का मुंह बन्द कर दिया जायेगा। उनकी और जहाज की रक्षा का यही उपाय था।

मुझे अपने लिये बचाव का वह प्रबन्ध पसन्द नहीं आया। इसके पहले साइक्लोन को मैंने पृथ्वी पर भी नहीं देखा था। उसके उपद्रव, उसकी शंका और उसकी नाशकारी शक्ति का मुझे परिचय न था। मैं सोचने लगा कि भाग्य से यदि ऐसी कोई चीज आने वाली है तो उसे खूब देखूंगा, जो होना होगा हो। अगर साइक्लोन में जहाज को डूबना ही है तो प्लेग के चूहे की तरह भीतर जाकर क्यों मरूं? ठीक तो यह होगा कि लहरों से डूबता–उतराता पाताल के महल का मेहमान बन जाऊं। मुझे उस समय यह पता न था कि जहाज चारों ओर हिंसा के सेवकों से घिरकर चलता है। लोगों को गटक जाने में इन्हें जरा भी देर नहीं लगती।

बहुत देर से थोड़ा–थोड़ा पानी बरस रहा था। शाम को हवा और पानी दोनों का ही जोर बढ़ गया। ऐसी हालत हो गई कि निकल भागने का कोई रास्ता न रहा। सुविधा का एक स्थान खोजे बिना काम चलने को नहीं था। मैं अंधेरे में अपनी जगह आ गया। डेक खाली हो गया। स्तूल के पास उछलकर मैंने देखा कि ब्रिज के ऊपर बूढ़ा कप्तान हाथ में दूरबीन लिए इधर–उधर दौड़ रहा है। मैं उसकी नजर बचाने लगा। इतने कष्ट के बाद भी यदि नीचे जाना पड़ा तो संकट था। बचाव की जगह खोज रहा था। अंत में एक जगह मिल गई। एक ओर भेड़ों–मुर्गियों और बत्तखों के पिंजड़े रखे हुए थे। मैं कूदकर उन्हीं के ऊपर बैठ गया। मालूम हुआ कि जहाज भर में शायद ही ऐसी और कोई सुरक्षित जगह हो। उस वक्त तक बहुत–सी बातें जानने को थीं।

वर्षा बढ़ने लगी। हवा तेज हो गई। जहाज खूब झूलने लगा। समुद्र की लहरों का रूप देखकर मैंने समझा, शायद यही है साइक्लोन। पर समुद्र के आगे वह गोखुर के बराबर भी न था। इसे जानने के लिए मुझे कुछ देर ठहरना पड़ा।

एकाएक जहाज का भोंपू बजा। छाती में मानो कंपकंपी–सी पैदा हो गई। ऊपर को देखा। मालूम हुआ मन्त्रबल से आकाश का रंग ही बदल गया है। बादल नहीं था। आकाश हल्का होकर उड़ता–सा जा रहा था। दूसरे ही क्षण समुद्र के किसी कोने से एक विकट शब्द सुनाई पड़ा। लड़कपन में दीदी से कहानियां सुना करता था। किसी राजकुमार ने तालाब में डुबकी लगाकर डिबिया निकाली थी। उसमें बन्द सात सौ राक्षसियों के प्राण स्वरूप एक भौंरे को उसने मसल डाला था। वे सात सौ राक्षसियां मृत्यु के कष्ट से क्रुद्ध हो पृथ्वी को कुचलकर तोड़ती–फोड़ती दौड़ गई थीं। ऐसा ही कोई विप्लव होता जान पड़ा, पर राक्षसियां इस बार सात सौ करोड़ मालूम हुईं। आ गईं तूफानी हवाएं। मैंने सोचा, इसके स्थान पर राक्षसियां आतीं तो अच्छा होता।

इस संकट की शक्ति का वर्णन करना दूर की बात है। ऐसे समय सचेत रहकर अनुभव प्राप्त करना भी आदमी की शक्ति से बाहर है। चेत खोकर मैं सोचने लगा कि दुनिया की समाप्ति होने में अब देर नहीं है। निकट के एक लोहे के खंभे में मैंने अपने–आपको बांध लिया था। हर घड़ी यही सोचता कि अबकी बार हवा मुझे समुद्र में पटक देगी।

एकाएक ऐसा जान पड़ा कि पानी जहाज के ऊपर चढ़ रहा है। मैंने देखा तो दृष्टि फिर न सकी। एक बार जान पड़ा कि वह एक पड़ाव है। भ्रम दूर होने पर हाथ जोड़कर ईश्वर से कहा–भगवान! दो आंखें देकर आज तुमने इन्हें सार्थक कर दिया। इतने दिनों तक

आंखें खोलकर सर्वत्र घूमता रहा। तुम्हारी इस सृष्टि की तुलना कभी न हो सकी। जहां तक देखता हूं, बहुत बड़ी महातरंग, सिर पर प्रेम का किरीट लगाये हुए आगे बढ़ती नजर आती है। संसार में इतना बड़ा दूसरा आश्चर्य नहीं है।'

समुद्र में बहुत से लोग आया–जाया करते हैं। मैं भी बहुत बार आया–गया हूं पर ऐसा दृश्य कभी नहीं देखा। जिसने अपनी आंखों से इसे नहीं देखा है, उसे लिखकर नहीं समझाया जा सकता।

मैंने मन में कहा–'हे तरंगराज! तुम्हारी टक्कर से जो होगा, उसे मैं जानता हूं। तुम्हें यहां आने में आधा मिनट लगेगा। उतनी देर तक मैं जी भरकर देख लूं।'

किसी वस्तु की ऊंचाई और विस्तार को देखकर ही यह भाव मन में नहीं उठता। ऐसा होता तो हिमालय का कोई भी भाग काफी था। पर, जो यह भयंकरता सजीव होकर दौड़ती आ रही है, उस शक्ति के अपरिमेय अनुभव ने मुझे जकड़ लिया।

जहाज का भोंपू वायुवेग से घर–घर कांपता हुआ निरंतर बजने लगा। भयभीत हुए खलासी अल्लाह के कानों तक अपनी विकलता पहुंचा देने के लिए गला फाड़कर चिल्लाने लगे।

जिसके आगमन के लिए इतना भय, इतनी चीख–पुकार और इतनी तैयारी थी वह भारी तरंग आ ही गई। एक अजीब गड़बड़ के बीच मुझे जान पड़ा कि हम लोग अवश्य डूब गये हैं। सोचा, अब दुर्गा का नाम जपना व्यर्थ है। आसपास, ऊपर–नीचे, चारों ओर जल ही जल था। जहाज के साथ हम लोग रसातल में दावत खाने जा रहे हैं, इस समय यही चिन्ता थी कि न जाने भोजन किस प्रकार का मिलेगा। एक मिनट के बाद मालूम हुआ कि डूबे नहीं है जहाज के साथ हम लोग भी पानी उतर रहे हैं। लहर–पर–लहर अभी तक आ रही थीं। हम लोग अभी हिंडोले पर ही थे। इतनी देर के बाद

पता लगा कि कप्तान साहब ने लोगों को जानवरों की तरह बन्द करवा दिया है। डेक के ऊपर पानी की धारा बहने लगी। मेरे नीचे की मुर्गियां और बत्तखें कई बार पंख फड़फड़ाकर समाप्त हो गईं। भेड़ें भी में–में कर ठण्डी हो गईं। केवल मैं ही उनके ऊपर आसन लगाये लोहे के खम्भे से बंधा जीता–जागता बैठा रहा। इसी बीच एक और आफत आ पहुंची।

जल के छींटे कांटों की तरह बिंधने लगे। कपड़े भीग जाने से इतनी ठण्ड लगने लगी कि दांत कट–कटाने लगे। सोचा, पानी में डूबते समय हाथ रखने पर बच भी सकता हूं, पर निमोनिया के हाथ से कैसे छुटकारा होगा। मैं यह सोचने लगा कि इसी प्रकार थोड़ी देर और बैठा रहूं तो छुटकारा पाना असम्भव होगा। स्थान छोड़ कर दूसरे स्थान पर जाने की बात सोचने लगा। सोचा कि भेड़ों के पिंजरे में घुस जाऊं पर वह भी तो सुरक्षित नहीं है। यदि उसमें खारा जल पहुंच गया तो में–में न सही, मां–मां कर खत्म हो जाना पड़ेगा।

केवल एक उपाय था। जब जहाज घूमता है तो हट जाने का समय मिलता है। मैंने सोचा यदि उस समय भाग जाऊं तो शायद जान बचे। जो सोचा वही किया। पिंजड़ों पर से उतर गया। तीन बार उठा बैठा और सेकेण्ड क्लास के द्वार पर पहुंच गया। खूब जोर से धक्का दिया, पर दरवाजा बन्द था। फिर फर्स्ट क्लास के दरवाजे पर पहुंचा। इस बार भाग्य ने सहायता की, एक अच्छे कमरे में स्थान मिल गया। वहां मैं किवाड़ बन्द कर एक पलंग पर लेट गया।

ग्यारह बजे रात में तूफान कम हो गया। पर सागर का क्रोध सवेरे तक था। अपने सामान का और साथियों का हाल जानना चाहता था। कल नन्द मिस्त्री ने मजाक में कहा था कि हम लोग साढ़े बत्तीस प्रकार के चबेने की तरह गड़मगड़ हो गये थे, अभी थोड़ी देर पहले अपना–अपना सामान पहचान कर बैठे हैं। मैं नहीं जानता

कि आज का गड़मगड़ साढ़े बत्तीस किस्म का हुआ कि नहीं। मैंने देख लिया कि इस समय तक कोई अपने स्थान पर नहीं आ सका।

उन लोगों की दशा देखकर सचमुच रुलाई आने लगी। तीन–चार सौ यात्रियों में कोई भी बिना चोट के न था।

स्त्रियां जिस प्रकार सिल पर मसाला पीसती हैं, उसी प्रकार कल के तूफान ने इन तीन–चार सौ आदमियों को पीस डाला। कुल सामान के साथ ये लोग रात भर जहाज के इस किनारे से उस किनारे तक लुढ़कते रहे। कै व अन्य क्रियाएं इतनी अधिक हुईं कि मारे दुर्गन्ध के खड़ा रहना कठिन हो गया था। इसी समय डॉक्टर साहब जहाज के मेहतरों और खलासियों को लेकर उन लोगों का प्रबंध कर रहे थे।

डॉक्टर साहब ने सिर से पैर तक मुझे देखा। वे मुझे सेकेण्ड क्लास का यात्री समझ बैठे। फिर भी आश्चर्य से बोले–'आप तो खूब ताजा दिखलाई पड़ रहे हैं। मालूम होता है आराम करने के लिए कोई हैमक (ïउउवबा) मिल गया था।

'हैमक कहां मिलता साहब, मिला था भेड़ों का पिंजड़ा। इसी से ताजा दीख रहा हूं।'

डॉक्टर साहब मुंह फैलाकर मेरी ओर देखने लगे। मैंने कहा–'डॉक्टर साहब, यह अधम भी इसी नरक–कुण्ड का यात्री है। कमजोर होने से यहां घुस न सका। रात भर डेक के ऊपर रहा, कल तूफान की खबर पाकर भेड़ों के पिंजड़ों पर पड़ा रहा, फिर किसी प्रकार पहले दर्जे के एक कमरे में अनधिकार आकर अपना बचाव कर सका। मैंने कोई अनुचित काम नहीं किया।' सारी बातें सुनकर डॉक्टर साहब बहुत प्रसन्न हुए। उन्होंने मुझे शेष दो दिन अपने साथ बिताने का निमन्त्रण दिया, मैं उसे स्वीकार न कर सका। उनसे कुर्सी जरूर मांग ली।

दोपहर को मारे भूख के मुरदे की तरह कुर्सी पर बैठा था। एक–एक कर दुनिया के सभी खाद्य–पदार्थों का ध्यान कर रहा था। किस यत्न से कौन–सी चीज मिल जाय, मैं इसी चिन्ता में था। इतने में खिदिरपुर के एक मुसलमान दरजी ने आकर कहा–'बाबू साहब, एक बंगाली स्त्री आपको बुला रही है।'

मैंने समझा की टगर होगी पर यह सोच नहीं सका कि क्यों बुला रही है। जरूर पति–पत्नी में झगड़ा हो गया होगा। तो मुझे क्यों बुला रही है? अपनी दैहिकता की कचहरी को छोड़कर इसका फैसला कौन कर सकता है?

मैंने कहा–'कह देना, एक घण्टे में आऊंगा।'

उसने उदास होकर कहा–'नहीं बाबू, बड़ी मिन्नत से बुला रही है।'

मिन्नत से? टगर तो विनती करने वाली स्त्री है नहीं। मैंने पूछा–'उसके साथ का मर्द क्या कर रहा है?'

'उसी की बीमारी के कारण से बुला रही है।'

बीमार पड़ जाने में कोई अचरज न था। मैं खड़ा हो गया। वह मुझे साथ लेकर नीचे आया। बहुत दूर एक कोने में रस्सियों के गोले रखे हुए थे। उसी की आड़ में एक बाईस–तेईस साल की बंगाली स्त्री बैठी थी। पास ही मैली शतरंजी पर करीब इसी उम्र का एक दुबला–पतला जवान मुरदे की तरह आंख मूंदे पड़ा था। मैंने इन लोगों को पहले नहीं देखा था।

मुझे पास आते देख उसने घूंघट बढ़ा लिया। पर, मैंने उसका मुंह देख लिया था।

वह सुन्दरी न होने पर भी लापरवाही के लायक न थी। ऊंचे माथे की स्त्रियों को सुन्दरता में स्थान नहीं मिलता, यह मैं जानता

हूं। इस युवती के ऊंचे माथे पर बुद्धि और शक्ति की छाप–सी लगी हुई थी। ऐसा मैंने कम देखा है, नहीं तो दीदी का माथा भी चौड़ा था। उनसे यह मिलती–जुलती–सी थी। मांग में सिंदूर लगा हुआ था। हाथ में चूड़ियां और शंख की बालियों के अलावा और कोई गहना न था। वह हल्की रंगीन साड़ी पहने हुए थी।

परिचित न होने पर भी उसने स्वाभाविक ढंग से बातचीत की। मैं चकरा गया। उसने कहा–'डॉक्टर साहब से आपकी जान–पहचान है। क्या आप उन्हें एक बार बुला सकते हैं?'

मैंने कहा–'अभी तो जान–पहचान हुई है, फिर भी वे भले आदमी मालूम होते हैं। उन्हें क्यों बुलाती हो?'

'बुलाने पर फीस देनी न पड़े तो बुलाइये। नहीं तो यही थोड़ा कष्ट सह कर ऊपर चलेंगे।' कह कर उसने मुझे रोगी को दिखला दिया।

कुछ सोचकर मैंने कहा–जहाज के डॉक्टर को, मेरा विचार है, कुछ देना नहीं पड़ता। इन्हें क्या हो गया है?'

मैंने सोचा कि शायद रोगी इसका पति है। पर बातचीत से कुछ शक हुआ। उसके मुंह पर झुक कर उसने पूछा–'घर से चलते समय तुम्हें यह बीमारी थी न?'

उस आदमी ने सिर हिला दिया। उसने मुझसे कहा–'हां, इन्हें देश में ही पेट की बीमारी हुई थी। कल से ज्वर आ गया है। कुछ दवा दिये बिना काम न चलेगा।'

मैंने हाथ लगाकर उनके ज्वर को परखा। ज्वर खूब तेज था। डॉक्टर को बुलाने मैं ऊपर चला गया।

डॉक्टर साहब नीचे आये। उन्होंने जांच करके देखा। एक दवा की पुरजी भी दे दी। फिर मुझसे कहा–'श्रीकान्त बाबू, चलो कमरे में चलकर गपशप करें।'

डॉक्टर साहब बड़े रंगीले थे। कमरे में जाकर बोले—'चाय पीते हैं?'

'हां पीता हूं।'

'और बिस्कुट?'

'वह भी खा लेता हूं।'

'अच्छी बात है।'

चाय—बिस्कुट के बाद हम लोग आमने—सामने कुरसी पर बैठ गये। डॉक्टर साहब ने कहा—'कैसे जा भिड़े आप उस स्त्री से?'

मैंने कहा—'उसी ने बुलाया था।'

डॉक्टर साहब इस प्रकार सिर हिलाकर बोले मानो वे कुछ जानते ही न हों—'बुलाया था। शादी—वादी कर चुके हो न?'

'नहीं।'

डॉक्टर साहब ने कहा—'तो बस जुट जाइए। बुरी तो है नहीं। उस आदमी को टाईफायड के लक्षण हैं। अधिक दिन नहीं बचेगा। इस बीच देखते रहिये, कोई दूसरा न भिड़ जाये।'

मैंने चकरा कर कहा—'यह सब आप क्या कह रहे हैं डॉक्टर साहब?'

'यह छोकरा उसे भगाकर लाया है, या वही छोकरे को भगा लाई है, क्या विचार है श्रीकान्त बाबू? खूब फारवर्ड है न?' डॉक्टर साहब बोले।

मैं बोला—'ऐसा विचार आपने कैसे कर लिया?'

डॉक्टर साहब कहने लगे—'हर एक ट्रिप में एक—न—एक मिल ही जाता है। पिछली बार भी बेलघर की ऐसी ही एक जोड़ी थी। बर्मा में जाकर पैर रखिये, तो मालूम होगा कि मेरी बात कहां तक सच है?'

उनकी बर्मा की बात सच थी। फिर भी उस समय उनसे मुझे अरुचि–सी हो गई। डॉक्टर बाबू से छुटकारा पाकर मैं नन्द मिस्त्री की दशा देखने नीचे गया। अपनी घरवाली के साथ वे फलाहार की तैयारी कर रहे थे। उन्होंने प्रणाम करके पूछा–'वह कौन औरत है बाबू जी?'

सिर दर्द के मारे टगर सिर में कपड़ा लपेट रही थी। क्रुद्ध होकर बोली–'कहो, तुम्हें क्या आवश्यकता है?'

मिस्त्री ने मुझे मध्यस्थ मानकर कहा–'देखा न, औरत की ओछी बुद्धि! कौन बंगाली औरत रंगून जा रही है, यह पूछना भी पाप है?'

टगर सिर का दर्द भूल गई। कपड़ा फेंककर वह मेरी ओर देखने लगी। उसने गोल–गोल आंखों से तरेर कर कहा–'बाबू, टगर वैष्णवी ने कितनों को आदमी बना दिया। अब ये मेरी आंखों में धूल नहीं झोंक सकते? तुम डॉक्टर थे कि वैद्य? मैं जरा पानी लेने गई कि बस वहां पहुंच गये? वह कौन है, कहे देती हूं। मिस्त्री! यदि दुबारा देखूंगी तो तुम हो या मैं।'

नन्द मिस्त्री भी गरम होकर बोला–'मैं क्या तुम्हारा पालतू बन्दर हूं कि जिधर रस्सी पकड़कर ले चलोगी उधर ही जाऊंगा। मेरे मन में आयेगा तो फिर उसे देखने दुबारा जाऊंगा। तुम्हारे जो जी में आये करो।' अब वह फलाहार करने लगा।

टगर 'अच्छा' कहकर सिर पर कपड़ा लपेटने लगी। मैं भी चला आया। चलते–चलते मैं सोचता गया कि इन लोगों ने बीस बरस इसी प्रकार काट दिये हैं। टगर यह समझ चुकी है कि जहां सच्चा बंधन नहीं है वहां रास ढीली कर देना ठीक नहीं। इस प्रकार गफलत करने से ठगाना पड़ता है। दिन–रात चौकन्ने रहकर जबरदस्ती दखल जमाये रहना होगा, नहीं तो नन्द मिस्त्री फिसल

जायेगा। किन्तु जिसके प्रति टगर का वह विरोध था, डॉक्टर साहब का कुत्सित इशारा था—वह है कौन? टगर ने कहा था—'काम करते—करते बाल पकाये हैं? तो उसकी आंखों में धूल झोंकने वाली कौन औरत है।'

डॉक्टर साहब ने राय दी थी कि ऐसी घटनाएं देखते—देखते उसकी दृष्टि पक्की हो गई है। यदि गलत हो तो वे आंखें—फोड़ने के लिए तैयार हैं।

यही होता है। दूसरों के बारे में सोचते समय सभी को अन्तर्यामी कहते हैं। यह न कहते तो इतना जरूर कहते कि कहीं भी उनकी भूल नहीं है। सब लोग कहते हैं कि वे आदमी पहचानने में पक्के जौहरी हैं। फिर भी यह मुझे नहीं मालूम कि लोग अपने को अच्छी प्रकार पहचानते हैं या नहीं। जिसको मेरे समान जहां ठोकर लगी है, उसे संभल जाना पड़ा है। संसार में जब अन्नदा दीदी जैसी स्त्रियां हैं, तब बुद्धि के अहंकार से दूसरों को छोटा और नासमझ मानकर स्वयं बुद्धिमान कहलाने से, नासमझ रहने में ही अधिक बुद्धिमानी है। मैं इन दो समझदार स्त्री—पुरुषों के उपदेश को सच निःसंदेह न मान सका। लेकिन डॉक्टर साहब ने कहा था कि खूब फारवर्ड है, यह ठीक मालूम हुआ। यही बात रह—रहकर मुझे चुभने लगी। बहुत रात होने पर मैं फिर बुलाया गया। इस बार उस स्त्री से पहचान हो गई। नाम था अभया। उप्तराढ़ी कायस्थ है, घर है बालूचर के पास कहीं। जो मनुष्य बीमार है, वह गांव का भाई लगता है। उसका नाम रोहिणी सिंह है।

'दवा से रोहिणी बाबू को लाभ हुआ है।' कहकर उसने धीरे—धीरे मुझे आत्मीय बना लिया। यह मानना ही होगा कि इच्छा न रहते हुए भी मुझे आलोचना की इच्छा हुई। इस स्त्री में मुझे कहीं भी असंगति, अशोभन या प्रगल्भता नहीं मिली।

अभया में मनुष्य को वश में कर लेने की अद्‌भुत शक्ति थी। उसने मेरा नाम–धाम पूछ लिया। वचन भी ले लिया कि उसके लापता पति को मैं खोज दूंगा। आठ वर्ष पहले उसका पति बर्मा में नौकरी करने आया था। दो वर्ष तक उसमें पत्र–व्यवहार रहा। पर छः वर्षों से उसकी कोई खबर नहीं है। देश में अपना–पराया कोई नहीं है। मां थी पर वे भी एक महीने पहले गुजर गईं। पिता के घर में बिना अभिभावक के रहना असम्भव जानकर वह रोहिणी भाई राजी कर बर्मा जा रही है। थोड़ी देर चुप रहकर वह एकाएक कहने लगी—'अच्छा, बिना चेष्टा किये यदि मैं घर बैठी रहती तो अच्छा होता। इस आयु में बदनाम होते कितनी देर लगती है!'

मैंने पूछा—'इतने दिनों तक उन्होंने आपकी खोज–खबर क्यों नहीं ली?'

'मैं कुछ नहीं जानती।'

'इसके पहले वे कहां थे?'

'रंगून में ही थे। बर्मा रेलवे में नौकर थे। बहुत–सी चिट्ठियां लिखीं, एक का भी उत्तर नहीं आया। एक चिट्ठी भी तो कभी लौटकर नहीं आई।'

यह निश्चित है कि उसने एक पत्र का भी उत्तर नहीं दिया, इसका कारण मैंने डॉक्टर साहब से सुना है। बहुत बंगाली बर्मा जाकर किसी बर्मी सुन्दरी के साथ नई गृहस्थी बसा लेते हैं। वे फिर लौटकर घर भी नहीं जाते।

मुझे चुप देखकर अभया ने कहा—'क्या आपको मालूम पड़ता है कि वे जीवित नहीं हैं?'

मैंने सिर हिलाकर कहा—'सौगन्ध खाकर कह सकता हूं कि वे जीवित हैं।'

अभया ने तुरन्त मेरा पैर छूकर प्रणाम किया और कहा—'आपके मुंह में फूल—चन्दन पड़े, श्रीकान्त बाबू। मैं और कुछ नहीं चाहती। वे जीवित रहें इतना ही मेरे लिए बहुत है।'

मैं चुप हो गया। अभया कुछ देर तक चुप रह कर बोली—'मैं जानती हूं, आप क्या सोच रहे हैं?'

'जानती हो?'

'जी हां। आप पुरुष होकर भी सोच रहे हैं, उसका भय क्या मुझे नहीं है? जो हो मुझे जरा भी भय नहीं है। मैं सौत के साथ भी गृहस्थी चला लूंगी।'

मैं फिर भी चुप हो गया। मेरे मन की बात का अनुमान लगा लेने में इस बुद्धिमती स्त्री को जरा भी विलम्ब न हुआ। वह बोली—'आप सोचते हैं कि गृहस्थी चलाने के लिए मुझे ही नहीं, सौत को भी तो राजी करना पड़ेगा।—आप यही सोच रहे हैं न?'

मुझे सचमुच विस्मय हुआ। मैंने कहा—'यदि ऐसा हो तो क्या करोगी?'

इस बार अभया की आंखें छलछला आईं। क्या तनिक भी सहायता न करेंगे श्रीकान्त बाबू? मेरे रोहिणी भैया बड़े सीधे—सादे आदमी हैं। उस समय इनसे कोई भलाई न होगी।'

मैंने कहा—'हो सकेगा तो अवश्य सहायता करूंगा। लेकिन इन काम में बाहरी आदमी द्वारा कम प्रभाव पड़ता है। अधिकतर बात बिगड़ जाती है।'

'ठीक है।'—कहकर अभया कुछ सोचने लगी। दूसरे दिन ग्यारह बजे जहाज रंगून पहुंचने वाला था। मगर भोर होते ही सबके चेहरे पर भय और चंचलता के लक्षण दिखाई पड़ने लगे। चारों ओर से सुनाई पड़ने लगा—'केरेंटिन।' पूछने पर मालूम हुआ कि शुद्ध शब्द केरेंटाइन है। बर्मा की सरकार प्लेग से बहुत सावधान थी।

शहर के आठ–दस मील पर बालू के मैदान में बहुत–सी झोंपड़ियां तैयार थीं। उन्हीं में डेक के यात्रियों को उतार दिया जाता था। यहीं दस दिन ठहराकर उन्हें शहर में जाने दिया जाता था। यदि किसी का अपना आदमी शहर में होता और पोर्ट हेल्थ अफसर से किसी तरह आज्ञा ले पाता तो उसकी बात पृथक् थी।

डॉक्टर साहब मुझे अपने कमरे में बुलाकर बोले–'श्रीकान्त बाबू, बिना आज्ञा पत्र लिये आपका यहां आना ठीक नहीं हुआ। केरेंटाइन में जाकर आदमियों को इतना कष्ट होता है जितना जानवरों को कसाईखाने में भी नहीं होता। साधारण आदमी तो किसी प्रकार इसे सह लेता है पर भले आदमियों को बड़ा कष्ट होता है। यहां कुली नहीं मिलता। अपना सामान स्वयं ले जाना पड़ता है। वहां सब सामान खोलकर स्टीम में उबाला जाता है। और जनाब, कड़ी धूप में असीमित कष्ट होता है।'

मैंने डर कर कहा–'तो कोई उपाय नहीं है, डॉक्टर साहब?'

डॉक्टर साहब ने सिर हिलाकर कहा–'नहीं, जब शहरी डॉक्टर साहब ऊपर आएंगे तो उनसे कह दूंगा। यदि उनका क्लर्क आपकी जिम्मेदारी ले ले तो......।'

डॉक्टर की बात पूरी न हुई थी कि बाहर एक मामला हो गया। उसको याद कर मैं खुद लाज के मारे गड़ जाता हूं। गोलमाल सुनकर हम दोनों आदमी बाहर निकले। देखा कि जहाज का सेकेण्ड अफसर कुलियों को लातें मार रहा है। बूट की ठोकर खाकर वे इधर–उधर भाग रहे हैं। यह अंग्रेज नौजवान बड़ा उद्धत था। उससे कई बार डॉक्टर साहब की कहा–सुनी हो गई थी। एक झड़प आज फिर हो गई।

डॉक्टर साहब गुस्सा होकर बोले–'तुम्हारा यह काम बहुत बेजा है। तुम्हें इसके लिए एक दिन दुःख भोगना पड़ेगा।'

वह पलट कर खड़ा हो गया और बोला—'क्यों?'

डॉक्टर साहब बोले—'इस प्रकार लात मारना बेजा है।'

उसने जवाब दिया—'जानवर बिना मार खाये ठीक होते हैं?'

डॉक्टर साहब राष्ट्रीय विचार के थे। वे उत्तेजित होकर बोले—'ये लोग जानवर नहीं हैं। गरीब आदमी हैं। देशी आदमी नर्म और शान्त होने के कारण तुम्हारी शिकायत कप्तान से नहीं करते। इसी से तुम्हें शरारत करने की हिम्मत होती है।'

साहब बनावटी हंसी हंसा। डॉक्टर का हाथ खींचकर वह अंगुली दिखलाता हुआ बोला—'देखो डॉक्टर, वे लोग तुम्हारे देश के आदमी हैं। तुम्हें उन पर अभिमान करना चाहिए।'

मैंने देखा कि मार खाकर लोग, हंसकर, धूल झाड़ रहे हैं। साहब डॉक्टर को अंगूठा दिखलाकर हंसता हुआ वह चला गया।

डॉक्टर साहब लज्जा, क्षोभ और अपमान से झेंप गये। आगे बढ़कर क्रोध में बोले—'बेशरम, दांत निकाल कर हंस रहे हो।'

इतनी देर में, इस बार देशी लोगों को अपने अपमान का ध्यान हुआ। सब लोगों ने हंसना बन्द कर तेजी से कहा—'कहने वाले कौन होते हो, डॉक्टर साहब, किसी का कर्जा खाकर हम लोग नहीं हंसते।'

मैं डॉक्टर साहब को जबरदस्ती खींचकर कमरे में ले आया। उनके मुंह से केवल 'उफ' निकला।

और कुछ बोलना कठिन था। केरेंटाइन के पास एक छोटा–सा स्टीमर खड़ा हो गया। यही सब यात्रियों को उस भयानक स्थान तक ले जायेगा, सामान सम्भालने की बारी आई। मुझे घबराहट न थी। डॉक्टर साहब का आदमी कह गया था कि मुझे वहां न जाना पड़ेगा। यात्रियों और खलासियों का कोलाहल बेखटके सुन रहा था।

पीछे एक शब्द सुनाई पड़ा। मुड़कर देखा तो अभया पीछे खड़ी थी। मैंने आश्चर्य से पूछा—'आप कैसे यहां आईं?'

'आप अपना सामान नहीं बांधेंगे?'

'मुझे अभी देर है। मुझे वहां नहीं जाना है। सीधे शहर में उतरूंगा।'

'नहीं, जल्दी सामान सहेज लीजिए।'

'मुझे काफी समय है।'

'यह नहीं हो सकता। मुझे छोड़कर आप नहीं जा सकेंगे।'

मैंने दंग होकर कहा—'क्या कहती हो? मुझे वहां जाना नहीं है।'

अभया बोली—'तो फिर मैं भी नहीं जाऊंगी। मैं पानी में कूद पड़ूंगी, पर वहां जाऊंगी नहीं। वहां का समाचार मालूम हो चुका है।' उसकी आंखें भर आईं। मैं वहीं अचम्भे में बैठा रहा। यह है कौन, जो इस प्रकार मुझे जकड़ रही है?

आंखें पोंछकर वह बोल उठी—'मुझे अकेली छोड़कर आप न जा सकेंगे। मैं नहीं समझती थी कि आप इतने निष्ठुर होंगे। नीचे चलिए, आप न रहेंगे तो मैं एक बीमार आदमी को लेकर अकेली क्या करूंगी?'

मैं अपना सामान लेकर स्टीमर पर चढ़ा; डॉक्टर साहब ऊपर खड़े थे। वे हाथ हिलाकर चिल्लाने लगे—'नहीं; आप वहां न जाएं। लौट आइये। आपके लिए आज्ञा हो गई है आ........।'

मैंने चिल्लाकर हाथ हिलाते हुए कहा—'बहुत धन्यवाद! एक और आज्ञा से मुझे जाना पड़ रहा है।'

उनकी दृष्टि अभया और रोहिणी पर पड़ी। वे मुस्कराकर बोले—'मुझे नाहक कष्ट क्यों दिया था?'

'उसके लिए क्षमा कीजिए।'

'कोई आवश्यकता नहीं है। मैं पहले ही जानता था—गुडबाई।' डॉक्टर साहब चले गए।

5

केरेंटाइन में भेजने का नियम कुलियों के लिए है, शरीफों के लिए नहीं। जो जहाज का किराया दस रुपये कम देते हैं, वही कुली हैं। चाय के बगीचों के नियम नहीं मालूम, पर जहाज का नियम यही है। अधिकारी अफसर प्रत्यक्ष ज्ञान से क्या जानते हैं, यह उन्हें ही मालूम रहता है। आफिस का जानने का तरीका यही है। इसलिए हम सब कुली थे। साहब लोग समझते हैं कि कुली को अधिक सामान की आवश्यकता नहीं पड़ती। अधिक सामान न होना भी ठीक ही है। एक जगह से दूसरी जगह कंधे पर लादकर ले जाना पड़ता है। यदि घाट पर केरेंटाइन यात्रियों के समान ले चलने का कोई प्रबंध न हो तो नाराज न होना चाहिए। सब ठीक है। हमारा ही भाग्य ऐसा था कि तीन आदमी बड़े-बड़े गट्ठर लिए एक-दूसरे का मुंह देख रहे थे। सिर पर तपता हुआ सूर्य था। पैर के नीचे गर्म बालू। साथ के यात्रियों का परिचय पहले ही दे चुका हूं। वे लोग थोड़ा सामान लेकर चल पड़े। अधिक लाद दिया औरतों के सिर पर। थोड़ी देर में रोहिणी भैया कांपते-कांपते एक बंडल पर बैठ गए। ज्वर, पेट का दर्द और थकावट के कारण वे बैठ भी न सकते थे, चलना तो दूर की बात है। पड़े रहने में भलाई थी। अभया थी स्त्री। बचा अकेला

मैं और सबकी गठरियां। मेरी दशा सोचने योग्य हो गई थी। एक अनजान जगह में बिना कारण जाना था। एक कंधे पर स्त्री का बोझ था और दूसरे पर एक अनजान बीमार आदमी का। गठरियां अलग थीं। ऐसी स्थिति में अनजान जगह में बड़ी प्यास लगी हुई थी। मेरी दशा की कल्पना कर पाठकों को आनन्द आ सकता है। कुछ उदार पाठक मेरी प्रवृत्ति की तारीफ कर भी सकते हैं। उस समय मन में पछतावा और झुंझलाहट भी थी। अपने–आपको लानत कर रहा था। ऐसा गधा तीनों लोकों में न होगा! फिर भी आश्चर्य है कि इतने लोगों के बीच अभया ने मुझे बोझा ढोने के लिए क्यों चुना? उसकी हंसी से मेरा अचरज दूर हो गया। उसने मुंह उठाकर हंस दिया। इससे मुझे न केवल आश्चर्य हुआ प्रत्युत दुःख की छाया भी दिखाई पड़ी। सबसे अधिक अचरज मुझे इस देहाती औरत की बात सुनकर हुआ। उसे भिक्षा मांगनी चाहिए, पर उसने हंसकर कहा–'यह न सोचना कि ठगे गये हो। तुम जा सकते थे, फिर भी नहीं गये, यही तो है दान। ऐसे बड़े दान का अवसर जीवन में बार–बार नहीं मिलता। खैर, समान यहीं रहने दो। चल कर देखें कि इनके लिटाने के लिए कोई ठिकाने का स्थान मिलता है या नहीं।'

मैंने गठरियों की ममता छोड़ दी। रोहिणी भैया को पीठ पर लेकर केरेंटाइन की ओर चला। अभया छोटा–सा हैंड बाक्स लेकर मेरे पीछे चली, और चीजें वहीं पड़ी रहीं। दो घण्टे बाद उन्हें मंगवा लिया।

अधिकतर स्थानों में देखा जाता है कि असली विपत्ति काल्पनिक विपत्ति से हल्की होती है। पहले से ही यह मान लेने से, बहुत–सी चिंताओं से बचाव हो जाता है। कुछ दुःख भोगना पड़ा, कुछ असुविधाएं भी हुईं। पर केरेंटाइन की मियाद आराम से कट गई। पैसा खर्च करने से यमपुरी में भी ससुराल जैसा आदर मिल सकता है, यह तो केरेंटाइन ही थी।

जहाज के डॉक्टर ने अभया को फारवर्ड कहा था, पर आवश्यकता के समय वह कितनी फारवर्ड हो सकती है, यह उन्होंने सोचा भी नहीं था। रोहिणी बाबू को जब मैंने नीचे रख दिया तब अभया ने कहा—'आप और कुछ न करें श्रीकान्त बाबू, बाकी सब मैं कर लूंगी।'

मेरे लिए आराम करना आवश्यक था, थक जाने से पैर टूटे जा रहे थे। मैंने पूछा—'आप क्या करेंगी?'

अभया ने कहा—'सामान लाना है। एक अच्छे कमरे का प्रबंध करना है। उसमें आप लोगों के लिए बिस्तर लगाना है, फिर रसोई बनानी है, तब मुझे छुट्टी मिलेगी। मेरे सिर की कसम, उठिए मत। मैं सब कर लूंगी।' फिर उसने हंस कर कहा—'सोच रहे होंगे कि यह और सब प्रबंध कैसे कर लेगी? कैसे न करूंगी। आपको तो मैंने ही खोजा है न।' अब उसने छोटे बक्स से रुपये निकाल कर आंचल में बांध लिए और केरेंटाइन आफिस की ओर गई।

वह करे चाहे न करे पर मुझे किसी तरह बैठने का अवसर मिल गया। आधे घण्टे में ही एक चपरासी बुलाने आया। मैं रोहिणी को लेकर उसके साथ गया। कमरा बहुत अच्छा मिल गया था। मेम साहब स्वयं उसे साफ करवा रही थीं। जरूरत की चीजें आ गई थीं। दो खाटों पर बिस्तर लग चुके थे। एक ओर हंडिया, दाल—चावल, आलू, घी, मैदा, लकड़ी, सभी चीजें मौजूद थीं। अभया मदरासी डॉक्टरनी से टूटी—फूटी हिन्दी में बात कर रही थी। मुझे देखकर बोली—'आप थोड़ा आराम कर लीजिए? मैं दो घड़े पानी डालकर खिचड़ी पका लेती हूं। उस समय देखा जाएगा।' अब उसने मेम साहब को सलाम किया। वह धोती और गमछा लेकर एक खलासी के साथ नहाने चली गई। उसकी देख—रेख में दिन अच्छी प्रकार कट गया।

मैं अभया में दो बातें देखता रहा। ऐसी हालत में जिन स्त्री–पुरुषों से कोई नाता–रिश्ता नहीं रहता उनसे खासी घनिष्ठता बढ़ती है। उसने इसका अवसर किसी दिन भी नहीं दिया। उसके व्यवहार में ऐसी चीज थी जिससे याद आ जाता था कि हम लोग केवल यात्री हैं।

किसी से किसी का कोई सम्बन्ध नहीं; दो दिन बाद जीवन में फिर कहीं किसी से शायद ही मिलन हो! इस तरह खुशी से परिश्रम करते भी मैंने नहीं देखा। वह दिन भर सेवा किया करती। सब काम खुद ही करना चाहती थी। मैं सहायता करना चाहता तो वह हंसकर कहती–'यह तो मेरा काम है। रोहिणी भैया को क्या पड़ी थी कि कष्ठ उठाते और आप भी जेल में कैसे आते? मेरे ही लिए आप लोगों को इतने कष्ट उठाने पड़े।' खा–पी लेने पर कुछ गप–शप होती। दफ्तर की घड़ी में दो बजे ही वह उठकर कहने लगती–'अब आप लोगों के लिए चाय बनाने जाती हूं।'

मैं मन में कहता कि तुम्हारा पति चाहे कितना ही पापी क्यों न हो, पर आदमी तो है। यदि तुम उसे पा जाओगी तो वह तुम्हारा मूल्य समझ लेगा।

एक दिन मियाद पूरी हो गई। रोहिणी चंगा हो गया। गठरी–पोटरी बांधकर हम लोग शहर की ओर चले। मैंने सोचा था कि मुसाफिरखाने में दो–एक दिन ठहरकर इन लोगों का प्रबंध कर दूंगा। कहीं से इनके स्वामी को खोजने की चेष्टा करूंगा।

मैं जिस दिन शहर गया उस दिन बरमियों का कोई त्यौहार था। उनके त्यौहार तो होते ही रहते हैं। झुण्ड के झुण्ड स्त्री–पुरुष सज–धज कर मंदिरों में जा रहे हैं। स्त्री स्वतंत्रता का देश है, इसलिए उत्सवों में इन्हीं की संख्या अधिक रहती है। बूढ़ी, युवती और बालिकाएं–सभी आयु की औरतें बढ़िया पोशाक पहनकर हंसती,

गाती, बातें करती चली जा रही थीं। उनमें से अधिकांश गोरी हैं। काले बाल सौ में नब्बे की कमर से नीचे लटक रहे थे।

जूड़े में फूल, कानों में फूल, गले में फूलों की माला। घूंघट का झंझट नहीं—पुरुष को देखकर जल्दी से हटने की हड़बड़ी में ठोकर खाने का डर नहीं, दुविधा और संकोच नहीं। ये झरने के प्रवाह की तरह बेखटके चली जा रही थीं। मैं पहली ही दृष्टि में मुग्ध हो गया। मैं अपनी तुलना में मन—ही—मन उनकी प्रशंसा करने लगा—'यही तो चाहिए! इसके बिना आनन्द कहां।' उनका सौभाग्य ईर्ष्या की तरह मेरे मन में बैठ गया। मैंने कहा—'वे चारों ओर जिस आनन्द को फैलाती जा रही हैं, वह क्या भूलने की चीज है? स्त्रियों को स्वतंत्रता देकर यहां के पुरुष क्या ठगे गए हैं? हम लोग इनके जीवन को चारों ओर से जकड़कर कौन—सा लाभ उठा रहे हैं! यदि हमारी स्त्रियां एक दिन इसी प्रकार.......एकाएक गोलमाल का शब्द सुनकर मैं पीछे की ओर मुड़ा। जो कुछ देखा, वह आज तक याद है।'

घोड़ा—गाड़ी के किराए के लिए झगड़ा हो रहा था। गाड़ीवान हिन्दुस्तानी मुसलमान था। वह कहता था कि भाड़ा आठ आना तय हुआ है। तीन बर्मी औरतें कह रही थीं कि पांच आने में तय हुआ है। दो—तीन मिनट कहा—सुनी के बाद 'बलं—बलं बाहु बलम्।' सड़क पर एक किनारे एक आदमी ईख बेच रहा था। उन औरतों ने एक—एक ईख लेकर गाड़ीवान पर हमला कर दिया। कैसी बेधड़क मार थी? बेचारा औरतों को हाथ भी नहीं लगा सकता था। बचने के लिए अगर एक को रोकता तो दूसरी चोट पड़ती, दूसरी को रोकता तो तीसरी की। चारों ओर से लोग जुट गए तमाशा देखने के लिए। वह अभागा रोता और चाबुक का ध्यान छोड़कर, पुलिस! पुलिस! सिपाही! चिल्लाता हुआ भाग गया।

मैं बंगाल के देहात से आ रहा था। कलकत्ते में स्त्री—स्वाधीनता—कानों से सुनी है, आंखों से देखी नहीं। किन्तु

स्वाधीनता पाकर भले घर की औरतें एक जवान मर्द को आम सड़क पर पीट सकती हैं, उनके इतनी अधिक सबला होने की कल्पना भी मुझे नहीं हुई थी। थोड़ी देर तक चुपचाप खड़े रहने के बाद मैं आगे बढ़ा। मैं सोचने लगा—स्त्री—स्वाधीनता बुरी है या अच्छी, इससे समाज के आनन्द की मात्रा बढ़ेगी या घटेगी—इस पर फिर कभी विचार करूंगा। आज जो अपनी आंखों से देखा उससे तो मेरी तबीयत बिलकुल उचट गई।

6

अभया और रोहिणी को एक नए मकान में कर दिया। उनकी गृहस्थी शुरू हो गई। मैं अपना प्रबंध करने के लिए रंगून की सड़क पर निकला। उस दिन उन दोनों के आपसी सम्बन्ध के बारे में मुझे जरा भी खटका न था। इस अपवित्र विचार को हटा देने में देर न लगी। एक ही आयु की औरत–मर्द के बीच किसी खास सम्बन्ध की कल्पना कर लेने का धोखा होता है, यह शिक्षा मुझे पहले ही मिल चुकी थी। आगे की उलझन को भविष्य के हाथ छोड़ देने में मुझे संकोच नहीं होता। सीधे अपना ही भार लेकर मैं उस दिन सुबह उनके नए डेरे से रवाना हुआ। आजकल की तरह उन दिनों नियम के बंधन न थे। किसी नए आदमी को बर्मा में जाते ही वहां की खुफिया और पुलिस उसे तंग न करती थी। उससे तरह–तरह के सवाल न पूछे जाते थे। उसे थाने पर ले जाकर नाहक कष्ट न दिया जाता था। मन में किसी तरह का पाप न हो तो प्रत्येक आदमी बेधड़क घूम–फिर सकता था। मैं सुबह से दोपहर तक इधर–उधर घूमता रहा। रास्ते में एक बंगाली से भेंट हुई। मजदूर उनके लिए तरकारी का बोझा लिए जा रहा था। मैंने उनसे पूछा–'आप मुझे नन्द मिस्त्री का घर बतला सकते हैं?'

वह आदमी खड़ा हो गया, पूछा—'कौन नन्द? आप रिबिट घर के नन्द पागड़ी को खोज रहे हैं?'

मैंने कहा—'यह मुझे नहीं मालूम कि वह किस घर का है। उसने तो मुझे इतना ही बताया था कि वह रंगून का प्रसिद्ध नन्द मिस्त्री है।'

उस आदमी ने अपमानसूचक चेहरा बनाकर कहा—'ओह! यों तो सभी अपने को मिस्त्री कहते हैं, पर मिस्त्री होना खिलवाड़ नहीं है। एक दिन मारकट साहब ने मुझसे कहा था कि हरपद, तुम्हारे सिवा कोई मिस्त्री नहीं कहला सकता। बड़े साहब के पास बहुत—सी दरख्वास्तें थीं—लगभग सौ। आरी और बसूला चलाना जानता हो तो, दरख्वास्त की क्या जरूरत? मैं काटकर जोड़ देता हूं। आप जानते हैं न महाशय......?'

मैंने सोचा कि अनजाने ही मैंने इस आदमी का जी दुखा दिया है। मैंने तुरंत कहा—'तो आप नन्द नाम के किसी आदमी को नहीं जानते?'

'आप भी खूब कहते हैं! मैं चालीस साल से रंगून में हूं। मैं जानता किसे नहीं? तीन—तीन नन्द हैं, यहां आप नन्द मिस्त्री को खोज रहे हैं न? आप कहां से आ रहे हैं? बंगाल से? तो टगर के मर्द को खोजते हैं?'

मैंने सिर हिलाकर कहा—'हां—हां, उसी को।'

उसने कहा—'तो यह कहिए। ठीक—ठीक जाने बिना कैसे बताऊं? चलिए मेरे साथ। भाग्य से नन्द कमा—खा रहा है, नहीं तो नन्द पागड़ी भी क्या कोई मिस्त्री है? आप कौन हैं?'

उसने ब्राह्मण जानकर रास्ते में ही झुककर प्रणाम किया, फिर कहा—'वह आपको नौकरी दिला देगा। साहब से कहकर वह प्रबंध तो कर देगा, पर दो महीने का वेतन घूस में लेगा। आप देंगे? दे

सकें तो वह अठारह–बीस आने रोज की नौकरी लगा सकता है।' मैं अभी नौकरी की आशा में नहीं जा रहा था। मैंने उसे बतलाया कि 'अभी तो केवल डेरे की तलाश में निकला हूं। नन्द मिस्त्री ने जहाज ही पर इसका विश्वास मुझे दिला दिया था।'

हरिपद मिस्त्री ने आश्चर्य से पूछा–'आप शरीफ आदमी हैं तो शरीफों के मेस (होटल) में क्यों नहीं रहते?'

मैंने कहा–'मैं नहीं जानता कि मेस कहां है।'

मेस का पता उसे भी नहीं था फिर भी उसने विश्वास दिलाया कि तीसरे पहर वह खोजकर बता देगा। इस समय तो नन्द से मुलाकात न होगी, वह काम पर गया होगा। टगर किवाड़ बन्द कर सो रही है। पुकारकर उसके जगा देने में भलाई नहीं।

यह मैं जानता था। मुझे रास्ते में टालमटोल करते देखकर 'वहां न जाओ तो क्या! सामने ही दादा ठाकुर का बढ़िया होटल है।' बोला–'नहा–धोकर वहां आराम कीजिए। उस समय देखा जाएगा।'

हरिपद से बातें करता हुआ मैं दादा ठाकुर के होटल के सामने पहुंच गया। उस समय होटल के भोजन वाले कमरे में कोई पन्द्रह आदमी भोजन कर रहे थे।

अंग्रेजी में दो शब्द है 'इन्स्टिक्ट' और प्रेज्युडिस'। हमारे यहां एक ही शब्द है संस्कार। एक को दूसरे से अलग समझना कठिन नहीं है। अंग्रेजी में दोनों शब्दों का भिन्न–भिन्न अर्थ है। पर दादा ठाकुर के होटल में मुझे पहले–पहले मालूम हुआ कि खान–पान और जाति–भेद, 'इन्स्टिक्ट' के अनुसार, संस्कार नहीं है। यह संस्कार भी मामूली है। इस बंधन को तोड़ देना बहुत आसान है, यह मुझे आज मालूम हुआ। आश्चर्य भी हुआ। हमारे यहां अनगिनत जातियों की शृंखला है। इस बंधी प्रणाली के भीतर चलने में बड़ा गौरव और कल्याण है, इसकी चर्चा मैं न करूंगा। अवश्य कहूंगा कि जो लोग

छोटे–छोटे गांवों में पीढ़ियों पुराने इस शासन जाल को तोड़ना पसन्द नहीं करते हैं, वे भी इसे जान–बूझकर मानते हैं। जिस देश में छुआछूत नहीं है, उसमें पैर रखते ही यह भावना न जाने कैसे भाग जाती है! विलायत जाने से जाति भ्रष्ट हो जाती है, इसका कारण यह बतलाया जाता है कि वहां वर्जित मांस खाना पड़ता है। जो लोग अपने देश में भी मांस नहीं खाते, उनकी जाति भ्रष्ट हो जाती है। पंच कहते हैं कि वहां मांस नहीं खाया होगा, इसका विश्वास नहीं।

उनकी यह समझ गलत नहीं है। बर्मा तो तीन–चार दिन का ही रास्ता है, इतने पर भी मैंने देखा है कि पन्द्रह आने बंगाली सज्जन, सो भी अधिक ब्राह्मण, क्योंकि इन्हीं के लोभ ने सबको मात कर दिया है—जहाज के होटल में कम खर्च में भर–पेट भोजन कर लेते हैं तब नीचे उतरते हैं। उन होटलों के मुसलमान और गोआनीज बाबरची क्या पका कर परोसते हैं यह प्रश्न प्रिय नहीं हो सकता, पर हविष्यान्न तो केले के पत्तों पर कभी नहीं परोसते, इसका अनुमान भाटपाड़े के भट्टाचार्य भी कर सकते हैं। मैं तो साधारण यात्री ठहरा। जो लोग और कुछ नहीं खाना चाहते वे भी चाय–रोटी, फल–फूल आदि खा ही लेते हैं। जहाज के कोल्डरूम में वर्जित मांस, वर्तमान और केला भी एक ही जगह सटाकर रखा जाता है और वह भी छिपा कर नहीं। बचत यह है कि बर्मा जाने वालों की जाति जानने का नियम शास्त्रकारों के सिविल कोड की दृष्टि में नहीं आया, नहीं तो एक छोटी–मोटी ब्राह्मण सभा की आवश्यकता पड़ जाती।

होटल में एक साथ बैठकर जो लोग खा रहे थे वे सभ्य आदमी न थे—कम से कम हम लोग उन्हें सभ्य नहीं कह सकते। सभी कारीगर थे। साढ़े दस बजे की छुट्टी में भोजन करने आये थे। शहर के इस भाग में एक बड़ा–सा मैदान है। इसके तीन ओर बड़े–बड़े कारखाने हैं। इसी के बीच दादा ठाकुर का यह होटल है। यह एक अनोखा टोला है। एक कतार में, सटी हुई छोटी–छोटी लाठी

की कोठरियां बनी हुई हैं। इन कोठरियों में चीनी, बरमी, मदरासी, उड़िया, तैलंगी, चटगांव के हिन्दू और मुसलमान भी रहते हैं। बंगाली हिन्दू भी रहते हैं। इन्हीं से मैंने सीखा है कि किसी को छोटी जाति कहकर घृणा से दूर रखने की बुरी आदत छोड़ देना मुश्किल नहीं है। जो लोग ऐसा नहीं करते वे लाचारी से भले ही न करते हों, जिस कारण वे नहीं करते, उसे प्रकट कर देने में झगड़ा हो जाएगा।

दादा ठाकुर ने अच्छी प्रकार मेरा आदर किया। उन्होंने एक छोटा कमरा दिखला कर कहा—'आप जितने दिन रहना चाहें, रहें और भोजन करें। नौकरी लग जाने पर दाम चुका दीजिएगा।'

मैंने कहा—'आप तो मुझे पहचानते नहीं हैं। एक महीने खा—पीकर मैं बिना दाम दिए चला जाऊं तो?'

ठाकुर दादा ने अपना माथा दिखलाया और हंसकर कहा—'इसको तो आप नहीं ले जाइएगा।'

मैंने कहा—'नहीं, इसका मुझे लोभ नहीं है।'

ठाकुर दादा सिर हिलाते हुए गम्भीर हो गए। कहने लगे—'मेरा भाग्य भी कोई चीज है? और कोई दूसरी चीज नहीं। मैं सबसे यही कहता हूं।'

यह उनका जबानी जमा—खर्च नहीं था। भाग्य पर उनका इतना अटल विश्वास था कि एक दिन सवेरे बहुतों की धरोहर—रुपये—पैसे, घड़ी, अंगूठी आदि लेकर वे अपने देश चले गए।

उस समय दादा ठाकुर की बातें सुनने में बुरी नहीं लगीं। उनकी नयी आसामी बनकर मैं एक टूटा—सा कमरा लेकर जम गया। रात में, एक कम उम्र की बंगालिन नौकरानी आसन बिछाकर भोजन के लिए चौका लगाने आई। भोजन के कमरे में और लोग खा रहे थे। मैंने पूछा—'मेरे खाने का प्रबंध यहां क्यों हो रहा है?'

उसने कहा—'वे लोग कुली—कबाड़ी हैं। उनके साथ आपको कैसे खिलाया जायेगा?'

अर्थात् वे थे तुच्छ, मैं था भला आदमी। मैंने हंसते हुए कहा—'मुझे भी यहां क्या—क्या करना पड़ेगा, यह अभी तक तय नहीं हुआ है। आज मुझे यहां खिला दो, कल से वहीं प्रबंध करना।'

नौकरानी बोली—'आप ब्राह्मण हैं। आपको वहां खाने की आवश्यकता नहीं है।'

'वे लोग बंगाली हैं न?'

उसने धीरे से कहा—'उनमें एक डोम भी है।'

डोम! देश में यह जाति अछूत है। छू जाने पर नहाना पड़ता है कि नहीं, सो नहीं मालूम। इतना अवश्य जानता हूं कि सिर पर गंगाजल छिड़कना पड़ता है। मैंने अचरज से पूछा—'और ये लोग?'

नौकरानी बोली—'अच्छी जाति के हैं। कायस्थ, केवट, अहीर, लुहार।'

'ये लोग उज्र नहीं करते?'

नौकरानी ने हंसकर कहा—'सात समुन्दर पार परदेश में आकर इतनी जात—पात चल सकती है? लोग कहते हैं, देश चलकर गंगा नहा लेंगे। प्रायश्चित करके शुद्ध हो जाएंगे।'

वे भले ही स्नान कर लें, पर मैं जानता हूं कि कुछ लोग यहां से चलते समय कलकत्ता में गंगा में स्नान कर लेते हैं, शुद्ध होने के लिए प्रायश्चित कोई नहीं करता। परदेश में हवा—पानी से बहुत से लोग उस पर विश्वास नहीं करते।'

होटल में कुल दो हुक्के थे। एक ब्राह्मणों के लिए, दूसरा अन्य लोगों के लिए। खाने के बाद डोम के हाथ से लुहार ने और लुहार के हाथ से केवट ने हुक्का पिया। किसी को संकोच नहीं हुआ। दो

दिन बाद एक लुहार से मेरी बातचीत हुई। मैंने पूछा—'इसमें तुम्हारी जाति नहीं जाती?'

लुहार ने कहा—'जाति तो जरूर जाती है।'

'तब?'

'पहले उसने अपने को डोम नहीं बतलाया था। उसने अपने को केवट कहा था। इसके बाद सब हाल ज्ञात हुआ।'

'तुम लोगों ने उससे कुछ नहीं कहा?'

'और क्या कहते महाशय! बुरा काम तो जरूर हुआ; इसे स्वीकार करना पड़ेगा ही। लेकिन फिर उसको शरमा जाने के ख्याल से सबने इस बात को दबा दिया।'

'अगर देश में होते तो?'

उसके रोंगटे खड़े हो गए। कहने लगा—'तो फिर खैरियत न थी।' थोड़ी देर बाद बोला—'लेकिन बाबू, मैं ब्राह्मणों की बात नहीं करता। वे सब जातियों में गुरु हैं। बाकी और जाति तो बराबर ही हैं। तेली, तमोली, माली, अहीर, बढ़ई, लुहार, डोम सब एक हैं। किसी के शरीर पर कुछ लिखा हुआ नहीं रहता। सबको एक ही भगवान ने बनाया है। पेट भरने को सभी परदेश आए हैं। सभी लोहा पीटते हैं। हरिमंडल डोम है। पर वह शराब नहीं पीता, गांजा—भांग नहीं पीता, उसके व्यवहार को देखकर उसे नीची जाति का कौन कहेगा? लक्ष्मण कायस्थ है, पर अपनी चाल—चलन से बच्चू तीन—तीन बार जेल जाने से बचे हैं। हम लोग न होते तो अब तक जेल में मेहतरों के हाथ की रोटियां खाते।'

लक्ष्मण का हाल जानने का कौतूहल मुझे नहीं हुआ। हरिमंडल ने अपनी जाति को छिपाया, इसका निर्णय करने की तबीयत नहीं हुई। मैं सोचने लगा कि देश में एक—दूसरे के दोष ढूंढ कर लोग

तेरहीं तक में विघ्न डाल देते हैं; उसी देश के अनपढ़ नीच जाति होने पर भी इन लोगों ने अनजान बंगाली का इतना अपराध माफ कर दिया। परदेश में उसे लज्जित और हीन न होने देने के लिए उसका जिक्र तक न किया, इन लोगों ने। यह मुश्किल काम आसान कैसे हुआ, इसे विदेशी भले ही न समझें, पर हम समझते हैं। इसके लिए हृदय की विशालता और उदारता चाहिए। यह उनके विदेश में आने का फल है। आज हमें इसी तरह की शिक्षा की आवश्यकता है। अपने छोटे गांव में जीवन भर पड़े रहना ही मनुष्यों की बुद्धि को समुचित करने का एक मात्र कारण नहीं है।

मैं बहुत दिनों तक इन लोगों के साथ रहा, पर जब तक उन्हें यह नहीं मालूम हुआ कि मैं सभ्य आदमी हूं, तभी तक मैं उनके दुःख का साथी रहा। जब उन्हें मालूम हो गया कि मैं सभ्य आदमी हूं, अंग्रेजी पढ़ा–लिखा हूं तब यह घनिष्ठता जाती रही। वे मुझे गैर समझने लगे। अंग्रेजी जानने वालों के पास संकट पर ये लोग आते जरूर हैं, राय भी लेते हैं, परन्तु उस पर कम विश्वास करते हैं। कुसंस्कार को वे अभी तक दूर नहीं कर पाए हैं। इसी से मेरे न जाने कितने संकल्प विफल हो गये!

उस ओर बंगाली स्त्रियां भी कम नहीं थीं। उनके खानदानों का पता न देना ही अच्छा है। मैंने देखा कि वे परिवर्तित होकर गृहस्थों की पत्नियां बन गई हैं। पुरुषों के हृदय में अभी जाति का अभिमान है। परन्तु स्त्रियां न तो देश से सम्बन्ध रखती हैं और न वहां जाती ही हैं। उनके बच्चे अपने को बंगाली बतलाते हैं। मुसलमान, क्रिस्तान, बर्मी नहीं, बंगाली हिन्दू कहते हैं। बेटी–रोटी में भी स्वतंत्रता है। चटगांव का कोई ब्रह्म, मंत्र पढ़ाकर, दोनों को एक कर देता है। पुरोहित मंत्र पढ़ाने को राजी नहीं होता, इसीलिए विधवा विवाह की रीति नहीं है। वैधव्य भी इन्हें पसन्द नहीं, फिर नई गृहस्थी बसा लेती हैं। उनके बाल–बच्चे भी अपने को बंगाली

कहते हैं। विवाह–शादी में पुरोहित बुलवाकर मंत्र पढ़ा लेने में कोई ऐतराज नहीं होता। पति के यहां जब दुःख होता है, तब दूसरा घर कर लेती हैं। यह काम ओछा समझा जाता है। बहुत बड़ा दुःख होने पर इसकी आवश्यकता होती है। फिर भी ये लोग सचमुच हिन्दू हैं दुर्गापूजा से लेकर महाकाली तक की पूजा नहीं छोड़ते।

7

जिनके साथ रास्ते में दुःख–सुख कटा वे लोग एक छोर पर रहे और मैं दूसरे छोर पर रहा। पन्द्रह–सोलह दिन तक उस ओर आ–जा न सका। दिन भर नौकरी की तलाश में भटकता रहता। शाम को घर जाने की शक्ति जरा भी न रह जाती थी। धीरे–धीरे अनुभव होने लगा कि परदेश में आकर नौकरी पा लेना मेरे लिए कठिन था। देश में शायद इतनी कठिनाई न होती!

अभया की याद आ गई। जिस पति को खोजने, विश्वास करके, वह घर छोड़कर बर्मा आई है, यदि उसका पता न लगा तो क्या होगा? घर छोड़ने पर बाहर का मार्ग चौड़ा हो जाता है। लौटते समय भी उतना ही चौड़ा रहेगा, इसमें संदेह है। मैं बंगाल के वायुमण्डल को पहचानता हूं। मुझे मालूम था कि वे काफी रुपये नहीं लाए थे। बाकी वही रास्ता बचा जिस पर पन्द्रह आने बंगाली ठेलते हैं, यानी पन्द्रह दिन के बाद दूसरों की नौकरी करके शरीर की रक्षा करते रहना। रोहिणी बाबू के लिए रास्ता खुला हुआ था। पर इस रंगून में केवल अपना पेट पालने में मुझे इतनी दिक्कत हो रही थी तो स्त्री का भार लेकर अभया के बेढंगे गुमसुम रहने वाले भैया की क्या दशा होती होगी? मैंने निश्चय किया कि कल जाकर उनकी सुध लूंगा।

दूसरे दिन दो कोस चलकर उनके घर पहुंचा। बाहर बरामदे में एक मोढ़े पर रोहिणी भैया बैठे हुए थे। उनका चेहरा आशा के विपरीत प्रथम दिवस के समान गम्भीर था। उन्होंने कहा—'अच्छा, श्रीकान्त बाबू, मजे में हैं?'

'जी, हां।'

'जाइए, भीतर बैठिए।'

मैंने डरते हुए पूछा—'आप लोगों का क्या समाचार है?'

'ठीक ही है। भीतर जाइए। वे घर ही में हैं।'

'जाता हूं, आप भी आइए।'

'नहीं! मैं थोड़ी देर यहीं आराम करूंगा। परिश्रम करते—करते मरा जाता हूं। थोड़ी देर पैर फैलाकर आराम कर लूं।' परिश्रम के मारे वे मरे जा रहे हैं, यह उनके चेहरे से नहीं मालूम पड़ता था। फिर भी मुझे चिंता हुई। रोहिणी में भी गम्भीरता छिपी थी। बिना देखे इस पर विश्वास न होता था। किन्तु क्या बात है? मैं स्वयं गली—गली की धूल फांक चुका हूं।

किवाड़ की आड़ में खड़ी होकर अभया ने मुझे पुकारा। उस समय उसके चेहरे पर हंसी थी। मैंने दुविधा में पड़कर कहा—'भीतर चलिए न रोहिणी भैया, दो—चार बातें हों।'

'बातें! मर जाने पर भी जान बचे तो जानूं, श्रीकान्त बाबू!'

'मैं नहीं जानता'—यह स्वीकार किया। गहरी सांस लेकर उन्होंने उत्तर दिया—'दो दिन बाद मालूम हो जायेगा।'

अभया ने मुझे इशारे से बुलाया। बाहर देर तक न ठहर कर मैं भीतर चला गया। रसोईघर के अलावा भीतर दो सोने के कमरे थे। सामने का कमरा बड़ा था। उसी में रोहिणी बाबू सोते थे। एक ओर खाट पर उनका बिछौना रखा था। मैंने भीतर घुसते ही देखा—फर्श

के ऊपर आसन, एक तश्तरी में पूरी–तरकारी, थोड़ा हलुआ और पानी रखा है। यह प्रबंध दोपहर से ही मेरे लिए नहीं हुआ है। यहां कोई ज्योतिष तो जानता न था। समझ गया कि झगड़ा अवश्य हुआ है, इसी से रोहिणी भैया का चेहरा उदास है और मरने पर ही वे बचेंगे। मैं चुपचाप खाट पर बैठ गया। अभया भी पास ही बैठी। उसने पूछा–'अच्छी तरह हैं? इतने दिन में गरीब की याद आई?'

भोजन के थाल की ओर संकेत कर मैंने पूछा–'मेरी बात पीछे होगी; पर यह क्या?'

अभया हंसी। तनिक चुप रहकर बोली–'वह कुछ नहीं, अपना समाचार सुनाइए।'

यह तो मैं स्वयं नहीं जानता, दूसरों को कैसे बताऊं? कुछ सोचकर कहा–'बिना नौकरी किये कुछ कहना मुश्किल है। रोहिण ी बाबू कहते थे'–मुंह की बात मुंह में ही रह गई। रोहिणी भैया अपनी फटी चट्टी फटकारते हुए कमरे में आ गए। बिना किसी को देखे ही उन्होंने पानी का गिलास उठा लिया। एक सांस ही में आधा पी गए। शेष आधा जबरदस्ती घूंट–घूंट कर पिया। उन्होंने खाली गिलास नीचे रख दिया। 'खाली पानी पीकर ही पेट भरा जाये। मेरा कौन है यहां जो भूख लगने पर खाने को दे।'–कहते–कहते वे बाहर चले गए।

मैं अचरज से अभया की ओर देखने लगा। उसका मुंह लाल हो गया था। फिर उसने अपने को सम्भाल लिया और हंसकर कहा–'भूख लगने पर आदमी को पानी के गिलास से पहले भोजन की थाली दिखाई पड़ती है।'

रोहिणी यह न सुन सके। वे बाहर चले गए थे, तुरन्त लौट आए। किवाड़ के पास खड़े होकर मुझसे कहने लगे–'दिन भर आफिस में मेहनत करते–करते थक जाता हूं श्रीकान्त बाबू! आपसे बातें नहीं कर सका। आप इसका ध्यान न कीजिएगा।'

मैं बोला—'नहीं।'

उन्होंने फिर कहा—'आप जहां रहते हैं वहां मेरा भी प्रबंध हो सकता है क्या?'

मैंने हंसकर कहा—'लेकिन वहां मोहनभोग—पूरी नहीं हैं।'

रोहिणी भैया बोले—'आवश्यकता क्या! भूख लगने पर यदि कोई गुड़ दे तो वही अमृत है। यहां वह भी कौन दे?'

मैं अभया की ओर देखने लगा। वह धीरे—धीरे बोली—'आज जरा सिर में दर्द हो गया था। सवेरे ही सो गई थी। खाना बनाने में इसी से देर हो गई, श्रीकान्त बाबू।'

मैंने आश्चर्य से पूछा—'इतना ही अपराध है?'

अभया उसी तरह शान्त भाव से बोली—'यही क्या छोटा अपराध है?'

'छोटा नहीं तो और क्या?'

अभया ने कहा—'आपके लिए छोटा हो सकता है; परन्तु जो गले पड़ी को भोजन देते हैं वे कैसे माफ करेंगे? मेरा सिर दुखने से उनका काम कैसे चलेगा?'

रोहिणी गरज उठा—'तुम्हें गलग्रह मैंने कब कहा है?'

अभया बोली—'कहोगे क्या, हजार तरह से तो दिखला रहे हो।'

रोहिणी बोले—'दिखला रहा हूं। ओफ! तुम्हारे भीतर जलेबी जैसा पेच है। तुम्हारा सिर दुःख रहा था यह तुमने मुझसे कहा था?'

अभया ने कहा—'तुमसे कहने से क्या लाभ? तुम विश्वास भी करते?'

रोहिणी मेरी ओर देख कर बोले—'सुनिए श्रीकान्त बाबू, इनकी बात सुन लीजिए। इनके लिए मैंने देश छोड़ा, घर जाने का मार्ग बन्द है और इन्हीं के मुंह से सुनिए। ओफ......!'

अभया भी इस बार क्रोध में बोली—'मेरा जो होना होगा सो होगा, तुम अभी भी देश लौट जाओ। मेरे लिए तुम क्यों इतना कष्ट सहोगे? मैं तुम्हारी कौन होती हूं? इस प्रकार ताने मारने से.......।'

बात पूरी होने से पहले ही रोहिणी फिर गरज उठा—'सुनिए श्रीकान्त बाबू, केवल भोजन बना देने के लिए—आप जरा सुन लीजिए। अच्छा, आज से यदि तुम रसोईघर में गईं तो बड़ी.....बल्कि मैं होटल में.......' बोलते—बोलते उनका गला भर आया और धोती के खूंट से आंखें पोंछते—पोंछते वे तेजी से बाहर चले गए। अभया का चेहरा उतर गया। उसने सिर नीचे कर लिया। शायद आंसू छिपाने के लिए। मैं तो दंग रह गया। मैंने देख लिया कि थोड़े दिनों से दोनों में अनबन हो रही है। इसका भीतरी कारण भोजन बनाने से बिलकुल पृथक् है, यह समझ लेने में भी कुछ देर न लगी। क्या पति खोजने की बात भी.......।

मैं उठकर खड़ा हो गया। सन्नाटा तोड़ने में मुझे संकोच होने लगा। टाल—मटोल करके मैंने अन्त में कहा—'मुझे बहुत दूर जाना है......।'

अभया ने सिर उठाकर कहा—'अब कब आइएगा?'

'बहुत दूर पड़ता है, इसी से......।'

'तो जरा ठहरिए', कहकर अभया बाहर गई। पांच—छः मिनट में लौट आई। एक कागज का टुकड़ा थमाकर बोली—'मैं जिस काम के लिए आई हूं वह सब इसमें लिख दिया है। पढ़कर जो अच्छा जंचे, कीजिएगा। मैं अधिक कुछ नहीं कहना चाहती।' तब गले में आंचल डालकर उसने मुझे प्रणाम किया। मैं उठकर खड़ा हुआ तो उसने पूछा—'आपका पता क्या है?'

प्रश्न का उत्तर दिया और कागज के टुकड़े को लेकर मैं चला। बरामदे का मोढ़ा खाली था। आस—पास रोहिणी भैया कहीं दिखाई

न दिए। डेरे तक पहुंच जाने के कौतूहल को न रोक सका। पास ही सड़क के किनारे एक चाय की छोटी दुकान देखकर मैं उसके भीतर चला गया। एक प्याला चाय लेकर लालटेन के प्रकाश में उस कागज को पढ़ने लगा। पेंसिल से लिखा हुआ था, ठीक स्त्री जैसे अक्षर। पहले उसने पति का नाम और उसका पहले का पता लिखा था और इसके नीचे—'आज जो आप मन में समझ रहे हैं, वह मैं जानती हूं। मैं विपत्ति में किस प्रकार आपसे आशा करती हूं यह आप जानते हैं इसीलिए आपका पता पूछ लिया।'

अभया के पत्र को मैंने बार—बार पढ़ा। इन बातों को छोड़कर और कुछ न जान सका। आज के इस पारस्परिक व्यवहार से एक बाहरी आदमी जो अन्दाज लगा सकता है, उसे जान लेना अभया जैसी बुद्धिमती स्त्री के लिए कठिन नहीं है। फिर झूठ या सच, इसके बारे में उसने जरा भी इशारा नहीं किया। उसके पति का नाम और पता तो पहले ही सुन चुका था; विपत्ति भी मैंने अपनी आंखों से देखी थी। फिर इसके बाद? अभी वह उसे खोजना चाहती है कि नहीं, या और किसी विपत्ति की आशंका से उसने मेरा पता पूछ लिया है—उसकी चिट्ठी से मैं अनुमान न कर सका। बातचीत से मालूम हुआ कि किसी आफिस में रोहिणी को एक नौकरी मिल गई है। मैं नहीं जानता कैसे मिल गई। मेरे जैसी खाने—पीने की चिन्ता भी उसे नहीं रही। पूरियां भी मिल जाती हैं। फिर किस प्रकार की विपत्ति का संकेत अभया ने मुझे दिया है? इससे उसने क्या लाभ सोचा है?

बाहर निकलकर मैं मार्ग में यही सोचता—सोचता डेरे पर पहुंच गया। केवल यही निश्चय कर सका कि अभया का पति चाहे कोई भी हो, जहां भी रहता हो, जिस प्रकार रहता हो, स्त्री की विशेष अनुमति के बिना उसे ढूंढने की इच्छा को रोक रखना ही पड़ेगा।

दूसरे दिन से फिर नौकरी की तलाश में लग गया, पर अभया की चिन्ता को मन से एकदम न हटा सका।

मैं चाहे कितनी भी चिन्ता करूं, दिन कटने लगे। इधर भाग्यवादी ठाकुर दादा का चेहरा उदास होने लगा। भोजन में तरकारियों की कमी होने लगी। परन्तु नौकरानी ने मेरे सम्बन्ध में जरा भी विचार नहीं बदला। पहले दिन उसने जिस दृष्टि से देखा था उसी दृष्टि से एक महीने बाद भी देखती रही। मैं खुद ऊबने लगा। उस समय मैं नहीं जानता था कि जब नौकरी करने की आवश्यकता नहीं होती, नौकरी नहीं मिलती। राह में रोहिणी बाबू को देखकर मुझे यह ज्ञान हुआ। वे बाजार में तरकारी खरीद रहे थे। मैं पास खड़ा होकर देखने लगा—यद्यपि उनके कपड़े फट गए थे, जूते टूट गए थे, चिलचिलाती धूप में छाता भी न था, फिर भी भोजन की साम्रगी बड़े लोगों के समान ही खरीद रहे थे। उसमें कमी करने का उन्हें ध्यान बिल्कुल न था। हो—हल्ला चाहे जितना हो, पर उनका ध्यान अच्छी चीजें खरीदने की ओर लगा हुआ था। आज सब मेरी आंखों के सामने आया। इस खरीद—बिक्री में उनका स्नेह कहां जा रहा है, यह मैंने साफ—साफ देख लिया। कैसे ये चीजें लेकर घर पहुंचना चाहते हैं, कैसे इन सबका मूल्य चुकाने के लिए उन्हें नौकरी मिल गई? इस समस्याओं का निर्णय करते मुझे देर न लगी। आज समझ गया कि कैसे ये इस भीड़ में रास्ता निकाल चुके और मैं अभी नहीं पा सका।

यह दुबला—पतला आदमी रंगून के राज—मार्ग में एक बड़ी गठरी लिए कैसे चला जा रहा है! कपड़े मैले हो गए हैं, कई जगह फट गए हैं। मैं आड़ में होकर यह सब देख रहा था। अपनी ओर देखने की मानो मुझे फुरसत ही न थी। जिस चीज से उसका हृदय भरा हुआ है उसके आगे कपड़ों की हीनता तुच्छ है। मैं अपनी गंदगी पर शरमाता हूं। रास्ते में चलने वाले अनजान को देखकर भी शरम के मारे मैं गड़ जाता था। रोहिणी भैया चले गए। मैंने उन्हें नहीं पुकारा। दूसरे ही क्षण वे दृष्टि से ओझल हो गए। इस

बार मेरी आंखों में आंसू भर आए। चादर के खूंट से उन्हें पोंछकर मैं धीरे–धीरे घर चला आया। बार–बार सोचने लगा, प्रेम के समान बड़ी शक्ति और उस जैसा बड़ा शिक्षक और कहां है! कोई ऐसा काम नहीं जिसे यह पूरा न कर सके।

फिर भी युगों का संस्कार मेरे कानों में कहने लगा—अच्छा नहीं! इसका फल अन्त में अच्छा नहीं होता।

डेरे पर आकर एक बड़ा लिफाफा मिला। खोलकर देखा तो नौकरी की प्रार्थना स्वीकार हो गई थी। सागवान की एक बड़ी–सी फर्म में दरख्वास्तों को छांटकर इस गरीब का भाग्य उदय हुआ था।

नौकरी से मेरा साबका कभी न पड़ा था। इसलिए सन्देह हो रहा था कि यह सदा रहेगी कि नहीं। मेरे साहब असली अंग्रेज होने पर भी खूब बंगला बोल लेते थे। वे कलकत्ता के आफिस से बदल कर बर्मा आये थे।

वे दो हफ्ते बाद ही बुलाकर बोले—'श्रीकान्त बाबू, तुम इस टेबुल पर आकर काम करो। वेतन ढाई गुना मिलेगा।'

प्रकट रूप से और मन में मैंने साहब को आशीर्वाद दिया। एक टूटी टेबुल पर से उठकर हरी बनात से मढ़ी टेबुल पर मेरा अधिकार हो गया। जब अच्छा होना होता है तो इसी प्रकार होता है।

मैं यह शुभ समाचार अभया को सुनाने गया किराये की 'गाड़ी पर चढ़कर। रोहिणी भैया ऑफिस से आकर जलपान कर रहे थे। आज उन्हें पानी से भूख मिटाते नहीं देखा। आज खूब खा रहे थे। इस प्रकार भूख मिटाते संसार में मैंने और कहीं किसी को नहीं देखा था।

अभया ने भोजन करने को कहा—पर मैं राजी नहीं हुआ, खा–पीकर रोहिणी भैया कोट पहनने लगे। अभया ने दुःखी होकर कहा—'मैं बराबर कहती आ रही हूं रोहिणी भैया कि यह शरीर लेकर

तुम इतना परिश्रम न किया करो। तुम मेरी बात न सुनोगे? अधिक रुपये लेकर क्या होगा? हमारे दिन भली प्रकार से कट रहे हैं।'

रोहिणी भैया की आंखों में स्नेह उमड़ने लगा। वे हंसते हुए बोले—'बहुत ठीक। एक महाराज भी तो नहीं रख सकता। दोनों समय चूल्हे के पास बैठती—बैठती तुम तो सूख गई हो।' वे पान खाकर बाहर चले गए।

सांस दबाकर अभया तनिक हंसकर बोली—'इनका अन्याय तो देखिए श्रीकान्त बाबू! सारा दिन हाड़—तोड़ परिश्रम करने के पश्चात् भी शाम को पढ़ाने चले जाते हैं। जरा भी आराम नहीं करते। मैं बहुत कहती हूं, पर ये कुछ सुनते नहीं? दो आदमियों की रसोई बनाने के लिए रसोइए की क्या आवश्यकता है। यह उनका अन्याय है।'

मैं चुपचाप हंसने लगा। अभया उठकर गई। थोड़ी देर में उसने मेरे हाथ में एक पत्र थमा दिया। कई दिन हुए बर्मा रेल—कम्पनी से यह आया था। बड़े साहब ने खेद के साथ लिखा था कि अभया का स्वामी प्रायः दो साल पहले एक बड़े अपराध में निकाल दिया गया था। पता नहीं अब वह कहां है?

हम दोनों थोड़ी देर तक चुप बैठे रहे। अंत में अभया ने कहा—'अब आप क्या सलाह देते हैं?'

मैं धीरे से बोला—'क्या बतलाऊं?'

अभया सिर हिलाकर बोली—'यह नहीं हो सकता। इस दशा में आप ही को बता देना होगा। चिट्ठी पर मैं बड़े आसरे से आपकी राह देख रही हूं।'

मैंने अपने मन में कहा—'यह अच्छी बात है। मेरी ही राय लेकर घर से निकली थी न, जो मेरी राय के लिए इंतजार कर रही हो।'

देर तक चुप रहकर मैंने पूछा—'घर जाने के बारे में क्या राय है?'

अभया ने कहा—'कुछ नहीं। आप कहिए तो जाऊं पर वहां भी तो मेरा कोई नहीं है।'

'रोहिणी बाबू क्या कहते हैं?'

'वे लौटने को तैयार नहीं। कम—से—कम दस बरस तो उस ओर मुंह भी न फिराएंगे।'

मैं थोड़ी देर चुप रहकर बोला—'वे आपका बोझ निरंतर सम्भाल सकेंगे?'

अभया बोली—'दूसरों के मन की बात कैसे जानूं? वे स्वयं कैसे कह सकते हैं?' थोड़ी देर चुप रहकर फिर बोली—'एक बात है। मेरा उत्तरदायित्व जरा भी उनके ऊपर नहीं है। दोष कहिए, भूल कहिए, सब मेरा ही है।'

गाड़ीवान बाहर से चिल्लाकर बोला—'और कितनी देर लगेगी बाबू?'

मैं जैसे बच गया। इस संकट से जैसे कोई उपाय नहीं निकाल सका। मुझे विश्वास नहीं होता था कि वास्तव में अभया अथाह समुद्र में गिरकर घबरा रही है। स्त्रियों की उलटी—पलटी इतनी दशाएं देखी हैं कि विश्वास कर लेना कठिन है।

गाड़ीवान ने एक बार फिर बुलाया। मैं तुरन्त उठकर खड़ा हो गया और बोला—'फिर जल्दी आऊंगा।' मैं तेजी से बाहर चला गया। अभया नीची दृष्टि किए चुप रही।

मैं गाड़ी में बैठ गया। गाड़ी चल दी। दस कदम जाते ही याद पड़ा कि छड़ी छूट गई है। गाड़ी खड़ी करवा दी। घर में जाकर देखा कि अभया मानो गिरकर प्राण छोड़ रही है। समझ में नहीं

आया कि उसे क्या कहकर ढाढस बंधाऊं। कुछ देर खड़ा रहकर उसी प्रकार लौट आया। अभया उसी प्रकार रोती रही। उसे मालूम भी न हो सका कि इस वेदना का एक मौन साक्षी भी दुनिया में है!

8

राजलक्ष्मी के अनुरोध को भूला न था। पटना चिट्ठी लिखने की बात मेरे मन में थी। मेरे लिए चिट्ठी लिखना बड़ा कठिन काम है लिखूं भी क्या? अभया का रोना मेरे हृदय में इस प्रकार भारी हो उठा कि उसका अंश निकाले बिना गुजर न थी। डेरे पर पहुंचकर कागज–कलम लेकर बाईजी को पत्र लिखने बैठा। उसके सिवा मेरे दुःख का साक्षी कौन था? दो–तीन घण्टे की साहित्य–चर्चा में बारह बज गए। मैंने कलम रख दी। सुबह होने पर कहीं चिट्ठी भेजने में लाज न लगे, इसीलिए रात को ही उसे डाक में छोड़ आया।

एक भली स्त्री की दारुण वेदना का गुप्त इतिहास एक–दूसरी स्त्री पर प्रकट करना चाहिए कि नहीं। परन्तु अभया के इस परम–चरम संकट में प्यारी बाई, जिसने स्वयं एक दिन मर्मांतक पीड़ा सहन की थी, क्या सलाह देती है, यह जानने के लिए मेरा मन व्याकुल हो उठा, आश्चर्य है कि इस प्रश्न को कभी नहीं सोचा। अभया के पति का पता लगाने की बात बार–बार उठती थी। पता लग जाने पर यह समस्या और भी उलझ जाएगी, यह ध्यान मुझे एक बार भी न आया। इस गोरख–धंधे को सुलझाने का भार भी ईश्वर ने मुझे ही सौंप दिया है, यह भी किसने सोचा था! तीन–चार–पांच

दिन बाद एक बर्मी क्लर्क मेरी टेबुल पर एक फाइल रख गया। उसके ऊपर नीली पेंसिल से बड़े साहब की राय लिखी हुई थी। इस मामले का निर्णय मुझे ही करना था।

संक्षेप में घटना यही थी—प्रोम ऑफिस के एक क्लर्क को बड़े साहब ने लकड़ी चुराने के आरोप में सस्पेंड कर दिया था। क्लर्क का नाम देख कर मुझे संदेह हुआ कि कहीं यही अभया का पति न हो। इसकी चार—पांच पन्ने की कैफियत थी। बर्मा रेल कम्पनी से कितने बड़े अपराध के कारण यह बर्खास्त किया गया था, इसका अनुमान कर लेने में भी देर न लगी। थोड़ी देर में उस क्लर्क ने कहा कि एक भले आदमी मुझसे मिलना चाहते हैं। मैं पहले से जानता था कि वह स्वयं मामले की पैरवी करने प्रोम से आएगा। मैं इसके लिए तैयार भी था इसलिए कुछ देर बाद जब वे सामने आये तो मैंने निश्चय कर लिया कि ये अभया के पति हैं। उन्हें देखते ही मुझे घृणा हो गई। वे पहने थे हैट—कोट, पर बहुत पुराना और गन्दा। मुंह काला था, दाढ़ी—मूंछ से ढंका हुआ। नीचे का होंठ डेढ़ इंच मोटा था। पान इतना अधिक खा गए थे कि उसका रस दोनों ओर जम गया था।

पति स्त्री का देवता है—वही इहकाल और परकाल है। यह सब जानता हूं। लेकिन इस मूर्तिमान नीच के सामने अभया की कल्पना करके मैं संकुचित हो गया। अभया और जो कुछ हो पर वह सुंदर है और सुरुचि वाली है। किन्तु यह भैंसा न जाने बर्मा के किस घने जंगल से निकला आया है।

उसे बैठने का इशारा करके मैंने पूछा कि, 'आप पर जो अभियोग है, वह कहां तक सच है,' उत्तर में वह दस मिनट तक बे—सिर—पैर की बातें बकता रहा। वह अपने को बिल्कुल निर्दोष कहता था। उसके रहते प्रोम ऑफिस का साहब किसी प्रकार की

लूट नहीं कर सकता था, इसलिए वह क्रोधित था। किसी तरह इसे निकालकर वह अपना आदमी रखना चाहता था। इस सफाई पर मुझे जरा भी विश्वास नहीं हुआ। मैंने पूछा, 'नौकरी छूट जाने से आपकी कौन–सी हानि होगी? आप जैसे होशियार आदमी के लिए बर्मा में नौकरी की क्या कमी है? रेलवे की नौकरी छूट जाने पर कितने दिन तक आपको बैठना पड़ा था?'

वह पहले रुक गया और फिर बोला–'आपका कहना झूठ नहीं है। पर महाशय, मैं फैमिलीमैन हूं, बहुत से बच्चे–कच्चे......।'

'तो आपने किसी बर्मी स्त्री से शादी कर ली है?'

वह एकाएक बोला–'साहब साले ने रिपोर्ट लिख दी है, समझ गया। इसी से आप नाराज मालूम होते हैं।' फिर वह नर्म होकर बोला, 'आप इस पर विश्वास करते हैं?'

मैंने सिर हिलाकर कहा–'इसमें हानि ही क्या है?'

वह सहारा पाकर बोला–'क्या कहते हैं आप? जो करूंगा उसे बोल्डली स्वीकार भी करूंगा। मैं ऐसा नहीं हूं कि बाहर कुछ और भीतर कुछ। मैं मर्द हूं, आप जानते ही हैं। जो कहूंगा, साफ कहूंगा। जब यहां रह कर अपना जीवन समाप्त कर देना है, तो आप समझते ही हैं, महाशय।' सिर हिलाकर मैंने बताया कि खूब समझता हूं। मैंने उससे पूछा–'देश में आपका कोई नहीं है?'

उसके चेहरे पर जरा भी मलिनता नहीं आई। वह बोला–'कोई नहीं है। कोई रहता ही तो इस सूर्य मामा के देश में आता! आप शायद विश्वास न करें। मैं ऐसे–वैसे घर का नहीं, जमींदार के घर का हूं। आज भी देश का मकान देखकर चमक जायें। लड़कपन ही में सब मरखप गये। घर–जमीन–जायदाद किसके लिए रहती? जाति वालों को बांट कर बर्मा चला आया।'

मैंने फिर पूछा–'आप अभया को पहचानते हैं?'

वह चौंक उठा। तनिक चुप रह कर बोला—'आप उसे कैसे जानते हैं?'

मैंने कहा—'यह भी हो सकता है कि आपका पता लगाकर, अपने भरण—पोषण के लिए, उसने प्रार्थना—पत्र दिया हो?' वह जरा प्रसन्न होकर बोला—'तो यही कहिए! मानता हूं कि वह कभी मेरी स्त्री थी।'

'और अब क्या है?'

'कोई नहीं। मैं उसे छोड़कर यहां चला आया।'

'उसका क्या अपराध था?'

चेहरे पर बनावटी उदासी लाकर उसने कहा—'आप जानते ही हैं कि फैमिली सीक्रेट प्रकट करना ठीक नहीं है। पर आप जब इस समय मेरे आत्मीयों के समान हैं तो कहने में शर्म नहीं कि वह एक पतिता स्त्री है। इसी घृणा से मुझे घर छोड़ना पड़ा। शौक से मैं इस देश में न आता। बतलाइए, यह क्या कम घृणा का काम है?'

मैं क्या उत्तर देना। लज्जा के मारे मेरा सिर नीचा हो गया। उसकी बातों पर विश्वास नहीं हुआ। मैंने सोचा, यह जितना नीच है उतना ही निष्ठुर है।

मैं अभया के बारे में कुछ भी न जानता था, फिर भी कसम से कह सकता हूं कि जो पाप इसने पति होकर निःसंकोच उसके माथे मढ़ दिया वह बाहरी होकर भी कहने का साहस मुझमें नहीं है। थोड़ी देर में मैंने कहा—'यहां आते समय शायद आपने उससे इसका जिक्र तक नहीं किया।

यहां आकर आप कुछ दिन तक उसके पास खर्च और चिट्ठी—पत्री भेजते रहे हैं, फिर भी आपने उसे यह बात नहीं लिखी?' वह महापापी अपने मोटे ओंठ बढ़ाकर बोला—'यही बात है। आपको

तो मालूम है। भले आदमी चुपचाप सह लेते हैं पर छोटे लोगों के समान अपनी स्त्री को बदनाम नहीं करते–फिरते। ये दुःख की बातें हैं। खैर, ऐसी स्त्री का नाम लेने से भी पाप होता है। मेरा मामला तो आप ही निपटाएंगे न? मेरी जान बची, पर उस साहब को यों ही न छोड़ा जाये। ऐसा पाठ पढ़ाया जाये कि कभी पास न फटके। उसे भी मालूम हो जाना चाहिए कि मेरे रखने का भी कोई जोर है। समझ गए न? क्या उस हरामजादे को हैड आफिस में नहीं खींचा जा सकता?'

'नहीं।'

वह हंसा। फाइल को आगे सरकाकर बोला—'हंसी न कीजिये। मुझे मालूम हुआ है कि साहब तो आपकी मुट्ठी में हैं। इसी से मैं आया हूं। मरने दीजिए उसे। एक बार और मेरे पीछे पड़कर देखे! क्या बड़े साहब का आर्डर मुझे हाथों–हाथ नहीं मिल सकता? मैं नौ बजे रात को चला जाता, नहीं तो कष्ट भोगना पड़ेगा।'

मैं एकाएक कुछ उत्तर न दे सका। खुशामद ऐसी चीज है कि सारे दोष जान–बूझकर टाल देने में भी कष्ट होता है। मुझे संकोच हो रहा था। फिर भी मैंने कठोर होकर कहा—'बड़े साहब का आज्ञा–पत्र लेने में आपको कुछ लाभ न होगा। आप इसी जगह नौकरी ढूंढ लें।'

वह बोला—'इसका मतलब?'

'मतलब यह है कि आपको डिसमिस करने का नोटिस मैं ही दूंगा। मैं आपके साथ रियायत न कर सकूंगा।'

वह खड़ा हो गया था, अब एकाएक बैठ गया। उसकी आंखें छलछला आईं। वह हाथ जोड़कर बोला—'बंगाली होकर बंगाली को मत मारिए। बाल–बच्चे वाला हूं। कहीं का न रहूंगा।'

'यह उत्तरदायित्व मेरा नहीं है। मैं आपको जानता भी नहीं, अपने साहब के खिलाफ भी मैं कुछ नहीं कर सकता।'

वह मेरी ओर देखने लगा कि यह दिल्लगी तो नहीं। थोड़ी देर चुप रहने के बाद फूट–फूटकर रोने लगा। क्लर्क, दरबान, चपरासी सभी इस अनहोनी काम से दंग रह गये। मैं भी लजा गया। उसको रोकने के लिए मैंने कहा–'अभया आपके ही लिए बर्मा आई है। बदलचलन स्त्री को रखने के लिए मैं नहीं कहता। पर आपकी सब बातें सुनकर भी यदि वह माफ कर दे, आप उससे पत्र लिखवाकर ला सकें, तो मैं आपकी नौकरी बचाने की कोशिश करूंगा। यदि न हो सके तो फिर मिलकर लज्जित न करें।'

मुझे मालूम है, ओछे स्वभाव के मनुष्य बहुत डरपोक होते हैं। आंखें पोंछकर पूछा–'अभया कहां है?'

'उसका पता कल इसी समय आइए तो बता दूंगा।'

यह लम्बा सलाम करके चला गया।

शाम को अभया सिर नीचा किए सारी बातें सुन रही थी। सब सुनकर उसने आंचल से आंखें पोंछ लीं, कुछ बोली नहीं। थोड़ी देर में मैंने पूछा–'आप उन्हें माफ कर देंगी?'

अभया ने सिर हिलाकर स्वीकृति जतलाई।

'यदि आपको ले जाना चाहें तो जायेंगी?'

उसने उसी प्रकार सिर हिलाकर उत्तर दिया।

'बर्मा की स्त्रियों का स्वभाव तो आप उस दिन देख ही चुकी हैं–इतने पर वहां जाने का साहस है?'

इस बार अभया ने मुंह ऊपर किया तो देखा कि उसकी आंखें भरी हुई हैं। चेष्टा करने पर भी वह बोल न सकी। बार–बार आंखें पोंछती हुई वह रुंधे स्वर में बोली–'नहीं जाऊंगी तो क्या करूंगी?'

उत्तर सुनकर खुश होऊं कि आंसू बहाऊं–समझ में नहीं आया।

फिर और कोई बात न हुई। डेरे को लौटते समय रास्ते भर विचार करता रहा। कुछ उत्तर न सूझा। हृदय के भीतर का 'वह' क्रोध से जलने लगा। साथ ही एक आश्रयहीन रमणी के, और उससे भी अधिक निरुपाय! प्रश्न मैं घृणा से उसे देख भी न सका। बिना कुछ बात किए ही वह पता लेकर चला गया। दूसरे दिन जब वह आया तो उसका भाव बदल गया था। उसने प्रणाम किया। अभया की लिखी हुई एक लाइन टेबुल पर रख दी और बोला—'आपने जो मेरी भलाई की है उसके लिए मैं कृतज्ञ हूं। जब तक जीता रहूंगा, आपका गुलाम रहूंगा।'

अभया की पंक्ति पर दृष्टि डाले बिना ही मैंने कहा—'जाइये, अपना काम कीजिए। साहब ने क्षमा कर दिया।'

वह हंस कर बोला—'बड़े साहब की परवा मैं नहीं करता। केवल आप ही क्षमा कर दीजिए तो बच जाऊं। मैंने आपके चरणों में बहुत अपराध किया है।' वह फिर बकने लगा—उसी निर्लज्जता से खुशामद की बातें। बीच—बीच में रूमाल से आंखें भी पोंछ लेता था। इतनी बातें सुनने का धैर्य किसी में नहीं है। मैं आप लोगों को वह कष्ट न दूंगा। उसके वक्तव्य को संक्षेप में कहे देता हूं। उसने अपनी स्त्री पर जो कलंक लगाया था वह बिल्कुल झूठ है। उसने लज्जा के मारे ही ऐसा किया था। ऐसी लक्ष्मी स्त्री कहीं नहीं है। मन—ही—मन बहुत दिनों से वह अभया को प्यार करता था। यहां आते ही जो एक और झंझट में फंस गया, उसमें फंसने की उसकी बिल्कुल इच्छा न थी।

बर्मा में जान बचाने के लिए उसने ऐसा किया था। शायद यह सच भी हो, आज जब वह अपनी गृहलक्ष्मी को घर ले जा रहा था तो बर्मी—बच्ची को दूर करते कितनी देर लगेगी! और लड़के—बच्चे? सालों की जैसी शक्ल—सूरत है वैसा ही स्वभाव है। वे किस काम

में आएंगे! बुढ़ापे में न तो वे खाने–पीने को देंगे और न मरने पर एक चुल्लू पानी की आशा है। जाते ही सबको मार कर खदेड़ देगा इत्यादि।

मैंने पूछा–'अभया को आज ही घर ले जाइएगा?' इस प्रश्न से विस्मित होकर वह बोला–'आप भी क्या कहते हैं? जितने दिन आंखों से नहीं देखा था वह बात दूसरी थी, इतनी दूर अकेली कष्ट सहकर वह मेरे लिए ही तो आई है।'

मैंने पूछा–'उसे साथ ही रखिएगा न?'

'जी नहीं, इस समय उसे प्रोम के पोस्टमास्टर साहब के यहां रखूंगा।' उनकी स्त्री अच्छी तरह रखेगी। पर केवल दो दिन–अधिक नहीं। उसके बाद घर का प्रबंध कर घर की लक्ष्मी को घर ले जाऊंगा।'

अभया का स्वामी चला गया। मैंने भी काम करने के लिए फाइल खींच ली।

नीचे अभया की लिखावट पर दृष्टि पड़ी। न जाने कितनी बार उन सतरों को मैंने पढ़ा और कितनी बार पढ़ता कि चपरासी आकर बोला–'साहब आपके डेरे पर भी कुछ कागज–पत्र पहुंचाना होगा?' मैंने चौंककर सिर उठाया। साढ़े चार बज गए थे। क्लर्क लोग काम करके अपने घर चले गए थे।

9

मुझे एक दिन अभया के पति का पत्र मिला। पत्र से कृतज्ञता झलकती थी। उसने बड़ी नम्रता से अपनी विपत्ति में उपदेश मांगा। बात यह थी कि उसने अपनी औकात से अधिक का मकान किराए पर ले रखा है। वह एक ओर अपनी बर्मी स्त्री को और दूसरी ओर अभया को रखने का प्रयत्न कर रहा है। परन्तु उसे किसी प्रकार राजी नहीं कर पाता। पत्नी के इस हठ से वह हैरान था। यह कलिकाल का फल था। सतयुग में ऐसा नहीं होता था। बड़े–बड़े ऋषि–मुनि भी.......। अनेक उदाहरणों के साथ उसने बार–बार लिखा कि आज वे आर्य–ललनाएं कहां हैं। सीता सावित्री कहां गई हैं? कहां हैं वे नारियां जो अपने पति के साथ हंसती–हंसती प्राण दे देती थीं–अक्षय स्वर्ग लाभ करती थीं? जो हिन्दू महिला प्रसन्नता से अपनी कोढ़े पतिदेव को कन्धों पर बिठाकर वेश्या के घर पहुंचा देती थीं, कहां गईं वे पतिव्रताएं? कहां है वह स्वामिभक्ति? हाय भारतवर्ष! तुम्हारा क्या बिल्कुल अधःपतन हो गया? अब अपनी आंखों से क्या देखेंगे? अब हम लोगों का क्या.......इत्यादि ऐसा विलाप और उच्छ्वास उसने दो पन्नों में लिखा था। पर अभया अपने पतिदेव को इतना कष्ट देकर भी शान्त न हुई और न है। उसने लिखा कि

अभी तक उसकी स्त्री दूसरे के घर थी, यही बात नहीं है। परम मित्र पोस्टमास्टर को मालूम हो गया कि रोहिणी नाम के किसी आदमी ने उसको पत्र तथा रुपये भेजे हैं। इससे उस अभागे का मान धूल में मिल गया।

पत्र पढ़ते–पढ़ते हंसी न रोक सकने पर भी मुझे रोहिणी पर कम क्रोध न आया। उसने उसे पत्र क्यों लिखा? रुपए क्यों भेजे? जिसने स्वेच्छा से स्वामी के पास पहुंचने के लिए इतना कष्ट सहा, वह समझे या न समझे हम लोगों को उसका हृदय दुखाने से क्या लाभ? या अभया ने ही क्या यह शुरू किया? उसकी क्या इच्छा है? उसके पति ने जिस स्त्री को रख लिया है–लड़के–बच्चे पैदा किए हैं–वह उन्हें छोड़कर इसी के साथ गृहस्थी चलाए? उसे क्या दुःख–सुख, मान–अपमान का ज्ञान नहीं है? न्याय–अन्याय को क्या उसे ताक पर रख देना चाहिए? ऐसा ही था तो उसे वहां जाने की क्या आवश्यकता थी? यहीं से ही साफ–साफ कहकर सब झंझट निपटा दिया जाता।

तब तक मैं रोहिणी से मिलने नहीं गया था। उसे झूठ–मूठ ही दुःख हो रहा था, यह सोचकर उस ओर पैर बढ़ाते नहीं बनता था। छुट्टी के पहले ही गाड़ी मंगाने के लिए आदमी भेजकर उठना ही चाहता था कि अभया का पत्र मिला। उसमें शुरू से अंत तक रोहिणी के ही बारे में लिखा हुआ था। मैं हर समय रोहिणी पर दृष्टि रखूं। वह दुर्बल, निकम्मा और असहाय है–हर एक पंक्ति से यही बात निकलती थी। कोई भला आदमी भी इस प्रार्थना को भूल न सकेगा, ऐसा जान पड़ा। अपने सुख–दुःख की कुछ बात न लिखी थी। अंत में उसने लिखा था–कई कारणों से अब भी वह उसी जगह है। पति ही स्त्री का देवता है, इसके बारे में अखबारों में मत प्रकट करने का दुःसाहस मुझमें नहीं है; उसकी आवश्यकता भी नहीं। सोलहों आने सती–धर्म की एक अपूर्व शक्ति–दुस्सह दुःख और अमानुषिक

अत्याचार के बीच में उसकी गगनभेदी महिमा अन्नदा दीदी की स्मृति में, मेरे हृदय में अंकित है। बिना आंखों से देखे जिसके असल सौंदर्य की धारणा तक नहीं की जा सकती, जिसने एक ही साथ स्त्री को बिल्कुल क्षुद्र और अति महान् बना दिया है—मेरी वह अनिर्वचनीय उपलब्धि—अभया के पत्र से आज डगमगा उठी।

आज अन्नदा दीदी नहीं है—वैसा निष्ठुर व्यवहार छाती खोलकर सहने की शक्ति सभी स्त्रियों में नहीं होती। जिसके न रहने पर उसके लिए बार—बार शोक प्रकट करना किसी लेखक का काम है कि नहीं, यह मैं अभी तक निश्चित नहीं कर सका, पर मैं बहुत दुःखी हुआ। गुस्से से गाड़ी में बैठ गया। रास्ते भर निकम्मे, परस्त्री आसक्त रोहिणी को जो कड़ी—कड़ी बातें सुनानी थीं, उन्हें दुहराता जा रहा था। मैं गाड़ी से उतरा। द्वार खोलकर उसके घर में गया। दिन का प्रकाश समाप्त होकर रात की अंधियारी उतर रही थी।

भादों का महीना भी नहीं था और न आसमान में बादल ही थे। यदि खाली घर—द्वार की कोई सूरत—शक्ल होती है, तो उस अंधेरे—उजाले में जो मैंने देखा वह सिवा घर के और क्या हो सकता है, मैं आज भी यह नहीं कह सकता। घर के सभी दरवाजे भांय—भांय कर रहे थे।

सिर्फ रसोईघर से धुआं निकल रहा था। दाहिनी ओर बढ़ा। मैंने झांककर देखा कि चूल्हा करीब—करीब बुझ चुका है। नजदीक ही रोहिणी बाबू बैंगन के दो टुकड़े कर चुपचाप बैठे थे। वे पैरों की आहट भी न पा सके। उसके कान कहीं दूसरी जगह भले ही हों, पर बैंगन की ओर नहीं थे। मैं लौटकर दोनों कमरों के बीच खड़ा हो गया। मालूम होने लगा कि एक भारी वेदना से भरा रोदन समूचे घर में भरा है, वह भी सारे समाज, सम्पूर्ण धर्माधर्म और पाप—पुण्यों से अतीत की चीज है।

मैं बाहर चला आया। बरामदे में एक मोढ़े पर बैठ गया। रोहिण ी बाबू चिराग जलाने के लिए बाहर आए। उन्होंने पूछा—'कौन है?'

मैंने जोर से कहा—'मैं हूं श्रीकान्त।'

'श्रीकान्त बाबू, ओह!' वह तेजी से मेरे पास चले आए। फिर भीतर जाकर, चिराग जलाकर मुझे भी भीतर ले गए। मेरे मुंह से कोई बात नहीं निकली। दोनों आदमी चुपचाप बैठे रहे। पहले मैंने ही कहा, 'मेरे साथ चलो!'

रोहिणी ने पूछा—'क्यों?'

मैंने कहा—'यहां आपको कष्ट होता है।'

रोहिणी ने जरा ठहरकर पूछा—'अब मुझे क्या कष्ट है?'

ऐसी हालत में आलोचना नहीं की जाती। मैं बहुत—सी बातें सोचकर आया था। वे यहीं रह गई। नीति का इतना अधिक ध्यान नहीं था कि इतने बड़े प्रेम का तिरस्कार करूं। मेरा क्रोध और विद्वेष चला गया। सारे संकल्प न जाने कहां छिपे रहे!

रोहिणी ने प्राइवेट ट्यूशन छोड़ दिया था। उससे स्वास्थ्य बिगड़ता था। दफ्तर अच्छा न रहने के कारण सख्त मेहनत करनी पड़ती थी और कष्ट नहीं था।

कुछ दिन पहले रोहिणी बाबू के मुंह से सुना था, आफिस से थके—मांदे लौटकर चूल्हा—चक्की करने में बड़ी झंझट होती है।

मैं कहता क्या? आग—पानी बिना इंजन नहीं चलता।

इतने पर भी वह इस स्थान को छोड़ना नहीं चाहता। कल्पना की कोई सीमा नहीं होती—फिर भी उसे कोई असम्भव आशा न थी। बातचीत के सिलसिले में मुझे मालूम हो गया था। मैं ही नहीं सोच सका कि क्यों इस वह घर को नहीं छोड़ता। उसका अन्तर्यामी जानता था कि इस अभागे के लिए घर का रास्ता बंद है और यदि

इस घर की वेदना उसकी रक्षा न कर सकी तो उसे मिट्टी में मिलने से दुनिया की कोई शक्ति नहीं रोक सकती।

डेरे पर पहुंचते–पहुंचते रात हो गई। कमरे में जाकर देखा कि एक आदमी लम्बी तान कर सोया है। नौकरानी से मालूम हुआ, भले आदमी हैं। इसी से मेरे कमरे में हैं।

खाने–पीने के बाद भले आदमी से मेरी बातचीत हुई। उनका भाई चार वर्ष से लापता था। उसका पता उन्हें मिल गया है। उसे लौटाने के लिए आए थे। कहने लगे–'महाशय, सुनता था कि पहले कामरूप की स्त्रियां विदेशी मर्दों को भेड़ बनाकर रखती थीं। न जाने उस समय क्या होता होगा? इस युग में बर्मा की औरतों में भी वही गुण है, यह मैं खूब अनुभव कर रहा हूं।'

और भी बहुत बातें हुईं। उन्होंने अपने भाई के उद्वार के लिए मुझसे सहायता मांगी। मैंने उन्हें विश्वास दिलाया कि मैं कमर कसकर इस काम में लग जाऊंगा। क्यों लग जाऊंगा, इस पर प्रकाश डालने की आवश्यकता नहीं। दूसरे दिन सवेरे मैं पता लगाते–लगाते उनके छोटे भाई की बर्मी ससुराल में जा पहुंचा। बड़े भाई आड़ में छिपे–छिपे टहलने लगे।

छोटे भाई साइकिल लेकर घूमने गए थे। सास–ससुर वहां नहीं थे। उनकी स्त्री अपनी छोटी बहिन और नौकर–नौकरानियों के साथ रहती थी। वे बर्मा में चुरुट बनाकर निर्वाह करती थीं। इस समय भी वही काम कर रही थीं। बंगाली देखकर शायद मुझे अपने पति का मित्र समझा।

बड़े आदर से मेरा स्वागत किया। बर्मा की औरतें बहुत परिश्रमी होती हैं। बेपढ़े–लिखे उनका काम नहीं चलता। मर्द की बात अलग है, वे पढ़ें तो भी लाभ न भी पढ़ें तो लजाना नहीं पड़ता। निकम्मा मनुष्य स्त्रियों की कमाई से बाबू बन जाता है। औरत पिन–पिन

करके उनका नाकोंदम नहीं करतीं। यह वहां का सामाजिक आचार है।

दस मिनट में ही बाबू साहब साइकिल से लौट आए। अंग्रेजी पोशाक में थे। हाथ में दो–तीन अंगूठियां, घड़ी–चेन आदि। काम–काज कुछ नहीं करना पड़ता था, फिर भी दशा अच्छी थी। उनकी बर्मी स्त्री काम छोड़कर छड़ी और टोपी रख आई। उसकी छोटी बहिन चुरुट और दियासलाई ले आई। एक दासी चाय का सामान ले आई और दूसरी पान की डिबिया। उन लोगों ने मिलकर उसे राजा बना रखा था। उनका नाम मैं भूल गया। चारु–वारु कुछ होगा। जाने दो हम लोग केवल बाबू कहेंगे।

बाबू ने मेरा परिचय मांगा।

उन्हें विश्वास न हुआ। बोले–'आप तो कलकतिया हैं; परन्तु मेरे भाई कभी कलकत्ता नहीं जाते। आपसे मित्रता कैसे हुई?'

मित्रता कैसे और कहां हुई, वे कहां हैं इत्यादि का विवरण मैंने संक्षेप में दिया। वे जिस उद्देश्य से आए थे, उसकी सूचना भी उन्हें दे दी और यह भी बता दिया कि वे अपने भाई के लिए लालायित हैं।

दूसरे दिन सवेरे ही बाबू की चरणरज से हमारा होटल पवित्र हुआ। बहुत देर तक दोनों भाइयों में बातचीत हुई। इसके बाद बाबू चले गए। अब दोनों भाइयों में इतना मेल हो गया कि शाम–सवेरे भैया–भैया कहकर पुकारने लगे। दोनों भाइयों में फुस–फुस होने लगी, खाने–पीने की तो कोई बात न रही। एक दिन शाम को अपने भाई को और मुझको चाय पीने का निमंत्रण तक दे आए।

उस दिन उसकी बर्मी स्त्री से मेरी खूब बातचीत हुई। स्त्री बहुत भोली और भली थी। प्रेम कर स्वेच्छा से ही इनसे उसकी शादी हुई थी। इस बीच एक दिन भी उसने इन्हें कोई कष्ट नहीं दिया। तीन–चार दिन बाद उसके बड़े भैया ने मुझको कहा कि परसों सवेरे

के जहाज से हम लोग घर जा रहे हैं। सुनकर मुझे भय लगा। मैंने पूछा—'आपके भाई फिर लौट आएंगे न?'

बड़े भैया ने कहा—'फिर! राम—राम करके जहाज पर तो चढ़ जाएं।'

मैंने पूछा—'स्त्री से कह दिया है?'

बड़े भैया ने कहा—'बाप रे! फिर कहीं जान बचेगी? साली जी जहां होंगी, रक्तबीज की तरह आकर घेर लेंगी।' इतना कहकर आंखें टिमटिमाते हुए बोले—'फ्रेंच लिव महाशय फ्रेंच लिव—आप समझ गए न?'

मुझे बहुत दुःख हुआ। मैंने कहा—'इससे स्त्री को बड़ा कष्ट होगा।'

मेरी बात सुनकर वह हंस पड़े। किसी प्रकार हंसना रोककर बोले, 'आप भी खूब कहते हैं। बर्मी सालियों को क्या कष्ट! इनकी जाति के खाकर कुल्ला तक नहीं करते, न झूठे—मीठे का विचार है, न जात—पात का। साला सब नेप्पी खाती हैं महाशय, नेप्पी! जिसकी बू से भूत—प्रेत भी भाग जाय। इन साले—सालियों को दुःख हो सकता है। एक जाएगा तो दूसरे को पकड़ लेंगी। छोटी जात साली!'

'ठहरिए महाशय, ठहरिए, वह आपके भाई को चार—पांच बरस तक राजा की तरह खिलाया—पहनाया है, और कुछ नहीं तो उसके लिए ही कृतज्ञ होना चाहिए।'

बड़े भैया का मुंह भारी हो गया। थोड़ी देर चुप रहकर बोले—'आपने तो मुझे दंग कर दिया! मर्द के बच्चे विदेश में आकर यदि कुछ हानि कर ही डालें तो क्या? कौन आदमी ऐसा नहीं करता? मुझसे कुछ छिपा नहीं है, इसका थोड़ा मालूम हो गया है। बस, इसी से क्या इसे हमेशा बाहर रहना पड़ेगा? यह क्या भला न बनेगा? गृहस्थ न बनेगा? पांच पंचों में अपना स्थान न लेगा? यह

तो कुछ नहीं है महाशय। कच्ची आयु में कितने ही लोग तो होटल में जाकर मुरगी तक खा आते हैं। आयु में बढ़ने पर वे ऐसा नहीं करते। आप ही सोचिए, मैं सच कहता हूं या झूठ?'

इस पर विचार करने की बुद्धि भगवान ने मुझे नहीं दी, इसलिए मैं चुप रहा। ऑफिस जाने का समय हो गया था। नहा–खाकर मैं चला गया।

ऑफिस से लौट आने पर मुझसे उन्होंने कहा–'सोचकर देख लिया, आप ही का परामर्श ठीक है। इस जाति का विश्वास नहीं। न जाने कब फसाद खड़ा कर दें। कह देना ही अच्छा है। ये साली जो न कर दें वही थोड़ा है, न लाज–शरम है, न धर्म–ज्ञान है।'

मैंने कहा–'यही अच्छा होगा।'

परन्तु उनकी बातों पर विश्वास नहीं हुआ। मन में जान पड़ा कि इसके भीतर कोई साजिश है। सचमुच जाल था। किन्तु वह इतना नीच, इतना निष्ठुर था कि बिना देखे कोई कल्पना भी नहीं कर सकता।

रविवार को चटगांव को जहाज जाता है। ऑफिस बन्द था। सवेरे क्या करता, सी ऑफ करने जहाज घाट पर गया। जहाज जेटी से लगा हुआ था। जाने वालों की चीख–पुकार से कोई कुछ सुन न सकता था। वह बर्मी स्त्री भी अपनी छोटी बहिन के साथ दिखलाई पड़ी। रात–भर रोते रहने से उसकी आंखें जवा फूलों की तरह हो गई थीं। छोटे बाबू मशगूल थे। अपनी साइकिल, ट्रंक, बिस्तर आदि लेकर कुलियों के साथ प्रबंध कर रहे थे। उन्हें जरा भी फुरसत न थी।

सब चीजें जहाज पर चढ़ गईं। सब यात्री ठेलठाल कर चढ़ गए। जिन्हें नहीं जाना था वे नीचे उतर आए। लंगर उठने लगा। इसी समय छोटे बाबू अपने माल–सामान की हिफाजत करके बर्मी

स्त्री से विदा लेने आए; मानो छल से संसार के निष्ठुरतम अंक का अभिनय करने को जहाज से उतरे। वे दूसरे दरजे के यात्री थे।

मैं बहुत देर तक सोचता रहा कि इसकी क्या आवश्यकता थी? न जाने क्यों मनुष्य अपनी आत्मा को इस प्रकार धोखा देता है! वह वेदमंत्र से पवित्र स्त्री नहीं है तो क्या हुआ, स्त्री तो है। वह भी बहिन–बेटी और माता की जाति की है। उसी के साथ तो इतने लम्बे अरसे तक, स्वामी के समस्त अधिकार लेकर रहे थे। उसको विश्वस्त हृदय का सारा माधुर्य, सारा अमृत, सारा शरीर और मन अर्पित कर दिया था। तब किस लोभ में हजारों लोगों के सामने उसको इतने निर्दय और विद्रूप और हास्य की चीज बनाकर चला गया। वह एक हाथ में रूमाल लेकर अपनी आंखें ढंके हुए था और दूसरा हाथ उस बर्मी स्त्री के गले में डालकर रोने के स्वर में कुछ कह रहा था। वह स्त्री चादर से मुंह छिपाकर रो रही थी।

आस–पास बहुत से बंगाली थे। उनमें से कोई हंस रहा था, और कोई मुंह में कपड़ा लगाकर हंसी को रोक रहा था। मैं दूर था, इसलिए कुछ सुन न सका था। पास आते ही मैंने सब कुछ सुना। वह आदमी बर्मी और देहाती बंगला मिलाकर रो रहा था। उसे शुद्ध भाषा में इस तरह लिखा जा सकता है–एक महीने बाद रंगपुर से तमाखू खरीद कर जो आऊंगा सो मैं ही जानता हूं। ओरी मेरी रतनमणि! तुम्हें कोतका दिखलाकर चला! कोतका दिखलाकर चला।

हमारे जैसे बिना पहचान के बंगाली दर्शकों को हंसाने के लिए वह ये बातें कर रहा था। उसकी स्त्री बंगला समझती न थी। रोने की आवाज सुनकर उसकी छाती फटी जाती थी। किसी प्रकार आंखें पोंछकर वह उसे ढाढ़स बंधा रही थी।

वह आदमी रो–रोकर कहने लगा–'तमाखू खरीदने के लिए पांच सौ रुपये दिये–अब तुम्हारे पास नहीं हैं। पेट नहीं भरा। इसी

प्रकार तुम्हारा घर भी बेचकर भले आदमी के लड़के की ही तरह जाना हो तो समझना कि एक दांव मारा! हाय, यह भी कुछ न हो सका।'

लोग हंसते–हंसते फूल गए; पर जिसके लिए इतनी हंसी हो रही थी उसकी आंखें आंसुओं से भरी हुई थीं। ऐसा लगा कि मारे कष्ट के वह कहीं मर न जाय!

खलासियों ने चिल्लाकर कहा–'सीढ़ी ऊपर उठ रही है बाबू।'

वह गरदन छोड़कर सीढ़ी तक गया और फिर लौट आया। स्त्री के हाथ में एक जड़ाऊ अंगूठी थी। उसने रोते–रोते कहा–'उसे दे–दे, अंगूठी भी ले जाऊं। दो–ढाई सौ रुपये की तो होगी–इसे क्यों छोड़ दूं?'

स्त्री ने अंगुली से निकालकर अंगूठी प्रियतम को पहना दी। 'जो मिला सो लाभ, कह' रोता हुआ वह आदमी सीढ़ी से जहाज पर चढ़ गया। जेटी छोड़कर जहाज धीरे–धीरे बढ़ा। वह स्त्री वहीं घुटने टेककर बैठ गई। बहुत से लोग दांत निकाले हंसते चले गए। किसी के मुंह से निकला–वाह रे बहादुर छोकरे! और कुछ लोग कहते चले गए–कैसा तमाशा किया! हंसते–हंसते पेट दुखने लगा। इस प्रकार और भी कितनी बातें हुईं। मैं ही अकेला उस सीधी–सादी औरत का साक्षी बना खड़ा रहा।

छोटी बहिन आंखें पोंछकर बड़ी बहिन का हाथ खींचने लगी। मैं वहां जाकर खड़ा हो गया। छोटी बहिन ने कहा–'बाबू आए हैं बहिन, उठो!'

सिर उठाकर उसने मेरी ओर देखा। देखते ही बांध तोड़कर रोना फूट निकला। मेरे पास ढाढ़स बंधाने के लिए कुछ भी न था। उस दिन उनके साथ गया। पीछे–पीछे जाकर उनकी गाड़ी में बैठ गया। रास्ते भर वह रोती रही। बार–बार यही कहती–'उनके बिना

मेरा घर सूना हो गया। अकेले कैसे रहूंगी? एक महीने के लिए तमाखू खरीदने गए हैं। परदेश में न जाने कैसे रहेंगे? रंगून की तमाखू से ही हमारा काम मजे में चल जाता था। न जाने किस आशा से हमने उन्हें भेजा। अगले मेल से मैं उनके पास जाऊंगी।' और भी बहुत कुछ कहती रही।

मैंने कुछ न कहा। खिड़की के बाहर देखकर अपने आंसू छिपाता रहा।

वह फिर कहने लगी—'बाबूजी, आपकी जाति के लोग जितना प्यार करते हैं उतना हमारी जाति के लोग नहीं करते। आप लोगों के समान दया–माया और किसी में नहीं होती।'

थोड़ी देर रुककर दो–तीन बार आंखें पोंछकर बोली—'प्यार के वश में होकर जब मैं उनके साथ रहने लगी तब न जाने कितनों ने मुझे डराया–धमकाया था। लेकिन मैंने किसी की बात नहीं सुनी। इस समय न जाने कितनी स्त्रियां मेरे भाग्य पर जलती हैं।'

चौमुहानी पर उतरकर मैं डेरे पर जाने लगा। उसने व्याकुल होकर दोनों हाथों से दरवाजा रोक लिया और बोली—'नहीं, यह न होगा। आपको हमारे साथ चलकर एक प्याला चाय पीनी होगी।'

मुझसे मना करते न बना, गाड़ी चली, उसने एकाएक पूछा—'रंगपुर कितनी दूर है बाबूजी? आप वहां गए हैं कभी? कैसा जगह है? बीमार पड़ने पर वहां डॉक्टर मिलते हैं न?'

बाहर की ओर देखकर मैंने जवाब दिया—'मिलते क्यों नहीं?'

वह ठण्डी सांस लेकर बोली—'भगवान उन्हें अच्छी तरह रखें। भाई साथ में हैं, वे भले आदमी हैं, छोटे भाई को अच्छी तरह रखें! मालूम होता है, तुम लोगों का शरीर ही प्रेम का बना है। क्यों बाबूजी, मुझे सोच नहीं करना चाहिए।'

मैं बाहर आकर सोचने लगा कि इस महान पाप में मेरा कितना भाग है। मेरी आंखों के सामने इतना बड़ा अन्याय हुआ। वह चाहे आलस्यवश हो, चाहे शरम के मारे, चाहे अक्ल मारी जाने के कारण —पर मैं चुप रहा, इससे छुटकारा कैसे मिलेगा? सिर ऊंचा कर मैं क्यों नहीं बैठता? उनकी ओर देखने का साहस क्यों नहीं होता?

चाय—बिस्कुट खाकर और उसके विवाहित जीवन की लाखों घटनाएं सुनकर मैं बाहर आया। अधिक दिन न था। डेरे पर जाने की इच्छा न हुई। कामकाज से छुट्टी पाकर सब लोग डेरे पर लौट आए थे। दादा ठाकुर के होटल में हास—परिहास की धूम थी। मुझे यह हल्ला—गुल्ला अच्छा न लगा।

अकेले रास्ते—रास्ते घूमकर सोचने लगा कि हमारा फैसला कैसे होगा? इन बरमियों के यहां विवाह कुछ बंधा हुआ नियम नहीं है। विवाह का ठीक उत्सव भी है। किसी मर्द के साथ यदि कोई औरत तीन दिन तक साथ रहकर खा ले तो उनका विवाह हो गया समझा जाता है। समाज उसे स्वीकार कर लेता है। इस प्रकार स्त्री को नीची नजर से देखा नहीं जाता, लेकिन बाबू के लिए हिन्दू नियम में कोई जगह नहीं है। इसको लेकर वे अपने देश में रह नहीं सकते। हिन्दू समाज उनको स्वीकार नहीं करता। न करे यह घृणा भी क्या सहन होती है? ऐसी दशा में या तो सदा के लिए प्रवास में जीवन बिताया जाय या बड़े भैया ने जो छोटे भाई के लिए किया वही किया जाय। इतना होने पर यदि धर्म शब्द का कोई अर्थ है, चाहे वह हिन्दू धर्म हो या और कोई धर्म—तो इतना नृशंस काम किस प्रकार ठीक हो सकता है, यह मेरी बुद्धि के बाहर की बात है। इसे कभी सोचकर देखूंगा, पर मारे गुस्से के मैं जल रहा था कि वह कायर पुरुष इस स्त्री के ऊपर वेदना का बोझ लादकर चकमा देकर चला गया।

मैं रास्ते के किनारे–किनारे चला जा रहा था। अभया का पत्र पढ़ने जिस दुकान में गया था उसी दुकान के मालिक ने मुझे पहचान कर पुकारा–'आइए बाबूजी!'

मैंने एकाएक देखा कि यह चाय की दुकान है और वह रोहिण ी भैया का घर। बुलाने का मान रखकर मैं भीतर चला गया। एक प्याला चाय पीकर बाहर निकला। रोहिणी के दरवाजे को धक्का देकर देखा कि किवाड़ बंद हैं। दो–चार बार सांकल हिलाते ही द्वार खुल गया। सामने अभया खड़ी थी।

'अरे तुम!'

अभया लाल हो गई। उसने कुछ उत्तर न दिया। पल भर में ही दरवाजा बन्द कर दिया। किन्तु लज्जा की जो मूर्ति सन्ध्या के उस झुरमुट में उसके चेहरे पर मैंने देखी उससे सब समझ लिया। कुछ देर तक यों ही खड़ा रहकर मैं लौटा जा रहा था कि मेरे कानों में दो तरह के रोने के स्वर सुनाई पड़े। एक उस महापापी का था और दूसरा उस बर्मी युवती का। मैं आंगन में खड़ा हो गया। मन में सोचा, ऐसे नहीं जाना चाहिए। नहीं–नहीं, ऐसा नहीं करना है–यह सब सुनने लगा। बहुत सुना पर अब नहीं। कौन अच्छा और कौन बुरा, क्यों अच्छा और क्यों बुरा, कहां, किसका और कैसे बुरा–इन प्रश्नों के उत्तर उसी के मुंह से सुनूंगा। यदि ऐसा नहीं कर सका तो सिर्फ किताब के अक्षरों पर दृष्टि रखकर निर्णय करने का हक न तुम्हें है, न मुझे और न शायद विधाता को ही!

10

एकाएक दरवाजा खोलकर अभया खड़ी हो गई और बोली—'जन्म–जन्मांतर के संस्कार के धक्के को न सम्भाल सकी श्रीकान्त बाबू! मैं भाग आई। आप इसे सचमुच लज्जा न समझिएगा।'

उसका साहस देखकर मैं अचकचा गया। अभया ने कहा—'डेरे पर लौट जाने में आज आपको कुछ देरी होगी। रोहिणी बाबू आते ही होंगे तो हम दोनों आपके मुजरिम हैं। आपके निर्णय से यदि हम अपराधी होंगे तो आप दण्ड दीजिएगा, स्वीकार करेंगे।'

रोहिणी को बाबू कहते पहले बार सुना। मैंने पूछा—'आप लौट कब आईं?'

अभया ने कहा—'परसों। सच्चा हाल जानने का कोलाहल आपको अवश्य होगा।' उसने अपनी दाहिनी बांह उघाड़कर दिखलाई। बेंत के दाग उभरे हुए हैं। बोली—'ऐसे और दाग हैं, जिन्हें आपको दिखला नहीं सकती।'

जिस दृश्य को देखकर मनुष्यों का पौरुष बेहाल हो जाता है, वैसा ही था यह। अभया मेरी ओर देखकर क्षण भर में ही सब समझ गई और हंसकर बोली—'लेकिन मेरे लौट जाने का केवल यही कारण नहीं है श्रीकान्त बाबू! यह तो मेरे सती धर्म का साधारण

पुरस्कार है। वे मेरे स्वामी हैं और मैं हूं उनकी विवाहिता स्त्री। यह उसी का चि है।'

कुछ देर में वह फिर बोली—'मैं स्त्री होकर इतनी दूर आई। बिना पति की अनुमति के मैंने उनकी शांति में बाधा डाली—स्त्री जाति की इतनी स्पर्द्धा पति सह न सके, यह उसी का दण्ड है। अपने घर ले जाकर विवरण मांगने लगे कि मैं रोहिणी के साथ क्यों आई। मैंने कहा—'पति का घर कैसा होता है, यह मैं आज तक नहीं जानती। मेरे बाप नहीं हैं, मां मर गई—देश में अपना—बेगाना कोई न रहा, तुम्हें बार—बार पत्र लिखकर कोई उत्तर न.......।'

उन्होंने बेंत उठाकर कहा—'आज उनका उत्तर देता हूं।' अब अभया ने अपनी चोट आई बांह को एक बार सहला दिया।

उस ओछी अमानुषिक बर्बरतों के विरुद्ध मेरे अन्तःकरण में खलबली मच गई, किन्तु जिस संस्कार के कारण अभया छिप जाना चाहती थी, वही तो मेरा भी था। मैं भी उस घेरे के बाहर न था। अच्छा किया, यह भी न कह सका और बुरा किया यह भी मुंह से नहीं निकल सका।

दूसरे के दुःख में और अपने विवेक तथा संस्कार के स्वाधीन विचार और पराधीन ज्ञान में जो संघर्ष छिड़ता है तो दूसरों को उपदेश देने के बराबर विडम्बना शायद ही और कुछ हो। थोड़ी देर चुप रहकर मैं बोला—'तुम्हारा यहां चला आना बेजा तो नहीं हुआ किन्तु......।'

अभया ने कहा—'इसी किन्तु का निर्णय तो आपसे चाहती हूं श्रीकान्त बाबू! वे अपनी बर्मी स्त्री के साथ सुख से रहें। मैं शिकायत न करूंगी, किन्तु मैं आपसे पूछना चाहती हूं कि पति जब केवल बेंत के जोर से विवाहिता स्त्री के अधिकारों को छीन लेता है और अंधेरी रात में घर से बाहर निकाल देता है, तो उसके बाद भी विवाह के

वैदिक मंत्रों के जोर से पत्नी का उत्तरदायित्व क्या बना रहता है? यही मैं आप से जानना चाहती हूं।'

मैं चुप रहा। वह मेरी ओर दृष्टि जमाये देखती रही। फिर बोली—'अधिकार के बिना कर्त्तव्य भी नहीं रहता श्रीकान्त बाबू! यह तो मोटी बात है। उन्होंने भी तो मेरे साथ मंत्रों का उच्चारण किया था। किन्तु वह तो एक अनर्गल प्रलाप रहा। उनकी प्रवृत्ति पर, उनकी इच्छा पर जरा भी रोक न लग सकी। यह अर्थहीन मंत्र मुंह से निकलते ही मिथ्या में मिल गया—किन्तु क्या सारा बंधन, सारा दायित्व स्त्री होने के कारण मेरे ही ऊपर रह गया? श्रीकान्त बाबू, आप तो केवल किन्तु कहकर रह गये अर्थात् वहा से चला आना अनुचित नहीं है, किन्तु—इस किन्तु का अर्थ यही है कि जिसका स्वामी इतना भारी अपराध करे उसकी स्त्री को भी सारा जीवन उसी अपराध का प्रायश्चित करते हुए मृतक के समान रहना चाहिए? एक मुझसे विवाह के मंत्र पढ़वा लिए गये थे—वे ही क्या मेरे जीवन के एकमात्र सत्य हैं और सब झूठ? इतना बड़ा अन्याय और अत्याचार मेरे पक्ष में कुछ भी नहीं है? मुझे स्त्रीत्व का अधिकार नहीं? समाज, संस्कार, आनन्द किसी चीज पर मेरा कुछ भी अधिकार नहीं? एक निर्दय मिथ्यावादी, सदाचारी स्वामी बिना दोष के अपनी स्त्री को निकाल दे तो क्या उसका समस्त नारीत्व पंगु हो गया? क्या इसीलिए भगवान् ने स्त्रियों को पृथ्वी पर भेजा था? सब जातियों में, सब धर्मों में इस अत्याचार की रोकथाम है। मैं हिन्दू के घर जन्मी, इसी से मेरे लिए सभी दिशाएं बन्द हो गईं श्रीकान्त बाबू?'

मुझे चुप देखकर अभया बोली—'उत्तर न देंगे श्रीकान्त बाबू?'

मैंने कहा—'मेरे उत्तर से क्या होना जाना है? मेरी राय की अपेक्षा तो आप कर नहीं रही थीं?'

अभया ने कहा—'इसके लिए समय न था।'

मैंने कहा—'हो सकता है। आप मुझे देखकर भाग गईं तो मैं लौटा जा रहा था। किन्तु फिर क्यों लौट आया, यह जानती हैं?'

'नहीं।'

'लौट आने का कारण यह है कि आज मेरा मन बहुत दुःखी है। आपसे भी अधिक निष्ठुर अत्याचार होते आज सवेरे मैंने देखा है।' जहाजघाट की उस बर्मी स्त्री की सारी कहानी सुनाकर मैंने पूछा—'उसका क्या होगा, आप बतला सकती हैं?'

अभया के रोंगटे खड़े हो गये। वह गरदन हिलाकर बोली—'मैं नहीं बतला सकती।'

मैंने कहा—'आज आपको और दो स्त्रियों का इतिहास सुनाऊंगा। एक मेरी अन्नदा दीदी है और दूसरी का नाम है प्यारी बाई। दुःख के इतिहास में इनमें से किसी का स्थान आपसे नीचे नहीं है।'

अभया चुप रही, मैंने अन्नदा दीदी की सारी कहानी सुनाकर देखा कि अभया काठ की तरह बैठी है। उनकी आंखों से आंसू बह रहे हैं। थोड़ी देर तक वह वैसे ही बैठी रही, फिर आंचल टेककर नमस्कार करते हुए उसने कहा—'इसके पश्चात्?'

'इसके पश्चात् मैं नहीं जानता। अब प्यारी बाई की कहानी सुनिए। उनका नाम जब राजलक्ष्मी था तब वह एक आदमी से प्रेम करती थी।

कैसा प्रेम! रोहिणी बाबू जैसा आपसे प्रेम करते हैं वैसे ही अपनी आंखों से देखकर तुलना कर रहा हूं। इसके बाद बहुत दिनों तक दोनों की देखादेखी हुई।

तब वह राजलक्ष्मी नहीं, प्यारी बाई थी। किन्तु राजलक्ष्मी मरकर प्यारी बाई से सदा के लिए अमर हो गई।'

अभया ने उत्सुक होकर पूछा—'इसके पश्चात्?'

एक–एक करके सभी घटनाओं को सुनाकर मैंने कहा–'एक दिन ऐसा हुआ कि प्यारी ने अपने प्राणाधिक प्रियतम को भगा दिया।'

अभया ने पूछा–'फिर?'

अभया ने सांस छोड़कर कहा–'तो आप यही न कहना चाहते हैं कि मैं अकेली नहीं हूं–सदा से स्त्रियों को ऐसा भोगने में ही उनके जीवन की सफलता है।'

मैंने कहा–'यह मैं नहीं कहना चाहता। मैं इतना ही बतला देना चाहता हूं कि औरतें मर्द नहीं हैं। दोनों के आचार–व्यवहार एक ही तराजू पर नहीं तोले जा सकते। तोलने से कुछ लाभ नहीं।'

'क्यों नहीं?'

'यह नहीं कह सकता। इसके अलावा आज मेरा मन ऐसा उद्भ्रांत हो रहा है कि इस समय ऐसी जटिल समस्या का उत्तर देना सम्भव नहीं। आपके प्रश्न पर मैं किसी दूसरे दिन विचार करूंगा। आज इतना कहे जाता हूं कि जितनी नारियों को मैंने देखा है वे दुःख सहकर ही मेरे हृदय में ऊंचा स्थान पा सकी हैं। मैं सौगन्ध खाकर कहता हूं कि मेरी अन्नदा दीदी सारे दुःखों को चुपचाप सहती गईं। यह भार असह्य होने पर भी वे आपकी राह पर पैर न रखतीं।'

मैं तनिक ठहर कर बोला–'और राजलक्ष्मी के त्याग का दुःख तो मैं अपनी आंखों से देख आया हूं। इस दुःख के जोर से ही वह मेरे हृदय में जम गई है।'

अभया चौंककर बोली–'तब आप भी क्या उनके.....।'

'यदि ऐसा न होता तो वह मुझे इतनी दूर न छोड़ देती। खो जाने के डर से मुझे अपने पास रखना चाहती।'

'इसका अर्थ यह कि राजलक्ष्मी को आपके खो जाने का भय नहीं है।'

'केवल भय ही नहीं, मैं भुलाया नहीं जा सकता। पाने और खोने की सीमा के बाहर जो चीज है, उसे वह पा गई है। इसलिए उसकी आवश्यकता भी मुझे नहीं रह गई। स्वयं भी इस जीवन में मैंने कष्ट कम नहीं झेले हैं। इसलिए दुःख न तो अभावरूप ही है और न शून्यरूप। भयहीन दुःख का उपयोग सुख के समान किया जा सकता है।'

अभया तनिक चुप रह कर बोली—'मैं आपकी बात समझती हूं श्रीकान्त बाबू! अन्नदा दीदी और राजलक्ष्मी के जीवन में दुःख सम्बल के समान मिला किन्तु मेरे हाथ में वह भी नहीं है। स्वामी के पास मुझे मिला है अपमान। लांछना और ग्लानि लेकर ही मैं वहां से आई हूं। इसी मूलधन को लेकर आप मुझे जीवित रहने को कहते हैं?'

प्रश्न अत्यन्त कठिन है। मुझे चुप देख कर अभया फिर बोली—'इन लोगों के जीवन के साथ मेरा कहीं भी मेल नहीं श्रीकान्त बाबू! संसार के सभी स्त्री—पुरुष एक ही सांचे में ढले नहीं होते, उनके सार्थक होने के मार्ग भी एक नहीं रहते। शिक्षा, प्रवृत्ति और मन की गति को एक ही दिशा में ले जाने से वे सफल नहीं हो पाते, इसलिए समाज में व्यवस्था रहनी भी आवश्यक है। मेरे ही जीवन पर एक बार सरसरी निगाह डाल जाइए। मेरे साथ उनका विवाह हुआ। उनके पास आए बिना भी न चला। आई तो कोई उपाय नहीं है। उनकी स्त्री, उनके बाल—बच्चे, उनका प्रेम आदि कुछ भी मेरा नहीं है।

इतना होने पर भी क्या उन्हीं के पास रखेली—वेश्या की तरह पड़े रहने से मेरा जीवन भर भटकते रहना क्या नारी—जीवन की श्रेष्ठ साधना है? रोहिनी बाबू को तो आपने देखा ही है। उनका प्यार भी आंखों के सामने है। ऐसे मनुष्य के जीवन को लंगड़ा बना कर सती का पद लेना मैं नहीं चाहती।'

अभया ने हाथ से आंखें पोंछ लीं। वह रुंधे कण्ठ से कहने लगी—'एक रात के विवाह अनुष्ठान को, जो अब पति—पत्नी दोनों के सामने झूठ हो गया है, बरबस खड़े रहने के लिए क्या मैं प्रेम को बिल्कुल छोड़ दूं? प्रेम जिस विधाता की देन है, वे क्या इससे खुश होंगे? मेरे बारे में आप जो चाहे समझ लें। मेरी भावी संतान को भी आप जो चाहे कहें, पर मैं कहती हूं श्रीकान्त बाबू कि हमारे निष्पाप प्रेम की संतान मनुष्य के नाते किसी से हीन न होगी; मेरे गर्भ से जन्मकर आना दुर्भाग्य भी न समझेगी। उसके मां—बाप के पास ही कोई दे जाने योग्य चीज न रहे पर उसकी माता उसे विश्वास दिला जाएगी कि वह सत्य के बीच जन्मी है और संसार में सत्य से बढ़ कर दूसरा सहारा नहीं। इससे भ्रष्ट हो जाना कठिन होगा।'

अभया चुप हो गई। मालूम होने लगा कि सारा आकाश कांप उठा और यह बात सत्य बन कर हम दोनों के बीच खड़ी हो गई। सत्य जब सचमुच मनुष्य के हृदय से बाहर निकल पड़ता है तो यह सजीव—सा मालूम पड़ने लगता है। उसके भीतर शरीर और प्राण मालूम होने लगता है। स्वीकार न करने पर मानो वह जोर से कहेगा—'चुप! झूठी दलील न दो।'

एकाएक अभया पूछ बैठी—'आप भी हमें नीची दृष्टि से देखेंगे श्रीकान्त बाबू? अब हमारे घर न आएंगे?'

उत्तर देने में मुझे टाल—मटोल करना पड़ा। थोड़ी देर में मैंने कहा—'भगवान के यहां तो आप निष्पाप हैं। वे कल्याण ही करेंगे। पर आदमी आदमी का हृदय नहीं देख सकता। सबका हृदय टटोल कर विचार करना सम्भव नहीं। यदि हर एक आदमी के लिए अलग—अलग नियम बनने लगे तो समाज की शृंखला टूट जाय।'

अभया ने कातर स्वर में कहा—'जिस धर्म में, जिस समाज में हम लोगों को स्वीकार करने की उदारता है—स्थान है—उसी समाज

में हम लोगों को जाने के लिए कहते हैं?' मेरी समझ में नहीं आया कि क्या उत्तर दूं।

अभया बोली—'अपने आदमी होकर भी आप अपने आदमी को संकट काल में स्थान नहीं दे सकते? दूसरों से भीख मांगने से क्या मान बढ़ता है श्रीकान्त बाबू?'

मैंने केवल एक लम्बी सांस ली।

अभया तनिक चुप रहकर बोली—'यदि आप लोगों के यहां स्थान नहीं है तो संसार में ऐसा स्थान कहां है जहां स्थान मिल जाता है?'

अभया ने कहा—'इसका प्रमाण तो हाथों–हाथ मिल रहा है श्रीकान्त बाबू! धरती पर अन्याय अधिक दिन तक नहीं पनपता। यह यदि सत्य है तो कहना पड़ेगा कि अन्याय को आश्रय देकर वे दिनों–दिन फल–फूल रहे हैं और हम लोग न्याय के सहारे रहकर तुच्छ होते जा रहे हैं। यहां आये हुए हम लोगों को कुछ ही दिन हुए हैं, फिर भी देखती हूं कि यह देश मुसलमानों से भरा जा रहा है। सुनने में आता है कि कोई गांव नहीं जहां एक–न–एक मुसलमान न हो या एक मस्जिद न हो। ऐसा दिन अवश्य आयेगा कि हमारे ही देश के समान ही बर्मा भी मुसलमानों से भर जाएगा। आज सवेरे जहाज–घाट पर एक अन्याय देख कर आप दुःखी हो गये हैं। आप ही बतलाइये कि किस मुसलमान को धर्म और समाज के भय से ऐसी जालसाजी का—ऐसी नीचता का सहारा लेकर, सुख–चैन की गृहस्थी में आग लगाकर भाग जाने की आवश्यकता होती? वे तो सभी को अपने में मिला लेना चाहते हैं जिनका धर्म सच्चा रहता है श्रीकान्त बाबू!'

मैंने बड़ी श्रद्धा से पूछा—'आप तो गांव–गंवाई की लड़की हैं। आपको इतनी बातें कैसे मालूम हुईं? इतना उदार हृदय पुरुषों में भी

नहीं होता। आप जिसकी माता होंगी वह संतान अभागी कैसे होगी?'

अभया जरा हंसकर बोली—'तो क्या मुझे बाहर कर देने से ही हिन्दू समाज सुरक्षित हो जाएगा? इससे समाज को कोई हानि नहीं होगी?'

कुछ देर तक वह चुप रही। फिर हंस कर बोली—'पर मैं किसी प्रकार समाज से बाहर न होऊंगी। सारा अपयश, सारा कलंक, सारा दुर्भाग्य लेकर आप ही लोगों की होकर रहूंगी। अपनी एक संतान को भी यदि मनुष्य बनाकर खड़ा कर सकी तो मेरा सारा दुःख सार्थक हो जाएगा—इसी आशा से जीऊंगी। परीक्षा लेकर देखना होगा कि सचमुच मनुष्यों में कर्म बड़ा है या जन्म का हिसाब ही दुनिया में बड़ा है।'

11

एक विद्वान मनोहर चक्रवर्ती से मेरी बातचीत हुई। दादा ठाकुर के होटल में एक संकीर्त्तन का दल था। वहीं वे पुण्य बटोरने के लिए आते थे। किन्तु मैं नहीं जानता था कि वे कहां रहते थे, क्या करते थे? इतना ही सुना था कि उनके पास काफी रुपये हैं और वे हैं बड़े हिसाबी। जाने क्यों, मेरे ऊपर वे बहुत प्रसन्न हो गये। एक दिन अकेले में बोले—'देखिये श्रीकान्त बाबू, आपकी आयु अभी कम है, जीवन में यदि उन्नति चाहें तो मैं आपको कुछ ऐसा परामर्श दूं जिसका मूल्य लाख रुपया हो। जिनसे मुझे यह सत्परामर्श मिला था वे जीवन में इतने सफल हुए कि सुन कर आपको आश्चर्य होगा। उन्हें पचास रुपये महीने की आमदनी थी। फिर भी मरते समय घर द्वार, तालाब—बगीचा, जोत—जिरात के अलावा दो हजार रुपये छोड़ गए। क्या यह मामूली बात है? अपने मां—बाप के आशीर्वाद से मैं स्वयं तो.....।'

किन्तु अपनी बात यहीं दबा कर बोले—'सुना है, वेतन आपको अच्छा मिलता है; भाग्य उत्तम है। बर्मा आते ही आनन—फानन में ऐसी उन्नति किसी ने नहीं की। मगर अपव्यय भी आप कितना करते हैं? पता लगने पर दुःख के मारे छाती फट जाती है। आप देखते

हैं कि मैं किसी की बात में नहीं पड़ता। पर मेरे कहने के अनुसार, अधिक नहीं केवल दो माह चलकर देखिए—घर लौटने पर आप अपना विवाह कर लेंगे।'

इसी सौभाग्य के लिए मैं इतना लालायित हो गया हूं—न जाने यह उन्हें कैसे मालूम हो गया। वे स्वयं ही कह चुके थे कि वे किसी बात में नहीं पड़ते।

चाहे जो हो, पर मैं उनके परामर्श के लिए व्यग्र हो उठा। उन्होंने कहा—'देखिए, दान—पान देने की बात छोड़ दीजिए। एड़ी का पसीना चोटी पर पहुंचा कर रोजगार किया जाता है। कमर तक मिट्टी खोदने पर भी पैसे नहीं मिलते। खून सुखा कर कमाया पैसा दूसरों को दे—दे, ऐसा पागल संसार में कोई नहीं है। बाल—बच्चों और परिवार के लिए बचाकर ही दूसरों को दिया जाता है। मैं नहीं कहता कि इस आदत को बिल्कुल ही छोड़ दीजिए, देखिये, जिसके घर में पैसों की खींचा—तानी हो उसे कभी सहारा न देना। दो—चार दिन की आवा—जाही से ही वह रो—गाकर दो रुपये ले जाएगा। जो दिया सो तो गया ही; बाहर का झगड़ा घर में खिंच आया सो अलग। रुपयों का मोह आदमी छोड़ता ही नहीं। तकाजा करना पड़ता है। तब धौल—धप्प, झगड़ा—तकरार होता है। इसकी आवश्यता ही क्या?'

मैंने गरदन हिलाकर कहा—'सच है।'

वे उत्साहित होकर बोले—'आप शरीफ लड़के हैं इसीलिए तुरन्त समझ गए, पर साले छोटी जाति के लोहा पीटने वालों को कोई समझावे तो जानूं। हरामजादे सात बरस में नहीं समझेंगे। सालों के पास पैसे तो रहते नहीं, फिर भी कर्ज लेकर दूसरों को देते हैं। साले छोटे आदमी इतने अहमक होते हैं।'

तनिक चुप रहकर बोले—'देखिए, कभी किसी को उधार रुपये न दीजिएगा। लोग कहेंगे—बड़ी तकलीफ है! तकलीफ है तो मुझे

क्या? अगर सचमुच तुम्हें कष्ट है तो दो तोले सोना लाकर रख दो तब दस रुपये उधार देता हूं! ठीक है न।'

मैं बोला—'ठीक है।'

वे बोले—'एक बार नहीं, सौ बार! और देखिए, लड़ाई के स्थान पर कभी न जाइयेगा। किसी का खून हो जाय, तब भी नहीं। हमें उससे क्या सरोकार? छुड़ाने पर भी अपने को चोट लग जाएगी। इसके अलावा कहीं एक पक्ष गवाह मान ले तब? तब बैठे—बैठाये अदालत दौड़ो! जब लड़ाई—झगड़ा समाप्त हो जाए तो जी चाहे, एक बार घूम आइए, नेक—सलाह दे दीजिए—पांच आदमियों में नाम होगा। ठीक है न?'

थोड़ी देर चुप रहकर वे फिर बोले—'इन लोगों की बीमारी—सीमारी के कारण मैं मुहल्ले में पैर भी नहीं रखता। उसी समय कह देते हैं महाशय, मैं पड़ा—पड़ा मर जाऊंगा—विपत्ति में मेरी सहायता कीजिए। महाशय, आदमी के मरने—जीने का कोई ठिकाना ही नहीं। उसे रुपये दे देना या पानी में फेंक देना बराबर ही है। पानी में फेंक देना अधिक अच्छा है और कुछ नहीं तो रात भर जागकर मेरी देख—रेख करने को न कह बैठें। अच्छा महाशय, मैं उनकी बीमारी में रात भर जागने जाऊं और परदेश में मुझे ही कुछ हो जाए—शीतला न करें—लेकिन इस विपत्ति में मुझे कौन देखेगा?'

अब की बार मैंने हां में हां न मिलाई। मुझे चुप देखकर वे दुविधा में फिर बोले—'साहब लोगों को देखिए न, वे कभी ऐसे स्थानों में जाते हैं? कभी नहीं। अपना कार्ड भेज देते हैं, बस हो गया। इसी से उनकी उन्नति होती है। अच्छा हो जाने पर वही मेल—जोल। महाशय, किसी के झगड़े—झंझट में कभी न पड़ें।'

ऑफिस जाने का समय हो गया था। मैं उठकर खड़ा हो गया। इन विद्वान महाशय के परामर्श से इतनी आयु में मानसिक

उन्नति होने की सम्भावना न थी, इससे मन में विशेष आन्दोलन भी न हुआ। ठेठ देहात में भी ऐसे मनुष्यों की कमी न थी। इन लोगों की चाहे जितनी बदनामी हो, पर सलाह देने में ये लोग नहीं चूकते। इस परामर्श का सामाजिक या पारिवारिक जीवन में चाहे जितना महत्त्व हो पर जीवन–यात्रा के लिए वह बहुत अच्छा होता है, इसे लोगों ने मान लिया है। मगर बंगाली का लड़का ऐसे चले तो उस पर उसके मां–बाप क्रोध करेंगे—बंगाली माता–पिता के सिर इतनी बड़ी बदनामी मढ़ते शायद पुलिस के खुफिया वालों का विवेक उन्हें रोकेगा। चाहे जो हो, पर इस तरह की बुद्धिमानी में कितना बड़ा अपराध था, इसे भगवान ने दो ही सप्ताह में प्रकट करा दिया; उन्हीं से मेरे ही सामने।

मैं बहुत दिनों से अभया के घर की ओर नहीं गया था। उसकी बातों से मिलाकर उसकी दशा को मैं जान सकता था, यह सच है। विचारों की स्वाधीनता, आचरण की निर्भीकता और सावधानी, उनका हेल–मेल और असाधारण स्नेह, मेरी बुद्धि को उस ओर आकर्षित करते थे, यह ठीक है; किन्तु फिर भी जन्म का संस्कार उधर पैर नहीं बढ़ाने देता था। यही मन में आता कि मेरी अन्नदा दीदी ऐसा न करतीं। कहीं नौकरी करके लांछना, अपमान और दुःख में रहकर ही जीवन बिता देतीं, किन्तु संसार के समस्त दुःखों के बदले भी—जिसके साथ उनका विवाह नहीं हुआ था—उसके साथ रहने को राजी न होतीं। मुझे मालूम है कि उन्होंने अपने को भगवान पर समर्पित कर दिया था। साधना के भीतर जो पवित्रता की धारणा और कर्त्तव्य का ज्ञान हुआ था, वह अभया की तीक्ष्ण बुद्धि के निर्णय के समीप क्या बिल्कुल ही बच्चों का खेल था?

अभया की एक बात याद आ गई। तब मैं उसकी तह तक नहीं पहुंच सका था। उसने कहा था—दुःख भोगने में एक प्रकार का नाशकारी मोह है। मानव–जीवन में यह देखा जाता है कि कोई

बड़ा फल दुःख सहने के बाद ही मिलता है। उसके बहुत जन्म के अनुभव ने इस भ्रम का सत्य सिद्ध कर दिया है कि जीवन—तराजू के एक पलड़े पर दुःख का जितना अधिक भार हो, दूसरे पलड़े पर उतना भारी सुख का बोझ लद जाता है। इसी से जब मनुष्य संसार की सहज एवं प्राकृतिक प्रवृत्ति को रोककर, तपस्वी बनकर, निराहार विचरता है, तब यह विचार उसके मन में नहीं उठता कि उसके खाने के लिए चौगुना भोजन इकट्ठा किया जा रहा है। यही संन्यासी जब दारुण ठण्ड में गरदन भर पानी में खड़ा रहता है या भयंकर गरमी में धूनी के पास शीर्षासन लगाये रहता है, तब उसको कष्ट सहते देखकर लोगों को कष्ट नहीं होता वरन् वे उस पर मुग्ध हो जाते हैं। उसके भविष्य के सुख की कल्पना करके लोग ईर्ष्या करने लगते हैं। अन्त में उन्हें यही कहना पड़ता है कि नीचे सिर और पैर रखने वाला व्यक्ति ही धन्य है। मानव—शरीर पाकर करने लायक काम वही करता है; हम लोग कुछ नहीं करते। वे अपने को धिक्कारते हुए मुंह बनाकर घर चले जाते हैं। श्रीकान्त बाबू, सुख के लिए दुःख सहना चाहिए, यह सच है; किन्तु इसी से यह सिद्ध नहीं होता कि बहुत दुःख सहन करने से ही सुख मिलता है। यह न इस जन्म में सम्भव है और न उस जन्म में।

मैं कहता गया—'किन्तु विधवा का ब्रह्मचर्य...।'

अभया ने मुझे रोककर कहा—'विधवा का आचरण कहिए। उसके साथ ब्रह्म का जरा भी सम्बन्ध नहीं है। मैं नहीं मानती कि उसके चाल—चलन से ही ब्रह्म की प्राप्ति होती है, वह तो कोई चीज नहीं है।

कुमारी सधवा—विधवा—जो भी चाहे अपनी राह से ब्रह्म—ज्ञान पा सकती है। विधवा का चाल—चलन ही उसके लिए सब कुछ नहीं है।'

मैंने हंसकर कहा—'अच्छा यही सही। उनके आचरण को ब्रह्मचर्य न कहा जाय। नाम से क्या होना जाना है?'

अभया क्रुद्ध होकर बोली—'नाम ही तो सब कुछ है श्रीकान्त बाबू! नाम के अलावा संसार में और क्या है? गलत नाम के भीतर ही तो मनुष्य की बुद्धि, विचार और ज्ञानधारा न जाने कितनी भूलों से होकर गुजरती है—यह आप नहीं जानते? इसी नाम के फेर में विधवा के आचरण को सभी देशों में सदा श्रेष्ठ माना जाता है। इस निरर्थक त्याग की निष्फल महिमा श्रीकान्त बाबू—बिलकुल व्यर्थ है। मनुष्य को यहां और वहां जानवर बना देने वाला इससे बढ़कर कोई दूसरा जादू है?'

ज्यादा तर्क न कर मैं चुप ही रहा। उसे तर्क करके परास्त करना सम्भव न था। पहले जब जहाज में परिचय हुआ था। तभी डॉक्टर साहब ने मजाक में कहा था कि यह फॉरवर्ड है। उस समय हम दोनों यह नहीं समझ सके थे कि फॉरवर्ड का अर्थ कहां तक पहुंच सकता है। यह औरत अपना अन्तःकरण खोलकर लोगों के सामने रख सकती है, लोगों की राय नहीं लेती, उस समय हम लोग यह समझे न थे। अभया तो अपनी बात सिद्ध करने के लिए ही तर्क नहीं करती, वह विजय पाने के लिए डटकर लड़ाई करती है।

ऐसा नहीं होता कि उसके विचार तो कुछ और कार्य कुछ हों, शायद इसी से अनेक बार मुझे उसके प्रश्न का उत्तर नहीं मिलता। मैं अचकचा—सा जाता। डेरे पर पहुंचते ही सोचता कि उसका 'यह' उत्तर खूब ठीक होता। आज भी उसके बारे में मेरी दुविधा नहीं मिटी है। अभया के लिए मैं जितना सुगम मार्ग खोजता उतना ही मेरा मन उसके प्रति टेढ़ा हो जाता। मैं अपने को जितना समझाता, उतनी ही अरुचि से मेरा मन भर जाता। मुझे याद है, इसी तरह को कुण्ठित अवस्था में मेरे दिन कटते जा रहे थे। न तो मैं उसके पास

जा सकता था और न उसे दूर हटा सकता था। इसी समय शहर में प्लेग फैल गया। हाय रे! प्लेग समुद्र के उस पार से न आने देने के लिए किये गये लाखों उपाय, अधिकारियों की निष्ठुरतम सतर्कता, बिलकुल धूल में मिल गई।

मनुष्य के भय को सीमा न रही। शहर के चौदह आने निवासी या तो नौकरी पेशे वाले थे या व्यापारी। उन्हें एकाएक दूर भाग जाने की सुविधा न थी। इनकी वही दशा हुई जो एक बन्द कमरे में आतिशबाजी छोड़ देने से होती है। भय के मारे इस मुहल्ले के लोग गठरी–मोटरी और स्त्री–बच्चों को लेकर उस मुहल्ले में चले गये। चूहे कहते ही कुशल न रहती थी। वह मर गया है या जीवित है, यह जानने के पहले ही लोग भागने लगते थे। जान पड़ता था कि मनुष्य का जीवन पेड़ में पके फल के समान लटक रहा था और प्लेग की हवा लगते ही टपक जाएगा।

शनिवार को एक मामूली काम के लिए मैं बाहर गया था। शहर के बीच एक गली से होकर बड़ी सड़क पर तेजी से जा रहा था। इसी बीच देखा कि एक टूटे–फूटे दोतल्ले मकान से मनोहर चक्रवर्ती बुला रहे हैं।

मैंने हाथ हिलाकर कहा—समय नहीं है।'

उन्होंने विनय कर कहा—'दो मिनट के लिए ऊपर आइये श्रीकान्त बाबू! मैं विपत्ति में पड़ा हूं।'

इच्छा न होते हुए भी मुझे ऊपर जाना पड़ा। मैं कभी–कभी सोचता हूं कि क्या मनुष्य का प्रत्येक काम निश्चित होता है। मुझे कोई ऐसा काम भी नहीं था और न मैं उस गली से कभी गया था, फिर सवेरे इस ओर कैसे आ पहुंचा?

पास जाकर मैंने कहा—'आप बहुत दिनों से उस ओर नहीं आये इसी मकान में रहते हैं?'

वे बोले—'नहीं महाशय, बारह—तेरह दिन से यहां आया हूं। एक तो महीने भर से पेचिश और इसी बीच हो गया प्लेग। क्या करूं, उठ तो सकता नहीं, फिर भी जैसे—तैसे भाग आया।'

मैं बोला—'अच्छा किया।'

वे बोले—'अच्छा क्या महाशय, मेरा 'कंबाइंड हैंड' साला बड़ा दुष्ट है। कहता है, चला जाऊंगा। जरा साले को डांट दीजिए।'

मुझे आश्चर्य हुआ। परन्तु इसके पहले 'कंबाइंड हैंड' की व्याख्या कर देने की आवश्यकता है। इस अंग्रेजी शब्द का अर्थ है,—दुबे, चौबे, तिवारी आदि हिन्दुस्तानी ब्राह्मणों का दल। यहां पर ये लोग किसी को निकट आते देखकर उछल पड़ते हैं, तुरन्त वहां जाकर रसोई बनाते हैं, बर्तन मांजते हैं, तमाखू चढ़ाते हैं और आफिस जाने के समय बाबू लोगों के जूते पोंछ देते हैं, फिर बाबू चाहे जिस जाति के हों। दो—चार रुपये अधिक देकर त्रिवेदी—चतुर्वेदी से नौकर और ब्राह्मण फंक्शन एक में कंबाइंड करा लिया जाता है। मूर्ख उड़िया या बंगाली ब्राह्मण इसके लिए राजी नहीं हुए। इन्हीं लोगों को राजी कर लिया गया। पैसा पाने पर हिन्दुस्तानी रसोइये को संस्कार छोड़ देने में देर नहीं लगती।

किन्तु मनोहर बाबू के इस 'कंबाइंड हैंड' को—जिसे मैंने पहले नहीं देखा था, मैं किस तरह धमका देता और वह मेरी धमकी सुन लेता, यह मेरी समझ से बाहर की बात थी। यह 'कंबाइंड हैंड' भी मनोहर बाबू ने हाल में ही रखा था। इतने दिन तक वे स्वयं 'कंबाइंड हैंड' थे, केवल पेचिस के कारण उसे रख लिया था। मनोहर बाबू कहने लगे—'महाशय, आप क्या मामूली आदमी हैं? शहर भर के लोग आपकी बात पर मरते जाते हैं। यदि आप एक लाइन भी लाट साहब को लिख दें तो उसे चौदह बरस जेल हो जाय, यह क्या मैंने नहीं सुना है? साले को जरा डांट तो दीजिए।'

उसकी बात सुनकर मैं चक्कर में पड़ गया। जिस लाट साहब का नाम तक नहीं जानता था, उसको अधिक नहीं एक लाइन लिख देने से एक आदमी को चौदह बरस कैद! अपनी इस अद्‌भुत शक्ति की प्रशंसा इतने बड़े आदमी से सुनकर मैं कुछ सोच न सका। फिर भी उनके बार–बार कहने से उस अभागे 'कंबाइंड हैंड' को डांटने के लिए मैं रसोईघर में गया। वहां बिल्कुल अंधेरा था।

वह आड़ में खड़ा होकर अपने मालिक के मुंह से मेरी शक्ति की महिमा सुन चुका था। वह रोते–रोते हाथ जोड़कर बोला–'इस घर में देव रहता है। वह यहां किसी प्रकार नहीं रह सकता।' उसने कहा–'घर में रोज भांति–भांति के प्रेत घूमते रहते हैं। यदि बाबू कोई दूसरा घर लें तो मैं वहां नौकरी करूं, पर इस घर में...।'

भला इस अंधेरे घर में प्रेत का क्या दोष? छाया ही नहीं, वहां एक संडास भी था। मैंने पूछा–'यह दुर्गन्ध किस वस्तु की है रे?'

उसने कहा–'कोई चूहा–ऊहा सड़ा होगा।'

मैं चौंक उठा–'चूहा क्या इसी घर में मरा है?'

उसने हाथ घुमाकर अवज्ञा की भावना से कहा–'पांच–छः चूहे तो मैं नित्य हाथ से उठाकर बाहर की गली में फेंक देता हूं।'

ढिबरी जलाकर खोजा गया। कहीं चूहे न मिले। मैं घबराने लगा। उस आदमी को इतना भी उपदेश न दे सका कि बीमार मालिक को छोड़कर चला जाना ठीक नहीं।

सोने के कमरे में जाकर मनोहर बाबू मेरी बाट जोह रहे थे। मुझे पास बैठाकर इस मकान के गुण बतलाने लगे–इतने कम किराये में दूसरा मकान मिलना सम्भव न था। ऐसा मकान–मालिक भी किसी का नहीं। ऐसे पड़ौसी असानी से नहीं मिलते। पास के मकान में चार–पांच मदरासी क्रिस्तान मेस चलाते हैं। वे बड़े सज्जन, शान्त और दयालु हैं। उन्होंने यह भी कह दिया कि जरा

अच्छा होते ही साले ब्राह्मण को निकाल देंगे। फिर एकाएक बोल उठे—'आप स्वप्न पर विश्वास करते हैं?'

मैं बोला—'नहीं।'

वे बोले—'मैं भी नहीं करता। कितने आश्चर्य की बात है महाशय, कल रात को मैंने स्वप्न देखा कि मैं सीढ़ी पर से गिर गया हूं। जागकर देखा कि दाहिने पैर का कूल्हा सूज गया है। आप मेरे शरीर पर हाथ रखकर झूठ–सच की जांच कर लीजिये। दर्द से मुझे ज्वर आ गया है।'

यह सुनकर मेरा मुंह सूख गया। कूल्हा भी देखा और ज्वर भी।

तनिक चुप रहने के बाद बोला—'अब तक आपने डॉक्टर को क्यों नहीं बुलाया? जल्दी किसी को भेजिये।'

उन्होंने कहा—'महाशय, यहां डॉक्टरों की फीस तो कम नहीं है। बुलाते ही चार–पांच रुपये व्यय हो जाते हैं और फिर दवा का दाम! व्यय–ही–व्यय होगा।'

मैंने कहा—'व्यय होने दीजिये, डॉक्टर को बुलाइये।'

'कौन जायेगा महाशय,? तिवारी साला तो पहचानता भी नहीं। वह चला जाएगा तो भोजन कौन बनाएगा?'

'अच्छा, मैं ही जाता हूं।' मैं डॉक्टर को बुलाने चला गया।

डॉक्टर साहब आये। जांच करके मुझसे धीरे से कहा—'ये आपके कौन हैं?'

मैं बोला—'कोई नहीं।' मैंने उन्हें बता दिया कि आज सवेरे कैसे यहां आ गया था।

डॉक्टर ने फिर पूछा—'क्या उनका कोई अपना नहीं है?'

मैंने कहा—'मैं नहीं जानता। मालूम होता है कोई नहीं है।'

डॉक्टर साहब तनिक चुप रह कर बोले—'मैं दवा लिखकर जा रहा हूं। सिर पर बरफ रखने की आवश्यकता है, किन्तु सबसे पहले इन्हें प्लेग–अस्पताल में ले जाना चाहिए। आप इस मकान में न रहिये, देखिये फीस देने की आवश्यकता नहीं है।'

डॉक्टर के चले जाने पर मैंने बहुत संकोच से अस्पताल चलने को कहा। इस सलाह से मनोहर बाबू रोने लगे। वहां रोगी को विष देकर मार डाला जाता है—वहां से कोई लौटकर नहीं आता, वे और भी बहुत कुछ बक गये।

दवा के लिए तिवारी को खोजने लगा। इतने में 'कंबाइंड हैंड' अपना लोटा और कंबल लेकर चम्पत हो गया था। किवाड़ की फांक से शायद डॉक्टर से मेरी बातचीत उसने सुन ली थी। हिन्दुस्तानी चाहे और कुछ न समझे, पर प्लेग को अच्छी प्रकार समझते हैं।

दवा के लिये मुझे ही जाना पड़ा। बरफ, आइस–बैग सब कुछ ले आया। तब वहां बच गया मैं और वे—वे और मैं। एक बार मैं उनके सिर पर आइस–बैग रखता था—एक बार वे मेरे सिर पर रखते थे। इसी प्रकार जब दो बज गये तब वे निस्तेज होकर खाट पर पड़ रहे। बीच–बीच में होश में बातें करते थे। शाम को बोले—'श्रीकान्त बाबू, अब मैं नहीं बचूंगा।'

मैं चुप रहा। उन्होंने कमर से कुन्जी निकाली—बहुत कष्ट से मुझे देकर बोले—मेरे ट्रंक में तीन सौ गिन्नियां हैं। मेरी स्त्री के पास भेज दीजिएगा। बक्स खोलते ही मेरा पता मिल जाएगा।'

मुझे एकमात्र साहस था पास की मैस का। उन लोगों की आहट और कण्ठ–स्वर बराबर सुनता था। शाम को गोलमाल अधिक सुना; थोड़ी देर बाद जान पड़ा कि वे ताला बन्द करके कहीं जा रहे थे। सोचा कि घूमने बाहर गए हैं, थोड़ी देर में लौट आयेंगे। पर मेरा मन और खराब हो गया।

इधर घर में यह आदमी जो–जो काम करने लगा, वह रात में अकेले बैठकर मजा लेने की चीज न थी। बारह बजे रात तक भी ताला न खुला। पास के घर में न तो आहट मिली और न कोई शब्द ही सुनाई पड़ा। बीच–बीच में ताला देख आता था। एकाएक इस घर में उस घर से प्रकाश आ रहा था। कौतूहलवश दीवार के छेद से मैंने जो कुछ देखा उससे खून पानी हो जाता है। सामने ही खाट पर दो जवान आदमी तकिये पर सिर रखकर लेटे हुए है। सिरहाने मोमबत्ती जल–जलकर समाप्त हो गई थी। मैं पहले से जानता था कि रोमन कैथोलिक क्रिश्चियन मुर्दे के सिरहाने दीप जला देते हैं। ऐसे सबल नवयुवकों की कुम्भकर्णी नींद का विवरण मैं फौरन जान गया।

इस घर में भी मनोहर बाबू दो घण्टे से छटपटा कर सो गये। खैर, जान बची।

पर मजा तो यह कि जिन्होंने मुझे इतना उपदेश दिया था कि दूसरों की बीमारी के समय उस मुहल्ले में पैर भी नहीं रखना, उन्हीं की लाश और गिन्नियों के बक्स की देख–रेख करने के लिए भगवान् ने मुझे भेज दिया था।

उन्होंने तो मुझे तैनात कर दिया, किन्तु शेष रात कैसे कटी यह लिखकर बतलाना सम्भव नहीं है और न बतलाने की इच्छा ही है।

दूसरे दिन मृत्यु का प्रमाण–पत्र लेने पुलिस को बुलाने, टेलीग्राम देने और मुरदे को हटाने में तीन बज गए। खैर मनोहर बाबू ठेले पर चढ़कर स्वर्ग में चले गए, मैं घर लौट आया। पिछले दिन तो एकादशी थी ही, आज भी दिन ढल गया। डेरे पर लौटते ही मालूम पड़ा कि मेरी दाहिनी कनपटी फूल गई है और उसमें दर्द हो रहा है। क्या जानूं–रातभर स्वयं दबा–दबाकर दर्द पैदा कर लिया हो, या गिन्नियों का हिसाब देने मुझे भी स्वर्ग जाना पड़े–कुछ

समझ नहीं सका किन्तु यह समझते देर न लगी कि चाहे जो हो पर अपनी व्यवस्था स्वयं करनी पड़ेगी। मनोहर बाबू का आइस–बैग लेकर उठना–बैठना न तो ठीक ही था और न अच्छा ही। निश्चय करने में देर न लगी। मैंने क्षण–भर में ही समझ लिया कि इतने भयानक रोग का भार अगर किसी पुण्यात्मा साधु पर डाला जाय तो बड़ा पाप होगा। भले आदमी को हैरान करना न तो उचित है और न शास्त्रीय। इसलिए उसकी आवश्यकता न थी। इसी रंगून के एक कोने में अभया नाम की एक स्त्री रहती थी, जिसे एक दिन घृणा के मारे छोड़ आया हूं, उसी के कंधे पर इस साँघातिक रोग का बोझ डालना चाहिए। मरना ही है तो वहीं मरूं! यह सोचकर मैंने नौकर को गाड़ी लाने की आज्ञा दी।

उस दिन मृत्यु का परवाना हाथ में लेकर जब मैं अभया के दरवाजे पर पहुंचा, तब मरने की अपेक्षा मौत की लज्जा से ही मैं अधिक डर गया।

अभया का मुंह सफेद हो गया। फिर ये शब्द उसके मुंह से निकले–'तुम्हारा उत्तरदायित्व यदि मैं न लूंगी तो और कौन लेगा? यहाँ मुझसे और अधिक गरज किसकी है?'

इसके पहले उसने मुझे कभी तुम नहीं कहा था। मेरी आंखें भर आईं, मैंने कहा–'मैं तो चला। राह का दुःख मुझे भोगना ही पड़ेगा। उसे रोकने की शक्ति किसी में नहीं है। जाते समय तुम्हारी नई गृहस्थी पर इतना संकट डालने की मेरी इच्छा नहीं है। अभया, अभी गाड़ी खड़ी है। मैं होश में हूं, अभी प्लेग के अस्पताल में अच्छी प्रकार जा सकता हूं। तुम जरा हृदय कड़ा करके कह दो–'अच्छा, जाओ।' अभया कुछ उत्तर न दे सकी। मेरा हाथ पकड़कर मुझे बिछौने पर लिटा दिया। मेरे गर्म माथे पर हाथ घुमाती हुई बोली–'यदि तुमसे जाने को कह देती तो यह नई गृहस्थी स्थिर न करती। आज से

सचमुच मेरी नई गृहस्थी जमी।' सम्भव है प्लेग न रहा हो। मृत्यु केवल ताना देकर चली गई। मैं दस दिन में उठ खड़ा हुआ। अभया ने मुझे फिर होटल में न जाने दिया।

ऑफिस जाने और छुट्टी लेकर आराम करने की बात सोच रहा था। इसी बीच ऑफिस का चपरासी एक चिट्ठी दे गया। राजलक्ष्मी की चिट्ठी थी। बर्मा आने पर उसका यही पत्र मुझे मिला था। उत्तर न पाने पर भी मैं कभी–कभी पत्र लिख देता था। वह मुझसे इसका वचन ले चुकी थी। पत्र में पहले ही इसका जिक्र करते हुए लिखा था–'मेरे मरने का समाचार तुम्हें जरूर मिलेगा। जब तक जीती हूं तब तक ऐसा कोई समाचार नहीं है जो तुम्हें न मिले। मेरे प्राण तो विदेश में ही अटके रहते हैं। यह सब इतना सच है कि तुम भी इस पर विश्वास कर लोगे। इससे बार–बार चिट्ठी लिखकर बताना पड़ता है कि तुम मजे में हो।

मैं इसी महीने में बंकू का विवाह कर देना चाहती हूं। अपनी राय लिख भेजना। परिवार पालने की क्षमता जब तक न हो जाय, तब तक विवाह नहीं करना चाहिए। तुम्हारी इस बात को मैं मानती हूं। बंकू अभी इस योग्य नहीं है। फिर भी मैं क्यों ऐसा करना चाहती हूं यह मुझे देखकर ही तुम समझ सकोगे? जैसे भी हो, यहां आ जाओ। मेरे सिर की सौगन्ध।'

पत्र के अन्त में अभया की बात थी। अभया जब पति के यहां से लौट आई थी तब उसने कहा था–'मैं जिससे प्रेम करती हूं उसी के साथ नई गृहस्थी बसाने के लिए एक पशु को छोड़ कर आ गई हूं।' इसी विषय पर बहस करती थी। इससे मैं इतना घबरा गया था कि राजलक्ष्मी को उसके सम्बन्ध में मैंने बहुत कुछ लिख दिया था। उनका उत्तर आज उसने दिया है–'यदि मेरे बारे में वे तुमसे सुन चुकी हों तो तुम उनसे मेरा नमस्कार कहना। उम्र में वे बड़ी हैं

या छोटी, यह मैं नहीं जानती। जानने की आवश्यकता भी नहीं, वे सिर्फ अपनी तेजस्विता के कारण ही प्रणम्य हैं। आज मुझे गुरुदेव के श्रीमुख की बहुत–सी बातें याद आ रही हैं। काली के मकान में दीक्षा की सारी तैयारियां हो चुकी थीं। गुरु जी आसन पर बैठे न जाने क्या सोच रहे थे। मैं आड़ में खड़ी उन्हें देख रही थी। मैं डर के मारे कांप गई। उनके पैरों पर गिर कर बोली–'बाबा, मैं मन्त्र न लूंगी'। वे चकरा गये। मेरे सिर पर अपना दाहिना हाथ रखकर बोले–'क्यों बेटी, मन्त्र क्यों न लोगी?' मैंने कहा–'मैं महापापिष्ठा हूं।' वे रोकर बोले–'तब तो मन्त्र की और भी आवश्यकता है।'

मैंने रोते–रोते कहा–'मारे लाज के मैंने अपना सच्चा हाल नहीं बतलाया। यदि अपना परिचय दे देती तो आप इस घर के भीतर पैर भी न रखते।' गुरुदेव हंसकर बोले–'तब भी दीक्षा देता। प्यारी के घर में भले ही न जाता, पर लक्ष्मी के घर में कैसे न जाता बेटी?'

मैं चौंककर चुप रह गई। थोड़ी देर में बोली–'मां के गुरु ने कहा था कि मुझे दीक्षा देने से पतित होना पड़ेगा। क्या वह बात सच न थी?' गुरुदेव हंसे। उन्होंने कहा–'सच थी तभी तो उन्होंने नहीं दिया बेटी! जिसको इसका डर नहीं, वह अवश्य देगा।' मैंने पूछा–'डर क्यों नहीं है?'

वे फिर हंसकर बोले–'एक ही मकान में जो रोग के कीटाणु एक आदमी को मार डालते हैं वे ही दूसरे आदमी को छूते तक नहीं, यह मालूम है तुझे?' मैंने कहा–'छूते तो जरूर हैं, परन्तु जो शक्तिशाली होता है वह काट देता है और जो कमजोर होता है वह मारा जाता है।'

गुरुदेव फिर सिर पर हाथ रखकर बोले–'इसे कभी मत भूलना बेटी! जिस अपराध से एक आदमी मिट्टी में मिल जाता है उसे दूसरा आसानी से पार कर जाता है। इसलिए सारे विधि–निषेध

सबको एक ही डोरी में नहीं बांध सकते।' मैंने संकोच के साथ धीरे–धीरे पूछा–'जो अन्याय है, अधर्म है, क्या वह बलवानों और निबलों के लिए समान नहीं है? यदि समान नहीं है तो क्या अविचार नहीं है?'

गुरुदेव बोले–'नहीं बेटी, बाहर से चाहे जैसा दिखाई पड़े, पर उसका फल एक–सा नहीं होता। यदि यह होता तो संसार में सबलों और दुर्बलों में भेद नहीं रह जाता। जो विष पांच वर्ष के बच्चे के लिए नाशकारी है, वही विष यदि तीस वर्ष के आदमी को नहीं मार सकता तो इस में किसका दोष है? किन्तु आज यदि तू मेरी बात न समझ सके तो यह ध्यान रखना कि, जिसके भीतर आग जल जाती है, और जिसके अन्दर केवल राख जमा है, उसके कर्म एक ही तराजू पर नहीं तोले जा सकते, यदि तोले जायें तो भूल होगी।'

'तुम्हारी चिट्ठी पढ़कर आज मुझे गुरुदेव की आग जलाने वाली बात याद आ रही है। अभया को आंखों से नहीं देखा है, फिर भी सोचती हूं, उसके भीतर जो आग जल रही है, उसकी ज्वाला तुम्हारी चिट्ठी से निकल रही है। उनका विचार जरा सावधानी से करना। मेरी जैसी मामूली स्त्री के बटखरे से उनके पाप–पुण्य को न तोलने लगना।'

चिट्ठी अभया के हाथ में देकर मैंने कहा–'राजलक्ष्मी ने तुम्हें बार–बार प्रणाम लिखा है, इसे लो।'

अभया ने दो–तीन बार पत्र को पढ़ लिया, फिर उसे मेरे बिछौने के नीचे रखकर तेजी से बाहर चली गई। संसार की दृष्टि में उसका स्त्रीत्व आज लांछित और अपमानित हो रहा है। उसी पर हजार कोस दूर से एक अपरिचित महिला ने सम्मान की पुष्पांजलि चढ़ाई है, वह उसी की अपार आनन्द वेदना को लेकर, एक पुरुष की दृष्टि से बचकर, आड़ में चली गई।

लगभग आधे घण्टे में अच्छी तरह आंख–मुंह धोकर, लौट आई। फिर बोली–'श्रीकान्त भैया...।'

मैंने कहा–'यह क्या? भैया कब से हो गये?'

'आज से।'

'नहीं, नहीं, भैया नहीं–भैया नहीं। सब मिलकर सब ओर से राह मत बन्द करो।'

अभया हंसकर बोली–'मालूम होता है, मन–ही–मन कोई मतलब गांठ रहे हो?'

'क्यों, मैं आदमी नहीं हूं?'

अभया बोली–'अनोखे मालूम होते हो। बीमारी में रोहिणी बाबू ने वादा किया था यह उसी का पुरस्कार शायद उन्हें देना चाहते हैं? मैं भूल गई। यदि तार भेज देती, तो उन्हें अवश्य देख लेती।'

मैंने गरदन हिलाकर कहा–'इसमें जरा भी सन्देह नहीं कि वह आ जाती।'

अभया थोड़ी देर चुप रहकर बोली–'तुम एक महीने की छुट्टी लेकर चले जाओ श्रीकान्त भैया। मालूम होता है तुम्हारी उन्हें सख्त आवश्यकता है।'

मैं स्वयं भी समझ रहा था कि आज उसे मेरी बड़ी आवश्यकता है। दूसरे दिन ऑफिस में चिट्ठी लिखकर मैंने और एक माह की छुट्टी ले ली। अगले मेल से जाने के लिए टिकट खरीदने को आदमी भेज दिया।

जाते समय अभया नमस्कार करके बोली–'श्रीकान्त भैया, एक वचन देते जाओ।'

'कैसा वचन दीदी?'

'संसार की सभी उलझनों को पुरुष सुलझा नहीं सकते। यदि कहीं अटको तो पत्र लिखकर मेरी राय ले लेना।'

स्वीकार करके मैं जहाजघाट जाने के लिए गाड़ी में बैठा। अभया गाड़ी के द्वार पर खड़ी होकर फिर प्रणाम करके बोली—'रोहिण ी बाबू से मैंने कल ही वहां टेलीग्राम दिलवा दिया है। किन्तु जहाज पर कुछ दिन अपने शरीर का ख्याल रखना श्रीकान्त भैया! तुमसे मैं और कुछ नहीं चाहती।'

'अच्छा' कहकर मैंने देखा कि अभया की दोनों आंखें भर आई हैं।

12

कलकत्ते में घाट पर आकर जहाज लगा। बंकू जेटी पर खड़ा था। वह जल्दी–जल्दी सीढ़ी पर चढ़ आया। प्रणाम करके बोला—'मां गाड़ी में आपकी बाट जोह रही हैं?' बाहर आते ही एक और आदमी पैर छूकर प्रणाम करके खड़ा हो गया। मैं बोला—'अरे रतन, अच्छे हो न?'

रतन थोड़ा हंसकर बोला—'आपके आशीर्वाद से, आइए।' मुझे राह दिखाते हुए गाड़ी के पास लाकर उसने द्वार खोल दिया। राजलक्ष्मी ने कहा—'आओ—रतन, तुम लोग एक दूसरी गाड़ी से आना, दो, बज रहे हैं। अभी इन्होंने नहाया–खाया नहीं है। हम लोग घर जा रहे हैं। गाड़ीवान, गाड़ी हांको।'

मैं बैठ गया। रतन ने 'अच्छा' कहकर गाड़ी का द्वार बन्द कर दिया। गाड़ीवान गाड़ी हांकने लगा। राजलक्ष्मी ने भी झुककर चरणरज ली और पूछा—'जहाज में कष्ट तो नहीं हुआ?'

'नहीं।'

'क्या तबीयत अधिक खराब हो गई थी?'

'खराब तो हो गई थी पर अधिक नहीं, किन्तु तुम भी तो अच्छी नहीं दीख पड़ती हो। घर से कब आईं?'

'परसों। अभया के द्वारा तुम्हारे आने का समाचार पाकर हम लोग चल दिये। दो दिन पहले ही चली आई। यहां कितना काम करना है?'

'काम की बात तो पीछे सुनूंगा। तुम ऐसी क्यों हो गई हो? क्या हुआ था?'

राजलक्ष्मी हंसी। मालूम हुआ, ऐसी हंसी मैंने बहुत दिनों से नहीं देखी थी। साथ–ही–साथ उस वक्त एक बड़ी इच्छा को मैंने रोक लिया। इसकी खबर अन्तर्यामी को है। मैं लम्बी सांस छिपा न सका। वह विस्मित होकर थोड़ी देर तक मेरी ओर ताकती रही; फिर बोली–'क्या मैं बीमार–सी दीखती हूं?'

मैं इसका उत्तर जल्दी न दे सका। बीमार? हां, बीमार–सी दीखती हो, किन्तु वह कुछ नहीं है। ऐसा लगा कि वह न जाने कितनी दूर पैदल चलकर देश–विदेश घूम आई, और बिल्कुल थक गई है। अपना भार स्वयं सम्भालने की शक्ति भी उसमें नहीं है, इस समय सिर्फ बेखटके सोने का स्थान ढूंढ रही है। मुझे गुमसुम देखकर पूछा–'बोलते क्यों नहीं हो?'

मैंने कहा–'नहीं बताऊंगा।'

राजलक्ष्मी बच्चों की तरह सिर धुनकर बोली–'नहीं बतलाओ। लोग कहते हैं कि मैं कुरूप हो गई हूं। क्या यह सच है?'

मैंने गम्भीर होकर कहा–'सचमुच?' राजलक्ष्मी हंसकर बोली–'तुम आदमी को घबराहट में डाल देते हो कि बस! अच्छा तो बुरा क्या है! अब मुझे सुन्दरता से क्या! तुम्हारे साथ तो अच्छा–बुरा सुन्दर–असुन्दर आदि का सम्बन्ध ही नहीं है, जिसकी मैं चिन्ता करूं।'

मैं बोला–'चिन्ता करने की आवश्यकता नहीं है। पहले तो लोग ऐसा कहेंगे ही नहीं, यदि कहेंगे तो तुम विश्वास न करोगी। अपने मन से समझती हो कि...।'

राजलक्ष्मी जरा बिगड़कर बोली—'तुम सबके मन की बात जान लेते हो, यह मैं नहीं मानती। तुम्हीं सच-सच बतलाओ, जब तुम शिकार करने वहां गये थे और मुझे देखा था, क्या अब भी मैं वैसी ही हूं?'

मैंने कहा—'नहीं जी, उस समय से अच्छी हो! फिर भी तो मेरी आंखें हैं।'

राजलक्ष्मी खिड़की की ओर देखने लगी। शायद उसने अपना हंसता हुआ मुखड़ा छिपा लिया। थोड़ी देर में हंसी के सब चि मिटाकर बोली—' तुम्हें ज्वर आ गया था? क्या उस देश का जलवायु ठीक न था?'

मैंने कहा—'नहीं था तो उपाय ही क्या है? जैसा भी हो, सहना पड़ता है।'

मैं जानता था कि राजलक्ष्मी इसका क्या उत्तर देगी। क्योंकि उस देश का जलवायु आज तक अनुकूल नहीं हुआ और आगे भी अनुकूल होने की आशा नहीं, तो वह मुझे लौटकर वहां न जाने देगी—यही मैं सोचता था। पर हुआ विपरीत। थोड़ी देर चुप रहकर नरम स्वर में उसने कहा—'यह तो सच है। फिर वहां और बंगाली भी तो रहते हैं। जलवायु उनके लिए ठीक है तो तुम्हारे लिए ठीक क्यों नहीं होगा?'

मेरे स्वास्थ्य के बारे में उसकी ऐसी बात से मुझे चोट लगी। इशारे से 'हां' कहकर मैं चुप रह गया। मैं बार-बार सोचता था कि प्लेग की बीमारी हो जाने की बात राजलक्ष्मी से कैसे कहूं। परदेश में जब मेरे दिन जीवन-मृत्यु के झमेले में बीत रहे थे उस समय का हाल सुनते-सुनते उस पर कैसी बीतेगी। उसकी आंखों में आंसू छलछला आएंगे। मैं ऐसी ही कल्पना कर रहा था। छिः! छिः! कोई किसी के मन की बात नहीं जानता यह बड़ी अच्छी बात है; नहीं

तो खैर। मैंने सोच लिया कि अपने प्राण–संकट की कहानी इसे न सुनाऊंगा।

बहूबाजार के डेरे पर पहुंच गया। राजलक्ष्मी ने हाथ से बताकर कहा—'देखो, वह जीना है। तुम्हारा कमरा तीन तल्ले पर है। जाकर आराम कर लो। मैं जाती हूं।' वह रसोईघर की ओर चली गई।

भीतर जाकर देखा कमरा मेरे लिए सजाया गया था। पटने से मेरी किताबें और गुड़गुड़ी लाना भी वह नहीं भूली। सूर्यास्त का एक चित्र मुझे बहुत प्रिय लगता है।

उसे भी कलकत्ते से लेती आई थी और ठीक उसी प्रकार उसे दीवार पर टांग दिया था। लिखने–पढ़ने का सामान, मेरे कपड़े और मेरी मखमली चट्टी भी रखी हुई हैं। वहां मैं एक आरामकुर्सी पर बैठता था। शायद उसे ले आना सम्भव नहीं था, इसीलिए नई आरामकुर्सी जंगले के पास पड़ी थी। मैं उसी पर आंखें मूंदकर पड़ रहा। मालूम हुआ कि भाटे की नदी में ज्वार का शब्द मुहाने के समीप सुनाई पड़ रहा है।

दोपहर को नहा–खाकर सो रहा। नींद टूटी तो देखा कि सूर्य की किरणें मेरे पैर के समीप पड़ रही हैं और प्यारी एक हाथ के बल मेरी ओर झुककर आंचल से पसीना पोंछ रही है। उसने कहा—'पसीने से भीग गये। पश्चिम की ओर खुला रहने के कारण इस कमरे में बहुत गरमी रहती है। कल दोतल्ले पर अपने कमरे के पास तुम्हारे लिए बिस्तर लगवा दूंगी।' वह पास बैठकर पंखे से हवा करने लगी। रतन ने कमरे में आकर पूछा—'मां, बाबू के लिए चाय ले आऊं?'

'हां, ले आओ और यदि बंकू हो तो उसे भेज दो।'

मैंने आंखें बन्द कर लीं। थोड़ी देर में चट्टियों की आवाज सुनाई पड़ी। राजलक्ष्मी ने पुकारा—'कौन, बंकू? इधर आओ।'

उसके पैरों की आवाज से मालूम हुआ कि बड़े संकोच से वह कमरे में आया। प्यारी उसी तरह पंखा हौंकती हुई बोली—'कागज, पैंसिल लेकर बैठो। जो कुछ लाना है, उसकी फेहरिस्त बनाकर दरबान के साथ चले जाओ बेटा।'

यह नया हाल मैंने देखा। बीमारी की बात दूसरी है। आज से पहले कभी वह मेरे बिछौने पर बैठकर पंखा नहीं झलती थी। इसे भी मैं एक दिन सम्भव मान लेता, परन्तु आज तो उसने नौकर-चाकर के ही नहीं, बंकू के सामने भी बेखटके अपने को प्रकट कर दिया। उसके इस सौन्दर्य से मैं चकरा गया। मुझे वह दिन याद आ गया जब पटने से मुझे इसलिए हट जाना पड़ा था, कि कहीं बंकू को शक न हो जाय। उसके आज के आचरण में कितना अन्तर है!

सामान की फेहरिस्त बनाकर बंकू चला गया। रतन भी चाय और तमाखू देकर नीचे चला गया। राजलक्ष्मी थोड़ी देर में पूछ बैठी—'तुमसे एक बात पूछती हूं—रोहिणी बाबू और अभया, दोनों में किसका प्रेम अधिक है?'

मैंने हंसकर कहा—'जिसका तुम पर पूरा सिक्का जम गया हो। निश्चय अभया का अधिक है।' राजलक्ष्मी ने हंसकर कहा—'तुम्हें कैसे मालूम हुआ कि उसने मेरे ऊपर सिक्का जमा लिया है?'

मैंने कहा—'चाहे जिस तरह भी हो, बात सच है न?'

राजलक्ष्मी ने तनिक चुप रहकर कहा—'खैर, किन्तु अधिक प्रेम रोहिणी बाबू का है।

वे इतना अधिक प्यार करते थे। इसी से उन्होंने इतनी बड़ी विपत्ति सिर पर ली, नहीं तो यह कोई खास काम तो था नहीं। उनकी तुलना में अभया को कितना स्वार्थ छोड़ना पड़ा।'

प्रश्न सुनकर मुझे सचमुच आश्चर्य हुआ। मैंने कहा—'मैं इसका उल्टा सोचता हूं। इस हिसाब से जो दुःख सहना पड़ा, वह अभया

को ही। रोहिणी बाबू चाहे जो करें, समाज की दृष्टि में वे पुरुष हैं—इसको क्यों भूल जाती हो?'

राजलक्ष्मी ने सिर हिलाकर कहा—'मैं कुछ नहीं भूल रही हूं। पुरुष के नाम पर तुम जिस अवसर और सुविधा की ओर इशारा कर रहे हो वह तुच्छ आदमियों के लिए है, रोहिणी बाबू जैसों के लिए नहीं। शौक पूरा हो जाने पर, कुछ सार न रहने पर, उसे छोड़ घर लौटकर इने—गिने लोगों के समान जीवन बिताते, यही न कहते हो? ठीक है; क्या सभी कर सकते हैं? तुम कर सकते हो? जो नहीं कर सकता उसके बोझ को तो जरा देखो। उसे अपने लिए जीवन को घर में छिपकर काट डालने की भी सुविधा नहीं रहती। उसे संसार के संघर्ष में शामिल होकर, नासमझी और मिथ्या का भारी बोझ ढोना होगा—अपने एकान्त स्नेह की पात्री को—अपनी भावी सन्तान की माता को समाज की सारी निन्दा और अशुभ से बचाकर रखना होगा—इसे क्या तुम कम दुःख समझते हो? सबसे बड़ा दुःख यह है कि जो बोझ को आसानी से उतारकर हट जाता है उसे सर्वनाशी प्रलोभन से बचकर चलना पड़ता है। दुःख की तराजू में आत्मोत्सर्ग को बनाये रखने के लिए जितने प्रेम की आवश्यकता है उसे यदि पुरुष प्रगट न करे तो किसी औरत के लिए यह सम्भव नहीं कि वह पूरा कर सके।'

मैंने इस बात पर इस तरह कभी विचार नहीं किया। रोहिणी का सीधा—सादा गुपचुप स्वभाव, पति के घर अभया के चले जाने पर उसके चेहरे पर अपार वेदना, मेरे हृदय में ज्यों—की—त्यों खिंच गई। मैंने कहा—'पत्र में तो तुमने केवल अभया को पुष्पांजलि अर्पित की थी।'

राजलक्ष्मी ने कहा—'उनका जो प्राप्य है मैं आज भी उन्हें देती हूं। मेरा विश्वास है कि सभी पाप और अपराध उनके भीतर जलकर

साफ हो गया। ऐसा न होता तो वे आज मामूली औरतों की तरह तुच्छ हो जातीं।'

'तुच्छ कैसे?'

राजलक्ष्मी—'पति परित्याग से भी बढ़कर क्या कोई पाप है? उस पाप को जलाने की आग यदि उसमें न होती तो आज...।'

मैंने कहा—'आग की बात जाने दो। किन्तु उनका स्वामी जो है।'

राजलक्ष्मी ने कहा—'पुरुष सदा से उच्छृंखल, अत्याचारी रहे हैं; इससे स्त्रियों के न भाग जाने की युक्ति ठीक नहीं उतरती, स्त्रियों को सहना पड़ेगा, नहीं तो संसार नहीं चल सकता।'

अब मेरा सारा विचार गोलमाल हो गया। मैंने मन में कहा—यह सब सनातन दासता का संस्कार है। मैंने ऊबकर पूछा—'इतनी देर से तुम आग–आग क्या बक रही हो?'

राजलक्ष्मी ने हंसकर कहा—'सुनो, जो बकती हूं। आज दो घंटे पहले पटने के पते पर अभया का पत्र मिला है। आज का समाचार मालूम है? उस दिन जब तुम प्लेग के रोगी बनकर उनकी नई गृहस्थी में पहुंचे और उन्होंने बिना समझे तुम्हें भीतर बुला लिया। उसी को मैं आग कहती हूं। उस समय उन्हें अपने सुख की चिन्ता न थी। जिस जोश से मनुष्य कर्त्तव्य की ओर बढ़ता है, उसी को मैं अब तक आग–आग कह रही थी। आग का काम सर्वभोजी है, यह नहीं मालूम क्या? वह सुख और दुःख सबको अपना लेती है। उसमें भेद–भाव नहीं रहता। एक बात और। वे रोहिणी बाबू को भी सार्थक कर देना चाहती हैं। उनका विचार है कि जीवन की सार्थकता से ही दूसरों को सार्थक बनाया जा सकता है। व्यर्थ रहने से एक ही जीवन व्यर्थ नहीं होता बल्कि औरों के जीवन को भी भिन्न–भिन्न दिशाओं में निष्फल कर देता है। सच है न?' वह गहरी सांस लेकर चुप हो

रही। जान पड़ा कि कहने को और कुछ न रहने के कारण ही वह अंगुली से मेरे रूखे बालों को इधर–उधर करने लगी। उसका यह आचरण भी नया था। एकाएक बोली–'क्या वे बहुत पढ़ी–लिखी हैं? तभी तो इतना तेज है।'

मैंने कहा–'वह सचमुच पढ़ी–लिखी स्त्री है।'

राजलक्ष्मी ने कहा–'लेकिन एक बात उन्होंने मुझसे भी छिपाई। माता बनने का लोभ पत्र में दब–सा गया है।'

मैंने कहा–'क्या उन्हें इसका लोभ है? मैंने तो कभी नहीं सुना।'

राजलक्ष्मी बोली–'वाह! यह लोभ किस स्त्री को नहीं होता? यह बात क्या उन्हें मर्दों से कहते रहना चाहिए?'

मैंने कहा–'तो तुम्हें भी है?'

'जाओ'–कहकर एकाएक लज्जा से लाल हो गई। मुंह छिपाने के लिए बिछौने पर झुक गई। उसी समय डूबते हुए सूर्य की किरण ों उसके काले बालों पर बिखेरकर कर्णफूलों के हीरे चमका रही थीं। दूसरे ही क्षण वह सम्भलकर सीधी बैठ गई और बोली–'क्या मेरे लड़के–बच्चे नहीं हैं जो लोभ होगा? लड़कियों को ब्याह चुकी। लड़के की शादी करने आई हूं। एक–दो नाती–पोते हो जाएंगे, उन्हें लेकर सुख से रहूंगी। मुझे किसी चीज की कमी नहीं है।'

मैं चुप रहा। इस पर बहस करने की इच्छा न हुई।

रात को राजलक्ष्मी ने कहा–'बंकू के विवाह में दस–बारह दिन की देर है। चलो, काशी चलें, तुम्हें गुरुदेव को दिखा लाऊं।'

मैंने हंसकर कहा–'क्या मैं कोई प्रदर्शन की चीज हूं?'

राजलक्ष्मी ने कहा–'यह भार देखने वालों पर है।'

मैंने कहा–'यही सही, इससे मुझे या तुम्हारे गुरुदेव का क्या लाभ?'

राजलक्ष्मी ने गम्भीर होकर कहा—'लाभ तुम लोगों को नहीं है, मुझे है। मेरी ही खातिर चलो।'

मैं राजी हो गया। विवाह के मुहूर्त होने से उस समय ब्याहों की बाढ़—सी आई थी। कभी बैण्ड के कारनेट और बैग पाइप की बांसुरी तरह—तरह बाजों के साथ मनुष्य को पागल किये देती थी। स्टेशन जाते समय भी इसकी धूम थी। बाजों की आवाज कम हो जाने पर राजलक्ष्मी ने पूछा—'अगर तुम्हारी राय से सब लोग चलने लगे तब तो गरीबों का ब्याह ही न हो, किसी का घर न बसे! संसार चले कैसे?'

उसकी विचित्र गम्भीरता देखकर मैं हंस पड़ा। मैंने कहा—'सृष्टि—रक्षा के लिए सोचने की जरा भी आवश्यकता नहीं है। मेरे जैसे लोग संसार में बहुत कम हैं।'

राजलक्ष्मी ने कहा—'न हों तभी अच्छा है। बड़े आदमी ही आदमी हैं और गरीब बहकर आये हैं? बाल—बच्चों को लेकर घर—गृहस्थी चलाने की उनकी इच्छा नहीं है?'

मैंने कहा—'साध होने से ही अब उसके पीछे पड़ जाना चाहिए?'

राजलक्ष्मी ने पूछा—'क्यों नहीं?'

मैंने कहा—'मेरा यह विचार सभी निर्धनों के लिए नहीं है। यह विचार केवल शरीफ गरीबों के लिए है। इसका कारण भी तुम जानती होगी।'

राजलक्ष्मी ने ज़िद से कहा—'तुम्हारा यह विचार गलत है।'

मुझे भी जिद हो आई। मैंने कहा—'हजार बार होने पर भी तुम्हारे मुंह से यह नहीं शोभा देता। बंकू के बाप ने बहत्तर रुपयों के लोभ में तुम दोनों बहिनों से विवाह कर लिया था, उसे बहुत दिन

नहीं हुए हैं। उस आदमी का पेशा ही यह था, नहीं तो यदि तुम्हें अपने यहां ले जाता और तुम्हारे दो–चार बाल–बच्चे हो जाते तो तुम्हारी क्या हालत होती?'

राजलक्ष्मी की आंखों में झगड़े का भाव सघन हो आया। उसने कहा–'भगवान जिसे भेजते हैं उसे देखते भी हैं। तुम ठहरे नास्तिक, इस लिए विश्वास नहीं करते।'

मैंने कहा–'मैं नास्तिक होऊं या और कुछ, क्या आस्तिकों को भगवान की आवश्यकता इन बच्चों को आदमी बनाने के लिए होती है?'

राजलक्ष्मी क्रोध के स्वर में बोली–'नहीं तो वह नहीं देखते। मैं तुम्हारी तरह कायर नहीं हूं। द्वार–द्वार भीख मांगकर भी उन्हें आदमी बनाती और कुछ भी हो, बाईजी कहलाने से तो वह अच्छा होता।'

मैंने उत्तर दिया। चर्चा निजी होकर अप्रिय हो गई थी।

हम लोगों की गाड़ी सरकारी और गैरसरकारी क्वाटर से होकर दूर चली गई। शनिवार को दो बजते ही दफ्तरों के अधिकांश बाबू ढाई बजे की गाड़ी के लिए तेजी से चले जा रहे थे। सभी के हाथ में कुछ–न–कुछ खाने की चीज थी। किसी के हाथ में मछलियां, किसी के हाथ में बकरे का मांस, किसी के हाथ में गांवों में न मिलने वाली तर–तरकारी और फल–फूल था। एक सप्ताह बाद घर जाकर अपने बाल–बच्चों के मुंह पर आनन्द की झलक देखने के लिए उन्होंने कुछ–न–कुछ ले लिया था। प्रत्येक के मुंह पर खुशी और ट्रेन पकड़ने की उत्कण्ठा देखकर राजलक्ष्मी ने मुझसे पूछा–'क्यों जी, ये लोग इस प्रकार स्टेशन की ओर क्यों भागे जा रहे हैं? आज क्या है?'

मैंने हंसकर कहा–'शनिवार है। ये दफ्तरों के बाबू हैं। रविवार की छुट्टी में घर जा रहे हैं।'

राजलक्ष्मी ने सिर हिलाकर कहा—'ठीक है। देखो, सभी कुछ—न—कुछ खाने की चीज लिए जा रहे हैं। देहातों में ये चीजें नहीं मिलतीं। मालूम होता है ये लड़के—बच्चों को देने के लिए खरीद कर ले जा रहे हैं।'

मैंने कहा—'हां।' उसकी कल्पना तेजी से दौड़ने लगी। उसने कहा—'वाह! लड़के—लड़कियों में आज बड़ा उत्साह होगा। वे हो—हल्ला मचाएंगे, बाप की गोद में जाने की कोशिश करेंगे। रसोई घर में मां को खबर देंगे। घर में धूम मच जाएगी।'

मैंने भी स्वीकार करके कहा—'होना ही चाहिए।'

खिड़की से इन लोगों को थोड़ी देर और देखकर उसने सांस ली, फिर मुझसे पूछा—'इनको कितना वेतन मिलता होगा?'

'बाबुओं का वेतन ही कितना—चालीस—पचास रुपये।'

राजलक्ष्मी ने कहा—'घर इनकी मां होगी, भाई—बहन होंगे, स्त्री होगी, बाल—बच्चे होंगे......।'

मैं 'हां' कहता हुआ बोला—'दो—एक विधवा बहन होंगी, शादी—ब्याह भलमन— साहत, कलकत्ते में रहने का व्यय, दवा—दारू का व्यय, बंगाली क्लर्कों का जीवन इन्हीं चालीस—पचास रुपये पर निर्भर रहता है।'

राजलक्ष्मी का दम घुटने लगा। वह व्याकुल होकर बोली—'तुम नहीं जानते इनके घर पर जमीन—जायदाद जरूर है।'

उसका चेहरा देखकर उसे निराश करने में मुझे कष्ट हुआ, फिर मैं बोला—'मै इनके घर—द्वार की हालत अच्छी तरह जानता हूं। चौदह आने लोगों के कुछ भी नहीं हैं। नौकरी न रहे तो भीख मांगनी पड़े और नहीं तो सबको भूखों मारना पड़े। इनके बाल—बच्चों की दशा सुनोगी?'

राजलक्ष्मी हाथ उठाकर बोली—'नहीं सुनना चाहती।'

उसकी ओर देखते ही मैं समझ गया कि इसने आंसुओं को रोक रखा है। मैं चुपचाप राह की ओर घूम गया। देर तक उसकी आहट न मिली। शायद वह अपने आप सोच—विचार कर रही थी। अंत में अपने कौतूहल से हारकर उसने मेरे कोट का किनारा पकड़ कर खींच लिया। मैं उसकी ओर घूमा। वह दुःख भरे स्वर में बोली—'सुनाओ उनके लड़के—लड़कियों की दशा, पर झूठ न कहना, तुम्हारे पैरों पड़ती हूं।'

उसकी विनती पर हंसी तो आई, पर हंस नहीं सका। मैं ज्यादा गम्भीर होकर बोला—'बढ़ाकर कहने की बात दूर रही, मैं तुमसे उनको कहानी कहता भी नहीं, पर तुम भीख मांग कर उन्हें आदमी बनाने की बात कर रही थी, इसी से कहता हूं। जिन्हें भगवान यहां भेजते हैं उनके प्रबन्ध का उत्तरदायित्व वे ही लेते हैं। यदि मैं इसे न मानूं तो तुम मुझे नास्तिक जान कर भला—बुरा कहोगी; किन्तु सन्तान का भार मां—बाप के ऊपर कितना है तुम स्वयं निर्णय करो, मैं जो जानता हूं, वह बतलाऊंगा।'

वह मेरी ओर देखने लगी। मैंने कहा—'बच्चा पैदा होने पर, कुछ दिनों तक उसे अपना दूध पिला कर पालने का भार उसकी मां पर है। भगवान के ऊपर मेरी अचल भक्ति है, उनकी दया पर भी मुझे पूरा विश्वास है, फिर भी मां के बदले यह भार स्वयं लेने का उपाय उनके पास है कि नहीं...।'

राजलक्ष्मी अप्रसन्न होकर हंस पड़ी। उसने कहा—'देखो, चालाकी मत करो, यह मैं भी जानती हूं।'

'जानती हो तो रहने दो, एक उलझन सुलझ गई। लेकिन तीस चालीस रुपये के घर की माता का दूध क्यों जल्दी सूख जाता है, यह जानना हो तो किसी चालीस रुपये मासिक पाने वाले के घर

जाकर जच्चा का खाना–पीना देख आओ। यह सब तुमसे नहीं होगा, इसलिए मेरी ही बात लो।'

राजलक्ष्मी चुपचाप मेरी ओर देखती रही। मैंने कहा–'देहातों में गाय का दूध बिलकुल नहीं मिलता। इन्हें इसका भी ख्याल करना होगा।'

राजलक्ष्मी ने तुरन्त कहा–'यह मैं स्वयं जानती हूं। घर में गाय रहे तो अच्छा, नहीं तो सिर पटक देने पर भी एक बूंद दूध नहीं मिलता। गाय ही नहीं तो दूध कहां से आए?' मैंने कहा–'तो एक और समस्या का समाधान हो गया। जब लड़कों के भाग्य में खालिस देहात के तालाबों का जल और विदेशी बोली–अभागों की किस्मत से थोड़ा–सा स्वाभाविक खाद्य माता का दूध भी मिल सकता है, पर वह इन घरों में अधिक दिन तक नहीं टिकने पाता। चार महीने के बाद एक नये मेहमान का समाचार मिलता है और बड़े भाई का दूध बन्द हो जाता है। शायद वह..... ।'

राजलक्ष्मी मारे लाज के लाल हो गई। उसने कहा–'हां जानती हूं, जानती हूं। समझाने की आवश्यकता नहीं। आगे बात कहो।'

मैंने कहा–'इसके बाद बच्चों को पेट–दर्द और जूड़ी–बुखार आ जाता है। तब बाप का काम होता है, कुनैन और बार्ली लाना और मां का काम पानी में घोल–घोलकर पिलाना। वह भी प्रसूति–गृह में भीतर होने के थोड़ा पहले। इसके बाद समय पर सूतिका–गृह की झंझट मिटाकर नये शिशु को गोद में लेकर बाहर आना और इसके लिए खूब रोना पीटना।'

राजलक्ष्मी ने ऊबकर कहा–'रोना किसलिए?'

इसी को तो माता का स्वभाव कहते हैं। ऐसा स्वभाव भी क्लर्क के घर में नहीं होता–जिससे भगवान भार से बचाने के लिए पहले बच्चे को अपने पास बुला लेते हैं।'

'हाय रे!' मैं बाहर से ही कह रहा था। मुड़ कर देखा कि उसकी आंखों से बड़ी–बड़ी बूंदें टपक रही हैं। मुझे बहुत दुःख हुआ। मैंने सोचा कि इस बेचारी को दुःख देने से क्या लाभ? अधिकांश धनवान लोगों के समान ही यदि इसके सामने भी दुःख की बांह छिपी रहती तो क्या हानि थी? बंगाल के छोटी नौकरी वाले गृहस्थों के यहां अन्न की कमी से ही मलेरिया, हैजा आदि बढ़ते जा रहे हैं—दूसरे बड़े आदमियों की तरह इसे भी इसका पता नहीं है। इससे क्या कोई बड़ी हानि होगी! इसी समय आंख पोंछते–पोंछते रुंधे गले से राजलक्ष्मी ने कहा—'वे भले ही क्लर्क हों, फिर भी तुमसे अच्छे हैं। तुम तो पत्थर हो! तुम्हें स्वयं कुछ दुःख नहीं है, इसी से इतनी प्रसन्नता से इनके दुःखों का वर्णन कर रहे हो, पर मेरा हृदय फटा जाता है।'

अब राजलक्ष्मी बार–बार आंखें पोंछने लगी। मैंने कुछ नहीं कहा। कोई लाभ भी न था। मैंने नम्रता से कहा—'इनके सुख का भाग भी मेरे भाग्य में नहीं है। घर पहुंच जाने की उत्सुकता भी देखने योग्य होती है।'

राजलक्ष्मी का मुंह रोने और हंसी के बीच चमक उठा। वह बोली—'मैं भी वही कहती हूं। आज पिता आ रहे हैं, यह सोच कर लड़के–बच्चे राह देख रहे होंगे। कौन कष्ट है? उन लोगों का वेतन ही न कम है। बाबूगिरी भी तो बहुत कम है, फिर भी क्या चालीस रुपये मिलते होंगे? हर्गिज नहीं। सौ–डेढ़ सौ रुपये अवश्य होंगे।'

'हो सकता है। मुझे ठीक–ठीक नहीं मालूम।'

उत्साह पाकर राजलक्ष्मी का लोभ बढ़ गया। साधारण क्लर्क के लिए भी उसे डेढ़–सौ रुपये नहीं जंचा। वह बोली—'तुम समझते हो कि वेतन का उन्हें भरोसा रहता है? ऊपर की भी आय रहती है।'

मैंने कहा—'ऊपर से क्या, प्याला?'

वह चुपचाप मुंह फुलाकर बाहर देखती रही। फिर बोली—'जितना तुम्हें देखती हूं उतना ही तुम्हारी ओर से मन हटता जाता है। तुम्हारे सिवा मेरी और कोई गति नहीं। इसी से तुम मुझे इस तरह छेड़ते हो।'

इतने दिनों पश्चात् आज मैंने उसके हाथों को अपने हाथों में खींच लिया। कुछ कहना चाहता था कि गाड़ी स्टेशन पर पहुंच गई। एक डिब्बा रिजर्व करा लिया था। बंकू दोपहर से ही समान लेकर पहुंच गया था। कोच—बाक्स पर रतन को देखकर वह दौड़ आया। मैं हाथ छोड़कर सीधा बैठ गया।

ढाई बजे लोकल ट्रेन खुलने वाली थी। हम लोगों की गाड़ी उसके बाद जाती थी। इसी समय एक निर्धन भलामानुस एक हाथ में अनेक तरकारियों की पोटली और दूसरे हाथ में मिट्टी की एक चिड़िया लिए प्लेटफार्म पर चारों ओर देख रहा था। वह एकाएक राजलक्ष्मी की ओर गया। मिट्टी का खिलौना गिर कर टूट गया। वह हाय—हाय करके उसे बटोरने चला। इतने में पांडेजी डांट कर उसकी गरदन पर चढ़ बैठे और बंकू उसे अन्धा कह कर मारने को तैयार हुआ। कुछ अन्तर पर मैं खड़ा था। मैं घबरा कर वहीं पहुंच गया। बेचारा डर और शर्म के मारे बार—बार कहने लगा—'मां, मैंने देखा नहीं। बड़ा कसूर हुआ।'

मैंने उसे छुड़ा दिया और कहा—'जो होना था सो हो गया, अब आप जल्दी जाइये।'

फिर भी वह बेचारा टुकड़ों को चुनता रहा। फिर दौड़ा। इतने में गाड़ी छूट गई। वह लौट आया और क्षमा मांग कर टुकड़े चुनने लगा। मैंने उससे कहा—'अब इसका क्या कीजिएगा?'

उसने कहा—'कुछ नहीं, लड़की बीमार है। पिछले सोमवार को घर से लौटती बार उसने कहा था—'एक खिलौना ला देना। खरीदने

गया तो साले ने दो आना दाम बताया। खैर, पूरे आठ पैसे देकर इसे खरीद लिया। लेकिन दुर्भाग्य देखिये कि खिलौना बिल्कुल टूट गया। बीमार लड़की के हाथ में न दे सका। बेटी रोकर कहेगी, बापू नहीं लाये। अब टुकड़े ही ले जाऊंगा। दिखाकर कहूंगा कि बेटी, महीना पाने के पहले ही तुम्हें खिलौना ला दूंगा।' अब टुकड़ों को चादर के खूंट में बांध कर वह बोला—'आपकी स्त्री को जान पड़ता है, बहुत चोट लग गई। मैं देख नहीं सका, हानि भी हुई और गाड़ी भी छूट गई। मिल जाती तो आध घण्टे पहले बीमार लड़की को देखता—'वह फिर प्लेटफार्म की ओर बढ़ा। बंकू पांडेजी को लेकर किसी काम से चला गया, एकाएक मुड़ कर देखा, राजलक्ष्मी की आंखें में आंसू बह रहे थे। मैंने पूछा—'बहुत चोट लगी? देखूं कहां लगी?'

13

राजलक्ष्मी आंचल से मुंह पोंछती हुई बोली—'चोट अवश्य लगी, किन्तु ऐसे स्थान पर लगी जिसे तुम्हारे जैसे पत्थर न तो देख सकते हैं और न समझ सकते हैं।'

बंकू से मैं पूछ रहा था कि मेरे लिए गाड़ी क्यों रिजर्व करनी पड़ी और राजलक्ष्मी यह सुन रही थी। बंकू के हटते ही उसने मुझे सुना दिया था कि वह अपने लिए व्यय करना नहीं चाहती। वह बोली—'पहले या दूसरे दर्जे में जाने से यदि उन लोगों को आराम मिलता तो अच्छा था। मेरे लिए तो जनाना डिब्बा था। रेल कम्पनी को इतने रुपये क्यों दे दिये जायें?' बंकू के विवरण और राजलक्ष्मी के विवरण में कोई सामंजस्य नहीं देख सका। ऐसी बातें औरतों से कहने से व्यर्थ राड़ होती है। इससे मैं चुप ही रहा।

प्लेटफार्म की बैंच पर बैठकर वे सज्जन गाड़ी की बाट जोह रहे थे। उनके सामने से जाते हुए मैंने पूछा—'आप कहां जायेंगे?'

उन्होंने कहा—'बर्दवान।'

कुछ आगे बढ़ते ही राजलक्ष्मी ने मुझसे धीरे से कहा—'तब तो वे मेरी गाड़ी में ही जा सकते हैं। किराया भी नहीं लगेगा। उनसे कहो न?'

मैंने कहा—'टिकट खरीद ही चुके होंगे, किराये के रुपये न बचेंगे।'

राजलक्ष्मी ने कहा—'खरीद ही चुके हों तो भीड़ से तो बचेंगे।'

मैंने कहा—'उन्हें आदत है, भीड़ की वो परवाह नहीं करते।'

राजलक्ष्मी जिद करके बोली—'नहीं—नहीं, तुम उनसे कहो। हम तीनों की राह बात—चीत में कट जायेगी।'

मैं समझ गया कि वह अपनी भूल को समझ रही है। बंकू और नौकर—चाकरों की दृष्टि से मेरे साथ डिब्बे में बैठने का भार उतार देना चाहती है। मैंने कहा—'एक अनावश्यक आदमी को डिब्बे में बुलाने की क्या आवश्यकता? मेरे साथ खूब बातें करना—मजे में रास्ता कट जाएगा।'

मेरे ऊपर तीव्र कटाक्ष करती हुई बोली—'यह मैं जानती हूं। मुझे छकाने का भला मौका छोड़ सकते हो?'

स्टेशन पर गाड़ी लगते ही मैंने उस मनुष्य के पास जाकर कहा—'आप चल कर हमारे ही डिब्बे में बैठ जायें। हम दोनों के सिवा और कोई नहीं है। आप भीड़भाड़ से बच जायेंगे।' उनको राजी कर लेने में कष्ट न हुआ। अनुरोध करते ही वे पोटली लेकर हमारे डिब्बे में बैठ गये।

ट्रेन दो ही चार स्टेशन गई थी कि राजलक्ष्मी उनसे बातें करने लगी। थोड़ी देर में उनके घर—द्वार, टोले—पड़ोस, गांव तक की खबरें पूछने लगी।

राजलक्ष्मी के गुरुदेव काशी में नाती—नतिनियों के साथ रहते थे। राजलक्ष्मी उनके लिए कलकत्ते से बहुत—सी वस्तुएं लिये जा रही थी। ट्रंक में से एक हरे रंग की साड़ी निकाल कर उन्हें देती हुई बोली—'सरला को खिलौने के बदले यह साड़ी दे दीजियेगा।'

वे तो दंग रह गये। उन्होंने लजा कर कहा—'नहीं, नहीं बेटी, मैं लौटकर सरला को खिलौना ले दूंगा, साड़ी रख लीजिए। यह बहुत मूल्यवान है।'

राजलक्ष्मी ने उनके पास साड़ी रखकर कहा—'अधिक दाम की नहीं है। दाम चाहे जितना हो, इसे उसके हाथ में देकर कहियेगा कि मौसी ने तुम्हें, अच्छी हो जाने पर पहनने को दी है।'

उस आदमी की आंखें छलछला आईं। आधे घण्टे की बातचीत से बिना जान–पहचान के आदमी की बीमार कन्या को, एक मूल्यवान चीज का उपहार देना, शायद उन्होंने अपने जीवन में और कहीं नहीं देखा था। उन्होंने कहा—'आशीर्वाद दीजिए कि वह अच्छी हो जाये। गरीब का घर है; इतनी मूल्यवान साड़ी लेकर वह क्या करेगी बेटी? आप इसे रख लीजिए।' वे मेरी ओर देखने लगे। मैंने कहा—'जब उसकी मौसी उसे पहनने के लिए दे रही है तब आप ले लें न?' फिर हंसकर मैंने कहा—'सरला का भाग्य अच्छा है, हम लोगों की कोई मौसी–वौसी होती तो बड़ी सुविधा रहती! आप देखेंगे कि आपकी लड़की तुरन्त चंगी हो जायेगी।'

उनके मुंह पर कृतज्ञता झलकने लगी। आपत्ति करना छोड़ उन्होंने साड़ी ले ली। फिर दोनों में बातचीत होने लगी। गृहस्थी की बात, समाज की चर्चा, सुख–दुःख की बात और भी बहुत–सी बातें हुईं। मैं खिड़की के बाहर ताकता हुआ बैठा रहा।

राजलक्ष्मी के लिए दस–बारह रुपये का कपड़ा दे देना न तो कठिन था और न नया काम। उसके नौकर–चाकर भी इतना ध्यान न करते थे पर मेरा विचार अलग था। मैं जानता था कि दान के लिहाज से यह कुछ भी नहीं है। पर मैं सोच रहा था कि इसके हृदय की धारा जिस ओर अपने को समाप्त कर देने के लिए तेजी से जा रही है, उसका अन्त कहां और किस प्रकार होगा?

दावे के साथ यह कहना दुस्साहस है कि सभी स्त्रियों के भीतर नारी रहती है या नहीं किन्तु नारी की चरम सार्थकता मातृत्व में है, इसका प्रचार धड़ल्ले से किया जा सकता है।

राजलक्ष्मी को मैं पहचानता था। उसकी प्यारी बाईजी उसके अधीर यौवन के साथ सारे आक्षेप प्रतिक्षण कर रही है। यह मैंने ध्यान से देखा था। आज वह उस नाम को सुनकर ही मिट्टी में मिल जाती है।

संसार के भोग का उत्तप्त आवेग आज राजलक्ष्मी में नहीं है। उसकी कामना और वासना आज उसी में डूब गई है। बाहर देखने पर यह शक होता है कि वे हैं भी या नहीं। आज इस मामूली घटना के द्वारा उसने मुझे याद दिला दिया कि उसके ढले यौवन के अन्तर्गत जो मातृत्व जाग उठा है उसके जागे हुए कुम्भकर्ण को इतनी खुराक कहां मिलेगी? उसकी अपनी सन्तान होती तो यह बात सहज और स्वाभाविक हो जाती।

उस दिन पटने में उसके जिस मातृरूप को देखकर मैं देखता रह गया था, उसी को याद करके आज सोचने लगा कि धधकती आग फूंक मारने से नहीं बुझ सकती। इसी से आज दूसरे के पुत्र को पुत्र मानकर खिलवाड़ करने से राजलक्ष्मी की तृष्णा शान्त नहीं हो रही है। आज उसके लिए केवल बंकू ही पर्याप्त नहीं है वरन् संसार के सभी लड़कों के सुख–दुःख का प्रभाव उस पर है।

बर्दवान में वे महाशय उतर गये। राजलक्ष्मी चुप बैठी रही। मैंने जंगले की ओर से नजर हटाकर पूछा—'यह रोना किसके लिए है? सरला के लिए या उसकी मां के लिए?' राजलक्ष्मी ने मुंह उठाकर कहा—'क्या तुम हम लोगों की बातें सुन रहे थे? मैंने कहा—'अनायास! आदमी स्वयं बात न करे तो भी बहुत–सी बातें कानों में आ जाती हैं। कम बोलने वालों के लिए भगवान् ने यह

दण्ड बना रखा है। बचने का कोई उपाय नहीं है। आंखों से जल किसके लिए बहा, यह नहीं ज्ञात हुआ।'

राजलक्ष्मी ने कहा—'किसके लिए मेरी आंखों से पानी झरा यह जानने से तुम्हें कोई लाभ नहीं।' मैंने कहा—'मैं लाभ की आशा नहीं करता, केवल नुकसान से बचकर चलना बहुत है। सरला के लिए चाहे जितने आंसू बहाओ, पर उसके बाप के लिए मैं नहीं पसन्द करता।' राजलक्ष्मी 'हूं' करके खिड़की के बाहर झांकने लगी। मैंने सोचा था कि यह हंसी व्यर्थ न जाएगी—बहुत से रुंधे हुए झरने खुल जायेंगे। पर वह नहीं हुआ। वह तो इतनी देर से इस ओर देख रही थी सो भी मुंह फेर कर बैठ गई।

देर तक मैं चुप रहा। बातें करने के लिए भीतर आवेग—जैसा था; इसी से अधिक चुप न रहकर यह बात छेड़ दी—'बर्दवान से कुछ खाने—पीने को ले लिया होता!'

राजलक्ष्मी ने कुछ उत्तर नहीं दिया।

मैंने कहा—'दूसरों के दुःख में रो—रोकर नदी बहा दी और घर वालों के दुःख का कुछ ध्यान ही नहीं। विलायत से लौटते हुए लोगों के समान यह विद्या कहां से सीख ली?'

राजलक्ष्मी धीरे—धीरे बोली—'विलायत से लौटे हुए पर क्या तुम्हारी अधिक भक्ति है?'

मैंने कहा—'वे लोग भक्ति के योग्य हैं?'

'उन लोगों ने तुम्हारा क्या बिगाड़ा है?'

'अब तक तो कुछ नहीं किया है, किन्तु आगे कुछ कर दें इसी भय से भक्ति करने लगा हूं।'

राजलक्ष्मी तनिक चुप रहकर बोली—'यह तुम लोगों का अन्याय है। तुम लोगों ने उन्हें अपनी जाति से, अपने समाज से—सब स्थान

से निकाल दिया है। इस पर भी यदि वे कुछ न करें तो तुम लोगों को कृतज्ञ होना चाहिए।'

मैंने कहा—'यदि वे क्रोध में बिल्कुल क्रिस्तान हो जाते तो हम लोग बहुत खुश होते। उनमें से जो अपने को ब्राह्मण बताते हैं, वे ब्रह्मसमाज को नष्ट कर देते हैं और जो हिन्दू बनते हैं, वे हिन्दू समाज को नष्ट कर देते हैं। यदि पहले अपनी स्थिति सुधारकर वे दूसरों के लिए रोते तो उनका भला होता और जिसके लिये रोते उसकी भी कुछ भलाई होती।'

राजलक्ष्मी ने कहा—'पर मैं तो ऐसा नहीं समझती।'

मैंने कहा—'नहीं समझती तो कुछ हानि नहीं है। पर जिनके लिये मैं अटका हूं वह दूसरी बात है। उसका किसी ने उत्तर नहीं दिया।'

इस बार राजलक्ष्मी ने हंसकर कहा—'अजी उसके लिए अटकना नहीं पड़ेगा। पहले तुम्हारी भूख तो खुले उसके बाद देखा जाएगा।'

मैंने कहा—'देखा क्या जाएगा, जिस स्टेशन पर जो कुछ मिलेगा वही निगल जाने के लिए दोगी न?'

यह सुनकर मेरी ओर देखती हुई वह चुप बैठी रही। फिर हंसकर बोली—'तुम्हें विश्वास है, ऐसा मैं कर सकती हूं?'

मैंने कहा—'क्या इतना भी विश्वास तुम पर न होगा?'

'तो ठीक है।' कहकर वह खिड़की से बाहर झांकने लगी।

अगले स्टेशन पर राजलक्ष्मी ने रतन को बुलाया। खाने को स्थान ठीक करवा दिया। फिर हुक्का लाने को कहकर, सभी चीजें थाली में परोस लाई।

मुझे जो–जो वस्तुएं पसन्द थीं, सभी साथ थीं।

बैंच पर रतन ने बिछौना लगा दिया। अच्छी प्रकार भोजन करके मैं गुड़गुड़ी मुंह में लेकर आंख मूंदना चाहता था कि राजलक्ष्मी

बोली—'सब कुछ उठा ले जा रतन! जो जी चाहे खा लेना, तुम्हारे डिब्बे में और कोई खाये तो उसे दे देना।'

रतन को बहुत लज्जित और संकुचित देखकर मैंने कहा—'तुमने कुछ खाया नहीं?'

राजलक्ष्मी बोली—'मुझे भूख नहीं है। जाओ रतन; खड़े क्यों हो? गाड़ी छूट जाएगी।'

रतन मानो लज्जा से गड़ गया। उसने कहा—'मुझ से भूल हो गई बाबू, मुसलमान कुली से छू गया है। कितना कहता हूं—मां, स्टेशन से कुछ खाने को ला दूं, पर यह किसी प्रकार नहीं मानतीं।' वह दीन दृष्टि से मेरी ओर देखने लगा।

मेरे कुछ कहने के पहले ही राजलक्ष्मी ने उसे डांटकर कहा—'तू जाएगा कि खड़ा—खड़ा बहस करेगा?'

रतन और कुछ न कह सका। चुपचाप बरतन लेकर चला गया। ट्रेन छूटते ही राजलक्ष्मी मेरे सिरहाने आकर बैठ गई। सिर के बालों पर अंगुली फेरती हुई बोली— 'अच्छा देखो.......।'

'फिर कभी देखूंगा। अभी नहीं, किन्तु......।'

वह मुझे रोककर बोली—'किन्तु से शुरू करके तुम लेक्चर देने लगोगे। मैं मुसलमान से घृणा नहीं करती, उनसे छू जाने पर भोजन को अशुद्ध भी नहीं मानती। ऐसा होता तो तुम्हें अपने हाथों से भोजन कैसे परोसती?'

'पर तुमने स्वयं क्यों नहीं खाया?'

'औरतों को नहीं खाना चाहिये।'

'क्यों'

'क्यों क्या, औरतों के लिए मनाही है।'

'पुरुषों के लिए मनाही नहीं है?'

राजलक्ष्मी मेरा सिर हिलाकर बोली—'मरदों के लिए बंधे हुए नियम नहीं हैं। उनकी जैसी इच्छा हो खाएं, पहनें, सुख से रहें और हम लोग आचार का पालन करें, कष्ट सहें यही बहुत है। क्या तुम लोग भी सह सकते हो? देखो न शाम होते ही भूख के मारे आंखें निकल रही थीं।'

मैंने कहा—'सम्भव है, पर मैं दुःख नहीं सह सकता, यह तो कोई प्रशंसा की बात नहीं है।'

राजलक्ष्मी सिर हिलाकर बोली—'इसमें तो तुम्हारा तनिक भी अगौरव नहीं है। तुम लोग तो हम लोगों की तरह दासी की जाति के नहीं हो जो कष्ट सह सको। यदि हम लोग न सह सकें तो लज्जा की बात है।'

मैंने कहा—'इतना न्याय–शास्त्र तुम्हें किसने सिखला दिया? काशी के गुरुदेव ने?'

राजलक्ष्मी मेरी ओर झुक कर थोड़ी देर चुप रही, फिर हंसकर बोली—'मुझे जो शिक्षा मिली है, तुम से ही मिली है। तुमसे बढ़कर मेरा और कोई गुरु नहीं है।'

मैंने कहा—'तब तो गुरु से तुमने ठीक उल्टी बातें सीख ली हैं। मैंने किसी दिन नहीं कहा कि तुम दासी की जाति की हो। तुम हम लोगों से तिल भर भी छोटी नहीं हो।'

राजलक्ष्मी की आंखें भर आईं। वह बोली—'यह मैं जानती हूं। यह मैंने तुमसे सीखा है। यदि संसार के पुरुष तुम्हारी ही तरह सोचते तो स्त्री–जाति आज यही कहती। छोटे–बड़े की समस्या ही न उठती।'

'यह सत्य बिना किसी विचार के सभी मान लेते?'

राजलक्ष्मी ने कहा—'हां!'

मैं हंसकर बोला—'भाग्य से पृथ्वी की सभी औरतें तुम्हारी राय नहीं मानतीं। पर अपनी जाति को इतना हीन समझते हुए क्या तुम्हें तनिक भी लज्जा नहीं आती?'

मुझे सन्देह है, मेरे उपहास पर राजलक्ष्मी ने ध्यान दिया कि नहीं। वह सहज भाव से बोली—'इसमें हीनता की क्या बात है?'

मैंने कहा—'तब ठीक है। हम लोग मालिक हैं और तुम लोग दासी, यह संस्कार यहां स्त्रियों में जिस प्रकार जमा हुआ है, उसी से तुम्हें अपनी हीनता भी नहीं सूझती, मालूम होता है इसी पाप से दुनिया की औरतों से तुम लोग छोटी हो गई हो।'

राजलक्ष्मी एकाएक तुनक कर बैठ गई। वह आंखें चढ़ाकर बोली—'इसलिए नहीं। तुम्हारे देश की स्त्रियां अपने को छोटा समझने से हीन नहीं हो गई हैं, बल्कि तुम लोगों ने उन्हें छोटा कर दिया है और स्वयं तुम लोग भी छोटे हो गये हो।'

यह बात मुझे नई–सी जान पड़ी। इसमें जो गुप्त अर्थ छिपा था वह धीरे–धीरे साफ होने लगा। इसमें सचमुच बहुत–सा सत्य छिपा हुआ है; जो आज भी नहीं दीख पड़ा।

राजलक्ष्मी ने कहा—'तुम तो उस भलेमानुस के सम्बन्ध में हंसी कर रहे थे, पर उसकी बातें सुनने से मेरी आंखें खुल गईं।'

'नहीं जानता।' यह कहते ही राजलक्ष्मी कहने लगी—'न जानने का कटाक्ष है। किसी मनुष्य को जब तक जिज्ञासा नहीं होती तब तक उसकी आंखों के सामने सब कुछ धुंधला–सा बना रहता है। तुम्हारे मुंह से इतने दिनों से यह सुनकर कि जब हमारे देश में इतना दुःख है, हमारा समाज इतना अन्धा है तब मनुष्य जिन्दा ही क्यों रहता है; उस व्यवस्था को मानकर क्यों चलता है?'

मुझे चुपचाप सुनते देखकर वह धीरे–धीरे बोली—'तुम इसे समझ कैसे सकते हो? कभी इन लोगों के बीच नहीं रहे हो; इन

लोगों के सुख–दुख में शामिल नहीं हुए, अटकल से ही समझने लगे कि इनको बहुत दुःख है। जो बड़ा जमींदार हमेशा पुलाव खाता है, वह अपनी दरिद्र प्रजा को बासी भात खाते देखकर यह समझ ले कि इनको बहुत कष्ट है–उसी तरह तुम कहते हो।'

मैंने कहा–'तुम्हारी दलील ठीक नहीं जंचती, तुम कैसे जान गई कि देश के सम्बन्ध में मुझे इससे अधिक जानकारी नहीं है?'

राजलक्ष्मी ने कहा–'संसार में तुम्हारे जैसा स्वार्थी क्या कोई और है? जो केवल अपने आराम के लिए इधर–उधर भागता रहता है, वह घर की सुधि कैसे लेगा? तुम्हारे ही जैसे आदमी, जिन्हें समाज से कोई सरोकार नहीं रहता, जो उसकी उपेक्षा किया करते हैं, वे ही समाज की निन्दा करते फिरते हैं। न तो तुम लोग भली प्रकार अपने समाज को जानते हो और न दूसरे के समाज को।'

मैंने कहा–'फिर?'

राजलक्ष्मी बोली–'समाज के बाहर से तुम लोग शायद इस व्यवस्था को देखकर खेद करते हो कि स्त्रियां मकान में बन्द रह कर काम करती हैं। इसी से ये अन्य स्त्रियों से बहुत हीन हैं। लेकिन कुछ दिन तक हम लोगों की चिन्ता छोड़ कर अपना विचार करो। यदि कुछ भूल होगी तो उसे उसी समय देख लोगे?'

मैंने कहा–'इसके पश्चात्?'

राजलक्ष्मी तुनककर बोली–'तुम हंसी कर रहे हो, पर मैं हंसी की बात नहीं करती। घर की पुरखिन सबसे घटिया भोजन करती है, कभी–कभी तो नौकर–चाकरों से भी भद्दा। कभी–कभी वह नौकरों से भी अधिक परिश्रम करती है।

पर, तुम इससे दुःखी होकर रोते मत फिरो; हम लोगों को लौंडी ही रहने दो। दूसरे देशों की तरह रानी बना देने का प्रयत्न मत करो।'

मैंने कहा—'तुम तर्कशास्त्र को डुबा देना चाहती हो। मैं मानता हूं कि मुझे ठीक तर्क करने का मार्ग नहीं मिल रहा है।'

उसने कहा—'तर्क करने की कोई बात नहीं।'

मैंने कहा—'होने पर भी मुझ में शक्ति नहीं है, नींद आ रही है। तुम्हारी बात एक प्रकार से समझ रहा हूं।'

राजलक्ष्मी तनिक चुप रहकर बोली—'देश के अमीर—गरीब, छोटे—बड़े, ऊंच—नीच, सबों को रुपये का लोभ बढ़ गया है। थोड़े में कोई संतुष्ट नहीं रहता। इससे हानि हुई है।'

मैंने कहा—'इसका पता तुम्हें कैसे लगा?'

राजलक्ष्मी बोली—'रुपयों के लोभ से ही तो मेरी यह गति हुई। शायद पहले जन्म में इतना लोभ न था।'

मैं बोला—'यह इतिहास मुझे नहीं मालूम है।'

वह कहने लगी—'कभी नहीं था, मां को धर्म का डर था, रुपयों के लोभ से वे मुझे इस राह पर कभी न ठेलतीं। आज मेरे पास रुपये हैं, पर मेरे समान दुःखी दूसरा नहीं है। मैं समझती हूं, राह का भिखारी भी मुझसे अधिक सुखी है।' अपने हाथ में उसका हाथ लेकर मैंने कहा—'सचमुच तुम्हें इतना दुःख है?'

राजलक्ष्मी चुप हो गई। फिर आंचल से आंखें पोंछकर बोली—'मेरी बात मेरे अन्तर्यामी ही जानते हैं।'

अब दोनों चुप हो गये। गाड़ी धीमी होकर एक छोटे स्टेशन पर रुक गई, फिर चलने लगी। मैंने पूछा—'तुम्हारा शेष जीवन कैसे सुखी रह सकता है?'

राजलक्ष्मी ने कहा—'यह मैं सोच चुकी हूं। यदि मेरे रुपये—पैसे किसी प्रकार समाप्त हो जाएं, कुछ न रहे—'मैं निराश्रय हो जाऊं तभी...।'

अब हम लोग चुप थे। उसकी साफ बात समझने में देर न लगी। मैंने पूछा—'यह विचार कब से हुआ?'

राजलक्ष्मी ने कहा—'जिस दिन से अभया की बात सुनी।'

मैं बोला—'लेकिन उन लोगों की जीवन—यात्रा तो अभी समाप्त नहीं हुई है। उन्हें आगे कितना दुःख होगा, यह तुम नहीं जानतीं।'

वह सिर हिलाकर बोली—'सचमुच नहीं जानती; वे चाहे कितना दुःख पाएं, पर मैं दृढ़ता से कहती हूं कि मेरे समान कष्ट उन्हें कभी न होगा।'

कुछ देर तक चुप रहकर मैं बोला—'मैं तुम्हारे लिए सब कुछ छोड़ सकता हूं; लेकिन प्रतिष्ठा कैसे छोड़ दूं?'

राजलक्ष्मी—'मैं तुमसे कुछ छोड़ने को नहीं कहती हूं। प्रतिष्ठा ही तो आदमी की मुख्य वस्तु है। वही यदि छोड़ नहीं सकते तो त्याग की बात क्यों करते हो?'

मैं बोला—'कहता ही नहीं और कर भी सकता हूं। प्रतिष्ठा नष्ट होने के बाद पुरुष का जीवित रहना व्यर्थ है। इज्जत बचाकर मैं तुम्हारे लिए सब कुछ कर सकता हूं।'

राजलक्ष्मी एकाएक हाथ छुड़ाकर बोली—'मेरे लिए तुम्हें कुछ भी छोड़ना न पड़ेगा। क्या तुम समझते हो कि तुम्हीं लोगों की प्रतिष्ठा होती है; हमारी नहीं होती?' हमारे लिए भी उसे छोड़ देना क्या इतना सहज है? तुम लोगों के लिए स्त्रियां इसे धूल में मिला देती हैं, यह तुम नहीं जानते, मैं जानती हूं।'

मैं बोलना चाहता था कि वह रोकर बोली—'ठहरो, अधिक बातों की आवश्यकता नहीं, मैं इतने दिनों से जो समझ रही थी, वह गलत था। तुम सो जाओ, अब मैं इस सम्बन्ध में कभी कुछ नहीं कहूंगी। तुम भी न कहना।' वह उठकर अपनी बैंच पर बैठ गई।

दूसरे दिन मैं ठीक समय पर काशी आ गया और प्यारी के घर में ही डेरा डाला। ऊपर के दो कमरे छोड़कर प्रायः पूरे घर में कई अवस्थाओं की विधवाएं रहती थीं।

'ये मेरी किरायेदार हैं।' कहकर प्यारी मुंह फेर कर जरा हंसी।

मैंने कहा—'हंस रही हो? क्या किराया वसूल नहीं होता?'

प्यारी ने कहा—'नहीं? मुझे कुछ देना ही पड़ता है।'

'इसका तात्पर्य?' प्यारी हंसकर बोली—'भविष्य की आशा से मुझे ही खाना– कपड़ा देना पड़ता है। यदि अपने पास शेष हैं तो दूसरों को दिया जाएगा।'

मैं हंसकर बोला—'समझता क्यों नहीं? मैं सोच रहा हूं कि इस प्रकार भविष्य की आशा में कितने लोग हैं जिनके लिए तुम्हें अन्न—वस्त्र का प्रबन्ध करना पड़ता है?'

'इसके अलावा दो—एक सम्बन्धी भी हैं।'

'होंगे।'

प्यारी खूब हंस—हंसकर बोली—'मां के साथ आने पर काशी में जो मैं मर गई थी उसकी शायद तुम्हें याद नहीं है। उस समय जिन्होंने मुझे ठिकाने लगाया था उनका उपकार नहीं भुलाया जा सकता।

ये लोग बड़े दयालु हैं। इसी से अपने पास रखकर ध्यान रखती हूं कि इनको और भी उपकार करने का मौका मिले।'

उसकी ओर देखते ही मेरे मुंह से एकाएक निकल पड़ा—'तुम्हारे भीतर क्या है राजलक्ष्मी? एक बार चीरकर देखना चाहता हूं।'

'मरने पर देख लेना। भीतर जाकर तनिक सो रहा। तुम्हारे खाने का प्रबन्ध करके तुम्हें जगा लूंगी।' कह वह जीना दिखलाकर नीचे उतर गई।

मैं देर तक वहीं खड़ा रहा। आज उसके हृदय का कोई नया परिचय नहीं था, किन्तु मेरे हृदय में इस मामूली बात से नया बवण्डर उठा।

रात को प्यारी ने कहा—'तुम्हें इतनी दूर लाकर नाहक कष्ट किया। गुरुदेव तीर्थ–यात्रा करने गये हैं। उनके दर्शन न करा सकी।'

मैंने कहा—'इसका मुझे जरा भी खेद नहीं। अब लौट कर कलकत्ता जाओगी न?'

प्यारी ने सिर हिलाकर कहा—'हां।'

मैंने कहा—'मेरा साथ जाना आवश्यक न हो तो पश्चिम जाकर घूम आऊं।'

प्यारी बोली—'बंकू के ब्याह में तो अभी देर है, चलो मैं भी प्रयाग नहा आऊं।'

मैं मुश्किल में पड़ गया। मेरे दूर के एक चाचा वहां रहते थे, सोचा था कि जाकर उन्हीं के यहां ठहरूंगा। इनके सिवा और भी सगे–सम्बन्धी वहां रहते थे।

प्यारी मेरी आंखों से तात्पर्य को समझ गई। बोली—'मैं साथ रहूंगी तो कोई देख लेगा न?'

मैंने उदास होकर कहा—'अरे झूठी बदनामी से भी डरना पड़ता है।'

प्यारी जोर से हंसकर बोली—'यह बात है। कुछ दिन और बीत जाते तो तुम्हें गोद में लेकर मैं दिन–रात काटती। भाग्य समझो कि वह दशा किसी ने देखी नहीं। क्या वहां तुम्हारी पहचान का कोई नहीं था?' बहुत ही लजाकर मैंने कहा—'मुझे खोंचा मारना ठीक नहीं है। आयु के हिसाब से मैं तुमसे बहुत छोटा हूं।'

प्यारी तीखे स्वर में बोली—'खोंचा! शायद तुम्हें खोंचा मारने ही उस समय गई थी। देखो, आदमी को कष्ट देने की सीमा पार न कर जाना।'

तनिक चुप रहकर वह बोली—'कलंक ही है। मैं इस कलंक को माथे चढ़ाकर संसार को पुकार कर दिखाती, किन्तु ऐसी बात मुंह से न कहती।'

मैं बोला—'तुमने मेरी जान बचाई है किन्तु मैं ओछा आदमी हूं। राजलक्ष्मी तुम्हारे साथ मेरी तुलना नहीं।'

राजलक्ष्मी बोली—'यदि मैंने जान बचाई है तो अपनी गरज से, तुम्हारे लिए नहीं। इसके लिए तुम्हें एक दिन भी कृतज्ञ न होना पड़ेगा। लेकिन मैं तुम्हें तुच्छ समझ सकती तो मैं बच जाती।'

वह मेरे उत्तर की राह देखे बिना वहां से चली गई। दूसरे दिन सवेरे राजलक्ष्मी चाय देकर जा रही थी कि मैंने पुकार कर कहा—'क्या बोलचाल बन्द है?' वह मुड़कर खड़ी हो गई और बोली—'क्या कुछ कहना है?'

मैं बोला—'चलो प्रयाग हो आएं।'

'अच्छी बात है, जाओ।'

'तुम भी चलो।'

'क्या यह कृपा है।'

'क्या जाना नहीं चाहती?'

'नहीं! समय बचेगा तो देख लूंगी। इस समय नहीं।' कहकर वह चली गई। मेरे मुंह से ठण्डी सांस बाहर निकल आई।

दोपहर को भोजन के समय मैं हंसकर बोला—'अच्छा लक्ष्मी, मुझ से बातचीत बन्द करके क्या तुम रह सकती हो? क्यों यह असाध्य प्रयत्न कर रही हो?'

राजलक्ष्मी गम्भीर होकर बोली—'सामने रहने पर न कोई दूसरा कर सकता है, न मैं ही। मेरी ऐसी इच्छा भी नहीं है।'

'तो क्या इच्छा है?'

राजलक्ष्मी ने कहा—'मैं कल से सोच रही हूं कि यह खींच–तान नहीं रुक सकती। तुम साफ–साफ जानते हो और मैं भी समझती हूं। भूल मेरी है इसको मैं नहीं मानती हूं किन्तु...।'

उसे रुकते देखकर मैंने पूछा—'किन्तु क्या?'

राजलक्ष्मी ने कहा—'कुछ नहीं। यह जो एक निर्लज्ज के समान तुम्हारे पीछे–पीछे घूमती हूं।' —कहकर उसने घृणा से मुंह सिकोड़ लिया और कहा—'लड़का भी क्या समझता होगा? नौकर–चाकर क्या कहते होंगे? राम! राम! मैंने क्या कर डाला।'

'बुढ़ापे में यह मुझे नहीं शोभता। तुम इलाहाबाद जाना चाहो तो जाओ। हो सके तो बरमा जाने के पहले एक बार मिल जाना।' कहकर राजलक्ष्मी चली गई। साथ–साथ मेरी भूख भी नष्ट हो गई। पहले मुझे मालूम हो गया था कि अब मान–वान का प्रश्न नहीं रहा। उसने कुछ और निश्चय किया है।

शाम को हिन्दुस्तानी नौकरानी नाश्ता लेकर आई तो उससे प्यारी का समाचार पूछा। मुझे आश्चर्य हुआ कि वह मकान पर नहीं है। सजधजकर कहीं फिटन पर गई है। कहां गई फिटन पर सज–धजकर—कुछ समझ में न आया। उसी बात की याद आ गई कि वह काशी में ही मरी थी। कुछ समझ न सका, पर मेरा मन उदास हो गया। शाम हो गई। रोशनी जल गई। पर राजलक्ष्मी न लौटी। कन्धे पर चादर डालकर घूमने को निकला। चक्कर काटकर, घूम–फिरकर दस बजे लौटा तो सुना कि प्यारी अभी तक नहीं आई है। क्या बात है? मुझे डर लगने लगा। रतन को बुलाकर संकोच मिटाना चाहता था कि घोड़ों की टाप सुनाई पड़ी। खिड़की से देखा

तो फिटन द्वार पर खड़ी थी। प्यारी उतरकर आई। चांदनी में उसके गहने चमचमा उठे। गाड़ी में जो आदमी बैठे थे, उन्होंने प्यारी से न जाने क्या कहा। समझ न सका। फिटन चली गई।

14

राजलक्ष्मी उसी वेश में मेरे कमरे में मेरी सुध लेने आई। मैं उछल पड़ा। उसकी ओर दाहिना हाथ फैलाकर थिएटरी स्वर में कहने लगा—'अरी पाखण्डिन रोहिणी! गोविन्दलाल को नहीं पहचानती? आज मेरे पास एक पिस्तौल होती या तलवार होती...।'

राजलक्ष्मी ने सूखे गले से कहा—'तब क्या—खून?'

मैं हंसकर बोला—'नहीं प्यारी, मुझे नवाबी शौक नहीं हैं। इस बीसवीं शताब्दी में इतना निष्ठुर नराधम कौन है, जो ऐसे आनन्द के स्रोत को पत्थर लगाकर रोकेगा? मैं तो आशीर्वाद देता हूं कुलरानी बाई जी। तुम बहुत समय तक सुख से रहो; तुम्हारा कण्ठ वीणा को भी मात करे और तुम्हारे चरणों का नृत्य उर्वशी और तिलोत्तमा को भी मात करे। मैं दूर से ही जय-जय कर धन्य बनूंगा।'

राजलक्ष्मी ने कहा—'इन बातों का अर्थ?'

मैं बोला—'अर्थ में अनर्थ! मैं एक बजे की गाड़ी से प्रयाग होता हुआ बंगालियों के चाकरिस्तान बरमा जाऊंगा। समय और अवसर पाऊंगा तो मिलूंगा।'

'मैं कहां गई थी, यह सुनना नहीं चाहते?'

'कुछ भी नहीं।'

'तो यह बहाना ढूंढकर तुम जा रहे हो?'

मैं बोला—'बुरे मुंह से मैं कुछ कहना नहीं चाहता। इस गोरखधन्धे से पार हो जाना चाहता हूं।'

राजलक्ष्मी थोड़ी देर चुपचाप खड़ी रहकर बोली—'तुम मुझ पर चाहे जितनी मनमानी कर सकते हो?'

मैंने कहा—'बिल्कुल नहीं। यानी जाने–अनजाने कुछ ज्यादती हो तो क्षमा चाहता हूं।'

'तो तुम आज ही रात को चले जाओगे?'

'हां!'

'मुझे बिना अपराध के दण्ड देने का अधिकार तुम्हें है?'

'जरा भी नहीं। मेरे चले जाने को यदि तुम दण्ड समझती हो तो अवश्य है।'

बिना उत्तर दिये, मेरी ओर देखकर उसने कहा—'मैं कहां गई थी और क्यों गई थी, बतलाऊं?'

'नहीं। मुझसे पूछकर नहीं गई थी कि जो लौट आने पर ब्यौरा सुनूं। न तो मेरी इच्छा है और न समय।'

राजलक्ष्मी घायल नागिन की तरह उठी—'मैं भी सुनाना नहीं चाहती। मैं किसी की लौंडी नहीं हूं कि कहीं जाने या न जाने की राय लूं। जा रहे हो तो जाओ।' रूप और गहनों की झलक दिखाकर वह कमरे में चली गई।

नौकर गाड़ी लेने गया था। घण्टे भर में सदर दरवाजे पर गाड़ी की आवाज हुई।

मैं हैंड–बैग लेकर चला। राजलक्ष्मी ने मेरे पीछे खड़े होकर कहा—'इसे क्या तुम लड़कों का खेल समझते हो? मुझे अकेले

छोड़कर चले जाआगे तो नौकर–चाकर क्या सोचेंगे? क्या इन लोगों के सामने मुंह दिखाने योग्य न रखोगे?'

मैं मुड़कर खड़ा हो गया और बोला–'अपने नौकरों के साथ समझती रहना। मुझे उनसे क्या सरोकार?'

'मैं बंकू को क्या जवाब दूंगी?'

'कह देना पश्चिम घूमने चले गये। ऐसी ही बात बनाकर कह देना जिससे विश्वास हो जाये।'

राजलक्ष्मी तनिक चुप रहकर बोली–'यदि कुछ अनुचित ही कर बैठी तो क्या तुम क्षमा नहीं कर सकते? तुम नहीं क्षमा करोगे तो कौन करेगा?'

मैंने कहा–'प्यारी, ये तो नौकरी की–सी बातें हैं। ये बातें तुम्हें शोभा नहीं देतीं।'

राजलक्ष्मी इसका उत्तर न दे सकी। वह मुंह लाल किये चुपचाप खड़ी रही। वह अपने को सम्भालने की चेष्टा कर रही थी। मैं भी इसे समझ रहा था। गाड़ीवान ने आवाज दी। मेरे बैग उठाते ही राजलक्ष्मी मेरे पैरों के पास बैठ गई। रुंधे गले से बोली–'मैं सचमुच कोई भूल नहीं कर सकती, यह समझते हुए भी यदि तुम मुझे दण्ड देना चाहते हो तो अपने ही हाथों से दो। सबके सामने मुझे लज्जित न करो। यदि आज इस तरह चले जाओगे तो मैं किसी के सामने सिर उठाने योग्य न रहूंगी।'

मैंने बैग रख दिया। एक चौकी पर बैठकर कहा–'आज हमारा तुम्हारा अन्तिम निपटारा हो जाये। आज मैंने तुम्हें क्षमा कर दिया। बहुत सोचकर देखा कि अब हम दोनों में देखा–देखी न होगी।'

राजलक्ष्मी ने उत्कण्ठित होकर कहा–'क्यों?'

मैंने कहा–'अप्रिय सत्य को सह लोगी!'

सिर हिलाकर वह अस्फुट स्वर में बोली—'हां।'

जब कोई कष्ट सहने को तैयार हो जाता है तो उसे कष्ट देना आसान नहीं होता। मुझे देर तक सोचना पड़ा। फिर भी निश्चय कर लिया कि किसी तरह अपना विचार न बदलूंगा। मैंने धीरे–धीरे कहा—'लक्ष्मी, आज का अपराध चाहे जितना बड़ा हो, मैंने क्षमा कर दिया। पर तुम इस लोभ को न छोड़ सकोगी। तुम्हारे पास काफी रुपये–पैसे हैं, रूप और गुण है। बहुत के ऊपर तुम्हारी प्रभुता है। इससे बढ़कर लोभ की वस्तु संसार में नहीं है। तुम मुझसे प्रेम कर सकती हो, मुझे श्रद्धा से देख सकती हो, पर इस मोह को दूर नहीं कर सकती।'

राजलक्ष्मी ने नरमी से कहा—'तो क्या मैं ऐसा बीच–बीच में करूंगी ही?'

मैं चुप रहा। वह थोड़ी देर में बोली—'इसके पश्चात्?'

मैंने कहा—'घरौंदे की तरह सब नष्ट हो जायेगा। तुमसे प्रार्थना है, उस हीनता से मुझे रिहाई कर देना ही अच्छा होगा।'

राजलक्ष्मी देर तक सिर नीचा किये चुप बैठी रही। जब उसने मुंह ऊपर किया, तो मैंने देखा कि उसकी आंखों से आंसू गिर रहे थे। उन्हें आंचल से पोंछकर बोली—'मैंने तुम्हें कभी छोटे काम में नहीं लगाया।'

आंसुओं की धारा से मेरा संयम टूट गया; पर मैंने उसे प्रकट नहीं होने दिया। दृढ़ता और शान्ति से कहा—'किसी दिन नहीं। तुम स्वयं छोटी नहीं हो। छोटा काम तुम कभी नहीं करती तो दूसरों से कैसे करा सकती हो?'

मैं ठहर कर बोला—'किन्तु लोग तो मनसा पंडित की पाठशाला की राजलक्ष्मी को नहीं पहचानेंगे। वे पटना की प्रसिद्ध प्यारी बाईजी को ही जानेंगे न।

तब दुनिया की दृष्टि में मैं कितना छोटा हो जाऊंगा?'

राजलक्ष्मी ने श्वास छोड़कर कहा—'इससे तो आदमी छोटा नहीं हो जाता?'

मैं बोला—'भगवान की दृष्टि में भले ही छोटा न हो किन्तु संसार की आंखों का लिहाज करना पड़ता है, राजलक्ष्मी!'

राजलक्ष्मी ने कहा—'किन्तु उन्हीं की आंखों को तो पहले देखना चाहिए।'

मैंने कहा—'एक हिसाब से सच है; किन्तु आंखें तो सदा दिखाई नहीं पड़तीं। जो दृष्टि संसार के आदमियों के भीतर से प्रकाशित होती है, वह भी तो उन्हीं की हैं। उसे स्वीकार न करना भी तो अनुचित है।'

'इसी भय से तुम मुझे जीवन भर के लिए छोड़ जाओगे?'

मैं बोला—'फिर मिलूंगा। तुम कहीं भी रहो, बरमा जाने के पहले एक बार मिलूंगा।'

राजलक्ष्मी जोर से सिर हिलाकर बोली—'जाते हो तो जाओ। मुझे चाहे जैसी समझो। मुझसे बढ़कर तुम्हारा अपना कोई नहीं है। मैं न मानूंगी कि मुझे ही छोड़कर चले जाना दस आदमियों की दृष्टि में धर्म है।'

वह तुरन्त कमरे से चली गई। घड़ी देखी। अभी कुछ समय था। एक बजे की गाड़ी मिलने की आशा थी। बैग उठाकर चुपचाप गाड़ी में जा बैठा।

पुरस्कार पाने के लोभ में गाड़ीवान ने जल्दी स्टेशन पहुंचा दिया। मैं जैसे ही स्टेशन पहुंचा, वैसे ही पश्चिम की गाड़ी खुल गई। आधे घण्टे बाद एक गाड़ी कलकत्ते जाने वाली थी। मैं बहुत दिनों से गांव नहीं गया था। सोचा, जंगलों में ही जाकर छुट्टियां बिता दूं।

पश्चिम की जगह पूर्व का टिकट लेकर आधे घण्टे बाद रेल पर सवार होकर काशी से चला। बहुत दिन बाद एक शाम को अपने गांव में पहुंचा।

मेरे घर में उस समय अपने कुटुम्बियों और उनके रिश्तेदारों की भीड़ थी। पूरे मकान में उनकी गृहस्थी जम गई थी।

मेरे एकाएक पहुंचने और वहां ठहरने का विचार सुनकर वे प्रसन्न होकर बोले—'यह तो बड़ी प्रसन्नता की बात है। अब ब्याह करके गृहस्थ बन जाओ श्रीकान्त। देखकर हम लोगों की आंखें जुड़ाएं।'

मैंने कहा—'इसीलिए तो आया हूं। इस समय मेरी मां का कमरा खाली कर दीजिए। मैं हाथ–पैर सीधे कर आराम करूंगा।'

मेरे पिता की ममेरी बहन अपने पति और पुत्र के साथ उसमें रहती थी। उन्होंने आकर कहा—'अच्छी बात है।'

मैं बोला—'अच्छी बात नहीं, मैं बाहर के कमरे में ही सो जाऊंगा।'

भीतर जाकर देखा, एक कोने में चूना और दूसरे में सुरखी का ढेर लगा था।

उसके पति ने कहा—'तो कहीं देखकर हटाये देता हूं। यक कमरा छोटा तो नहीं है—रात–भर इस तख्त पर पड़े रहो न श्रीकान्त!'

मैंने कहा—'रात में न हो तो रहने दीजिए।'

मैं इतना थक गया था कि कहीं सो जाता तो जान बचती। बरमा की बीमारी के बाद मैं स्वस्थ और सबल नहीं हो सका था। मन में ग्लानि हो रही थी। शाम को जब सिर में दर्द था तब आश्चर्य नहीं हुआ।

रांगा दीदी ने आकर कहा—'शरीर कुछ गरम है। भात खाकर सो रहने से ठीक हो जाएगा।'

वही हुआ। बड़ों की आज्ञा मानकर, गरमी दूर करने के लिए, भात खाकर लेट रहा। सवेरे नींद टूटी तो ज्वर था।

रांगा दीदी शरीर को टोहकर बोली—'अरे मलेरिया है! इसमें भात खाना मना नहीं है।'

पर आज मैंने कहा—'नहीं दीदी, मैं अभी तक तुम्हारे मलेरिया राजा की प्रजा नहीं हूं। उसका कोप मैं नहीं सह सकूंगा। आज एकादशी है।'

पूरा दिन बीता, रात बीती, दूसरा दिन भी गया। तीसरे दिन भी ज्वर कम न हुआ। उसे लगातार बढ़ते देखकर मैं घबरा गया। गोविन्द डॉक्टर दोनों समय आने लगे। नाड़ी देखकर, जीभ देखकर और पेट को ठीक कर अच्छी—अच्छी रोचक दवाओं के 'खरीद के दाम' भर मांगने लगे।

धीरे—धीरे एक सप्ताह बीत गया। पिताजी के मामा आकर बोले—

'भैया, मैं कहता हूं वहां समाचार दे दो—तुम्हारी बुआ आ जायें। ज्वर तो ऐसा जान पड़ता......।'

बात पूरी भी न हुई थी कि मैं समझ गया। दादा मुश्किल में पड़ गये थे। इसी प्रकार चार—पांच दिन और कटे किन्तु ज्वर कम नहीं हुआ। उस दिन सवेरे के समय गोविन्द डॉक्टर आये। दवा देकर बाकी तीन दिन के पैसे मांगने लगे। किसी प्रकार हाथ बढ़ाकर बैग खोला—उसमें मनीबैग नहीं था। शंका हो गई। बैग को ऊलट—पलट कर खोजने लगा। पर कहीं कुछ न मिला।

गोविन्द डॉक्टर पूछने लगे—'कुछ खो गया है क्या ?'

मैं बोला—'जी नहीं, कुछ नहीं।'

लेकिन जब मैं दवा का दाम न दे सका तो वे समझ गये। चौंककर खड़े रहे। फिर पूछा—'कितना रुपया था?'

'बहुत थोड़ा।'

'कुंजी सावधानी से रखा कीजिये। जाने दो, पैसे के लिए मत सोचो। अच्छे हो जाने पर भेज देना। दवा में कमी न होगी।'—कहकर डॉक्टर साहब आत्मीयों से अधिक सान्त्वना देकर जाने लगे।

मैंने कहा—'कोई जाने न।'

डॉक्टर बाबू ने कहा—'अच्छा, समझ लिया जाएगा।'

गांव में विश्वास पर रुपये उधार देने की रीति नहीं है। रुपये क्या, एक चवन्नी तक उधार नहीं मिलती है। मैंने किसी से नहीं कहा। सोचा कि राजलक्ष्मी को भी खबर न दूं। स्वस्थ हो जाने पर जो हो सकेगा करूंगा, अभया को पत्र लिखकर रुपया मंगाने की बात भी सोचता था।

फेर में पड़कर मैंने राजलक्ष्मी को एक पत्र लिखा, पर इतना ओछा, इतना तुच्छ मालूम पड़ने लगा कि उसे फाड़कर फेंक दिया। दूसरा दिन इसी तरह कट गया। सब ओर से निराश होकर कुछ रुपयों के लिए राजलक्ष्मी को कलकत्ते और पटने के पते से, दो पत्र लिख दिये। उसके रुपये भेजने में जरा भी सन्देह न था, फिर भी मैं दिन-भर पोस्टमैन के आसरे खिड़की खोलकर देखता रहा।

समय बीत चला। निराश होकर मैं लेटने जा रहा था कि गाड़ी का शब्द सुनाई पड़ा। मैं तकिये के सहारे उठ बैठा। गाड़ी आकर ठीक सामने लगी। कोचवान के बगल में रतन को देखा। नीचे उतर कर उसने दरवाजा खोल दिया। मैंने जो भी देखा उस पर विश्वास करना कठिन हो गया।

दिन में राजलक्ष्मी यहां आ गईं। यह कल्पना से बाहर की बात थी। रतन ने कहा—'यहीं हैं बाबू।'

राजलक्ष्मी ने मुझे एक बार देखा। गाड़ीवान ने कहा—'मां देरी होगी? घोड़ा खोल दूं?'

'जरा ठहरो!' कहकर राजलक्ष्मी धीरे से कमरे में आई। प्रणाम करके चरण–रज सिर में लगा ली। सिर और छाती देखकर बोली—'इस समय ज्वर नहीं है। संध्या समय सात बजे की गाड़ी से ले जा सकूंगी। घोड़ा खोलने को कह दो।'

मैं चुपचाप उसे देखता रहा। 'केवल दो दिन से ज्वर कम है। मुझे आज ही ले जाना चाहती हो?'

राजलक्ष्मी बोली—'तो आज रहने दो। रात को जाना ठीक नहीं। ठंड लगेगी। कल सवेरे चलेंगे?'

मुझे चेत आया। मैंने कहा—'इस गांव में तुम किस साहस से आई? कोई तुम्हें पहचानेगा नहीं?'

राजलक्ष्मी सहज स्वर में बोली—'पहचान लेने दो। यहीं पैदा हुई और यहीं के लोग मुझे नहीं पहचानेंगे? जो देखेगा वही पहचान लेगा।'

मैंने कहा—'फिर?'

'पहचान न लें, मेरा भाग्य, तभी तो तुम यहां आकर बीमार पड़ गए।'

'आई किसलिए? रुपये भेज देती।'

'यह हो सकता है? बीमारी की खबर पाकर रुपये भेज कर ही रह जाती?'

मैंने कहा—'तुम स्थिर हो गई पर मुझे अस्थिर कर दिया। यहां सभी लोग आ जाएंगे। तुम कैसे मुंह दिखलाओगी और मैं क्या उत्तर दूंगा?'

राजलक्ष्मी माथा ठोककर बोली—'मैं क्या बताऊं?'

उसकी उदासीनता से ऊबकर मैंने कहा—'लजाओगी नहीं, कैसे मुंह दिखलाओगी?'

राजलक्ष्मी ने उदास होकर कहा—'मेरी लाज—शरम तुम्हीं हो।'

क्या कहूं और क्या सुनूं! आंख मूंद कर लेट रहा। थोड़ी देर में पूछा—'बंकू के विवाह में कोई विघ्न तो नहीं हुआ?' 'क्या कलकत्ते से आ रही हो?'

'पटने से आ रही हूं। वहीं तुम्हारी चिट्ठी मिली।'

'मुझे कहां ले चलोगी? पटने?'

'पहले कलकत्ता चलो, वहां देख—सुनकर तब...।'

'मैंने पूछा—'उसके बाद पटना क्यों जाना पड़ेगा?'

राजलक्ष्मी ने कहा—'दानपत्र की रजिस्ट्री वहीं होगी। लिखा—पढ़ी कर आई हूं, लेकिन तुम्हारे बिना कैसे हो सकता है?'

मैंने चकराकर पूछा—'कैसा दानपत्र, किसको क्या दिया?'

राजलक्ष्मी ने कहा—'पटने का एक घर बंकू को दिया है। काशी का घर गुरुदेव को देने का विचार है। कम्पनी का कागज और गहनों का बंटवारा अपनी समझ से कर आई हूं। अब तुम्हारी राय...।'

मुझे बड़ा आश्चर्य हुआ, मैंने कहा—'फिर तुम्हारे पास क्या बचा? अगर बंकू तुम्हारा उत्तरदायित्व न ले? अब उसकी गृहस्थी हो गई है। यदि अन्त में वह तुम्हें खाने को न दे तो?'

'क्या मैं यह चाहती हूं? अपना सर्वस्व देकर उसी से मांग कर खाऊं?'

अधीर हो, कुछ न स्मरण कर मैं अप्रसन्नता से बोला—'तुम्हें यह दुर्बुद्धि कहां से मिली? बुढ़ापे में कौन आश्रय देगा?'

राजलक्ष्मी बोली—'बिगड़ो मत, आराम करो। जिसने मुझे यह समझ दी है वही खाने को देगा। बूढ़ी हो जाने पर भी मुझे किसी का आश्रय न लेना पड़ेगा। बेखटके आराम करो।'

मैं लेट गया। सामने खिड़की खुली हुई थी। डूबते सूर्य से रंगा आकाश दिखलाई पड़ने लगा। एकटक उसे देखने लगा—मानो अपूर्व शोभा और सौन्दर्य बिखर रहा था। तीनों लोकों में रोग—शोक, हिंसा—द्वेष कहीं नहीं नजर पड़ता था।

न जाने कितना समय बीत गया। अकस्मात् बाहर दो आदमियों की आवाज सुनाई पड़ी। हम लोग चौंके। राजलक्ष्मी के खाट से उठते ही डॉक्टर बाबू दादा को लेकर आ गए। किन्तु उसे देखकर ठिठक गये। दादा जब दिन में सो रहे थे तभी उन्हें खबर मिल गई थी कि कोई कलकत्ते से आया है। किन्तु कोई कल्पना न कर सका था कि आने वाली स्त्री होगी। मालूम होता है, इसी से घर की स्त्रियां बाहर नहीं आई थीं।

दादा विलक्षण आदमी थे। वे जरा राजलक्ष्मी को देखने लगे फिर पूछा—'यह कौन है, श्रीकान्त? इसे मैं कुछ—कुछ पहचानता हूं।'

डॉक्टर साहब ने भी साथ की कहा—'मैंने भी कहीं देखा है।'

आड़ से देखा, राजलक्ष्मी का चेहरा सफेद हो गया था। मेरे मन ने कहा—श्रीकांत, इस सर्वत्यागी स्त्री ने तुम्हारे लिए अपनी इच्छा से यह दुःख सिर पर ले लिया है।

मैंने सोचा—सत्य से मुझे कोई सरोकार नहीं। झूठ बोलूंगा। पर दूसरे ही क्षण उसके हाथ को दबाकर कहा—'पति की सेवा करने आई हो। लाज किस बात की राजलक्ष्मी? ये बाबा हैं और ये डॉक्टर साहब।'

क्षण—भर के लिए दोनों की आंखें मिलीं। उसने पृथ्वी पर मस्तक रखकर सबको प्रणाम किया।

अनुक्रम

तीसरा अध्याय

चौथा अध्याय

तीसरा अध्याय

श्रीकान्त ›› 8

1

मैं एक दिन इस कहानी पर पर्दा डाल चुका था। फिर अपने ही हाथों उसके खोलने की कल्पना भी मैं न कर सकता था। मेरे गांव के बाबा मेरी नाटकीय उक्ति पर हंसे। राजलक्ष्मी के साष्टांग प्रणाम के उत्तर में घबराकर दो डग पीछे हटकर बोले—'यह क्या?' अच्छा, अच्छा, प्रसन्न रहो।' अब वे डॉक्टर के साथ बाहर चले गये। उस समय राजलक्ष्मी के चेहरे पर जो कौतुक देखा, वह भूलने की चीज नहीं, भूला ही नहीं हूं। मैं सोच रहा था कि वह मेरी अपनी है। संसार में कोई उसका पता नहीं पा सकता। अब सोचता हूं कि मुझे स्वयं आकर बन्द किवाड़ खोलना पड़ा। यह अच्छा ही हुआ। जिस भेद पर बाहर का क्रोध धक्का मार रहा था, लगातार अन्याय और अविचार का भ्रम फैल रहा था, उसका द्वार मुझे ही खोल देना पड़ा।

बाबा के चले जाने पर राजलक्ष्मी उनकी ओर देखती ही रह गई। वह हंसने का ढोंग करके बोला—'पैरों की रज लेते समय मैं क्या उन्हें छू न लेती? क्यों तुमने यह बात कह दी? उसकी तो कोई आवश्यकता नहीं थी। बाजार की बाईजी की अपेक्षा विधवा—विवाहिता ऊंचा स्थान नहीं पातीं—नीचे ही रहती हैं। किसी को ऊपर नहीं उठा सकीं...।' राजलक्ष्मी वाक्य को पूरा न कर सकी।

मैं सब समझ गया। इस अपमानिता के सामने बड़ी–बड़ी बातें कहने का साहस न हुआ। मैं चुपचाप पड़ा रहा।

राजलक्ष्मी बहुत देर तक कुछ न बोली। चिन्ता में डूबी बैठी रही। एकाएक चौंककर खड़ी हो गई मानो किसी ने बुलाया हो। रतन को पुकार कर बोली–'जल्दी गाड़ी को जोतने को कह दे! रात को ग्यारह बजे की गाड़ी से जाना है।'

दस मिनट में ही रतन मेरा बैग गाड़ी में रख आया। बिछौना बांधने का इशारा कर मैं चुपचाप खड़ा हो गया। उस समय उस से मैं एक बात भी न कर सका था और न कुछ पूछ सका था। कहां जाना है, क्या करना है, कुछ न पूछकर गाड़ी में बैठ गया।

कई दिन पहले अपने घर में शाम को आया था, आज उसी प्रकार शाम को चला जा रहा हूं। उस दिन किसी ने मुझे आदर से नहीं लिया और आज भी कोई स्नेह से विदा करने नहीं आया। उस दिन इसी प्रकार घर–घर शंख बज रहे थे, वसु–मल्लिकों के गोपाल–मन्दिर में आरती के समय घण्टे का अस्पष्ट स्वर सुनाई पड़ रहा था। फिर भी उस दिन से आज अन्तर है, यह आकाश के देवता देखने लगे।

बंगाल के एक साधारण गांव के टूटे–फूटे घर की कभी मुझे ममता न थी। ममता न होने पर भी मैं इसे हानिकर न समझता था। आज जब अनादर के साथ मैं गांव छोड़ रहा था तो फिर कभी लौट कर आने की कल्पना को भी हृदय में स्थान न दे सका। फिर भी यह अस्वास्थ्यकर गांव मुझे असाधारण दिखलाई देने लगा। मैं जिस प्रकार निकला जा रहा था उस पर मुझे मोह होने लगा क्योंकि उस गांव में पूर्वज रहे थे। राजलक्ष्मी चुपचाप आकर मेरे सामने बैठ गई। शायद वह गांव के परिचित राहगीरों से छिपने के लिए गाड़ी के एक कोने में सिर रखकर आंख मीचने लगी।

हम लोग जब रेलवे स्टेशन को चले तो दिन डूब चुका था। टेढ़ी–मेढ़ी पगडण्डियों के दोनों ओर बबूल, सरके और बैंत आदि झुक आये थे। राह और भी तंग हो गई थी। सिर पर आम और कटहल की सघन छाया थी। इस राह में जब गाड़ी धीरे–धीरे चलने लगी तो मैं गहरे अंधेरे में आंखें बन्द कर न जाने क्या–क्या देखने लगा। मन में आया कि इसी राह से एक दिन मेरे दादा, मेरी दादी को ब्याह कर ले गये होंगे। उस दिन रास्ते में बारातियों का कोलाहल हुआ होगा। उनके मर जाने पर इसी राह से लोग उनकी लाश नदी किनारे ले गये होंगे। इसी राह से एक दिन मां दुलहिन बनी गृह प्रवेश करने गई होगी–और एक दिन जब वह मर गई तो मैं इसी राह से उसको गंगा में पहुंचाकर लौटा था। उस समय भी यह रास्ता इतना दुर्गम और निर्जन न था। उस समय इसकी हवा में इतना मलेरिया न था। तालाबों में इतना कीचड़ और विष न था। तब भी देश में अन्न था, वस्त्र था, धर्म था। तब देश का निरानन्द ऐसी शून्यता के साथ भगवान के द्वार तक न पहुंचा था। आंखें भर आईं। सिर में धूल भर गई। मैं मन में कहने लगा–हे मेरे पिता–पितामह के सुख–दुःख, सम्पत्ति–विपत्ति, हास्य–रुदन की राह! तुम्हें बार–बार नमस्कार है। मैं अंधेरे में वन की ओर देखकर बोला–मां जन्मभूमि ! तुम्हारी असंख्य आकृतियों की सन्तान की तरह मैंने कभी तुम्हें प्यार नहीं किया–किसी दिन तुम्हारी सेवा नहीं की, किसी काम नहीं आया। नहीं जानता कि फिर लौटकर आऊंगा या नहीं। किन्तु आज निर्वासन के समय इस अंधेरे में तुम्हारी जो दुःखद मूर्ति आंखों में समा गई है उसे कभी न भूलूंगा।

राजलक्ष्मी उसी तरह चुप थी। अंधेरे में उसका मुंह नहीं दीख पड़ा। आंखें भींचकर देखा कि वह चिन्ता में है। मैंने मन में कहा–जाने दो। जब मैंने अपनी चिन्ता की नाव का डांड़ इसके हाथों में दे दिया तो इस अनजान नदी के भंवर और टीले आदि वही

ढूंढे। मैं जीवन में अपने मन को सब दिशाओं में और सब अवस्थाओं में जांच कर देखा है। मैं इस धातु को पहचानता हूं। मैं किसी वस्तु की अति नहीं सहन कर सकता। अत्यन्त सुख, अत्यन्त स्वास्थ्य, अत्यन्त अच्छी तरह रहना मुझे नहीं सुहाता। कोई अत्यन्त प्रेम करे तो मेरा मन भागम–भाग करने लगता है। वही मन आज पतवार छोड़ चुका है। उसे जितना दुःख हुआ भगवान ही जानते हैं।

मैंने बाहर काले आकाश की ओर देखा और भीतर की अचल प्रतिमा को भी देखा। नहीं जानता कि फिर हाथ जोड़कर किसे प्रणाम किया। मैंने मन में कहा–इस आकर्षण के दुःसह वेग से मेरी जान निकली जाती है। मैं कई बार राहों से निकल भागा, पर गोरख–धन्धों की तरह सभी रास्तों में इसी के हाथ पहुंच गया। अब मैं बगावत न करूंगा। इसके हाथों में सोलहो आने समर्पण कर दिया है।

अब तक जीवन का डांड़ सम्भाले रहने पर भी मुझे क्या मिला। आज यदि ऐसे के पाले पड़ा, जो गरदन भर कीचड़ से निकल आई है तो वह दूसरों को कैसे डुबा देगी?

यह सब तो हुआ अपनी ओर से, दूसरी ओर का व्यवहार फिर पहले की तरह आरम्भ हुआ। सारी राह में बातचीत नहीं हुई। स्टेशन पहुंचकर किसी ने मुझसे कुछ नहीं पूछा। थोड़ी देर में कलकत्ता जाने वाली गाड़ी चली गई। रतन टिकट न लेकर मुसाफिरखाने में एक ओर मेरे लिए बिस्तर बिछाने लगा। मैंने समझ लिया कि हमें प्रातःकाल पश्चिम की ओर जाना होगा। तो पटना जाना है, या कोशी या कहीं और? मैंने समझ लिया कि मेरी राय न ली जायेगी।

राजलक्ष्मी एक ओर अन्यमनस्क खड़ी थी। रतन ने काम करके उसके पास जाकर धीरे से पूछा–'मां, कुछ आगे जाने पर खाने की अच्छी चीजें मिलती हैं।'

राजलक्ष्मी आंचल की गांठ से रतन को रुपया देकर बोली—'तो जाओ, दूध अच्छा लेना।'

'कुछ आपके लिए भी......।'

'मेरे लिए नहीं।'

नहीं की बात रतन सबसे अधिक जानता है फिर भी उसने दो बार पैर रगड़ कर धीरे–धीरे कहा—'कल से तो......।'

राजलक्ष्मी ने कहा—'क्या तू कुछ नहीं सुनता रतन?'

रतन चुपचाप चला गया। राजलक्ष्मी रेल पर कुछ भी नहीं खाती। घर में न जाने कितनी चीजें आती थीं, नौकर–चाकर खा जाते, गरीबों को बांट दिया जाता या सड़ जाने पर फेंक दिया जाता, पर जिसके लिये ये चीजें आतीं, वह छूती न थी। जब मैं हंसी में पूछता तो उत्तर देती—'मेरा क्या आचार–विचार है? मैं तो सब कुछ खाती–पीती हूं।'

'अच्छा, मेरे सामने परीक्षा दो।'

परीक्षा! इस समय वह बचने का कोई कारण न बतलाकर, घर के आवश्यक काम का बहाना कर चली जाती। वह मांस–मछली, घी–दूध कुछ भी न खाती। पर इसका नहीं खाना, इतना अशोभन था और इतनी लज्जा की बात थी कि यह चर्चा छिड़ते ही उसे हट जाने को स्थान न मिलता था। थोड़ी देर में रतन दूध और मिठाई ले आया। मेरे लिए काफी सामान रखकर राजलक्ष्मी ने और सब रतन को दिया। रतन की सकरुण आंखों की मूक प्रार्थना साफ–साफ समझ लेने पर भी मैं चुप रहा।

मैं नहीं जानता था कि कब और क्या सोचकर वह कठिन साधना कर रही थी। मैं उस समय भी इससे पृथक् था। पहले वह कम भोज्य वस्तुओं के बीच में बैठकर अपने मन से दिन–पर–दिन

चुपचाप अपने को अलग करती जा रही थी। लोभ के केन्द्र से तप के मार्ग पर जाने में उसे कड़ा कष्ट सहना पड़ा होगा।

फिर भी उसकी सब साधना सब तरह से विफल हो जाएगी, व्यर्थ परिश्रम किया गया है अपने को रोकने की शिक्षा, अभ्यास, हाथ में पाकर त्याग करने की शक्ति, उसके पास अलक्ष्य से ही संचित नहीं रहती, तो क्या आज वह इतनी आसानी से अपने को छुड़ा सकती थी? कहीं से कोई रुकावट न पड़ जाती? उसने प्रेम किया है। बहुत लोग तो प्रेम करते हैं, किन्तु सब कुछ त्यागकर प्रेम को इतना निष्पाप बना लेना क्या सबके लिए सुलभ है?

मुसाफिरखाने में और कोई न था। रतन भी ओट में था। टिमटिमाती रोशनी में राजलक्ष्मी चुपचाप बैठी थी। पास जाकर उसके सिर पर हाथ रखा। वह चौंक उठी। पूछा—'तुम सोये नहीं?'

'नहीं, धूल–धक्कड़ में चुपचाप अकेली मत बैठो, मेरे बिस्तर पर चलो।'

उसे रोकने का अवसर मैंने नहीं दिया। उसका हाथ पकड़कर उसे उठा लिया। उसे पास ले आया। धीरे–धीरे उसके सिर पर हाथ फेरने लगा। आंखों के कोने पर हाथ पड़ते ही समझ गया कि मेरा सन्देह ठीक है। धीरे–धीरे आंसू पोंछकर ज्यों ही मैंने उसे अपने पास खींचना चाहा, वह औंधी होकर मेरे पैरों पर गिर पड़ी।

मैंने कहा—'तुम्हें एक बात अभी तक नहीं बतलाई लक्ष्मी।'

उसने पूछा—'कौन–सी बात?'

पहले तो मुझे संकोच हुआ, किन्तु कहने लगा—'आज से अपने को मैंने तुम्हारे हाथ में सौंप दिया है, अब भला–बुरा सब तुम्हारे ऊपर है।' मैंने टिमटिमाती रोशनी में उसकी ओर देखा—वह हंसकर बोली—'मैं तुम्हारा क्या करूंगी? न तो तुम तबला बजा सकोगे और न सारंगी ही। और...।'

'और क्या? पर–तमाखू लाना? यह काम मुझसे न होगा।'

'किन्तु आगे के दोनों काम?'

'हिम्मत बंधाओ तो शायद बजा सकूं।'

उत्साहित होकर राजलक्ष्मी बोली–'सचमुच बजा सकोगे?'

'आशा करने में तो अपराध नहीं है।'

राजलक्ष्मी बोली–'नहीं।' कुछ देर में धीरे–धीरे बोली–'मैं बीच–बीच में सोचती हूं जो निर्दय की तरह बन्दूक लेकर जानवरों को मारता फिरता है, उसे कब दया होगी? अन्तर की वेदना का अनुभव वह कहीं कर सकता है? शिकार करने के समान चोट पहुंचाने में ही उसे आनन्द मिलता है। तुम्हारे बहुत से दुःखों को मैंने इसीलिए सह लिया है।'

अब चुप रहने की बारी मेरी आई। उसे अभियोग में दलीलें दी जा सकती थीं, सफाई देने में कमी न थी, किन्तु मुझे यह विडम्बना मालूम हुई। उसके अनुभव ने मुझे हरा दिया। वह अपनी बात पूरी नहीं कर सकी। किन्तु संगीत की छिपी मूर्ति शायद व्यथा के भीतर से ही प्रकट होती है, करुणा से अनभिषिक्त जागृत चेतना ही राजलक्ष्मी के इन दो शब्दों से रूप धारण करके दिखलाई पड़ी। उसके संयम और त्याग ने, उसके हृदय की पवित्रता ने मानो मेरी आंखों में अंगुली डालकर उसका स्मरण करा दिया।

मैं उससे कह सकता था कि मनुष्य की विरुद्ध प्रवृत्तियां किस प्रकार पास ही बैठी रहती हैं। यह अचिन्तनीय रहस्य है। इसके न रहने से मैं आत्महत्या कर सकता था। इतना बड़ा आश्चर्य मेरे लिए क्या हो सकता है। जो एक चींटी की मृत्यु भी नहीं सह सकता, रक्त से तर बलिदान का खम्भा देखते ही जो खाना–पीना छोड़ देता है, और अनाथ कुत्ते–बिल्लियों के लिए भी लड़कपन–उपवास करता था–वो वन में पशुओं पर, पेड़ के पक्षियों पर कैसे चि लगा

सकता है? जिस राजलक्ष्मी का बाहर–भीतर मेरे ही लिए आज स्वच्छ हो गया है, वह इतने दिन प्यारी का जीवन कैसे बिता सकी होगी?

मैं इसे प्रकट नहीं कर सका। उसे रोकने के लिए ही नहीं, पर मैंने सोचा कि कहने से कुछ लाभ न होगा। देव और दानव मनुष्य को न जाने कहां ठोकर मार देते हैं। जैसे भोगी एक दिन त्यागी बनकर बाहर निकल जाता है, निष्ठुर एक क्षण में करुणा–विगलित होकर अपने को समाप्त कर देता है, इसका पता लोग कितना लगा सके हैं? न जाने किस कंदरा से मानव की आत्मा की गुप्त साधना सिद्धि के रूप में एक दिन प्रकट हो जाती है। मद्धिम रोशनी में राजलक्ष्मी को देखकर मैंने मन में कहा–यदि तुम मेरी व्यथा देने की शक्ति को पहचान सकी हो और व्यथा सहने की अक्षमता को स्नेह के कारण अब तक क्षमा करती आई हो, तो इसमें रूठने की कौन–सी बात है?

राजलक्ष्मी ने कहा–'तुम चुप क्यों रह गये?'

मैंने कहा–'इतने पर भी निष्ठुर के लिए तुमने सब कुछ त्याग दिया।'

राजलक्ष्मी ने कहा–'अपने को तो तुमने मुझे दे ही डाला और उसे मैं त्याग नहीं सकी।'

मैंने कहा–'हां, मैंने अपने को दे दिया है। किन्तु तुम तो अपने आपको देख नहीं सकोगी इसलिए उसका जिक्र मैं न करूंगा।'

2

पश्चिम के शहर में जाते ही समझ गया कि बंगाल का मलेरिया मुझे पकड़ चुका है। मैं बेहोशी में ही पटना स्टेशन से राजलक्ष्मी के घर लाया गया। मुझे एक महीने तक ज्वर, डॉक्टर और राजलक्ष्मी घेरे रहे।

ज्वर छूट जाने पर डॉक्टर साहब ने गृहस्वामिनी से कह दिया कि यह शहर पश्चिम में है, जलवायु भी यहां का अच्छा है, फिर भी रोगी को दूसरे स्थान ले जाना आवश्यक है।

फिर सामान बांधा जाने लगा। रतन को अकेला पाकर मैंने पूछा—'इस बार कहां जाना है?'

वह इस यात्रा के विरुद्ध था। खुले दरवाजे की ओर देखते हुए फुसफुस कर उसने जो कुछ कहा उससे मेरा मन बैठ गया। रतन ने कहा—'वीरभूमि जिले में एक छोटा गांव है गंगामाटी। जब वह गांव खरीदा गया था तब एक बार मैं मुखतार किशनलाल के साथ वहां गया था।

मां वहां कभी नहीं जाती, एक बार जाते ही लौट आने का रास्ता भी न मिलेगा। गांव में भले आदमी हैं ही नहीं। गांव में छोटी जातियों के लोग रहते हैं।' राजलक्ष्मी क्यों इन छोटी जातियों के

साथ जाकर रहना चाहती थी, मैं न समझ सका। मैंने रतन से पूछा—'गंगामाटी कहां है?'

रतन ने बताया—'साइंथिया या ऐसे ही स्टेशन से दस—बारह कोस बैलगाड़ी पर जाना पड़ता है। रास्ता जितना दुर्गम है उतना ही बीहड़ है। चारों ओर मैदान है। उसमें न तो कोई फसल होती है और न कहीं एक बूंद पानी मिलता है। कंकरीली मिट्टी है—कहीं लाल, कहीं काली।'

वह फिर कहने लगा।—'बाबू, वहां आदमी किस सुख के लिए रहते हैं? जो लोग ऐसे सोने जैसे स्थान छोड़कर जाना चाहते हैं, उनसे क्या कहा जाय!'

मैं चुप ही रहा। राजलक्ष्मी यह सोने की भूमि छोड़ कर क्यों छोटों की बस्ती में मुझे लिए जा रही है, उसको यह समझाना कठिन है।'

मैं अन्त में बोला—'जान पड़ता है, मेरी बीमारी से ही वे जा रही हैं रतन। यहां रहने से अच्छा होने की शायद कम आशा हो इसलिए डॉक्टरों से दिखला रही हैं।'

रतन बोला—'क्या और कोई बीमार नहीं पड़ता बाबू? चंगा होने के लिए क्या सबको गंगामाटी ही जाना पड़ता है?'

मैंने मन में कहा—'वे लोग किस माटी में जाते हैं, मैं नहीं जानता। या तो उन लोगों की बीमारी सहज होती होगी या साधारण माटी में ही वे अच्छे हो जाते होंगे। हम लोगों की व्याधि सीधी भी नहीं है, साधारण भी नहीं है। इसके लिए शायद गंगामाटी की आवश्यकता है।'

रतन कहने लगा—'मां जी के खरचे—वरचे का हिसाब भी हम लोगों की समझ में नहीं आता। वहां न तो घर—द्वार है और न कुछ और। एक गुमाश्ता है। उसे कच्चा मकान बनवाने के लिए दो हजार

रुपए दे दिया गया है। देखिए बाबू जी, यह कैसा ऊटपटांग काम है। नौकर होकर भी हम लोग कुछ नहीं हैं।'

उसका क्षोभ देखकर मैंने कहा—'वहां यदि तुम न जाओ तो क्या होगा रतन? कोई बरबस तो किसी को नहीं ले जाता?'

मेरी बात से रतन को कोई सांत्वना नहीं मिली। वह बोला—'मां ले जा सकती हैं। क्या जानूं बाबू, कैसा जादू—मन्तर जानती हैं। यदि यमराज के घर भी जाने को कह दें तो हम लोग नाहीं नहीं कर सकते।'

रतन तो क्रोध में कह गया किन्तु उसने मुझे बिलकुल नया समाचार दिया। मैं जादू—मन्तर की बात सोचने लगा। मंत्र—तंत्र पर मुझे विश्वास नहीं है; किन्तु इस घर में किसी को साहस नहीं है कि उसके कहने पर यम के घर भी न जाये।

उसके सम्पर्क से अपने को बचाने के लिए मैंने क्या—क्या नहीं किया? विवाद करके चलता बना। संन्यासी बनकर देखा। देश छोड़ दूर चला गया, जिससे कभी भेंट न हो, मेरे सारे प्रयत्न बेकार हो गये। हजार बार अपना तिरस्कार करके भी मैं अपनी दुर्बलता से पराजित हो गया। यह सब समझकर मैंने जब आत्म—समर्पण कर दिया तब रतन ने समाचार दिया, राजलक्ष्मी जादू—टोना जानती है। अगर इस रतन से जिरह करके पूछा जाये तो वह विश्वास न करेगा।

मैंने अकस्मात् देखा कि पत्थर के बड़े प्याले में कुछ लेकर राजलक्ष्मी इधर से जा रही है। मैंने बुलाकर कहा—'सुनो, लोग कहते हैं कि तुम जादू—टोना जानती हो!'

वह ठिठक कर खड़ी हो गई। भौंहें टेढ़ी करके उसने कहा—'क्या जानती हूं?'

'जादू—टोना।'

राजलक्ष्मी हंसकर—'जानती हूं' कहती हुई चली जा रही थी। मेरे कुरते को गौर से देखकर उसने कहा—'कल का पहना हुआ कुरता पहने हुए हो?'

मैंने देखकर कहा—'हां, वही है। अभी तो उजला है।'

राजलक्ष्मी ने कहा—'मैं उजले की नहीं, सफाई की बात कहती हूं।'

इसके बाद हंसकर कहा—'तुम सदा बाहर के उजलेपन में मस्त रहे। भीतर पसीने से गन्दगी बढ़ जाती है, उसे देखना न सीखोगे?' अब उसने रतन को पुकारा। किसी ने उत्तर न दिया। मालकिन को कोई उत्तर नहीं देता। इस घर का यही नियम है। पांच—छः मिनट चुप रहने का यहां नियम है।

राजलक्ष्मी ने हाथ की वस्तु नीचे रख दी। उसने बगल के कमरे से धुला हुआ कुरता लाकर मुझे दिया और कहा—'अपने मन्त्री रतन से यह कह देना कि जब तक वह जादू—टोना नहीं सीख ले तब तक आवश्यक काम अपने हाथ से करता रहे।' वह प्याली उठाकर नीचे चली गई।

कुरता बदलते समय मैंने देखा कि सचमुच कुरते का भीतरी हिस्सा गन्दा हो गया था। मैं सोचने लगा और शायद इसी से मुझे भीतर—बाहर एक चोट लगी।

राजलक्ष्मी की सफाई की भावना को हम लोग प्रायः निरर्थक, दुःखद और कभी—कभी ज्यादती भी समझते थे। आज पल—भर में सब धुल नहीं गया है, किन्तु जिस वस्तु को आज तक मैंने नहीं देखा था उसने देख लिया। मैं एक दिन साश्चर्य सोचता था कि राजलक्ष्मी लड़कपन में जिससे प्रेम करती थी उसी को प्यारी ने अपने यौवनोन्माद की अतृप्त लालसा के कीचड़ से बहुत शीघ्र कमल के समान निकाल लिया। आज मालूम हुआ कि वह प्यारी नहीं,

राजलक्ष्मी है। राजलक्ष्मी और प्यारी दोनों नामों में उसके जीवन का बड़ा संकेत छिपा था, इसी से कभी–कभी संशय करके सोचता हूं कि एक के भीतर दूसरा कैसे जीवित था?

प्यारी का पूरा इतिहास मैं नहीं जानता, जानने की इच्छा भी नहीं। राजलक्ष्मी का पूरा इतिहास भी नहीं जानता। मैं इतना ही जानता हूं कि दोनों में कभी एकरूपता नहीं रही। दोनों उल्टी धारा में बहती रही हैं। इसी से एक के सुन्दर तालाब में जब प्रेम का कमल खिला है तब दूसरे के दुर्दान्त जीवन में प्रवेश तक न पा सका। इसी से आज तक उसकी एक पंखुड़ी भी नहीं झड़ी–जरा सी धूल उड़कर भी उसे छू नहीं गई।

जाड़े की सन्ध्या शीघ्र ही घिर आई। मैं उसी स्थान पर बैठा रहा। मैं मन में कहने लगा–मनुष्य तो निरा शरीर नहीं होता। प्यारी मर गई किन्तु, एक दिन जब उसी देह में, उसने स्याही का धब्बा लगा लिया तो क्या उसे बड़ा करके देखता रहूं; और राजलक्ष्मी, जो करोड़ों कष्टों की अग्नि परीक्षा पास कर शुद्धता से आकर खड़ी है तो उसे मुंह फेरकर लौटा दूं। मनुष्यों में जो पशु है, उसी के अन्याय से, आदमी का निर्णय करूं? जो देवता है, सब दुःख–व्यथा और आसपास को चुपचाप प्रसन्नता से सहता गया उसे बैठने के लिए भी आसन न दूं?

यही क्या मनुष्य के प्रति सच्चा न्याय होगा? मेरा मन पूरी शक्ति से कहने लगा–कभी नहीं, ऐसा हो ही नहीं सकता। अभी अधिक दिन नहीं हुए कि अपने को दुर्बल, थका और पराजित समझ कर मैंने राजलक्ष्मी को आत्मसमर्पण कर दिया है; किन्तु उस दिन पराजित आत्म–त्याग में बड़ी दीनता थी। लेकिन आज मेरा मन सबल होकर कहने लगा–यह दान नहीं है, धोखा है। तुम जिस प्यारी को नहीं जानते थे उसे वैसे ही रहने दो। जो राजलक्ष्मी

तुम्हारी थी उसी को सबल चित्त से स्वीकार करो। जिसके हाथ से संसार की सार्थकता झड़ रही है, उसी को अपनी अन्तिम सार्थकता सौंपकर बेखटके रहो।

नया नौकर बत्ती लगा रहा था। उसे वापस कर मैं अंधरे में ही बैठा रहा और कहने लगा—'मैंने राजलक्ष्मी को उसके गुणों और अवगुणों सहित स्वीकार किया, मैं यही कर सकता था। किन्तु जिसके हाथ में है, उस अतिरिक्त का बोझ उसी को देता हूं।' अब मैंने अंधेरे में ही खाट की पाटी पर सिर रख दिया।

अगले दिन के समान सब काम होता रहा। उस दिन—मध्याह्न को एक बड़े सन्दूक में लोटा—थाली, कटोरा—गिलास आदि भरा जा रहा था। मैं सब देख रहा था। एक बार इशारे से बुलाकर मैंने पूछा—'यह क्या हो रहा है?'

राजलक्ष्मी बोली—'लौटकर कहां आऊंगी?'

मुझे याद आ गया कि यह घर वह बंकू को दे चुकी है। मैंने कहा—'यदि वहां मन न लगे तो?'

राजलक्ष्मी जरा हंसकर बोली—'मेरे लिए तुम्हें रुचि बिगाड़ने की आवश्यकता नहीं। तुम्हारा मन न लगे तो चले आना।'

उसके इस प्रकार कहने से मुझे चोट लगी। मैंने कई बार देखा है कि मेरे ऐसे प्रश्न का उत्तर वह सरलता से नहीं देती। मैं कपट छोड़कर किसी को प्यार कर सकता हूं, या उसके साथ रह सकता हूं, यह बात उसके मन में किसी प्रकार नहीं बैठती थी। संशय की ज्वाला दोनों के भीतर जलती रहती थी।

अविश्वास की आग कैसे और कब बुझेगी, इसका ओर—छोर मुझे न मिलता था। वह भी सदा इसी चक्कर में रहती है। गंगामाटी में इसका निर्णय होगा या नहीं—यह जिसके वश की बात है, ओट में चुप बैठा हुआ है। प्रबन्ध करने में चार दिन लग गये। मुहूर्त के

लिए दो दिन और रुकना पड़ा। इसके बाद एक दिन सवेरे हम लोग गंगामाटी के लिए रवाना हो गये। रास्ता अच्छी तरह नहीं कटा। तबीयत अच्छी न थी। सबसे अधिक उदास रतन था। मुंह लटकाये गाड़ी के एक कोने में बैठा रहा।

स्टेशन पर स्टेशन निकल गये, उसने कामकाज में सहायता नहीं की। दूसरी बातें मैं समझ रहा था। जगह जानी हुई है कि अनजानी, अच्छी है या बुरी, स्वास्थ्यकर है या नहीं, इस ओर मेरा ध्यान नहीं था। मैं सोच रहा था कि जीवन के इतने दिन बिना उपद्रव के नहीं कटे, इसमें बहुत गलतियां हुईं, बहुत सुख–दुःख मिला, फिर भी वे मेरे बहुत परिचित हैं। इतने अधिक समय तक उनसे मेरा सामना हुआ है, बल्कि उन पर मुझे स्नेह हो गया है। उनके लिए मैंने किसी को दोष नहीं दिया, मुझे कोई दोष लगाकर नष्ट नहीं करता। किन्तु मैं न जाने किस नवीनता की ओर बेखटके चला जा रहा हूं, वही निश्चयता मुझे बेचैन कर रही थी। आज नहीं कल, कहकर भी देर करने की गुंजाइश नहीं थी।

इसकी भलाई–बुराई को भी मैं नहीं जानता था, इसी से इसका भला–बुरा मुझे किसी तरह अच्छा नहीं लगता था, जैसे–जैसे गाड़ी चलती थी वैसे–वैसे किसी अज्ञात रहस्य के बोझ से मेरा हृदय भरी होता जा रहा था। मन में न जाने कितनी बातें आने लगीं। मैंने सोचा कि निकट भविष्य में कहीं मेरे कारण एक भद्दा दल न उठ खड़ा हो, मैं तो इसे न अपना सकूंगा।

यह सब सोचते–सोचते मैं बेचैन हो गया। देखा कि राजलक्ष्मी चुपचाप खिड़की के बाहर देख रही थी। ऐसा जान पड़ता था कि मैंने कभी इसे प्यार न किया हो। इसी से मुझे प्रेम करना पड़ा, निकलकर भाग जाने का कोई रास्ता नहीं बचा। संसार में इतनी विडम्बना किसकी हुई है? एक ही दिन पहले इस दुविधा की चक्की

से अपने को बचाने के लिए सौंप दिया था। मैंने मन में ही जोर से कहा था, सारी भलाई—बुराई के साथ उन्हें अंगीकार करता हूं लक्ष्मी! आज मेरा मन ऐसा पागल और इतना विद्रोही हो उठा।

3

दिन ढले सांइथिया स्टेशन पर गाड़ी पहुंची। वहां राजलक्ष्मी के गुमाश्ता काशीराम नहीं आये थे। वे गांव में व्यवस्था कर रहे थे। चिट्ठी देकर उन्होंने दो आदमियों को भेजा था। उनके रुक्के से मालूम हो गया कि वे और गंगामाटी के लोग सकुशल हैं; मालकिन की आज्ञा के लिए चार बैलगाड़ियां तैयार थीं। दोखुली और दो बंधी हुईं। एक पर थोड़ा–सा पुआल डालकर खजूर की चटाई बिछी हुई थी। यह मालकिन के लिए थी। दूसरी गाड़ी पर मामूली पुआल तो था किन्तु चटाई न थी जो नौकर–चाकरों के लिए थी। खुली हुई गाड़ियों पर असबाब लादा जाएगा। यदि दूसरी गाड़ी की जरूरत हो तो नौकर दूसरी गाड़ी ला देंगे। गुमाश्ते ने लिख दिया था कि खा–पीकर शाम के पहले ही चल दें, जिससे मालकिन की नींद न खराब हो। रास्ते में डर किसी बात का नहीं है। बेखटके सोती चली आएं।

रुक्का पढ़कर मालकिन जरा हंसी। जिसने पत्र दिया, उससे भय आदि के विषय में कुछ न पूछा। कहा–'क्यों भाई, आसपास कहीं तालाब हो तो डुबकी लगा आऊं?'

'है क्यों नहीं मां जी? वह वहां......।'

'तब चलो भैया, मुझे दिखला दो।' अब वे रतन को साथ लेकर उस आदमी के साथ एक अनजान तालाब में स्नान करने चली गईं। बीमारी का भय दिखलाकर मैंने रोका भी नहीं। यहां यदि वे कुछ खा–पी लेतीं तो रोके जाने से यह भी बन्द हो जाता।

आज तो दस मिनट में ही लौट आईं। गाड़ी पर सामान आदि लादा जा रहा था। एक मामूली बिछौना उस पर फैला दिया गया। राजलक्ष्मी ने मुझसे कहा–'तुम इसी समय क्यों नहीं कुछ खा लेते? सब कुछ तो लाई हूं।'

'लाओ, दो।'

एक पेड़ के नीचे आसन बिछाकर वह केले के पत्ते पर भोजन परोस रही थीं। मैं उसे देख रहा था। इसी बीच एक मूर्ति सामने आई। वह खड़ा होकर बोली–'नारायण।' राजलक्ष्मी सिर ढांकती हुई ऊपर देखने लगी। उसने कहा–'आइए!'

निमन्त्रण का शब्द सुनकर मैंने सिर उठाकर देखा। एक साधु था। मुझे बहुत आश्चर्य हुआ। उसकी अवस्था अधिक न थी। बीस–इक्कीस के भीतर होगी, किन्तु वह जितना सुकुमार था उतना ही सुन्दर भी। कुछ लम्बा होने के कारण चेहरा कृश जान पड़ा। रंग निखरा सोने जैसा था। आंखें, भौंहें और चेहरे की बनावट निर्दोष ही कहनी चाहिए। उसका गेरुआ वस्त्र फटा–टूटा था। शरीर पर कुरता जैसा जीर्ण था, पंजाबी जूतों का भी वही हाल था। राजलक्ष्मी ने जमीन पर सिर रखकर प्रणाम किया और आसन बिछा दिया।

साधु ने बैठकर कहा–'मैंने सुना है कि आप लोग गंगामाटी जा रहे हैं। मेरे साथ एक भारी बक्स है। उसे आप गाड़ी पर रख लें तो अच्छा हो। मैं उसी ओर जाऊंगा।'

राजलक्ष्मी ने कहा–'यह कोई बड़ी बात नहीं, किन्तु आप स्वयं?'

'मैं पैदल चलूंगा। छः–सात कोस तो होगा ही।'

राजलक्ष्मी साधु के लिए थाली परोसने लगी।

साधु भोजन करने बैठे। मैं भी बैठा। राजलक्ष्मी मिठाई का बरतन लेकर पास ही बैठी रही।

और बातों में चाहे जैसे हों, पर, आहार आदि की रुचि उनमें थी। पश्चिम की अच्छी मिठाइयों को वे पसन्द करते थे। उन्होंने किसी वस्तु को नहीं छोड़ा। एक तो अच्छे ढंग और स्नेह से परोसती जा रही थी और दूसरा चुपचाप बिना संकोच के उसे निगलता जा रहा था। पर मैं घबरा गया। मैं समझ गया कि साधु जी पहले चाहे जो करते हों, अभी तक इन्हें इतनी मात्रा में बढ़िया भोजन चखने का मौका नहीं मिला, किन्तु पुरानी भूल को कोई एक बार ही दूर करना चाहे तो उसे देखकर दर्शकों को धैर्य नहीं रहता। राजलक्ष्मी के फिर चार–पांच बार पेड़े–बरफी देते ही मेरी नाक और मुंह से गहरी सांस निकली। राजलक्ष्मी और उसके नये अतिथि चौंक उठे। मुझे देखकर राजलक्ष्मी शीघ्रता से बोली–'तुम रोगी हो, उठकर हाथ–मुंह क्यों नहीं धो लेते? हम लोगों के साथ बैठे रहने की क्या आवश्यकता है?'

साधुजी मेरी ओर, राजलक्ष्मी की ओर और मिठाई के बर्तन की ओर देखकर बोले–'गहरी सांस लेने की बात ही है। कुछ भी नहीं बचा।'

'बचा है।' कहकर राजलक्ष्मी मेरी ओर क्रोध से देखने लगी। इसी समय पीछे से रतन आकर बोला–'मां, चूड़ा तो बहुत मिलता है पर दूध या दही नहीं मिलता।'

'मैंने आप लोगों के आतिथ्य पर हमला कर दिया।' इतना कहकर साधु उठना ही चाहता था कि राजलक्ष्मी बोल उठी–'साधुजी, अगर उठे तो मेरे सिर की सौगन्ध, मैं सब–का–सब उठाकर फेंक दूंगी।'

साधुजी चकराकर सोचने लगे कि बड़ी विचित्र औरत है जो क्षणभर में ही इतनी घनिष्ठता करने लगी। राजलक्ष्मी के प्यारी के इतिहास को जो नहीं जानता, उसके लिए अचम्भा है ही। अब साधु हंसकर बोला—'मैं ठहरा संन्यासी। मुझे खाने–पीने में कोई रोक–टोक नहीं, मगर आपको भी तो खाना चाहिए। सौगन्ध खाने से पेट न भरेगा।'

राजलक्ष्मी जीभ काटकर बोली—'छिः! छिः! ऐसी बात स्त्रियों से न करनी चाहिए। मैं ये चीजें नहीं खाती, मुझे सहन नहीं होतीं। नौकरों को खाने के लिए भी है—रात भर की ही बात है न! जो मिल जाये, एक मुट्ठी चूड़ा–गुड़ खाकर पानी पी लेने से मेरा काम चल जायगा। तुम भूखे ही उठ जाओगे तो मैं न खाऊंगी। विश्वास न हो तो पूछ लो।'

साधु से पूछा—'क्या इन्होंने दिन भर कुछ नहीं खाया है?'

मैं बोला—'नहीं। कल भी न जाने क्या खाया है? सुना कि दो–चार फल–मूल के सिवा पेट में कुछ नहीं गया।'

रतन पीछे ही था। सिर हिलाकर कुछ कहते–कहते मालकिन की आंख बचाकर इशारे से चुप हो गया।

साधु ने राजलक्ष्मी को देखकर कहा—'इससे आपको कष्ट नहीं होता?'

वह केवल तनिक हंसी, किन्तु मैं बोला—'इसे आप प्रत्यक्ष देखकर या अनुमान से भी नहीं जान सकते।'

राजलक्ष्मी रोकते हुए बोली—'देखा भी है तुमने आंखों से?'

इसका न तो मैंने कोई उत्तर दिया और न साधु ने कोई प्रश्न किया। वे भोजन करके उठे।

रतन और उसके दो साथियों को खाते–पीते कुछ और समय

लगा। राजलक्ष्मी ने अपने लिए न जाने क्या प्रबन्ध किया। हम लोग गंगामाटी को चले। उस समय शाम हो चुकी थी। सामान की गाड़ियां पीछे थीं। राजलक्ष्मी की गाड़ी बीच में थी। हम लोगों की गाड़ी सबसे आगे थी। साधु को मैंने पुकारा—'भाई साहब, तुम्हें पैदल चलने को तो जीवन पड़ा है। आज तो गाड़ी पर बैठ लो।'

साधु बोला—'साथ ही तो चलता हूं। थकूंगा तो बैठ लूंगा। जरा पैदल चलने दीजिए।'

मैं बोला—'क्यों ठण्डी में कष्ट सह रहे हो भैया, गाड़ी पर चले आओ न?'

साधु कुछ सोचकर बोला—'अभी तो दीदी से बातें करता जा रहा हूं।'

मैंने सोचा, नये सम्बन्ध को स्वीकार करने के लिए साधु के मन में दुविधा हो रही है। अन्त में वे बच न सके। स्वीकार कर लिया। मैं बार—बार सोचने लगा कि कह दूं।—'भाई, भाग जाते तो अच्छा होता, कहीं मेरी जैसी दशा न हो।' पर मैंने कुछ नहीं कहा। दोनों में बातचीत होने लगी। बैलगाड़ी के झटके और नींद की झोंक के बीच मैं उन लोगों की बातें भी सुन लेता था।

'हां आनन्द, तुम्हारे बक्से में क्या—क्या है भाई?'

'कुछ किताबें और दवाइयां हैं दीदी।'

'दवाइयां किसलिए? क्या तुम डॉक्टर हो?'

'मैं संन्यासी हूं, आपकी ओर हैजा फैल रहा है?'

'मैं नहीं जानती। किन्तु सेवा करने के लिए संन्यासी होने की आवश्यकता नहीं है, भाई। तुम्हें यह राय किसने दी?'

4

साधु ने पूछा—'गंगामाटी तुम्हारी जमींदारी में है, दीदी?'

राजलक्ष्मी बोली—'देख क्या रहे हो! हम लोग बड़े जमींदार हैं।'

साधु भी हंसकर बोला—'बड़ी जमींदारी से बड़ा सौभाग्य नहीं मिलता दीदी।' उसकी बात से उसकी मन की दशा पर मुझे सन्देह हुआ, किन्तु राजलक्ष्मी उस ओर नहीं गई। वह सरलता से मानकर बोली—'सच बात है, आनन्द! इन सबों से जितनी दूर रहा जाये उतना ही अच्छा।'

मुझे पता नहीं कि गाड़ी गंगामाटी में कब पहुंची। गाड़ी जब नये मकान के दरवाजे पर खड़ी हुई तब मुझे मालूम हुआ। सवेरा हो गया था। चार बैलगाड़ियों के विविध और विचित्र कोलाहल से चारों ओर भीड़ जमा हो गई। रतन ने पहले ही जतला दिया था कि इस गांव में छोटी जाति के लोग ही रहते हैं। उदासी में भी उसने झूठ नहीं कहा था। जाड़े–पाले में पचास–साठ छोटी जाति के लड़के नग्न और अर्द्धनग्न दशा में उठकर तमाशा देखने आ गये थे। मां–बाप भी ताकने–झांकने लगे।

साधु अपना बक्स उतार रहे थे। अपना काम पूरा करके वे एक लोटा निकालकर छोटे लोगों के लड़कों से कहने लगे—'अरे लड़को

जाओ तो भाई, यहां कहीं अच्छा पोखरा–वोखरा हो तो एक लोटा पानी लाओ। चाय बनाऊंगा।' उनको उन्होंने लोटा दे दिया। सामने खड़े एक व्यक्ति से कहा–'चौधरी, कहीं आसपास किसी के यहां गाय हो तो बताओ भाई–थोड़ा–सा दूध ले आऊं। गांव की शुद्ध वस्तु है। चाय का रंग बढ़िया होगी, दीदी।'–अब वे मुझे और अपनी दीदी की ओर देखने लगे। किन्तु दीदी ने अनजान मुंह से, जरा हंसकर, कहा–'रतन, जाओ तो, लोटा मांजकर पानी ले आओ।'

रतन को सवेरे जाड़े–पाले में जब एक अनजान साधु के लिए अनजान तालाब से पानी लाना पड़ा तब वह अपने को सम्भाल न सका। पल–भर में उसका क्रोध एक छोटे लड़के पर उतरा। उसे धमकाकर बोला–'बदमाश पाजी, तूने लोटा क्यों छू दिया? चल हरामजादे, लोटा मांजकर पानी में डुबा दे।'

उसकी करतूत देखकर साधु हंसने लगा। मैं भी हंसा। राजलक्ष्मी भी लजाती हुई हंसकर बोली–'गांव में तो तुमने तहलका मचा दिया, आनन्द! साधुओं को रात बीतने के पहले ही चाय चाहिए?'

साधु बोला–'गृहस्थों के लिए रात नहीं बीती कि साधुओं के लिए भी नहीं?'

राजलक्ष्मी हंस पड़ी। टोले–पड़ोस की जो दो–चार स्त्रियां दूर खड़ी होकर देख रही थीं उन्होंने मुंह फेर लिया। इसी समय काशीराम कुशारी हांफते हुए आ पहुंचे। उनके साथ तीन–चार आदमी थे। किसी के सिर पर तरकारी थी, किसी के हाथ में बर्तन में दूध, किसी के हाथ में बड़ी–बड़ी मछलियां। राजलक्ष्मी ने उन्हें प्रणाम किया।

वे आशीर्वाद देकर, सामान लाने में देर होने का विवरण देने लगे। आदमी अच्छा मालूम पड़ा। उम्र पचास से अधिक थी। तरकारी की टोकरी उतार कर साधु एक–एक की प्रशंसा करने लगे। दूध

को शुद्ध मान लिया। मछलियों के भार कर अन्दाज लगाकर उन्होंने स्वाद की प्रशंसा की।

साधु के आने का समाचार गुमाश्ता को पहले से न था। राजलक्ष्मी बोली– 'संन्यासी को देखकर डरिए मत कुशारी महाशय! ये मेरे भाई हैं।'

घर में झांककर देखा, कुशारी महाशय का प्रबन्ध बढ़िया था। जल्दी में पुराने दफ्तर की मरम्मत कराके योग्य बना दिया था। भीतर रसोई और भण्डार घर के अतिरिक्त दो और कमरे थे। कच्चा घर था। फूंस का छप्पर किन्तु ऊंचा और बड़ा। बाहर बैठकखाना भी अच्छा था। सब प्रकार से स्थान अच्छा था।

सब से अधिक उत्साह संन्यासी को था। सभी वस्तुओं को देखकर वे खुश हो गए। मालूम होता था कि उन्होंने ऐसा कभी देखा ही न था। मैं भी मन में प्रसन्न था।

चाय बन गई। कल की बची मिठाई के साथ साधु दो प्याला चाय पी गए। फिर मुझसे कहने लगे–'चलिए, जरा घूम–घाम कर गांव देख आया जाये। बांध यहां से दूर नहीं है, उधर ही से नहाते आएंगे। यहां भलामानस तो कोई है नहीं, लजाने से क्या मतलब? जायदाद काफी है।'

राजलक्ष्मी हंसकर बोली–'मैं जानती हूं। संन्यासी ऐसे ही होते हैं।' साथ में एक ब्राह्मण रसोइया और एक नौकर आया था। वे दोनों रसोई का प्रबन्ध करने लगे।

राजलक्ष्मी कहने लगी–'महाराज, ऐसी ताजी मछली तुम्हारे भरोसे छोड़ देने को जी नहीं चाहता। नहाकर आने के बाद मैं स्वयं बनाऊंगी।' अब वह हम लोगों के साथ चलने को तैयार होने लगी।

अभी तक रतन ने किसी भी काम में हाथ न लगाया था। चलते समय उसने कहा–'मां जी, बांध या तालाब, उसे यहां के लोग चाहे

जो कहते हों, उसमें आप स्नान न कीजिएगा। एक–एक हाथ की जोंकें हैं?'

राजलक्ष्मी डर गई। बोली–'रतन, क्या बहुत जोंकें हैं?'

रतन ने सिर हिलाकर कहा–'यही सुना है।'

साधु डांट कर बोला–'जी हां, सुन लिया होगा इसने। साले नौआ ने सोचते–सोचते अच्छा फन्दा निकाला।' इसके मन का भाव और जाति का परिचय साधु ने पहले ही मालूम कर लिया था। हंस कर बोला–'दीदी, उसकी बात मत सुनो, आओ। जोंक होने–न–होने की जांच हम लोग कर लेंगे।'

लेकिन उनकी दीदी एक डग भी आगे न बढ़ी। जोंक का नाम सुनते ही अचल होकर बोली–'आज रहने दो, आनन्द। रतन जाकर कुएं से पानी ला दो।' उसने मुझसे कहा–'तुम हो निर्बल आदमी। किसी अनजान पोखर में नहाना–धोना ठीक नहीं। यहीं दो लोटा पानी डाल कर काम चला लो।'

साधु जी हंसकर बोले–'तो केवल मैं ही इतना सस्ता हूं दीदी कि मुझे अकेले को जोंक वाले तालाब में नहाने को कहती हो?'

बात मामूली थी। लेकिन राजलक्ष्मी की आंखें डबडबा गईं। तनिक चुप रहकर बोली–'भैया, तुम तो आदमी के बस के बाहर हो। जो अपने मां–बाप का कहना न मान सका वह एक अपरिचित बहन की बात कैसे सुनेगा?' साधुजी जाने के लिए उतावले हो रहे थे, वे तनिक रुककर बोले–'अनजान और अपरिचित की बात रहने दो बहिन। आप ही लोगों को पहचानने के लिए तो मैं घर से निकल चुका हूं।'

अब वे बाहर निकले और मैं भी उनके साथ चला। दोनों आदमी घूमकर गांव को देखने लगे। गांव छोटा था। छोटी जातियों का था। दो घर तमाला और एक घर लुहार के अलावा दूसरी जाति न थी

जिसका लाया पानी पिया जाय। डोम और बौरी भरे पड़े थे। बौरी बेंत का काम और मजदूरी करके निर्वाह करते थे। डोम सूप, दौरा, डलिया, बेना आदि बनाकर गंगामाटी और पोड़ामाटी में बेचते थे।

उत्तर के नाले के उस पार का गांव पोड़ामाटी था। सुना है कि उस गांव के बहुत से ब्राह्मण, कायस्थ और दूसरी जाति के लोग रहते थे। कुशारी जी का घर भी पोड़माटी में था।

नहा–धोकर, गांव घूमकर जब घर आया तब बारह बज चुके थे। राजलक्ष्मी हम दोनों की थाली परोस कर एक ओर बैठ गई। रसोई राजलक्ष्मी की बनाई हुई थी इसलिए सब–कुछ पहले साधु जी को मिला। साधु जी को सात्विक–असात्विक और आमिष–निरामिष की चिन्ता न थी। उन्होंने घोर संसारी से भी अधिक परिचय दिया।

साधु जी धीरे–धीरे भोजन करने और कहने लगे–'दीदी, जमींदारी अच्छी है। छोड़कर चले जाने को जी नहीं चाहता।'

राजलक्ष्मी बोली–'चले जाने के लिए तो हम लोग नहीं कह रहे हैं, भैया!'

साधु हंसकर बोला–'नहीं दीदी, साधु–संन्यासियों को इतना आश्रय नहीं चाहिए, ठग लेंगे।'

अस्पृश्यों के घरों और आश्रमों में काफी समता थी। इसका विचार करके राजलक्ष्मी मलिन होकर जरा हंसी। फिर मुझसे कहा–'इस गांव में सचमुच छोटी ही जाति के लोग रहते हैं, किसी से एक लोटा पानी की भी आशा नहीं।'

साधु जी हंसने लगे। मैं जानता था कि राजलक्ष्मी जैसी करुणामयी स्त्री किस संस्कार से ऐसी बात कह रही थी।

हम दोनों आदमी खाकर उठे। हमें पान देकर राजलक्ष्मी शायद स्वयं पान खाने चली गई। घण्टे–भर में वह लौट आई। साधु बाहर

से एक आदमी लाकर, उसके सिर पर दवाओं का बॉक्स रखकर, जाने को प्रस्तुत है।

कल यही बात तय हुई थी, मगर मैं उसे भूल गया था। यह बात कल्पना के बाहर की थी कि प्रवासी राजलक्ष्मी के इस आदर सत्कार की उपेक्षा करके साधु कहीं चले जायेंगे। राजलक्ष्मी ने पूछा—'जा रहे हो आनन्द?'

साधु बोला—'हां दीदी! अभी न जाऊंगा तो बहुत रात हो जायेगी।'

'कहां टिकेंगे, अपना आदमी तो वहां कोई न होगा?'

'पहले पहुंच तो जाने दो।'

'लौटोगे कब?'

'अभी नहीं कह सकता। यदि काम अधिक न हुआ तो जल्दी वापस आ सकता हूं।'

राजलक्ष्मी को धक् से लगा। वह रुंधे गले से बोली—'कभी लौटकर आ सकते हो? यह नहीं होगा।'

क्या न होने का कारण तो समझ गया। साधु फीकी हंसी हंसकर बोले—'चले जाने का कारण तो आपको बता चुका हूं।' बता दिया है तुमने, अच्छा!' राजलक्ष्मी प्रायः रो पड़ी। जल्दी से भीतर चली गई। साधु जी चुप रहे, फिर मुझसे उन्होंने कहा—'मेरा जाना बहुत आवश्यक है।'

मैंने कहा—'जानता हूं, अधिक कुछ कहने को था भी नहीं। स्नेह की गहराई समय की लम्बाई से नहीं मापी जा सकी।'

साधुजी बोले—'मैं चला। वहां का काम समाप्त हो गया हो तो एक बार लौट आऊंगा।'

'वही सही।'

साधुजी कुछ कहना चाहते थे, मगर घर की ओर देखकर उन्होंने सांस ली, फिर हंसे और फिर धीरे–धीरे कहने लगे–'बंगाल भी अद्‌भुत देश है। यहां राह चलते मां–बहिनें मिल जाती हैं।'

साधु जी धीरे–धीरे चले गये। उनके चले जाने पर मैंने सांस ली। बात वास्तव में ठीक थी।

5

साधु के चले जाने से रतन को कितना दुःख हुआ, इसे मैं पूछ न सका किन्तु राजलक्ष्मी तो रोकर घर में आई। तीसरा नम्बर मेरा था। चौबीस घण्टे का परिचय न होने पर भी मुझे ऐसा लगा मानो गृहस्थी में एक कमी करके वह चला गया। जाते समय यह कुछ समझ में न आया। मुझे कुछ अधिक उद्वेग न था। कई कारणों से और विशेषकर ज्वर के कारण मेरा शरीर और मन इतना निस्तेज हो गया था कि मेरा भार राजलक्ष्मी के हाथ में था। फिर भी मनुष्य का मन चंचल रहता है। तकिये के सहारे बाहर के कमरे में बैठा था। धीरे–धीरे अंधेरा मेरे मन को उद्विग्न करने लगा। थोड़ी देर में चिन्ता की कड़ियां टूटकर उलट जाने लगीं। राजलक्ष्मी इसी समय द्वार खोलकर भीतर आई। उसकी आंखें फूल कर लाल हो गई थीं। मेरे पास बैठकर बोली—'सो रही थी।'

मैंने कहा—'इसमें अचरज की कौन–सी बात है! तुम जितना भार और जितनी शान्ति ढो रही हो, उतना दूसरा कहीं ढो सकता था? मुझे ढोना पड़ता तो दिन–रात आंख भी न खोलता।'

राजलक्ष्मी हंसकर बोली—'कुम्भकर्ण को तो मलेरिया नहीं होता था। फिर भी तुम दिन में नहीं सोये।'

मैंने कहा—'अब नींद आने लगी है। जरा सो जाता हूं। कुम्भकर्ण के मलेरिया का तो बाल्मीकि ने कहीं भी जिक्र नहीं किया है।' वह घबराकर बोली—'सोओगे तुम? क्षमा करो—ज्वर आने में संदेह रह जाएगा। यह न होगा, जाते समय आनन्द तुम से क्या कह गया है?' मैंने पूछा—'तुम्हें किस बात की आशा है?' राजलक्ष्मी ने कहा—'न जाने वह कहां—कहां जाएगा, या......।'

'या' ही तो मुख्य प्रश्न है। वे कहां—कहां जायेंगे, इसका पता तो कुछ—कुछ दे गये हैं, पर 'या' के सम्बन्ध में कुछ नहीं कह सके। आने की कोई आशा नहीं है।'

राजलक्ष्मी चुप रही। मेरा कुतूहल न रुका। मैंने पूछा—'तुमने उसे पहचान लिया है क्या? मुझे भी तो एक दिन ऐसे ही पहचान लिया था तुमने?' वह देर तक मेरी ओर देखती रही, फिर बोली—'नहीं।' मैंने कहा—'सच—सच बताना। इसे पहले कभी नहीं देखा था?'

राजलक्ष्मी मुस्कराती हुई बोली—'तुम्हारे सामने मैं सौगन्ध तो नहीं खा सकती। कभी—कभी मैं भी बड़ी गलती कर बैठती हूं। किसी अनजान आदमी को देखकर सन्देह हो जाता है कि इसे कहीं—न—कहीं देखा है।' फिर देर तक चुप रही। इसके बाद बोली—'आज तो आनन्द चला गया। यदि अबकी बार लौटकर आया तो उसे मां—बाप के पास भेज दूंगी।'

मैंने कहा—'इससे तुम्हें क्या सरोकार?'

उसने कहा—'यह लड़का मारा—मारा फिरेगा, यह सोचकर मेरी छाती फटने लगती है। तुम भी घर—द्वार छोड़ चुके हो—'संन्यासी होने में क्या सचमुच आनन्द मिलता है?'

मैंने कहा—'मैं सचमुच संन्यासी तो हुआ न था। उसका पता तुम्हें कैसे दे सकता हूं। वह लौटकर आ जाये तो उसी से पूछ लेना।'

राजलक्ष्मी ने पूछा—'घर पर रहकर क्या कोई धर्म नहीं कर सकता? क्या बिना घर छोड़े भगवान् से भेंट नहीं हो सकती?'

मैं हाथ जोड़कर बोला—इनमें से मुझे एक की भी आवश्यकता नहीं है, लक्ष्मी! मुझसे ऐसा प्रश्न न पूछा करो। फिर ज्वर चढ़ आएगा।'

राजलक्ष्मी हंसी, फिर करुण कण्ठ से बोली—'जान पड़ता है, आनन्द को सब कुछ पता है फिर भी उसने धर्म के लिए इसी उम्र में सब कुछ छोड़ दिया है। किन्तु तुम तो नहीं छोड़ सके।'

मैं बोला—'नहीं, और भविष्य में भी जान पड़ता है, ऐसा न करूंगा।'

राजलक्ष्मी ने पूछा—'क्यों नहीं करोगे?'

मैंने कहा—'उसका मुख्य कारण यह है कि जिसे मुझे छोड़ देना होगा वह वस्तु संसार में कहां है? जिसके लिए छोड़ देना होगा उस परमात्मा के प्रति भी मुझे लोभ नहीं है। इतने दिन उनके बिना ही कट गए और बाकी दिन भी मुझे अचल न रहेंगे। तुम्हारे आनन्द भैया ईश्वर प्राप्ति के लिए ही गेरुआ वस्त्र पहनकर निकले हैं, इस पर भी मुझे विश्वास नहीं। मैं बहुत बार साधुओं के साथ रह चुका हूं। आज तक किसी ने भी दवा का बक्सा लेकर घूमने से ईश्वर—प्राप्ति का मार्ग नहीं बतलाया। उसका खाना—पीना भी तो आंखों से देख चुकी हो।'

राजलक्ष्मी तनिक चुप रहकर बोली—'तब वह झूठ—मूठ को घरद्वार छोड़कर कष्ट पा रहा है न? सबको तुम अपने समान समझते हो?'

मैं बोला—'नहीं, बहुत अन्तर है। वह भगवान् को खोजने के लिए नहीं तो जिसके लिए घूम रहा है वह उसके पास ही है—अर्थात् अपना देश। उसका घर—बार त्यागने का अर्थ गृहस्थी छोड़ देने का

नहीं है। साधु ने एक छोटी गृहस्थी को छोड़कर बड़ी गृहस्थी को अपना लिया है।' राजलक्ष्मी मेरी ओर देखती रही, शायद वह अच्छी तरह समझ न सकी थी। इसके पश्चात् उसने पूछा—'जाते समय वह तुमसे कुछ कह गया है?'

मैंने सिर हिलाकर कहा—'कुछ नहीं।'

न जाने क्यों मैंने सत्य को छिपा लिया। वह स्वयं मुझे भी मालूम नहीं। जाते समय साधु ने जो भी कहा—वह मेरे कानों में उसी प्रकार गूंज रहा था। जाते समय वे यही कह गये थे—'बंगाल भी बड़ा विचित्र देश है। राह—बाट में मां—बहिन—कौन इन्हें धोखा देकर जा सकता है?'

राजलक्ष्मी मुंह बनाये चुपचाप बैठी रही। बीते दिन की घटनाएं मेरे मस्तिष्क में झांक—झांक कर देखने लगीं। मैंने मन में धीरे—धीरे कहा—'बहुत ही अच्छा। ठीक है, साधु तुम चाहे जिस स्थिति में हो पर इस छोटी आयु में ही तुमने देश की दयनीय दशा देख ली है। यदि यह न होता तो देश का ठीक चित्र तुम इतने थोड़े शब्दों में न खींच सकते। मुझे मालूम है, बहुत—सी कमियों के कारण हमारा देश कीचड़ में धंस गया है पर जिसे इस सत्य का अनुभव है वह इसकी महत्ता को मानेगा।'

लगभग दस—पन्द्रह मिनट चुप रहने के बाद राजलक्ष्मी बोली—'यदि उसका उद्देश्य यही है तो मैं विश्वास दिलाती हूं कि एक दिन उसे लौटना पड़ेगा। इसमें दूसरों की भलाई करने वालों की जो दुर्गति होती है उसका ज्ञान शायद उसे नहीं है। मुझे इसका रस मिल चुका है। एक दिन जब वह बाधाओं और कड़वी बातों से ऊब जायेगा तब शायद फिर लौट आने का रास्ता भी न मिलेगा।'

मैंने हां में हां मिलाकर कहा—'यह बात तो असम्भव नहीं है, लेकिन शायद इन कष्टों को वह भली—भांति जानता है।'

राजलक्ष्मी सिर धुन–धुनकर कहने लगी–'नहीं, मेरा विश्वास है कि जानबूझकर कोई उस राह पर जा ही नहीं सकता।'

मुझे बंकू से मालूम हुआ था कि ससुराल के गांव में राजलक्ष्मी के दान–पुण्य की निन्दा हुई थी। उसे इसी की व्यथा रहती थी। एक और रास्ता था, पर दुःख के उस बन्द मार्ग को खोलने की मुझे इच्छा नहीं हुई। राजलक्ष्मी ने झूठ न कहा था। मैं सोच रहा था कि ऐसा होता क्यों है? क्यों एक आदमी के शुभ कामों को दूसरा शंका करता है? इन उत्तम संकल्पों को सफल बनाकर लोग दुःख को क्यों नहीं कम होने देते? मैंने सोचा यदि यहां फिर साधुजी आएंगे तो इसका निर्णय उन्हीं से कराऊंगा।

उस दिन सुबह से ही नौबत बज रही थी। कुछ आदमी रतन को आगे कर आंगन में आ गये। रतन ने सामने आकर कहा–'मां जी, ये लोग राजवरण देने आये हैं। चले आओ, दे दो–उसने एक प्रौढ़ आदमी को इशारा किया।

वह बसन्ती रंग की धोती पहने था। गले में नई माला थी। उसने सकुचाते हुए पत्ते पर एक रुपया और सुपारी रख दिया फिर पृथ्वी से मस्तक लगाकर प्रणाम करके कहा–'माता रानी, आज बेटी का विवाह है।'

राजलक्ष्मी ने उठकर उसे ले लिया और प्रसन्नता से कहा–'लड़की के ब्याह में क्या यही दिया जाता है?' रतन ने कहा–'नहीं मां, हैसियत के अनुसार जमींदार को भेंट दी जाती है। ये लोग हैं–डोम। ये अधिक कहां पाएंगे? बड़ी कठिनाई से बेचारे. ..... ।'

निवेदन पूरा भी नहीं हुआ था कि राजलक्ष्मी रुपया रखती हुई बोली–'रहने दो, इसकी कोई आवश्यकता नहीं। लड़की का ब्याह योंही हो जायेगा।'

भेंट लौटा देने से लड़की का बाप और रतन दोनों संकट में पड़ गये। वह समझने लगा कि सम्मान के साथ राजवरण न लेने से काम न चलेगा। मैं कमरे के भीतर बैठा–बैठा समझा रहा था कि राजलक्ष्मी सुपारी और रुपया क्यों न लेना चाहती थी। रतन की सिफारिश का कारण भी मैं जानता था। सम्भव है, लगान का रुपया अधिक होगा और गुमाश्ता कुशारी महाशय से छुटकारा पाने के लिए ही उसने चतुराई की थी। हुजूर इत्यादि के फेर में पड़कर उनकी ओर से प्रार्थना करने आया था। वह उन लोगों को पूरा–पूरा विश्वास देकर लाया था। मैंने उसका संकट काट दिया। मैं उठकर गया और रुपया उठाकर बोला–'मैंने ले लिया, तुम घर जाकर विवाह की तैयारी करो।'

रतन प्रसन्न हो गया। राजलक्ष्मी भी छूत के दान से छुटकारा पा गई। उसने प्रसन्न होकर कहा–'अच्छा हुआ, जिसका मान्य था उन्होंने ले लिया।'

मधु डोम कृतज्ञ हो हाथ जोड़कर बोला–'हुजूर, पहर भर रात बीतते ही लगन है। चरण–रज दे देते।' वह करुण दृष्टि से मुझे और राजलक्ष्मी को देखने लगा। मैं मान गया। राजलक्ष्मी हंसती हुई शहनाई की आवाज का अन्दाज लगाकर बोली–'वही न तुम्हारा घर है, मधु! समय मिला तो आकर देख लूंगी।' रतन से कहा–'बड़ा बक्सा खोलकर देखो तो नई साड़ियां हैं कि नहीं।' जा, लड़की को एक साड़ी दे आ। मिठाई तो यहां नहीं मिलेगी। बताशे ही सही। थोड़ा ला दे रतन। हां, तुम्हारी लड़की कितनी बड़ी है? दूल्हा कहां का है? कितने लोग खाएंगे? इस गांव में तुम लोग कितने घर हो?'

जमींदारिन के इतने प्रश्नों का मधु ने जो उत्तर दिया उससे मालूम हो गया कि उसकी लड़की नौ साल की होगी। लड़का तीस–चालीस से अधिक नहीं है, उसका घर इस गांव से पांच–छः

कोस उत्तर की ओर था। इस गांव में उसका समाज बड़ा था। पर अधिकतर लोग खेती–बारी करते थे। बाराती कितने होंगे, नहीं कहा जा सकता और कहीं कोई फसाद न खड़ा कर दें। वे लोग पैसे वाले हैं, कैसे मान–मर्यादा रहेगी, इसका भय मधु को था। उसने बतलाया कि बरातियों के लिए चूड़ा–गुड़ और दही का प्रबन्ध किया गया था। अन्त में दो–दो बताशे परोसे जाते। इतने पर भी यदि कुछ गड़बड़ी हो तो हम लोगों को रक्षा के लिए जाना पड़ेगा।

राजलक्ष्मी साहस बंधाकर कहने लगी–'तनिक भी गोलमाल न होगा मधु। बेटी का विवाह हो जायेगा, मैं आशीर्वाद देती हूं। खाने–पीने का सामान भी काफी है। बराती खा–पीकर खुश हो जायेंगे।'

मधु धरती पर सिर रखकर प्रणाम करके दोनों साथियों को लेकर चला गया। आशीर्वाद से उसे विशेष प्रसन्नता हुई है, ऐसा नहीं जान पड़ा।

शुभ–कर्म में चरण–रज देने को मधु ने कहा था, किन्तु हम लोगों को इसकी आशा न थी। सन्ध्या से कुछ पहले राजलक्ष्मी ने जमा–खर्च का ब्यौरा पढ़कर सुना दिया। मैं आंखें बन्द किए बिछौने पर पड़ा था, विवाह के घर में हल्ला–गुल्ला बढ़ गया। राजलक्ष्मी ने कहा–'डोम के घर विवाह है, शायद मारपीट भी उसी का अंग हो।'

मैं बोला–'ऊंची जाति की नकल की गई है तो बेजा नहीं है। तुम्हें वे सब बात याद हैं न?'

राजलक्ष्मी ने 'हूं' कहा। कुछ देर तक उसके कान खड़े रहे। फिर ठण्डी सांस लेकर बोली–'इस मेरे देश में सब लोग लड़कियों को बहा देते हैं। ऊंचे–नीचे सभी समान हैं। जब वे लोग चले गये तब पता लगा कि कल लोग उस नौ साल की बच्ची को एक अनजान घर में ले जायेंगे, क्या जाने उसे कभी आने का मौका

मिलेगा या नहीं। इन लोगों की यह चाल है। चौबीस रुपयों में लड़की को बेच देगा।'

ये दुर्घटनाएं तो मैं जन्म से ही देखता आ रहा हूं। उसके लिए अब क्षोभ करने की इच्छा नहीं होती। उत्तर न पाकर राजलक्ष्मी बोली—'हमारे देश में छोटी—बड़ी सभी जातियों में विवाह केवल विवाह ही नहीं है यह धर्म भी तो है...।'

मन में आया कि कह दूं जिस धर्म में प्रसन्नता के बदले कष्ट हो वह धर्म ही कैसा? मैं कहने की सोच रहा था कि राजलक्ष्मी बोली—'इन विधि—विधानों के बनाने वाले ऋषि ही थे न। शास्त्र झूठा नहीं है, हम लोग उसे न समझते हैं और न अच्छी प्रकार हम उसे जानते हैं।'

जो कहना था वह नहीं कहा गया। संसार में सोचने—विचारने की सभी बातों का समाधान ऋषि तीनों काल के लिए कर गए हैं, बल्कि कइयों के मुंह से मैं यह सुन चुका हूं। मुझे मालूम है कि कड़वी बातें गरम और व्यक्तिगत होकर कड़वी हो जाती हैं। मैं त्रिकालदर्शी महात्माओं की अवज्ञा नहीं करता। राजलक्ष्मी के समान मैं भी उनका भक्त हूं। मैं इतना ही सोचता हूं कि यदि वे अंग्रेजी शासन—काल के लिए न सोच जाते, तो हमारी बहुत—सी चिन्ताएं दूर हो जाती।

मेरे मन की बातों को राजलक्ष्मी स्पष्ट देख सकती है। नहीं मालूम कि कैसे देख सकती है, लेकिन अभी दीये की रोशनी में उसने मुझे नहीं देखा, पर वह ठीक स्थान पर एक वार कर बैठी। कहा—'तुम सोचते हो कि यह अंधेर है—भविष्य के लिए कोई नियम कैसे बना सकता है? मैं कहती हूं—बना सकता है। मैंने गुरुजी से सुना है। यदि ऐसा न होता तो गुड्डे—गुड़ियों का विवाह संसार का श्रेष्ठ विवाह होता। यह उन्हीं सजीव मन्त्रों के बल से होता है न!

और ऋषियों की कृपा से ही अनाचार और पाप सब स्थान पर हैं पर इस देश के जैसा सतीत्व भी तुम्हें और कहीं मिलेगा?'

मैंने कहा—'नहीं।' इतिहास की बात होती तो मैं उसे दिखला देता कि पृथ्वी पर और भी मन्त्र—हीन देश हैं जहां कि स्त्रियों में सतीत्व है। अभया का जिक्र करके यह कह देता कि सजीव मन्त्र स्त्री—पुरुष दोनों का ही क्यों एक सूत्र में नहीं बांध देता? पर इसकी आवश्यकता नहीं थी।

दुष्कृति के कष्ट को राजलक्ष्मी अच्छी प्रकार जानती थी। हृदय से जीवन लाभ करेगी, यह उसे न मालूम था। अपने को दूसरे हाथ में सौंप देने पर दूसरे की छिपी हुई मनस्विता पर मेरी दृष्टि रहती है। मैं जानता हूं कि इसे स्पष्ट नहीं देखता पर इतना तो अवश्य देखता हूं कि जिस दुर्दान्त कामना से वह मतवाली हो रही थी, वही आज स्थिर होकर सौभाग्य का प्राप्ति का हिसाब देखना चाहती है। यदि इन आंकड़ों में शून्य मिला तो मैं अपने छिन्न जीवन की गांठों को कहां छोड़ने जाऊंगा। सोचने से कुछ होता—हवाता नहीं। मैं इतना निश्चित कर बैठा हूं कि अपने हमेशा के मार्ग पर ही, जरूरत पड़ने पर चला जाऊंगा। अपने सुख के लिए किसी का जीवन कठिन न बनाऊंगा। आश्चर्य की बात तो यह है कि मन्त्रों की सजीवता की आलोचना से ही हम दोनों में धूम मच गई। इसी प्रसंग पर दूसरे घर में लोग लड़—झगड़ रहे थे, इसका पता हम दोनों को न था।

एकाएक पांच—सात आदमी लालटेन लेकर आ गये। आंगन में खड़े होकर वे जोर—जोर से पुकारने लगे—'हुजूर, बाबू साहब!'

मैं हड़बड़ा कर बाहर निकला। साथ—साथ राजलक्ष्मी भी आई। सब मिलकर शिकायत करने आये थे। रतन बार—बार उन्हें डांटने लगा, पर कोई चुप न हुआ। मैं बात समझ गया। कन्या—दान रुका था। गलत मन्त्र पढ़ने के लिए वरपक्ष के पुरोहित ने कन्यापक्ष के

पुरोहित को डांटा था। पूजा की सामग्री फेंक दी गई। यह अत्याचार था। पुरोहित लोग बहुत से झंझट खड़े कर देते हैं। पर ऐसा कम सुना जाता है कि समान पेशे वाले को दबाकर मन्त्र न पढ़ने दिया गया हो।

राजलक्ष्मी कुछ सोच न सकी कि क्या कहे। भीतर से निकलकर रतन गरज कर बोला—'तुम्हारा पुरोहित कैसा होता है?' इस गांव में आकर रतन सबको दुरदुराने लगा था। वह फिर बोला—'अछूतों का विवाह भी विवाह होता है, जो पुरोहित चाहिए?' वह गर्व से हम लोगों को देखने लगा।

मधु डोम तो कन्या—दान करने को बैठा था, इसलिए उसके और सम्बन्धी आये थे। उस आदमी की बातों से ज्ञात हो गया कि उनमें ब्राह्मण नहीं होता, स्वयं पुरोहित होते हैं, फिर भी चरवाह पण्डित उनके लिए पुरोहित के समान है। क्योंकि वह जनेऊ पहनता है, उनके दसों कर्म कराता है। वह उन लोगों का छुआ हुआ पानी भी नहीं पीता। इतनी डींग के पश्चात् रोकने को स्थान नहीं रह जाता।

जो हो, इन लोगों की व्याकुलता और ब्याह वाले घर की चिल्लाहट से हम लोगों को वहां जाना ही पड़ा। मैंने राजलक्ष्मी से भी चलने को कहा। उसने पहले तो सिर हिलाया, पर फिर कौतूहल से मेरे साथ हो गई। जाकर देखा, मधु के सम्बन्धी ने ठीक कहा था। झगड़ा बढ़ गया था। पच्चीस—तीस बराती थे और पच्चीस—तीस घराती। बीच में मोटा ताजा शिबू पण्डित दुबले—पतले राखाल पण्डित के हाथ पकड़े खड़ा था। हम लोगों को देखकर उसने छोड़ दिया। चटाई पर बैठकर हाल पूछने पर शिबू पण्डित बोला—'हजूर, मन्तर तो जानता नहीं यह साला, और अपने को पण्डित कहता है। यह तो आज विवाह का सिर तोड़ देता।' राखाल ने मुंह बनाकर कहा—'हां, ब्याह का सिर तोड़ देता! पांच गांव में सराध और ब्याह

कराता हूं और मैं मन्तर नहीं जानता?' मैं सोचने लगा कि यहां भी वही मन्त्र है। माना कि राजलक्ष्मी को उत्तर न दे सका पर यहां मध्यस्थ बनना पड़ा तो मुश्किल होगी। अन्त में माथापच्ची के बाद तय हुआ कि राखाल मन्त्र पढ़ावेगा, किन्तु कहीं भूल होगी तो शिबू के लिए आसन छोड़ देगा। राखाल प्रसन्न होकर आसन पर बैठ गया और कन्या के पिता के हाथ में फूल और वर–कन्या का हाथ देकर मन्त्र पढ़ने लगा।

राखाल पण्डित दुलहे से बोला–'बोलो मधु डोमाय कन्याय नमः।'

दुलहे ने पढ़ा–'मधु डोमाय कन्याय नमः।'

राखाल ने कन्या से कहा–'बोलो, भगवती डोमाय पुत्राय नमः।'

छोटी लड़की से उच्चारण में भूल न होने देने के लिए मधु स्वयं कह देना चाहता था, इसी बीच शिबू पण्डित बोला–'यह मन्तर नहीं है, विवाह नहीं हुआ।' मुंह घुमाकर देखा कि राजलक्ष्मी हंसी रोकने को मुंह में आंचल डाले हुए है। राखाल पण्डित कुछ कहना चाहता था, पर किसी ने उसकी ओर ध्यान न दिया। सभी लोग शिबू पण्डित से कहने लगे–'आप ही मन्त्र पढ़वा दीजिये, नहीं तो ब्याह न होगा। उन्हें चौथाई दच्छिना देकर बारह आना आप ले लीजिएगा।'

शिबू पण्डित बोला–'इसमें राखाल का दोष नहीं है। मेरे सिवा इधर कोई मन्तर–वन्तर नहीं जानता। मैं अधिक दच्छिना नहीं चाहता। यहीं से मन्त्र पढ़ता हूं, राखाल वर–कन्या से दुहरावाये।' मन्त्र पढ़ने लगा और राखाल पण्डित भले–मानुस की तरह उसे दुलहा–दुलहिन से कहलवाने लगा।

शिबू पण्डित ने मंत्रों के नाम पर अंट–संट वाक्य दुलहा–दुलहिन से कहलवाये। इसके बाद जोरों की ध्वनि हुई। दुलहा–दुलहिन को उठाकर भीतर ले जाया गया। मेरे चारों ओर सभी कहने लगे कि

यह आदमी पूरा पण्डित है। मन्तर खूब पढ़ चुका है। राखाल अब तक धोखाधड़ी से कमा–खा रहा था।

मैं चुपचाप बैठा रहा। अन्त में राजलक्ष्मी का हाथ पकड़े घर लौट आया। वहां वह न जाने कैसे चुप बैठी थी। घर आते ही जोर से हंसने लगी। पेट फटने लगा। बिस्तर पर लोट–लोटकर बार–बार कहने लगी–'आज सच्चा पण्डित देखा, राखाल अब तक इन लोगों को ठगकर खाता था।' पहले मेरी हंसी भी न रुकी। फिर बोला–'दोनों ही महापण्डित थे। इसी प्रकार इनकी कई पुश्तों का ब्याह होता आया। राखाल के मन्त्र चाहे जैसे हों पर शिबू के मन्त्र भी वैसे ही थे।' खैर, विवाह हो गया।

राजलक्ष्मी चुप हो गई। वह मेरी ओर देखती हुई सोचने लगी।

6

सवेरे सुना कि कुशारी महाशय दोपहर के भोजन पर निमन्त्रण दे गये हैं। मुझे यही आशंका हो रही थी। मैंने पूछा—'अकेला ही जाऊंगा?' राजलक्ष्मी ने हंसकर कहा—'मैं भी चलूंगी।'

'चलोगी?' 'अवश्य।'

उसके उत्तर से मैं चकरा गया। हिन्दू—धर्म के खान—पान और समाज की निर्भरता का ज्ञान राजलक्ष्मी को ज्ञात था। उसे इस पर बड़ी निष्ठा थी। फिर भी उसका यह उत्तर था। मैं कुशारी जी के सम्बन्ध में अधिक नहीं जानता। उन्हें बाहर से जितनी बार देखा है, उससे मालूम पड़ा कि वे सदाचारी ब्राह्मण हैं। वे राजलक्ष्मी की कहानी नहीं जानते थे। उन्होंने तो मालिक समझकर ही निमन्त्रण दिया था। किन्तु राजलक्ष्मी वहां कैसे क्या करोगी यह मैं नहीं समझ सका।

समय पर बैलगाड़ी आ गई। मैं तैयार होकर बाहर आया तो देखा कि राजलक्ष्मी गाड़ी के पास खड़ी है। मैंने पूछा—'चलोगी नहीं?'

उसने कहा—'इसीलिए तो यहां खड़ी हूं।' अब वह गाड़ी में बैठ गई।

रतन साथ जायेगा। वह मेरे पीछे था। मालकिन के बनाव–सिंगार से वह चकराया। आश्चर्य मुझे भी हुआ। घर पर वह अधिक कपड़े नहीं पहनती थी। आज उसके शरीर पर कुछ भी न था। जो हार उसके गले में हमेशा रहता था, उसी को पहने थी, हाथों में एक–एक कड़ा था। शायद रात वाली चूड़ियों को भी उसने उतार दिया था। जिसे नहाकर पहन लिया था, शायद वही बिलकुल मामूली साड़ी थी। गाड़ी में चढ़कर मैंने धीरे–धीरे कहा—'एक–एक करके सबको त्याग दिया है। केवल मैं ही बच गया हूं।'

वह मेरी ओर देखकर मुस्कराकर बोली—'सम्भव है इस एक में ही सब कुछ रह गया हो। इसीलिए जो बढ़ती थी वह एक–एक करके झाड़ गई।' उसने पीछे देखा कि रतन तो नहीं है। फिर धीरे–धीरे बोली जिससे गाड़ीवान न सुन ले—'बस, तुम ऐसा ही आशीर्वाद दो। मेरे लिए तुमसे बड़ा और कुछ भी नहीं है।'

मैं चुप रह गया। वह चुपचाप बड़ा तकिया लेकर मेरे पैरों के पास लेट रही। गंगामाटी से पोड़ामाटी जाने की राह सीधी है। नाले में बांसों का पतला पुल है। उससे होकर आदमी दस मिनट में वहां पहुंच जाता है। बैलगाड़ी घूमकर जाती है। घूमने में दो घण्टे लग जाते हैं। हम दोनों चुप रहे।

दोपहर को गाड़ी कुशारी जी के द्वार पर पहुंची। मालिक और मालकिन ने ही हमारा स्वागत किया। बड़े सम्मानित अतिथि के समान वे हमको भीतर ले गए। मैं समझ गया कि शहर से दूर इन गांवों में परदे की कड़ी रीति नहीं है। हम लोगों के शुभागमन से कुशारी परिवार के घर बहुत लोग एकत्र हो गए। वे प्रीतिपूर्ण और आत्मीय के समान व्यवहार करने लगे। उनमें सभी स्त्रियां न थीं। राजलक्ष्मी घूंघट नहीं काढ़ती थी। मेरे ही समान वह भी बरामदे में आसन पर बैठी हुई थी। इस अनजान स्त्री को देखकर उन्हें

संकोच नहीं हुआ। बातचीत केवल उन्हीं से नहीं, बल्कि मुझसे भी होने लगी। घर के मालिक और मालकिन दोनों काम–काज में थे। उनकी विधवा लड़की ताड़ के पंखे से राजलक्ष्मी को हवा कर रही थी। मैं क्या कहूं, मुझे कौन–सी बीमारी है, स्थान पसन्द है या नहीं, जमींदार के स्वयं काम ने देखने से चोरी होती है कि नहीं, उसमें कुछ नया प्रबन्ध करने की आवश्यकता है कि नहीं? इत्यादि अर्थ और व्यर्थ प्रश्नोत्तर से मैं कुशारी जी की गार्हस्थ दशा को जांचने लगा। घर में बहुत से कमरे थे। पर सब–के–सब मिट्टी के थे; सोचा कि काशीनाथ कुशारी की दशा अच्छी तो है ही। जान पड़ता है ये धनवान हैं। भीतर पहुंचते ही चण्डी–मण्डप के पास धान का ढेर लगा देखा, भीतर आंगन में भी दो ढेर थे। रसोई घर सामने ही था। उसके उत्तर में एक छप्पर के नीचे दो–तीन ढेरियां थीं। सामने ही जमीरी नींबू का पेड़ था। उसके नीचे धान उबालने के दो–तीन चूल्हे थे–लिपे–पुते, साफ–सुथरे वहीं दो पुष्ट बछड़े बंधे हुए थे। उनकी माताओं को नहीं देखा, पर समझ लिया कि कुशारी परिवार में दूध की भी कमी नहीं है। दक्षिण डावे में छः–सात गागरें रखी हुई थीं। उनमें गुड़ या अनाज होगा। खूंटियों में सन और पटुए टंगे हुए थे। इससे यह अनुमान लगाना आसान हो गया कि घर में डोरी–रस्सी–उबहन की आवश्यकता पड़ती ही है। कुशारी जी एक बार दर्शन देकर भीतर चले गये थे। शायद कुशारिन जी भी स्वागत के काम में ही लगी थी। थोड़ी देर में वे घबराये हुए आकर राजलक्ष्मी से बोले–'बेटी, पूजापाठ कर आऊं।' पन्द्रह–सोलह साल का एक सुन्दर सबल लड़का ध्यान से हम लोगों की बातें सुन रहा था। उसे देखते ही कुशारी जी कहने लगे–'बेटा हरिपद, नारायण का प्रसाद तैयार हो गया है। जाकर जल्दी से भोग लगा। पूजा करने में मुझे अधिक देर न लगेगी।' हम लोगों को देखकर बोले–'आज आप लोगों को नाहक कष्ट दिया–'बड़ी देर हो गई।'

बड़ी देर में भोजन के लिए बुलाया गया। मैं बच गया। आगन्तुकों के प्रश्नों से बचने के कारण मुझे सुख मिला। गांव वाले अपने घर चले गये। मैं अकेला भोजन करने बैठा। कुशारी जी सामने बैठ गये। विजय से उन्होंने बता दिया कि जनेऊ हो जाने के बाद से मौन रहकर भोजन करते थे। राजलक्ष्मी का आज शायद कोई व्रत था। वह आज भोजन न करेगी।

कुशारिन ने जवाब दिया—'इतना कष्ट उठाने के लिए मैंने इन्हें लाचार किया है। मैं जानती थी कि यहां भोजन न करेंगी, लेकिन जिनसे हमारा निर्वाह होता है उनकी पैरों की रज से हमारा घर पवित्र हो, इसका लाभ मुझे था। ठीक है न बेटी?'

राजलक्ष्मी बोली—'इसका उत्तर दूसरे दिन दूंगी मां!'

मैं अचरज के साथ कुशारिन का मुंह ताकने लगा। गांव—गंवई की स्त्री से ऐसी बातें सुनने की आशा मुझे न थी। यह न सोचा था कि इस गांव में एक और आश्चर्यजनक स्त्री का परिचय मिलेगा। परोसने का काम विधवा बेटी को सौंपकर कुशारिन जी पंखा लेकर पास बैठीं। वे आयु में मुझसे बड़ी थीं, शायद इसी से सिर पर धोती के सिवा और परदा न था। उनमें निःसन्देह भारतीय माता की करुणा थी, स्नेह था।

कुशारा महाराज द्वार पर खड़े थे। उनकी लड़की ने कहा—'बाबूजी, थाली परोस चुकी हूं। देर तो बहुत हो गई थी।' वे शायद इसी प्रतीक्षा में थे। मुझे देखकर बोले—'अभी ठहरो बेटी, भोजन कर लेने दो।'

उसी समय धरनी बोल उठी—'नहीं, तुम जाकर खा लो। मैं जानती हूं कि रसोई ठण्डी हो जाने पर तुम खा न सकोगे।'

कुशारी जी दुविधा में थे, बोले—'क्या बिगड़ता है? ये तो खा लें।'

कुशारिन जी बोलीं—'मेरे रहते अगर खाने में कमी रह जाए तो तुम्हारे यहां खड़े रहने से पूरा नहीं होगा। जाओ—ठीक है न बेटा!' वे मुझे देखकर हंसी। मैंने हंसकर कहा—'आपके रहते कमी रह जाएगी। आप जाइए, भूखे खड़े रहने से किसी का लाभ न होगा।' वे चुपचाप चले गये।

कुशारिन बोलीं—'निरामिष अथवा चावल का भात खाते हैं बेटा, ठण्डा हो जाने पर खाते ही नहीं। इसी से बरबस भेज दिया।'

कुशारिन जी थोड़ी देर पश्चात कहने लगीं—'बेटा, भगवान् ने हमको दिया है बहुत। इतना भी न देते तो उनकी कृपा ही होती। घर में केवल एक विधवा लड़की ही है। कोठी—कोठी धानों को, कड़ाही भर दूध को, मेटा—भर गुड़ को कौन खाएगा?'

कुशारिन जी की आंखें छलछला आईं और ओंठ फूल गये। मुझे यह समझते देर न लगी कि उनके शब्दों में कितनी वेदना है। मैंने समझ लिया कि इनका योग्य लड़का मर गया और जिस लड़के का सहारा था, उससे भी कुछ शान्ति न मिल रही है। राजलक्ष्मी अपने हाथ में उनका हाथ लेकर चुप बैठी रही। बाद की बातों से मेरी भूल दूर हो गई। वे बोलीं—'उन लोगों के अन्नदाता भी तुम्हीं हो।' मैंने कुशारिन जी से कहा कि मालिक से अपना दुखड़ा रोने में क्या हानि है। एक दिन उन्हें नेवता देकर लिवा आओ। विपत्ति सुनने से शायद कुछ लाभ हो। अब वे आंखे पोंछने लगीं। राजलक्ष्मी मेरे ही समान संशय में थी। सब लोग चुप रहे। कुशारिन जी दुखड़ा सुनाने लगीं। हम लोग सुनते रहे। राजलक्ष्मी दूसरों के यहां भोजन नहीं करती, यह जानकर भी कुशारी जी ने आंसू भरकर अस्फुट वाक्य में जो कुछ कहा, वह मैं नहीं जानता, किन्तु हम लोगों से जिस समस्या को सुलझा देने के लिए उन्होंने कहा, वह बड़ी आश्चर्यजनक मधुर और कठोर थी।

कुशारिन जी की कहानी यों है—घर में खाने—पीने को पर्याप्त है। पर ये चीजें विष ही नहीं हो गई हैं बल्कि वे लोग दुनिया को मुंह दिखाने योग्य भी न रह गये। इसका मूल कारण उनकी देवरानी सुनन्दा थी। देवर यदु न्यायरत्न कम शत्रुता नहीं करता था, पर असली कारण सुनन्दा थी। विद्रोहिणी सुनन्दा और उसका स्वामी जब हम लोगों की प्रजा थे, तब इसका निपटारा करना ही होगा। जब उसके सास—ससुर मर गये तब वे इस घर की बहू थीं। यदु उस समय छः—सात बरस का था। उसे पाल—पोस कर सयाना करने का उत्तरदायित्व उन्हीं का था। उस दिन से आज तक वे निर्वाह रहती आईं। बपौती में एक कच्चा घर था और केवल तीस बीघे जमीन—कुछ घर जजमान भी। इतनी ही सम्पत्ति के बल पर उनके स्वामी को संसार सम्भालना पड़ा। आज भी जायदाद उन्हीं के परिश्रम से हुई है। देवर इसमें जरा भी सहायक नहीं हुआ था।

मैंने कहा—'तो क्या अब वे दावा कर रहे हैं?' कुशारिन जी सिर हिला कर बोलीं—'कैसा बेटा, यह सब तो उसी का है। सब कुछ वही लेता, अगर सुनन्दा मेरी सोने की गृहस्थी को जलाकर राख न कर देती।' मैं ठीक न समझ सका। अचरज के साथ पूछा—'पर आपका वह लड़का?'

पहले वे मेरी बात न समझ सकीं। समझकर बोलीं—'विजय की बात कर रहे हो बेटा? वह मेरा लड़का नहीं है। वह एक विद्यार्थी है। देवर जी की शाला में पढ़ता था। अभी तक वहीं पढ़ता है। केवल मेरे पास रहता है।' इससे विजय का परिचय मिल गया। वे फिर कहने लगीं—'बड़े कष्टों से पाल—पोसकर देवर को आदमी बनाया, टोले—पड़ोस के लोग कुछ—कुछ जानते हैं। स्वयं तो आज वह सब भूल गया है, केवल हम लोग ही नहीं भूले है।' आंसू पोंछकर वे फिर बोलीं—'बेटा, बहुत—सी बातें हैं। देवर का मैंने जनेऊ किया, मालिक ने उसे शिक्षा के लिए मिहिरपुर शिबू तर्कालंकार की शाला

में भेजा। लड़के को मैं अकेले नहीं छोड़ सकी। स्वयं जाकर कुछ दिन तक मिहिरपुर रह आई। इसी प्रकार कितने ही बरस बीते। देवर पढ़ चुका तो मालिक उसे ब्याहने के लिए न जाने कहां–कहां लड़की खोजते फिरे। इसी समय, बिना कहे–सुने शिबू तर्कालंकार की बेटी सुनन्दा को ब्याह लाया। मेरी बात जाने दो। उसने अपने भाई से भी नहीं पूछा।'

मैंने धीरे–धीरे पूछा–'क्यों नहीं पूछा?'

गृहिणी बोली–'तर्कालंकार हम लोगों से मान–मर्यादा में बहुत छोटे हैं। मालिक अप्रसन्न हुए, दुःख और लज्जा से महीने भर तक किसी से बोले भी नहीं। सुनन्दा का मुंह देखते ही मैं गल गई। जब सुना कि उसकी मां मर गई है, बाप देवर जी को सौंपकर संन्यासी होकर चला गया है, तब उस छोटी–सी बहू को पाकर मुझे बड़ी प्रसन्नता हुई। कौन जानता था कि एक दिन देवरानी उसका ऐसा बदला देगी?' अब वे बिलख–बिलख कर रोने लगीं। मैं समझ गया कि दुःख अधिक है। राजलक्ष्मी ने धीरे से पूछा–'आजकल वे कहां हैं?'

सिर हिलाकर उन्होंने जो कहा उससे पता चला कि अभी वे लोग इसी गांव में रहते हैं। देर तक कुछ बातचीत नहीं हुई। असल बात तो अभी तक समझ में नहीं आई थी। मैं भोजन प्रायः कर चुका था, उसमें रोने–धोने से भी विघ्न नहीं हुआ। वे सीधी होकर बैठ गईं। मेरी थाली की ओर देखकर बोलीं–'जाने दो बेटा, दुखड़ा कहां तक सुनाऊंगी। इस सोने की गृहस्थी को जिन्होंने देखा है वे ही जानते हैं कि छोटी बहू ने कितना सत्यानाश कर दिया है। जिस सम्पत्ति का हमें सहारा है वह एक जुलाहे की थी। कुछ वर्ष हुए एक दिन उसकी विधवा अपने अवयस्क लड़के को लेकर आई और बिगड़कर न जाने क्या–क्या कह गई। झूठ हो या सच, छोटी

बहू नहा कर रसोई–घर में जा रही थी। वह सब सुनकर पथरा गई। जुलाहिन तो चली गई पर छोटी बहू का वह भाव न हटा। मैंने कहा–'सुनन्दा, खड़ी क्यों हो गई? देर हो रही है। उसकी आंखों से अंगारे निकल रहे थे। सांवला मुंह सफेद हो गया था। जुलाहिन की बातों से उनका खून सूख गया था। उस समय तो उसने उत्तर नहीं दिया, पर धीरे–धीरे पास आकर बोली–'दीदी, जुलाहिन को जायदाद वापस कर दो। अवयस्क बेटें को क्या राह का भिखारी बना दोगी?

मैंने अचकचा कर कहा–'लो सुनो तो, इसकी बात! कन्हाई बसाक की जायदाद नीलाम हो चुकी। अपनी खरीदी हुई चीज कौन किसको देता है छोटी बहू?'

छोटी बहू बोली–'मगर जेठ जी के पास रुपये कहां से आये?'

बिगड़ कर मैंने उत्तर दिया–'जाकर उनसे पूछो, जिन्होंने खरीदा है।'

राजलक्ष्मी ने कहा–'मोल ली हुई जायदाद कौन वापस देता है? छोटी बहू क्यों लौटा देने को कहती है?'

कुशारिन जी बोलीं–'बताओ तो बेटी!' लेकिन इतना कहते ही उनका चेहरा काला हो गया। फिर कहा–'नीलाम होने पर इसकी बिक्री नहीं हुई थी। हम लोग उसके पुरोहित थे। मरने के समय कन्हाई बसाक सब जायदाद इन्हीं को सौंप गया था। पर इन्हें मालूम न था कि उसके ऊपर सारी दुनिया भर का कर्जा था।'

यह सुनकर हम दोनों ही फक हो गये। मेरा हृदय एक गन्दी चीज से मैला हो गया। कुशारिन जी इसे न समझ सकीं। वे बोलीं–'पूजा पाठ करके लौटी तब तक सुनन्दा बैठी थी। वह जरा भी न हिली–डुली। दफ्तर का काम कर वे आते ही होंगे। बिनू को लेकर देवर मेला देखने गये थे। वे भी जल्दी आ जायेंगे। विजय

को नहाकर पूजा करनी थी—यह सब सोचकर मैं गुस्से से लाल हो गई। डांटकर बोली—'तो आज तू रसोई नहीं बनाएगी? जुलाहिन की झूठी बात ही सोचती रहेगी बैठी—बैठी?'

सुनन्दा बोली—'जायदाद अपनी नहीं है दीदी। तुम जब तक उसे लौटा न दोगी तब तक रसोई—घर में न जाऊंगी। एक अनाथ, अवयस्क की जायदाद छीनकर अपने पति—पुत्र के मुंह में कौर न जाने दूंगी।' वह अपने कमरे में चली गई। मुझे मालूम था कि सुनन्दा कभी झूठ नहीं बोलती। अपने बाप से उसने बहुत—सा शास्त्र पढ़ लिया था। पर इतना न जानती थी कि वह इतनी हठ करेगी। मैं जल्दी—जल्दी रसोई बनाने लगी। सब मर्द आ गए। सुनन्दा आकर द्व ारा के पास खड़ी हो गई। मैं हाथ जोड़कर गिड़गिड़ाने लगी पर वह न मानी, न मानी। वे खाने को बैठ ही रहे थे तभी पूछ बैठी—'क्या जुलाहे की जायदाद के बदले आपने रुपया दिया है? आप ही लोग तो कहते थे कि बाबू जी कुछ छोड़कर न मरे थे, तो जायदाद मोल लेने के लिए रुपए आये कहां से?'

जो सुनन्दा अपनी परछाहीं भी न दिखाती थी उसके मुंह से यह सुनकर उन्हें काठ मार गया। वे बोले—'इसका क्या अर्थ?' सुनन्दा ने कहा—'अर्थ आप जानते होंगे। आज जुलाहिन अपने अवयस्क लड़के को लेकर आई थी। उसने जो कुछ कहा उसे दुहराना व्यर्थ है। आप तो सब जानते हैं। आप उसे उसकी जायदाद नहीं लौटा देंगे तो आज से जीवन भर मैं अपने पति—पुत्र को उसका एक दाना न खाने दूंगी।'

'बेटा, जान पड़ता था मैं सपना देख रही थी। सुनन्दा पर भूत सवार था। अपने जेठ को वह देवता समझती थी और उन्हीं के साथ ऐसी बात!' वे थोड़ी देर तक चुपचाप बैठे रहे, फिर बोले—जायदाद चाहे पुण्य की हो या पाप की, यह है मेरी। तुम्हारे पति—पुत्र की नहीं

है, अच्छी न लगे तो कहीं और जाकर रहो।' वे थाली छोड़कर उठ गए। उन्होंने कुछ खाया–पिया तक नहीं। मैं देवर के पास जाकर बोली–'मैंने तुम्हें पाला–पोसा है। यह क्या उसी का बदला ले रहे हो?' उसकी आंखें भर आईं। वह बोला–'भाभी, तुम मेरी मां के स्थान पर हो और भैया पिता की जगह, किन्तु तुम दोनों से भी बड़ी चीज है धर्म। सुनन्दा ने ठीक ही कहा है। ससुर जी ने संन्यास लेने के दिन उसे आशीर्वाद देकर कहा था–'बेटी, धर्म यदि सचमुच तुझे प्रिय है तो वही एक दिन तुम्हें राह दिखलाकर आगे ले चलेगा। भाभी, मैं उसे छुटपन से पहचानता हूं, वह मिथ्या नहीं कहती।'

'हाय री, फूटा भाग्य! उसे भी देवरानी ने भड़का दिया था। एक भादों की रात में, जब मूसलधार पानी बरस रहा था, अपने लड़के को लेकर वह निकल गई। ससुर जी के समय का एक रैयत था। दो साल पहले ही वह मर गया था। उसके घर में एक कोठरी थी। उसी में जाकर रहने लगी–सियार, कुत्ते, सांप, मेंढकों के साथ। मैंने रो–धोकर कहा–'सत्यानासिन, तुझे यही करना था तो इस घर में क्यों आई थी? बिनू को भी तू यहां लेती आई? ससुर की प्रतिष्ठा मिटा देने पर तुली हुई है?' पर वह टस–से–मस न हुई। मैंने कहा–'खाओगी क्या?' उसने कहा–'ससुर जी की तीन बीघे माफी की जमीन में आधी मेरी है?' यह सुनकर जी में आया कि सिर पटक कर मर जाऊं। मैंने फिर कहा–'अभागिन, उससे एक दिन भी निर्वाह होगा? तुम लोग तो भूखों मर जाओगे, मगर यह बिनू?' उसने कहा–'कन्हाई बसाक के लड़के की भी तो सोचो दीदी। अगर उसी की तरह दर–दर घूमकर बिनू जीवित रह जाए तो बहुत है।'

वे चले गए। घर भर रोने–कलपने लगा। घर में रात भर न दीया जला और न चूल्हा सुलगाया गया। हम लोग रात भर सोये नहीं। शायद बिनू भूखा रह गया होगा, इस कारण मैंने राखाल के हाथ गाय भिजवा दी तो उसने यह कहकर लौटा दी, बिनू को

मैं दूध नहीं पिलाना चाहती। उसे बिना दूध के ही जीवित रहना सिखलाऊंगी।'

राजलक्ष्मी ने ठण्डी सांस ली। कुशारिन जी शायद उस दिन की वेदना और अपमान से चुप रह गईं। मेरे हाथ में दाल–भात सूख गया। खड़ाऊं की आवाज सुनाई पड़ी। कुशारी जी शायद भोजन कर चुके। शायद उनके मौन व्रत में कोई बाधा न पड़ी होगी। कुशारिन जी आंखें पोंछकर, नाक और गला साफ करके बोलीं—'बेटा, यहां इतनी फजीहत हुई कि क्या बताऊं।' उन्होंने कहा—'जाने दो, कष्ट होगा तो आप ही आ जायेगी।' मैंने कहा—'तुम उसे नहीं पहचानते, टूट जाएगी पर वह झुकेगी नहीं। आठ महीने बीत गए। बच्चों को हम लोग जान से अधिक चाहते थे। देवर लड़के के समान प्यारा था। वे अफसोस में कांटा हो गए। एक दिन हम लोगों ने कहला भेजा कि जुलाहिन का प्रबन्ध कर दिया जाता है, उसे कष्ट न होगा। पर वह अड़ी रही, उसका जितना पावना हो, सब चुकता हो जाने पर उस घर में आऊंगी। तात्पर्य यह था कि हम मृत्यु को आमन्त्रित कर लें।'

मैंने हाथ धोकर पूछा—'उनका निर्वाह कैसे होता है?'

कुशारिन जी बोलीं—'यह न पूछो बेटा। आठ महीने से इस घर में मछली नहीं आई है, दूध नहीं औटाया गया है। घर को शाप देकर चली गई है।' वे चुप हो गईं और हम तीनों आदमी चुपचाप बैठे रहे।

एक घण्टे में हम लोग गाड़ी पर सवार हुए। कुशारिन जी ने राजलक्ष्मी से कहा—'बेटी, वे भी तुम्हारी ही प्रजा हैं। गंगामाटी में रहते हैं।'

राजलक्ष्मी सिर हिलाकर बोली—'अच्छा।'

जब गाड़ी चली तब उन्होंने कहा—'बेटा, तुम्हारे घर से उनका घर दिखाई पड़ता है। नाले के इधर का टूटा–फूटा घर है।'

राजलक्ष्मी ने गरदन हिलाकर कहा—'अच्छी बात है।'

गाड़ी चलने लगी। देर तक हम लोग चुप रहे। राजलक्ष्मी कुछ सोच रही थी। मैंने कहा—'जो कुछ नहीं चाहता, उसकी सहायता के लिए जाना विडम्बना है।'

राजलक्ष्मी मुस्कराती हुई बोली—'तुमसे चाहे और कुछ न सीखा हो पर इतना तो अवश्य सीख लिया है।'

7

मैं जब अपना विश्लेषण करता हूं तो जिन नारी चरित्रों ने मुझे विशेष रूप से प्रभावित किया है उनमें कुशारी जी की बागी बहू सुनन्दा भी है। मैं अपने जीवन में सुनन्दा को नहीं भूल सका। मनुष्य को वह सरलता से वश में कर लेती है। एक दिन सुनन्दा ने भैया कहकर मुझे पुकारा। इस अद्भुत लड़की को जानने का सुयोग मुझे कभी न मिलता। यदुनाथ तर्कालंकार का घर टूटा–फूटा हमारे घर के पश्चिम की ओर था। जब से मैं यहां आया तभी से उसे नित्य देखता था। मैं जानता था कि उसमें एक बागी स्त्री अपने पति–पुत्र के साथ रहती है। पुल के पार लगभग दस मिनट की राह पर है। बीच में पेड़–वेड़ कुछ न होने से ऊसर–सा लगता है।

मैं सवेरे उठा तो उसी पर दृष्टि पड़ी। उस खंडहर की ओर मैं उदासी से देखता रहा। संसार में बाहर से देखकर किसी वस्तु का अनुमान नहीं लगाया जा सकता।

सामने के गिरे–पड़े मकान को कुत्ते–सियारों का घर कौन नहीं कहता? उस खंडहर में संस्कृत ग्रंथों का पठन–पाठन होता था। उसी खंडहर में एक अध्यापक छात्रों को न्याय और मीमांसा पढ़ाता था। कौन जानता था कि उसी खंडहर में इस पुण्यभूमि की

एक युवती, धर्म और न्याय की रक्षा करने के लिए, स्वेच्छा से कष्ट सहन कर रही है।

आंगन में कुछ हो–हल्ला हो रहा था। रतन कुछ कह रहा था और राजलक्ष्मी उसकी न मानती थी। मैं वहां गया तो राजलक्ष्मी शरमाकर कहने लगी–'क्या नींद टूट गई। रतन, तू धीरे–धीरे बोला कर।'

रतन ही नहीं, घर भर के लोग ऐसी शिकायतों से तंग थे। मैं चुप रहा। एक टोकरे में रखा हुआ था–चावल, दाल, तरकारी आदि और एक छोटी डलिया में और कई चीजें। शायद रतन से वह नहीं उठता था। इसीलिए वह शिकायत कर रहा था। यही बात थी। राजलक्ष्मी मुझे देखकर बोली–'इतना बोझ इससे नहीं चलेगा। इतना तो मैं ले जा सकती हूं, रतन!'

टोकरा ले जाना रतन के लिए बड़ा काम न था, पर उसकी प्रतिष्ठा में बट्टा लगता था। राजलक्ष्मी के सामने शर्म के मारे वह इसे कहना नहीं चाहता था। मैं तुरन्त समझ गया। हंसकर कहा–'आदमी तो यहां बहुत हैं और किसी से भेज दो। रतन हाथ डोलाता चला जायेगा।'

रतन आंखें छिपाये खड़ा था। वह हंसकर बोली–'इतनी देर से झगड़ा क्यों कर रहा है? साफ क्यों नहीं कहता था कि यह रतन बाबू न ले जायेंगे?'

रतन के जाने पर मैंने पूछा–'सवेरे ही उठकर यह क्या कर रही हो?'

राजलक्ष्मी ने कहा–'खाने का सामान तो सवेरे ही भेजना चाहिए।'

मैंने पूछा–'किस ब्राह्मण के घर?'

राजलक्ष्मी हंसने लगी। तनिक चुप रहकर सोचने लगी कि नाम बताना ठीक है या नहीं। फिर उसने कहा—'देकर बतलाने से पुण्य घट जाता है। जाओ हाथ-मुंह धोओ, चाय तैयार है।'

मैं बाहर चला गया। करीब दस बजा होगा। कोई काम न था। बाहर कमरे में तख्त पर बैठकर एक पुराने समाचार-पत्र का विज्ञापन पढ़ रहा था कि एक अपरिचित आदमी की आवाज सुनाई पड़ी। उन्होंने देखकर कहा—'नमस्कार, बाबू जी!'

मैंने नमस्कार कर कहा—'बैठिए!'

ब्राह्मण बिल्कुल दीन वेश में था। नंगे पैर थे। कुरता भी न था। एक मैला-सा अंगोछा ओढ़े हुए था। धोती भी मैली और फटी हुई। गांठें लगी थीं। देहाती भलेमानस का वेश ऐसा ही होता है। इसी से उनकी हालत का अनुमान लगाया जा सकता था। वे बांस के मोढ़े पर बैठकर बोले—'मैं एक गरीब प्रजा हूं। मुझे इसके पहले ही आना चाहिए था।'

मुझे कोई जमींदार कहता या समझता तो मुझे शर्म लगती थी। मैं कभी-कभी झुंझला उठता था। ये ऐसे मामले लाते थे कि मैं घबरा जाता था। इसी कारण शायद मैं इनसे भी प्रसन्न न हुआ। मैंने कहा—'इसके लिए आप खेद न करें। आप यहां न आते तो भी हानि न थी। क्या काम है?'

ब्राह्मण ने लजाकर कहा—'कुसमय आने से शायद आपके काम में हानि हुई हो और किसी दिन आऊंगा।'

वे उठने लगे तो मैं झुंझलाकर बोला—'काम बताइए न।' वे मेरी झुंझलाहट को समझ गए। शान्त होकर बोले—'मैं साधारण आदमी हूं। मेरी आवश्यकता मामूली है। मां जी ने मुझे याद किया था।'

उत्तर रूखा था, पर सत्य। मेरे प्रश्न के अनुसार बेढंगा न था। जब से यहां आया था, ऐसा रूखा उत्तर देने वाला कोई न मिला था,

इसलिए ब्राह्मण का कठोर उत्तर सुनकर मैं असमंजस में पड़ गया। मैं रूखा आदमी नहीं हूं, अगर रूखा भी होता तो इसका ध्यान भी न करता। ऐश्वर्य का मद बुरा होता है। मैं कुछ कहना ही चाहता था कि वे बाहर चले गये। उसी समय बगल का द्वार खुला और रामलक्ष्मी आ गई। वह प्रणाम करके नम्रता से बोली—'आप बैठिए! आपसे बहुत—सी बातें करनी हैं।'

ब्राह्मण बैठ गया। उसने कहा—'मांजी, आपने तो घर की बहुत दिन की चिंता दूर कर दी। उतने से हमारा काम बहुत दिन तक चल जायेगा। अभी तो समय नहीं था—व्रत, नियम, पूजा आदि कुछ भी नहीं। ब्राह्मणी मुझसे पूछ रही थी...... ।'

राजलक्ष्मी ने हंसकर कहा—'ब्राह्मणी केवल व्रत पूजा के दिन ही जानती हैं। वे भेंट आदि की बात नहीं जानतीं। उनसे कह दीजिएगा कि इसके सम्बन्ध में वे मुझसे सीख लें।'

ब्राह्मण—'इतना अधिक सीधा था...... ।'

वे पूरी बात न कह सके। शायद जान—बूझकर चुप हो गए हों। मैं उस आत्माभिमानी ब्राह्मण की बात समझ गया। मुझे भय—सा लग रहा कि कहीं मेरे समान राजलक्ष्मी को भी कड़ी बात न कह दे। इस आदमी का एकांगी परिचय मैं सुन चुका था। पर राजलक्ष्मी किसी के सामने चुप नहीं रहती।

वह कहने लगी—'तर्कालंकार जी, आपकी स्त्री क्रोधी है—बिना पूछे चले जाने से अप्रसन्न न हो जाये—न हो तो इसका उत्तर उन्हें ही दे आना।'

मैं समझ गया कि ये ही अध्यापक यदुनाथ कुशारी हैं। अपनी प्रियतमा के स्वभाव का उल्लेख सुनकर उन्होंने हा—हा करके घर गुंजा दिया। वे प्रसन्न होकर बोले—'नहीं माता जी, बिगड़े दिल क्यों होगी?' सीधी—सादी औरत है। हम लोग हैं गरीब, आप जायें तो

आपके योग्य सम्मान न हो सकेगा, अतएव वही एक दिन आएगी; या समय मिलने पर मैं उसे साथ ले आऊंगा।'

राजलक्ष्मी ने पूछा—'आपके यहां कितने विद्यार्थी हैं?'

कुशारी जी बोले—'कुल पांच हैं। इधर अधिक छात्र मिलते कहां हैं? पढ़ाना—लिखाना तो नाम के लिए होता है।'

'आप सबको खाना—कपड़ा देते हैं?'

'जी नहीं। विजय तो भैया के घर रहता है। एक और गांव का ही विद्यार्थी है। केवल तीन विद्यार्थी मेरे यहां रहते हैं।' राजलक्ष्मी मृदु स्वर में बोली—'ऐसे कठिन समय में यही क्या थोड़ा है तर्कालंकार जी?'

इसकी आवश्यकता थी, नहीं तो अभिमानी अध्यापक जी गरम हो जाते। अब उनका मन उधर को नहीं बहका। उन्होंने आसानी से अपनी परिस्थिति मान ली। बोले—'यह तो हम दोनों ही जानते हैं। इतने पर भी सूर्य का उदय और अस्त होता ही है। अपने हाथ में है ही क्या? ब्राह्मण का काम है पढ़ाना—लिखाना। आचार्य से मुझे यही धरोहर मिली है। एक दिन उसे चुका देना पड़ेगा।' कुछ रुककर बोले—'पहले इसका उत्तरदायित्व जमींदारी पर था। अब युग दूसरा है। आजकल तो खून चूसने के अलावा उनका दूसरा काम नहीं है।'

राजलक्ष्मी ने हंसकर कहा—'यदि कोई प्रायश्चित करना चाहे तो आप विघ्न न डालें।' कुशारी महाशय लजाकर बोले—'दूसरी ओर ध्यान चला जाने से मुझे आपका ध्यान नहीं रहा। हम लोग विघ्न क्यों करेंगे?' राजलक्ष्मी ने कहा—'पूजा—पाठ करते समय हम लोग एक वाक्य भी शुद्ध नहीं बोल सकतीं—इसको आप ठीक करा दें।

कुशारी महाशय 'यह हो जाएगा' कहकर चलने के लिए उठे। राजलक्ष्मी ने प्रणाम किया। मैं भी हाथ उठाकर छुट्टी पा गया।

उनके चले जाने पर राजलक्ष्मी ने कहा—'आज सवेरे ही खा लो।'

'क्यों?'

'आज दोपहर को सुनन्दा के घर चलना है।'

मैंने विस्मित होकर कहा—'मेरी क्या आवश्यकता है? रतन तो है।' राजलक्ष्मी माला फेरती हुई बोली—'उससे काम न चलेगा। अब जहां जाऊंगी तुम्हें लेती जाऊंगी।'

मैंने कहा—'अच्छा, यही सही।'

8

एक दिन मुझे सुनन्दा ने भैया कहा था। मैंने उसे अपने समीप पाया। पहली जान–पहचान में शायद विश्वास दिलाना कठिन होगा। बहुत से लोग कहेंगे–हम भी इसी देश के हैं, पर आज तक ऐसा कहीं नहीं देखा–सुना। मैं भी कहता हूं कि मुझे एक ही सुनन्दा मिली।

राजलक्ष्मी भीतर चली गई। मैं गिरी–पड़ी दीवारों के पास खड़ा छाया ढूंढ रहा था। इसी बीच एक सत्रह–अठारह बरस के लड़के ने आकर कहा–'भीतर चलिए।'

'क्या तर्कालंकार जी आराम कर रहे हैं?'

'वे बाजार गए हैं। केवल माता जी हैं, आ जाइए।' वह लड़का आगे और मैं पीछे चला। इसमें कभी सामने का द्वार था पर अब उसका कोई चिन्ह नहीं है। ढेंकी–घर से होकर मैं जनाने घर में गया। आंगन में सुनन्दा को देखा। उन्नीस–बीस वर्ष की युवती, रंग सांवला, शरीर पर गहना एक भी नहीं। पतले ढाबे में बैठकर वह लाई भून रही थी। राजलक्ष्मी के आ जाने से वह उठकर खड़ी हो गई थी। मेरे लिए उसने एक पुराना कम्बल बिछा दिया। वह प्रणाम करके बोली–'बैठिए।' लड़के से कहा–'चूल्हे में आग है। जरा

तमाखू चढ़ा लाओ।' राजलक्ष्मी बिना आसन के बैठी थी। उसकी ओर देखकर कहा—'मैं आपको पान नहीं दे सकती। पान हैं ही नहीं।' हम लोगों को देखकर अजय हड़बड़ाकर बोल उठा—'जान पड़ता है पान चुक गया है।' सुनन्दा उसकी ओर मुंह कर तनिक देखती रही। वह बोली—'अरे केवल एक दिन के लिए था।' वह खिलखिल हंसती हुई राजलक्ष्मी से बोली—'उस इतवार को छोटे महन्त के लिए एक पैसे का पान मंगाया था। दस दिन की बात है। इसी पर हमारा अजय पान का अचानक चुक जाना कहता है।' वह फिर हंस पड़ी।

राजलक्ष्मी तरस खाकर बोली—'ठीक है। वह बेचारा क्या जाने कि तुम्हारी गृहस्थी में कौन–सी चीज घट गई है।'

अनुकूलता पाकर अजय कहने लगा—'देखिए तो, और मां समझती हैं...।' सुनन्दा हंसती हुई बोली—'मां के समझने से क्या? नहीं दीदी, हमारा अजय ही गृहस्थिन है। यदि यहां कोई कमी है तो बाबूगिरी की है। यही वह नहीं मानता।'

'क्यों नहीं मानूंगा? बाबूगिरी भी अच्छी वस्तु है! वह तो हम लोगों की...।' अधूरी बात छोड़कर वह मेरे लिए तमाखू चढ़ाने बाहर चला गया। सुनन्दा बोली, 'ब्राह्मण के घर और क्या होगा? एक–आध सुपारी होगी तो ढूंढने पर मिल सकती है। अच्छा, मैं देखती हूं।' वह भी जब जाने लगी तो राजलक्ष्मी ने उसका आंचल पकड़कर कहा—'इससे मेरा आगमन न होगा। सुपारी का क्या काम? तुम मेरे पास बैठ जाओ, दो बातें कर लूं।' एक प्रकार से उसने सुनन्दा को पकड़कर बगल में बिठा लिया।

आतिथ्य के झमेले से छुट्टी पाकर क्षण–भर दोनों ही चुप रहीं। इसी बीच मैंने एक बार फिर सुनन्दा को देख लिया। पहले सोचा कि वस्तुतः यह निर्धनता नाम की वस्तु बड़ी अर्थहीन है, इसे

कोई भी नहीं मानता। हमारे साधारण बंगाली घर की एक साधारण स्त्री में बाहर से कोई विशेषता नहीं है, न रूप है, न कपड़े या गहने। इस टूटे घर में जिधर भी देखो, दरिद्रता की ही छाया है। फिर भी वह छाया ही है। इस स्त्री ने कभी के दुःख को कड़ी दृष्टि से खदेड़ दिया है। दरिद्रता में इतना साहस कहां कि इसके सामने घर में पैर रखे और महीने भर पहले सब कुछ था। घर–द्वार, अपने–बेगाने, नौकर सब था। सिर्फ एक अन्याय का विरोध दृढ़ता से करने के कारण वह सब छोड़कर चली आई। पर उसमें कहीं से कटुता नहीं टपकती थी।

राजलक्ष्मी ने मुझे लक्ष्य कर कहा—'मेरा अनुमान था कि सुनन्दा की आयु अधिक होगी। पर यह तो अभी लड़की है।

अजय गुरुदेव के हुक्के पर तमाखू चढ़ाकर ला रहा था। सुनन्दा उसे दिखाकर बोली—'लड़की कैसे? इतने बड़े–बड़े तो लड़के हैं। मेरी आयु कम कैसे होगी? वह हंसने लगी। अजय के यह पूछने पर कि मैं अपने हाथों से चूल्हे से आग निकाल लूं। वह बोली—'मुझे क्या मालूम कि तुम किस जाति के हो बेटा! चूल्हा छूने की आवश्यकता नहीं।' वह स्वयं चिलम पर आग रखकर हंसती हुई अपने स्थान पर बैठ गई। साधारण देहाती स्त्री सुलभ हंसी–मजाक से लेकर बातचीत तक में कोई विशेषता न थी।

मैंने देखा कि बगल में पीढ़े पर एक मोटी पोथी छितराई पड़ी थी। हम लोगों ने अब तक उसे नहीं देखा था। पन्ना बटोरता हुआ अजय बोला—'आज भी उत्पत्ति–प्रकरण पूरा नहीं हो सका, माताजी! शायद अब वह समाप्त भी न होगा।'

राजलक्ष्मी ने पूछा—'कौन–सी पोथी है अजय?' 'योगवासिष्ठ।' 'तो तुम्हारी मां लाई भून रही थी और तुम उन्हें सुना रहे थे?'

'नहीं, मैं मां से पढ़ता हूं।'

अजय के इस सरल और संक्षिप्त उत्तर से सुनन्दा लजा गई। वह बोली, 'पढ़ने जैसी चीज तो उसकी मां के पास कुछ नहीं है दीदी! दोपहर को जब वे चले जाते हैं तब ये लड़के जो बका करते हैं उसका तिहाई भी मैं नहीं सुन पाती।'

अजय योगवासिष्ठ लेकर चला गया। राजलक्ष्मी थोड़ी देर बाद बोली—'यदि आस–पास मेरा घर होता तो मैं तुम्हारी शिष्या हो जाती बहिन! मैं तो कुछ भी नहीं जानती। मन्त्र का शुद्ध उच्चारण तक नहीं कर सकती।'

सुनन्दा सोचती होगी कि जिसका प्रयोग नहीं जानती, अर्थ तक नहीं समझती, उसके शुद्ध उच्चारण से क्या मतलब?

क्षण–भर में राजलक्ष्मी ने अपने को सम्भाल लिया। किसी के मुंह खोलने के पहले वह उसके मन की बात को भांप लेती है। अब वह मामूली घर–गृहस्थी की बातें करने लगी। मैं तर्कालंकार जी के हुक्के में अजय दत्त ही दी हुई सूखी और कड़ी तमाखू खींचने लगा।

मैं नहीं जान सका कि दोनों स्त्रियां घुल–मिल कर क्या बातें कर रही थीं। मुझे ऐसा लगा मानो एक प्रश्न का उत्तर मिल गया। हमारे विरुद्ध यह शिकायत है कि हम लोगों ने औरतों को हीन बना रखा है, यह कठिन काम हम लोगों ने कैसे कर लिया, इस पर मैं बार–बार माथा–पच्ची कर चुका हूं। सुनन्दा को देखकर मेरा संशय दूर हो गया। मैं स्त्री– स्वतन्त्रता देख चुका हूं—देश में भी और विदेश में भी। बर्मा में मैंने जो कुछ देखा था उसको भूल नहीं सकता। बर्मा की सड़क पर मैंने तीन–चार सुन्दरियों को एक नौजवान एक्केवान को ईख से पीटते देखा था। उन्हें देखकर अभया ने कहा था—'श्रीकान्त बाबू, बंगाली स्त्रियां भी शायद ऐसे ही......।'

मेरे चाचा भी एक बार दो मारवाड़ियों पर नालिश करने गये थे। रेल में उन दोनों ने इनके नाक–कान मल दिए थे। मेरी चाची

ने सुना तो वे अफसोस करके बोलीं—'बंगालियों के यहां ऐसी चाल होती तो अच्छा होता।' सुनन्दा के टूटे-फूटे घर में, फटे कम्बल पर बैठकर मैं सोच रहा था कि यह कैसे सम्भव है। मेरी तो उससे कोई बातचीत नहीं हुई। पर अजय के दिखलावे के उत्तर में उसने जो कहा कि घर में पान नहीं था और न खरीदने की सामर्थ्य ही, इसे मैं वह दुर्लभ वस्तु कहता हूं। केवल परिहास से ही दरिद्रता की पूरी लज्जा न जाने कहां छिप गई। तुरन्त मालूम हो गया कि ऐसी स्थिति में इस स्त्री का स्थान ऊंचा है। अध्यापक पिता ने अपनी बेटी को पढ़ा-लिखा कर ससुराल भेज दिया। फिर उन्हें चिन्ता न रही होगी कि लड़की आधुनिक बनकर सड़कों पर घूमेगी, लाई भूनेगी या योगवासिष्ठ पढ़ाएगी। स्त्रियों को हम लोगों ने हीन बना दिया है, इस पर तर्क करना व्यर्थ है।

उत्पत्ति प्रकरण की बात अजय न चलाता तो सुनन्दा की शिक्षा के बारे में हम कुछ न जानते। लाई भूनने से और तुच्छ बातों से तो योगवासिष्ठ की झलक न आई। पति की अनुपस्थिति में एक अनजान अतिथि के स्वागत करने में भी उसे कुछ संकोच नहीं हुआ। अकेले घर में वह सत्रह-अठारह साल के लड़के की मां बन गई थी। पति के मस्तिष्क में शासन करने की भावना नहीं रही। आजकल तो हर घर में इसके लिए पहरेदार हैं।

तर्कालंकार जी से मिलकर जाने की इच्छा थी मगर वे बाजार करने गये थे। देर हो रही थी। राजलक्ष्मी ने शायद सोचा कि इस गृहिणी का जाने कितना काम पड़ा होगा। वह उठकर बोली—'अब जा रही हूं, अप्रसन्न न होओ तो कभी फिर आऊंगी।'

मैंने खड़े होकर कहा—'बात करने वाला कोई आदमी मुझे भी नहीं मिलता। आप कहेंगी तो मैं भी आ जाया करूंगा।' सुनन्दा कुछ बोली तो नहीं पर हंस कर गर्दन हिला दी।

रास्ते में राजलक्ष्मी ने कहा—'स्त्री बड़े मजे की है। जैसा पति, वैसी ही स्त्री। इन्हें भगवान् ने मिलाया है।' मैंने कहा—'हां।' राजलक्ष्मी बोली—'घर की बात आज नहीं कर सकी। कुशारी जी को अभी मैं भली–भांति नहीं पहचानती पर दोनों देवरानी–जेठानी मजे की हैं।' मैंने कहा—'बात ऐसी ही है। लेकिन तुम तो आदमी को वश में करना जानती हो। यत्न करो न।' राजलक्ष्मी मुस्कराकर बोली—'तुम्हें वश में कर लेने से तो प्रमाण–पत्र नहीं मिल गया और भी स्त्रियों ऐसा कर सकती हैं।'

मैंने कहा—'शायद! कोशिश करने का मौका न मिले तब?'

राजलक्ष्मी हंसती हुई बोली—'बहुत अच्छा। अभी मत समझो कि दिन निकल गये।'

आज बदली थी। आकाश रंगीन था। मैंने राजलक्ष्मी को कुछ उत्तर न दिया। कनखियों से देखा, राजलक्ष्मी के चेहरे से हंसी नहीं गई थी। स्वर्णप्रभा में परिचित मुखड़ा बहुत भला मालूम हुआ। वह केवल आकाश का ही रंग नहीं हो सकता। सम्भव है, वही प्रकाश इसके हृदय में हो।

रास्ते में हमीं दोनों थे। सामने की ओर अंगुली दिखाते हुए मैंने कहा—'तुम्हारी छाया क्यों नहीं पड़ती?' मैंने ध्यान से देखा तो हम दोनों की छाया एक होकर अस्पष्ट हो गई थी। मैंने कहा—'कोई चीज होती है तब छाया पड़ती है, शायद अब कोई चीज ही नहीं है।'

'क्या पहले थी?'

'मैंने ध्यान से नहीं देखा।'

राजलक्ष्मी हंसकर बोली—'मुझे याद है, कोई चीज न थी। छोटी उम्र से ही मैं उसे देखना जानती हूं।' वह तृप्त होकर बोली—'मुझे आज का दिन बड़ा अच्छा लगा। इतने दिनों में एक साथी मिला।'

घर पहुंचा। पैर धोने को समय न मिला, बाहर के आंगन में दस–पन्द्रह आदमी बैठे थे। हम लोगों को देखकर खड़े हो गए। शायद रतन इतनी देर से भाषण कर रहा था। उसका मुंह उत्तेजना और गुप्त आनन्द से चमक रहा था। पास आकर बोला—'मां, वही हुआ जो मैं बार–बार कहता था।'

राजलक्ष्मी बोली—'मुझे याद नहीं है कि क्या कहता था।' रतन ने कहा—'नवीन को पुलिस वाले हथकड़ी पहनाकर ले गए हैं।'

'बांधकर ले गये? क्या किया था उसने?'

'मालती को उसने मार डाला था।'

'सचमुच?'

उसका चेहरा पीला पड़ गया। बातें पूरी होने के पहले ही कई आदमियों ने एक साथ ही कहा—'नहीं मालकिनजी, खून नहीं हुआ। खूब मारा–पीटा है।'

रतन आंखें लाल करके बोला—'तुम लोग क्या जानो?' उसे अस्पताल भेजना होगा। खोजने पर वह नहीं मिलती। गई कहां? तुम लोगों को हथकड़ी पड़ जाएंगी।' यह सुनकर सब सिटपिटा गये। कोई–कोई तो खिसक जाने की चेष्टा करने लगे। राजलक्ष्मी रतन को आंखें दिखाकर बोली—'तुम उस ओर जाओ। जब पूछूंगी तब बोलना।' भीड़ में मालती का बाप भी खड़ा था। उसे इशारे से पास बुलाकर पूछा—'सच–सच बतलाओ विश्वनाथ, क्या हुआ?'

विश्वनाथ ने संक्षेप में कहा—'कल रात तक मालती बाप के घर थी। आज दोपहर को वह तालाब से पानी लाने गई थी। उसका पति नवीन न जाने कहां छिपा हुआ था। अकेला पाकर उसे पीटकर अचेत कर दिया। उसका सिर फूट गया। मालती पहले रोती हुई यहां आई किन्तु हम लोगों को यहां न पाकर कुशारी जी के घर गई। वहां उनसे भेंट न होने पर थाने में चली गई। वह मार–पीट

का चिन्ह दिखलाकर पुलिस को ले आई। इस प्रकार उसने नवीन को गिरफ्तार करवा दिया। वह उस समय घर में हाथ धोकर भोजन करने बैठा था। भागने का मौका न मिला। दारोगा ने लात से भात फेंक दिया और बांधकर ले गये।'

यह सुनकर राजलक्ष्मी आगबबूला हो उठी। वह न तो मालती से प्रसन्न थी और न नवीन से। उसका सारा क्रोध मेरे ऊपर पड़ा। वह क्रोध से बोली—'तुम्हें सौ बार मना किया कि छोटी जातियों के झमेले में मत पड़ो। जाओ सम्भालो, मैं कुछ नहीं जानती।' अब बिना किसी ओर देखे भीतर चली गई और कहती गई—'नवीन को फांसी हो जानी चाहिए। वह हरामजादी मर जाए तो आफत टले।'

कुछ देर तक सभी लोग चुप रहे। फटकार सुन मुझे ऐसा लगा कि कल मेरा मध्यस्थ बनकर निर्णय कर देना ठीक नहीं था। न करता तो आज यह दुर्घटना न होती। पर मेरा तात्पर्य तो अच्छा था। मैंने समझा था कि जिस प्रेम—लीला में सारा टोला गन्दा हो रहा है उसे साफ कर देना अच्छा होगा। पहले विस्तार से इसे कह देने की आवश्यकता है।

मालती नवीन डोम की स्त्री थी, किन्तु यहां आकर देखा कि सारे डोम टोला में वह अंगारा—सी है। वह कब किस परिवार में आग लगा देगी, विश्वास न था। वह युवती जितनी सुन्दर थी उतनी की चपल थी। वह काली बिन्दी लगाती थी। नींबू का तेल डालकर जूड़ा बांधती थी। कन्धे पर आंचल सरक आता तो वह परवा नहीं करती। किसी को सामने कुछ कहने का साहस न होता था पर पीछे—पीछे मुहल्ले की स्त्रियां न जाने क्या—क्या कहती थीं। सुना था कि मालती ने नवीन के साथ रहना अस्वीकार कर दिया था। वह मायके में रहती थी। कहती थी कि मुझे क्या खिलाएगा? शायद इसी फटकार से गांव छोड़कर नवीन किसी शहर में चला गया था। कुछ दिन बाहर

नौकरी करके घर लौट आया था। वह मालती के लिए एक चांदी की पहुंची, महीन साड़ी, रेशमी फीता, एक बोतल गुलाब जल और एक टीन का बक्स लाया था। ये वस्तुएं देकर वह स्त्री को घर ही न ले आया बल्कि उस पर अधिकार भी जमा बैठा था। यह सब मैंने सुना है। फिर न जाने कब उसे स्त्री पर शक हुआ और कब उसे अकेली पाकर ठोक दिया। हम लोग जब से यहां आये हैं, तब से एक दिन के लिए भी पति–पत्नी की कलह बन्द नहीं हुई थी। सिर फुटौबल आज ही नहीं, और भी कई बार हो चुकी थी। इसी से नवीन मण्डल स्त्री का सिर फोड़कर बेखटके खाने को बैठा था। उसे यह शंका न थी कि मालती पुलिस से उसे गिरफ्तार करवा देगी। कल सवेरे ही मालती की कड़ी आवाज सुनकर राजलक्ष्मी ने मुझसे कहा था–'घर के पास रोज की कट–कट अच्छी नहीं लगती। कुछ देकर इन्हें कहीं भेज न दो।'

मैंने कहा–'नवीन भी बदमाश है। कुछ काम–धाम नहीं करता। जुलफी चीरकर मछली फंसाता चलता है। हाथ में पैसा आता है तो पीकर मार–पीट करता है।'

'दोनों–के–दोनों एक हैं।–'कहकर राजलक्ष्मी चली गई। 'बेचारा काम–काज कैसे करे, हरामजादी छुट्टी दे तब न?'

बात अब सहने से बाहर हो गई थी। मैंने बहुत से झगड़ों का निर्णय किया है। पर इसका कोई परिणाम न निकला। सोचा था, दोपहर को सबको बुलाकर निर्णय दूंगा। पर बिना बुलाए ही मुहल्ले के स्त्री–पुरुष आ गए। नवीन ने कहा–'बाबूजी, यह औरत बुरी है। मैं इसे नहीं रखना चाहता।'

मालती घूंघट के भीतर से बोली–'मेरा सांखा–नोआ खोल दो।' नवीन बोला–'चांदी की पहुंची लौटा दे।' मालती ने तुरन्त पहुंची उतार कर फेंक दी। उसे उठाकर नवीन ने कहा–'टीन का

बक्स भी दे।' 'मुझे नहीं चाहिए।–कहकर मालती ने चाबी फेंक दी। नवीन ने आगे बढ़कर सांखा–नोआ तोड़ डाला और कहा–'जा, तुझे बेवा कर दिया।'

मैं दंग रह गया। बूढ़ा आदमी मुझे समझाकर बोला–'बिना ऐसा किये मालती दूसरे स्थान पर नहीं बैठ सकती थी।'

विश्वेश्वर के बड़े दामाद का भाई छः महीने से दौड़–धूप कर रहा था। उनकी दशा अच्छी है। बीसू को वह बीस रुपये देगा। मालती को छड़े, चांदी की चूड़ियां और सोने का नथ देगा। बीसू के पास ये चीजें जमा कर दी गई हैं।

वे घटनाएं मुझे बुरी मालूम हुईं। बहुत दिनों से यह षड्यन्त्र चल रहा था। मैंने बिना समझे–बूझे सहायता की। नवीन बोला–'मैं भी यही समझता हूं। अब मैं शहर में जाऊंगा। ठाठ से नौकरी करूंगा और ऐसी शादी तो मैं बीसों कर सकता हूं। गंगामाटी का हरि मण्डल अपनी लड़की से ब्याह कर देने के लिए न जाने कब से मिन्नत कर रहा है। तुम तो उसके पासंग में भी नहीं हो।' अब चांदी की पहुंची और कुंजी लेकर वह चला गया। उसके चेहरे से मालूम हुआ कि शहर की नौकरी और हरि मण्डल की लड़की से उसे काफी आशा है।

रतन आकर बोला–'बाबूजी, मां इन गन्दे झगड़ों को दूर कर देने के लिए कहती हैं।' मुझे कुछ न कहना पड़ा। विश्वेश्वर अपनी लड़की के साथ चला गया। मैं इस भय से भीतर चला गया कि कहीं वह पैर छूने न आये। मैंने सोचा, बला टली। दोनों का मन फट गया और दूसरा उपाय भी क्या है, तब ऐसे दाम्पत्य से क्या लाभ?

सुनन्दा के घर से लौटा तो मालूम हुआ कि इस निर्णय का कोई प्रभाव नहीं पड़ा। विधवा मालती से सम्बन्ध तोड़ लेने पर भी उसने मार–पीट का अधिकार नहीं छोड़ा। वह दूसरे टोले में जाकर

छिपा हुआ था और यह दुर्घटना कर बैठा। मालती न जाने कहां गई।

शाम को पश्चिम की ओर देखकर सोच रहा था कि शायद वह पुलिस के डर से कहीं छिप गई होगी। नवीन को पकड़वाकर अच्छा काम नहीं किया।

शाम को दीया लेकर राजलक्ष्मी कमरे में आई। थोड़ी देर तक चुपचाप खड़ी रही। वह बगल के कमरे में जाना चाहती थी कि भारी चीज के गिरने के साथ–साथ वह चिल्लाने लगी। मैं दौड़कर वहां पहुंचा। देखा एक पोटली–सी सामने सिर धुन रही थी। राजलक्ष्मी के हाथ से दीया गिरकर भी जल रहा था। उठाकर देखा तो महीन सूत की किनारी वाली साड़ी। मैंने कहा–'यह मालती है।'

राजलक्ष्मी बोली–'शाम को मुझे छू लिया अभागी? कैसी विपत्ति है, बता।' दीये के उजाले में देखा कि उसके सिर से खून निकल रहा था। राजलक्ष्मी के पैर रंग गए थे। वह फूट–फूटकर रो रही थी, कह रही थी–'जान बचाइए मां जी! राजलक्ष्मी ने बिगड़कर पूछा–'क्या हुआ?'

वह रोते–रोते बोली–'दरोगा जी कहते हैं कि कल चालान कर देंगे और पांच बरस के लिए बंध जाएगा।' मैंने कहा–'जाने दो जेल। करनी का फल भोगे।' राजलक्ष्मी ने कहा–'तो इससे मुझे क्या?'

वह रो–रोकर बोली–'बाबूजी को कहने दीजिए, आप ऐसी बात न कहिए। उसके मुंह का कौर निकलवा लिया है।' वह सिर धुनती हुई बोली–'इस बार बचा दीजिए मां जी! अब परदेश में जाकर भीख मागूंगी। इसी से निर्वाह होगा, नहीं तो तालाब में डूबकर मर जाऊंगी।'

राजलक्ष्मी के आंसू गिरने लगे। धीरे–धीरे बोली–'अच्छा मैं देखूंगी' और उसी को देखना पड़ा। राजलक्ष्मी के बक्स से दो सौ

रुपये निकल गये, दूसरे दिन नवीन मण्डल या मालती की शक्ल देखने को न मिली।

9

उसके चले जाने से सब की जान बच गई। पड़ोस वालों ने सोच लिया कि यहां से एक पाप हट गया। केवल रतन प्रसन्न न था। वह जल्दी अपने मन की बात नहीं बतलाता था। उसका चेहरा देखकर समझा कि इस काम से वह प्रसन्न न था। उसको मध्यस्थ बनकर आज्ञा–पालन कराने का अवसर प्राप्त न हुआ। एक ही रात मालिक के घर का रुपया भी चला गया और घटना भी हुई। इसमें रतन अपनी हेठी समझने लगा। मालकिन का ध्यान दूसरी ओर था। सुनन्दा से शुद्ध मन्त्रोच्चारण सीखना था। वहां प्रतिदिन जाने लगी, उसमें मुझे परिवर्तन जान पड़ने लगा। इस परिवर्तन की गति तेज थी, अचिन्तनीय थी। मैं दिन को देर करके भोजन करता था। राजलक्ष्मी आपत्ति करती थी। इस त्रुटि को सुधारने की मैंने कभी चेष्टा नहीं की। यदि कभी संयोगवश बहुत देर हो जाती तो मैं स्वयं लजा जाता था। राजलक्ष्मी कहती–'तुम रोगी हो, इतनी देरी क्यों करते हो? अपनी ओर न देखो तो नौकर–चाकर का तो ध्यान रखो। तुम्हारी सुस्ती से वे मर जाते हैं।' लेकिन अब स्वर नहीं बजता, अब है चिढ़न की कटुता। भूख न रहने पर भी मैं नौकर–चाकरों के कारण नहा–धोकर जल्दी से खाना खा लेता। राजलक्ष्मी दस–पन्द्रह

मिनट में ही घर से चली जाती थी। कभी रतन साथ जाता, कभी दरबान और कभी अकेली चली जाती थी। किसी के लिए वह नहीं रुकती थी। दो चार दिन पहले तो मुझसे चलने को कहा, पर दो–चार दिन में ही मैं समझ गया कि मेरे जाने से दोनों में किसी को सुविधा न होती थी। मैं अपने कमरे में पड़ा रहता और वह धर्म–कर्म, मन्त्र–तन्त्र में मस्त रहती।

तेज धूप में वह मैदान पार कर जाती थी। यह मैं खिड़की से देखता रहता। दोपहर का समय कैसे कटता था–इस ओर सोचने की फुरसत उसको कब थी? जहां तक दृष्टि जाती, उसे बिना देखे मुझसे न रहा जाता। तिरछी पगडंडियों में वह कब छिप जाती, यह मैं देखा करता था। कभी–कभी तो ऐसा मगन होकर देखता कि वह मानो अभी तक चलती जा रही है। इतनी देर पश्चात् मैं आंखें पोंछकर लेट जाता। कभी–कभी निकम्मेपन की क्लांति के कारण सो भी जाता था। पास से बबूल पर घुग्घू बोला करता। डोमों के बांसों से हवा एकसी लगती मानो मेरे ह्रदय से निकल रही हो।

यदि रतन रहता तो कभी–कभी तमाखू दे जाता था। कभी–कभी उसे देखकर भी मैं चुप रह जाता कि मेरे जागे रहने पर कहीं कुछ दुःख न पाए। उस दिन राजलक्ष्मी सुनन्दा के घर चली गई तो मुझे बरमा की याद आई। मैं अभया को पत्र लिखने लगा। मैं जिस फर्म में काम करता था, उस फर्म में साहब को चिट्ठी लिखकर उत्तर मांगने का निश्चय किया फिर सोचा कि इसकी क्या आवश्यकता। एकाएक जान पड़ा कि सामने से जो स्त्री घूंघट काढ़े चली गई वह मालती जैसी थी।

उठकर झांका, पर कुछ दिखाई न पड़ा। आंचल की किनारी उसी समय मेरे मकान की दीवार की आड़ होकर सट गई। एक महीना हो जाने से लोग उस डोम की लड़की को भूल गये थे पर

मैं नहीं भूला था। न जाने क्यों, उस शाम के आंसू आज तक मुझे याद हैं। मैं सोचता था कि वह न जाने कहां चली गई होगी। जानने की इच्छा होती थी कि गंगामाटी के वायुमण्डल से बाहर उसके दिन, पति के साथ कैसे कटते होंगे। मैं सोचता था कि अब वे यहां जल्दी न आएंगे। लौटकर पत्र पूरा करने लगा। एक या दो लाइनें लिख सका था कि पैरों की आहट मिली। मुड़कर देखा, रतन था। वह गुडगुड़ी और चिलम लेकर आया था। बोला—'तमाखू पीजिए बाबूजी!'

वह खड़ा रहा। थोड़ी देर पश्चात् बोला—'बाबूजी रतन यही नहीं जानता कि कब मरेगा।' हम लोग उसकी भूमिका जानते थे। राजलक्ष्मी रहती तो तुरन्त कह देती—'जानता हो या न जानता हो, बोल, तू कहना क्या चाहता था?' मैंने तो केवल हंस भर दिया। रतन गम्भीर बना रहा। वह बोला—'मां जी को मैंने उसी दिन कहा था कि छोटी जाति के फेर में पड़कर दो सौ रुपयों पर पानी मत फेरिए। कहा था न?' मैंने पूछा—'क्या मालूम है रतन?'

रतन बोला—'शुरू से जानता हूं वही है।'

मैंने कहा—'मैं तो अब भी नहीं जानता। साफ—साफ बतला न।'

रतन ने साफ कह दिया। मेरे ऊपर इसका क्या प्रभाव पड़ा, यह बताना कठिन है। मुझे इतना ही याद है कि उसकी निष्ठुरता से मैं विवश हो गया। रतन को उसका सारा इतिहास नहीं मालूम था। उसने मुझे बतलाया कि नवीन मण्डल जेल की सजा काट रहा है और मालती अपने बहनोई के छोटे भाई के यहां गंगामाटी में रहने के लिए आई है। अगर मालती को आज न देख लेता तो शायद यह विश्वास न करता कि राजलक्ष्मी के रुपये ऐसे भले काम में लगे।

खाते समय मैंने राजलक्ष्मी से सब कह दिया। सुनकर वह आश्चर्य से बोली—'रतन की बात क्या सच है? तब तो उस छोकरी

ने अच्छा तमाशा किया—रुपये भी गये और बेसमय नहाना पड़ा सो अलग।'

मुझे एक बात का अनुभव हुआ। मुझे आज भूख न थी। जरा भी न खा सका। उसकी दृष्टि मेरे कम खाने पर पड़ी। यों तो मेरी खुराक बहुत दिनों से घट रही थी पर कभी ध्यान न देती थी। अकारण उसे भुला देने का साहस मुझमें न था।

मेरे लिए दिन एक ही प्रकार से बीत रहे हैं। न तो मुझे आनन्द होता है, न कोई विचित्रता मालूम होती है और न कोई शिकायत ही थी।

दूसरे दिन नहा—खाकर मैं अपने कमरे में बैठ गया। सामने खुली हुई खिड़की और खाली मैदान था। पंचांग में आज विशेष उपवास की विधि लिखी थी। राजलक्ष्मी सुनन्दा के घर चली गई। मैं जंगले से बाहर देखता रहा। इतने में कल की चिट्ठियों को पूरा करके भेज देने को याद आई। मैं काम में लग गया। चिट्ठियां पूरी कर मैं पढ़ने लगा। सोचने लगा कि न लिखता तो अच्छा होता। कई बार पढ़ा, एक बात याद है, अभया को चिट्ठी में रोहिणी भैया को नमस्कार लिखकर अन्त में लिख दिया, बहुत दिनों से तुम लोगों का समाचार नहीं मिला। तुम लोग किस प्रकार हो और दिन किस प्रकार व्यतीत हो रहे हैं। सुख—चैन में हो न, तुम लोगों को भगवान के भरोसे छोड़कर मैं परदा डाल आया था। शायद वह आज भी लटक रहा है, तुम लोगों के साथ मेरा बहुत दिनों का हेल—मेल नहीं है। परिचय जिस दुःख से शुरू हुआ और एक दिन समाप्त हुआ था, उसे समय की गति के अनुसार मापने की कोशिश किसी ने नहीं की। जब मैं बीमार था उस दिन सिवा तुम्हारे मुझे और स्थान कहां था? तुम जरा भी नहीं हिचकी। तुमने प्रेम से मुझे अपने यहां रखा। मैं नहीं कहता कि वैसी बीमारी में किसी और ने मुझे

नहीं बचाया, पर दोनों में अन्तर है। तुम लोगों की सेवा अपूर्व है। तुम में ऐसी निःस्वार्थ निर्लिप्तता और अनिर्वचनीय वैराग्य था जिसने सेवा करने में ही अपने को लगा दिया। मेरे अच्छे हो जाने में वह आगे नहीं बढ़ा। अत्यन्त स्नेह शायद मुझसे नहीं सहा जाता या जो स्नेह तुम्हारी आंखों और मुंह पर देखा उसी के लिए मेरा सारा मन उन्मुक्त हो गया है। एक बार बिना तुम्हें देखे कुछ भी समझ में नहीं आ रहा है।

साहब का पत्र भी पूरा हो गया था। उन्होंने एक बार मेरा उपकार किया था। इसके लिए मैंने उन्हें बहुत धन्यवाद दिया। प्रार्थना का एक शब्द भी न लिख सका। चिट्ठी बन्द करते हुए देखा कि समय निकल गया।

रतन आकर कहने लगा कि कुशारिन जी आई हैं। वे तुरन्त मेरे कमरे में आईं। मैं अस्त–व्यस्त सा हो गया। मैंने कहा–'वे घर पर नहीं हैं शायद वे शाम तक लौटें।'

'मैं जानती हूं।' कहकर वे खिड़की पर से आसन लेकर बैठ गईं। कहने लगीं–'शाम ही क्यों, रात हो जाती होगी।'

मैं सुनता था कि अमीर की स्त्री होने के कारण वे किसी के घर आती–जाती न थीं। इतने दिनों से उन्होंने घनिष्ठता बढ़ाने का प्रयत्न नहीं किया। पहले शायद दो बार आई थीं। मालिक का घर समझकर वे एक बार स्वयं आ गई थीं और एक बार निमन्त्रण में आई थी। आज वे न जाने कैसे आ गईं जबकि उन्हें मालूम था कि घर में कोई नहीं है।

वे बैठकर बोलीं–'छोटी बहू के साथ तो आजकल वे एक हो गई हैं।' मेरी व्यथा के स्थान पर उन्होंने चोट पहुंचा दी। मैंने धीरे से कहा–'हां, कभी–कभी जाती हैं।' वे बोलीं–'रोज जाती हैं। मगर छोटी बहू भी आपके यहां आती है। सुनन्दा ऐसी नहीं है कि मान

का मान न रखे।' वे मुझे देखने लगीं। मैं एक के जाने की बात ही सोचता था, दूसरे के आने की नहीं। अतएव मुझे धक्का लगा। मैं क्या उत्तर देता? उनके आने का तात्पर्य ठीक समझ लिया और एक बार सोचा कि कह दूं—मैं क्या करूं? एक योग्य व्यक्ति के शत्रु—पक्ष को उत्तेजित करने से कोई लाभ नहीं। मैं नहीं जानता कि मेरे कहने पर क्या होता, पर न कहने से उत्ताप और उत्तेजना उसकी आंखों में जल उठी।

कब, क्या और कैसे हुआ था, इसकी व्याख्या में वे अपनी ससुराल की दस साल की कहानी सुना गईं।

उनकी बातें सुनते—सुनते मेरा मन दूसरी ओर फिर गया। इसका कारण था। वे एक ओर की स्तुति—दया—दाक्षिण्य, सहनशीलता आदि सद्‌गुणों की विस्तृत आलोचना करने लगीं। दूसरे पक्ष की शिकायत, गवाही, टोले—मुहल्ले आदि का वर्णन भी हो गया। आरम्भ में यही बात थी। धीरे—धीरे उनका स्वर बदलने लगा। तब मैं उनकी ओर आकर्षित हुआ। मैंने आश्चर्य से पूछा—'क्या हुआ? कुछ देर तक वह मुझे देखती रहीं, फिर बोलीं—'होगा क्या? सुना कि देवर जी कल हाट में बैंगन बेच रहे थे।'

इस पर मुझे विश्वास न हुआ। चंगा रहता तो शायद हंसता। मैंने कहा—'वे अध्यापक हैं। उन्हें बैंगन कहां मिले और क्यों बेचने गये?'

कुशारिन जी बोलीं—'उस अभागी की करनी से शायद घर में कुछ बैंगन फला था। उसे बाजार में बेच आये। इस प्रकार शत्रुता करने से इस गांव में कैसे रहा जायेगा?'

मैंने कहा—'इसे आप शत्रुता क्यों कहती हैं? वे तो आप लोगों कि किसी बात में नहीं पड़ते। तंगी के कारण वे अपनी वस्तु बेचने गये तो इससे आपकी क्या हानि हुई?'

यह सुनकर वे मेरी ओर विह्वलता से देखने लगीं—'जब आपका यही निर्णय है तो मैं क्या—क्या कहूं? अब जा रही हूं।'

उनका गला रुंध—सा गया। मैंने कहा—'देखिए, यह बात आप मालकिन से कहें तो समझेंगी और आपका काम करेंगी।'

वे सिर हिलाकर बोलीं—'मैं अब किसी से कहना नहीं चाहती।' वे आंचल से आंखें पोंछकर बोली—'मालकिन ने कहा था, दो महीने और ठहरो, सब ठीक हो जाएगा। इसी आशा में दो वर्ष बीत गये। कल जब सुना कि बाजार में बैंगन बेच रहे थे तब मुझे किसी की बातों पर विश्वास न रहा। अभागिन सब नष्ट कर देगी, किन्तु घर में न जायेगी। बाबू, मैंने स्वप्न में भी न सोचा था कि स्त्री की जाति पत्थर के समान होती है।'

वे कहती गईं—'मालिक ने उन्हें नहीं पहचाना, किन्तु मैं पहचानती थी। पहले—पहल दूसरों के नाम से चीजें भेज देती थी। वे कहते थे कि सुनन्दा समझ कर लेती है। इस प्रकार करना ठीक नहीं। मैं भी कुछ ऐसी ही सोच रही थी। एक दिन उसे न जाने कैसे पता लग गया कि सब कुछ मैंने ही भिजवाया है। वह एक आदमी के सिर पर रखकर मेरे आंगन में पटक गई। मालिक को इतने पर भी चेत न आया।'

अब मैंने उन्हें समझाया—'आप क्या करना चाहती हैं?—वे तो आप लोगों से कोई शत्रुता नहीं कर रहे हैं।'

कुशारिन जी रोकर और सिर पीटकर बोली—'तब तो कोई मार्ग निकल ही आता। उसने हम लोगों को बिलकुल छोड़ दिया है। ऐसी पत्थर है वह स्त्री। हम दोनों को सुनन्दा माता—पिता से बढ़कर मानती थी। किन्तु जिस दिन उसने सुना कि जेठ का धन पाप का है, उसी दिन वह कठोर हो गई। पति—पुत्र के साथ वह मर भले जाएगी पर एक पैसा न छुएगी। किन्तु इतनी बड़ी सम्पत्ति क्यों लुटा

दी जाये, बाबू? यह ऐसी निर्दय है कि लड़के–वालों के साथ भूखों मर सकती है पर हम तो ऐसा नहीं कर सकते।'

मैंने धीरे–से कहा–'विचित्र स्त्री है।' दिन ढलता जा रहा था। कुशारिन जी सिर हिलाकर उठा खड़ी हुईं, दोनों हाथ जोड़कर बोलीं–'सच कहती हूं बाबू, इनके बीच पड़कर मेरी छाती फटी जा रही है। सुनती हूं कि वह बहू जी का कहना बहुत मानती है–क्या कोई उपाय नहीं हो सकता?' मैंने कुछ नहीं कहा। वे भी कुछ न बोल सकीं। आंसू पोंछते–पोंछते चली गईं।

10

परलोक की चिन्ता के आगे मनुष्य की चिन्ता नहीं रहती। यदि रहती तो राजलक्ष्मी मेरे खाने–पहनने की चिन्ता करती। हमें गंगामाटी आये थोड़े दिन हुए होंगे। इतने में ही राजलक्ष्मी इतनी दूर हो गई। खाने को रसोइया पूछता और खिला देता रतन। यों एक प्रकार से जान बच गई। जिद्दा–जिद्दी नहीं होती। निर्बलता की दशा में ग्यारह के भीतर न भी खाता तो ज्वर न आता था। अब तो जिस चीज की इच्छा होती वह खा ले सकता था। रतन की उत्तेजना और रसोइया के कारण कम खाने का मौका नहीं मिलता। रसोइया यही सोचता कि भोजन अच्छा न बनने से मैं न खाता था। इन लोगों को सन्तुष्ट कर बिछौने पर लेट जाता। खुली हुई खिड़की–सामने ऊसर जैसा मैदान। दोपहर का रूखा समय काटते–काटते एक प्रश्न सामने आ गया–हम लोगों का सम्बन्ध क्या है? वह मुझे चाहती है। संसार में उसका बिलकुल निजी हूं लेकिन परलोक में सोलहो आना पराया। धार्मिक मामले में वह मुझ पर दावा नहीं कर सकती। मुझे प्रेम करने से शायद उसे वहां स्थान न मिलेगा।

वह इन बातों में लग गई थी। कर्महीन, उद्देश्यहीन जीवन के दिन का आरम्भ श्रान्ति में होता था और अन्त ध्वनि में। अपनी आयु

स्वयं घटाने के अलावा दूसरा उपाय न था। बीच–बीच में कभी रतन चाय और हुक्का दे जाता था। उसके चेहरे से जान पड़ता कि अब उसकी कृपा मुझ पर है। वह कभी आकर कह जाता–'बाबू जी, लू चल रही है, खिड़की बन्द कर लीजिए।' मैं कह देता–'रहने दो।' लगता था कि न जाने कितने अनजान लोगों का गरम उसास मुझे लगता था। सम्भव है मेरे लड़कपन का मित्र इन्द्रनाथ आज भी जीवित हो और यह गरम हवा उसे छू कर मेरे पास आई हो। वह आज भी अपने लड़कपन के बिछुड़े साथी की स्मृति कर रहा हो और अनन्दा दीदी! उसके दुःखों का अन्त हो गया होगा। कभी ऐसा भी मालूम होता कि बरमा इसी कोण पर है और वायु में अभया का स्पर्श आ रहा था। अभया मेरे दिमाग से हटना नहीं चाहती। सोचता कि रोहिणी काम पर चला गया होगा और अभया द्वार बन्द करके सिलाई कर रही होगी। मेरी ही तरह वह भी दिन में न सोती होगी। किसी बच्चे के लिए कथरी या तकिये का खोल सी रही होगी।

कलेजे में तीर चुभ जाता। युग–युग का संस्कार और भले–बुरे विचार तो मेरे खून में थे। मैं कैसे उसे चिरायु होने का आशीर्वाद देता।

मैं कार्य में रत, अभया की शोभा देखता था। उसके पास एक कलंकहीन बालक सो रहा था। कुसुमित कमल के समान उसमें शोभा, गन्ध, मधु जान पड़ता था। दुनिया को क्या इसकी आवश्यकता न थी? बालक को घृणा से दूर रखना होगा।

मैं अभया को पहचानता था। इतना हो पाने के लिए उसने कितना दिया है, इसे मैं जानता हूं। हृदयहीन बर्बरता से केवल अश्रद्धा और उपहास करने से ही संसार में सभी प्रश्नों का उत्तर नहीं मिल जाता। बाहर से गरम वायु आती और मेरे आंखू सूख जाते। बर्मा से लौट आने का स्मरण आ जाता। रंगून में जब भयंकर

बीमारी में भाई–भाई का और बेटा बाप का साथ न देता था, उस दशा में मुझे अपनी नई जमाई हुई गृहस्थी में अभया ने स्थान दिया। अभया के लिए कुछ भी कठिन नहीं है। मृत्यु भी उसके आगे तुच्छ है। शरीर की भूख या यौवन की प्यास–इन शब्दों से अभया का उत्तर पूरा नहीं हो सकता।

पुराने मालिक के पास नौकरी के लिए प्रार्थना–पत्र भेजा था–अस्वीकार होने की आशा न थी। दुबारा मिलन होने की आशा थी। अचला ने अपनी साधारण सरलता और अपनी इच्छा से भार इकट्ठा किया था।

दिन भर अकेले पड़े रहने के बाद शाम को मैं टहलने चला जाता। पांच–सात दिन से टहलने की आदत हो गई थी। जिस राह से गंगामाटी आया था उसी राह से एक दिन जा रहा था। अनमना–सा चलते–चलते देखा कि धूल का पहाड़–सा उड़ाता कोई सवार आ रहा था। मैं भयभीत हो मार्ग छोड़कर हट गया। आगे बढ़ जाने के बाद वह रुका। मेरे सामने आकर उसने पूछा–'आप ही का नाम श्रीकान्त बाबू है? आपने मुझे पहचाना?'

मैंने कहा–'मेरा नाम यही है, मैं आपको नहीं पहचान सका।'

वह घोड़े से उतर गया। वह साहब मैली–कुचैली फटी हुई पोशाक पहने था। सिर से हैट उतार कर बोला–'मेरा नाम सतीश भारद्वाज है। मुझे तीसरे दर्जे में प्रोमोशन नहीं मिला था। मैं सर्वे स्कूल में पढ़ने चला गया था। याद नहीं!'

मुझे स्मरण हो आया। मैं प्रसन्न होकर चला–'अच्छा! तुम हमारे मेंढक हो, यों क्यों नहीं कहते? साहब बने कहां जा रहे हो?'

मेंढक ने हंसकर कहा–'साहब अपने मन से नहीं हूं। रेलवे कांस्ट्रक्शन में सब–ओवरसियरी करता हूं। जीवन कुलियों को चराने में बीत रहा है तो हैट–कोट के बिना कहां निर्वाह है? ऐसा न करूं

तो वे एक दिन में मुझे अलग कर दें। सोपलपुर से लौट रहा हूं। वहीं काम था। यहां से एक मील पर मेरा तम्बू है। सांइथिया से जो नई लाइन निकल रही उसी पर मेरा काम होता है। चलो न मेरे डेरे पर—चाय पीकर चले आना।'

मैंने कहा—'आज नहीं जा सकता। किसी दिन समय मिला तो आऊंगा।'

मेंढक और बहुत—सी बातें पूछने लगा। मैंने उत्तर दिया—'तबीयत ठीक नहीं रहती। गंगामाटी में रहता हूं। यहां आने का एक कारण है। बाल—बच्चा नहीं है।'

मेंढक सीधा—सादा आदमी था। बातों को ठीक न समझने पर भी पूछपाछ कर समझ लेना उसका संकल्प न था। वह कहने लगा—'जगह अच्छी थी। साग—सब्जी मिल जाती थी। कोशिश करने से घी—दूध और मछली भी। कष्ट एक ही था—कोई संगी—साथी न था। साहब लोग चाहे जैसे हों पर बंगालियों से बहुत अच्छे थे। थोड़े दिनों के लिए ताड़ी की दुकान खोल दी थी। मुफ्त पीते थे। मैं चाहता तो साहब से कह—सुनकर नौकरी भी दिलवा सकता था।' वह घोड़े की लगाम पकड़े दूर तक साथ बकता चला गया। वह मुझसे बार—बार अपने डेरे पर आने को कहता था। अन्त में उसने कहा—'कई कामों से पोड़ामाटी जाता हूं। हो सका तो गंगामाटी भी आऊंगा।'

उस दिन घर लौटने में जरा देर हो गई। रसोइए ने कहा कि भोजन तैयार है। हाथ मुंह धोकर खाने को बैठा तो राजलक्ष्मी की आवाज सुनाई पड़ी।

वह चौखट पर बैठ गई। हंसकर बोली—'मैं बतला देती हूं, तुम किसी बात पर एतराज न करना।'

'तनिक भी नहीं। आवश्यक समझो तो किसी समय कह देना।'

राजलक्ष्मी की दृष्टि एकाएक मेरी थाली पर पड़ी। बोली—'तुम भात खा रहे हो! रात को तुम्हें भात नहीं पचता—क्या अच्छा नहीं होना चाहते?'

राजलक्ष्मी ने जोर से पुकारा—'महाराज!' महाराज दरवाजे के पास आये। थाली दिखाकर बोली—'मैंने तुम्हें हजार बार मना किया है कि इन्हें रात को भात मत दिया करो। जाओ, एक महीने का वेतन न मिलेगा।' सभी नौकर जानते थे कि जुर्माने का कुछ भी अर्थ नहीं होता, मतलब है केवल फटकारना।

महाराज गुस्सा कर बोला—'घी नहीं है, मैं क्या करूं?'

'क्यों नहीं है?'

उसने उत्तर दिया—'दो-तीन बार कह चुका हूं कि घी चुक गया है। आप न मंगाएं तो मैं क्या करूं?'

खर्च के लिए घी यहीं मिल जाता था। पर मेरे लिए विशुद्ध घी सांइथिया के निकट से आता था। राजलक्ष्मी ने शायद घी की बात नहीं की। उसने पूछा—'घी कब से नहीं है महाराज?'

'पांच-सात दिन से।'

'तो इतने दिन से इन्हें भात खिला रहे हो?'

उसने रतन को बुलाकर कहा—'मुझे याद नहीं थी तो तू घी नहीं मंगा सकता था?'

रतन भीतर से मां जी पर अप्रसन्न था। वे रात-दिन बाहर रहतीं और मेरी ओर से लापरवाह भी, इसलिए रतन चिढ़ गया था। उसने मालकिन से भले आदमी की तरह मुंह बनाकर कहा—'मैं क्या जानूं मां जी, आप सुनकर चुप रह गईं तो मैंने समझा कि अब बढ़िया घी की आवश्यकता नहीं, नहीं तो ऐसे निर्बल आदमी को भात पांच-सात दिन से क्यों खिलाया जाता?' राजलक्ष्मी नौकर के मुंह

से यह सुनकर चली गई। मैं रात–भर बिस्तर पर छटपटाता रहा। तभी झपकी लगी थी, राजलक्ष्मी दरवाजा खोलकर मेरे पास आई और बोली—'क्या सो गये?'

मैंने कहा—'नहीं।'

राजलक्ष्मी ने कहा—'मैंने तुम्हें पाने के लिए जितना यत्न किया उसका आधा भी भगवान को पाने के लिए करती तो वे मिल जाते। पर मैं तुम्हें न पा सकी।'

मैंने कहा—'यह सम्भव है कि आदमी का पाना कठिन हो।'

'आदमी का पाना'—राजलक्ष्मी बोली—'चाहे जो हो, मगर प्रेम भी तो बन्धन है? तुम यह भी नहीं सह सकते?'

इसका मैंने प्रतिवाद नहीं किया। राजलक्ष्मी भी चुप रही। जीवन के इतने बड़े प्रश्न को भूलकर वह बोली—'न्यायरत्न जी एक व्रत की बात कह रहे थे।

कठिन होने से वह नहीं कर सकते—इतनी सुविधा कितने लोगों को होती है? तीन दिन उपवास करना पड़ता है।

सुनन्दा की यही राय है। दोनों का व्रत एक ही साथ हो जाता पर तुम्हारी राय के बिना...।'

मैंने कहा—'मेरी राय न होने से भी क्या होगा?'

राजलक्ष्मी बोली—'तो फिर न करूंगी।'

मैंने कहा—'मेरी राय नहीं है। इस विचार को छोड़ो।'

'ठहरो—हंसी न करो।'

'हंसी नहीं—सचमुच मेरी राय नहीं।'

यह सुनकर राजलक्ष्मी उदास होकर बोली—'हम लोग निश्चय कर चुके हैं। सामान लाने के लिए आदमी भेज दिया गया है।

कल हविष्य करके परसों से—वाह! कैसे रोक दोगे? मैं सुनन्दा के सामने कैसे मुंह दिखलाऊंगी? यह तुम्हारी चालाकी है—सच—सच बतलाओ।'

मैंने कहा—'तुम मेरी राय की परवा कब करती हो?' आज लक्ष्मी, हंसी करने क्यों आई हो? मैंने यह दावा नहीं किया कि तुम्हें मेरी बात माननी पड़ेगी।'

राजलक्ष्मी मेरे पैरों पर हाथ रखकर बोली—'फिर कभी ऐसा न होगा। इस बार खुशी से आज्ञा दे दो।'

'अच्छा। तुम्हें तो शायद सवेरे ही जाना पड़े, इसलिए जाकर सो रहो।'

राजलक्ष्मी बैठकर मेरे पैरों पर हाथ फेरने लगी। मुझे जब तक नींद नहीं आई, मैं सोचता रहा कि वह स्नेह—स्पर्श कहां, जिस दिन वह आरा स्टेशन से मुझे अपने घर ले जाकर हाथ फेरकर सुलाना चाहती थी। वह बहुत दिन की बात नहीं। वह चुप तो इसी तरह रहती थी पर दसों अंगुलियां नारी—जाति का सब कुछ मेरे पैरों पर उड़ेल देती थीं। न तो मैंने मांगा था और न मेरी इच्छा ही ऐसी थी। आते समय भी उसने मुझसे नहीं पूछा, जाते समय भी शायद वह मेरे मुंह की ओर न देखेगी। मेरा संसार में कुछ भी नहीं है, किसी से कुछ नहीं मिला। किसी के सामने हाथ फैलाने में मुझे लज्जा आती है। स्नेह का अमृत गरल हो जाने की कितनी कहानियां हैं। मैं जानता था कि ये झूठी बाते हैं फिर भी मन का तन्द्राच्छन्न बैरागी चौंककर बोला—'छिः! छिः!'

मुझे सोता समझकर राजलक्ष्मी चली गई। उसे पता न था कि मेरे निद्राहीन नेत्रों से आंसू बह रहे थे।

11

उठकर मैंने सुना कि सवेरे नहा–धोकर, रतन को साथ लेकर राजलक्ष्मी चली गई। यह भी सुना कि तीन दिन तक वह घर न आएगी। वहां कोई बड़ा अनुष्ठान नहीं हो रहा था। दस–पांच ब्राह्मणों की आवाज ही थी। खाने–पीने का प्रबन्ध भी था। यह आभास मुझे मिल गया। वह व्रत कौन–सा है, और उसे समाप्त कर लेने से स्वर्ग का रास्ता कितना सुगम हो जाता है, यह मैं नहीं जानता था, न जानने की इच्छा थी। नित्य शाम को रतन आकर कहता–'आप एक बार भी नहीं गये बाबूजी?'

मैं कहता–'मेरी क्या आवश्यकता?' इससे रतन संकोच में पड़ जाता। वह कहता–'आपका न जाना लोगों को कैसा लगता होगा? हो सकता है कि लोग समझ बैठें कि आपकी राय नहीं है?'

मैं पूछता–'तुम्हारी मालकिन क्या कहती हैं?'

रतन कहता–'उनकी बात आपको मालूम है। आपके बिना वे अच्छी तरह नहीं रहतीं। किसी के पूछने पर कह देती हैं कि बीमार रहते हैं, कमजोर हैं।

इतनी दूर पैदल आने से शायद फिर बीमार पड़ा जायें। आकर क्या करेंगे?'

मैंने कहा—'सो तो है ही। लेकिन तुम्हें यह तो मालूम है रतन कि पूजा—पाठ और व्रत—उपवास में मैं अजीब—सा लगता हूं।'

वह बोला—'ठीक है।'

एकाएक सुना कि मालकिन के आराम के लिए सपत्नीक कुशारी जी भी वहां पहुंच गए हैं—'क्यों रे रतन, सपत्नीक?'

'जी हां और बिना बुलाये।' मैं समझ गया कि इसमें राजलक्ष्मी की चाल है। इसलिए अपने घर में यह प्रबन्ध न करके दूसरे के घर में किया।

रतन कहने लगा—'बड़ी बहू बीनू को गोद में लेकर रोने लगीं। आप यदि देखते तो...।' छोटी बहू ने अपने हाथ से उनके पैर धो दिए और आसन पर बैठाकर उन्हें बच्चों की तरह खिलाया भी। मां जी की आंखों से आंसू गिरने लगे। कुशारी जी फूट—फूटकर रो रहे थे। बाबू जी ऐसा लगता है कि काम पूरा होते ही खंडहर की ममता छोड़कर छोटी बहू अपने घर चली जायेगी। ऐसा होने से गांव भर के लोग प्रसन्न होंगे। मां जी ही कर सकती हैं ऐसा बाबू जी!'

मैं जहां तक सुनन्दा को जानता था, ऐसी आशा मुझे न थी। किन्तु राजलक्ष्मी के कारण मेरा अभिमान देखते—देखते शरद् ऋतु के मेघाच्छन्न आसमान की तरह साफ हो गया।

इन दोनों भाइयों और बहुओं का व्यवहार न तो सच्चा था और न स्वाभाविक।

मन में जरा—सा मैल न होने पर भी बाहर से एक बड़ा—सा अन्तर दिखाई पड़ रहा था। उसको जोड़ देने की चतुराई जिसमें है उससे बड़ा कलाकार कौन है? इतने दिनों से वह इसके लिए गुप्त प्रयत्न करती आ रही थी। मैंने मन में आशीर्वाद दिया कि उसकी सदिच्छा ही पूरी हो। कुछ दिनों से मेरे दिल पर जो भार था वह आज हल्का हो गया। मैं नहीं जानता कि किस शास्त्रीय व्रत को

राजलक्ष्मी कर रही थी, किन्तु तीन दिन बाद भेंट होगी, इसका मुझे स्मरण हो गया।

दूसरे दिन सवेरे राजलक्ष्मी न आ सकी। बहुत खेद प्रकट करके रतन से कहला भेजा कि एक बार सूरत भी न दिखा सकी। पास ही कहीं वक्रेश्वर तीर्थ है, वहां जाग्रत देवता हैं और गरम जल का कुण्ड है। उसमें नहाने से पितृकुल, मातृकुल और श्वसुर कुल के तीन जन्म के लोग, जो जहां हैं वहीं उनका उद्धार हो जाता है। साथी मिल गये हैं, दरवाजे पर बैलगाड़ी खड़ी है, यात्रा का मुहूर्त हो रहा है। दो–एक आवश्यक चीजें रतन ने दरवान से भेज दी। वह भी दौड़ता चला गया। सुना कि लौट आने में पांच–सात दिन लगेंगे।

पांच–सात दिन और मालूम पड़ता है, अभ्यासवश ही आज उसे देखने के लिए इतना आतुर हो उठा। किन्तु रतन के मुंह से तीर्थ–यात्रा का समाचार पाकर निराशा, अभिमान या क्रोध के बदले मुझे करुणा और व्यथा हुई। प्यारी सचमुच मर गई थी। उसके कर्म के भार से राजलक्ष्मी का मन और शरीर वेदना के आर्त्तनाद से उच्छ्वसित है। उसे रोकने का रास्ता ढूंढने पर भी नहीं मिल रहा है। इस विक्षोभ का, इस जीवन से निकल भागने की व्याकुलता का अन्त नहीं है। पिंजड़े में बन्द पक्षी के समान सिर धुन–धुनकर क्या वह मर जायेगी? मैं क्या सदा पिंजड़े की तीली के समान उसके छुटकारे के द्वार पर बैठा रहूंगा? जिसे संसार कभी किसी चीज से नहीं बांध सका वह भाग क्या मेरे भाग्य में पड़ा है? वह मुझे खूब चाहती थी, छोड़ देने पर भी मेरा मोह उससे नहीं छूटता। इसी का पुरस्कार देने के लिए क्या मैं उसकी सुकृति के पैरों की बेड़ी बना रहूंगा?

मैंने मन में कहा—मैं उसे छुट्टी दे दूंगा—उस बार के समान नहीं, शुद्ध चित्त से, शुभाशीर्वाद देकर हमेशा के लिए। हो सका उसके लौटकर आने के पहले ही मैं यहां से चल दूंगा। किसी कारण,

किसी बहाने, किसी आवर्तन में पड़कर भी उसके सामने न आऊंगा। मेरे ही अदृष्ट ने एक दिन मुझे शांत रहने दिया, किन्तु मैं उसके आगे किसी प्रकार अपनी हार नहीं मानूंगा।

मैंने मन में कहा—यही तो अदृष्ट है। मैं जब पटने से जा रहा था। तब दोतल्ले के बरामदे में प्यारी चुपचाप खड़ी थी। वह मुंह से कुछ न बोली, किन्तु मेरे कानों में उसकी रुलाई गूंजती रही। किन्तु मैं देश छोड़कर विदेश चला गया था। वह रूप–हीन, भाषा–हीन, आकर्षण मुझे रातदिन खींचता ही रहा। देश–विदेश का अन्तर उसके लिए कितना था? फिर लौट आया। बाहरी लोगों ने मेरी पराजय को देख लिया। मेरे गले की खिली जयमाला उनको नहीं रची।

ऐसा ही होता है। मैं जानता था कि एक दिन फिर मेरी विदाई की घड़ी आएगी। इस बार जब मैं जाने लगूंगा तब भी वह चुप रहेगी।

मैं सोचने लगा—इस चुप रहने के निमन्त्रण में भी बड़ी व्यथा है। इसका कोई साक्षी नहीं है। व्यथा मेरे ही मन में रहेगी। संसार ने मुझे राजलक्ष्मी से प्रेम करने का अधिकार नहीं दिया। यह सच्चा प्रेम, हंसना, रोना, त्याग और घनिष्ट मिलन जिस तरह समाज की दृष्टि में व्यर्थ है उसी तरह विच्छेद का असह्य अन्तर्दाह भी बाहर वालों के लिए अर्थहीन है। मुझे सबसे अधिक यह बात चुभने लगी कि एक का मर्मान्तक दुःख दूसरों के लिए अपमान कैसे हो जाता है। यदि हो जाता है तो संसार में इससे बढ़कर वियोग दूसरा क्या हो सकता है। लेकिन होता तो यही है। लोकाचार के भीतर जिसने अत्याचार किया वह विनय किसके आगे करे? यह सृष्टि के आरम्भ से आज तक है। भविष्य में इसका समाधान नहीं दीखता। यह अन्याय है। स्त्री–पुरुष के अवांच्छित हृदय–वेग की वेदनाओं को इतिहास में लिखकर पुराण ों, काव्यों और कथाओं के ऊंचे महल खड़े किये गये हैं।

यदि आज यह रुक जाय—रुक जाने दो। मैं आशीर्वाद देता हूं कि राजलक्ष्मी को धर्म में रुचि हो, वक्रेश्वर का मार्ग सुगम हो, मन्त्रोच्चारण शुद्ध हो और उसके पुण्य का रास्ता निर्विघ्न हो जाय। मैं अपने दुःख को अकेला ही सहूंगा।

दूसरे दिन नींद टूटी। मुझे गंगामाटी के घर, गली—कूचे, खुले मैदान शिथिल से मालूम पड़े। राजलक्ष्मी के लौटने का कोई ठीक न था। मेरा मन एक क्षण के लिए भी यहां नहीं लगता था। रतन नहाने के लिए तकाजा करने लगा। राजलक्ष्मी कड़ी आज्ञा दे गई थी। रतन से पैर छुआकर कसम ले ली थी कि अनुपस्थिति में वह मेरी ओर से लापरवाह न रहेगा। मैं रात को आठ बजे और दिन के ग्यारह बजे भोजन करता था। घड़ी देखकर समय लिख लेने की आज्ञा रतन को थी। सबको एक—एक महीने का वेतन पुरस्कार में देने को कह गई थी। बिछौने पर पड़ा—पड़ा मैं समझ गया कि रसोइया भोजन बनाकर इधर—उधर डोल रहा है और कुशारी जी घी—दूध और मछली आदि पहुंचाने आये हैं। किसी बात की उत्सुकता न थी—आठ बजे और ग्यारह बजे। मेरे कारण उनका महीने भर का वेतन मिलना चाहिए।

कल रात को मुझे बिल्कुल नींद नहीं आई। आज भोजन कर ज्यों की बिछौने पर लेटा कि नींद आ गई। चार बजे उठकर मैं टहलने जाता था। आज भी हाथ—मुंह धोकर, चाय पीकर, घूमने गया। बाहर एक आदमी बैठा था। उसने सतीश भारद्वाज की चिट्ठी दी। मुश्किल से एक पंक्ति लिखकर किसी ने बताया था कि न पहुंचूंगा तो वह मर जायेगा।

मैंने पूछा—'उसे क्या हुआ है?'

वह आदमी बोला—'हैजा।'

मैंने कहा—'चलो।' मुझे प्रसन्नता इसलिए हुई कि घर से कुछ दिन के लिए सम्बन्ध टूटने का मौका मिल गया। एक बार ध्यान

आया कि रतन को समाचार दे दूं, पर उसकी अनुपस्थिति में यह करते न बना। घर में किसी को मालूम न हुआ। मैं बाहर से ही रवाना हो गया।

छः मील का रास्ता तय कर शाम को सतीश के कैम्प पर पहुंचा। समझता था कि रेलवे कंस्ट्रक्शन इंचार्ज एस.सी. भारद्वाज के यहां बहुत कुछ देखूंगा। पर वहां कोई मुख्य चीज नहीं थी। वह छोटे–से डेरे में रहता था। थोड़ी दूर पर जिस पुआल की झोंपड़ी में रसोई बनती थी। वहीं एक मोटी–ताजी बाउरी की लड़की कुछ उबाल रही थी। मुझे वह तम्बू में ले गई।

इतने में रामपुर–हाट से एक कम उम्र पंजाबी डॉक्टर आ गया। मुझे सतीश का साथी जानकर उसे धैर्य हुआ। उसने कहा–'केस मुश्किल नहीं है, जान का भय नहीं है।' फिर बोला–'मेरी ट्राली तैयार है। अभी न जाऊंगा तो हेडक्वार्टर पहुंचने में देर हो जाएगी। बड़ा कष्ट होगा।' वह उपदेश देता गया कि कब, क्या करना है, ठेलागाड़ी पर चढ़ते समय दो–तीन शीशियां देता हुआ बोला–'हैजा छूत की बीमारी होती है। लोगों को मना कर दीजिएगा कि तालाब का पानी न पियें।' एक गढ़े की ओर इशारा करते हुए कहा–'शायद कुलियों को भी हैजा हो जाए। उस समय ये दवाइयां दीजिएगा।' दवा देने का तरीका भी बताया गया।

आदमी को दया–माया थी। मुझे बार–बार सचेत कर गया कि आपके मित्र का हाल कल अवश्य मालूम हो जाय। कुलियों पर निगाह रखने को कह गया।

सब अच्छा ही हुआ। राजलक्ष्मी वक्रेश्वर तीर्थ करने चली गई और मैं रूठकर घूमने निकला। राह में एक आदमी से भेंट हो गई। बचपन की जान–पहचान थी, इसलिए वह मेरा मित्र था ही। पन्द्रह–सोलह साल से भेंट न होने के कारण याद धुंधली पड़

गई थी। दो–चार दिन में ही घनिष्टता हो गई। उनके इलाज की सेवा का उत्तरदायित्व मेरा था। डेढ़ सौ कुलियों की रखवाली–सब आफत मेरे सिर पर पड़ी। बचा था उसका हैट, टट्टू और मजदूर की लड़की! उस मानभूमि की बाउरी का अधिकांश मुझे खटकने लगा। दस–पन्द्रह मिनट में ही मुझे देखकर उसे सन्तोष हो गया। सोचा, उसके टट्टू को देख आऊं।

मेरा भाग्य! राजलक्ष्मी क्यों आई, अभया के सिर पर क्यों मैंने अपने दुःख का बोझ रक्खा? और यह मेंढक–कुलियों का झुण्ड, कोई दूसरा होता तो जल्दी से हट जाता।

रेलवे–कम्पनी का तम्बू था। उसकी निजी सम्पत्ति की सूची मैंने बना ली। कुछ एनामेल के बरतन, एक स्टोव, एक लोहे की सन्दूक, एक चीड़ का बक्स और एक कैनवास की खटिया–सो भी बहुत पुरानी होने के कारण डोंगी जैसी हो गई थी। सतीश था होशियार आदमी। ऐसी खटिया पर बिस्तर की आवश्यकता नहीं होती। मामूली बिछौने से काम चल जाता था। उसके पास केवल एक रंगीन दरी थी।

हैजे की कुछ चिन्ता नहीं थी। कैनवास की खटिया पर सेवा करने की सुविधा न थी। केवल एक दरी थी, जो गन्दी हो चुकी थी। उसे पृथ्वी पर लिटा देने के सिवा दूसरा उपाय न थ।

मुझे बड़ी चिन्ता हुई। लड़की कालीदासी से पूछा–'काली, कहीं से दो बिछौने ला सकती हो?'

काली ने कहा–'नहीं!'

मैंने कहा–'थोड़ा पुआल–वुआल ही सही।'

कालीदासी ने हंसकर बताया कि यहां गाय–भैंस कुछ भी न थी। मैंने पूछा–'बाबू को कहां सुलाऊं?' वह पृथ्वी दिखाकर बोली–'यहां। क्या अब ये बचेंगे?'

मैं उसकी ओर देखने लगा। मालूम हुआ कि ऐसा निर्विकल्प प्रेम संसार में दुर्लभ है। मैंने मन में कहा—'तुम भक्ति योग्य हो काली। तुम्हें एक बार देख लेने पर 'मोह–मुग्दर' पढ़ने की आवश्यकता न रहेगी। अभी तो वह जीवित था, कुछ बिछौने के लिए चाहिए था।'

मैंने पूछा—'बाबू की धोती–वोती नहीं है?'

काली ने सिर हिला दिया। उसने कहा—'धोती नहीं, पतलून है।'

पैंट साहबी चीज है मगर उससे बिस्तर का काम लिया जा सकता था कि नहीं, यह न जानता था। आते समय कहीं फटा–सा तिरपाल देखा था, उसकी याद आ गई। मैंने कहा—'चलो, हम दोनों उसे उठा लावें। पतलून से वह अच्छा होगा।'

काली मेरे साथ गई। तिरपाल लाकर उस पर सतीश को लिटा दिया। एक ओर काली बैठ गई। वहीं पर वह सो भी गई। मैं समझता था कि स्त्रियों की नाक नहीं बजती, पर काली ने उसे झूठ सिद्ध कर दिया।

मैं चीड़ के बक्स पर बैठा रहा। सतीश के हाथ–पैर ऐंठ रहे थे। सेंक की आवश्यकता थी। जोर–जोर से पुकारने पर काली की नींद भंग हुई। उसने कहा कि लकड़ी–वकड़ी नहीं है, आग कैसे जलावें? मैं रसोई घर में गया। अब जलाने के योग्य झोंपड़ी ही बच गई थी। भय था, आग जलाने के पहले ही उसका अग्निसंस्कार न हो जाय! चीड़ का बक्स तोड़कर मैंने आग लगा दी। अपने कुरते की पोटली बनाकर सेंकने लगा। पर रोगी को कोई लाभ न हुआ।

दो बजे रात को समाचार मिला कि कुलियों का कै–दस्त होने लगे हैं। उन लोगों ने मुझे डॉक्टर समझ रखा था। बत्ती लेकर, किसी प्रकार दवा–दारू लेकर, कुली लाइन गया। वे लोग मालगाड़ी में रहते थे। बिना छत की गाड़ियां और वह भी लाइन पर। जहां

मिट्टी खोदने की जरूरत होती है वहां उन्हें इंजन खींचकर ले जाता है।

बांस की सीढ़ी से मैं गाड़ी पर चढ़ा। एक बूढ़ा आदमी एक किनारे पर पड़ा हुआ था। बत्ती से उसके चहरे को देखकर समझ गया कि बीमारी भयंकर है।

दूसरी ओर पांच–सात आदमी थे–स्त्री पुरुष दोनों। कोई उठा था और कोई यों ही पड़ा था। इसी बीच उनका जमादार आ गया। वह बंगला बोल लेता था। मैंने उससे पूछा–'दूसरा रोगी कहां है?' उसने अंधेरे में दूसरे डिब्बे की ओर इशारा किया।

सीढ़ी से फिर चढ़ना पड़ा। वह रोगी स्त्री थी, पच्चीस–तीस साल की आयु थी। दो बच्चे आस–पास पड़े थे। पति किसी दलाल के फेर में पड़कर एक कम आयु की औरत के साथ काम करने आसाम चला गया था।

इस डिब्बे में पांच–छः स्त्री–पुरुष थे। सब लोग निर्दय पति की शिकायत तो करते थे, पर कोई उसकी सेवा न करता था। मैंने लोगों को दवा दे दी। बच्चों को वहां से हटाने का प्रयत्न भी किया पर कोई उनका उत्तरदायित्व लेने को प्रस्तुत न हुआ।

सवेरे एक और लड़के को हैजा हो गया। सतीश भारद्वाज की हालत अच्छी न थी। बहुत खुशामद करने पर एक आदमी को सांइथिया स्टेशन पर डॉक्टर को खबर देने के लिए भेजा। शाम तक वह लौट आया। कहा कि डॉक्टर रोगी देखने गये हैं।

मेरे पास रुपये न थे। यही सबसे बड़ी परेशानी थी। मैं कल से भूखा था।

न सोने को फुरसत थी, न आराम करने का समय था। सामने तालाब के पानी को सबको मना कर दिया पर कोई न माना। औरतें मुस्कराकर कहने लगीं कि और पानी है कहां? थोड़ी दूर पर एक

बस्ती थी, वहां जाये कौन? मर जाने पर भी बिना पैसे का व्यर्थ काम ये लोग नहीं कर सकते।

मैं दो दिन तीन रात यों ही मालगाड़ी पर रह गया। सब–के–सब मर गये, जो जन्म लेता है वह मरता अवश्य है, एक–दो दिन पहले या पीछे, यह मैं समझता हूं। मैं यह नहीं समझता कि इतनी मोटी–सी बात समझने के लिए लोगों को वैराग्य लेने और विचार की क्या आवश्यकता पड़ती है। मनुष्य के मरने से नहीं, मनुष्यत्व की मृत्यु से मुझे अवश्य चोट लगती है।

दूसरे दिन भारद्वाज मर गया। आदमी कम थे, इसलिए जलाया न जा सका। पृथ्वी माता ने अपनी गोद में लिटा लिया।

यह काम समाप्त कर मैं मालगाड़ी की ओर लौटा। न आता तो अच्छा होता, मगर मैं ऐसा न कर सका। रोगियों को लेकर मैं अकेला बैठा रहा। सभ्यता के फेर में पड़ा धनी, धन के लोभ में मनुष्य को कितना हृदयहीन पशु बना सकता है, इसका अनुभव मुझे उन्हीं दो दिनों में हुआ था।

सूर्य के ताप से आग बरसने लगी। मैं तिरपाल की छाया में बीमार लड़के को लिए बैठा था। छोटा बच्चा कष्ट से तड़पने लगा। कोई एक बूंद पानी देने वाला न था। सरकारी काम था। मिट्टी खोदना नहीं बन्द किया जा सकता था। उन्हीं की जाति का लड़का था। यहां तो ये लोग सूर्योदय से सूर्यास्त तक मिट्टी खोदने के लिए ही गए थे—समाज से, घर से, सभी प्रकार के बन्धनों से पृथक् हो के।

मालगाड़ी में रहकर मानविक वृत्तियां नष्ट हो गई थीं। उनका काम रह गया था मिट्टी खोदना, मिट्टी ढोना और मजदूरी ले लेना। सभ्यों ने शायद समझ लिया है कि आदमी को जानवर बनाये बिना उससे पशु का काम नहीं लिया जा सकता।

भारद्वाज तो चला गया पर उसकी अमिट कीर्ति ताड़ी की दुकान ज्यों–की–त्यों थी। शाम को औरत–मर्द ताड़ी पीकर लौट आए।

दोपहर का भात पानी डालकर रखा हुआ था। औरतों को रसोई बनानी न थी। अब कौन किसकी सुने? जमादार की गाड़ी से ढोल और मजीरा लेकर गाने लगे। मेरी समझ में नहीं आया कि वह कब समाप्त हुआ, उन्हें किसकी फिक्र? मेरे पास के डिब्बे में एक स्त्री के दो प्रेमी आ गये।

रातभर उनकी प्रेम–लीला चलती रही। दूसरे डिब्बे में एक आदमी इतनी पी गया था कि जोर–जोर से अपनी स्त्री से प्रणय–भिक्षा मांगने लगा। मैं मारे शर्म के गड़ने लगा। दूसरे डिब्बे में भी एक औरत कराह कर रो रही थी। उसकी मां दवा देने आई तो मालूम हुआ कि उसे बच्चा होने वाला है। लाज नहीं, शर्म नहीं, सब खुला हुआ। मृत्युलोक की आसन्न यात्री मां और बच्चे के लिए मैं बैठा हुआ था।

लड़के ने कहा–'पानी।'

मैं उसके मुंह पर झुककर बोला–'पानी नहीं है बेटा, सवेरा होने दे।'

बच्चा गरदन हिलाता हुआ बोला–'अच्छा' और चुप रहा। प्यास बुझाने को पानी नहीं था, मगर मेरी आंखें पानी बहाने लगीं। हाय रे, केवल मानव की सुकुमार हृदय–वृत्ति ही नहीं, अपनी दुस्सहयाचना पर भी कैसी उदासीनता है। यह तो पशुता है, जड़ता है। यह सहन–शीलता मानवता से बहुत नीचे के स्तर की है।

हमारे डिब्बे के और लोग आराम से सो रहे थे। काली लालटेन की मद्धिम रोशनी में भी मैं देख रहा था–मां और बच्चे, दोनों का शरीर ऐंठा जा रहा था। लेकिन मैं क्या कर सकता था?

सामने आसमान को देखकर मैं क्षोभ और पश्चात्ताप से बार–बार शाप देने लगा—आधुनिक सभ्यता के वाहन—तुम मर जाओ, किन्तु जिस निर्मम सभ्यता ने तुम्हें ऐसा बनाया है, उसे तुम कभी क्षमा न करना।

12

सवेरे समाचार मिला कि दो आदमी और बीमार हैं। मैंने दवा दी। जमादार ने सांइथिया खबर भेजी। आशा हुई कि अधिकारियों का आसन डोलेगा।

करीब नौ बजे लड़का मर गया। अच्छा ही हुआ। सामने मैदान की पगडण्डी से दो आदमी छाता लगाये जा रहे थे। मैंने पास जाकर पूछा—'यहां से गांव कितनी दूर है?'

बूढ़े ने कहा—'वही तो है।'

मैंने पूछा—'वहां खाने–पीने का सामान है?'

दूसरा आदमी विस्मय से बोला—'अवश्य। भले लोगों की बस्ती है। चावल, दाल, घी, तेल, तरकारी सब चीजें मिलती हैं। आप कहां से आ रहे हैं? महाशय, आप...।'

मैंने संक्षेप में उनको उत्तर दे दिया। वे लोग सतीश भारद्व ाज का नाम सुनते ही अत्यन्त क्रुद्ध हो गए। बूढ़े ने कहा—'शराबी, बदमाश, लुच्चा।'

उनका साथी बोला—'रेल के आदमी कितने अच्छे होंगे! रुपया पैसा पर्याप्त आता था। इसी से...।'

सतीश की नई समाधि दिखाते हुए मैंने कहा—'अब उसकी चर्चा व्यर्थ है। वह मर गया। आदमियों की कमी के कारण दाह नहीं हो सका। यहीं मिट्टी में गाड़ दिया गया।'

'क्या! ब्राह्मण के लड़के को...?'

'और उपाय ही क्या था?'

सुनकर दोनों आदमी सन्न रह गए। एक ने कहा—'भले लोगों का गांव था। समाचार मिलने पर कुछ प्रबन्ध अवश्य कर दिया जाता।' एक ने पूछा—'आप उनके कौन हैं?' मैं बोला—'कोई नहीं। मामूली जान–पहचान थी।' संक्षेप में उनको बतला दिया कि इसके यहां मैं कैसे आया था। दो दिन से भूखा हूं। कुलियों को हैजा हो जाने से उन्हें छोड़कर नहीं जा सका।

यह सुनकर कि मैंने भोजन नहीं किया है वे लोग चिन्तित हुए, और साथ–साथ चलने के लिए आग्रह करने लगे और एक आदमी ने कहा—'इस भयानक बीमारी में खाली पेट रहना भयानक है।'

मारे भूख–प्यास के मैं मरा जा रहा था। इसलिए उनके साथ हो लिया। रास्ते में इसी विषय की बातचीत होने लगी। जिसे शहराती शिक्षा कहते हैं, वह इन देहातियों में न थी, पर मजा यह था कि अंग्रेजी राजनीति से अपरिचित न थे।

दोनों ने कहा—'इसमें सतीश भारद्वाज का कुछ भी दोष नहीं है, हम लोग भी वहां होते तो यही करते। कम्पनी की छूत चोरी करना सिखला देती है।'

मैं भूखा–प्यासा था। मुझमें चलने की शक्ति न थी। इसीलिए मैं चुप रहा। वे लोग कहने लगे—'देश की छाती पर रेल की लाइनें निकालने की क्या आवश्यकता थी? कोई उसे चाहता है? फिर भी यह सब हो रहा है। बाबली नहीं है, कुएं नहीं हैं, कहीं से एक बूंद पानी का प्रबन्ध नहीं है। गर्मी में बछड़े तड़प–तड़पकर मर जाते?

हैजा, मलेरिया आदि से लोग उजड़ गये हैं। परन्तु किसी को चिन्ता नहीं! सरकार केवल रेलगाड़ी चला–कर–सब अनाज ही लेना चाहती है। आपकी क्या राय है?'

मैं उस समय बातें करने लायक न था, इसलिए सिर हिलाकर हां–में–हां मिला दी। मैं मन में कहने लगा–ठीक ही है! इसी से तो तैंतीस करोड़ नर–नारियों की आवाज को दबाकर आज भारतवर्ष गुलामी की बेड़ी में जकड़ा हुआ है। इसी कारण भारत के कोने–कोने में रेलगाड़ी फैलाई जा रही है। मालदारों को मोटा बनाने के लिए ही मजदूरों का सुख छीना है। उनकी शान्ति गई, रोटी गई और धर्म गया–जीवन का मार्ग संकरा हो गया।

वृद्ध सज्जन ने कहा–'महाशय, मैं लड़कपन में ननिहाल में रहता था। पहले इधर बीस–पच्चीस कोस के भीतर रेल नहीं थी। चीजें सस्ती थीं। सब को मिल जाती थीं। आजकल तो कोई केले के खम्भे का गूदा और फूल भी नहीं देना चाहता। कहां तक दुखड़ा रोया जाये! सभी पैसा पैदा करने की धुन में हैं। स्वयं भी नहीं खा–पी सकते। रिश्तेदारों को और पड़ोसियों को भी ठगकर रुपया जोड़ते हैं। सब बुराइयों की मूल रेलगाड़ी है। देश में स्थान–स्थान पर रेल लाइनें न होतीं, तो चीजें बाहर भेजकर टके सिद्ध करने के फेर में आदमी पागल न हो जाता। देश की इतनी दुगर्ति न होती।'

रेल से शिकायत मुझे भी कम नहीं है। जिस प्रबन्ध से देश की खानेपीने की चीजें जा रही हैं, केवल फैशन और शौकीनी का कूड़ा–करकट लाया जा रहा है। यदि उसके विरुद्ध घृणा पैदा हो तो क्या बुरा है। गरीबों का दुःख और उनकी हीनता मैं देख चुका हूं–उसका उत्तर नहीं मिलता। मैंने कहा–'आवश्यकता से अधिक जो माल हो उसे बेचकर पैसे जमा कर लिया जाये तो बुरा क्या है?'

उन्होंने तुरन्त कहा–'बिलकुल बुरा है।'

उन्हें इस पर मुझसे अधिक घृणा थी, क्रोध भी था। उन्होंने कहा—'आपका विचार विलायती है। अपनी ही आवश्यकता एकमात्र सत्य नहीं है। जिसके पास नहीं है क्या उसकी जरूरतों को मिटाने की आवश्यकता नहीं है? हम ऐसी निर्मूल और निष्ठुर बात नहीं कहते, यह वे लोग कहते हैं जो विलायत जाकर कमजोरों के मुंह का कौर छीनना सीखते हैं।'

मैंने कहा—'मैं विदेशों में अनाज भेजने के पक्ष में नहीं हूं। अगर एक के बचे हुए अन्न से दूसरों का पेट भरे, तो क्या इसे आप भला न कहेंगे? फिर विदेशी लोग दाम देकर ही माल खरीदते हैं।'

अब मुझे चुप देखकर वे जोश में कहने लगे—'महाशय जी, बनिये तो सोलह आने के बदले चौंसठ आना गिनना चाहते हैं। वे केवल लेन—देन जानते हैं। उनकी नजरों में मनुष्य का धर्म है भोग! संसार में सच्चय और संग्रह का व्यसन इसी का परिणाम है महाशय, रेल चली, कलें बनीं, लोहे की सड़कें बन गईं—इन्हीं के बोझ से गरीब लोग ठीक सांस भी नहीं ले सकते।'

तनिक रुककर वे फिर बोले—'आप यह कहते थे कि अगर एक के खाने से ज्यादा हो तो बेच दिया जाये। नहीं तो वह नष्ट हो जाता है। ये विलायती बोली है। नई रोशनी के अधर्मी छोकरों की दलीलें हैं।'

'देखिए, हमारे यहां कुछ ऐसे फालतू लोग थे जो हलवाई की दुकान पर बैठकर ताश या शतरंज खेलते, मुर्दे जलाने जाते, बड़े आदमियों के यहां गाते—बजाते या पूजा—पाठ में सम्मिलित रहते थे। उनके घर में खाने—पीने का ठीक प्रबन्ध भी न रहता था। दूसरों की बची हुई वस्तुओं से उनका काम चलता था। अंग्रेजी पढ़े—लिखों का सारा क्रोध ऐसे ही लोगों पर है न? वे या तो अन्न न मिलने से मर गए या कहीं छोटी—मोटी नौकरी करने लगे हैं। अच्छा हुआ

इस जीवन–संग्राम से उनका सर्वस्व गया–उन्हीं के साथ गांवों का आनन्द भी गया।'

यह सुनकर मैं उन्हें देखने लगा। उन सीधे–सादे देहातियों की बातें उनसे आगे निकल गईं।

मैंने संकोच से पूछा–'यदि आप बुरा न मानें तो...।'

'नहीं–नहीं, बुरा कैसा?'

मैंने पूछा–'क्या आपकी निजी सूझ है?'

वे अप्रसन्न होकर बोले–'ये क्या झूठी बातें हैं?'

'नहीं, नहीं, मैं यह नहीं कहता पर...।'

'पर क्या? हम लोगों के स्वामीजी कभी झूठ नहीं बोलते।'

मैंने पूछा–'कौन स्वामी जी?' उसके साथी ने कहा–'स्वामी वज्रानन्द। उम्र तो कम है, लेकिन दिग्गज पण्डित हैं...।'

'आप उन्हें पहचानते हैं?'

''वाह! उन्हें तो अपना ही आदमी कहा जा सकता है। इन्हीं का घर तो उनका अड्डा है।'

बूढ़े ने तुरन्त कहा–'नरेन्द्र, अड्डा नहीं, आश्रम कहो। मैं दरिद्र आदमी हूं, फिर भी औकात भर उनकी सेवा करता हूं। विदुर के यहां श्रीकृष्ण की तरह हैं। मनुष्य के वेश में भगवान् हैं।'

नरेन्द्र ने कहा–'करीब दो महीने से इस ओर न तो कोई डॉक्टर–वैद्य है और न स्कूल। वे इसलिए इतना उद्योग कर रहे हैं। खुद तो बड़े भारी डॉक्टर हैं ही।'

बात समझ में आ गई। ये ही आनन्द हैं, जिन्हें सांइथिया में भोजन कराकर राजलक्ष्मी अपने साथ गंगामाटी ले आई थी। दो दिन का परिचय था, लेकिन राजलक्ष्मी कैसे रो रही थी? इनसे वापस

चले आने के लिए भी वह विनय करती थी। अपनी याद आ गई। मैं जल्दी जाने वाला हूं। क्षण–क्षण इसका अनुभव हो रहा है कि राजलक्ष्मी को अब मेरी आवश्यकता नहीं रही।

गांव का नाम महमूदपुर था। मैं वहां पहुंच गया। बूढ़े यादव चक्रवर्ती ने कहा–'नाम सुनकर मत चौंकिएगा, यहां मुसलमानों की छाया तक न मिलेगी। ब्राह्मण, कायस्थ और अच्छी जाति के लोग ही रहते हैं।'

नरेन्द्र बोला–'हम लोग ऐसे गांव में कैसे रहते?'

यह सच हो सकता है, पर इसमें प्रसन्न होने की कौन–सी बात थी। चक्रवर्ती के घर पर वज्रानन्द से भेंट हुई। मुझे देखकर उन्हें आश्चर्य हुआ और आनन्द भी। 'आह! भाई साहब, आप इधर कैसे?' आनन्द ने उठकर मुझे नमस्कार किया। उसको मुझे प्रणाम करते देखकर चक्रवर्ती प्रसन्न हुए! मैं चाहे जो होऊं, पर लोगों ने मुझे मामूली आदमी नहीं समझा। आनन्द बोला–'आप दुबले क्यों हो गए हैं, भाई साहब?'

चक्रवर्ती ने उत्तर दिया–'दो दिन से खाने को नहीं मिला है। मैं बड़े पुण्य से जीवित बच गया। कुलियों की महामारी का ऐसा अच्छा और लम्बा वर्णन उन्होंने सुनाया कि मैं दंग रह गया।'

आनन्द मुस्कराकर धीरे से बोला–'दो दिन में ऐसा नहीं हो जाता भाई साहब! ज्वर आ गया था क्या?'

मैंने कहा–'मलेरिया तो है ही।'

भोजन कर लेने के बाद मैं चलने की तैयारी करने लगा तो आनन्द ने पूछा–'आप कुलियों में कैसे पहुंच गए?' मैंने कहा–'कर्म के फेर से।' आनन्द हंसते हुए बोला–'घर पर समाचार भी पहुंचा होगा?' मैंने कहा–'आवश्यकता नहीं थी। आदमी भी तो नहीं था, किसे भेजता।' आनन्द ने कहा–'यह तो अवश्य है। पर दीदी के

लिए आपकी भलाई–बुराई व्यर्थ कब से हो गई? वे अधमरी न हो गई होंगी?'

मैं चुप रहा। आनन्द समझ गया कि इससे मेरा मुंह बन्द हो गया है। तनिक हंसकर मेरे गौरव का अनुभव करते हुए बोला–'रथ आपके लिए तैयार है। शाम के पहिले ही घर पहुंच जाइयेगा। चलिए मैं आपको पहुंचा आऊं।' मैंने कहा–'मुझे तो अभी घर नहीं जाना है। मैं जरा कुलियों को देखने जाऊंगा।' आनन्द आश्चर्य करके बोला–'अजी दुर्योग का चक्र बीत चुका। न तो आप साधु हैं, न डॉक्टर हैं। आप हैं गृहस्थ। किसी के समाचार की आवश्यकता हो तो मुझे कह दीजिए। आप घर जाइये। पहुंचते ही प्रणाम करके कह दीजिएगा कि आनन्द आनन्द में है।'

दरवाजे पर बैलगाड़ी खड़ी थी। जाते समय चक्रवर्ती जी ने हाथ जोड़कर कहा कि, 'कभी इधर आना हो तो यहां अवश्य आइएगा।' आतिथ्य के लिए मैंने धन्यवाद दिया। मैं गाड़ी में बैठ गया। आनन्द भीतर मुंह करके बोला–'भाई साहब, इधर की जलवायु आपके अनुकूल नहीं है आप पश्चिम के आदमी हैं। दीदी से कह दीजिएगा कि आपको उधर ही ले जायें।'

मैंने कहा–'क्यों आनन्द, क्या इस ओर आदमी जीवित नहीं रहते?

आनन्द फौरन बोल उठा–'नहीं! तर्क करने क्या लाभ? आप मेरी बात उनसे कह दीजिएगा। और कह दीजिएगा कि बगैर आनन्द के देखे यह बात समझ में न आयेगी।' मैं चुप रहा। गाड़ी रवाना हुई।

आनन्द ने फिर कहा–'भाई साहब, आपने मुझे तो एक बार भी आने को नहीं कहा?' मैंने कहा–'तुम्हारा और तुम्हारे कामों का क्या ठिकाना और फिर तुम्हें निमन्त्रण देना भी तो आसान नहीं है।'

मुझे संदेह था कि कहीं इसी बीच वह स्वयं न पहुंच जाये। मैं चुप चाप सिर झुकाये बैठा था। थोड़ी देर में मालूम हो गया कि अगर ऐश्वर्य का गौरव मरीचिका में खप गया हो, तो इस भग्नस्वास्थ्य, अवांछित गृह स्वामी के भाग्य में अतिथि—सत्कार करने की विडम्बना न आए।

मुझे चुप देखकर आनन्द हंसता हुआ बोला—'अच्छा, नये सिलसिले से आप निमन्त्रण न दीजिये। मेरे पास पुराने निमन्त्रण की पूंजी है। उसी के बूते पर आ जाऊंगा।'

मैंने पूछा—'कब तक होगा यह काम?'

आनन्द हंसते हुए बोला—'डरो मत भाई साहब, आप लोगों के गुस्सा उतरने के पहले आकर तंग न करूंगा।'

मैं चुप हो रहा।

रास्ता दूर का था। गाड़ीवान जल्दी में था। गाड़ी के चलने के पहले ही उन्होंने प्रणाम किया और चले गए। इस ओर गाड़ी न चलती, इसीलिए लीक नहीं बनी थी। मैदानों और खेतों से गाड़ी जा रही थी। आनंद की बातें गूंजने लगीं। मैं प्रसन्न होकर नहीं आया था—इससे न तो कोई लाभ है और न कोई लाभ की ही चीज है। मैं मन में कहने लगा—'मैं किस पर रूठूं और किसलिए—उसका क्या दोष है? झरने के पानी के अधिकार के सम्बन्ध में झगड़ा हो सकता है, परन्तु पानी सूख जाने पर जल—मार्ग के विरुद्ध कैसे जान दे दूं?'

इसी प्रकार न जाने कितना समय कट गया। सहसा गाड़ी नाले में आ गई। मैं उठकर बैठ गया। टाट का परदा हटा कर देखा, सन्ध्या हो गई थी। गाड़ीवान छोकरा—सा था, उम्र सोलह की रही होगी। मैंने पूछा—'जगह रहने पर भी तू नाले में क्यों आ गया?'

लड़के ने देहाती बोली में कहा—'मैं क्यों उतारता, बैल ही उतर पड़े।'

'ऐसे कैसे उतर पड़े? तू हांकना भी नहीं जानता?'

'बैल नये हैं।'

'बहुत अच्छा! अंधेरा हो रहा है, गंगामाटी यहां से कितनी दूर है?'

'मैं नहीं जानता। मैं वहां कभी नहीं गया।'

मैंने कहा—'अगर कभी नहीं गया था तो मुझ पर इतना प्रसन्न क्यों हुआ? किसी से पूछ न ले—दूरी मालूम हो जायेगी।'

वह बोला—'इधर कहीं कोई है भी?'

लड़के में चाहे जो दोष हो पर उसका उत्तर साफ था।

मैंने पूछा—'गंगामाटी का मार्ग जानता है?'

वह उसी तरह बोला—नहीं।'

'तो तू आया किसलिए?'

'मामा ने कहा कि बाबू को पहुंचा दो। सीधे जाकर पूरब तरफ घूम जाने से गंगामाटी मिलेगी। पहुंचाकर वापस आ जाना।

सामने अंधेरी रात—अधिक देर भी नहीं। अब तक अपनी चिन्ता में था। लड़के की बात सुनकर डर लगने लगा। मैंने कहा—'सीधे दक्षिण न जाकर कहीं उत्तर जाकर फिर पश्चिम की ओर तो नहीं घूम गया है?'

लड़का बोला—'मैं क्या जानूं?'

मैंने कहा—'नहीं मालूम है तो चल, दोनों आदमी मृत्यु के घर चलें अंधेरे में। अभागा कहीं का। मार्ग नहीं जानता था तो क्यों आया था? तेरा बाप है?'

'नहीं।'

'मां है?'

'नहीं, मर गई।'

'तब तो फिर आफत है। चलो आज उन्हीं के पास चलें। तेरे मामा की तुझ पर दया–माया भी काफी है।'

कुछ आगे जाने पर लड़का रोने लगा। उसने कहा–'अब आगे नहीं जा सकता।'

मैंने पूछा–'तो कहां रहेगा?'

वह बोला–'घर लौट जाऊंगा। रात को मैं भटकूंगा?'

लड़का सच बोलता था। उसने कहा–'बाबू, तुम उतर जाओ। मामा कह चुके हैं, सवा रुपया भाड़ा ले लेना। कमती देने से वह मुझे पीटेंगे।'

मैंने कहा–'तुम मेरे लिये पीटे जाओगे।' सोचा कि इसी गाड़ी पर वहां लौट जाऊं। किन्तु रात हो रही थी, स्थान परिचित न था। गांव कितनी दूर था, पता न लगा। सामने एक आम और कटहल का बाग देखकर सोचा कि गांव पास ही होगा। आश्रय मिल ही जाएगा यदि न मिला तो क्या? शायद इसी तरह इस बार यात्रा होगी।'

मैंने उतरकर भाड़ा चुका दिया। लड़का बातचीत में ही नहीं, काम में भी साफ था। उसने तुरन्त गाड़ी का मुंह फेर लिया। चलने का इशारा पाकर बैल तेजी से घर की ओर भागे।

13

शाम हो चुकी थी, बाहर अंधेरा गहरा नहीं हुआ था। मुझे शीघ्र कोई प्रबन्ध कर लेना था। यह काम मेरे लिए नया था। पर मैं भयभीत नहीं हुआ, बाग की बगल की पगडंडी से धीरे–धीरे बढ़ा। भारतवर्ष के अन्य प्रान्त मेरे देखे हुए थे, पर यह तो बंगाल का मार्ग था। मैं इन राहों को नहीं जानता था।

मैंने जरा भी विचार नहीं किया कि उन दिनों मेरे लिए सभी द्वार खुले थे। पर आज संकोच के कारण सब बन्द हो गए हैं। उन दिनों की यात्रा में बनावट न थी, पर आज का चलना नकल जैसा मालूम होता था।

उन दिनों अनजान, अपरिचित ही मेरे लिए आत्मीय बन जाते थे, पर आज एक खास आदमी पर मेरा भार रहने के कारण भार–बिन्दु दूसरी ही प्रकार हट गया था, इसलिए नए स्थान में चलने से मेरे पैर भारी–भारी होते जा रहे थे। फिर भी चलने लगा, जंगल में रात बिताने का तो न साहस रहा और न शक्ति रही।

भाग्य अच्छा था। पास ही बगीचे में एक मकान दिखलाई पड़ा। लोहे का फाटक सामने था सो भी टूटा हुआ। मैं भीतर गया, बरामदा खुला हुआ था, भीतर दो बड़े–बड़े कमरे थे। एक बन्द था और

दूसरा खुला हुआ। मैं द्वार पर पहुंचा। भीतर से एक कंकाल–सा आदमी सामने आया। कमरे के चारों ओर लोहे के चार दरवाजे थे। कभी उनमें गद्‌दा बिछा रहता था, मगर आजकल खाली था। ऊपर टाट न था, थोड़ी–सी नारियल की जटायें पड़ी थीं। एक तिपाई थी, कुछ टीन और कलई के बर्तन भी थे। मेरा अनुमान सच निकला। मकान अस्पताल था। आदमी परदेशी था, नौकरी करने को आकर यहां बीमार पड़ गया। पन्द्रह दिन से अस्पताल में भर्ती है। उससे बातचीत हुई–

'बाबूजी, चार पैसा दीजिएगा?'

'किसलिए?'

'मारे भूख के मर रहा हूं, कुछ चना–चबेना लेकर खाना चाहता हूं।'

मैंने पूछा–'तुम तो बीमार हो, अंट–संट खाने की मनाही नहीं है?'

'जी नहीं।'

'क्या तुम्हें यहां से खाने को नहीं मिलता?'

उसने जो कुछ उत्तर दिया, उसका तात्पर्य था कि सवेरे एक कटोरा साबू दिया गया था। वह फाटक के बाहर रोज बैठकर भीख मांगता है। अगर कुछ मिलता है तो शाम को खा लेता है। शायद वहां एक डॉक्टर भी था जिससे जेब–खर्च के लिए कुछ मिल जाता था। वह सवेरे आकर दर्शन दे जाता था। एक आदमी और था जो लालटेन में तेल देने से लेकर कम्पाउण्डरी तक कर लेता था। पहले जो नौकर था उसे छः–सात महीने तक वेतन नहीं मिला। इससे वह चला गया, उसके बाद कोई दूसरा आदमी न रखा गया।

मैंने पूछा–'झाड़ू कौन लगाता है?'

वह बोला—'आजकल मैं ही लगा देता हूं। मेरे न रहने पर कोई नया रोगी आएगा तो वह लगाएगा।'

मैंने कहा—'प्रबन्ध बढ़िया है। अस्पताल किसका है?'

वह मुझे दूसरी ओर के बरामदे में ले गया। वहां लालटेन लटक रही थी। कम्पाउण्डर उसे सवेरे ही जलाकर चला गया था। दीवार में गढ़े एक पत्थर पर सन्–तारीख आदि लिखा हुआ था। सुनहरे अंग्रेजी अक्षरों में पूरा शिलालेख था। जिस जिला मजिस्ट्रेट ने उसका उद्‌घाटन किया था उसका नाम–पता सबसे ऊपर लिखा था। उसके नीचे प्रशस्ति–पाठ था। किसी रायबहादुर ने अपनी माता की यादगार में यह अस्पताल बनवाया था। शिलालेख में सिर्फ मां–बेटे का ही जिक्र नहीं था, दो–चार पुश्तों का भी वर्णन था। इसके बनाने वाले रायबहादुरी के योग्य थे ही। उन्होंने काफी रुपया नष्ट किया था।

ईंट, लकड़ी और लोहे की कीमत चुका देने के बाद जो कुछ बचा होगा; वह अंग्रेजी शिल्पकारों से वंश–वर्णन लिखवाने में लग गया होगा। डॉक्टर के वेतन या रोगियों की खुराक आदि का प्रबन्ध करने के लिए या तो रुपये ही नहीं बचे या समय नहीं मिला।

मैंनू पूछा—'रायबहादुर कहां रहते हैं?'

उसने कहा—'करीब ही रहते हैं।'

'अब उनसे भेंट हो सकती है?'

'जी नहीं, घर में ताला बन्द है, सब लोग कलकत्ता रहते हैं।'

मैंने पूछा—'आते कब हैं?'

वह परदेशी आदमी ठीक–ठीक हाल नहीं बता सका। उसने कहा कि तीन बरस पहले आये थे। यह डॉक्टर साहब से मालूम हुआ है।

सन्ध्या एक नये स्थान में बीत रही थी। अंधेरा बढ़ता जा रहा था। रायबहादुर की चर्चा का समय नहीं था। मुझे और भी आवश्यक काम था। उसे कुछ पैसे देने पर मालूम हुआ कि पास ही चक्रवर्तियों का घर था। वे दयालु थे, इसलिए उनके यहां आश्रय मिलने की आशा थी। वह मुझे अपने साथ ले चला—'मुझे तो बनिये की दुकान तक जाना ही है, आपको उनके यहां पहुंचा दूंगा।'

बातचीत से मालूम हुआ कि उसने कई बार इनके यहां खाया—पीया है। करीब दस मिनट में चक्रवर्ती जी के दालान में पहुंचा था। उसने पुकारा—'पण्डित जी हैं?' कोई न बोला। मैं सोच रहा था कि एक सम्पन्न ब्राह्मण के यहां आज रहूंगा, पर दालान की दशा देखकर हृदय बैठ गया। भीतर से कोई उत्तर नहीं आता था और इधर मेरा साथी चुप न होता था।

एकाएक उत्तर आया—'चला जा आज।' पर वह तनिक भी नहीं डिगा। फिर बोला—'देखिए जरा आकर—कौन आये हैं?' पर मैं तो सकपका गया। मैं मानो चक्रवर्ती का गुरु था—उनका घर पवित्र करने आया था। भीतर की आवाज नरम पड़ गई—'कौन है रे भीमा?'

इतने में मकान—मालिक आ गये। उनकी धोती मैली थी और शायद छोटी भी। अंधेरे में उनकी आयु का अनुमान नहीं लग सका। उन्होंने पूछा—'कौन है रे भीमा?' मेरे साथी का नाम भीमा था। उसने कहा, 'भले मानुस हैं, ब्राह्मण हैं। राह भूलकर अस्पताल में पहुंच गये। मैंने कहा, डरने की कोई बात नहीं, मैं आपको पण्डितजी के घर पहुंचा देता हूं। गुरु जैसा आतिथ्य होगा।'

भीमा ने जरा भी बढ़ा—चढ़ाकर न कहा था। चक्रवर्ती जी आदर के साथ अपने ही हाथों चटाई बिछाकर—'तमाखू पीने की बात पूछकर भीतर हुक्का लाने गए। उन्होंने कहा—'नौकर—चाकरों को ज्वर आ गया है—क्या किया जाये?'

यह सुनकर मुझे संकोच हुआ। सोचा कि एक चक्रवर्ती के यहां पहुंच गया। जाने यहां कैसा आतिथ्य होगा! मैं हुक्का पीने की तैयारी कर रहा था कि सुना—'कौन आया है जी?'

मैंने समझ लिया कि यही मालकिन हैं। उत्तर देते समय चक्रवर्ती का स्वर ही नहीं कांप गया बल्कि मेरा हृदय भी धड़कने लगा।

वे चट से बोले—'बहुत बड़े आदमी हैं—ब्राह्मण हैं। मार्ग भूलकर आ गये हैं—रात भर यहां रहेंगे और सवेरे ही चले जायेंगे।'

भीतर से फिर आवाज आई—'हां, 'हां? सभी तो यहां राह भूल कर आते हैं। मुंहझौंसे अतिथियों से एक दिन भी नागा नहीं होने देते। घर में तो न चावल है न दाल—खिलाओगे क्या?'

मेरे हाथ का हुक्का यों ही रह गया। चक्रवर्ती बोले—'जी, तुम क्या बकने लगीं? मैं सब प्रबन्ध करता हूं—घर में चावल—दाल नहीं है, तुम भीतर चलो, मैं प्रबन्ध करता हूं।'

चक्रवर्ती की घरनी भीतर जाने के लिए बाहर नहीं आई। वह बोलीं—'करोगे क्या? थोड़े चावल हैं सही मगर लड़कों को तो भात देना पड़ेगा। उन्हें भूखा...।'

धरती माता, फट जा। नहीं, नहीं, मैं न जाने क्या कहना चाहता था पर वह चक्रवर्ती के क्रोध में भूल गया। 'वे 'तुम' छोड़कर 'तू' कहने लगे।

मेरे सत्कार के कारण पति—पत्नी में जो विवाद हुआ, उसकी भाषा और गम्भीरता वैसी ही थी। मेरे पास थोड़ा—सा पैसा था जो व्यय हो गया था। कुरते में सोने के बटन थे। पर यहां कौन किसकी सुनता था? मैं घबराकर उठना ही चाहता था कि चक्रवर्ती मेरा हाथ थामकर बोले—'आप हैं अतिथि देवता! आप चले जायंगे तो मैं फांसी लगाकर मर जाऊंगा।'

मालकिन इससे जरा भी न डरीं। वे चुनौती देकर बोलीं—'तब तो मेरी जान बचे। भीख मांगकर बच्चों को तो पाल सकूंगी।'

मैं अचेत—सा हो रहा था। मैंने कहा—'अच्छा भी यही होगा—पर इस समय या तो मुझे जाने दीजिए या एक रस्सी दे दीजिए, मैं ही फांसी लगाकर आपको आतिथ्य से बचा दूं।'

चक्रवर्ती जी जोर से बोले—'अब कुछ शिक्षा मिली?'

भीतर से आवाज आई—'हां।'

थोड़ी देर में भीतर से एक हाथ निकला। वह एक पीतल का गगरा पृथ्वी पर रखकर बोलीं—'श्रीकान्त की दुकान से जाकर दाल—चावल, घी—नमक आदि ले आओ। देखना, पैसा न काट ले।'

चक्रवर्ती खुश होकर बोले—'नहीं जी! क्या बच्चों के हाथ का लड्डू है?'

उन्होंने हुक्का उठाकर दो—तीन फूंक खींचे, फिर कहा—'सुन रही हो, जरा चिलम तो बदल दो। एक बार और पी लूं, तब जाऊं। जाऊंगा और तुरन्त आऊंगा।'

उन्होंने चिलम भीतर की ओर बढ़ा दी। मेल हो गया पति—पत्नी में। घरनी चिलम भरकर ले आईं और पति ने जी भरकर हुक्का पिया।

उन्होंने प्रसन्न होकर हुक्का मेरी ओर बढ़ा दिया और गगरा लेकर चले गये।

चावल—दाल, घी—नमक सब सामान आ गया। रसोई तैयार हो गई। भोजन में रुचि तो थी नहीं फिर भी गया। मेरे भाग्य में ऐसा स्वागत भी था।

चक्रवर्ती जी—'मसूर की खिचड़ी और आलू भात है, स्वादिष्ट होगा। ऊपर से गरम—गरम घी।'

चक्रवर्ती जी का कहना मानकर खिचड़ी बनाई। फिर उसमें घी डालकर उसे खाने का प्रयत्न किया। असम्भव कार्य को किसी प्रकार मैंने सम्भव किया। ऐसा लगा कि चावल–दाल का पिण्ड पेट में पत्थर जैसा पड़ा हुआ है।

हाथ–मुंह धोने के पहले ही सब बाहर निकल आया। मैं सिटपिटा गया। शायद मुझे ही वह साफ करना पड़ता। पर शक्ति नहीं थी। आंखों के सामने अंधेरा छा गया। किसी प्रकार कहा–'थोड़ी देर में यह सब साफ कर दूंगा।'

मेरी बात सुनकर श्रीमती चक्रवर्ती का कण्ठ स्वर मुलायम हो गया। 'तुम क्यों साफ करोगे बेटा? मैं साफ कर देती हूं। अभी तक बाहर बिछौना नहीं बिछा सकी, तब तक मेरे कमरे में लेट रहो।' नहीं करने का मेरा साहस न था। चुपचाप जाकर उन्हीं के फटे बिछौने पर लेट गया।

मैं देर में उठा। उस समय मुझ में सिर उठाने की भी शक्ति नहीं थी। तेज ज्वर चढ़ आया था। मेरी आंखों से आंसू सहज में नहीं गिरते पर आज न जाने क्यों मेरी आंखें भर गईं। मैं बिना कारण कई बार निकला था, लेकिन ऐसी विडम्बना कभी न हुई थी। मैं उठने का प्रयत्न करता रहा। अन्त में वहीं आंखें मूंदकर लेटा रहा।

चक्रवर्ती की पत्नी से आज आमने–सामने बातें हुईं। दुःख के समय में ही स्त्रियों की परख होती है। वे मेरे बिछौने के पास आकर पूछने लगीं–'नींद नहीं टूटी बेटा?'

आंखें खोलकर उन्हें देखा। वे लगभग चालीस वर्ष की थीं। रंग काला, आंख–नाक–कान भले ही स्त्रियों के समान। निर्धनता और अनशन के चिन्ह अवश्य थे।

वे बोलीं–'अंधेरे में नहीं सूझता बेटा। मेरा बड़ा लड़का जीवित रहता तो तुम्हारे इतना होता।' मैं उत्तर सोचने लगा। उन्होंने मेरे

माथे पर हाथ रखकर कहा—'ज्वर तो तेज है।' मेरी आंखें बन्द थीं। मैंने कहा—'जरा सहारा मिल जाये तो अस्पताल तक पहुंच जाऊं।'

मैं उनका चेहरा नहीं देख सका। इतना अवश्य समझ गया कि उन्हें बहुत दुःख हुआ। वे बोलीं—'बेटा, क्लेश में मेरे मुंह से कुछ बातें निकल गई हैं। इसी से क्या तुम उस यमपुरी में चले जाओगे। जो अस्पताल में रहते है, उन्हें सात जात का छुआ खाना मिलता है? मैं कैसे जाने दूंगी? मैं साबू—बार्ली बना दूंगी तो तुम न खाओगे...।'

मैंने बतलाया कि मुझे कोई उज्र नहीं है, न केवल बीमारी की दशा में, बल्कि अच्छा रहने पर भी।

मैं शायद चार दिन तक वहीं रहा। चार दिनों की बातें भूलने की नहीं हैं। ज्वर तो एक ही दिन में उतर गया, बाकी तीन दिन, निर्बलता के कारण उन्होंने वहीं रोक लिया। इस ब्राह्मण—परिवार को समाज के अर्थहीन पीड़ा ने बहुत हैरान कर रखा है। समय पाने पर चक्रवर्ती जी की स्त्री मेरे पास आकर बैठ जातीं और मेरे सिर पर हाथ फेरतीं। रोग का पथ्य तो न जुटा सकतीं, पर वे व्यवहार और सेवा भरपूर करतीं थीं।

इनकी दशा पहले कुछ अच्छी थी, जमीन—जायदाद भी थी। पर नासमझ पति को लोगों ने धोखा दे—देकर उन्हें संकट में डाल दिया था। वे रुपये उधार मांग लेते ओर कर्ज देते रहते। पहले रुक्का लिखकर रुपये देते फिर गहने और दूसरी चीजें बेचकर। चक्रवर्ती के लिए यह कठिन न था। इसका पता मुझे एक ही रात में मिल गया। बहुतों की सम्पत्ति मूर्खता से नष्ट हो जाती है। चक्रवर्ती—गृहिणी की बातों से मुझे इसका पता लग गया। घर में केवल दो कमरे थे। एक में लड़के—बच्चे रहते थे, दूसरे में बाहर का आदमी होते हुए भी मैं था। मैंने कहा—'आप लोगों को कष्ट हो रहा है। मैं बाहर पड़ा रहूंगा।'

'यह कैसे होगा बेटा? बादल घिरे हैं। यदि पानी बरसा तो उस कमरे में पैर रखने की जगह न मिलेगी।'

उन्होंने रोकर कहा—'बेटा, हम लोगों को बड़ा दुःख है। उस साल सात–आठ बरस की लड़की हैजे में मर गई। मेरे भाई काशी गये थे, उन्हें एक छोटे लड़के के साथ मसानघाट जाना पड़ा। उन्हें कोई लकड़ी न दे सका। गढ़ा खोदकर, गाड़–गूड़ दिया। आंखें पोंछकर उन्होंने जो कुछ कहा उसका सार यह था कि उनके पुरखों ने श्राद्ध का दान लिया था, यही उनका अपराध था। यदि कोई श्राद्ध का दान न लेता, श्राद्ध असफल न रह जाता। पर एक तो इसमें दोष नहीं है और अगर है तो क्यों उस आदमी को लोभ में फंसाया जाता है?

वे फिर कहने लगीं—'इस गांव की आबादी कम है। आधे आदमी मलेरिया और हैजे से मर गये। थोड़े से ब्राह्मण, कायस्थ और राजपूत बच रहे हैं।

बेटा, हम लोग सब प्रकार से लाचार हैं, नहीं तो किसी मुसलमान के गांव में जाकर बस जाते।'

मैंने पूछा—'वहां तो जात चली जाएगी।'

वे बोलीं—'मेरे एक चचिया ससुर नौकरी करने दुमका गये और वहीं ईसाई हो गये। अब उन्हें कष्ट नहीं है।'

हिन्दू धर्म को छोड़कर यदि कोई दूसरा धर्म मानने लगता है तो मुझे बड़ा दुःख होता है। मैं समझता था कि अब तक नीच जातियां ही अत्याचार सहती हैं मगर अब पता चला कि कोई इससे बचा नहीं है। बहुतों ने कहा कि यह सताना बुरा है, फिर भी कोई कुछ कर नहीं सका।

मैं तीसरे दिन ठीक हो गया। जाने को तैयार होकर मैंने कहा—'मां, अब जाऊंगा।' मालकिन की आंखें भर आईं। उन्होंने

कहा—'गरीब के घर में बहुत कष्ट हुआ, बेटा! कड़ी बातें भी सुननी पड़ीं।'

'नहीं—नहीं, कोई बात नहीं, मैं आराम से रहा।' आदि मामूली बात कहते मुझे शर्म आने लगी। वज्रानन्द की बातें याद आ गईं। उसने कहा था—'घर छोड़ने से क्या होता है, घर—घर, मां—बहनें मिलती हैं।'

गरीबी और नादान पति के ऊटपटांग कामों से मालकिन पागल—सी हो गई थीं। पर मेरी बीमारी का समाचार जानकर उन्होंने बड़ी कृपा की।

चक्रवर्ती जी एक गाड़ी ले आये। मालकिन चाहती थीं कि मैं नहा—खाकर जाऊं, पर धूप अधिक बढ़ जाने के कारण उन्होंने आग्रह नहीं किया। मेरे चलते समय देवी—देवताओं को स्मरण करके कहा—'कभी इधर आने का मौका मिले तो यहां अवश्य आना बेटा।'

बहुत दिनों बाद सुना कि कुशारी जी के द्वारा राजलक्ष्मी ने इनका बहुत—सा बोझ सम्भाल लिया है।

१४

मैं तीसरे पहर घर पहुंचा। द्वार के दोनों ओर केले के पेड़ बंधे थे। कलश रखा हुआ था। आम के पत्तों की बन्दनवार बंधी थी। बहुत से लोग बाहर बैठे तमाखू पी रहे थे। बैलगाड़ी की घरघराहट से लोग देखने लगे।

शायद गाड़ी के मधुर शब्द से आकृष्ट होकर एक भलेमानुस खड़े हो गये। ये वज्रानन्द थे, उनको बहुत खुशी हुई, एक आदमी भीतर समाचार देने गया। स्वामी जी बोले—'मैंने यहां सब हाल पहले पहुंचा दिया। आपको खोजने के लिए आदमी भेजा गया है। एकाएक आप कहां छिप गये थे। गाड़ीवान ने जाकर कह दिया कि वह आपको गंगामाटी की राह पर उतार आया।'

राजलक्ष्मी काम में थी। वह आई और पृथ्वी पर माथा रखकर प्रणाम कर बोली—'तुमने घर भर को दण्ड दिया।' फिर वज्रानन्द की ओर देखकर बोली—'मैं जान गई थी कि आज ये अवश्य आएंगे।'

मैंने हंसकर कहा—'कलश स्थापना और केले के खम्भे देखकर ही मैंने अनुमान कर लिया था।'

रतन दरवाजे की आड़ में खड़ा था। वह कहने लगा—'जी नहीं, आज ब्राह्मण—भोजन है। जब से वज्रनाथ के दर्शन करके आई हैं तब से...।'

राजलक्ष्मी ने उसे धमकाकार कहा—'तू जाकर अपना काम देख।'

उसके लाल चेहरे को देखकर वज्रानन्द हंसने लगा—'समझ गये कि नहीं भाई साहब, जब तक आदमी किसी काम में नहीं लगा रहता तब तक मन की उत्कण्ठा बढ़ती जाती है। जेवनार का प्रबन्ध केवल इसीलिए है न दीदी...?'

राजलक्ष्मी बिगड़कर वहां से चली गई। वज्रानन्द ने मुझसे पूछा—'आप दुबले जान पड़ते हैं भाई साहब, कुछ और हो गया था क्या?'

चले जाने का कारण मैंने उसे ठीक समझा दिया। वह आनन्दित होकर बोला—'अब इस तरह न भागिएगा। इनके दिन कैसे कटे हैं, उस पर बिना देखे विश्वास नहीं किया जा सकता।'

यह मैं जानता था। मैंने विश्वास कर लिया। रतन चाय और हुक्का दे गया। आनन्द चला गया।

थोड़ी देर में राजलक्ष्मी ने आकर स्वाभाविक स्वर में कहा—'कमरे में गरम पानी, धोती—गमछा रख आई हूं। सिर और देह पोंछ लो।' मैंने कहा—'स्वाजी जी ने तुमको बहका दिया है। मुझे बुखार—उखार

कुछ नहीं है। मेरा सिर मारे गर्मी के जल रहा है। नहाना आवश्यक है।'

राजलक्ष्मी ने कहा—'तो मैं साथ चलती हूं।' वह हंसकर बोली—'क्यों नाहक झगड़ा करके मुझे दुःख देना चाहते हो।'

वह मुझे उठाकर भोजन लाने को चली गई। मैंने कहा—'पहले ब्राह्मण—भोजन हो जाने दो।'

राजलक्ष्मी अचरज के साथ बोली—'उस काम में शाम हो जाएगी।'

'होने दो।'

राजलक्ष्मी हंसकर बोली—'ब्राह्मण—भोजन को मेरे जिम्मे रहने दो। तुम भूखे रहोगे तो स्वर्ग की सीढ़ी ऊपर न जाकर पाताल में चली जाएगी।'

थोड़ी देर में वह मुझे भोजन कराने बैठी। भोजन रोगी का पथ्य था। मालूम हुआ कि मेरे आ जाने पर उसने अपने हाथ से इसे बनाया था। जब से मैं आया तब से उसके आचरण में एक नयापन मालूम हो रहा था। राजलक्ष्मी भोजन करा रही थी। अब पहले के समान आग्रह न था। अब केवल अनुनय रह गया था। अब जबर्दस्ती नहीं करती थी, विनय करती थी।

मैं भोजन कर चुका तो राजलक्ष्मी ने पूछा—'मैं जाऊं?'

मैंने कहा, 'जाओ।'

जूठे बर्तन उठाकर वह कमरे से चली गई। मैं देर तक बाहर की ओर देखता और सोचता रहा कि राजलक्ष्मी को जैसी छोड़ गया था वैसी अब यह नहीं रही। आनन्द ने कहा था कि कल से दीदी उपवास कर रही हैं, आज तो वह पानी नहीं पी सकी। कल न जाने कब खायेंगी। मैं बहुत दिनों से देखता आ रहा हूं कि उसका

धर्म–पिपासु चित्त कभी किसी कठिन साधना से पृथक् नहीं रहा। यहां वह जब आई और सुनन्दा मिली तभी से उसकी निष्ठा और भी बढ़ती जा रही है।

लगभग दस बजे, काम–काज से छुट्टी पाकर राजलक्ष्मी मेरे कमरे में आई।

उसने रोशनी कम कर दी। मेरी मसहरी खींचकर वह सोने जा रही थी कि मैंने कहा–'ब्राह्मण–भोजन शाम होने के पहले ही हो गया था न। इतनी देर कहां हुई?'

उसने कहा–'मैं तो डरती–डरती आ रही हूं कि कहीं तुम्हारी नींद न टूट जाये पर तुम अभी जाग रहे हो।'

'तुम्हारी बाट जोह रहा था।'

'बाट जोह रहे थे! बुलवा क्यों न लिया?' यह कहकर वह मेरे सिरहाने बैठ गई और सिर के बालों में अंगुली फेरने लगी। पूछा–'मुझे क्यों नहीं बुलवाया?'

'तुम आतीं? तुम्हें बहुत काम रहता है!'

'काम रहता है, पर तुम्हारे बुलाने पर मना न करती।'

इसका कोई उत्तर न था। राजलक्ष्मी बोली–'चुप क्यों हो गये?'

'सोच रहा हूं।'

'क्या सोच रहे हो? वह धीरे–धीरे से मेरे ऊपर झुककर बोली–'क्या मुझसे रूठकर घर से चले गये थे?'

'तुम्हें कैसे पता चल गया था?'

राजलक्ष्मी बोली–'मैं खिसियाकर चली जाऊं तो क्या तुम नहीं समझ लोगे?'

मैंने कहा–'शायद समझ जाऊंगा।'

राजलक्ष्मी ने कहा—'तुम तो शायद न समझ पाओ पर मैं भलीभांति जान जाऊंगी।'

मैं हंसकर बोला—'यही सही। इस शक में तुम्हें मैं हराकर जीतना नहीं चाहता।'

राजलक्ष्मी चुप रही। पहले शायद वह सैकड़ों प्रश्न पूछती, पर इस बार तो बिल्कुल चुप रही। थोड़ी देर में उसने पूछा—'तुम्हें ज्वर आ गया था न? तुमने समाचार क्यों नहीं भेजा?'

मैंने इसके कारण बतलाये। पहले तो समाचार देने को आदमी न था, दूसरे खबर पाने वाले का भी पता न था। मैंने अपनी दशा उसे बतलाई। चक्रवर्ती के घर से आज आया था। उसकी दशा और सेवा–शुश्रूषा का जिक्र करते मेरी आंखें भर आईं। राजलक्ष्मी मेरे आंसू पोंछकर बोली—'तो उन्हें कर्ज से छुड़ाने के लिए रुपये क्यों नहीं भेज देते?'

मैंने कहा—'मेरे पास रुपये होते तो अवश्य भेज देता।' इस बात से राजलक्ष्मी को बहुत कष्ट होता था। वह आज भी दुःखी हुई। उसका रुपया–पैसा मेरा ही है, इसे वह दावे से न कह सकी।

आज उसका चुप रह जाना मुझे अखरा। थोड़ी देर में लम्बी सांस लेकर वह बैठ गई। रोशनी धीमी थी, इसलिए उसका मुंह नहीं देख सका, पर उसका कण्ठस्वर काफी बदला हुआ था। राजलक्ष्मी ने कहा—'बर्मा से तुम्हारी चिट्ठी का उत्तर आ गया है। दफ्तर का बड़ा लिफाफा है। आनन्द से पढ़वा लिया।'

'उसमें क्या लिखा है?'

'तुम्हारी प्रार्थना स्वीकार हो गई है। बड़े साहब ने लिखा है कि आने पर नौकरी मिल जायेगी।'

'अच्छा?'

'लाऊं चिट्ठी?'

'रहने दो। कल पढ़ लूंगा।'

दोनों ही चुप हो गए। इसी बीच मेरे सिर पर आंसू टपकने लगे। मैंने धीरे से पूछा—'प्रार्थना स्वीकार जो जाना कोई बुरा समाचार नहीं है। तुम रोती क्यों हो?'

आंचल से आंसू पोंछकर राजलक्ष्मी ने कहा—'तुम फिर नौकरी करने के लिए परदेश जाने का प्रयत्न कर रहे हो, तुमने मुझे नहीं बताया। क्या मैं तुम्हें रोक लेती?'

मैंने कहा—'बतला देने से शायद तुम उत्साहित करतीं। मैंने सोचा छोटी बातों के लिए तुम्हारे पास समय कहां है?'

राजलक्ष्मी वेग रोकने की कोशिश करने पर भी न रोक सकी। कुछ देर तक यही दशा रही। फिर मीठी आवाज में बोली—'अच्छी बात है। तुम जाओ, मैं तुम्हें जरा भी न रोकूंगी।' थोड़ी देर में कहा—'यदि मैं तुम्हें यहां न लाती तो शायद यह मालूम भी न होता कि तुम इतनी दुर्गति में हो। गंगामाटी का अन्धकूप स्त्रियों के योग्य हो सकता है, पुरुषों के योग्य नहीं। इसे मैंने तुम्हारी आंखों से देख लिया है।'

मैंने पूछा—'क्या किसी ने दिखला दिया है?'

राजलक्ष्मी ने कहा—'मैंने स्वयं देखा है। तीर्थ—यात्रा करने गई तो देवता के दर्शन नहीं हुए। मुझे तो तुम्हारा चेहरा ही दिखलाई पड़ता रहा। तुमने मेरे लिए बहुत कष्ट सहा है।'

मैं उसके कण्ठस्वर से विह्वल होकर बोला—'तुमने कम कष्ट नहीं सहा है राजलक्ष्मी। क्या गंगामाटी तुम्हारे रहने योग्य है?'

अब मैं संकोच से दब गया। मैंने यह तो कह दिया कि बुद्धिमती स्त्री से वह बात छिपी न रही। वह बोली—'गंगामाटी के योग्य

नहीं हूं, यह सब लोग न समझेंगे। तुम्हें तो समझना चाहिए कि मुझे तनिक भी त्याग नहीं करना पड़ा। लोगों ने मेरी छाती पर भारी पत्थर रख दिया था वह आज हट गया। जन्म भर से मैं तुम्हें चाहती रही हूं। तुम्हें पाकर त्याग का बदला सौ गुना मिल गया।'

मैं उत्तर न दे सका। मेरे भीतर को कोई जैसे कहने लगा—तुम बिना समझे भूल कर बैठे।

राजलक्ष्मी ने कहा—'पहले सोचती थी कि तुम्हें यह सब न बतलाऊंगी। तुम्हारे ही हित के लिए, पर आज तो रोक नहीं सकी। सबसे बड़ा दुःख मुझे यह है कि तुमने यह कैसे सोच लिया कि पुण्य का नशा मुझ पर ऐसा सवार है कि मैं तुम्हारी परवाह नहीं करती। चले जाने के पहले तुमने यह नहीं सोचा कि राजलक्ष्मी को तुमसे बढ़कर लाभ की वस्तु और क्या है?'

उसकी आंखों से आंसू गिरने लगे।

सांत्वना देने को कुछ न सूझा। उसका हाथ पकड़ा तो बाएं हाथ से उसने आंसू पोंछ लिये। उसने कहा—'देख आऊं, लोगों ने खा—पी लिया कि नहीं। तुम अब सो रहो।'

वह चली गई, उसे पकड़कर रोकना उचित न समझा। फिर वह लौटकर नहीं आई। जब तक नींद नहीं आई तब तक सोचता रहा कि रोकने से क्या लाभ होता? आज यदि वही बन्धन खोलकर मुझे जाने देकर स्वयं मुक्त होना चाहती है तो मैं कैसे रोकूं?

सुबह राजलक्ष्मी चारपाई पर न थी। बाहर के कमरे में कोलाहल सा था। रतन गरम चाय केतली से डाल रहा था। स्टोव पर राजलक्ष्मी तिकोने और कचौरियों छान रही थी। वज्रानन्द निरासक्त दृष्टि से देख रहे थे। मुझे देखकर राजलक्ष्मी ने आंचल खींच लिया। वज्रानन्द कहने लगे—'आ गये भैया, मैं समझ रहा था कि ये वस्तुएं ठण्डी न हो जायें।'

राजलक्ष्मी हंसती हुई बोली—'तुम्हारे पेट में जाकर ठण्डी हो जातीं।

आनन्द बोला—'साधु–संन्यासियों को आदर करना सीखिए, बहिन।'

वज्रानन्द मुझसे बोला—'तबीयत ठीक नहीं है क्या? हाथ दिखलाइए।'

राजलक्ष्मी घबराकर बोली—'उनकी तबीयत ठीक है। तुम्हारी डॉक्टरी की आवश्यकता नहीं है।'

'यही जानने को तो एक बार हाथ...।'

राजलक्ष्मी ने बतलाया—'हाथ देखने की आवश्यकता नहीं। कहीं तुम साबूदाना खाने को न कह दो।' मैं बोला—'साबूदाना मैं बहुत खा चुका हूं। मैं इनकी बात न मानूंगा।'

'तुम भी मत सुनो।' अब तिकोनों और कचौरियों की तश्तरियां मेरी ओर फेर दीं। उसने रतन से कहा—'अपने बाबू को चाय दो।'

संन्यासी होने से पहले वज्रानन्द डॉक्टरी पास कर चुके थे। वे गरदन हिलाकर बोले—'दीदी, आप पर एक उत्तरदायित्व...।'

राजलक्ष्मी बीच में ही बोली—'इनका उत्तरदायित्व मुझ पर नहीं तो क्या तुम पर है? आज तक सम्भालकर इन्हें खड़ा किया है उसे सुनते तो दीदी के पास डॉक्टरी करने न आते।'

अब भोज्य पदार्थ एक थाल में रखकर राजलक्ष्मी ने उनकी ओर सरका दिया—'लो खाओ, बातें रहने दो।'

आनन्द हें–हें करने लगा—'इतना कोई खाता है?' राजलक्ष्मी बोली—'नहीं खाया जाएगा तो संन्यासी काहे को बनें? दूसरे भलेमानसों के समान घर में बने रहते।' आनन्द की आंखें भर आईं। वह कहने लगा—'मैं संन्यासी इसलिए बना हूं कि आप जैसी बहिनें

बंगाल में हैं, नहीं तो गेरुआ फेंककर घर चला जाता। मेरी एक प्रार्थना है बहन। परसों से तुमने कुछ नहीं खाया है। आज जल्दी पूजा–पाठ कर लेना, मैंने इन वस्तुओं को अभी तक छूआ भी नहीं है, आप कहें तो...।' कहकर वह खाने की वस्तुएं देखने लगा।

राजलक्ष्मी भयभीत–सी हो गई। वह बोली–'क्या कहते हो आनन्द, कल तो सब ब्राह्मण आये नहीं।'

मैंने कहा–'तो उनके भोजन कर लेने के पश्चात् ही सही।'

आनन्द बोला–'मुझे ही उठना पड़ा। उनका नाम और पता बतलाओ, मैं उन्हें पकड़ कर ले आऊंगा।' अब वह उठ जाने के बदले भोजन करने लगा।

राजलक्ष्मी हंसती हुई बोली–'संन्यासी है, इसी से देव–ब्राह्मणों में इतनी भक्ति है।'

आठ बज गये। मैं बाहर आकर बैठा। शरीर में जरा भी सुस्ती न थी। हंसते–हंसते मन प्रसन्न हो गया। राजलक्ष्मी की कल रात की बातों में और आज की बातों में एकता न थी। वेदना और अभिमान के वश ही उसने वैसा कह दिया था। कल रात के अंधेरे में जिस साधारण घटना को इतना बड़ा समझ बैठा था उसी को दिन में याद कर मैं बहुत लजाया।

आज कल के समान भीड़–भाड़ न थी, फिर भी खिलाने–पिलाने का सिलसिला चल रहा था। एक बार फिर चाय का समान लेकर हम फर्श पर बैठ गये। शाम को राजलक्ष्मी भी आ गई। वज्रानन्द बोले–'स्वागत है बहन!' राजलक्ष्मी हंसती हुई बोली–'जान पड़ता है, संन्यासी की देव–सेवा आरम्भ हो गई है। इसी से इतना आनन्द है।'

आनन्द बोला–'सच बहिन, संसार के सभी आनन्दों से भजनान्द और भोजनानन्द श्रेष्ठ है। शास्त्र का वचन है कि संन्यासियों के लिए भोजन ही सर्वश्रेष्ठ है। राजलक्ष्मी बोली–'हां, तुम्हारे जैसे संन्यासियों

के लिए।' आनन्द ने उत्तर दिया—'झूठ नहीं है बहिन। आप गृहस्थिन हैं इसी से इसका मतलब नहीं समझीं। इसी से तो मेरे जैसे त्यागी मौज कर रहे हैं और आप तीन दिन से भूखी हैं। राजलक्ष्मी ने कहा—'भूखी कैसे हूं? दिन–पर–दिन शरीर वृद्धि हो रही है।'

आनन्द ने कहा—'उस बार भी आपको देखा था और आज भी देख रहा हूं। मालूम पड़ता है, यह जैसे दुनिया से अलग चीज है।'

राजलक्ष्मी लजा गई। मैंने हंसकर कहा—'देखी आनन्द की युक्ति।'

आनन्द भी हंसकर कहने लगा—'युक्ति नहीं, स्तुति है। यही दृष्टि होती तो बर्मा में नौकरी की दरख्वास्त क्यों देते? अच्छा बहिन, किस दुष्ट बुद्धि देवता ने ऐसे अन्धे आदमी को तुम्हारे गले मढ़ दिया था?'

राजलक्ष्मी हंसने लगी। फिर सिर पर हाथ मारकर बोली—'देवता को दोष नहीं भाई, मेरे भाग्य का दोष है। मुझे दिखलाकर कहा—'पाठशाला में सबके अगुआ थे। सबको अधिक मारते–पीटते थे।

मैं उस समय 'बोधोदय' पढ़ती थी। बच्ची थी, फूल कहां मिलता, करौंदों का गुच्छा गूंथकर एक दिन इन्हें बरमाला पहना दी। अब सोचती हूं कि गुच्छा के साथ अगर कांटा भी गूंथ देती!'

मुस्कराहट से उसका चेहरा चमक उठा।

आनन्द ने कहा—'कैसा विकट क्रोध है?'

'क्रोध नहीं तो और क्या है? कांटा लाकर कोई और देता तो अवश्य गूंथकर पहना देती। अभी मिल जाये तो गूंथ दूं।' अब राजलक्ष्मी तेजी से बाहर जा रही थी कि आनन्द ने पुकारकर कहा—'कहां जाती हो?'

'क्या और काम नहीं है? हाथ में प्याली लेकर उन्हें झगड़ा करने को समय है पर मुझे तो नहीं है?'

आनन्द बोला—'मैं भी तुम्हारे साथ हूं बहिन! इस अभियोग में शह देने में लजाता हूं। अगर ये कुछ कहते तो इन्हें घसीटा भी जाता। गूंगे आदमी को कैसे फंसाया जाये?'

राजलक्ष्मी ने कहा—'इसी से तो मैं जलती रहती हूं। अरे चाय ठंडी हो गई। मैं रसोईघर का चक्कर लगा आऊं।'

राजलक्ष्मी चली गई। वज्रानन्द ने पूछा—'क्या अभी भी बर्मा जाने का विचार है भाई? लेकिन बहिन तो कभी भी नहीं जायेंगी।'

'मैं जानता हूं।'

'तब फिर?'

'अकेला ही जाऊंगा।'

वज्रानन्द ने कहा—'यह अन्याय है। आपको पैसा कमाने के लिए दूसरों की सेवा करने की क्या आवश्यकता है?'

'उसका अभ्यास बनाये रखने के लिए।'

'यह तो अप्रसन्नता की बात हुई भाई।'

आनन्द कहने लगा—'यह कठिन काम दूसरे क्यों करें?' विवाद में कड़वापन आ जाने की शंका से मैं चुप रहा।

काम पूरा करके राजलक्ष्मी कमरे में आई। इस बार वह चुपचाप बैठ गई। मुझे लक्ष्य कर आनन्द कहने लगा—'बहिन, ये कम—से—कम सेवा का अभ्यास बनाये रखने के लिए विदेश जाना चाहते हैं। मैंने कहा कि यह बात हो तो मेरे काम में सहायता कीजिए। विदेश जाने के बदले देश—सेवा में ही दोनों भाई लग जायें।'

राजलक्ष्मी ने कहा—'ये तो डॉक्टरी नहीं जानते आनन्द?'

आनन्द बोला—'मैं क्या डॉक्टरी ही करता हूं। मैं स्कूल और पाठशालाएं चलाता हूं। देश की दुर्दशा का हाल समझाने का प्रयत्न करता हूं।'

'क्या वे समझ जाते हैं?'

आनन्द बोला—'आसानी से नहीं समझते। यदि मनुष्य के दिल से कोई बात निकलती है तो प्रयत्न व्यर्थ नहीं जाता बहिन।'

मेरी तरफ तिरछी नजर से देखकर राजलक्ष्मी ने सिर हिला दिया। जान पड़ता है उसे विश्वास नहीं हुआ। मेरे बारे में भी उसे सन्देह हुआ कि पीछे मैं भी न कुछ कह दूं।

आनन्द पूछ बैठा—'सिर क्यों हिलाया?'

राजलक्ष्मी पहले हंसने की चेष्टा करने लगी, पर मधुर स्वर में बोली—'देश की दुर्दशा मैं भी जानती हूं आनन्द! किन्तु अकेले तुम्हारे प्रयत्न से क्या होगा भाई?' फिर मेरी ओर दिखाकर बोली—'ये सहायता करने जायेंगे? तब तो हो चुका। मेरे ही समान तुम्हारे दिन भी इन्हीं की सेवा में कटने लगेंगे।'

आनन्द हंसकर बोला—'इन्हें ले जाने की आवश्यकता नहीं है, बहिन।

ये तुम्हारे ही आंखों के आगे रहें। मनुष्य की इच्छा शक्ति इतनी प्रबल होती है कि वामनावतार की तरह बाहर से तो देखने में छोटा, पर पैर फैला दे तो संसार को ढक ले।'

वामनावतार की उपमा से राजलक्ष्मी का चित्त कोमल हो गया।

आनन्द बोला—'आप ही की बात ठीक हो, मैं कुछ नहीं कर सकता। दुखियों का दुःख अवश्य कम कर सकता हूं।'

राजलक्ष्मी ने कहा—'यह तो मैं तुम्हें पहले—पहल देखकर जान गई थी, आनन्द।'

इस पर आनन्द ने ध्यान नहीं दिया। वह कहने लगा—'मुझे आप ही लोगों के समान किसी वस्तु की कमी न थी। पिता की सम्पत्ति काफी है। पर मुझे उससे सरोकार नहीं।'

रतन आकर रसोई तैयार होने का समाचार दे गया। राजलक्ष्मी उसे आसन लगाने को कहकर बोली—'आज जल्दी खा लो आनन्द, मैं बहुत थक गई हूं।'

हम लोग चुपचाप उठकर बैठ गए। आज सवेरे हम लोगों का दिन हंसी– दिल्लगी से शुरू हुआ था। शाम की बैठक भी इसी प्रकार आरम्भ हुई, पर उसका अन्त उदासी से हुआ।

दूसरे दिन सवेरे वज्रानन्द जाने की तैयारी करने लगा। यदि और कभी इसकी चर्चा छिड़ती तो राजलक्ष्मी रोकती थी। दिन अच्छा नहीं है, सायत नहीं बनती, आदि कहकर टाल देती। पर आज वह कुछ न बोली।

आनन्द जाने लगा तो उसने मीठे स्वर में पूछा—'क्या अब न आओगे, भाई?'

मैं पास ही था। संन्यासी की आंखों की दीप्ति मध्यम हो गई। वह हंसने की चेष्टा करता हुआ बोला—'आऊंगा क्यों नहीं बहिन? जीवित रहा तो बीच–बीच में आता रहूंगा।'

'सचमुच?'

'अवश्य।'

'लेकिन हम लोग जन्दी चले जायेंगे। जहां हम लोग रहेंगे वहां भी आओगे?'

'आज्ञा मिलने पर क्यों न आऊंगा?'

राजलक्ष्मी बोली—'आना! तुम अपना पता मुझे लिख दो। तुम्हें पत्र लिखूंगी।'

कागज–पेंसिल लेकर आनन्द ने पता लिख दिया। संन्यासी होकर उसने हाथ जोड़कर हम लोगों को प्रणाम किया। रतन ने पैर छुए। उसको आशीर्वाद देकर वज्रानन्द धीरे–धीरे चला गया।

15

जिस दिन संन्यासी वज्रानन्द औषधियों का बक्सा और केनविस का बैग लेकर चला गया उस दिन घर में उदासी छा गई। उसके जाते ही मानो जलाशय का चंचल जल शान्त हो गया। इसी प्रकार छः–सात दिन बीत गए। राजलक्ष्मी घर से बाहर रहती थी। कहां क्या करने जाती थी, मैं न जानता था। पूछता भी नहीं था। शाम को एक बार मुलाकात होती तो वह या तो उलझी रहती या गुमाश्ता से बातचीत करती रहती। अकेले रहते–रहते आनन्द की याद आती थी कि वह आ जाये। कुछ मैं ही न प्रसन्न होता।

रतन एकाएक आया। हंसी को नहीं रोक सकता था। राजलक्ष्मी घर पर न थी।

अब उसे भय करने की आवश्यकता न थी, वह चारों ओर देखकर बोला—'आपने नहीं सुना?'

मैंने पूछा—'नहीं, क्या बात है?'

रतन कहने लगा—'दुर्गाजी की कृपा से बुद्धि अन्त तक स्थिर रहे। दो–चार दिन में हम लोग यहां से चल रहे हैं।'

'कहां?'

रतन एक बार दरवाजे की ओर देखकर बोला—'अभी ठीक—ठीक नहीं मालूम—पटना या काशी। मां जी का मकान और है ही कहां?'

इतनी बड़ी बात पर मुझे चुप देखकर उसने समझा कि मैं उसकी बातों पर विश्वास नहीं कर रहा हूं। इसीलिए वह धीरे—धीरे कहने लगा, 'चलना तय हो चुका है। अब जान बची। दो—चार दिन और कष्ट सह लीजिए। एक सप्ताह की बात है। गंगामाटी का कुल प्रबन्ध मां ने कुशारी जी से पक्का कर लिया है। अब सामान बांधकर चल देना शेष है। हम शहर वालों का मन यहां कैसे लगेगा?'

रतन मुझे भी राजलक्ष्मी का एक नौकर समझता था। उसे मालूम था कि उसको किसी की राय लेने की आवश्यकता नहीं रहती।

रतन के गुप्त वाक्य का अर्थ स्पष्ट हो गया। राजलक्ष्मी संसार में खेल रही थी। एक दिन उसे मेरी आवश्यकता हुई। वह मुझे बड़ा बनाकर नहीं लाई थी। मैं सोचता था कि उसने मेरे लिए स्वार्थ—त्याग किया है। इतने दिन तक राजलक्ष्मी के स्वार्थ का केन्द्र न देखने के कारण ही मैं ऐसा सोचता था। क्या उसने धन, अर्थ, ऐश्वर्य, मेरे ही लिए छोड़ा है? मुझे आज मालूम हुआ कि राजलक्ष्मी के लिए मुझमें और मुझे प्राप्त कर लेने में कितना अन्तर है?

दूसरे दिन सवेरे ज्ञात हुआ कि रतन जो कुछ कह गया था वह झूठ नहीं था। गंगामाटी का सब प्रबन्ध हो गया था। यह राजलक्ष्मी से ही सुना। सवेरे पूजा—पाठ करके वह मेरे पास बैठकर धीरे बोली—'परसों इसी समय हम लोग चलें तो साइंथिया में पश्चिम की गाड़ी मिलेगी न?' मैंने कहा—'मिल सकती है।' राजलक्ष्मी बोली—'यहां का प्रबन्ध हो गया। कुशारी जी सब प्रबन्ध करते रहेंगे।' मैं बोला—'ठीक है।' राजलक्ष्मी अन्त में बोली—'बंकू को लिख चुकी हूं, गाड़ी रिजर्व कराकर स्टेशन पर हाजिर रहे। तुम हमारे साथ

वहां चलोगे न?' मैंने नहीं पूछा कि कहा। बोला—'मेरी आवश्यकता समझो तो चल सका हूं।'

राजलक्ष्मी घबराकर बोली—'तुम्हारे लिए अब तक चाय नहीं आई?'

मैंने कहा—'वह काम कर रहा होगा।'

चाय लाने का समय टल चुका था। और दिन वह इसके लिए नौकरों को धमकाती थी, पर इस बार लज्जा से दबकर चुपचाप कमरे में चली गई।

जाते समय किसान आये। मैं मालती को देखना चाहता था, पर उसने दूसरे गांव में विवाह कर गृहस्थी जमा ली थी। पता लगा कि वह अपने पति के साथ सुख से है। कुशारी जी सपरिवार रात रहते ही आ गए थे। जुलाहे का झगड़ा तय हो जाने से दोनों एक हो गए थे। कुशारी परिवार के चेहरे से जान पड़ता था कि अब अनबन का चि किसी के चेहरे पर नहीं है।

सुनन्दा भी आई। बच्चों के साथ उसने मुझे प्रणाम कर कहा—'मैं जानती हूं कि हम सबको आप भूलेंगे नहीं, इसी लिए प्रार्थना करना व्यर्थ है।'

मैंने कहा—'तो मुझसे किस काम के लिए प्रार्थना करोगी बहिन?'

वह बोली—'आप मेरे बच्चों को आशीर्वाद दें।'

मैंने कहा—'यही प्रार्थना तो व्यर्थ है, सुनन्दा! मैं नहीं समझता कि तुम जैसी मां के बच्चों को क्या आशीर्वाद दिया जाये।'

राजलक्ष्मी बगल में जा रही थी। बात सुनकर वह कमरे में आ गई। सुनन्दा की ओर देखकर बोली—'इस बच्चे को आशीर्वाद दो कि बड़ा होकर तुम्हारे ही जैसा बन जाए।'

मैं हंसकर बोला—'अच्छा आशीर्वाद है। तुम्हारे बच्चे से लक्ष्मी हंसी करना चाहती है सुनन्दा।'

बीच ही में राजलक्ष्मी बोली—'हंसी करूंगी अपने बच्चे के साथ और वह भी चलते समय?' फिर कहा—'मैं इनकी मां के समान हूं। मैं भगवान से प्रार्थना करती हूं कि इन्हें यही वरदान दें।'

उसकी आंखों भर आईं। वह चुपचाप कमरे सब बाहर चली गई। आंखों से आंसू भरकर हम लोग गंगामाटी से चले। रतन भी आंखें पोंछता चला। वहां वालों ने दुबारा आने की विनती की। सबने उन्हें वचन दिया। मैंने समझ लिया था कि अब मेरा लौटना सम्भव नहीं है। बार—बार उस छोटे से गांव को देखने लगा। उस समय बार—बार यही ध्यान आया कि अपार माधुर्य और वेदना से पूर्ण एक वियोगांत नाटक की यवनिका गिरी है। नाट्यशाला का दीप बुझ गया।

शाम के पश्चात् हम लोग सांइथिया पहुंचे। बंकू सारा प्रबन्ध कर स्वयं स्टेशन पर खड़ा था। ठीक समय पर गाड़ी आ गई। सामान रखवा दिया गया। रतन को नौकरों के डिब्बे में बैठाया गया। बंकू अपनी विमाता के साथ गाड़ी में बैठा। अब वह घर—द्वार, रुपये—पैसे पाकर बड़ा आदमी था। बंकू बड़ा विलक्षण आदमी है। सभी कुछ देखकर चलना उसे आता था।

पश्चिम की गाड़ी छूटने में पांच मिनट की देर थी। मेरी गाड़ी यानी कलकत्ता जाने वाली गाड़ी रतन के पिछले पहर आएगी। मैं चुपचाप एक किनारे खड़ा था। गाड़ी की खिड़की से मुंह निकालकर राजलक्ष्मी ने मुझे बुलाया। मैं भीतर गया। उसने हाथ पकड़कर मुझे पास बैठाकर कहा—'तो तुम शीघ्र बर्मा चले जाओगे? जाने के पहले एक बार मिल न लोगे?'

मैंने कहा—'आवश्यकता हो तो मिल सकता हूं।'

राजलक्ष्मी ने धीरे से कहा–'दुनिया जिसे आवश्यकता कहती है वह नहीं। केवल एक बार और देखना चाहती हूं! आओगे?'

'आऊंगा!'

'कलकत्ते पहुंचकर पत्र लिखोगे?'

'लिखूंगा।'

गाड़ी छूटने की सीटी बजी। गार्ड ने हरी झण्डी दिखला दी। राजलक्ष्मी ने झुककर चरण छुए। मेरे उतरते ही गाड़ी खुल गई। अंधेरी रात थी। कुछ नजर नहीं आता था। प्लेटफार्म के मिट्टी के तेल के लैम्पों की धुंधली रोशनी में खिड़की के बाहर एक नारी दीख रही थी।

कलकत्ता पहुंचकर मैंने पत्र लिख दिया। उत्तर भी आ गया। वहां कोई अधिक काम न था, जो था वह पन्द्रह दिन में हो गया। परन्तु वचन के अनुसार राजलक्ष्मी से मिल लेना था। दो हफ्ते और निकल गये।

सोचता था कि जाने पर कहीं जिद न करे या जल्दी आने न दे। वह काशी में थी, पता मुझे मालूम था, दो–तीन पत्र आ चुके थे, मेरे वादे की उसने याद नहीं दिलाई। मैं सोचने लगा कि मैं मुंह खोलकर उसे यह नहीं लिख सकता कि तुम्हीं आकर भेंट कर जाओ, वह मेरे जीवन के साथ जकड़ी हुई थी, घड़ी देखने से मालूम हुआ कि अभी गाड़ी मिल सकती थी, सब सामान डेरे पर छोड़कर मैं रवाना हो गया।

गाड़ी में रात को नींद नहीं आई। आंखें बन्द किये न जाने क्या–क्या सोचता रहा। धीरे–धीरे सवेरा हुआ, दिन चढ़ने लगा, लोगों के उतरने–चढ़ने, पुकारने, दौड़–धूप, धौल–धप आदि का अन्त नहीं रहा।

गाड़ी लेट हो जाने के कारण मैं राजलक्ष्मी के घर देर से पहुंचा। बैठक में एक बूढ़े ब्राह्मण हुक्का पी रहे थे। उन्होंने पूछा—'क्या चाहिए?'

मैं तुरन्त उत्तर न दे सका। जरा ठहरकर पूछा—'रतन है?

'नहीं बाजार गया है।'

ब्राह्मण सज्जन थे। मेरे धूलि–भरे मुंह को देखकर उन्होंने कहा—'बैठिये। वह जल्दी आ जाएगा। आपको उसी की आवश्यकता है?'

मैं चौकी पर बैठ गया। मैंने पूछा—'बंकू बाबू हैं?'

'हैं।'

उन्होंने एक नये नौकर से बंकू को बुलाने को कह दिया। बंकू आया। मुझे देखकर विस्मित हुआ। फिर मुझे अपनी बैठक में ले जाकर पूछा—'हम लोग समझते थे कि आप बर्मा चले गये।'

हम लोग का अर्थ मैंने नहीं पूछा। बंकू ने पूछा—'आपका सामान क्या गाड़ी ही में है?'

'नहीं, मेरे साथ सामान नहीं है।'

'तो क्या रात की गाड़ी से लौट जाना है?'

मैंने कहा—'ऐसा ही सोचकर आया हूं।'

बंकू बोला—'हां, तब सामान की आवश्यकता ही क्या थी?'

नौकर धोती–गमछा, पानी सब कुछ दे गया। मेरे पास कोई आया नहीं। भोजन के लिए बुलाया गया। चौक में जाकर देखा, मेरे और बंकू के लिए आसन था। दक्षिण का दरवाजा खोलकर राजलक्ष्मी ने मुझे प्रणाम किया। पहले तो मैं उसे पहचान भी न सका। जब पहचाना तब आंखों तले अंधेरा छा गया।

राजलक्ष्मी ने पूछा—'गाड़ी में कष्ट तो नहीं हुआ?'

इसके अलावा वह और क्या कह सकती थी। मैं आसन पर बैठ गया। फिर बोला—'कुछ नहीं हुआ।'

अब उसे ध्यान से देखा। कोई गहना न था। काली किनारी की सादी धोती पहने हुए थी। लम्बे—लम्बे काले केश न थे। माथे के नीचे तक घूंघट था। उपवास और कठोर निग्रह से वह ऐसी हो गई थी कि एक ही महीने में जान पड़ा वह मुझसे दस साल बड़ी है।

भात को किसी प्रकार निगलने लगा। ध्यान आया कि इस नारी के जीवन से सदा के लिए विलुप्त हो जाऊं। वह आज मेरे कम खाने की चर्चा न करे।

खा लेने के बाद राजलक्ष्मी बोली—'बंकू कह रहा था कि तुम आज ही रात की गाड़ी से वापस चले जाओगे?'

'हां।'

'कहीं ऐसा होता है? तुम्हारा जहाज इस इतवार को छूटेगा न?'

थोड़ी देर में वह धीरे से बोली—'अभी तो उसमें तीन दिन की देर है?'

मैं बोला—'पर और काम भी तो हैं।'

राजलक्ष्मी फिर कुछ कहना चाहती थी, पर चुप रह गई। शायद मेरी थकावट या अस्वस्थ हो जाने से फिर बोला—'मेरे गुरुदेव आये हैं।'

मैं समझ गया कि बाहर गुरुदेव थे। उन्हीं को दिखलाने के लिए वह मुझे तब काशी खींच लाई थी। शाम को उनके साथ बातचीत हुई। आदमी अच्छे थे, वह हमारी सभी बातें जानते थे। उन्होंने मुझे उपदेश दिया, पर वे न तो उग्र थे और न चोट पहुंचाने वाले ही। वे कहते थे कि राजलक्ष्मी का रूप—परिवर्तन होगा। दीक्षा के सम्बन्ध में

वे प्रचलित रीति को ही मानते थे। उनका विश्वास था कि जिसका पांव फिसल चुका है उसी को गुरु की अधिक आवश्यकता रहती है। फिर उन्होंने अपनी शिष्या को भक्ति, निष्ठा और धर्मभीरूता की प्रशंसा की। बात सच्ची थी। मैं इसे स्वयं भी कम न जानता था।

मेरे जाने का समय हुआ। दरवाजे पर घोड़ा–गाड़ी आ गई। मैं गुरुदेव से विदा लेकर गाड़ी में बैठ गया। राजलक्ष्मी सड़क तक आई। गाड़ी में झुककर मेरे पैरों में सिर रख दिया, पर उस समय भी कुछ न बोली मानो उसमें कुछ कहने की शक्ति न रही हो। अन्तिम विदा चुपचाप हो गई, गाड़ी चली। मेरी आंखों में आंसू गिरने लगे। मैंने अंतःकरण से कहा–'तुम सुखी रहो, शान्त रहो, मैं तुमसे ईर्ष्या न करूंगा। लेकिन जिस अभागे ने सब कुछ त्याग कर नौकरी भी छोड़ दी थी, उसे अब इस जीवन में सहारा न मिलेगा।'

गाड़ी खड़खड़ाती चली। विदा के समय उस दिन जो बातें मन में आई थीं, वे फिर जाग उठीं। सोचा, एक जीवन–नाटक का अत्यन्त स्थूल और भला उपसंहार हुआ। अब मेरी आत्म–कथा किसी को भी सुनाने को नहीं है। मैं दूसरी जगह चला, मेरे ही समान जो पाप में डूबी है, उसी अभया के आश्रम में। मैंने मन में कहा–'तुम्हारा पुण्य–जीवन उन्नतर हो, धर्म की महिमा उज्ज्वलतर हो, मैं अब क्षोभ न करूंगा। अभया की चिट्ठी आई। स्नेह, प्रेम और करुणा से अटल अभया ने, बहिन से अधिक स्नेहमयी विद्रोहिणी अभया ने, मुझे बुलाया। आते समय, छोटे दरवाजे पर, जो उसके सजल नेत्र देखे थे, वे याद आ गये और सारा अतीत तथा वर्तमान का इतिहास भी। चित्त की शुद्धता, बुद्धि की निर्भरता और आत्मा की स्वाधीनता से उसने मेरे दुःखों को छिपा दिया।

गाड़ी रुक गई। स्टेशन आ गया था, मैं उतरकर खड़ा हो गया। कोच बक्स से एक आदमी और भी उतरा, उसने पैर छूकर

चौथा अध्याय

मुझे प्रणाम किया।

'कौन रतन?'

'बाबू, अगर परदेश में चाकर की आवश्यकता हो तो मुझे समाचार दीजिएगा। जब तक जीवित रहूंगा, सेवा में कमी न होगी।'

गाड़ी की बत्ती की रोशनी उसके चेहरे पर पड़ रही थी। मैंने कहा—'तू रोता क्यों है?' रतन जल्दी से आंखें पोंछकर चला गया।

1

इतने दिनों तक जीवन उपग्रह की तरह व्यतीत हो गया। जिसको केन्द्र बनाकर घूमता रहा हूं उसके पास तक पहुंचने का न तो मुझे अधिकार मिला और न दूर जाने की अनुमति ही मिली। पराधीन नहीं हूं, और अपने को स्वाधीन भी नहीं कह पाता। काशी से लौटने वाली गाड़ी में बैठकर इसी पर मैं बार–बार विचार कर रहा था। ठीक मेरे भाग्य में बार–बार ऐसी घटना क्यों होती है? मृत्यु–काल तक क्या अपना कहने योग्य कुछ न रहेगा? क्या इसी प्रकार मेरा जीवन बीत जायेगा? लड़कपन की याद आ गई। दूसरे की इच्छा से दूसरे घर टिककर किशोरावस्था से युवावस्था की तरफ शरीर को बढ़ाता रहा, किन्तु मन को न मालूम किस रसातल की तरफ खदेड़ता रहा।

मैं यह समझकर आया हूं कि अब राजलक्ष्मी मेरे जीवन में मर गई। विसर्जित प्रतिमा के अन्तिम चि तक को नदी के किनारे खड़े होकर, अपनी आंखों से देखकर लौटा हूं—अपने को धोखा देने का कोई सूत्र छोड़कर नहीं आया हूं।

थोड़े ही दिनों की तो बात है। कुंवर साहब के साथ शिकार खेलने गया। अचानक प्यारी का गाना सुनने बैठा तो कुछ ऐसा

मिला, जो आकस्मिक और असीम था। अपने गुणों से नहीं पाया, अपनी त्रुटियों से खोया भी नहीं। आज स्वीकार करता हूं कि मैंने खो दिया, मेरे संसार में घाटा ही रह गया। जा रहा हूं कलकत्ता, पर अभिलाषा यह है कि किसी दिन बर्मा पहुंचूंगा। किन्तु यह तो मानो सर्वस्व खोकर जुआरी का घर लौटना है। घर का चित्र अस्पष्ट है, केवल मार्ग, सत्य है। मानो इस मार्ग पर चलने का कभी अन्त न होगा।

'अरे यह तो श्रीकान्त है!'

गाड़ी किसी स्टेशन पर आकर रुकी। देखा मेरे गांव के बाबा रांगा की दीदी और सत्रह–अठारह साल की एक लड़की, सभी गर्दन, सिर और बगल में गठरी–मोटरी लिये प्लेटफार्म पर दौड़ते हुए अचानक मेरी खिड़की के सामने आकर रुक गये।

बाबा ने कहा—'ओफ! भयानक भीड़ है। तुम्हारा कमरा तो खाली है, चढ़ जाऊं?'

'आ जाइए' कहकर मैंने द्वार खोल दिया। वे तीनों हांफते–हांफते चढ़ आये और अपना सामान नीचे उतार कर रख दिया। बाबा ने कहा—'यह अधिक किराये वाला कमरा है। किराया तो दंड में न देना पड़ेगा?'

मैंने कहा—'नहीं, मैं गार्ड से कहे देता हूं।'

गार्ड से कहकर, जब मैं लौटा तो वे आराम से बैठे थे। गाड़ी चलने लगी। रांगा दीदी ने मेरी ओर दृष्टि डाली और चौंक कर कहा—'तेरी सूरत कैसी हो गई है श्रीकान्त? मुंह सूखकर रस्सी–सा हो गया है, अब तक तू कहां था? अच्छी प्रकार था न?'

बाबा ने बताया कि वे सपत्नीक गया जी आये थे और यह लड़की उनकी बड़ी साली की नातिन है। बाप हजार रुपया देने को तैयार है, फिर भी कोई मन का लड़का न मिला। साथ नहीं

छोड़ती थी, इसलिए साथ लाना पड़ा। पुण्टू, पेड़ों की हांड़ी खोल दे। मालकिन, दही का बरतन तो नहीं भूल आई। दो बड़े पत्तों पर रख दो दो–तीन पेड़े, थोड़ा दही। ऐसा तुमने कभी न खाया होगा भैया। लोटे के जल से पहले हाथ धो लो। पुण्टू, किसी ऐसे वैसे को तो देना नहीं है।'

पुण्टू ने परोस दिया। असमय में ट्रेन में ही दही–पेड़े मिल गये। खाने के लिए बैठकर सोचने लगा, कि मेरे भाग्य में ही अनहोनी घटनाएं होती रहती हैं। ऐसा न हो कि मैं ही पुण्टू के लिए हजार रुपये वाला लड़का न पसन्द कर लिया जाऊं। उन लोगों को यह समाचार मिल गया था कि मैं बर्मा में अच्छी नौकरी करता हूं।

रांगा दीदी बहुत स्नेह करने लगीं। अपना समझकर पुण्टू भी घंटे भर में ही घनिष्ठ हो गई।

लड़की अच्छी है। गोरी न होने पर भी अच्छी ही थी। बाबा उसके गुणों का वर्णन समाप्त न कर पा रहे थे। लिखने–पढ़ने के बारे में रांगा बहिन ने कहा–'यह ऐसी बढ़िया चिट्ठी लिख लेती है कि तुम लोगों के आजकल के नाटक–उपन्यास भी हार मान जाते हैं।'

राजलक्ष्मी की चर्चा किसी ने इशारे से भी नहीं की। दूसरे दिन गांव के पास स्टेशन पर गाड़ी रुकी। मुझे भी उतर जाना पड़ा। उस समय दिन के दस बजे होंगे। समय पर स्नान और भोजन करने से पित्त चढ़ जाने की आशंका से वे दोनों व्याकुल हो उठे।

घर पहुंचने पर मेरा बहुत स्वागत किया गया। पांच–छः दिन में ही गांव वालों को और पुण्टू को भी विश्वास हो गया कि पुण्टू का दुल्हा मैं ही हूं।

बाबा चाहते थे कि अगले बैशाख में ही यह शुभ कार्य हो जाय। पुण्टू के सम्बन्धियों को बुला लेने की बात उठी। रांगा दीदी

ने कहा—'कोई भी पहले से नहीं बता सकता कि किसके लिए कौन तैयार कर रखा है।'

मैं पहले उदासीन हुआ फिर चिन्ता में पड़ा, उसके बाद डरने लगा। मैंने स्वीकृति दी है कि नहीं, इस सम्बन्ध में मुझे अपने ही ऊपर सन्देह होने लगा। मामला ऐसा हो गया कि कोई दुर्घटना होने की आशंका से नहीं करने का साहस न रहा। पुण्टू की मां यहीं थी।

रविवार को उसके पिता भी दर्शन दे गये। मैं रोक लिया गया। हंसी—मजाक होने लगा। पुण्टू मेरी गरदन का बोझ बनेगी। क्रमशः ऐसे लक्षण दिखाई पड़ने लगे कि जल्दी ही जाल में फंस रहा हूं, मन को भी शान्ति नहीं मिलती। ऐसे समय अचानक एक मौका मिल गया। बाबा ने पूछा—'क्या तुम्हारी कोई जन्म—कुण्डली है?'

जोर लगाकर मैंने कहा—'क्या आप लोगों ने सचमुच पुण्टू के साथ मेरा विवाह करने का निश्चय कर लिया है?'

बाबा ने कहा—'क्या इसमें शक है?'

'किन्तु मैंने अब तक निश्चय नहीं किया है।'

'तो अब कर लो। लड़की की उम्र चाहे बारह—तेरह वर्ष की बताऊं या और कुछ, असल में वह सत्रह—अठारह साल की है। इसके बाद इसका विवाह हम कैसे कर सकेंगे?'

'यह तो मेरा अपराध नहीं है।'

'तो किसका है?'

इसके पश्चात् लड़की की मां और रांगा बहिन से लगाकर पड़ोसी की लड़कियां तक आ गईं। रोने—धोने और शिकायत की सीमा नहीं रही।

मुहल्ले के मर्दों ने कहा—'इतना बड़ा शैतान दूसरा नहीं दिखाई पड़ता, इसको दण्ड देना चाहिए।'

सजा देना एक बात है और लड़की का विवाह करना दूसरी बात। इसलिए बाबा चुप साध गए। अब अनुनय–विनय की जाने लगी। बेचारी पुण्टू शायद लज्जा से कहीं मुंह छिपाये पड़ी है। लड़कियां कैसा दुर्भाग्य लेकर जन्म लेती हैं। यह बात उनकी मां कह रही थी–'यह अभागिन हम सभी को खाकर मरेगी। इसका भाग्य ऐसा है कि दृष्टि डाल दे तो समुद्र भी सूख जाये और भुनी हुई मछली भी पानी में भाग जाये।'

कलकत्ता जाने के पहले बाबा को बुलाकर वहां का पता बताया और कहा–'मुझे एक व्यक्ति से राय लेनी आवश्यक है।'

मेरा हाथ पकड़कर बाबा ने कहा–'देखो बेटा, लड़की की हत्या मत करो, उनको राजी कर लेना।'

मैंने कहा–'मुझे विश्वास है कि खुशी–खुशी राय मिल जायेगी।'

बाबा ने आशीर्वाद देकर पूछा–'तो तुम्हारे घर मैं कब आऊं?'

'पांच–छः दिन बाद।'

पुण्टू की मां और रांगा दीदी मार्ग तक मुझे विदा कर गईं। मैंने मन में कहा यह अच्छा ही हुआ कि एक प्रकार से वचन दे आया हूं। मुझे विश्वास था कि राजलक्ष्मी विरोध न करेगी।

2

स्टेशन पर पहुंचते ही ट्रेन छूट गई। दूसरी ट्रेन दो घण्टे में मिलगी। इसी समय एक मित्र मिल गये। एक मुसलमान युवक ने मेरी ओर देखकर पूछा—'श्रीकान्त है क्या!'

'हां।'

'मुझे नहीं पहचानता? मैं गौहर हूं।' अब उसने जोर से हाथ पकड़कर पीठ पर थप्पड़ लगाया और गले से लिपटकर कहा—'हमारे घर चलो। क्या कलकत्ता जा रहे थे?'

यह मेरा पाठशाला का साथी है, उम्र में चार साल बड़ा होगा। सदा से अधपगला—सा रहा है, उम्र के साथ उसका पागलपन भी बढ़ गया, पहले भी उसकी जबरदस्ती से न बचता था। कम—से—कम आज रात भर तो यह कदापि न छोड़ेगा। उसने मेरा बैग उठा लिया और कुली के सिर पर बिस्तर रख दिया और बाहर फिर गाड़ी का भाड़ा तय करके मुझसे कहा—'चढ़ो।'

हमारे गांव से गौहर का मकान एक कोस पर, एक ही नदी के किनारे था। बचपन में उसी से बन्दूक चलाना सीखा था। उसके पिता की पुरानी—सी बन्दूक थी। उसे लेकर नदी के किनारे, आम के बगीचे में और झाड़ियों में घूम—घूमकर हम दोनों चिड़ियों को मारते

फिरते थे। बचपन में कई बार उसके ही घर पर रात बिताई है। उसकी मां लाई, गुड़, दूध और केला मुझे खाने को देती थी। उसकी अचल सम्पत्ति बहुत थी। गाड़ी में बैठकर गौहर ने पूछा—'इतने दिनों तक कहां थे?'

जहां—जहां था, उसको संक्षेप में बता दिया। पूछा—'अब तुम क्या करते हो गौहर?'

'कुछ नहीं।'

'मां अच्छी हैं?'

'मां—बाप दोनों मर गये, घर में मैं अकेला हूं।'

मैंने अनुभव किया कि इसीलिए चाहे जिसको पकड़ कर ले जाने का इतना आग्रह है। मैंने पूछा—'तुम्हारी वह पुरानी बन्दूक है?'

गौहर ने हंसकर कहा—'तो तुझे उसकी स्मृति है। वह तो है ही एक और अच्छी बन्दूक खरीदी थी। शिकार खेलने जाना चाहो तो साथ चलूंगा, किन्तु अब मैं चिड़िया नहीं मारता।'

गौहर कवि है, उन दिनों वह धड़ाधड़ ग्राम्य—गीत बनाया करता था, चाहे जब और चाहे जिस विषय पर। पता नहीं कि छन्द, मात्रा और ध्वनि आदि के नियमों का पालन करता था या नहीं। मणिपुर का युद्ध, जितेन्द्रजीतसिंह की वीरता की कहानी कविता के रूप में उसके मुंह से सुनकर उन दिनों हम लोग उत्तेजित हो उठते थे, पूछा—'गौहर, तुम्हें किसी समय कृत्तिदास से भी बढ़िया रामायण लिखने का चाव था, क्या अब भी है?'

गौहर गम्भीर होकर बोला—'वह कैसे जा सकता है? जब तक जीवन रहेगा, तब तक इसे लिए ही रहूंगा। बहुत लिख डाला है, चलो आज सारी रात तुमको सुनाऊंगा।'

'यह क्या कह रहे हो गौहर?'

'क्या तुमसे झूठ बोल रहा हूं?'

प्रदीप्त कवि–प्रतिभा से उसके नेत्र और मुंह चमकने लगे। सन्देह नहीं किया, केवल विस्मय प्रकट किया था। मुझे बैठाकर वह सारी रात कहीं काव्य न सुनाने लगे इस भय से मैं चौंका। खुश करने के लिए कहा—'नहीं गौहर, तुम्हारी अद्‌भुत शक्ति को हम लोग मानते हैं।'

गौहर बोला—'पुष्पक रथ पर बैठी हुई सीता जी जहां रोते–रोते गहने फेंक रही हैं, वहां के अंश को जिन लोगों ने सुना है, वे अपने आंसू नहीं रोक सके श्रीकान्त।'

'आंसू मैं भी न रोक सकूंगा।' मैंने कहा—'किन्तु...।'

गौहर ने कहा—'उस बूढ़े नयनचन्द्र चक्रवर्ती के मारे बहुत परेशान हूं। जब–तब आकर कहने लगता है, गौहर जरा वह सुना दो। कहता है, बेटा, तुम मुसलमान के बेटे नहीं हो, मुझे तेरे शरीर में ब्राह्मण रक्त दिखाई पड़ रहा है।'

मैंने पूछा—'वही बूढ़ा चक्रवर्ती जिसके साथ तुम्हारे पिताजी का बड़ा झगड़ा हुआ था।'

गौहर ने कहा—'हां, किन्तु पिताजी से लड़ कैसे सकता है? पिताजी ने उसकी जमीन, बगीचा, तालाब सब कर्ज में नीलाम करवा लिया था, किन्तु मैंने उसका तालाब और मकान लौटा दिया है। बहुत ही गरीब है।'

गौहर ने कहा—'मनुष्य वास्तव में भला है। कर्ज के कारण उसने उस समय जो कुछ किया, वैसा तो बहुत लोग करते हैं।'

चैत के प्रायः बीच की बात है। गाड़ी से बाहर सिर निकाल कर गौहर ने कहा—'दक्षिणी का अनुभव हो रहा है श्रीकान्त?'

'अवश्य।'

गौहर ने कहा—'बसन्त को पुकारते हुए कवि ने कहा है...आज दक्षिण का द्वार खोल दो...।'

कच्ची मिट्टी का रास्ता है। मलय पवन के एक झोंके ने रास्ते की धूलि उड़ाकर सिर और मुंह को भर दिया।

गौहर ने हंसकर कहा—'चकोतरे के दो पेड़ों पर फूल खिले हैं। उनकी सुगन्ध आपको कोस से आती है। सामने वाला जामुन का पेड़ माधवी के फूलों से लद गया है, उसकी एक डाल पर मालती की लता है। कलियों के गुच्छे लटक रहे हैं। चारों ओर आम का बगीचा है, बौर से पेड़ छा गये हैं, सवेरे मधुमक्खियों का मेला देखना। कितने नीलकण्ठ, कितनी बुलबुलें और कितनी कोयलों के गान! चांदनी रात है, इस कारण रात को भी कोयल कूकती है। खाने की कोई चिन्ता नहीं है, चक्रवर्ती जी को समाचार मिलने की देर है, गुरु की तरह आदर करेंगे।'

गौहर मुसलमान फकीर घराने का है। उसके पितामह बाउल, रामप्रसादी और दूसरे गीत गाकर भीख मांगते थे। गौहर के पिता पैतृक वृत्ति छोड़कर पाट का कारोबार करने लगे। उससे रुपया पैदा करके लड़के के लिए सम्पत्ति छोड़ गये हैं। खैर, उन लोगों का मकान लड़कपन में देखा था। शायद अब वह कवि की साधना के लिए तपोवन बन गया होगा।

बादशाही जमाने की सड़क की मुद्दत से संचित धूलि और बालू की रुकावट को हटाती हुई गाड़ी हमारे चाबुक के जोर से ही चली जा रही थी कि गौहर बड़े जोर से चिल्ला उठा—'गाड़ीवान, रोको!'

गाड़ी रुक गई। बाएं हाथ की तरफ जाने वाली मार्ग उसके गांव को जाती है। उतरकर गौहर ने कहा—'श्रीकान्त, उतर जाओ, मैं बैग ले लेता हूं, तुम बिस्तर ले लो।'

'तो गाड़ी आगे नहीं जायेगी?'

'नहीं, मार्ग नहीं है।'

यह ठीक है। दाहिनी और बाईं ओर कंटीले गुल्मों और बेत–कुंज की घनी और एक दूसरे में गूंथी हुई शाखा–प्रशाखाओं से गांव को जाने वाली गली बहुत संकरी हो गई है। गाड़ी तो दूर रही, कोई मनुष्य भी सावधान होकर, झुककर न चले तो कांटों से कपड़े फट जायें।'

जब कवि के घर पहुंचे तो शाम हो चुकी थी। बसन्त की रात्रि का चन्द्रमा भी निकल आया था। शायद पूर्णिमा के आसपास की कोई तिथि थी। मकान के चारों तरफ घना बांसों का वन है। सम्भव है, इसी जंगल में उसकी कोयल, नीलकण्ठ और बुलबुलों का झुण्ड रहता हो और वे अपनी पुकार, कूक या गीतों से कवि को व्याकुल कर देते हों। बांस की सूखी पत्तियां झड़–झड़कर आंगन और चबूतरे पर फैली हुई थीं। दृष्टि पड़ते ही झड़ी हुई पत्तियों के गीत गाने को मन गर्जन कर उठता है। नौकर ने बाहर का कमरा खोल दिया। गौहर ने चौकी दिखाकर कहा–'तुम इस कमरे में रहो, देखना कैसी वायु आती है।'

फर्श पर पैर पड़ते ही शरीर सनसना उठा। खाट के पाये के पास चूहे ने बिल बनाकर मिट्‌टी जमा कर रखी है। मैंने उसे दिखाकर पूछा–'गौहर, कभी तुम लोग क्या इस कमरे में आते भी नहीं?'

गौहर ने कहा–'नहीं, अन्दर रहता हूं। कल साफ करा दूंगा।'

'माना कि साफ करा दोगे किन्तु इस बिल में सांप भी तो रह सकते हैं?'

नौकर ने कहा–'पहले दो थे, किन्तु, अब नहीं हैं। ऐसे दिनों में वे हवा खाने को बाहर चले जाते हैं।'

मैंने पूछा–'यह कैसे मालूम हुआ मियां?'

गौहर ने हंसते हुए कहा—'अरे वह मियां नहीं, हम लोगों का नवीन है। पिताजी के समय का आदमी है। गाय–बछड़ा, खेती–बारी देखता है और मकान की रखवाली करता है।'

नवीन की बातों से मैं सांप के बारे में निश्चित न हो सका। यहां समूचे मकान को दक्षिणी हवा लग गई है। सोचा, हवा के लोभ से सांपों का बाहर जाना कोई विचित्र बात नहीं है, किन्तु लौटने में देर कितनी लग सकती है?

गौहर समझ गया कि मुझे विश्वास नहीं हुआ है। उसने कहा—'तुम तो खटिया पर रहोगे, फिर भय किस बात का? इसके अलावा वे रहते कहां नहीं हैं? भाग्य में लिखा रहने से राजा परिक्षित भी इनसे नहीं बचे, हमारी बात ही क्या? नवीन, कमरे में झाड़ लगाकर बिल के मुंह को ईंट से बन्द कर देना। किन्तु खाओगे क्या श्रीकान्त?'

मैंने कहा—'जो कुछ भी मिल जाये।'

नवीन बोला—'दूध, लाई और अच्छा गुड़ है। आज के लिए...।'

मैंने कहा—'वाह, इस मकान में मुझे इन वस्तुओं का अभ्यास है। और किसी चीज की आवश्यकता नहीं। अब कहीं से एक ईंट उठा लाओ। बिल को अच्छी तरह ढंक दो, जिससे दक्षिणी हवा से पेट भर कर जब वे लौटें तो अकस्मात् बिल में घुस न सकें।'

नवीन लालटेन लेकर चौकी के नीचे देखभाल कर बोला—'नहीं, नहीं हो सकता।'

'क्या नहीं होगा?'

उसने सिर हिलाकर कहा—'नहीं, नहीं हो सकता। बिल का मुंह एक नहीं है बाबू। पंजाबा भर ईंटों की जरूरत पड़ेगी। चूहों ने फर्श ही खोखला कर दिया है।'

गौहर कह गया कि मरम्मत करा दी जायेगी।

नवीन हाथ–पैर धोने के लिए पानी देकर जलपान का सामान लाने के लिए जब भीतर गया तो मैंने पूछा–'तुम क्या खाओगे गौहर?'

'मैं? मेरी एक बूढ़ी मौसी हैं। वे खाना पकाती हैं। अच्छा, खाना–पीना हो जाये तो मैं अपनी रचनाएं तुझे पढ़कर सुनाऊंगा।' वह अपने काव्य की धुन में मगन था। अतिथि के आराम की चिन्ता शायद उसने की ही नहीं। बोला–'तो बिछौना बिछा दूं? रात को हम दोनों एक साथ रहेंगे?'

यह दूसरी विपत्ति आई। मैंने कहा–'नहीं भाई गौहर, तुम जाकर अपने कमरे में आराम करो। आज मैं बहुत थक गया हूं। कल सवेरे तुम्हारी पुस्तक सुनूंगा।'

'अच्छी बात है। तो क्या कल समय रहेगा?'

गौहर थोड़ी देर तक सोचता रहा, फिर बोला–'अच्छा श्रीकांत, एक काम हो तो कैसा हो! मैं पढ़ता हूं, तुम लेटे–लेटे सुनते रहना। नींद आने पर मैं चला जाऊंगा। ठीक है न?'

मैंने विनती करके कहा–'नहीं भाई गौहर, ऐसा करने से तुम्हारी पुस्तक का अनादर होगा। मैं कल मन लगाकर सुनूंगा।'

गौहर चला गया–यह एक पागल है। पहले मैंने समझा था कि यह अपना काव्य–ग्रन्थ छपवा कर प्रकाशित करना चाहता है; आशा है कि उसके प्रकाशन से संसार में सनसनी फैल जाएगी। यह अधिक पढ़ा–लिखा नहीं है। स्कूल में साधारण बंगला और अंग्रेजी ही उसने सीखी है। जाने कब किस शैशवावस्था में उसने कविता करना शुरू कर दिया। वही प्रेम उसकी शिराओं के रक्त में बह रहा है। संसार उसकी दृष्टि में अर्थहीन हो गया। अपनी अनेक रचनाएं उसे याद हैं, गाड़ी में बैठकर गुनगुना कर वह बीच–बीच में उनको दुहरा रहा

था। मैंने यह सोचा था कि सरस्वती अपने स्वर्ण—कमल की एक पपड़ी भी गिराकर इस अक्षम भक्त हो पुरस्कृत करेंगी। किन्तु कठोर आराधना के एकान्त आत्म—निवेदन में इसको विश्राम नहीं मिला। बिछौने पर लेट कर सोचने लगा कि बारह वर्ष में यह मिलन हुआ है। इतने समय से इसने सब पार्थिव स्वार्थों को छोड़कर एक बात के साथ दूसरी बात गूंथ कर छन्दों का पहाड़ जमा कर लिया है, किन्तु यह किस काम में लगेगा? गौहर आज नहीं है। उनकी दुष्कर तपस्या की व्यर्थता का स्मरण कर दुःख होता है। सोचता हूं, दुनिया की दृष्टि में न जाने कितने भद्दे, गन्ध—हीन फूल खिलते हैं और फिर सूख भी जाते हैं। यदि विश्व—विधान में उनकी कोई सार्थकता है, तो गौहर की साधना भी व्यर्थ न हुई होगी।

गौहर ने प्रातः ही मेरी नींद तोड़ दी, तब शायद सात बजे थे, उसकी इच्छा थी मैं बसन्त के दिनों में बंगाल के गांवों का अनुपम सौन्दर्य अपनी आंखों से देखकर धन्य हो जाऊं। वह समझता था मानो मैं विलायत से आया हूं। उसका आग्रह पागलों के समान था, अतएव हाथ—मुंह धोकर तैयार हो जाना पड़ा। दीवार से सटा हुआ एक अध—सूखा जामुन का पेड़ था। उसके आधे में माधवी और आधे में मालती लता थी। यह कवि की कल्पना है। निर्जीव चेहरा है, फिर भी एक में दो—चार फूल खिले हैं, दूसरे में हाल ही में कलियां फूटी हैं। उसकी इच्छा थी कि थोड़े से फूल मुझे उपहार में दे, पर पेड़ में इतने अधिक चींटे थे कि छू नहीं सकता था।

नवीन प्रतिक्रिया करने के उद्योग में तम्बाकू पीकर जोर से खांस रहा था। थूककर, खंखार निगलकर और सम्भलकर उसने हाथ हिला कर मना किया—'जंगल—झाड़ी में कहीं छिप मत जाना।'

'दो—तीन गीदड़ पागल हो गये हैं। चौपायों और आदमियों को काटते फिरते हैं।'

भय के कारण मैं पीछे हट गया। पूछा—'कहां रे नवीन?'

'कहां है क्या यह मैंने देखा है? कहीं—न—कहीं झाड़ी में छिपे होंगे। जाना हो तो जरा आंखें खोलकर जाइएगा।'

'तो जाने का काम नहीं गौहर।'

'वाह रे, इन दिनों के कुत्ते और सियार जरा पागल हो ही जाते हैं, इसीलिए क्या लोग रास्ता न चलेंगे? खूब कहा!'

यह भी दक्षिण की हवा का मामला है। अतएव प्रकृति की शोभा देखने को साथ ही में जाना पड़ा। रास्ते के दोनों ओर आम के बगीचे हैं। पास पहुंचते ही असंख्य छोटे—छोटे कीड़े—मकोड़े चड़—चड़, पट—पट आवाज करते हुए आम्र मकुलों को छोड़कर हमारे आंख, नाक—मुंह और कपड़ों के भीतर घुस गये। सूखी पत्तियों पर आम का मधु गिरकर चिप—चिप करता था। वह जूतों की तली में चिपकने लगा। तंग मार्ग के करौंदे की झाड़ियां मुकुलित विकसित फलों से झुकी हुई हैं। इसी समय नवीन की चेतावनी याद आ गई। गौहर की राय में यह समय पागल होने का है। इसीलिए करौंदे के फूलों की शोभा और किसी दिन देख लेंगे। आज गौहर और मैं, जरा तेज चल आगे बढ़ गये।

हमारे गांव की नदी इनके भी गांव की सीमा के पास से बहती है। वर्षा की जलधारा वसन्त के समागम से सिकुड़ गई है। उस समय की धारा से बहकर आई हुई अपरिमेय सेवार आजकल सूखे तट पर फैल गई है। रगड़ से और धूप से सड़कर यहां उसकी दुर्गन्ध ने नरककुण्ड बना दिया है। उस पार सेमर के पेड़ों में लाल फूल खिले हुए थे। उस पर दृष्टि पड़ी, किन्तु उधर देखना कवि को मानो अनुचित—सा लगा। उसने कहा—'चलो, घर लौट चलें।'

'अच्छा चलो।'

'मैंने सोचा था कि ये भी तुम्हें अच्छे लगेंगे।'

मैंने उत्तर दिया—'लगेंगे भाई, अच्छे—अच्छे शब्दों में तुम इनका ब्यौरा कविता में लिखो, मैं पढ़कर प्रसन्न ही हूंगा।'

'इसी कारण गांव के लोग भूलकर भी इनको नहीं देखते।'

'अजी, देखते—देखते उनको अरुचि हो गई है। आंखों की रुचि और कानों की रुचि एक नहीं है भाई। जो लोग यह समझते हैं कि कवि के वर्णन को आंखों से देखकर लोग मोहित हो जाते हैं, वे ठीक बात नहीं जानते। दुनिया की सभी बातों में यही बात लागू है। आंखों के लिए जो साधारण घटना है, या मामूली तुच्छ वस्तु है, वही कवि की भाषा में नहीं हो जाती है। तुम जो देखते हो वह सत्य है।'

फिर भी लौटते समय रास्ते में उसने न मालूम क्या—क्या दिखाने की चेष्टा की। मार्ग का प्रत्येक वृक्ष, प्रत्येक लता और गुल्म तक मानो पहचाना हुआ है। चक्रवर्ती अपनी खोई हुई सम्पत्ति केवल युक्ति या उपाय पढ़ाकर वापस नहीं पा रहा था। मुख्य कारण तो गौहर के स्वभाव में है। चक्रवर्ती से भेंट नहीं हुई, सुना कि उसके घर में उसके दो नातियों को माता निकली है। गांव में अब तक हैजा नहीं फैला है।

घर पहुंचकर गौहर अपनी पोथी उठा लाया। उसको देखकर जिसे भय न लगे, ऐसा मनुष्य बिरला ही होगा।—'पूरा सुने बिना छुट्टी न पाओगे श्रीकान्त। तुम्हें अपनी सम्मति देनी पड़ेगी।'

कवि के मकान पर काव्य की आलोचना में सात दिन लगे।

एक दिन गौहर ने कहा—'तू बर्मा क्यों जाता है श्रीकान्त? हम दोनों का अपना तो कोई है नहीं। आओ, दोनों भाई एक साथ यहीं रहे।'

मैंने हंसकर कहा—'मैं तो कवि हूं नहीं। पेड़—पौधों की भाषा भी मैं नहीं समझता, उनके साथ बातचीत भी नहीं कर सकता। जंगल में कैसे रह सकूंगा?'

गौहर ने कहा—'मैं तो सचमुच उनकी भाषा समझता हूं। वे बातचीत करते हैं, क्या तुमको विश्वास नहीं?'

मैंने कहा—'विश्वास नहीं करता। यह तुम भी समझते हो।'

एक दिन सवेरे अपने ग्रंथ का अशोक वन वाला अध्याय थोड़ी देर तक सुनाकर उसने पुस्तक बन्द कर दी और पूछ बैठा—'अच्छा श्रीकांत, तूने कभी किसी को प्यार किया है?'

गौहर को मैंने उत्तर दिया—'नहीं।'

'यदि कभी ऐसा दिन आ जाय कि प्यार करो, तो मुझे बता देना श्रीकान्त।'

'क्या करोगे?'

'कुछ भी नहीं। तुम लोगों के बीच जाकर कुछ दिन रहूंगा।'

'अच्छा।'

'यदि उस समय रुपये की आवश्यकता हो तो मुझे सूचित कर देना। बाबू जी बहुत रुपये छोड़ गए हैं, वह शायद तुम लोगों के काम में लग जायें।'

'अच्छा, सूचित करूंगा, किन्तु आशीर्वाद दो कि ऐसी आवश्यकता कभी न पड़े।'

जिस दिन मुझे जाना था, गौहर मेरा बैग कन्धे पर उठाकर तैयार हो गया।

इसकी आवश्यकता न थी। ट्रेन में बैठकर औरतों की तरह रोकर बोला—'मेरे सिर की कसम श्रीकान्त। जाने के पहले एक दिन फिर आना।'

मैंने वचन दिया कि मिलने के लिए आऊंगा।

'कलकत्ता पहुंचकर कुशल पत्र देना।'

यह वचन भी दिया। कलकत्ता के मकान में पहुंचा तब सन्ध्या हो चुकी थी। चौखट पर पैर रखते ही रतन मिला। 'अरे! यहां कहा?' 'मैं कल से बैठा हूं। एक चिट्ठी है।' समझ गया कि उसी प्रार्थना का उत्तर है। मैंने कहा—'डाक से भेजने पर भी तो आ जाती?'

रतन ने कहा—'किसान, मजदूर और मामूली गृहस्थ के लिए यह मार्ग है। मां की चिट्ठी यदि एक आदमी बिना खाये-पिये, बिना सोये पांच सौ मील से हाथ में लिए न आये तो खो जाती है।'

रतन स्वयं मिन्नत करके चिट्ठी मांगकर लाया है। ट्रेन की भीड़ से और भोजन की अव्यवस्था के कारण उसका स्वभाव बिगड़ गया है। मैंने हंसकर कहा—'ऊपर आ। चिट्ठी पीछे पढ़ूंगा, चल तेरे खाने-पीने का प्रबन्ध कर दूं।'

रतन ने पैरों पर सिर रखकर प्रणाम किया और साथ हो गया।

3

खा–पीकर रतन सामने आया।

'रतन, पेट भर गया?

'जी हां! कलकत्ते के बंगाली रसोईदारों के सिवा और कोई रसोई बनाना नहीं जानता।'

रतन ने कहा–'गाड़ी में इतनी भीड़ थी कि जरा हाथ फैलाकर लेटे न रहने से...।'

'अच्छी बात है। कमरे में या बरामदे में बिछौना बिछाकर सो जा। कल बातें होंगी।'

चिट्‌ठी के लिए मुझे उत्कण्ठा नहीं थी। सोचा, इसमें जो कुछ लिखा है वह जानता ही हूं।

रतन ने फतुही की जेब से एक लिफाफा मुझे दिया। वह सील मोहर किया हुआ था।

रतन ने कहा–'गुरुदेव की कृपा मकान का बाहरी भाग पर है। भीतर दास–दासियों, बंकू बाबू और नई, दुलहिन का अधिकार है। सबके ऊपर स्वयं मां हैं, जो मकान की मालकिन हैं।' रतन कहने लगा–'बंकू बाबू अब सयाने हो गये हैं। पढ़–लिखकर आदमी भी बन

गए। शायद सोच रहे हैं कि दूसरे के आधीन क्यों रहें?' दान–पत्र के नियम से सब ले ही लिया है। मोटे तौर पर उन्होंने काफी ले लिया है, किन्तु वह कितने दिनों के लिए है?'

बात अब भी स्पष्ट नहीं हुई। एक परछाहीं–सी आंखों के सामने आ गई।

वह फिर कहने लगा–'आपने अपनी आंखों से देख लिया कि महीने में कम–से–कम दो बार मेरी नौकरी छूट जाती है। अप्रसन्न होकर जा भी सकता हूं। किन्तु जिसकी दया से सब–कुछ हुआ है, उसकी एक श्वास से ही क्वार की वर्षा की भांति सब नष्ट हो जायेगा।'

तनिक ठहरकर फिर कहा–'मां ने मना कर दिया है, इसलिए कभी कुछ नहीं कहता। घर में जो कुछ था, चाचा लोगों ने ले लिया। जजमानों का एक घर भी नहीं दिया। एक छोटा लड़का, एक लड़की और उनकी मां को छोड़कर पेट के लिए मैं एक दिन गांव छोड़कर निकल पड़ा। पूर्व जन्म की मेरी तपस्या थी कि मुझे इस मां के घर में नौकरी मिल गई। लगभग एक वर्ष बीत जाने पर मैंने एक दिन कहा–'मां, बच्चों को देखने की इच्छा है, कुछ दिनों का अवकाश मिले तो देख आऊं?' हंसकर बोलीं–'फिर आओगे न?' जाने के दिन हाथ में पोटली देकर कहा–'रतन, चाचा लोगों से लड़ाई मत करना। जो कुछ तेरा चला गया है उसे इसके द्व ारा लौटा ले।' पोटली में पांच सौ रुपये थे। पहले तो विश्वास नहीं हुआ। ऐसा भय लगा मानो जागता हुआ ही सपना देख रहा हूं। मेरी उसी मां से ही बंकू बाबू अब उलटी–सीधी बातें कहते हैं, आड़ में अण्ड–बण्ड बोलते हैं।'

यह आशंका मैंने नहीं की थी, सोचा कि रतन कुछ दिनों से अप्रसन्न है। उसने कहा–'मां देती हैं तो दोनों हाथों से बिखेर देती

हैं। बंकू को भी दिया है, इसीलिए उसने सोच लिया है कि निचोड़े हुए शहद के छत्ते का मूल्य ही क्या है। उसे जोरों से जलाया ही जा सकता है, इसीलिए वह इतना लापरवाह हो गया है। मूर्ख यह नहीं जानता कि आज भी मां का एक गहना बेच देने से इस प्रकार के पांच मकान भी बन सकते हैं।'

मैं भी नहीं जानता था। हंसकर कहा—'यह बात है। किन्तु वे हैं कहां।'

रतन हंसकर बोला—'उन्हीं के पास हैं। मां केवल आपके चरणों पर सब लुटाकर भिखारिन हो सकती हैं, और किसी के लिए नहीं। बंकू नहीं जानता कि आपके रहते मां को आश्रय की कमी न होगी और रतन के रहते उन्हें नौकर ढूंढने की आवश्यकता नहीं।

उस दिन काशी से आपके चले आने पर मां के हृदय में कैसा तीर बिंधा है, इसकी सुधि क्या बंकू बाबू रखते हैं? गुरु महाराज को भी उसकी सुधि कहां मिल सकती है?'

'किन्तु मुझे तो उन्होंने स्वयं जाने दिया था रतन?'

जीभ निकालकर रतन शर्म से मर—सा गया। उसने कहा—'बाबू, हम तो नौकर—चाकर हैं। ये बातें झूठ हैं।'

रतन अंगड़ाई लेकर लेटने के लिए चला गया। अब कल आठ बजे के पहले उसका शरीर ठीक न होगा।

दो समाचार मिले—एक तो बंकू बड़ा हो गया है। जब पटना में मैंने पहली बार उसे देखा था उस समय वह सोलह—सत्रह साल का था, अब इक्कीस वर्ष का है। इसके सिवा इन पांच—छः वर्षों में वह लिख—पढ़कर आदमी बन गया। अतः बचपन का वह कृतज्ञ स्नेह यदि आज आत्मसम्मान ज्ञान से सामंजस्य न रख सके तो इसमें आश्चर्य ही क्या है।

दूसरा समाचार यह है कि न तो बंकू को और न गुरुदेव को ही राजलक्ष्मी की गम्भीर वेदना का कुछ पता चला है।

मेरे मन में ये दोनों बातें देर तक घूमती रहीं।

चमड़े की सील मोहर को देखकर मैंने चिट्ठी खोल ली। इस पत्र को उसने बहुत सावधान होकर लिखा है—शायद उसे भय था कि कहीं चिढ़कर मैं पत्र को फेंक न दूं।

आचार और आचरण में राजलक्ष्मी पुराने युग की है। याद नहीं आता कि उसने कभी मेरे सामने कहा हो कि 'प्रेम करती हूं।' उसने चिट्ठी लिखी है मेरी अनुमति लेकर। तो भी पढ़ने में भय–सा लगा। उसके बचपन की बात याद आ गई। उस समय गुरु जी की पाठशाला में उसकी पढ़ाई बन्द हो गई। फिर घर पर रहकर ही उसने मामूली कुछ लिख–पढ़ लिया होगा। भाषा का इन्द्रजाल, शब्दों की झंकार, पद–माधुरी की उसके पत्र में आशा नहीं की जा सकती।

मामूली शुभकामना प्रकट करके दो लाइनें लिखी होंगी। किन्तु लिफाफा खोलकर पढ़ा तो कुछ क्षण के लिए बाहर का कुछ भी याद न रहा। पत्र छोटा है, किन्तु भाषा और भाव सहज और सरल नहीं हैं। मेरे आवेदन का उत्तर उसने इस प्रकार दिया है—

काशीधाम

'प्रणाम के अनन्तर सेविका का निवेदन!

तुम्हारी चिट्ठी सौ बार पढ़ी, फिर भी समझ में नहीं आया कि तुम पागल हो गये हो या मैं पागल हो गई हूं। शायद तुमने सोचा है कि मुझे अचानक तुम कहीं पड़े हुए मिल गए थे? मैंने तुमको आराधना से, बड़ी तपस्या से पाया था। इसीलिए विदा करने के मालिक तुम नहीं हो। मुझे छोड़ देने का अधिकार तुम्हारे हाथों में नहीं है।

फूलों के बदले में, करौंदे तोड़कर उनसे माला गूंथकर शैशवकाल में तुम्हें वरण किया था, यह तुम्हें याद नहीं है। कांटे हाथ में लग जाने से खून बहने लगता था। लाल माला का वह लाल रंग तुम नहीं पहचान सके। उस दिन बालिका की पूजा का अर्घ्य तुम्हारे गले में था।

तुम्हारे हृदय पर मैं रक्तरेखा से जो लेखा बना देती थी, उस पर तुम्हारी दृष्टि नहीं पड़ी; किन्तु जिसकी दृष्टि से संसार का कुछ भी नहीं बच सकता, उनके चरणों में मेरा यह निवेदन पहुंच गया था।

उसके बाद दुर्योग की रात आई। काले बादलों ने मेरे आकाश की चांदनी छिपा ली।

इस जीवन में वे घटनाएं सचमुच घटी थीं या मैं सपना देख रही थी—इस पर सोचते ही प्रायः मुझे भय लगता है कि मैं पागल न हो जाऊं। सबको भूलकर जिसका ध्यान करने बैठती हूं, उनका नाम नहीं लिया जाता। किसी से कहने की भी मनाही है। उनकी क्षमा मेरे जगदीश्वर की क्षमा है। इसमें भूल नहीं है।

हां, मैं कह रही थी कि दुर्दिन की रात आई। किन्तु वह क्या मनुष्य का पूरा परिचय है। उस अखण्ड ग्लानि के आवरण के बाहर उसका क्या और कुछ शेष नहीं है?

अपराध के बीच—बीच मैंने उसे बार—बार देखा है। यदि ऐसा न होता, पिछले दिनों का राक्षस यदि मेरे अनागत मंगल को निगल जाता तो मैं फिर वापस कैसे पा लेती? मुझसे तुम उम्र में चार—पांच वर्ष बड़े हो तो भी तुमको जो अच्छा लगता है, वह मुझे अच्छा नहीं लगता। मैं बंगाली लड़की हूं, सत्ताईस वर्ष पार कर चुकने के बाद अब मैं यौवन का दावा नहीं करती। मैं कितनी ही अधम क्यों न होऊं, यदि वह बात क्षण—भर के लिए भी तुम्हारे मन में आये, तो उससे बढ़कर लज्जा की बात मेरे लिए दूसरी नहीं है। बंकू बड़ा हो

गया है, उसकी बहू आ गई है, तुम्हारे ब्याह के बाद उन लोगों के सामने मैं किस मुंह से बाहर निकलूंगी?

यदि तुम कभी बीमार पड़ो तो तुम्हारी सेवा कौन करेगा पुण्टू? और मैं तुम्हारे मकान के बाहर से नौकर के मुंह से खबर लेकर लौट आऊंगी? इसके बाद भी जीवित रहने को कहते हो?

तो क्या सदा ऐसा निःसंग जीवन काटूं? प्रश्न कुछ भी क्यों न हो इसका उत्तर देना तुम्हारा काम है। तो भी यदि तुम बिल्कुल न सोच सको, तो मैं सहायता दूंगी।

तुम सोचते हो कि गुरुदेव ने मुझे मन्त्र दे दिया है, शास्त्रों ने मार्ग बतला दिया है, सुनन्दा ने धर्म–कर्म सिखला दिया है, और तुमने दिया है केवल बोझ। इसी प्रकार के अन्धे हो तुम लोग।

तुम्हें तो मैंने तेईस वर्ष की आयु ही में पा लिया था उसके पहले ये लोग कहां थे?

आशा थी कि एक दिन मेरा पाप नष्ट हो जायेगा, मैं निष्पाप हो जाऊंगी। यह लोभ क्यों है, स्वयं मुझे नहीं मालूम। मेरी कामना है कि मरने के बाद फिर आकर जन्म ले सकूं। इसका अर्थ क्या है?

अपनी इच्छा से मैं मरना नहीं चाहती। किन्तु यदि मेरा अपमान करने का जाल रच चुके हो तो उसको छोड़ दो। तुम विष दोगे तो मैं सहर्ष ले लूंगी, किन्तु उसे न ले सकूंगी। मुझे जानते हो, इसलिए बता दिया कि जो सूर्य डूब जाएगा, उसके दुबारा उदय होने की प्रतीक्षा में बैठे रहने का मुझे समय न मिलेगा।

—राजलक्ष्मी

छुटकारा मिला। कठोर अनुशासन का पत्र भेजकर, उसने मुझे बिल्कुल निश्चिंत कर दिया। इसी जीवन में उस विषय पर सोचने के लिए और कुछ नहीं रहा। निःसंशय रूप से पता चल गया कि

क्या–क्या न कर सकूंगा। इसके बाद, मुझे क्या करना चाहिए इस सम्बन्ध में राजलक्ष्मी चुप है। शायद उपदेश देकर चिट्ठी लिखेगी अथवा मुझे ही बुलाएगी, इधर बाबा सम्भवतः कल सवेरे ही जायेंगे। उन्हें भरोसा दे आया हूं कि अनुमति मिलने में विघ्न न होगा।

गांव के मकान में विवाह की तैयारी हो रही होगी। पुण्टू के आत्मीयों में से भी कोई–कोई आ रहे होंगे। सयानी अपराधिनी लड़की शायद इतनी लांछना के बदले कुछ आदर पा रही होगी। बाबा से क्या कहूंगा, यह जानता हूं। पर कहूंगा किस प्रकार यह नहीं सोच सका।

उनके तकाजों, युक्तियों और वकालत की याद करके एक ओर हृदय जितना कड़ुवा हो उठा, दूसरी ओर उनके खाली लौटने से निराश परिवार वालों का उस अभागिनी लड़की पर अधिक उत्पीड़न की बात सुन कर हृदय दुःखी हो गया। किन्तु उपाय क्या है? बड़ी रात तक सोचता रहा, गंगामाटी की सारी बातें आंखों के आगे सजीव हो गईं।

निद्राहीन रात्रि प्रातःकाल की ओर जितनी ही आगे बढ़ने लगी, उतनी ही इच्छा होने लगी कि यह रात कभी समाप्त न हो।

पिछली कहानी घूम–घूमकर याद आ जाती है, वीरभूमि जिले की वह तुच्छ कुटिया मन पर भूत के समान दबाव डाल बैठती है। प्रतिक्षण गृह कार्यों में लगी हुई राजलक्ष्मी के दोनों स्निग्ध हाथ आंखों के सामने स्पष्ट दिखाई पड़ते हैं।

इतने दिनों तक पकड़ा ही जाता रहा हूं, पकड़ नहीं सका हूं। किन्तु आज मालूम हो गया कि राजलक्ष्मी की सबसे बड़ी कमजोरी कहां है। वह जानती है कि मैं स्वस्थ नहीं हूं, किसी भी दिन बीमार पड़ सकता हूं। तब न मालूम कहां की एक पुण्टू मुझे और मेरी शय्या को घेर लेगी, राजलक्ष्मी का कोई प्रभुत्व ही नहीं है, इतनी

बड़ी दुर्घटना को वह मन में स्थान नहीं दे सकती। संसार की और वस्तुओं को वह छोड़ सकती है, किन्तु इसे छोड़ना असम्भव है।

मैं शायद प्रातःकाल सो गया था। रतन के बुलाने पर जब जागा तब दिन चढ़ आया था। उसने कहा—'एक बूढ़े घोड़ागाड़ी पर अभी आये हैं।'

वे तो बाबा हैं किन्तु गाड़ी पर? सन्देह हो गया।

रतन ने कहा—'साथ में एक सत्रह—अठारह साल की लड़की है।'

यह तो पुण्टू है। यह निर्लज्ज उसे कलकत्ते के डेरे तक घसीट लाया है। प्रातःकाल मन में तिक्तता आ गई। मैंने कहा—'उन्हें इस कमरे में बैठाओ रतन, मैं हाथ—मुंह धोकर आता हूं।'

घण्टे भर में लौट आने पर बाबा ने मेरी अभ्यर्थना—सी करके कहा—'आओ! बेटा तबीयत ठीक है न?'

मैंने प्रणाम किया। बाबा ने पुकारा—'पुण्टू, कहां चली गई?'

पुण्टू खिड़की के पास खड़ी मार्ग देख रही थी। उसने पास आकर मुझे नमस्कार किया।

बाबा ने कहा—'इसकी बुआ विवाह के पहले इसे देखना चाहती है। फूफा हाकिम हैं। पांच सौ रुपये वेतन है। डायमण्ड हारबर में तबादला हुआ है। गृहस्थी छोड़कर बुआ को बाहर जाने का समय नहीं है। इसलिए साथ लेता आया। कह दिया दूसरे के हाथ में सौंपने के पहले उसे दिखा लाऊं।'

वे कहने लगे—'मैं सहज में ही नहीं छोड़ूंगा भैया। हाकिम हों, चाहे और कुछ हों, रिश्तेदार ही तो हैं, खड़े रहकर काम पूरा करें तभी उनको छुट्टी मिलेगी। बेटा, शुभ कार्य में बहुत विघ्न होते हैं। ऐसे एक आदमी के खड़े रहने से किसी का चूं करने का साहस

न होगा। हमारे गांव के लोगों का क्या विश्वास? वे सब कुछ कर सकते हैं।'

पुण्टू के फूफा हाकिम हैं। समाचार मतलब का है।

नया हुक्का खरीद कर रतन तम्बाकू चढ़ाकर दे गया। थोड़ी देर तक गौर से देखकर बाबा ने कहा—'इस आदमी को कहीं मैंने देखा है?'

रतन ने कहा—'अवश्य देखा है। गांव के मकान में, जब बाबू बीमार थे।'

'तभी तो कहता हूं कि यह चेहरा तो पहचाना हुआ है।'

बाबा अत्यन्त धूर्त हैं शायद उन्हें सब बातों की याद आ गई। चुपचाप तम्बाकू पीते हुए बोले—'घर से चलते समय दिन दिखाकर आया था। बहुत अच्छा मुहूर्त है! मेरी इच्छा है 'आशीर्वाद' का काम पूरा करके जाऊं। बाजार में सभी चीजें मिलती हैं। नौकर को भेज देने से काम न चलेगा?'

मैंने कह दिया—'नहीं।'

'नहीं?' नहीं क्यों? बारह बजे तक मुहूर्त अच्छा है। पंचांग है?'

मैंने कहा—'पंचांग की आवश्यकता नहीं। मैं विवाह न कर सकूंगा।'

बाबा ने हुक्के को दीवार से लगाकर रख दिया। चेहरा देखकर समझ गया कि युद्ध के लिए तैयार हो रहे हैं। गले को बहुत शान्त और गम्भीर बनाकर उन्होंने कहा—'तैयारी तो एक तरह से पूरी हो गई है। लड़की के विवाह की बात है, हंसी की बात नहीं है। वचन दे आने पर अब नहीं करने से कैसे काम चलेगा?'

पुण्टू पीछे की ओर खिड़की से बाहर की ओर देख रही है और द्वार की आड़ में रतन कान लगाये खड़ा है।

मैंने कहा—'वचन देकर तो नहीं आया था। यह आप भी जानते हैं। मैंने कहा था कि एक व्यक्ति की अनुमति मिलने पर स्वीकार कर सकता हूं।'

'तो क्या अनुमति नहीं मिली?'

तनिक रुककर बाबा ने कहा—'पुण्टू के बाप कहते हैं कि सब मिलाकर वे एक हजार रुपये देंगे। दबाव डाला जाये तो सौ–दो तक बढ़ सकता है।'

रतन ने कमरे में आकर कहा—'तम्बाकू फिर बदल दूं?'

'बदल दो। तुम्हारा नाम क्या है?'

'रतन।'

'रतन? बड़ा अच्छा नाम है। कहां रहते हो?'

'काशी में।'

'काशी? देवीजी शायद इन दिनों काशी में रहती हैं? वहां क्या करती हैं?'

रतन ने कहा—'इसकी आपको क्या आवश्यकता है?'

बाबा मुस्कराकर बोले—'अप्रसन्न क्यों होते हो। गांव की लड़की है न, इसलिए जानने की इच्छा हुई। शायद कभी उसके पास जाना पड़े।'

रतन चला गया और दो मिनट में चिलम को फूंकता हुआ आ गया। उनके हाथ में हुक्का देकर जा रहा था कि बाबा दम लगाकर उठ खड़े हुए। बोले—'ठहरो, भाई एक बार पाखाना दिखा दो। सवेरे चला था।' अब वे रतन से पहले ही कदम बढ़ाकर कमरे से बाहर चले गये।

पुण्टू ने मुंह फेरकर देखा और कहा—'बाबा की बातों पर विश्वास न कीजिएगा। बाबू जी हजार रुपया कहां से देंगे? इसी

प्रकार दूसरों के गहने उधार मांगकर बहिन का विवाह किया था, फल यह हुआ कि वे लोग अब बहिन को नहीं बुलाते। कहते हैं कि लड़के का दूसरा विवाह करेंगे?'

इस लड़की ने पहले मुझसे इतनी बातें कभी नहीं की थीं। मैंने पूछा—'तुम्हारे बाबूजी क्या सचमुच हजार रुपये नहीं दे सकते?'

पुण्टू ने गर्दन हिलाकर कहा—'नहीं। बाबू जी रेलवे में चालीस रुपये महीना पाते हैं। फीस के लिए रुपये न मिलने से छोटे भाई की पढ़ाई बन्द हो गई।' अब उसकी आंखें छलछला आईं।

मैंने पूछा—'क्या तुम्हारा विवाह केवल रुपये के कारण रुका हुआ है?'

'हां, यही बात है। हमारे गांव के अमुक बाबू के साथ बाबूजी ने बात पक्की की थी। अवस्था में उनकी लड़कियां ही मुझसे बहुत बड़ी हैं। मां पानी में डूबकर मरने को तैयार थीं, तब विवाह रुका। इस बार बाबूजी शायद किसी की भी बात न सुनेंगे। वहीं मेरा विवाह कर देंगे।'

'पुण्टू, तुम क्या मुझे पसन्द करती हो?'

पुण्टू ने लज्जा से मुंह नीचा करके जरा सिर हिला दिया।

'किन्तु मैं तो तुमसे चौदह-पन्द्रह वर्ष बड़ा हूं।'

पुण्टू ने कोई उत्तर नहीं दिया।

पूछा—'क्या तुम्हारा और कहीं सम्बन्ध पक्का नहीं हुआ था?'

पुण्टू ने मुंह उठाया और प्रसन्न होकर कहा—'हुआ तो था। आप गांव के कालिदास बाबू को जानते हैं न? उनके लड़के ने बी. ए. पास किया है। आयु में मुझसे कुछ ही वर्ष बड़ा है, उसका नाम शशधर है।'

'उसे तुम चाहती हो?'

पुण्टू हंस पड़ी।

मैंने कहा—'किन्तु यदि शशधर तुमको पसन्द न करे?' पुण्टू ने कहा—'ऐसा क्यों हो सकता है? हमारे मकान के सामने से वह बराबर आया–जाया करता था। रांगा दीदी हंसी में कहती थीं कि वह केवल मेरे लिए ही ऐसा करता था।'

'तो यह विवाह क्यों नहीं हुआ?'

पुण्टू बोली—'उसके पिता हजार रुपये के गहने और हजार रुपये नकद मांगते थे। विवाह में ऊपर से पांच सौ रुपये भी खर्च हो जाते हैं। ऐसा तो जमींदारों की लड़कियों के लिए होता है। वे लोग बड़े आदमी हैं, उनके पास बहुत रुपये हैं। मेरी मां उनके घर गई और बहुत हाथ–पैर पकड़े किन्तु वे सहमत नहीं हुए।'

'शशधर ने कुछ भी नहीं कहा?'

'कुछ भी नहीं। वह भी तो बहुत बड़ा नहीं है। उसके बाप जीवित हैं नहीं।'

'ठीक है। तो शशधर का विवाह हो गया?'

पुण्टू ने व्यग्र होकर कहा—'अभी नहीं हुआ। सुनती हूं कि शीघ्र ही होगा।'

'अच्छा, यदि तुम्हारा विवाह वहां हो जाये, और वे लोग तुमको प्यार न करें तो?'

'मुझे प्यार क्यों न करेंगे? मैं तो रसोई बनाना, सिलाई करना और गृहस्थी के सभी काम जानती हूं। मैं अकेली ही उन लोगों का सब काम कर दूंगी।'

इससे अधिक बंगाली घर की लड़की और क्या जानती है। शारीरिक परिश्रम द्वारा ही वह सब अभाव पूरा करना चाहती है। पूछा—'उन लोगों का सब काम कर लोगी न?'

'हां।'

'तो तुम जाकर अपनी मां से कह दो कि श्रीकान्त दादा ढाई हजार रुपये भेज देंगे।'

'आप देंगे? विवाह के दिन भी वहां रहेंगे न?'

'हां, पहुंच जाऊंगा।'

द्वार के पास बाबा की आहट मिली। धोती के चुने हुए छोर में मुंह पोंछते वे कमरे में आये। बोले–'पाखाना तो बहुत बढ़िया है भैया! लेट जाने की इच्छा होती हे। रतन कहां गया? एक चिलम तम्बाकू भर लाए न?'

मनुष्य को सदुपदेश देने से कभी फल कहीं मिलता। अच्छा उपदेश कोई नहीं सुनता, इस सम्बन्ध में एक घटना सुनिए।

4

बाबा ने दांत निकालकर आशीर्वाद दिया और बड़ी प्रसन्नता से चले गए। पुण्टू ने चरण–रज लेकर बात मान ली, किन्तु उनके चले जाने पर मुझे बड़ा पछतावा हुआ। मन विद्रोही होकर केवल तिरस्कार करने लगा कि ये कौन हैं कि विदेश में नौकरी करके बहुत समय से जो कुछ जमा किया है, वही दे डालूं। झोंक में आकर एक बात मुंह से निकाल दी तो क्या दाता कर्ण बन जाना होगा? न जाने कहां की इस लड़की ने रेल में, बिना मांगे ही, पेड़े और दही खिलाकर मुझे फंदे में डाल दिया है। एक फंदे के काटने से दूसरे फंदे में जकड़ गया। बचने का उपाय सोचने में सिर गरम हो गया और उस लड़की पर क्रोध और चिढ़ बहुत हुई। वह शैतान बाबा! इच्छा होने लगी कि वह घर न पहुंचने पाए। रास्ते में ही सर्दी–गर्मी लगने से मर जाय। मैं जानता हूं कि वह मनुष्य किसी प्रकार न मरेगा। जब एक बार उसे मेरे मकान का पता लग गया है तो वह दुबारा आयेगा, और जैसे बनेगा, रुपये वसूल करेगा। शायद वह उस हाकिम फूफा को भी साथ लाए। एक उपाय है—'भाग जाऊं। टिकट खरीदने गया, पर जहाज में स्थान न था, सभी टिकट दोपहर से पहले बिक गये हैं। दूसरे जहाज के लिए रुकना पड़ेगा, उसके लिए

छः सात दिन की देर है।

एक और उपाय है, मकान बदल दूं। बाबा खोजने पर भी न पाएं। किन्तु इतना अच्छा मकान जल्दी न मिलेगा। इतनी विषम अवस्था हो गई कि अच्छे–बुरे का प्रश्न नहीं उठता।

मैंने रतन से पूछा—'चिट्ठी का उत्तर लेकर क्या तुम कल ही जाना चाहते हो?'

उसने उत्तर दिया—'जी नहीं। आज दोपहर को मैंने मां को एक पोस्टकार्ड लिख दिया कि मुझे चार–पांच दिन की देर होगी। अजायबघर और चिड़ियाघर देखे बिना न जाऊंगा।'

मैंने कहा—'किन्तु वे तो घबरा जायेंगी न?'

'जी नहीं। लिख दिया है कि गाड़ी की धक्का–मुक्की का दर्द अभी मिटा नहीं सका हूं।'

'किन्तु चिट्ठी का उत्तर?'

'दीजिए न। कल ही रजिस्ट्री से भेज दूंगा। उस मकान में मां की चिट्ठी खोलने का साहस किसी को नहीं।'

मैं चुपचाप बैठा रहा। उसके सामने कोई युक्ति काम न कर सकी।

जाते समय बाबा रुपये की बात का ढिंढोरा पीट गये थे। कोई यह न समझ ले कि चित्त की उदारता के कारण से उन्होंने ऐसा किया है।

रतन ने कहा—'आप बुरा न मानें तो एक बात कहूं बाबू।'

'क्या?'

रतन ने कुछ दुविधा में पड़कर कहा—'ढाई हजार रुपये तो कम नहीं हैं बाबू। वे कौन होते हैं कि उनकी लड़की के विवाह में इतना रुपया देने को कह दिया। बाबा हो या और कुछ, वह बूढ़ा

भला आदमी नहीं है। उससे ऐसी बात कहना अच्छा नहीं हुआ।'

उसकी राय सुनने से जैसे आनन्द मिला, वैसे मन को जोर भी मिला।

फिर भी अपने स्वर में थोड़ा सन्देह लाकर मैंने कहा—'क्यों ठीक नहीं हुआ?'

रतन बोला—'ठीक, नहीं बाबू। रुपये तो कम नहीं हैं, इसके अलावा ऐसा काम किसलिए?'

'अच्छा। अब न देंगे।'

आश्चर्य से देखने के बाद उसने कहा—'वह छोड़ेगा क्यों?'

मैंने कहा—'तो क्या करेगा? लिखकर तो दिया नहीं है। उस समय तक मैं यहां रहूंगा या चला जाऊंगा, यही कौन जानता है।'

रतन तनिक चुप रहकर जरा हंसा और बोला—'आप बूढ़े को पहचान नहीं सके बाबू। ऐसे लोगों में लाज—शर्म या मान—अपमान की परवा नहीं होती। रो—धोकर, भीख मांगकर या डरा—धमका कर वह रुपये तो लेगा ही। आपसे भेंट न होने पर लड़की को साथ लेकर काशी जायेगा और मां से रुपये वसूल कर लेगा। मां को बड़ी लज्जा मालूम होगी।'

रतन मुझसे अधिक बुद्धिमान है। निरर्थक आकस्मिक करुणा से हठ में पड़ने का जुरमाना मुझे देना ही पड़ेगा।

रतन ने गांव के बाबा को पहचानने में भूल नहीं की, यह बात मैं तब समझा, जब चौथे दिन वे लौट गये। आशा थी कि इस बार हाकिम फूफा साथ आएंगे, किन्तु अकेले ही बाबा ने आकर कहा—'गांव में धन्य—धन्य हो रही है भैया, सभी तुम्हारी प्रशंसा कर रहे हैं। गरीब ब्राह्मण की बेटी का उद्धार करते कभी किसी ने न देखा। आशीर्वाद देता हूं कि चिरंजीवी होओ।'

मैंने पूछा—'विवाह कब होना निश्चित हुआ है?'

'इस महीने की पच्चीस तारीख को। केवल दस दिन बाकी हैं। कल पक्का हो जायेगा। आशीर्वाद,—तीन बजे के बाद मुहूर्त नहीं है, इसके भीतर ही शुभ कार्य पूरे कर लेने हैं। किन्तु तुम्हारे न जाने से कुछ भी न हो सकेगा। यह लो पुण्टू का पत्र, उसने हाथ से लिखकर भेजा है। बेटा, जिस रतन को तुमने अपनी इच्छा से खो दिया, उसकी जोड़ी कभी न पाओगे।' उन्होंने मुड़ा हुआ एक पीले रंग के कागज का टुकड़ा मेरे हाथ में दे दिया।

मैंने पत्र पढ़ने की कोशिश की। बाबा अचानक एक लम्बी सांस खींचकर कहा—'कालिदास रुपये वाला है तो क्या हुआ। बिलकुल नीच है, उसकी आंख में शील नहीं है। कल ही रुपया—पैसा नकद चुकाना होगा। गहने आदि अपने सुनार से बनवायेगा। उसको किसी पर विश्वास नहीं है, मुझ पर भी नहीं।'

पुण्टू ने पत्र लिखा है। चार पृष्ठ का पत्र है। चिट्ठी क्या विनय पत्रिका है। ट्रेन में रांगा दीदी ने कहा था कि आजकल के नाटक—उपन्यास हार मान लेंगे। आजकल के क्यों, सभी काल के नाटक—उपन्यास हार मान लेंगे। मुझे विश्वास हो गया कि इस लिखने के प्रभाव से ही नन्दरानी का पति चौदह दिन की छुट्टी लेकर सातवें दिन ही आ गया था।

मैं दूसरे ही दिन सवेरे रवाना हो गया। रुपये सचमुच साथ ले लिए, और बाबा ने अपनी आंखों के सामने इसकी जांच कर ली कि मैं धोखा तो नहीं दे रहा हूं। बोले—'रास्ता चलना जानकर, रुपये लेना गिनकर। हम लोग देवता नहीं हैं। भूल होने में देर कितनी लगती है?'

रतन कल रात को ही काशी चला गया है। उसके हाथ उत्तर में लिख दिया है—यही सही। पता इस कारण न दे सका कि कोई

ठीक नहीं है। इस त्रुटि के लिए क्षमा प्रार्थना कर दी है। मैं ठीक समय पर गांव में पहुंचा, मकान के सब लोगों की चिन्ता दूर हो गई, खूब आदर और सम्मान मिला।

देखने की रीति पूरी करने और आशीर्वाद देने के उपलक्ष में कालिदास बाबू से परिचय हुआ। वे रूखे मिजाज के और दाम्भिक हैं। उनके पास बहुत रुपये हैं, इस बात को सदा सबको याद कराते रहने के अलावा उनको कोई दूसरा काम नहीं है। दम्भ के साथ बोले—'महाशय, भाग्य को मैं नहीं मानता। जो कुछ करूंगा, अपने बाहुबल से। देवी–देवताओं के अनुग्रह की भिक्षा भी मैं नहीं मांगता।'

बड़े आदमी होने और छोटे–मोटे जमींदार होने के कारण गांव के सभी आदमी उपस्थित थे। शायद अधिकांश में वे महाजन थे, और कठोर महाजन। सभी ने ही एक स्वर से उनकी बातें मान लीं। तर्करत्न जी ने कोई संस्कृत का श्लोक सुनाया और आसपास से उनके सम्बन्ध में दो–चार पुरानी कहानियां भी कही गईं।

अपरिचित और मामूली आदमी समझकर उन्होंने लापरवाही से मेरी तरफ देखा। उस समय रुपये के शोक से मेरा हृदय जल रहा था। मैं उस दृष्टि को सहन न कर बोल उठा—'यह तो नहीं जानता कि आपका बाहुबल कितना है, पर मैं यह जानता हूं कि रुपया कमाने का जहां तक प्रश्न है, आपका भाग्य इस विषय में प्रबल है।'

'इसका अर्थ?'

मैंने कहा—'अर्थ तो मैं स्वयं हूं। न वर को पहचानता हूं और न कन्या को ही, फिर भी रुपया मेरा व्यय हो रहा है और वह आपके सन्दूक में जा रहा है। इसे भाग्य नहीं कहते तो किसको कहते हैं? आपने अभी कहा कि आप देवी–देवताओं का अनुग्रह नहीं लेते, किन्तु आपके बेटे के हाथ की अंगूठी से लेकर बहू के गले का हार तक मेरे अनुग्रह से बनेगा। शायद बहूभात के भोज का व्यय तक

मुझे ही देना पड़े।'

कमरे में गाज गिरने पर शायद सब लोग इतने व्याकुल और उत्तेजित न होते। बाबा ने न मालूम क्या कहने का प्रयत्न किया, किन्तु स्पष्ट न हो सका। कालिदास बाबू ने क्रोध से लाल–पीले होकर कहा–'आप रुपये दे रहे हैं यह बात मैं किस प्रकार मान लूं? और दे ही क्यों रहे हैं?'

मैंने कहा–'आप नहीं समझ सकते कि क्यों दे रहा हूं। आपको समझाना भी नहीं चाहता। किन्तु गांव भर जानता है कि मैं रुपये दे रहा हूं, केवल आपने ही नहीं सुना। लड़की के घरवालों ने आपके घर वालों के हाथ–पैर पकड़े किन्तु आप बी.ए. पास लड़के का मूल्य ढाई हजार से कम करने को प्रसन्न नहीं हुए। लड़की का बाप चालीस रुपये महीने की नौकरी करता है। उसमें चालीस पैसे देने की भी शक्ति नहीं, आपने इस पर विचार नहीं किया कि आपके लड़के को खरीदने के लिए इतना रुपया अचानक वे कहां से पा गये?

जो हो लड़के के दाम बहुत लेते हैं, आप भी लें। कोई अपराध नहीं किन्तु इसके बाद गांव के लोगों को मकान पर बुलवाकर रुपयों का घमण्ड न कीजिएगा और एक बाहरी आदमी के भिक्षादान से लड़के का विवाह किया है इसको भी याद रखिएगा।'

घबराहट और भय से सबका चेहरा फीका पड़ गया। शायद सभी ने सोचा कि अब कोई भयंकर घटना होगी और कालिदास बाबू फाटक बन्द करवा कर, सबको लाठियों से पीटे बिना किसी को घर न जाने देंगे।

किन्तु थोड़ी देर में उन्होंने मुंह उठाकर कहा–'मैं रुपये नहीं लूंगा।'

मैंने कहा–'इसका अर्थ यह है कि आप लड़के का विवाह यहां

नहीं करेंगे?'

कालिदास बाबू ने सिर हिलाकर कहा—'ऐसी बात नहीं है। मैंने विवाह का वचन दिया है, इसमें हेर–फेर न होगा। कालिदास मुखर्जी अपनी टेक निभाता है। आपका नाम क्या है?'

बाबा ने व्यग्र होकर मेरा परिचय दिया। कालिदास ने पहचान कर कहा—'ठीक है। इनके बाप के साथ तो एक बार मेरा बहुत बड़ा फौजदारी का मामला चला था।'

बाबा ने कहा—'जी हां। आप कुछ भी नहीं भूलते। यह उनका ही लड़का है, मेरा नाती लगता है।'

कालिदास बाबू ने प्रसन्नता से कहा—'अच्छी बात है। मेरा लड़का जीवित रहता तो उसकी भी आयु इतनी ही हुई होती। शशधर के विवाह में आना बेटा! मेरी ओर से निमन्त्रण है।'

शशधर उपस्थित था। उसने कृतज्ञतापूर्ण दृष्टि से एक बार मुझे देखा और तुरन्त ही नीची निगाह कर ली।

मैंने उठकर प्रणाम किया। कहा—'कहीं भी रहूं, बहूभात के दिन आकर वधू के हाथ का अन्न खा जाऊंगा। मैंने जो कड़ी बातें कही हैं, उनके लिए आप मुझे क्षमा करें।'

कालिदास बाबू ने कहा—'तुमने सचमुच कड़ी बातें कही हैं, किन्तु मैंने क्षमा कर दिया है। किन्तु अभी उठकर मत जाओ श्रीकान्त! शुभ कार्य के लिए मैंने थोड़ा–सा प्रबन्ध कर रखा है, खाकर जाना।'

'जो आज्ञा।' कहकर मैं बैठ गया।

उस दिन वर को आशीर्वाद देने के कार्य से लेकर अभ्यागतों को खिलाने–पिलाने तक के कार्य निर्विघ्न सम्पन्न हो गये। इस प्रकरण के प्रारम्भ में सदुपदेश के सम्बन्ध में जिस नियम का उल्लेख मैंने किया था, उसके ही व्यतिक्रम का उदाहरण पुण्टू का विवाह

है। संसार में यही उदाहरण मैंने अपनी आंखों से देखा है। क्योंकि बेजान–पहचान की अभागी लड़की के बाप को ऐंठते ही जहां रुपये वसूल होते हैं वहां वैष्णव बनकर हाथ जोड़ने से बाघ के मुंह से बचाव नहीं होता। निष्ठुर और निर्दय कहकर, गाली–गलौज करके तथा समाज और भाग्य को धिक्कारने से थोड़ा–सा क्षोभ मिट सकता है, अन्य कुछ नहीं होता।

5

गौहर को ढूंढने आने पर नवीन से भेंट हुई। वह मुझे देखकर खुश हुआ। उसका स्वभाव बहुत रूखा था। उसने कहा—'जाकर वैष्णवी के अड्डे पर देखिए। कल से वह घर पर आया ही नहीं।'

'यह कैसी बात है नवीन?' वैष्णवी कहां से आ गई?'

'क्या एक ही है? पूरा एक जत्था है।'

'वे कहां रहती है?'

'मुरारीपुर के अखाड़े में।' यह कहकर नवीन ने एक लम्बी सांस लेकर कहा—'हाय बाबू, अब तो न वे राम हैं, और न वह अयोध्या ही है। वृद्ध मथुरादास बाबा जी मर गये। उनकी जगह एक छोकरा वैरागी आ गया। उसकी कोई चार गण्डे सेवा–दासियां हैं। द्वारिकादास वैरागी से हमारे बाबू की बड़ी मित्रता है—वहीं तो प्रायः रहते हैं।' मैंने आश्चर्य करके पूछा—'किन्तु तुम्हारे बाबू तो मुसलमान हैं, वैष्णव साधु अपने अखाड़े में उसे रहने देंगे?'

नवीन ने अप्रसन्न होकर कहा—'इन आउल–बाउल साधुओं को क्या धर्माधर्म की पहचान है? वे लोग जाति–पांति कुछ भी नहीं मानते। उनके साथ जो कोई जा मिलता है, उसे वे अपने दल में

ले लेते हैं।'

मैंने पूछा—'उस बार जब मैं तुम्हारे यहां छः—सात दिन रहा था, तब तो गौहर ने उनके बारे में कुछ भी नहीं कहा?'

नवीन ने कहा—'कहते तो कमललता का भेद प्रकट हो जाता। जितने दिन आप यहां थे, बाबू अखाड़े के पास भी नहीं गये। ज्यों ही आप चले गये, कापी—कागज—कलम लिए अखाड़े में जा पहुंचे।'

पूछने पर मालूम हुआ कि द्वारिकादास बाउल गाना गाने और कविता बनाने में गुरु है। गौहर उस लोभ में फंस गया। उसको कविता सुनाता है और अपनी गलतियां सुधरवा लेता है। उसी अखाड़े में कमललता युवती वैष्णवी रहती है। वह सुन्दरी गाना अच्छा गाती है। उसकी बातों पर लोग लट्टू हो जाते हैं। वैष्णव—सेवा के लिए गौहर बीच—बीच में रुपये देता है। अखाड़े की दीवार की मरम्मत करा दी है। इस काम को उसने चुपचाप ही किया है।

लड़कपन में इस अखाड़े की जो बातें सुनी थीं, उनकी मुझे याद आ गईं। पुराने समय में महाप्रभु के एक शिष्य ने इस अखाड़े की स्थापना की थी, तभी से शिष्य—परम्परा के अनुसार वैष्णव साधु इसमें रहते हैं।

मुझे बड़ा कुतूहल हुआ। मैंने कहा—'नवीन, मुझे अखाड़ा दिखा सकोगे?'

नवीन ने अस्वीकार कर कहा—'मुझे समय नहीं है। आप यहीं के तो हैं, पूछते हुए स्वयं जा सकेंगे। आध कोस पर है। सामने वाले मार्ग से उत्तर तरफ जाने पर मिल जायेगा, किसी से पूछना न पड़ेगा। सामने के तालाब के मौलसिरी के नीचे वृन्दावन लीला हो रही है। दूर से ही आवाज सुनाई पड़ेगी।'

मेरा जाना नवीन ने पसन्द नहीं किया।

मैंने पूछा—'वहां क्या कीर्तन होता है?'

नवीन ने कहा—'हां, दिन—रात। खंजड़ी और करताल को अवकाश नहीं मिलता!'

मैंने हंसकर कहा—'यह तो अच्छा है। जाऊं, गौहर को पकड़ लाऊं।'

अब नवीन हंसकर बोला—'जाइए। कमललता का कीर्तन सुनकर कहीं आप भी न अटक जायें।'

'देखूंगा।' कहकर मैं कमललता वैष्णवी के अखाड़े की ओर तीसरे पहर चल दिया।

शाम होते—होते अखाड़े का पता मिला। कीर्तन या खंजड़ी—करताल की ध्वनि नहीं थी, पर पुराना मौलसिरी का पेड़ दिखाई पड़ा। उसके नीचे टूटी—सी वेदी है। यहां मुझे कोई मनुष्य नहीं दिखाई दिया। एक संकरे मार्ग की टेढ़ी—मेढ़ी रेखा दीवार के पास से नदी की ओर गई है। अनुमान किया कि शायद उधर किसी का पता चले, इससे उधर को ही बढ़ा। सेवार से ढकी नदी के किनारे साफ—सुथरी गोवर से लिपी—पुती कुछ ऊंची भूमि पर गौहर और एक दूसरे व्यक्ति बैठे थे। अनुमान लगाया कि ये ही अखाड़े के वर्तमान अधिकारी वैरागी द्वारिकादास हैं। नदी किनारा होने से अभी वहां सन्ध्या का अंधेरा घना नहीं हुआ था। बाबाजी को बहुत साफ—साफ देख सका। देखने में भद्र और ऊंची जाति का जान पड़ा। सांवला—सा दुबला—पतला होने से कुछ लम्बा मालूम हुआ। सिर पर जूड़े की भांति सामने बाल बंधे हुए हैं। दाढ़ी—मूंछ थोड़ी हैं। आंखों और मुंह में स्वाभाविक हंसी का भाव है। आयु पैंतीस—छत्तीस से अधिक न थी। मेरे पहुंचने पर किसी ने भी ध्यान नहीं दिया। दोनों ही नदी के उस पार पश्चिम की ओर ताकते हुए चुप थे। आकाश में अनेक रंग और आकार के बादलों के बीच पतला—सा पीला तृतीया

का चन्द्रमा है, और मानो उसके ही माथे में सन्ध्या का तारा चमक रहा है। बहुत नीचे दूर ग्राम की सीमा की वृक्ष–पंक्तियां दिखाई दे रही हैं। कई रंगों के टूटे–फूटे बादलों पर तब भी अस्त होने वाले सूर्य की अन्तिम दीप्ति थी।

थोड़े जल वाली नदी का थोड़ा–सा भाग शायद गांव वालों ने साफ कर दिया है। सामने के स्वच्छ काले पानी पर छोटी–छोटी रेखाओं में चन्द्रमा और सन्ध्या के तारों का प्रकाश आसपास झिलमिला रहा है, पास ही कहीं वन में असंख्य बन मल्लिकाएं खिली हैं। उनकी सुगन्ध से सारी वायु भारी हो गई है। पास के किसी पेड़ पर के बगुलों के घोंसलों से उनके बच्चों का स्वर से मिला हुआ चीं–चीं शब्द सुनाई दे रहा है। जो दो आदमी ध्यान लगाये जड़भरत की भांति बैठे हुए हैं, वे निःसन्देह कवि हैं। किन्तु मैं यह सब देखने इस जंगल में शाम को नहीं आया हूं। नवीन ने कहा था कि वैष्णवियों का जत्था है। उनमें जो सबसे उत्तम कमललता है, वह कहां है?

आवाज दी—'गौहर!'

गौहर बावला–सा मेरी ओर देखता रह गया।

बाबा जी ने उसे जरा ठेलकर कहा—'गोसाईं, ये ही तुम्हारे श्रीकान्त हैं न?'

गौहर ने तुरन्त आकर मुझे बड़े जोर से गले लगा लिया। किसी प्रकार आलिंगन से अलग होकर मैं बैठ गया। पूछा—'बाबाजी ने मुझे एकाएक कैसे पहचान लिया?'

बाबाजी ने कहा—'एकाएक कैसे पहचानूंगा? तुम तो वृन्दावन के हमारे परिचित हो गोसाईं। तुम्हारी आंखों में रस का समुद्र है। उन्हें देखते ही आंखें भर जाती हैं। जिस दिन कमललता आई, उसकी भी आंखें ऐसी ही थीं, देखते ही उसे पहचान लिया और कहा—'कमललता, अब तक तू कहां थी?'

'यही तो साधना है गोसाईं। यही तो इनकी दीक्षा है।'

मैंने कहा—'गोसाईं, कमललता को देखने के लिए ही तो आया हूं, वह कहां है?'

बाबाजी ने प्रसन्न होकर कहा—'उसको देखोगे? किन्तु गोसाईं, तुमने उसे कई बार देखा है। शायद भूल हो गये हो। देखते ही पहचान जाओगे कि वह कमललता है। गोसाईं, उसे एक बार बुलाओ।' बाबाजी ने गौहर को इशारा किया कि पुकार दे। इनके लिए सभी गोसाईं हैं—'जाकर कह दो कि श्रीकान्त तुम्हें देखने आया है।'

गौहर के जाने पर मैंने पूछा—'गोसाईं, मेरी सभी बातें शायद गौहर ने तुम्हें बता दी हैं?'

बाबाजी ने सिर हिलाकर कहा—'हां, सब बताया है।' मैंने जब उससे पूछा—'गोसाईं, तुम छः—सात दिन क्यों नहीं आये? उसने कहा, 'श्रीकान्त आये थे। उसने कहा था कि तुम शीघ्र ही फिर आओगे। तुम बर्मा जाओगे यह भी जानता हूं।'

सुनकर मैंने मन में कहा कि यह भय था कि किसी अलौकिक शक्ति के बल से मुझे देखते ही पहचान गये हैं क्या। लेकिन इन्होंने अच्छी प्रकार भांप लिया।

बाबाजी असाधु स्वभाव के नहीं मालूम हुए। बहुत ही सरल। बाबाजी ने स्वीकार कर लिया कि न मालूम क्यों लोगों से गौहर ने मेरी सभी बातें कह दी हैं। कुछ सनकी से, कविता और वैष्णव—रस चर्चा में कुछ भटके हुए से दिखाई दिए।

थोड़ी देर में गौहर गोसाईं के साथ कमललता आ गई। आयु तीस से अधिक न होगी, सांवला रंग, इकहरा बदन, हाथ में चूड़ियां हैं, शायद पीतल की—सोने की भी हो सकती हैं। बाल गांठ लगे पीठ पर झूल रह हैं। गले में तुलसी की माला है, हाथ की गोमुखी

के भीतर भी तुलसी की माला है। तिलक का बहुत आडम्बर नहीं है, हो सकता है कि सवेरे रहा हो, इस समय कुछ मिट गया है। उसके मुंह को देखने पर मुझे बड़ा आश्चर्य हुआ। ऐसा लगा मानो आंखों और मुंह का भाव मेरा परिचित है। चाल भी मानो पहले देखी है।

वैष्णवी की बातचीत से तुरन्त ही समझ गया कि वह नीचे के स्तर की नहीं है। बिना भूमिका बांधे उसने मेरी ओर देखकर कहा—'गोसाईं, पहचान सकते हो।'

मैंने कहा—'नहीं! किन्तु ऐसा लगता है कि कहीं देखा है।'

वैष्णवी ने कहा—'वृन्दावन में देखा था। बड़े गोसाईंजी से क्या अब तक नहीं सुना?'

मैंने कहा—'सुना तो है, किन्तु मैं कभी वृन्दावन नहीं गया।'

वैष्णवी ने कहा—'अवश्य गये हो। बहुत दिनों की बात है, इससे अचानक याद नहीं पड़ रही है। वहां गाय चराते, फल तोड़कर लाते? वनफूलों की माला गूंथकर हम लोगों को पहनाते थे, यह सब भूल गये?' अब वह होंठों को दबाकर धीरे-धीरे हंसने लगी।

मैंने समझा, यह हंसी कर रही है किन्तु किसकी? मेरी या बड़े गोसाईंजी की? उसने कहा—'रात हो रही है, यहां क्यों बैठे हो? भीतर चलो।'

मैंने कहा—'जंगल के मार्ग से हमें दूर जाना है, कल फिर आएंगे।'

वैष्णवी ने पूछा—'यहां का पता किसने बताया? नवीन ने?'

'हां, उसी ने।'

'कमललता की बात नहीं बताई?'

'वह भी बताई थी।'

'वैष्णवी का जाल तोड़कर अचानक नहीं जा सकते। क्या इस

सम्बन्ध में तुमको उसने चेतावनी नहीं दी?'

हंसते हुए मैंने कहा—'दी तो थी।'

वैष्णवी हंसकर बोली—'नवीन होशियार मल्लाह है। उसकी बात न मानकर तुमने अच्छा नहीं किया।'

'क्यों?'

वैष्णवी ने कुछ उत्तर नहीं दिया, गौहर को दिखाकर कहा—'गोसाईं कहते हैं कि तुम नौकरी करने के लिए विदेश जा रहे हो। तुम्हारा तो कोई नहीं है, फिर नौकरी क्यों करोगे?'

'तो क्या करूं?'

'जो हम लोग करती हैं। गोविन्दजी का प्रसाद तो कोई छीन नहीं सकता।'

'किन्तु वैरागी का बाना मेरे लिए नया नहीं है।'

वैष्णवी हंस पड़ी, बोली—'तो सम्भाल नहीं सकते?'

'बहुत दिनों तक मुझसे नहीं निभता।'

वैष्णवी मुंह दबाकर हंस पड़ी और बोली—'तुम्हारा थोड़ा ही अच्छा है। भीतर चलो, सबसे तुम्हारी जान–पहचान करा दूं। यहां कमल का वन है।'

'यह तो सुना है, अंधेरे में लौटूंगा किस प्रकार?'

वैष्णवी ने हंसकर कहा—'अंधेरे में हम लौटने की क्यों देंगे? अंधेरा दूर हो जाए तब आना।'

'चलो।'

वैष्णवी ने कहा—'गौर! गौर!'

गौरांग महाप्रभु या चैतन्यदेव का नाम लेते हुए मैं भी साथ हो गया।

6

मेरा मन धर्म–कर्म में नहीं लगता है और विश्वास भी नहीं है, फिर भी जिन लोगों को विश्वास है, उनको रोकता नहीं हूं। मन में जानता हूं कि इस कठिन विषय का ओर–छोर कभी न मिलेगा। फिर भी मैं धर्मात्माओं की भक्ति करता हूं। क्या स्वामी जी और महात्माजी, किसी को मैं छोटा–बड़ा नहीं समझता। दोनों की वाणी मेरे लिए एक–सी मधुर है।

भीतर जाकर देखा है कि वहां सचमुच कमल का वन है, किन्तु रद्दी नहीं है। मत्त हाथी तो नहीं थे, किन्तु उनके बहुत से चि थे। वैष्णवियां विभिन्न आयु की और पृथक्–पृथक् चेहरों की हैं। भिन्न–भिन्न काम कर रही हैं। कोई दूध औटा रही है, कोई खीर बना रही है, कोई लड्डू बना रही है, कोई मैदा गूंद रही है और कोई फलफूल ठीक कर रही है। ठाकुर जी के रात के भोग की तैयारी है। एक कम आयु की वैष्णवी ध्यान लगाये फूलों की माला गूथ रही है और उसी के पास बैठी हुई अन्य अनेक रंग के छपे, छोटे–छोटे कपड़ों के टुकड़े सावधानी से चुनकर रख रही है। सम्भवतः श्री गोविन्द जी कल स्नान के बाद उन्हें पहनेंगे। काम में वैष्णवियों का आग्रह और एकाग्रता देखने से आश्चर्य होता है। सभी ने मेरी

ओर पलभर को देखा, सबके ओष्ठाधर हिल रहे हैं। शायद मन में जप कर रही हैं। अब दिये जलने लगे। कमललता ने कहा—'चलो, देवता को नमस्कार कर आएं। हां, तुमको क्या कहकर पुकारूं? नये गोसाईं कहा करूं?'

मैंने कहा—'अच्छी बात है। तुम लोगों के यहां जब गौहर तक गौहर गोसाईं हो गया है, तब मैं तो ब्राह्मण का लड़का हूं। परन्तु मेरे नाम में क्या बुराई है? उसी के साथ 'गोसाईं' और जोड़ दो न।'

कमललता ने दबी हंसी के साथ कहा—'ऐसे नहीं होता महाराज, वह नाम लेने से अपराध होता है, आओ!'

'चलो, पर अपराध कैसा!'

'सुनकर क्या करोगे? बड़े अच्छे आदमी हो।'

जो वैष्णवी माला गूंथ रही थी, वह हंस पड़ी। उसने तुरन्त ही मुंह नीचा कर लिया।

ठाकुर जी की कोठरी में पत्थर और पीतल की राधाकृष्णन की युगल मूर्तियां हैं। कई हैं। यहां पांच–छः वैष्णवियां काम में लगी हुई हैं। आरती का समय हो गया है।

भक्तिपूर्वक विधि से प्रणाम करके मैं बाहर आ गया। ठाकुरजी के कमरे के अलावा अन्य कमरे मिट्टी के हैं, किन्तु सफाई का क्या कहना है! बिना आसन के कहीं भी बैठ सकते हैं किन्तु कमललता ने पूरब वाले बरामदे में एक तरफ, आसन बिछाकर कहा—'बैठो, तुम्हारे रहने को कमरा ठीक कर आऊं।'

'क्या मुझे आज यहीं रहना होगा?'

'भय क्या है? मेरे रहते तुम्हें कष्ट न होगा।'

मैंने कहा—'कष्ट के लिए नहीं कहता—किन्तु गौहर अप्रसन्न हो जायेगा।'

वैष्णवी ने कहा—'यह उत्तरदायित्व मेरा है, मैं रखूंगी तो तुम्हारा मित्र कुछ न कहेगा।' वह हंसती हुई चली गई।

मैं अकेला बैठकर वैष्णवियों का काम देखने लगा। उनको पल भर की भी फुरसत नहीं थी। मेरी ओर किसी ने देखा तक नहीं। दस मिनट में जब कमललता आई तब काम पूरा कर सभी चली गई थीं।

मैंने पूछा—'क्या तुम इस मठ की अधिकारिणी हो?'

कमललता ने जीभ दबाकर कहा—'हम गोविन्दजी की दासियां हैं, कोई छोटी–बड़ी नहीं है। प्रत्येक के लिए पृथक्–पृथक् काम है। मुझे प्रभु ने यह काम दिया है।' कहकर उसने मंदिर की ओर हाथ जोड़कर माथे से लगा लिये। बोली—'अब ऐसी बात मुंह से न निकालना।'

मैंने कहा—'अच्छी बात है, बड़े गोसाईं तथा और गोसाईं दिखाई नहीं दे रहे हैं?'

वैष्णवी ने कहा—'आते ही होंगे। नहाने गये हैं।'

'इतनी रात को और इस नदी में?'

वैष्णवी ने कहा—'हां।'

'गौहर भी गया?'

'हां।'

'किन्तु मुझे स्नान क्यों नहीं कराया?'

वैष्णवी ने कहा—'हम लोग किसी को स्नान नहीं करातीं। वे स्वयं ही करते हैं। ठाकुरजी की दया होने पर तुम भी एक दिन करोगे। उस दिन रोकने पर भी न मानोगे।'

मैंने कहा—'गौहर भाग्यवान है, किन्तु मेरे पास तो रुपये नहीं हैं, मैं दरिद्र आदमी हूं। शायद ठाकुरजी की दया मुझ पर न होगी।'

वैष्णवी इशारा समझ गई। अप्रसन्न होकर कुछ कहना ही चाहती थी, पर कहा नहीं। उसने कहा—'गौहर गौसाईं कुछ भी हों, किन्तु तुम गरीब नहीं हो। जो आदमी बहुत रुपया देकर दूसरे की लड़की का उद्धार करता है उसे ठाकुरजी गरीब नहीं मानते। तुम पर भी दया होगी।'

मैंने कहा—'तो भी भाग्य में जो कुछ लिखा है वही होगा। कन्या के उद्धार का समाचार तुम्हें कहां से मिला?'

वैष्णवी ने कहा—'हम लोगों को दस घरों से भीख मांगनी पड़ती है। हम सभी समाचार सुनती रहती हैं।'

'किन्तु यह समाचार शायद तुमको अभी नहीं मिला है कि रुपया देकर कन्यादान से अवकाश नहीं लेना पड़ा।'

वैष्णवी कुछ विस्मित होकर बोली, 'क्या?'

मैंने कहा—'मैं टूटा नहीं, किन्तु कालीदास बाबू टूट गये हैं, जो लड़के के बाप हैं। दूसरे की भीख से लड़का बेचने की रकम मिलने पर उसे लेने में उन्हें लज्जा मालूम हुई। इस प्रकार मैं भी बच गया।' मैंने सारा मामला संक्षेप में बता दिया। वैष्णवी ने आश्चर्य से कहा—'यह क्या कहते हो, अनहोनी घटना है।'

मैंने कहा—'यह तो ठाकुरजी की कृपा है। क्या केवल गौहर गोसाईं ही अंधेरे में, नदी के सड़े पानी में डुबकियां लगायेगा? संसार में क्या और कहीं कोई अनहोनी बात न होगी? उनकी लीला ही फिर कैसे प्रकट होगी?' अब ज्यों ही मैंने वैष्णवी का मुंह देखा, समझ गया कि इतना कह जाना मेरे लिए अच्छा नहीं हुआ। किन्तु वैष्णवी ने टोका नहीं।

उसने केवल हाथ उठाकर मन्दिर की ओर चुपचाप प्रणाम किया, मानो मेरा अपराध क्षमा करने की भिक्षा मांगी।

सामने एक वैष्णवी बड़ी थाली में पूड़ियां लिए हुए ठाकुरजी की कोठरी की तरफ गई। देखकर मैंने कहा—'आज तुम्हारे यहां उत्सव है, शायद कोई मुख्य पर्व का दिन है?' वैष्णवी ने कहा—'आज कोई पर्व नहीं है। यह तो हमारे यहां का प्रतिदिन का काम है। ठाकुरजी की कृपा से किसी वस्तु की कमी नहीं पड़ती।'

मैंने कहा—'अति प्रसन्नता की बात है, किन्तु तैयारी शायद रात को ही अधिक होती है।'

वैष्णवी ने कहा—'सेवा में सवेरे और शाम का बखेड़ा नहीं है। यदि दया करके दो दिन ठहर जाओ तो सब देख लोगे। हम सभी दासी की दासियां हैं। उनकी सेवा करने के अलावा संसार में हम लोगों को दूसरा काम नहीं है।' उसने मंदिर की ओर हाथ जोड़कर प्रणाम किया।

मैंने पूछा—'सारा दिन तुम लोग क्या करती हो?'

वैष्णवी ने कहा—'जो कुछ देखा, वही।'

मैंने कहा—'आकर देखा मसाला पीसना, तरकारी काटना, दूध गरम करना, माला गूंथना, कपड़े रंगना—इसी प्रकार के और बहुत से काम। तुम लोग क्या दिन—भर यही करती हो?'

वैष्णवी ने कहा—'हां।'

'किन्तु ये सब तो घर—गृहस्थी के काम हैं, सभी औरतें करती हैं। तुम भजन—साधन कब करती हो?'

वैष्णवी ने कहा—'यही तो हमारा भजन—साधन है।'

'रसोई पकाना, पानी भरना, कूटना, फटकना, माला गूंथना, कपड़े रंगना—इसी को साधना कहते हैं?'

वैष्णवी ने कहा—'हां! दास—दासियों की इससे बढ़कर साधना हम और कहां पायेंगी गोसाईं?' कहते—कहते उसकी सजल आंखें

मानो अनिर्ववचनीय आनन्द से पूर्ण हो गईं। मुझे ऐसा मालूम होने लगा कि इस अपरिचित वैष्णवी के मुंह के समान सुन्दर मुंह मैंने इस संसार में कहीं नहीं देखा। मैंने पूछा—'कमललता, तुम्हारा मकान कहां है?'

वैष्णवी ने आंचल से आंखें पोंछकर हंसकर कहा—'पेड़ के नीचे।'

'किन्तु पेड़ की छाया तो सदा नहीं थी?'

वैष्णवी ने कहा—'तब ईंटों और लकड़ी के बने किसी मकान का एक छोटा—सा कमरा। किन्तु उस कहानी को सुनाने का समय अब नहीं है गोसाईं। मेरे साथ चलो। तुम्हारा नया कमरा दिखा दूं।'

कमरा बहुत अच्छा है। उसने खूंटी पर टंगी हुई एक साफ रेशमी धोती दिखाते हुए कहा—'इसे पहन कर ठाकुरजी के कमरे में आना। देर मत करना।' अब वह तेजी से चली गई।

एक ओर छोटी—सी चौकी पर बिछौना है। पास ही एक मेज पर कई पुस्तकें और एक थाली में मौलसिरी के फूल रखे हैं। अभी दिया जलाकर शायद धूप जलाई गई है। उसकी सुगन्ध और धुएं से कमरा महक रहा था। दिन भर की थकावट तो थी ही, देवताओं से सदा दूर रहता हूं इसलिए उस ओर आकर्षण नहीं था, कपड़े उतार कर तुरन्त बिछौने पर लेट गया। न मालूम वह किसका कमरा है, एक रात के लिए अपरिचित वैष्णवी न मालूम किसकी सेज मुझे उधार दे गई है, अथवा यह उसका ही है, किन्तु इन बातों से मन स्वभावतः संकोच करता है, फिर भी आज कुछ भी ध्यान नहीं आया मानो पुराने परिचित अपने ही आदमियों के पास चला आया हूं। शायद कुछ तन्द्रा आ गई थी, कि इतने में ही मानो किसी ने द्वार के बाहर से पुकारा—'नये गोसाईं, मन्दिर नहीं जाओगे? वे लोग बुला रहे हैं।'

मैं हड़बड़ाकर उठ बैठा। मंजीरों के साथ होने वाला कीर्तन सुनाई पड़ा। जो गाना हो रहा था। उसके शब्द जितने मधुर थे उतने ही स्पष्ट थे। स्त्री के गले के शब्द थे, उस रमणी को आंखों से देखे बिना ही अनुमान कर लिया कि कमललता गा रही है। नवीन को विश्वास है कि इस मीठे स्वर ने ही उसके मालिक को फंसा लिया है। मैंने भी यही सोचा कि वह न तो असम्भव है और न अत्यन्त असंगत।

मन्दिर में जा एक ओर बैठ गया। किसी ने मेरी ओर नहीं देखा। सबकी दृष्टि राधाकृष्णन् की मूर्ति पर थी। बीच में खड़ी कमललता कीर्तन कर रही है—'मदनगोपाल जय–जय यशोदालाल की। नन्दलाल जय–जय गिरधारीलाल की। गिरधारीलाल जय–जय गोबिन्दगोपाल की।'

इन थोड़े से शब्दों के दुहराने से भक्तों का गम्भीर वक्षस्थल मथा जाकर कौन–सी सुधा तरंगित हो उठती है, यह जानना मेरे लिए कठिन है। मैंने देखा कि दर्शकों में किसी की आंखें सूखी नहीं हैं। गायिका की आंखों से आंसुओं की धारा बह रही है। भावों के भार से उसका कण्ठस्वर मानो टूट रहा है। इन रसों का मैं रसिक नहीं हूं, फिर भी मेरे मन में न मालूम कैसी धारा बहने लगी। द्व ारिकादास बाबा जी आंखें बन्द किए एक दीवार से टिक बैठे थे। समझ में नहीं आया कि वे सचेत हैं या अचेत। थोड़ी देर पहले की स्निग्ध, हास्य, चंचल कमललता ही नहीं बल्कि साधारण गृह कर्मों में नियुक्त जिन वैष्णवियों को मैं अभी तक साधारण और कुरूप समझ रहा था, वे भी मानो इस धूप में धुएं से ढके घर के दीपक के मध्यम प्रकाश में मेरी आंखों में क्षण–भर के लिए अत्यन्त सुन्दर दिखाई पड़ने लगीं। मुझे ऐसा मालूम होने लगा कि वह पत्थर की मूर्ति सचमुच आंखें खोलकर देख रही है और कान लगाकर कीर्तन के माधुर्य का रस ले रही है।

भावों की इस विह्वल मुग्धता से घबराकर मैं बाहर चला आया, किसी ने देखा नहीं। आंगन के एक छोर पर गौहर बैठा था। कहीं के प्रकाश की एक रेखा आकर उसके शरीर पर पड़ रही थी। मेरे पैरों के शब्द से भी उसका ध्यान भंग नहीं हुआ। उसके एकाग्र मुंह को देखकर मैं हिल न सका। उसी स्थान पर खड़ा रहा। ऐसा लगा मानो मुझे ही अकेला छोड़कर इस मकान के सभी किसी दूसरे देश को चले गये हैं—'मैं वहां के मार्ग को नहीं पहचानता। कमरे में जाकर बत्ती बुझाकर लेट गया। अच्छी प्रकार जानता हूं कि ज्ञान, विद्या और बुद्धि में मैं इन सबसे बड़ा हूं फिर भी न जाने किस व्यथा से मन भीतर से रोने लगा और किसी अज्ञात कारण से आंखों से बड़ी–बड़ी बूंदें गिरने लगीं।

पता नहीं मैं कितनी देर तक पड़ा रहा। कान में शब्द पहुंचा, 'सो गये गोसाईं!'

मैं उठ बैठा, पूछा—'कौन?'

'मैं हूं तुम्हारी संध्या का मित्र। इतना सोते हो?'

अंधेरी कोठरी में चौखट के पास कमललता वैष्णवी खड़ी थी। मैंने कहा—'जागते रहने से क्या लाभ? सोने से समय का सदुपयोग हो गया।'

'यह तो मालूम है किन्तु प्रसाद नहीं लोगे?'

'लूंगा।'

'तब इतना अधिक सो क्यों रहे हो?'

'जानता हूं कि प्रसाद तो पाऊंगा ही। सन्ध्या की मेरी मित्र मुझे रात को भी न छोड़ेगी।'

वैष्णवी ने हंसते हुए कहा—'यह दावा तो वैष्णवों का है, तुम लोगों का नहीं।'

मैंने कहा—'आशा मिलने पर वैष्णव बनते कितनी देर लगती है। तुमने गौहर तक को गोसाईं बना डाला तो मैं ही क्या इतना गया गुजरा हूं? आज्ञा पाऊं तो वैष्णवों का दासानुदास बनने को भी तैयार हूं।'

कमललता का स्वर कुछ गम्भीर हो उठा। उसने कहा—'वैष्णवों से हंसी—मजाक ठीक नहीं गोसाईं, यह तो अपराध है। गौहर गोसाईं को तुमने गलत समझा है। उसके साथी उसको काफिर कहते हैं, किन्तु वे उसे नहीं जानते। वह पक्का मुसलमान है। पुरखों के धर्म—विश्वास को उसने छोड़ा नहीं है।'

'किन्तु उसका भाव देखने से ऐसा नहीं मालूम होता।'

वैष्णवी ने कहा—'यही तो आश्चर्य की बात है। अब देर मत करो, चलो।' फिर सोचकर कहा—'अथवा यहीं तुम्हारे लिए प्रसाद ले आऊं, क्या कहते हो?' मैंने कहा—'ठीक है, किन्तु गौहर कहां है? यदि वह हो तो दोनों को एक साथ ही दे दो।'

'उसके साथ बैठकर खाओगे?'

मैंने कहा—'सदा तो खाया है। लड़कपन में उसकी मां ने कई बार खिलाया है।

उस समय तुम लोगों के प्रसाद की अपेक्षा वह कम मीठा न होता था। फिर गौहर भक्त है, कवि है। कवि की जाति का विचार नहीं किया जाता।'

अंधेरे में भी मालूम हो गया कि वैष्णवी ने एक सांस को दबाकर कहा—'पता नहीं गौहर गोसाईं कब चले गये?'

मैंने कहा—'गौहर आंगन में बैठा है। क्या उसे तुम लोग भीतर नहीं जाने देतीं?'

वैष्णवी ने कहा—'नहीं।'

मैंने कहा—'मैंने आज गौहर को देखा है। कमललता मेरी हंसी से तुम अप्रसन्न हो गईं किन्तु अपने देवता के साथ तुम लोग भी कम हंसी नहीं करतीं। अपराध एक ही ओर से नहीं होता है।'

इसका वैष्णवी ने कुछ उत्तर नहीं दिया। वह चुपचाप चल गई। थोड़ी देर में उसने एक दूसरी वैष्णवी के हाथों बत्ती और आसन तथा स्वयं प्रसाद का बर्तन लिये प्रवेश किया। कहा—'नये गोसाईं, अतिथि की सेवा में त्रुटि हो सकती है, किन्तु यहां का सब कुछ ठाकुरजी का प्रसाद है।'

मैंने हंसकर कहा—'अरी सन्ध्या समय की मित्र, भय की बात नहीं है। वैष्णवी न होने पर भी तुम्हारे नये गोसाईं को रस का बोध है। आतिथ्य की कमी के लिए वह रसभंग नहीं करेगा। जो कुछ ले आई हो, रख दो। लौटकर देखना कि प्रसाद का एक कण भी नहीं बचा है।'

'ठाकुरजी का प्रसाद इसी प्रकार खाया जाता है', कहकर कमललता ने सब सामग्री सिलसिलेवार परोस दी।

दूसरे दिन बहुत सवेरे नींद टूट गई। घड़ी—घण्टे के शब्द से, बाजे—गाजे के साथ मंगल आरती शुरू हो गई। प्रभाती के सुर में कीर्तन का पद सुना—'कान्ह गले बनमाल विराजै, राधा गले मोती साजैं। अरुण चरण में नूपुर शोभित खंजन—गंजन लाजैं।' दिन भर ठाकुरजी की सेवा होती रही। पूजा—पाठ, कीर्तन, नहलाना, शरीर पौंछना, चन्दन लगाना, माला पहनाना, खिलाना—इसमें जरा भी विराम नहीं पड़ा। कामों में सभी तत्पर हैं। ऐसा मालूम हुआ कि पत्थर के देवता ही आठ प्रहर अनन्त सेवा सह सकते हैं और कोई होता तो इतने उपद्रव से घिसकर समाप्त हो जाता।

कल वैष्णवी से पूछा था—'तुम लोग साधन—भजन किस समय करती हो?' उसने उत्तर दिया—'यही तो साधन—भजन है।' आश्चर्य

में पड़कर पूछा था–'क्या यह रसोई बनाना, फूल चुनना, माला गूंथना, दूध औटना, साधना है?' उसने तुरन्त उत्तर दिया था–'हां, हम लोग इसी को साधन कहती हैं। हमारा और कोई साधन–भजन नहीं है।'

आज सारे दिन की लीला देखकर समझ गया कि उसकी बातें सोलहों आने ठीक हैं। कहीं अत्युक्ति नहीं है। दोपहर को मौका पाकर कहा–'कमललता, मैं जानता हूं कि तुम और सबसे भिन्न हो। सच बतलाओ भगवान की प्रतीक यह जो पत्थर की मूर्ति...।'

वैष्णवी ने हाथ उठाकर मुझे रोककर कहा–'वे तो साक्षात् भगवान् हैं। ऐसी बात कभी मुंह से मत निकालना गोसाईं...।'

मानो मेरी बातों से उसे अधिक लज्जा मालूम हुई। मैं भी एक प्रकार से घबरा गया, फिर भी धीरे–धीरे मैंने कहा–'मैं नहीं जानता, इसलिए पूछता हूं कि क्या सचमुच तुम सोचती हो कि उस पत्थर की मूर्ति में ही भगवान् की शक्ति और चेतना है, उनका...।'

मेरी बात पूरी होने से पहले ही वह बोल उठी–'सोचने क्यों जाऊंगी, यह तो हमारे लिए प्रत्यक्ष है। तुम लोग संस्कारों का मोह नहीं तोड़ सके, इसलिए ऐसा सोचते हो कि रक्त–मांस के शरीर के अतिरिक्त चैतन्य के रहने के लिए दूसरा स्थान नहीं है। किन्तु यह क्यों?

मैं कहती हूं कि शक्ति और चैतन्य का सार क्या तुम लोग ही हजम कर बैठ गये हो? यह कहोगे कि पत्थर में उसके लिए स्थान नहीं है। स्थान मिलता है जी, मिलता है, भगवान को कहीं भी रहने में कोई बाधा हो, तो उन्हें हम लोग भगवान् ही क्यों कहें?'

युक्ति की दृष्टि से ये बातें स्पष्ट भी नहीं हैं, पूर्ण भी नहीं है, किन्तु यह तो उसको सजीव विश्वास है। उसके उस दावे और अकपट उक्ति के सामने मैं न मालूम किस प्रकार घबरा गया, तर्क

करने या काटने का न साहस हुआ, न इच्छा हुई। मैं सोचने लगा कि, सच ही तो है, पत्थर हो या और कुछ, इस प्रकार के पूर्ण विश्वास से अपने को समर्पित न कर सकतीं तो ये वर्ष के बाद वर्ष लगातार सेवा करने की शक्ति किस प्रकार पातीं। यों निश्चित और निर्भय होने का अवलम्ब कहां मिलता? ये शिशु नहीं हैं। बच्चों के खेल के मिथ्या अभिनय से दुविधा में मन क्या थकावट की कमजोरी से दो दिन में ही न गिर जाता! ऐसा नहीं हुआ। भक्ति और प्रेम ही अखण्ड एकाग्रता से इनमें आत्मनिवेदन का आनन्दोत्सव बढ़ता ही जा रहा है। इस जीवन में पाने के विचार क्या सब कुछ निरर्थक है?

वैष्णवी ने कहा—'गोसाईं, बात क्यों नहीं करते?'

मैंने कहा—'सोच रहा हूं।'

'क्या सोच रहे हो?'

'तुमको ही।'

'अहा, यह तो मेरा बड़ा भाग्य है।' तनिक रुककर कहा—फिर भी यहां नहीं रहना चाहते हो? कहां किस बर्मा में नौकरी करने के लिए जाना चाहते हो? नौकरी क्यों करोगे?'

मैंने कहा—'मेरे पास तो मठ की जगह—जमीन नहीं है, अनुगत भक्तों का बल भी नहीं है, खाऊंगा क्या?'

'ठाकुरजी देंगे।'

मैंने कहा—'यह तो दुराशा है, किन्तु तुम लोगों का भी ठाकुरजी पर बहुत भरोसा नहीं मालूम होता। भीख मांगने को जाती हो।'

वैष्णवी ने कहा—'इसलिए जाती हूं कि वे देने के लिए द्वार—द्वार पर खड़े रहते हैं। अपनी गरज नहीं है, होती तो न जाती। बिना खाये सूख—सूखकर मरने की घड़ी आ जाने पर भी न जाती।'

'कमललता, तुम्हारा घर कहा हैं?'

'कल ही तो बतलाया था गोसाईं, मेरा घर पेड़ों के नीचे है और गांव मार्ग–मार्ग में।'

'तो पेड़ों के नीचे और मार्ग–मार्ग में न रहकर मठ में किसलिए रहती हो?'

'बहुत दिनों तक मार्ग में ही थी गोसाईं, साथी पा जाऊं तो फिर एक बार मार्ग को ही अपना लूं।'

मैंने कहा—'कमललता, विश्वास नहीं होता कि तुमको साथियों की कमी है, जिसको बुलाओगी, स्वीकार कर लेगा।'

वैष्णवी हंसती हुई बोली—'तुमको बुला रही हूं नये गोसाईं, स्वीकार कर लो।'

मैंने हंसकर कहा—'राजी हूं, बचपन में जिसे लीला मण्डली वालों से डर नहीं लगा वह बड़ी आयु में वैष्णवी से क्या भयभीत होगा?'

'तुम मण्डली वालों में भी थे क्या?'

'हां।'

'तब क्या गाना जानते हो?'

'नहीं, मुखिया ने इतना आगे नहीं बढ़ने दिया। पहले ही उत्तर दे दिया। तुम मुखिया होतीं तो क्या करतीं, नहीं जानता।'

वैष्णवी हंसने लगी, बोली—'मैं भी उत्तर दे देती। अच्छा, अब हम में से एक के जानने पर भी काम चल जाएगा। इस देश में किसी भी तरह भगवान का नाम ले सकने पर भीख मिल जाती है। चलो न गोसाईं, निकल चलें। तुम तो कहते थे कि वृन्दावन धाम कभी नहीं देखा है। चलो, तुम्हें दिखला लाऊं। बहुत घर में बैठे–बैठे कट गये, मार्ग का नशा फिर अपनी ओर खींचना चाहता है। चलोगे नहीं गोसाईं?'

अचानक उसके मुंह की ओर देखकर बहुत आश्चर्य हुआ। मैंने कहा—'हमारा परिचय हुए तो अभी चौबीस घण्टे भी नहीं हुए, मुझ पर इतना विश्वास कैसे हो गया?'

वैष्णवी ने कहा—'ये चौबीस घण्टे केवल एक पक्ष के लिए नहीं हैं गोसाईं। ये तो दोनों पक्षों के लिए हैं। मुझे विश्वास है, रास्ते के प्रवास में भी तुम पर मुझे अविश्वास न होगा। कल पंचमी है, चल देने का शुभ दिन है, चलो। मार्ग के किनारे रेल की सड़क है ही, अच्छा न लगे तो लौट आना। मैं नहीं रोकूंगी।'

एक वैष्णवी ने समाचार दिया—'कमरे में ठाकुरजी का प्रसाद रख दिया गया है।'

कमललता ने कहा—'चलो, तुम्हारे कमरे में चलकर बैठें।'

'अच्छी बात है।'

एक बार फिर उसके मुंह की ओर देखा। अब सन्देह नहीं रहा कि वह हंसी नहीं कर रही है। मैं तो उपलक्ष्य मात्र हूं। कारण कुछ भी हो, यहां का बन्धन तोड़कर भाग निकलने से ही मानो वह बचेगी—वह एक मुहूर्त की देर नहीं चाहती।

मैं कमरे में आकर भोजन करने लगा। प्रसाद बहुत बढ़िया है। भागने का जाल पक्का हो जाता, किन्तु किसी आवश्यक काम से कोई कमललता को बुला ले गया। अतः अकेले भोजन करना पड़ा। बाहर आने पर कोई न मिला। द्वारिकादास बाबाजी कहां गए? दो—चार पुरानी वैष्णवियां घूम—फिर रही हैं। कल शाम को ठाकुरजी के कमरे में धुएं की अधिकता से शायद ये ही अप्सराएं—सी लग रही थीं, किन्तु दिन के प्रकाश में कल का वह सौन्दर्य उतना अटूट नहीं रहा। सीधा आश्रम के बाहर निकल आया। वही सेवार से ढकी पतली मन्द धारावली, परिचित नदी और वही लता—गुल्म कण्टकों से पूर्ण तट भूमि, वही सांपों का घर, सुदृढ़ बेंतों का कुंज और विस्तृत

बांसों की झाड़ियां, बहुत दिनों से अभ्यास न रहने के कारण डर–सा लगा। दूसरे स्थान पर जाने को तैयार था कि एक आदमी जो कहीं छिपा बैठा था, उठकर आया और मेरे पास खड़ा हो गया। पहले तो आश्चर्य हुआ कि क्या इस स्थान में भी कोई आदमी रहता है। वह मनुष्य मेरी आयु का होगा। यदि मुझसे दस वर्ष बड़ा ही रहा हो तो कुछ विचित्रता नहीं। नाटा कद, दुबला–पतला शरीर, रंग बहुत काला नहीं है, किन्तु मुंह के नीचे का भाग जिस तरह अस्वाभाविक छोटा है उसी तरह आंखों की भौंहें भी लम्बाई–चौड़ाई में विस्तीर्ण हैं। इतनी बड़ी घनी मोटी भौंहें भी मनुष्य की होती हैं, यह मैं नहीं जानता था। दूर से सन्देह हुआ कि प्रकृति ने हंसी के लिए एक जोड़ी मोटी मूंछे होठों के बदले माथे में लगा दी हैं। गले में तुलसी की मोटी माला है। पहनावा बहुत अंशों में वैष्णवों जैसा है, किन्तु जितना गन्दा है उतना ही जीर्ण है।

'महाशय जी!'

चौंककर खड़े होते हुए मैंने कहा—'कहिए।'

'आप यहां कब आये हैं?'

'कल तीसरे पहर।'

'शायद रात को अखाड़े में थे?'

'जी हां!'

'ओह!'

कई मिनट चुप्पी में बीत गये। कदम बढ़ाने की कोशिश करते ही उस आदमी ने कहा—'आप तो वैष्णव नहीं हैं। भले आदमी हैं, अखाड़े में आपको कैसे रहने दिया?'

मैंने कहा—'यह तो वे ही जानते हैं। उन्हीं से पूछिए।'

'ओह, शायद कमललता ने रहने के लिए कहा होगा?'

'हां।'

'ओह, क्या आप जानते हैं कि उसका असली नाम क्या है?' उषांगिनी। मकान सिलहट में है, किन्तु मालूम होती है कलकत्ते की लड़की। मेरा मकान भी सिलहट में है। महमूदपुर गांव में। उसके चरित्र का हाल सुनिएगा?'

मैंने कहा—'नहीं।' किन्तु उस मनुष्य का भाव देखकर मुझे सचमुच आश्चर्य हुआ। उससे पूछा—'कमललता के साथ आपका क्या कोई सम्बन्ध है?'

'अवश्य।'

'बतलाइए।'

वह मनुष्य पल भर सोच–विचार करके गरज उठा—'क्या झूठ है? वे मेरी पत्नी है। उसके बाप ने स्वयं हम लोगों की कण्ठी बदली थी।

इसके गवाह हैं। न जाने क्यों मुझे विश्वास नहीं हुआ। पूछा—'आपकी जाति!'

'हम द्वादश–तेली हैं।'

'और कमललता?'

वह अपनी मोटी भौंहों की जोड़ी को सिकोड़कर बोला—'वह कलबार है। उसके पानी से हम पैर भी नहीं धोते। एक बार उसे बुला दीजिएगा।'

'नहीं! अखाड़े में सभी जाते हैं, आप भी वहीं चले जाइए।'

वह क्रोधित होकर बोला—'जाऊंगा महाशय, जाऊंगा। दरोगा को पैसे खिला दिये हैं। सिपाही साथ लेकर झोंटा पकड़कर बाहर खींच लाऊंगा। बाबा जी के बाप उसे बचा न सकेंगे। साला गदहा कहीं का!'

और कुछ न कह मैं चलने लगा। पीछे से वह कठोर स्वर में बोला—'आपका क्या बिगड़ जाता? जाकर एक बार बुला देते तो क्या शरीर घिस जाता? भले आदमी।'

पीछे मुड़कर देखने का साहस नहीं हुआ। कहीं क्रोध न सम्भाल सकूं और इस महा दुर्बल मनुष्य पर कहीं हाथ न छोड़ बैठूं, इस शंका से कुछ तेजी के साथ मैं चला गया। ऐसा लगा कि वैष्णवी के भागने का हेतु शायद यही है।

मन उदास हो गया था। ठाकुरजी के कमरे में न तो मैं स्वयं गया और न कोई मुझे बुलाने ही आया। कमरे में चौकी पर कई वैष्णव ग्रन्थावलियां सहेजकर रखी हुई थीं। उनमें से एक को लेकर और दीये को सिरहाने के पास लाकर बिछौने पर लेट गया—वैष्णव धर्मशास्त्र पढ़ने के लिए नहीं, केवल समय काटने के लिए। केवल एक बात बार-बार याद पड़ने लगी कि कमललता फिर लौटकर क्यों नहीं आई?

ठाकुरजी की सन्ध्या आरती हुई, उसका मधुर कण्ठ बार-बार कानों में आने लगा। घूम-फिरकर केवल यही याद पड़ने लगा कि उस समय से कमललता ने मेरी खोज-खबर नहीं ली और वह भौंहों वाला आदमी? क्या उसकी कथा में कुछ सचाई नहीं है?

एक बात और भी है? गौहर कहां है? उसने तो आज मेरी सुधि ही नहीं ली। सोचा था कि कुछ दिन यहीं रहूंगा, कम-से-कम पुण्टू के विवाह के दिन तक—किन्तु ऐसा न हो सकेगा। शायद कल ही कलकत्ता चला जाऊं!

धीरे-धीरे आरती और कीर्तन समाप्त हो गया। वही कलावती वैष्णवी आकर आज भी प्रसाद रख गई, किन्तु जिसकी राह देख रहा था, उसके दर्शन न मिले। बाहर लोगों की बातचीत और आने-जाने की आहट भी धीरे-धीरे शान्त हो चली। उसके आने की सम्भावना

न देखकर मैंने भोजन किया। फिर हाथ–मुंह धोकर दीपक बुझाकर सो गया।

शायद उस समय बहुत रात थी। सुनाई पड़ा–'नये गोसाईं! जागकर उठ बैठा। अंधेरे में कमरे में खड़ी थी कमललता। उसने धीरे–धीरे कहा–'न आने से शायद मन में बहुत दुःखी हो रहे हो, गोसाईं?'

मैंने कहा–'हां।'

वैष्णवी तनिक चुप रहकर बोली–'जंगल में उस आदमी ने तुमसे क्या कहा था?'

'क्या तुमने देखा था?'

'हां।'

'कह रहा था कि वह तुम्हारा पति है अर्थात् तुम लोगों की रीति के अनुसार कंठी बदली होने से तुम उसकी पत्नी हो गई हो।'

'तुमने विश्वास किया?'

'नहीं किया।'

फिर क्षण–भर चुप रहकर वैष्णवी ने कहा–'उसने मेरे चरित्र के विषय में कुछ भी इशारा नहीं किया?'

'किया है।'

'मेरी जाति का?'

'उसका भी।'

वैष्णवी ने कुछ ठहरकर कहा–'सुनोगे मेरे बचपन की कहानी? किन्तु तुम घृणा करने लगोगे।'

मैंने कहा–'तो रहने दो। मैं नहीं सुनना चाहता।'

'क्यों?'

मैंने कहा—'उससे क्या लाभ है? तुम मुझे बहुत अच्छी लगती हो। किन्तु मैं कल चला जाऊंगा। शायद फिर कभी हम लोगों की भेंट भी न हो। निरर्थक मेरे इस अच्छा लगने को नष्ट करने से क्या लाभ होगा?' अब वैष्णवी देर तक चुप रही। अंधेरे में वह चुपचाप खड़ी क्या कर रही है, मेरी समझ में न आया। पूछा—'क्या सोच रही हो?'

'सोच रही हूं कि कल तुम्हें जाने न दूं।'

'तो कब जाने दोगी?'

'कभी न जाने दूंगी। किन्तु बहुत रात हो गई, सो रहो। मसहरी अच्छी प्रकार लगी हुई है?'

'शायद लगी हुई है!'

वैष्णवी ने हंसकर कहा—'शायद लगी है? वाह!' अब उसने पास आकर अंधेरे ही में हाथ से बिछौने के चारों ओर की जांच करके कहा—'सो रहो गोसाईं, मैं जाती हूं।' वह पैर दबाये बाहर चली गई, और बाहर से द्वार बन्द कर दिया।

7

वैष्णवी ने आज मुझसे बार–बार शपथ करा ली कि उसका पिछली चिट्ठा सुनकर मैं घृणा न करूंगा।

मैंने कहा–'मैं तो सुनना नहीं चाहता, किन्तु सुनकर भी घृणा न करूंगा!'

वैष्णवी ने पूछा–'किन्तु क्यों न करोगे? यह बात सुनकर तो नरनारी सभी घृणा करते हैं।'

मैंने कहा–'मैं नहीं जानता कि तुम क्या कहोगी, फिर भी अनुमान लगा सकता हूं। मैं जानता हूं कि उसे सुनकर औरतें ही औरतों को सबसे अधिक दोष लगाती हैं। मैं उसका कारण भी जानता हूं किन्तु तुमको बताना नहीं चाहता। पुरुष भी घृणा करते हैं किन्तु वह प्रायः छल या आत्मवंचना है। तुम जो कहोगी उससे बहुत खराब बातें मैंने तुम लोगों से सुनी हैं और आंखों से भी देखी हैं। फिर भी मुझे किसी से घृणा नहीं?'

'क्यों नहीं है?'

'शायद यह मेरा स्वभाव है। किन्तु कल ही मैंने कहा था कि मैं नहीं सुनना चाहता। कौन कहां का है यह कहानी मुझसे न कहोगी

तो क्या हानि है?'

वैष्णवी देर तक चुप रह कर कुछ सोचती रही, फिर अचानक पूछ बैठी—'अच्छा गोसाईं, तुम पिछले और अगले जन्म पर विश्वास करते हो?'

'नहीं।'

'क्यों? क्या तुम सोचते हो कि ये बातें नहीं हैं?'

'सोचने के लिए मुझे और बहुत–सी बातें हैं, इन बातों पर सोचने के लिए मुझे समय नहीं मिलता।'

वैष्णवी ने क्षण–भर चुप रहकर कहा—'पटना की बात कहूंगी तो विश्वास करोगे! ठाकुरजी की ओर मुंह करके कह रही हूं, झूठ नहीं कहूंगी।'

मैंने हंसकर कहा—'करूंगा कमललता, करूंगा। ठाकुरजी की कसम खाये बिना कहने से भी विश्वास करूंगा।'

वैष्णवी ने कहा—'एक दिन गौहर गोसाईं से सुना कि उसकी पाठशाला के एक साथी उसके यहां अचानक आ गये हैं। मैंने सोचा, जो आदमी एक दिन भी हमारे यहां आये बिना नहीं रह सकता वह अपने बचपन के मित्र के साथ छः–सात दिन कैसे रह गया? फिर सोचा यह कैसा ब्राह्मण मित्र है जो मुसलमान के घर पड़ा रहा। किसी से भी नहीं डरा। उसका क्या कहीं कोई नहीं है? पूछने पर गौहर गोसाईं ने कहा कि 'संसार में उसका अपना कोई नहीं है। इसलिए वह निर्भय है। कोई चिन्ता भी नहीं है।' मैंने सोचा कि होगा। पूछा—'गोसाईं, तुम्हारे मित्र का क्या नाम है?' नाम सुनकर मैं चौंक उठी। 'गोसाईं, वह नाम मुझे न लेना चाहिए।'

मैंने हंसकर कहा—'तुम्हारे मुंह से ही सुना है।'

वैष्णवी ने कहा—'मैंने पूछा, तुम्हारा मित्र देखने में कैसा है?

आयु कितनी है? गोसाईं ने जो बातें कहीं उनका कुछ ही अंश मेरे कानों में गया; किन्तु हृदय धक–धक करने लगा। तुम सोचोगे कि ऐसा आदमी नहीं देखा, जो नाम सुनते ही पागल हो जाये। किन्तु नाम सुनकर ही औरतें पागल हो जाती हैं गोसाईं।'

मैंने पूछा–'फिर?'

वैष्णवी ने कहा–'मैं स्वयं हंसने लगी, किन्तु फिर भूल न सकी। सब काम–काज में एक ही बात याद आती रहती है कि तुम कब आओगे तुमको कब देखूंगी।'

मैं उसके मुंह की ओर देखकर फिर हंस न सका।

वैष्णवी ने कहा–'तुम तो कल ही शाम को आये हो किन्तु आज मुझसे अधिक इस संसार में तुमको कोई प्यार नहीं करता। यदि पिछला जन्म सत्य न होता तो क्या ऐसी घटना एक ही दिन में हो सकती थी?'

थोड़ी देर रुककर वह बोली–'मैं जानती हूं कि तुम रहने को नहीं आये हो और रहोगे भी नहीं। कितनी ही प्रार्थना क्यों न करूं, दो–एक दिन रहकर तुम चले जाओगे। किन्तु इस व्यवस्था को मैं कितने दिनों तक सम्भालूंगी, यही सोचती रहती हूं।' अब उसने आंचल से आंखें पोंछ लीं।

इतने थोड़े समय में इतनी स्पष्ट और सुन्दर भाषा में महिला के प्रणय–निवेदन की कहानी इसके पहले न किसी पुस्तक में पढ़ी थी और और न किसी के मुंह से सुनी थी। अपनी आंखों से देख रहा है, यह अभिनय भी नहीं है, कमललता सुन्दरी है, निरक्षर मूर्ख नहीं है। उसकी बातचीत से, उसके गीतों से, उसके यत्न और उसकी अतिथि–सेवा के कारण वह मुझे भली लगी है। उस अच्छे लगने को प्रशंसा और रसिकता का फैलाव करने में मैंने कृपणता नहीं की है किन्तु देखते–देखते और माधुर्य के सरल आत्मप्रकाश से

मन ऐसा रिक्त हो जाएगा, यह क्या मैं क्षण–भर पहले जानता था। मेरी समझ में कुछ न आया। लज्जा से रोंगटे ही खड़े नहीं हो गये वरन् अनजान विपत्ति की आशंका से शान्ति और सुख नहीं रहा। नहीं जानता कि किस बुरे मुहूर्त में काशी से चला था कि एक पुण्टू के जाल से बचा तो एक दूसरी पुण्टू के जाल में आ फंसा। आयु भी ढल रही है। ऐसे समय में, आयोचित नारी–प्रेम की बाढ़–सी आ गई है। कहां भाग कर आत्मरक्षा करूं। मैं नहीं जानता था कि किसी युवती की प्रणय–भिक्षा पुरुष के लिए इतनी अरुचिकर हो सकती है। तो मेरा मूल्य अचानक कैसे बढ़ गया? राजलक्ष्मी भी मुझे नहीं छोड़ना चाहतीं। वह अपनी कड़ी मुट्ठी को जरा भी ढीला करके मुझे न छोड़ेगी। अब तो यहां न रहना चाहिए। निश्चय कर लिया कि कल यह स्थान छोड़ दूंगा।

वैष्णवी एकाएक चौंकी–'तुम्हारे लिए तो मैंने चाय मंगाई है, गोसाईं।'

'कहती क्या हो? कहां मिली?'

'आदमी को शहर भेजा था। जाऊं, बना लाऊं, देखो कहीं भाग मत जाना।'

'चाय बनाना जानती हो?'

वैष्णवी ने उत्तर नहीं दिया, सिर हिलाकर हंसती हुई चली गई।

उसके चले जाने पर उस ओर देखा तो एक चोट–सी लगी। चाय पीने की आश्रम में शायद मनाही है, तो भी उसे समाचार मिल गया कि मैं चाय का भक्त हूं और आदमी भेज कर उसने शहर से मंगवा भी ली है। मैं न तो उसके पिछले जीवन का इतिहास जानता हूं और न वर्तमान का। केवल आभास मिला है कि यह निन्दनीय है, सुनने पर लोगों को घृणा होती है। फिर भी उस कहानी के सुनाने के लिए बार–बार जिद करके तंग करती रही है, मैं ही सुनने को

प्रस्तुत नहीं हुआ। मुझे प्रयोजन नहीं है, प्रयोजन उसका है। अकेले बैठकर उस प्रयोजन के बारे में सोचने लगा। स्पष्ट दिखाई पड़ा कि मुझे बताये बिना उसके अन्तर की ग्लानि मिट नहीं रही है।

सुना है कि मेरे नाम, श्रीकान्त का उच्चारण कमललता नहीं कर सकती। यह उसका कौन परम पूज्य गुरुजन है और वह कब इस लोक से चला गया है? हमारे नामों की यह जो एकता है इसी से शायद यह विपत्ति खड़ी कर दी है। तभी से उसने कल्पना से पिछले जन्म के स्वप्नसागर में डुबकी लगा कर संसार की यथार्थताओं को घना बना दिया।

तो इसमें आश्चर्य की कोई बात नहीं है। आराधना में मग्न रहकर भी उसकी नारी–प्रकृति आज भी इसका तत्व नहीं पा सकी है। असहाय अतृप्त प्रवृत्ति इस भाव–विलास के उपकरणों को बटोरने में आज भी दुविधा से पीड़ित है। उसका यह पथभ्रष्ट मन अपनी गैर जानकारी में जाने कहां अवलम्ब ढूंढ रहा है! वैष्णवी उसका पता नहीं जानती, इसी से आज वह चौंककर बार–बार अपने पिछले जीवन के द्वार पर हाथ रखकर अपराध के लिए क्षमा मांग रही है। उसकी बातों से समझ सकता हूं कि मेरे नाम 'श्रीकान्त' को ही पाथेय बनाकर आज वह अपनी नाव खेना चाहती है।

वैष्णवी चाय ले आई। सब प्रबंध नया है। पीकर बहुत प्रसन्न हुआ। मनुष्य का मन आसानी से बदल जाता है अब उसकी कोई शिकायत नहीं रही। मैंने पूछा—'कमललता, क्या तुम कलवार हो?'

कमललता ने हंसकर कहा—'नहीं, सोनार बनिया। किन्तु तुम लोगों को तो भेद भाव नहीं है, वे दोनों एक ही हैं।'

मैंने कहा—'मेरे लिए तो ऐसा ही है। दोनों क्यों, सभी एक मान लिए जाएं तो भी कोई हानि नहीं।'

वैष्णवी ने कहा—'तुमने तो गौहर की मां के हाथ का भी खाया

है?'

मैंने कहा—'तुम उन्हें नहीं जानतीं। गौहर बाप की तरह नहीं हुआ। उसे मां का स्वभाव मिला है। इतना शान्त, भला आदमी, क्या तुमने कभी देखा है? एक बार बचपन में गौहर के पिता के साथ माता का झगड़ा हुआ था। शायद उन्होंने गुप्त रूप से किसी को बहुत से रुपये दे दिये थे। उससे झगड़ा हुआ। गौहर के पिता बड़े कड़े स्वभाव के थे। हम तो डरकर भाग गये। कुछ घण्टे बाद लौटकर देखा कि गौहर की मां चुपचाप बैठी हैं। गौहर के पिता के बारे में पूछने पर पहले तो उन्होंने कोई बात नहीं की किन्तु हमारे मुंह की ओर देखकर वे अचानक हंस पड़ीं।

वैष्णवी ने पूछा—'हंसी क्यों?'

जब हंसी रुक गई तो वे साड़ी से आंखें पोंछकर बोलीं—'मैं मूर्ख हूं बेटा! वे तो नहा–खाकर मजे से खर्राटे ले रहे हैं और मैं भूखी–प्यासी क्रोध से जल–भुन रही हूं। क्या आवश्यकता है इसकी?' अब उनका सारा क्रोध धुलकर साफ हो गया। औरतों के इस गुण को भुक्तभोगी ही जानता है।'

वैष्णवी ने पूछा—'क्या तुम भुक्तभोगी हो गोसाईं?'

मैं सिटपिटा गया। मैंने यह सोचा न था कि इस प्रश्न का भार मुझ पर आ पड़ेगा। बोला—'क्या स्वयं ही भोगना पड़ता है कमललता, दूसरों को देख–सुनकर भी तो सीखा जाता है। क्या उस भौंहोंवाले आदमी से तुमने कुछ भी नहीं सीखा?'

वैष्णवी बोली—'वह तो मेरे लिए पराया नहीं है।'

मेरे मुंह से फिर दूसरा प्रश्न नहीं निकला। मैं चुप हो गया।

थोड़ी देर में वैष्णवी हाथ जोड़कर बोली—'तुमसे विनती करती हूं गोसाईं, मेरी पहली बातें सुन लो।'

जब कहने चला तो कहना सहज न हुआ। मेरे ही समान, मुंह झुकाये उसे देर तक चुप रहना पड़ा। किन्तु उसने हार न मानी। द्वन्द्व में विजय पाकर, जब उसने मुंह ऊपर उठाकर देखा, तब मुझे ऐसा लगा कि उसके स्वाभाविक सुन्दर चेहरे पर मानो विशेष चमक आ गई है। उसने कहा—'अहंकार मरकर भी नहीं मरता गोसाईं। बड़े गोसाई कहते हैं कि यह भूसी की आग है जो बुझकर भी नहीं बुझती, राख हटाते ही दिखाई पड़ती है। इसीलिये फूंक लगाकर भी उसे बढ़ा नहीं सकती। औरत ही तो हूं, शायद सभी बातें खोलकर न कह सकूं।'

मैंने विनती करके कहा—'औरतों के पैर फिसलने का हाल सुनने का मुझे आग्रह नहीं है। ये बातें सुनना मुझे अच्छा भी नहीं लगता कमललता! मैं नहीं जानता कि तुम लोगों की वैष्णवी—साधना में अहंकार मिटाने का कौन—सा मार्ग महापुरुषों ने बतलाया है, किन्तु अपने गुप्त पापों को खोलने की विनय ही यदि तुम लोगों के प्रायश्चित की विधि हो, ये तो कहानियां जिनको भली लगती हैं, ऐसे लोगों का मिलन तुमसे हो जायगा। कमललता, मुझे क्षमा करो। शायद मैं कल ही चला जाऊं। शायद ही जीवन में फिर कभी हम लोगों की भेंट हो!'

वैष्णवी ने कहा—'मैंने पहले ही कह दिया है गोसाईं, प्रयोजन तुम्हारा नहीं, मेरा है। क्या तुम सचमुच यही कहना चाहते हो कि कल के बाद फिर मिलन न होगा? किन्तु सचमुच मेरे बारे में कुछ भी जानने की तुम्हें इच्छा नहीं होती? क्या सदा एक संदेह और अटकल ही लिए रहोगे?'

मैंने पूछा—आज जंगल में जिस मनुष्य से मेरा मिलन हुआ था, जिसको तुम आश्रम में नहीं आने देतीं, जिसके उपद्रव से तुम भागना चाहती हो, वह क्या सचमुच तुम्हारा कोई नहीं है?'

'क्या तुम समझ गये गोसाईं कि मैं किस भय से भाग रही हूं?'

'मालूम तो ऐसा ही होता है किन्तु वह कौन है?'

'वह मेरे इहलोक और परलोक की नरक–यन्त्रणा है। इसीलिए तो दिन–रात रो–रोकर ठाकुरजी से कहती हूं कि प्रभो, मैं तुम्हारी दासी हूं, मनुष्य के प्रति मेरे मन में जो इतनी घृणा है, उसे मिटा दो, जिससे मैं सुख से रह सकूं, नहीं तो मेरी सारी साधना व्यर्थ हो जायेगी।'

उसकी दृष्टि में मानो आत्मग्लानि फूट उठी। वैष्णवी ने कहा—'फिर भी उससे बढ़कर मेरा अपना कोई नहीं था। संसार में शायद इतना अधिक प्यार किसी को न किया होगा।'

उसकी बातें सुनकर बेहद आश्चर्य हुआ। उस सुन्दरी की तुलना में उस प्रेम–पात्र की भद्दी सूरत याद करके मेरा मन बहुत छोटा हो गया।

बुद्धिमती वैष्णवी मेरे मुंह की ओर देखकर, इस बात को समझकर बोली—'गोसाईं, यह तो उसका बाहरी परिचय है। उसके भीतर का परिचय सुनो—मेरे दो छोटे भाई हैं, किन्तु मां–बाप की मैं इकलौती बेटी हूं। हम लोगों का मकान सिलहट जिले में है। किन्तु बाबूजी व्यापारी आदमी थे। उनका व्यापार कलकत्ते में था। इसलिए बचपन से ही मेरा लालन–पालन कलकत्ते में हुआ। मां गृहस्थी के साथ गाँव वाले मकान पर रहती थी। कलकत्ते में ही मेरा विवाह हुआ। सत्रह वर्ष की आयु में, कलकत्ते में ही मैंने उन्हें खो दिया। गोसाईं, उनके नाम के ही कारण तुम्हारा नाम गोसाईं के मुंह से सुनकर मैं चौंक गई। इसीलिए नए गोसाईं के नाम से पुकारती हूं, वह नाम नहीं ले सकती।'

मैंने कहा—'यह तो मैं समझ गया, इसके आगे?'

वैष्णवी ने कहा—'जिससे आज तुम्हारी बातचीत हुई है, उसका

नाम मन्मथ है। वह हम लोगों का मुनीम था। मैं इक्कीस वर्ष की आयु में गर्भवती हो गई।'

मन्मथ का एक पितृहीन भतीजा हमारे मकान में रहता था। पिताजी उसे कालेज में पढ़ाते थे। वह मुझसे आयु में कुछ छोटा था। वह मुझे बहुत चाहता था। उसे बुलाकर मैंने कहा—'यतीन, मैंने आज तक तुमसे कुछ नहीं मांगा। मेरी इस विपत्ति में थोड़ी सहायता करो। मुझे एक रुपये का विष ला दो।'

पहले तो वह मेरी बात समझ न सका, किन्तु जब समझ गया तो उसका चेहरा मुर्दे की भांति हो गया। मैंने कहा—'देर करने से काम न चलेगा भाई, अभी खरीदकर ला दे। मेरे लिए दूसरा मार्ग नहीं।' यतीन रोने लगा। वह मुझे दीदी कहता था। उसको इतना दुःख हुआ कि उसके आंसू न रुकते थे। उसने कहा—'ऊषा दीदी, आत्महत्या से बढ़कर महापाप नहीं है। एक अन्याय करके तुम दूसरे अन्याय का रास्ता खोजना चाहती हो? लज्जा से बचने का यदि यही उपाय तुमने पक्का कर लिया हो दीदी, तो मैं कभी तुम्हारी सहायता न करूंगा और जो कुछ कहो, उसके लिए प्रस्तुत हूं।'

मैं उसी के कारण मर न सकी।

अन्त में पिताजी के कानों तक यह बात पहुंची। वे शान्त और निरीह प्रकृति के निष्ठावान वैष्णव थे। मुझसे उन्होंने कुछ भी नहीं कहा। दुःख और लज्जा से दो–तीन दिन तक वे बिस्तर पर पड़े रहे। फिर गुरुदेव से राय लेकर मुझे नवद्वीप ले गए। तय हुआ कि मन्मथ और मैं दीक्षा लेकर वैष्णव हो जायें और तब फूलों की माला और तुलसी की माला अदल–बदल कर नई विधि से हम दोनों का विवाह हो जायेगा। मैं नहीं जानती थी कि ऐसा करने से पाप का प्रायश्चित हो जायेगा। जो शिशु गर्भ में है, उसकी हत्या मां होकर न करनी पड़ेगी, इसी भरोसे पर मानो मेरी आधी वेदना मिट गई।

तैयारी होने लगी। दीक्षा कहो या भेष, हम लोगों का पूरा किया गया। मेरा नाम हुआ कमललता। तब मैं यह नहीं जानती थी कि बाबूजी ने दस हजार रुपये देने का वचन देकर मन्मथ को इस काम के लिए राजी किया था। एकाएक न मालूम किस कारण विवाह का दिन शायद एक सप्ताह के लिए टाला गया। मन्मथ बहुत कम दिखाई पड़ता था।

मैं नवद्वीप के मकान में अकेली रहती थी। कई दिन बीत गये। इसके बाद फिर मुहूर्त आया। स्नान करके पवित्र होकर शान्त मन से ठाकुरजी की प्रसादी–माला हाथ में लिए मैं प्रतीक्षा में बैठी रही।

उदास चेहरे से बाबूजी एक बार घूमकर देख गये, किन्तु नवीन वैष्णव के भेष में जब मन्मथ को देखा तो अचानक मेरे मन के भीतर बिजली–सी चमक उठी। वह आनन्द की थी या व्यथा की, शायद दोनों की ही थी। इच्छा हुई कि उठकर उसके पैरों की रज माथे पर लगा लूं, किन्तु लज्जा के कारण ऐसा न हो सका।'

'कलकत्ते की हमारी पुरानी दासी न मालूम क्या ले आई। उसी ने मेरा लालन–पालन किया था, उसने मुझे दिन टल जाने का कारण बतलाया।'

बात पुरानी होने पर भी गला भर आया। उसकी आंखों में पानी भर आया। मुंह फेरकर वैष्णवी आंसू पोंछने लगी। पांच–छः मिनट के बाद मैंने पूछा–'उसने क्या कारण बताया?'

वैष्णवी ने कहा–'उसने बताया कि मन्मथ अचानक दस हजार के बदले बीस हजार मांग बैठा।' मैं कुछ न जानती थी, चौंककर मैंने पूछा, 'क्या मन्मथ रुपये लेकर राजी हुआ है? बाबूजी भी क्या उसे बीस हजार रुपये देना चाहते हैं?' दासी ने कहा–'और उपाय क्या है दीदी रानी! मामला आसान नहीं है। सब बातें प्रकट हो जाने पर समाज, जाति और कुलकान–कुछ न रहेगा।' मन्मथ ने अन्त

में कहा कि वह इसके लिए उत्तरदायी नहीं, उत्तरादायी है उसका भतीजा यतीन। यदि बिना दोष के उसे जाति छोड़नी है तो बीस हजार से कम नहीं। दूसरे के लड़के का पितृत्व स्वीकार करना भी कम कठिन नहीं है।

यतीन अपने कमरे में पढ़ रहा था, बुलाकर उससे बातें की गईं। सुनकर पहले तो वह हक्का–बक्का हो गया, इसके बाद बोला–'झूठ बात है चाचा।' मन्मथ गरज उठा–'पाजी, नमकहराम! जो तुझे खाना, कपड़ा देकर, कॉलेज में पढ़ाकर आदमी बना रहा है, उसी का तूने सर्वनाश कर दिया! कैसे काले सांप को मैं मालिक के घर मे लाया था! सोचा था कि बिना मां–बाप का लड़का आदमी बन जायगा। छिः! छिः!' वह अपनी छाती और सिर को पीटने लगा। बोला–'यह बात ऊषा ने अपने मुंह से कही है और तुम कहते हो नहीं?'

यतीन चौंककर बोला–'क्या ऊषा दीदी ने मेरा नाम लेकर कहा है? किन्तु वे तो कभी झूठ नहीं बोलतीं। इतना बड़ा अपवाद तो कभी उनके मुंह से नहीं निकल सकता।'

मन्मथ फिर गरज उठा–'फिर वही बात! मना करता जायेगा, शैतान मालिक से तो पूछ, वे क्या कहते हैं?'

मालिक ने सिर हिलाकर कहा–'हां।'

यतीन ने पूछा–'दीदी ने मेरा नाम लिया है?'

मालिक ने सिर हिलाकर कहा–'हां।'

पिताजी को वह देवता मानता था। फिर उसने कुछ नहीं कहा। थोड़ी देर तक खड़े रहकर धीरे–धीरे चला गया।

रात को किसी ने उसकी खोज नहीं की। सवेरे किसे ने समाचार दिया।

लोग देखने को दौड़ पड़े, तो देखा कि हमारे टूटे अस्तबल के एक कोने में यतीन गले में रस्सी बांधे लटक रहा है।

वैष्णवी ने कहा—'गोसाईं, शास्त्र में भतीजे की आत्म—हत्या के लिए चाचा को अशौच की विधि क्या है? शायद डुबकी लगाने से शुद्धि हो जाती हो! मुहूर्त कुछ दिनों के लिए और टल गया। इसके बाद गंगास्नान करके, शुद्ध होकर, मन्मथ गोसाईं माला—तिलक धारण कर पराधीनता के पाप से छुड़ाने शुभ संकल्प लेकर नवद्वीप में आ गये।'

तनिक रुककर वैष्णवी ने कहा—'उस दिन ठाकुरजी की प्रसादी—माला ठाकुरजी के ही चरण—कमलों में अर्पित कर आई। मन्मथ की अपवित्रता दूर हो गई, किन्तु पापिष्ठा ऊषा का अशौच इस जीवन में दूर नहीं हुआ नये गोसाईं।'

मैंने कहा—'फिर?'

वैष्णवी ने उत्तर नहीं दिया। समझ गया कि इस बार उसे सम्भलने में समय लगेगा।

अन्तिम अंश सुनने का आग्रह प्रबल हो उठा। सोचने लगा—पूछूं या नहीं। वैष्णवी ने आर्द्र—कण्ठ से कहा—'गोसाईं, संसार में पाप इतना भयंकर क्यों है?'

मैंने कहा—'अपने विश्वास के अनुसार जो जानता हूं, वह हो सकता है कि तुम्हारी धारणा के साथ मेल न खाये।'

उसने कहा—'नहीं जानती कि तुम्हारा विश्वास क्या है, किन्तु उस दिन से मैंने इसे अपनी समझ के अनुसार समझ लिया है गोसाईं! तुम डींग मारते कितने ही लोगों को कहते सुनोगे कि कुछ भी नहीं होता। वे कुछ उदाहरण देकर अपनी बात प्रमाणित करना चाहेंगे। किन्तु इसकी क्या आवश्यकता? इसका प्रमाण मन्मथ है और मैं हूं। स्वयं आज तक हम लोगों का कुछ भी नहीं हुआ। यदि कुछ

होता, तो मैं इसे इतना भयंकर न कहती। इसका दण्ड भोगते हैं निरपराध और निर्दोष लोग। यतीन को आत्महत्या का बड़ा भय था किन्तु उसी ने अपनी दीदी के अपराध का प्रायश्चित किया। गोसाईं संसार में इससे अधिक निष्ठुर और क्या है? किन्तु ऐसा ही होता है। इसी प्रकार शायद भगवान् सृष्टि की रक्षा करते हैं!'

इस पर तर्क करने से कुछ लाभ नहीं है। उसकी युक्ति और भाषा प्रांजल नहीं है, फिर भी सोचा कि उसकी शोकाच्छन्न स्मृति ने शायद इसी मार्ग से अपने पाप–पुण्य को समझा है और सान्त्वना प्राप्त की है।

मैंने पूछा–'कमललता, फिर क्या हुआ?'

सुनकर वह मानो व्याकुल हो उठी–'सच बताओ गोसाईं, इसके पश्चात् भी मेरी बातें सुनने की तुम्हें इच्छा होती है?'

'हां।'

वैष्णवी बोली–'मेरा भाग्य है कि इस जन्म में तुमसे साक्षात हो गया।' तनिक चुप रहकर मेरी ओर देखती रही, फिर बोली–'कोई चार दिन में एक मरा हुआ लड़का पैदा हुआ। उसे गंगाजी में बहाकर स्नान करके मैं घर लौट आई।'

बाबूजी ने रोककर कहा–'मैं अब नहीं रह सकता बेटी!'

मैंने कहा–'बाबूजी, अब आप यहां न रहें, घर चले जाइए। बहुत दुःख दिया। मेरे लिए सोच मत करना।'

बाबूजी ने कहा–'बीच–बीच में समाचार भेजोगी न बेटी?'

मैंने कहा–'नहीं बाबूजी। मेरे समाचार लेने की चेष्टा अब आप न कीजिएगा।'

'किन्तु तुम्हारी मां तो अब भी जीवित है, ऊषा?'

मैंने कहा–'मैं मरूंगी नहीं बाबूजी, किन्तु मेरी मां से कह देना

कि ऊषा मर गई। इससे मां को दुःख तो होगा किन्तु यह जानकर कि लड़की अभी जीवित है, उनको और भी दुःख होगा।'

आंसू पोंछकर बाबूजी कलकत्ता चले गये।

मैं चुप बैठा रहा। कमललता कहने लगी–'रुपया पास था। मकान का किराया चुकाकर मैं घर से निकल पड़ी। साथी मिल गये। वे लोग वृन्दावन जा रहे थे। मैं उनके साथ हो गई।'

'इनके बाद कितने ही तीर्थ किये, कितने ही रास्तों और पेड़ों के नीचे दिन कट गये।'

मैंने कहा–'किन्तु सैकड़ों बाबाजी लोगों की सैकड़ों आंखों की दृष्टि का रहस्य तो तुमने बताया नहीं कमललता?'

वैष्णवी हंसकर बोली–'बाबाजी लोगों की दृष्टि बहुत निर्मल है उनके संबंध में अश्रद्धा की बातें नहीं करनी चाहिए गोसाईं।'

मैंने कहा–'अश्रद्धा नहीं। अतिशय श्रद्धा के साथ सबकी कहानी सुनना चाहता हूं कमललता।'

इस बार वह हंसी तो नहीं, किन्तु दबी हुई हंसी भी छिपा न सकी। बोली–'जो बाबाजी प्यार करते हैं, उनसे सभी बातें खोलकर नहीं कही जातीं, हमारे वैष्णव शास्त्र में मनाही है।'

मैंने कहा–'तो रहने दो। सब बातें न सही किन्तु एक तो बताओ। गोसाईं द्वारिकादास को कहां से ढूंढ लिया?'

कमललता ने संकोच से जीभ दबाकर और माथे पर हाथ रखकर कहा–'हंसी न करना चाहिए। वे तो गुरुदेव हैं गोसाईं।'

'गुरुदेव? तुमने उनसे ही दीक्षा ली थी?'

'नहीं, दीक्षा तो नहीं ली है; किन्तु वे उनके समान ही पूजनीय हैं।'

'किन्तु इतनी जो वैष्णवियां, सेवा–दासियां या और क्या कहलाती हैं?'

कमललता ने फिर जीभ दबाकर कहा—'वे मेरे ही समान उनकी शिष्या हैं। उनका भी उद्धार उन्होंने किया है।'

मैंने कहा—'अवश्य किया है। किन्तु परकीया साधना या कुछ इसी प्रकार की साधना--पद्धति तुम लोगों की है। उसमें तो कोई दोष नहीं है......।'

वैष्णवी ने मुझे रोककर कहा—'तुम लोगों ने दूर रहकर केवल हमारी हंसी उड़ाई है। पास आकर कभी कुछ देखा तो है नहीं, इसलिए सहज में व्यंग कर सकते हो। हमारे बड़े गोसाईं संन्यासी हैं। उनका उपहास करने से अपराध होता है नये गोसाईं। ऐसी बातें फिर मुंह से न निकालना।'

उसकी बातों और गम्भीरता से मैं दुविधा में पड़ गया। यह देखकर वैष्णवी ने मुस्कराते हुए कहा—'दो दिन हम लोगों के पास रहो न गोसाईं। केवल बड़े गोसाईंजी के लिए ही नहीं कह रही हूं, मुझे तो तुम प्यार करते हो, और यदि कभी साक्षात् न हो तो कम–से–कम यह तो देख जाओ कि कमललता सचमुच क्या लेकर संसार में रही है। यतीन को मैं आज भी नहीं भूली हूं। दो दिन रहो, मैं कह रही हूं कि तुम सचमुच प्रसन्न होओगे।'

इन लोगों के सम्बन्ध में मुझे थोड़ी–बहुत जानकारी ही है। यथार्थ वैष्णवी की लड़की टगर की याद आ गई, किन्तु हंसी करने की तबीयत न थी। सभी बातों के बीच यतीन के प्रायश्चित की घटना रह–रहकर मेरे चित्त को विचलित कर रही थी।

वैष्णवी ने अचानक पूछा—'अच्छा गोसाईं, इस आयु तक सचमुच ही क्या किसी को तुमने प्यार नहीं किया?'

'तुम्हारा क्या विचार है कमललता?'

'ऐसा लगता है कि नहीं। असल में तुम्हारा वैरागी का मन है, तुम कभी तितली के समान किसी का बंधन न मानोगे।'

मैंने हंसकर कहा—'तितली की उपमा अच्छी नहीं है कमललता! यह तो बहुत कुछ गाली जैसी है। मेरा प्रेम—पात्र, यदि सचमुच ही कहीं कोई हो तो उसके कानों में यह बात पहुंचने से अनर्थ हो जायेगा।'

वैष्णवी हंसने लगी। बोली—'भयभीत होने की बात नहीं है गोसाईं। यदि सचमुच कोई हो, तो उसे मेरी बातें का विश्वास न होगा, और तुम्हारी मधु—मिश्रित चातुरी को वह सारे जीवन में न पकड़ सकेगी।'

मैंने कहा—'तो फिर उसे दुःख किस बात का? है न चातुरी, किन्तु उसके लिए तो वही सच रहेगी।'

वैष्णवी ने सिर हिलाकर कहा—'ऐसा नहीं होता गोसाईं। झूठ कभी सच की जगह पर नहीं रह सकता। वे भले ही न समझ सकें, तो भी उनका अन्तर अश्रुमुख बना रहता है। मिथ्या का तमाशा तो देख रही हूं। यह रास्ता जिनके लिए सत्य नहीं है, उनकी सारी साधना जल की धारा के मार्ग की सूखी बालू के समान सदा पृथक ही रही है।' जरा रुककर वह मानो अचानक बोल उठी—'वे रस की खबर तो पाते नहीं, इसीलिए निर्जीव मूर्ति की निरर्थक सेवा करते—करते उनका प्राण दो दिनों में ही हट जाता है। सोचते हैं, यह किस मोह के अंधेरे में अपने को दिन—रात ठगते जा रहे हैं। ऐसे लोगों को देखकर ही तुम लोग हम लोगों का उपहास करना सीखते हो। मैं यह क्या व्यर्थ की बातें कहती चली जा रही हूं गोसाईं। इन असंबद्ध बातों की एक बात तुम न समझोगे गोसाईं। यदि तुम्हारी ऐसी कोई हो, तुम उसे भूल जाओगे, किन्तु वह तुमको न भूल सकेगी, और उसकी आंखों के आंसू भी कभी न सूखेंगे।'

मैंने मान लिया कि उसकी बात का प्रथम अंश मैंने नहीं समझा, किन्तु अन्तिम अंश के संबंध में कहा—'तुम क्या मुझसे यही कहना

चाहती हो कमललता कि मुझसे प्यार करने का नाम ही दुःख पाना है?'

'दुःख की बात तो मैंने नहीं कही गोसाईं, कही है आंसुओं की बात।'

'किन्तु कमललता, ये दोनों तो एक ही हैं, केवल शब्दों का हेर–फेर है।'

वैष्णवी ने कहा—'नहीं गोसाईं, ये दोनों एक नहीं हैं। न शब्दों का हेर–फेर है और न भावों का ही। औरतें इससे न तो भयभीत होती हैं और न इससे बचना ही चाहती हैं। लेकिन तुम कैसे समझोगे?'

'यदि कुछ न समझूंगा तो मुझसे कहती ही क्यों हो?'

'बिना कहे तो नहीं रह सकती। प्रेम की वास्तविकता की जब तुम लोग प्रशंसा करने लगते हो तब हम समझ सकती हैं कि हमारी जाति ही अलग है। तुम लोगों के और हम लोगों के प्यार की प्रकृति भिन्न है। तुम लोग चाहते हो उल्लास और हम चाहती हैं शान्ति। गोसाईं, प्रेम के नशे से हम भीतर–ही–भीतर भयभीत रहती हैं। उसकी उन्मत्तता से हमारे हृदय की धड़कन नहीं रुकती।'

मैं न मालूम क्या चाहता था, किन्तु उसने ध्यान ही नहीं दिया, भावावेश में कहने लगी—'वह हमारा सत्य भी नहीं है, हमारा अपना भी नहीं है।

उसकी दौड़–धूप की चंचलता जिस दिन रुकती है, उसी दिन हम आराम पाती हैं। अभी नये गोसाईं, निर्भयता पाने की अपेक्षा प्रेम से बड़ी प्राप्ति स्त्रियों के लिए दूसरी नहीं है।'

मैंने पूछा—'क्या यह सच है कि तुमने प्यार किया है कमललता?'

'हां।'

'किन्तु तुम्हारा जप–तप, तुम्हारा कीर्तन, रात–दिन की ठाकुरजी की सेवा, इनका क्या होगा?'

वैष्णवी ने कहा—'तब ये सब मेरे लिए और भी सत्य तथा सार्थक हो उठेंगे। चलो न गोसाईं, सब कुछ छोड़–छाड़कर दोनों मार्ग पर निकल पड़ें?'

मैंने सिर हिलाकर कहा—'यह न होगा कमललता! मैं कल चला जाऊंगा किन्तु जाने के पहले गौहर का समाचार चाहता हूं।'

वैष्णवी ने सांस लेकर कहा—'गौहर का? नहीं, उसे सुनने की तुम्हें जरूरत नहीं। तो क्या सचमुच कल चले जाओगे?'

'हां, कल चला जाऊंगा।'

८

क्षण–भर चुप रहकर वैष्णवी बोली—'किन्तु इस आश्रम में फिर जब कभी तुम आओगे, तो कमललता फिर न मिलेगी।'

अब यहां एक क्षण भी रहना उचित नहीं था। किन्तु उसी समय मानो कोई ओट में खड़ा होकर इशारे से मना करता और कहता था—'जाओगे क्यों, कष्ट क्या है?'

रात को बिस्तर पर लेटकर सोच रहा था कि ये कौन हैं जो एक ही शरीर में रहकर, एक ही समय विपरीत सलाह देते हैं। किसकी बात मानने योग्य है? विवेक, बुद्धि, मन और प्रवृत्ति ऐसे न मालूम कितने नाम हैं, इनकी कितनी ही दार्शनिक व्याख्याएं हैं, किन्तु सोलहों आने सत्य की प्रतिष्ठा कौन कर सका है? जिसको उत्तम समझता हूं, इधर आकर वहीं पर बढ़ने में रुकावट क्यों डालता है? अपने ही भीतर के इस विरोध का अन्त क्यों नहीं होता? मन कहता है कि मेरे जाने में ही भलाई है, तो तुरन्त ही उसकी मन की आंखों में आंसू क्यों भर आते हैं?

बुद्धि, विवेक, प्रवृत्ति, मन—इन सारी बातों को पैदा करके सत्य का ढाढस कहां रह जाता है?

जाना तो है ही, पीछे हटने से काम न चलेगा। कल ही जाना है। सोचने लगा कि इस काम को कैसे करूं। बचपन का मार्ग है अन्तर्ध्यान हो जाना। न तो जाने की और न लौट आने की मीठी बातों का प्रदर्शन करूं, कर्तव्य का भी विस्तृत विवरण नहीं—केवल मैं था और अब नहीं हूं, इस घटना के आविष्कार का भार उन पर डाल देना, जो पीछे रह गये हैं।

निश्चय कर लिया कि सोऊंगा नहीं, ठाकुरजी की मंगल आरती होने के पहले ही अंधेरे में चल दूंगा। पर एक कठिनाई है। पुण्टू को देने का रुपया छोटे बैग के साथ कमललता के पास है। तो उसे रहने दो। कलकत्ता से या बर्मा से चिट्ठी लिख दूंगा। उससे एक काम यह भी हो जायेगा कि मुझे रुपये न लौटाने तक कमललता को यहां ही रहना पड़ेगा। इधर जो रुपए मेरे कुर्ते की जेब में हैं उतने ही कलकत्ता पहुंचने के लिए पर्याप्त हैं।

बहुत रात तक इसी उधेड़—बुन में रहा। जागते रहने का बार—बार निश्चय कर लिया था, इसी कारण न मालूम कब सो गया। नहीं जानता कब तक सोता रहा, किन्तु अचानक ऐसा लगा मानो सपने में गाना सुन रहा हूं।

मैंने सोचा कि रात का कार्य शायद अब तक पूरा नहीं हुआ है, फिर सोचा मानो प्रातःकाल की मंगल आरती शुरू हुई है, घण्टे का दुःसह शब्द इसमें नहीं है। अपूर्व अतृप्त निद्रा टूटकर भी नहीं टूटती, आंखें खोलकर देख भी नहीं सकता, किन्तु कानो में प्रभाती के सुर में मधुर कण्ठ का प्रिय धीमा आह्वान पहुंचा—'जागो—जागो राधा रानी, पंछी बन बोले। कब तक सोवत हो सांवलिया के कोले। गोसाईंजी, कितनी देर तक सोओगे? उठो!'

बिछौने पर उठकर बैठ गया। मसहरी खुली है, पूरब का द्वार खुला है सामने आम्र की शाखाओं में पुष्पित लवंगमंजरी के बड़े–बड़े गुच्छे झूम रहे हैं। बीच–बीच में से दिखाई पड़ा कि आकाश में कुछ स्थान पर हल्की लालिमा का आभास है। मन में कहीं व्यथा–सी होने लगी। कुछ चिमगादड़ उड़कर अपने घोंसलों की ओर लौट रहे थे। उनके पंखों की फड़फड़ाहट स्पष्ट सुनाई देने लगी। समझ लिया कि रात गई यह नीलकण्ठों, बुलबुलों और श्यामा का देश है। यह उनकी राजधानी है और वह विशाल मौलसिरी उनके लेनदेन और व्यापार का बड़ा बाजार है, जहां दिन की भीड़ देखकर दंग हो जाना पड़ता है।

तरह–तरह के चेहरों, अनेक भाषाओं, तरह–तरह की रंग–बिरंगी पोशाकों की विचित्रता है। रात को अखाड़े के चारों ओर के जंगल में डाल–डाल पर उनके बहुत से अड्डे हैं। नींद खुल जाने की आहट मिल गई। रंग–रंग से मालूम हुआ मानो वे आंख–मुंह धोकर तैयार हो रहे हैं। अब दिनभर नाच–गाने का महोत्सव होगा। ये सभी लखनऊ के उस्ताद हैं। न थकते हैं और न कसरत बन्द करते हैं। भीतर वैष्णवों का कीर्तन शायद कभी बन्द हो जाये, बाहर ऐसा नहीं हो सकता। यहां छोटे–बड़े, भले–बुरे का विचार नहीं। इच्छा और समय रहे या न रहे, गाना सुनना ही पड़ेगा। इस देश की ऐसी ही रीति है।

कल सारी दोपहरी में पीछे की बंसवारी में दो पपीहों की ऊंचे गले की पुकार की होड़ से मेरी दिवा–निद्रा में पर्याप्त विघ्न पड़ा था। सम्भवतः मेरी ही तरह कोई जलकाक नदी के शाक पर बैठकर, कठोरता से बार–बार उनका तिरस्कार करके भी उन्हें चुप नहीं कर सका था।

भाग्य अच्छा है कि इस देश में मोर नहीं मिलते, नहीं तो इस

उत्सव के गानों के अड्डे पर उनके आ पहुंचने से मनुष्य यहां टिक भी न सकता। जो हो, दिन का उपद्रव अभी शुरू नहीं हुआ था। शायद थोड़ा और भी हो सकता था। किन्तु इसी समय पिछली रात्रि का संकल्प याद आ गया। पर अब तो खिसक जाने का भी मौका नहीं रहा। पहरेदारों की चौकसी से काम बिगड़ गया। मैंने अप्रसन्न होकर कहा—'न मैं राधा हूं और न मेरे बिछौने पर श्याम है। आधी रात के जगा देने की क्या आवश्यकता थी?'

वैष्णवी ने कहा—'रात है कहां गोसाईं? तुम्हें तो आज प्रातःकाल की गाड़ी से कलकत्ता जाना है। हाथ–मुंह धो लो। मैं चाय बनाकर लाती हूं। स्नान मत करना।'

मैंने कहा—'सवेरे गाड़ी से, जब इच्छा होगी चला आऊंगा किन्तु इसमें तुम्हें इतना उत्साह क्या है?'

उसने कहा—'किसी के उठने के पहले मैं तुमको बड़े रास्ते तक पहुंचा आना चाहती हूं गोसाईं।' उसका मुंह साफ नहीं दिखाई पड़ा, किन्तु उसके बिखरे हुए बालों को ओर देखने से, कमरे के कम उजाले में भी मैंने समझ लिया कि वे भीगे हैं, वैष्णवी नहा आई है।

मैंने पूछा—'मुझे पहुंचाकर फिर आश्रम में ही लौट आओगी न?'

'अवश्य।'

रुपये की छोटी–सी थैली को बिछौने पर रखकर उसने कहा—'अपना बैग सम्भालो। रास्ते में सावधानी से रखना। रुपयों को सम्भाल लो।'

एकाएक मेरे मुंह से कोई बात नहीं निकली, अन्त में मैंने कहा—'कमललता, इस मार्ग पर क्यों आई? एक दिन तुम्हारा नाम था 'ऊषा' आज भी तुम वही हो। जरा भी नहीं बदली।'

'क्यों?'

'तो तुमने रुपये गिन लेने को क्यों कहा? क्या तुम समझती हो कि मैं गिनूंगा। जो सोचते कुछ और हैं और करते कुछ और हैं, वे पाखण्डी हैं। मैं बड़े गोसाईं जी के यहां शिकायत कर जाऊंगा कि अखाड़े के खाते से तुम्हारा नाम काट दें। तुम वैष्णवी के लिए कलंक हो।'

वह चुप रही। मैंने तनिक रुककर कहा—'आज सवेरे जाने की इच्छा नहीं है क्या?' 'तो तनिक और सो लो। उठने पर मुझे सूचना देना।'

'किन्तु, तुम अभी क्या करोगी?'

'काम है, फूल चुनने जाऊंगी।'

'अंधेरे में? भय नहीं लगता?'

'भय किस बात का? सवेरे की पूजा के फूल मैं ही चुनकर लाती हूं। उन लोगों को बड़ी कठिनाई होती है।'

उन लोगों से तात्पर्य दूसरी वैष्णवियों से है। यहां दो दिन रहकर मैं देख रहा था कि सबकी आड़ में मठ का सारा काम कमललता अकेली करती है, उसकी प्रभुता सभी व्यवस्थाओं पर है। किन्तु स्नेह से, सौजन्य से और सविनय कर्मकुशलता से यह प्रभुत्व ऐसी सहज शृंखला में है कि कहीं ईर्ष्या का जरा भी मैल नहीं। ऐसी आश्रम—लक्ष्मी आज व्याकुलता के साथ जाऊं—जाऊं कर रही है। यह बहुत बड़ी दुर्घटना है। ऐसी दुर्गति में, इतने निश्चिन्त नर—नारी गिर पड़ेंगे, यह बात जान करके मुझे भी क्लेश हुआ। इस मठ में दो दिन से हूं, किन्तु न मालूम किस प्रकार का आकर्षण जान पड़ता है।

ऐसा ही मनोभाव हो गया कि इसकी आन्तरिक शुभाकांक्षा चाहे बिना न रह सकूंगा। सोचा लोग झूठ कहते हैं कि सबको मिलाकर आश्रम है। यहां सभी समान हैं। किन्तु आंखों के सामने ही देखने लगा कि एक के न रहने पर, केन्द्र भ्रष्ट उपग्रह की भांति, सारा

आयतन विच्छिन्न–विक्षिप्त होकर गिर सकता है।

मैंने कहा–'अब मैं न सोऊंगा कमललता। चलो, तुम्हारे साथ फूल चुन लाऊं।'

वैष्णवी ने कहा–'तुमने स्नान नहीं किया है, धोती नहीं बदली है। तुम्हारे छुऐ हुए फूलों से पूजा कैसे होगी?'

मैंने कहा–'फूल मत तोड़ने देना, डाल झुकाकर तो पकड़ने दोगी? इससे भी तुम्हारी सहायता होगी।'

वैष्णवी ने कहा–'डाल झुकाने की आवश्यकता नहीं पड़ती, पेड़ तो छोटे–छोटे हैं। मैं स्वयं सब काम कर लेती हूं।'

मैंने कहा–'कम–से–कम साथ रहकर सुख–दुःख की दो बातें तो कर लूंगा? इससे भी तुम्हारा परिश्रम कुछ कम होगा।'

वैष्णवी ने हंसकर कहा–'एकाएक मेरे लिए इतना दर्द हो गया गोसाईं! अच्छा, चलो। मैं डाली लेकर आ रही हूं, तब तक तुम हाथ–मुंह धोकर धोती बदल लो।'

आश्रम के बाहर पास ही फुलवाड़ी है। घने छायादार आम के बाग के भीतर से मार्ग है। केवल अंधेरे के कारण नहीं, बहुत से सूखे पत्तों के जमा हो जाने से मार्ग की रेखा छिप गई है। वैष्णवी आगे–आगे और मैं पीछे–पीछे चला, तो भी भय लगने लगा कि कहीं सांप के सिर पर पैर न पड़ जाय। मैंने पूछा–'कमललता, मार्ग तो न भूलोगी?'

वैष्णवी बोली–'नहीं, आज तो तुम्हारे लिए मार्ग पहचानकर चलना पड़ेगा।'

'कमललता, मेरी एक बात मानोगी?'

'कौन–सी बात?'

'यहां से और कहीं मत जाना।'

'जाऊं तो तुम्हारी क्या हानि होगी?'

मैं कुछ उत्तर न दे सका।

वैष्णवी ने कहा—'मुरारी ठाकुर का एक गीत है—'हे सखी, अपने घर लौट जाओ, जिसने जीते हुए भी मरकर अपने को खो दिया है, उसे तुम क्या समझती हो। गोसाईं' 'तुम आज शाम को कलकत्ता चले जाओगे, और अब शायद तुम एक पहर से अधिक न ठहर सकोगे, क्यों?'

मैंने कहा—'क्या मालूम, पहले सवेरा तो हो?'

वैष्णवी थोड़ी देर गुनगुनाकर गाने लगी—

'चण्डीदास कहे सुनो विनोदिनी सुख—दुःख दोनों भाई।

सुख के लिए करे प्रेम जो, दुःख ही तो ढिंग जाई।'

उसके रुक जाने पर मैंने कहा—'इसके बाद?'

'इसके आगे नहीं जानती।'

मैंने कहा—'तो और कुछ गाओ।'

वैष्णवी ने उसी प्रकार मधुर स्वर में गाया—

'चण्डीदास—वाणी सुनो विमोदिनी, प्रेम की बात न भाई।

प्रेम के कारण प्राण गंवाई, प्रेमहि सो जन पाई।।'

इस बार भी उसके रुकने पर मैंने कहा—'इसके आगे?'

वैष्णवी बोली—'आगे और कुछ नहीं है, यहीं समाप्त है।'

हम दोनों ही चुप हो रहे। इच्छा होने लगी कि फुर्ती से उसके और समीप जाकर कुछ और बात कहूं और इस अंधेरे रास्ते में उसका हाथ पकड़कर चलूं। मैं जानता हूं कि वह अप्रसन्न न होगी, रोकेगी भी नहीं।

किन्तु किसी प्रकार पैर आगे नहीं बढ़े, मुंह से कोई बात नहीं

निकली, धीरे–धीरे चुपचाप जंगल के बाहर आ गया।

रास्ते के किनारे घेरे के भीतर आश्रम की फूलों की बगीची है। बगीची ठाकुरजी की पूजा के लिए फूल देती है। खुल हुई जगह में अंधेरा नहीं रह गया, किन्तु प्रकाश भी बहुत नहीं है। दिखाई पड़ा कि खिले हुए मल्लिका–फूलों से समूची बगीची सफेद हो गई है। सामने के झड़े पत्तों वाले मुड़े चम्पा में फूल नहीं हैं। उसके पास ही कहीं कुछ रजनीगंधा के फूल असमय में ही फूल रहे हैं, जिनकी मधुर गन्ध आ रही है।

सबसे अच्छा लग रहा है मध्य का भाग। रात के अन्त में इस धुंधले प्रकाश में भी एक–दूसरे से, शाखा–प्रशाखाओं में, भिड़े हुए लगभग पांच–छः स्थानों में स्थल पद्द पहचाने जाते हैं। इनमें बहुत अधिक फूल हैं।

मैं कभी इतना सवेरे नहीं उठता। यह समय तो खुमारी में कट जाता है। आज बहुत अच्छा लगा, पूर्व के लाल दिगन्त में ज्योतिर्मय का आभास है, उसकी निःशब्द महिमा से आकाश शान्त हो रहा है।

वह लताओं और पत्तों की शोभा और सौरभ से, फूलों से व्याप्त सामने का उपवन ऐसा मालूम हुआ कि वह रात्रि की वाक्यहीन विदा की अश्रुमय भाषा है।

करुणा, ममता और आयोचित दाक्षिण्य से मेरा अन्तर पल भर के परिपूर्ण हो उठा। मैंने कहा—'कमललता, जीवन में तुम बहुत कष्ट और व्यथा पा चुकी हो। प्रार्थना करता हूं कि अब तुम सुखी रहो।'

वैष्णवी, डाली को फूल की डाली में लटकाकर, फाटक का दरवाजा खोल रही थी, उसने आश्चर्य से मुड़कर देखा और कहा—'अचानक तुम्हें क्या हो गया गोसाईं?'

अपनी बात अपने ही कानों में बेढंगी खटक रही थी। उसके विस्मय के प्रश्न से मैं अप्रतिभ हो उठा। मुंह से कोई बात नहीं

निकली।

वैष्णवी भीतर गई। मैं उसके साथ गया। फूल तोड़ते हुए उसने कहा—'मैं सुख में हूं गोसाईं। जिनके चरण—कमलों से अपने को अर्पित कर दिया है, वे कभी इस दासी को न छोड़ेंगे।'

सन्देह हुआ, उसकी बात का अर्थ साफ नहीं है; किन्तु कह न सका कि साफ कह दो। वह मृदु गुंजन करती हुई गाने लगी—

'श्याम मणिमाला गले नित ही पहनूंगी।
कानों में श्याम के ही यशकुण्डल धारूंगी।
उनके ही अनुराग रंगे वसन पहिन घूमूंगी।
योगिनी वेश में अब दर—दर भटकूंगी।।
कहे यदुनाथ दास.......।'

गीत रोक देना पड़ा। मैंने कहा—'यदुनाथ दास को रहने दो। उधर झलरी का शब्द सुन रही हो? क्या लौटोगी नहीं?'

उसने मेरी ओर देखकर मृदु हास्य से फिर शुरू कर दिया—

'धरम—करम भले ही जाय, नहीं डर है कुछ भी मुझको।
कहीं इस फेर में पड़कर खो न दूं निज प्रीतम को।'

'नये गोसाईं, जानते हो कि बहुत से भले आदमी औरतों का गाना सुनना नहीं चाहते। उनको बहुत भद्दा लगता है।'

मैंने कहा—'किन्तु मैं उन भले लोगों में नहीं हूं।'

'तो मुझे रोक क्यों दिया?'

'उधर शायद आरती शुरू हो गई है; तुम्हारे न रहने से तो उसमें कमी रह जायेगी।'

'यह छल है गोसाईं।'

'छल क्यों?'

'यह तो तुम्हीं जानते हो। किन्तु यह बात तुमसे किसने कही? मेरे न रहने पर ठाकुरजी की सेवा में कमी हो सकती है, इस पर क्या तुम विश्वास करते हो?'

'करता हूं। मुझसे किसी ने नहीं कहा कमललता! मैंने अपनी आंखों से देखा है।'

उसने और कुछ नहीं कहा। अन्यमनस्क भाव से वह मेरे मुंह की ओर एकटक देखती रही। फिर फूल चुनने लगी। डलिया भर जाने पर बोली–

'अब चलो।'

'गुलाब नहीं चुनोगी?'

'नहीं, उन्हें हम नहीं चुनतीं, यहीं से भगवान को निवेदन कर देती हैं।'

प्रकाश फैल गया है, किन्तु यह मठ गांव के एक ओर है। इधर अधिक कोई नहीं आता–जाता, इसलिए यह मार्ग अभी सूना था। चलते–चलते एक बार फिर पूछा–'क्या तुम सचमुच यहां से चली जाओगी?'

'बार–बार पूछने से तुमको क्या मिलेगा, गोसाईं?'

इस बार भी मैं उत्तर न दे सका। केवल अपने–आपसे पूछा, सचमुच बार–बार यह बात क्यों जानना चाहता हूं? जान लेने से मेरा क्या लाभ है?

मठ में लौटने पर देखा कि इस बीच सभी जागकर प्रतिदिन के काम में लग गये हैं। उस समय झलरी की आवाज से घबराकर झूठमूठ ही वैष्णवी को उकता दिया था। मालूम हुआ, वह मंगल

आरती नहीं थी, केवल ठाकुरजी को जगाने का बाजा था।

हम दोनों को बहुतों ने ध्यानपूर्वक देखा, किन्तु किसी के भी देखने में कौतूहल नहीं था, केवल कम आयु होने के कारण प ा जरा मुस्करा उठी। वह ठाकुरजी की माला गूंथती है। डाली को उसी के पास रखकर कमललता ने स्नेह और कौतुक से झिड़ककर कहा—'हंसी क्यों मुंहजली?'

कमललता ठाकुरजी के कमरे में गई और मैं अपने कमरे में चला गया।

स्नान और भोजन यथाशक्ति और उपर्युक्त समय पर हुआ। शाम की गाड़ी से मुझे जाना था। वैष्णवी को ढूंढने गया तो देखा कि वह ठाकुरजी के कमरे में ठाकुरजी को सजा रही है। मुझे देखते ही बोली—'नये गोसाईं, आ गये हो तो थोड़ी मेरी सहायता करो न। प ा के सिर में दर्द है। लक्ष्मी, सरस्वती दोनों बहनों को एकाएक ज्वर आ गया है, समझ में नहीं आता क्या होने वाला है। बासन्ती रंग के इन दो कपड़ों में जरा चुनट डाल देना गोसाईं।'

मैं ठाकुरजी के कपड़ों में चुनट डालने के लिए बैठ गया। उस दिन भी रुक गया। दो दिन नहीं गया। बड़े तड़के वैष्णवी के फूल तोड़ने का साथी बन गया। प्रभात, मध्या और सन्ध्या में कुछ न कुछ काम वह मुझसे करा लेती है। इसी प्रकार मानो दिन बीतने लगे। सेवा में, सहृदयता में, आनन्द में, आराधना में, फूलों में, गन्ध में, पक्षियों के गाने में कहीं भी कोई नहीं है। फिर भी मन बीच—बीच में भर्त्सना कर उठता है कि क्या यह बच्चों का खेल है। बाहर सभी सम्बन्ध तोड़ करके कुछ निर्जीव मूर्तियों में यह कैसी व्यस्तता है? तो भी अच्छा लगता है, जाने की इच्छा करते हुए भी पैर नहीं बढ़ा सकता। इस तरफ मलेरिया की शिकायत है। बहुतों को इस समय ज्वर आ रहा है। गौहर एक ही दिन आया था। उसका भी पता

लगाने का समय मुझे नहीं मिला—यह मेरे लिए अच्छा ही हुआ।

अचानक मन में भय और धिक्कार उत्पन्न हो गया। मैं यह क्या कर रहा हूं। क्या सत्संग दोष के कारण एक दिन सत्य समझकर इन्हीं पर विश्वास जम जायेगा? निश्चय कर लिया, कुछ भी हो, यह स्थान छोड़कर मैं कल ही चल जाऊंगा।

रात्रि के पिछले पहर वैष्णवी आकर मुझे जगा जाती है। प्रभाती के स्वर में, वैष्णवी कवियों के नींद तोड़ने वाले गीत गाती है। भक्ति और प्रेम का करुण आवेदन रहता है। मैं एकाएक हिलता—डुलता नहीं, कान लगाकर सुनता रहता हूं। आंखों में आंसू भरकर गिरना चाहते हैं, मसहरी खोलकर वह दरवाजे और खिड़कियों को खोल देती है। मैं अप्रसन्न होकर बैठ जाता हूं और हाथ—मुंह धोकर, कपड़े बदलकर उसके साथ चल देता हूं।

कुछ दिनों के अभ्यास से आज अपने आप नींद टूट गई। कमरे में अंधेरा था। सोचा कि अभी रात है। किन्तु फिर सन्देह हो गया। बाहर आया तो देखा कि सवेरा हो चला है। कुछ सूचना देने के लिए कमललता आकर सामने खड़ी हो गई। बिना स्नान किये और बिना समारे उसका चेहरा मैंने कभी नहीं देखा था।

भयभीत होकर पूछा—'क्या तुम्हारी तबीयत ठीक नहीं है?'

उसने मलिन हंसी हंसकर कहा—'आज तुम जीत गये गोसाईं।'

'किस प्रकार?'

'आज तबीयत अच्छी नहीं है। ठीक समय पर नहीं जागी।'

'तो आज फूल चुनने कौन गया?'

आंगन के एक द्वार पर एक अधमरे तगर वृक्ष पर थोड़े से फूल थे। उन्हें ही दिखाकर उसने कहा—'इस समय का काम इन्हीं फूलों से चल जायेगा।'

'किन्तु ठाकुरजी को पहनाने की माला?'

'आज उनको माला न पहना सकूंगी।'

सुनते ही मन उदास–सा हो उठा। उन्हीं निर्जीव मूर्तियों के लिए मैंने कहा– 'स्नान करके मैं चुन लाऊं?'

'जा सकते हो, किन्तु इतना सवेरे नहाना मत। अस्वस्थ हो जाओगे।'

मैंने पूछा–'बड़े गोसाईंजी नहीं दिखाई पड़ते?'

वैष्णवी ने कहा–'वे परसों नवद्वीप अपने गुरुदेव के दर्शन के लिए चले गये हैं।

'कब लौटेंगे?'

'यह नहीं जानती गोसाईं।'

इतने दिनों तक मठ में रहने पर भी गोसाईं द्वारिकादास के साथ घनिष्ठता नहीं हुई। कुछ मेरी त्रुटियों के कारण और कुछ उनके उदासीन स्वभाव के कारण। वैष्णवी से सुनकर और अपनी आंखों से देखकर मैंने मालूम किया है कि इस मनुष्य में न कपट है, न अनाचार है और प्रभुता दर्शाने का स्वभाव। निर्जन कमरे में वैष्णव धर्मग्रन्थ पढ़ते रहते हैं। इस मनुष्य की बातों में इतनी नम्रता है, देखने का ढंग इतना स्वच्छ और गम्भीर है, विश्वास और निष्ठा में दिन–रात इतना डूबा रहता है कि उनके मत और मान के विरुद्ध कुछ कहने में संकोच ही नहीं होता बल्कि दुःख भी होता है। इस मामले में तर्क करना निष्फल है। मैं यथाशक्ति उनसे बचता आया हूं। एक बात का कौतूहल था। इच्छा थी यहां से जाने के पहले उनसे यह पूछ लूंगा कि इतनी स्त्रियों से घिरे रहकर, रस के अनुशीलन में निमग्न रहते हुए भी चित्त की शान्ति और शरीर की निर्मलता बनाये रखने का रहस्य कैसा है? किन्तु शायद इस बार

वह अवसर न मिलेगा।

वैष्णवी—मठों में साधारणतः मूर्ति को ब्राह्मण के सिवा और कोई नहीं छू सकता, किन्तु इस आश्रम में यह नियम नहीं था। ठाकुरजी का एक वैष्णव पुजारी बाहर रहता है। वह आकर आज भी विधि से पूजा करके चला गया।

किन्तु ठाकुरजी की सेवा का भार आज बहुत अंशों में मुझ पर आ पड़ा। वैष्णवी सिखा देती है, और मैं सब करता जाता हूं, किन्तु रह—रहकर खीझ उठता हूं। यह कैसा पागलपन मुझ पर सवार हो चला है। आज भी नहीं जा सका।

दो दिन और बीत गये। किन्तु अब न रुकूंगा। कमललता स्वस्थ है। प ा और लक्ष्मी, सरस्वती दोनों बहनें भी स्वस्थ हो चली हैं। द्वारिकादास कल रात को लौट आये हैं। मैं शाम को उनके पास विदा मांगने गया। गोसाईंजी ने कहा—'आज जाओगे गोसाईं? फिर कब आओगे?'

'यह तो नहीं जानता गोसाईं।'

'किन्तु कमललता तो रोते—रोते अधमरी हो जाएगी।'

यह जानकर मैं मन में बहुत चिढ़ उठा कि हम लोगों की बातें इनके भी कानों तक पहुंच गई हैं। मैंने कहा—'वह क्यों रोने लगेगी?'

गोसाईंजी ने मुस्करा कर कहा—'शायद तुम नहीं जानते?'

'नहीं।'

'उसका स्वभाव ही ऐसा है। किसी के चले जाने से वह शोक से अधमरी हो उठती है।'

यह बात और भी बुरी लगी—'जिसका स्वभाव ही शोक करने का है, वह शोक करेगी ही। मैं उसको रोक कैसे सकूंगा?' यह कह कर ही उनकी आंखों की ओर देखकर, गरदन मोड़कर देखा कि

वह मेरे पीछे खड़ी है।

द्वारिकादास ने कहा—'इस पर क्रोध मत करो गोसाईं। सुनता हूं कि ये लोग तुम्हारा आदर—सत्कार नहीं कर सकीं। बीमार पड़कर तुमसे बहुत काम लिया है। मेरे पास आकर कल वह स्वयं ही बहुत खेद कर रही थी और वैष्णव वैरागियों के पास आदर करने के लिए है ही क्या? यदि फिर कभी इधर आना पड़े तो भिखारियों को दर्शन दे जाना। दोगे गोसाईं?'

मैं गरदन हिलाकर बाहर चला आया। कमललता वहां उसी प्रकार खड़ी रही। किन्तु अचानक यह क्या हो गया? विदा होने के पहले, कितनी क्या—क्या बातें कहने, कितनी क्या—क्या बातें सुनने का विचार था, सभी गड़बड़ हो गया। चित्त की दुर्बलता की ग्लानि धीरे—धीरे छा रही है, इसका अनुभव मैं कर रहा था; किन्तु यह सपने में भी न सोचा था कि उकताया हुआ मन इस प्रकार की अशोभनीय रूढ़ता में अपनी मर्यादा नष्ट कर देगा।

नवीन आ गया। वह गौहर को ढूंढने आया है, कल से वह अब तक घर नहीं लौटा, मुझे आश्चर्य हुआ। पूछा—'नवीन, वह तो यहां अब नहीं आता।'

नवीन बोला—'मालूम होता है, शायद वह किसी जंगल में घूम रहा है। नहाना—खाना बन्द कर दिया है। अब तो इस बार सांप के डस लेने की सूचना मिले तो निश्चिन्त हो जाऊं।'

'उसका पता लगाना आवश्यक है नवीन?'

'किन्तु कहां खोजूं? जंगल में घूम—फिरकर अपना प्राण तो नहीं दे सकता बाबू! वे कहां हैं? एक बार पूछकर जाना चाहता हूं।'

'वे कौन?'

'वही कमललता।'

'किन्तु वह कैसे जानती होगी नवीन?'

'वे सब जानती हैं।'

तर्क में न पड़ करके मैं उत्तेजित नवीन को मठ के बाहर ले आया और कहा—'नवीन, कमललता सचमुच ही कुछ भी नहीं जानती। स्वयं बीमार पड़कर वह तीन—चार दिन तक मठ से बाहर नहीं जा सकी।'

नवीन ने विश्वास नहीं किया। क्रोध करके कहा—'वह सब जानती है। वैष्णवी कुछ मन्तर जानती है। वह क्या नहीं कर सकती? यदि एक बार नवीन के पाले पड़ जाती तो मैं उसका आंख—मुंह मटकाना, कीर्तन करना बाहर निकाल देता। बाप का इतना रुपया मानो जादू में उड़ा दिया।'

उसको शान्त करने के लिए कहा—'कमललता रुपया लेकर क्या करेगी नवीन? वैष्णवी है, मठ है, मठ में रहती है, गाना गाकर भीख मांगती है। ठाकुरजी की सेवा करती हैं। दो समय दो मुट्ठी भर खाने को चाहिए। उसे रुपये की भिखारिन कहना मुझे ठीक नहीं प्रतीत होता।'

नवीन ने कुछ ठण्डा होकर कहा—'यह तो हम भी जानते हैं कि वह अपने लिए कुछ भी नहीं चाहती। देखने से मानो भले घर की मालूम होती है। उसी प्रकार का चेहरा है। उसी प्रकार की बातचीत करती है। बड़े बाबाजी भी लोभी नहीं हैं, किन्तु सेना जो पली हुई है।'

ठाकुरजी की सेवा के नाम पर उनके लिए प्रतिदिन पूड़ी—कचौड़ी, घी—दूध तो चाहिए! नयन चक्रवर्ती से सुना कि अखाड़े के नाम से बीस बीघा धरती मोल ली जा चुकी है। कुछ भी नहीं रहेगा बाबू, जो कुछ है सब वैरागियों के पेट में चला जायेगा।'

मैंने कहा—'शायद यह सूचना सच नहीं। किन्तु उस ओर तो

तुम्हारे चक्रवर्ती भी कम नहीं हैं नवीन!'

नवीन ने सहज में ही मान कर कहा—'यह ठीक है। वह ब्राह्मण बड़ा चालाक है। किन्तु किस प्रकार विश्वास न करूं, बताइए तो? उस दिन व्यर्थ ही मेरे बच्चों के नाम से दस बीघा धरती का दानपात्र लिख गया। बहुत मना किया, बाप बहुत कुछ रख गये हैं, किन्तु इस प्रकार उड़ाने से कितने दिन चलेगा? एक दिन उसने कहा कि हम तो फकीरों के वंशधर हैं। कोई मेरी फकीरी छीनकर नहीं ले जा सकता।'

नवीन चला गया। एक बात पर मेरा ध्यान गया। मैं क्यों इतने दिनों से मठ में पड़ा हुआ हूं, यह उसने पूछा भी नहीं। पूछता तो मैं क्या कहता? मन में लज्जित हो उठा। उसी से मुझे एक और सूचना मिली कि कल कालिदास बाबू के लड़के का विवाह धूमधाम से हो गया। सत्ताईस तारीख की बात मैं भूल गया था।

नवीन की बातों पर सोच–विचार करते–करते अचानक बिजली की गति के समान मुझे एक संदेह हो गया। वैष्णवी क्यों जाना चाहती हैं? उस भौहों वाले कुरूप मनुष्य के कण्ठी बदलने के पतित्व के बखेड़े से भी नहीं। यह गौहर? यहां मेरे रहने के सम्बन्ध में, इसलिए शायद उस दिन वैष्णवी ने हंसी में कहा था—मैं पकड़ रखूं तो वह अप्रसन्न न होगा गोसाईं। यदि ऐसी बात है तो अब आता क्यों नहीं? शायद उसने कुछ सोच लिया है। संसार में गौहर की आसक्ति नहीं है। अपना कहने को भी कोई नहीं रहा। रुपये–पैसे, जमीन–जायदाद को उड़ा देने से ही मानो वह बच पायेगा। यदि उसने प्यार भी किया होगा तो, वह मुंह खोलकर कहेगा भी नहीं। कहीं ऐसा न हो कि कोई अपराध हो जाय। वैष्णवी यह जानती है। उस बाधा से रुके हुए प्रणय की निष्फल दाह से इस शांत मनुष्य को बचाने के लिए ही शायद कमललता भागना चाहती है। नवीन

चला गया। मौलसिरी के नीचे की टूटी–फूटी वेदी पर अकेला बैठा मैं सोच रहा हूं। घड़ी खोलकर देखा कि पांच बजे वाली गाड़ी मिलने में देर हो जायेगी किन्तु प्रतिदिन ऐसा अभ्यास पड़ गया था कि घबराकर उठना ही चाहता था पर आज भी मन पीछे हटने लगा।

मैं वचन दे चुका था कि चाहे जहां रहूं, पुण्टू के बहूभात में भोजन करने आऊंगा। गौहर का पता लगाना मेरा कर्त्तव्य है। आज अब मना करने वाला कोई नहीं है। प । ने आकर कहा–'तुमको दीदी बुला रही हैं गोसाईं।'

आंगन में खड़ी होकर वैष्णवी ने कहा–'कलकत्ते तक पहुंचने में तुमको रात हो जायेगी नये गोसाईं। कमरे में चलो, ठाकुरजी का प्रसाद थोड़ा परोस दिया है।'

मैं बैठ गया। यहां खाने के लिए आग्रह करने की आवश्यकता नहीं, आवश्यकता पड़ने पर मांग लिया जाता है। जूठन नहीं छोड़ी जाती है।

जाते समय वैष्णवी ने कहा–'नये गोसाईं, फिर आओगे?'

'तुम रहोगी न?'

'बताओ कितने दिनों तक मुझे रहना पड़ेगा?'

'तुम्हीं बताओ।'

'यह मैं न बताऊंगी।'

'मत बताओ, दूसरी बात का उत्तर दो।'

वैष्णवी ने जरा हंसकर कहा–'नहीं बताऊंगी। तुम्हारी, जैसी इच्छा हो, सोच लो। एक दिन स्वयं उसका उत्तर मिल जायेगा।'

कई बार मुंह से यही बात कहने की इच्छा हुई–आज तो अब समय नहीं है कमललता! कल जाऊंगा–किन्तु किसी प्रकार बात नहीं कही जा सकी। मैं चल पड़ा।

पद्मा आकर पास खड़ी हो गई। कमललता की देखा–देखी उसने भी हाथ उठाकर नमस्कार किया। वैष्णवी ने क्रोधित होकर कहा–'हाथ उठाकर नमस्कार कैसा रे जलमुंही, पैरों की रज लेकर प्रणाम कर।'

इस बात से मानो मैं चौंक उठा। उसको टकटकी लगाकर देखने लगा। उसने उस समय दूसरी ओर मुंह फेर लिया और मैं कुछ न कहकर आश्रम से उसी समय बाहर चला गया।

६

आज असमय में कलकत्ता के मकान पर जाने के लिए चला हूं। इससे भी बढ़कर दुःखपूर्ण होगा बर्मा को जाना। शायद लौट आने को समय भी न मिले, आवश्यकता भी न पड़े। हो सकता है यही अन्तिम यात्रा हो। गिनकर देखा दस दिन शेष हैं? दस दिन जीवन का कितना अंश? मन में संदेह नहीं कि दस दिन पहले जो मैं यहां आया था और जो मैं आज जा रहा हूं, ये दोनों एक ही नहीं हैं।

मैंने बहुतों को खेद के साथ यह कहते सुना है कि उसने सोचा था कि अमुक मनुष्य ऐसा हो सकता है। अर्थात् अमुक मनुष्य का जीवन मानो सूर्य–ग्रहण और चन्द्र–ग्रहण की भांति, उसके अनुमान के पंचांग में लिखा निर्मूल गणित है। गड़बड़ी केवल अकल्पित नहीं है, वरन् अन्यायपूर्ण भी है। यह भी नहीं जानते कि संसार में विभिन्न मनुष्य ही नहीं हैं, वरन् एक ही मनुष्य कई विभिन्न मनुष्यों में रूपान्तरित हो जाता है। यहां एक निमेष भी तीक्ष्णता और तीव्रता से जीवन का अतिक्रमण कर सकता है।

सीधा मार्ग छोड़कर जंगलों के बीच से इस मार्ग और उस मार्ग से घूमता हुआ स्टेशन को चल पड़ा। यह जाना बहुत कुछ लड़कपन में स्कूल जाने का–सा था। ट्रेन का समय मालूम नहीं, इसकी जल्दी भी नहीं है। यही जानता हूं कि वहां पहुंचने पर कोई

गाड़ी मिल ही जायेगी। चलते–चलते मानो ऐसा प्रतीत हुआ कि सभी मार्ग परिचित हैं। मानो इस मार्ग से कई बार आता–जाता रहता हूं। पहले ये बड़े–बड़े थे, अब न मालूम किस तरह संकरे और छोटे हो गये हैं। यह तो है खां लोगों का हत्यारा बगीचा! वही तो है। यह तो मैं अपने ही गांव के दक्षिण मुहल्ले के छोर से होकर जा रहा हूं। सुनता हूं उसने शूल की व्यथा से उस इमली के पेड़ के ऊपर वाली डाली पर फांसी लगाकर आत्महत्या कर ली थी। प्रायः सभी गांवों की भांति यहां भी आत्महत्या की बातें फैली हुई हैं। लड़कपन में पेड़ पर दृष्टि पड़ते ही रोंगटे खड़े हो जाते थे।

उन दिनों अनुभव होता था कि इस अपराधी पेड़ की जड़ मानो पहाड़ की भांति है, चोटी मानो आकाश तक पहुंच गई है। आज देखा कि उस बेचारे में गर्व करने की बात नहीं है। इमली के और पेड़ जैसे होते हैं वैसा ही यह भी है। बचपन में उसने बहुत ही भयभीत किया था, आज बहुत समय के पश्चात् प्रथम मिलन में मानो उसने मित्र की भांति आंखें भींचकर कुछ हंसी की–'कहो, मित्र कैसे हो? भय तो नहीं लगता?'

पास जाकर बड़े स्नेह से एक बार मैंने उसके ऊपर हाथ फेर दिया, मन में कहा–अच्छी तरह हूं भाई। भय क्यों लगेगा? तुम तो मेरे बचपन के पड़ोसी हो।

पांत के पांत खड़े बगीचों के बाद कुछ खुला मैदान है। अनमना रहने से शायद पार होकर चला जाता; किन्तु एकाएक बहुत दिनों की भूली हुई मीठी गन्ध लगी जिससे मैं चौंक उठा। वाह! यह तो हम लोगों की वही यशोदा वैष्णवी के फूलों की गन्ध है। बचपन में इसी के लिए मैंने यशोदा से सिफारिशें की थीं। इस श्रेणी के वृक्ष इस ओर नहीं हैं। न मालूम उसने कहां से लाकर अपने आंगन में उसे लगाया था। टेढ़ी–मेढ़ी गांठों से भरा, बूढ़े आदमी की भांति उसका

चेहरा है। उसके नीचे है यशोदा के पति की समाधि। वैष्णवी को हम लोगों ने यहीं देखा है। उसकी छोटी–सी मनिहारी की दुकान विधवा थी। एक दौरी में भरकर यशोदा माला, घुंधची, आईना, कंघी, आलता, तेल का मसाला, कांच की गुड़िया, टीन की बांसुरी आदि लिए दोपहर को फेरी लगाकर बेचती थी। फूल के पेड़ की सूखी डाली पर, मिट्टी से बनाकर, यशोदा शाम को दीपक जलाती थी। फूलों के लिये हम लोगें का उपद्रव शुरू होने पर समाधि दिखाकर कहती थी—'बच्चो, वह मेरे देवता के फूल हैं। तोड़ने से वे अप्रसन्न हो जायेंगे।'

नहीं जानता वैष्णवी कब मर गई। पेड़ के एक ओर एक और मिट्टी की छोटी–सी वेदी है, शायद यशोदा की समाधि होगी। खोदी हुई मिट्टी उर्वरा हो जाने से कई पौधे उग गये हैं और गड्ढा ढक गया है।

रास्ता छोड़कर उस पुराने पेड़ के पास जा खड़ा हुआ। देखा सन्ध्या को जलाया प्रदीप नीचे पड़ा है। उसी के ऊपर वह सूखी डाली आज भी उसी प्रकार तेल से डूबकर काली पड़ गई है।

यशोदा का छोटा कमरा अब तक गिर नहीं गया है। हजारों छिद्रों से जीर्ण फूस का छप्पर दरवाजे को ढंके औंधा पड़ा आज भी उसकी रक्षा कर रहा है।

बीस–पच्चीस वर्ष पहले की कितनी ही बातें याद पड़ीं। बांसों के घेरे से साफ–सुथरा बनाया हुआ यशोदा का आंगन और वही छोटा–सा कमरा। उसकी आज ऐसी दशा हो गई है। इससे भी बढ़कर करुण दृश्य देखने को शेष था। उसी कमरे के मध्य से, टूटे छप्पर के नीचे से, एक कुत्ता निकल आया। मेरे पैरों की आहट से चौंककर शायद वह भौंकना चाहता था।

यह यशोदा का कुत्ता है। फूलदार रंगीन किनारी से सिलाई

की हुई गलपट्टी अब भी उसके गले में है। समझ में नहीं आया कि निःसंतान स्त्री के कुल स्नेह का धन यह कुत्ता आज भी इस कुटिया में क्या खाकर जीवित है? मुहल्ले में जाकर छीन–झपटकर खाने की न तो इसमें शक्ति है और न स्वभाव। स्वजाति से मेल रखने की शिक्षा भी इसे नहीं मिली है। अनशन और अर्द्धाशन में यही पड़ा रहकर यह शायद उसी की राह देख रहा है, जो उसको किसी दिन दुलार करती थी।

जाने के पहले छप्पर की खाली जगह से एक बार भीतर दृष्टि डाली। अंधेरे में कुछ भी दिखाई न पड़ा। दीवार पर चिपकी हुई कुछ तस्वीरें दिखाई दे गईं।

वह कुत्ता कुछ दूर तक साथ आकर रुक गया। मैं जा रहा हूं किसी बन्धुहीन लक्ष्यहीन प्रवास के लिए और वह लौट जायगा अपने निराले टूटे हुए मकान में। इस संसार में दोनों के लिए राह देखते हुए प्रतीक्षा करने वाला कोई नहीं है।

स्टेशन पहुंच गया। उसी समय गाड़ी मिल गई। कलकत्ते के डेरे तक पहुंचने में अधिक रात न होगी। टिकट लेकर बैठ गया और रेल सीटी बजाकर आगे बढ़ी।

कल प्रातःकाल कमललता अकेली फूल चुनने जायगी और फिर दिन भर ठाकुर–सेवा होगी। क्या मालूम, दस दिन के साथी नये गोसाईं को भूलने में उसे कितने दिन लगेंगे!

उस दिन उसने कहा था–'सुख में ही तो हूं गोसाईं। जिनके चरण–कमल में अपने को निवेदन कर दिया है, वे कभी दासी को न त्यागेंगे।'

'ऐसा ही हो।'

वैष्णवी कलकत्ता का जीवन मानो प्राचीन वैष्णव कवियों के अश्रुजल का गान है। उसके छन्दों में मेल नहीं, व्याकरण में भूलें हैं,

भाषा में भी त्रुटियां हैं, किन्तु उसका विस्तार उस ओर से नहीं किया जा सकता। वह मानो उन्हीं का दिया है। जिसके मर्म में प्रवेश करता है उसे ही उसका पता चलता है। वह मानो गोधूलि के आकाश की रंग–बिरंगी तस्वीर है। उसका नाम नहीं संज्ञा नहीं–कला–शास्त्र का सूत्र मिलाकर उसका परिचय देना विडम्बना है।

मुझसे कहा था, 'चलो न गोसाईं, यहां से चल दें, गाना गाते–गाते मार्ग में दोनों के दिन कट जायेंगे।'

कहने में तो उसे कुछ रुकावट नहीं हुई, पर मुझे बात खटकी। मेरा नाम उसने 'नये गोसाईं' रखा। बोली–'वह नाम तो मैं नहीं रख सकती गोसाईं।' उसका विश्वास है कि मैं उसके पिछले जीवन का मित्र हूं। मुझसे उसे भय नहीं। मेरे पास रहकर उसकी साधना में विघ्न नहीं पड़ सकता। वैरागी द्वारिकादास की वह शिष्या है। मालूम नहीं, उन्होंने किस साधना से सिद्धि पाने का मन्त्र उसे दिया था।

एकाएक राजलक्ष्मी की स्मृति आ गई। स्मरण आ गई उसकी वह चिट्ठी, स्नेह और स्वार्थ के मिश्रण से भरी हुई वह कठोर लिखावट।

इस जीवन के पूर्ण विराम पर वह मेरे लिए शेष हो गई है। यह अच्छा ही हुआ है। उस शून्यता को भर देने के लिए कहीं भी कोई है?' एक–एक करके न जाने कितनी बातें और कितनी घटनाएं याद पड़ गईं। शिकार के सिलसिले में तना हुआ कुंवर साहब का वह तम्बू, वह दलबल, बहुत वर्षों बाद प्रवास में उस प्रथम साक्षात् के दिन की दीप्ति, काली आंखों में उसकी वह विस्मय–विमुग्ध दृष्टि! जिसे जानता था कि मर गई है, उसे पहचान नहीं सका। उस दिन श्मशान के मार्ग में उसी की कैसी व्यग्र व्याकुल विनती थी और अन्त में क्रुद्ध निराशा का वह कैसा अभिमान था? मार्ग रोककर कहा था–'जाना चाहते हो, इसीलिए क्या तुम्हें जाने दूंगी, चले जाओ

तो। इस विदेश में यदि विपत्ति आ जाए तो देखभाल कौन करेगा? वे लोग या मैं?'

इस बार उसे पहचान लिया। इसी आवाज में उसका सदा का सत्य परिचय है। जीवन में यह उससे कभी नहीं छूटा।

मार्ग के एक छोर पर मरने को बैठा था। नींद टूटने पर आंखें खोलीं तो देखा कि वह सिरहाने बैठी है। तब सभी चिन्ताएं उसे सौंपकर, आंखें बन्द कर सो गया।

गांव के मकान पर आया तो ज्वर आ गया। यहां वह नहीं आ सकती, क्योंकि यहां वह मृत है, फिर भी जिसको अपने पास पाया, वह राजलक्ष्मी ही थी।

चिट्ठी में लिखा है, 'तुम्हारी देखभाल कौन करेगा? पुण्टू? और मैं केवल नौकर के मुंह से समाचार लेकर लौट आऊंगी। इसके पश्चात् भी जीवित रहने के लिए कहते हो क्या?'

इसका उत्तर देने का मुझे साहस नहीं हुआ।

सोच रहा था कि विदेश में जाकर क्या करूंगा? नौकरी से मेरा क्या होगा? नई बात तो है नहीं, उस दिन भी क्या ऐसा पाया था, जिसको फिर से पाने के लिए आज लोभ करूं? केवल कमललता ने ही नहीं कहा, बल्कि द्वारिकादास गोसाईं ने भी बड़े समादर के साथ आश्रम में रहने को बुलाया था। मनुष्य का ठगने के सिवा क्या इस आमन्त्रण में कुछ भी सत्य नहीं है? अब तक जीवन किस तरह कटा है, क्या यही इसका अन्तिम रूप है? क्या कुछ भी जानने को शेष नहीं है?

सदा से इसकी अश्रद्धा और उपेक्षा ही की है, कहता आया हूं कि सब असार है, किन्तु अविश्वास और उपहास को ही मूलधन मान लेने से संसार में बड़ी वस्तु कब किसको मिली है?

गाड़ी हावड़ा स्टेशन पर आकर रुक गई। निश्चय किया कि रात को घर रहकर, जो कुछ चीजें हैं, जो कुछ लेन–देन है, सब चुका कर कल फिर आश्रम में लौट आऊंगा।

घर पर रात के दस बजे पहुंचा। भोजन करने की आवश्यकता थी, किन्तु कोई उपाय न था। हाथ–मुंह धोकर और कपड़े बदलकर बिछौना झाड़ रहा था, कि परिचित कण्ठ की आवाज आई—'बाबू जी, आ गये?'

आश्चर्य से घूमकर देखा—'रतन, कब आया रे?'

'आया हूं शाम को, बरामदे में बड़ी अच्छी हवा थी, आलस्य में जरा सो गया था।'

'बहुत अच्छा किया। भोजन नहीं किया है?'

'जी नहीं।'

'तब तो बड़ी कठिनाई में डाल दिया।'

रतन ने पूछा—'आपने भोजन किया है?'

'नहीं।'

रतन ने प्रसन्न होकर कहा—'तब अच्छा हुआ। आपका प्रसाद पाकर रात बिताऊंगा।'

'तब आस–पास की किसी दुकान पर खोजो, यदि कुछ प्रसाद मिल जाये।

किन्तु आया किसलिए? क्या कोई पत्र है?'

रतन ने कहा—'जी नहीं चिट्ठी लिखने में बड़े झमेले हैं। जो कुछ कहना होगा, वह मुंह से ही कहेंगी।'

'इसका अर्थ? क्या मुझे फिर जाना पड़ेगा?'

'जी नहीं, मां स्वयं आई हैं।'

सुनकर मैं बहुत घबरा गया। रात में कहां ठहराऊं, क्या प्रबन्ध करूं, कुछ भी निश्चय न कर सका। किन्तु कुछ तो कहना ही चाहिए, इसलिए पूछा—'तो क्या घोड़ागाड़ी में ही बैठी हैं?'

रतन ने हंसकर कहा—'मां ऐसी हैं! नहीं बाबू, हम लोगों को आये चार दिन हो गये। चार दिनों से दिन–रात आपके लिए पहरा दे रहा हूं। चलिए!'

पूछा—'कितनी दूर?'

'कुछ दूर तो अवश्य है, किन्तु मैंने किराये की गाड़ी कर रखी है। कष्ट न होगा।'

'इसका तात्पर्य? क्या मुझे फिर जाना पड़ेगा?'

फिर कपड़े पहिन कर, दरवाजे में ताला लगा कर चला। श्याम बाजार की एक गली में दो मंजिला मकान है, उसके सामने चारदीवारी से घिरी फूलों की बगीची है। राजलक्ष्मी के बड़े दरबान ने दरवाजा खोलते ही मुझे पहचान लिया। प्रसन्नता से गर्दन हिलाकर उसने नमस्कार करके पूछा—'अच्छे हैं बाबू जी?'

मैंने कहा—'तुलसीदास, अच्छा हूं। तुम अच्छे हो?'

उसने फिर वैसा ही प्रणाम किया। तुलसी मुंगेर जिले का कुर्मी है। ब्राह्मण होने के कारण मुझे वह पैर छूकर बंगाली रीति से प्रणाम करता है।

हमारी बातचीत से एक हिन्दुस्तानी नौकर की नींद टूट गई। रतन की झिड़कियों से वह घबरा उठा। उसने कहा—'जब से आये हो सोते रहते हो। रोटी खाते रहते हो, तम्बाकू चिलम पर चढ़ाकर नहीं रख सकते? जाओ शीघ्र!'

वह नया आदमी, भयभीत होकर दौड़–धूप करने लगा। ऊपर चढ़ने पर, सामने वाला बरामदा पार करके बड़ा कमरा है, जो गैस

से प्रकाशित है। कार्पेट बिछा हुआ है, उस पर फूलदार जाजिम और दो–चार तकिये पड़े हैं। पास ही मेरी बहुत दिनों की उपयोग की हुई प्रिय गुड़गुड़ी और कुछ दूर पर मेरे जरी के काम वाले मखमली स्लीमर रखे हुए हैं। ये राजलक्ष्मी के हाथों के बने हुए थे। मेरे एक जन्मदिन के अवसर पर मुझे परिहास में उपहार में उसी ने दिये थे। पास का कमरा खुला हुआ है। खुले द्वार से एक बार झांककर देखा। एक ओर नई खरीदी हुई खाट पर बिछौना बिछा हुआ है। दूसरी तरफ नई खूंटी पर मेरे कपड़े टंगे हैं। गंगामाटी जाने से पहले ये बनाये गए थे।

रतन ने पुकारा—'मां!'

'आती हूं!' कहकर राजलक्ष्मी सामने आई। चरणरज लेकर प्रणाम करके बोली—'रतन, तम्बाकू चढ़ा लाओ बेटा! तुझे कई दिन से मैंने बहुत कष्ट दिया।'

'कुछ कष्ट नहीं हुआ मां! स्वस्थ शरीर से इन्हें घर लौटा लाया, यही मेरे लिए बहुत है।' कहकर वह नीचे गया।

राजलक्ष्मी को नई आंखों से देखा। शरीर में सौन्दर्य नहीं समाता। उस दिन की प्यारी की बात याद पड़ गई। कुछ ही वर्षों के दुःख–शोक में आंधी–तूफान में नहाकर मानो उसने नया सौन्दर्य पाया है। चार दिनों के नये मकान की व्यवस्था से मैं चकित नहीं हुआ। उसकी एक समय की व्यवस्था में पेड़ के नीचे का स्थान भी सुन्दर हो जाता है। राजलक्ष्मी ने मानो इन थोड़े दिनों में अपने को मिटाकर दुबारा बना लिया है। पहले वह अपने गहने पहनती थी। बीच में सभी उतार दिये मानो संन्यासिनी हो। आज उन्हें पहन लिया है, इने–गिने ही हैं, किन्तु बहुत मूल्यवान हैं। पहिनने की साड़ी साधारण मिल की है, जो आठों पहर घर में पहनी जाती है। माथे की छोर की किनारी के नीचे से छोटे–छोटे बाल गालों के आसपास

झूल रहे हैं।

राजलक्ष्मी ने कहा—'क्या देख रहे हो?'

'तुमको देख रहा हूं।'

'नई हूं क्या?'

'ऐसा ही तो अनुभव होता है।'

'मुझे कैसा दिखाई पड़ता है जानते हो?'

'नहीं।'

'जी चाहता है कि तम्बाकू लेकर रतन के आने के पहले अपने दोनों हाथ तुम्हारे गले में डाल दूं। डाल दूंगी तो क्या करोगे?' वह हंस पड़ी।

मैं भी हंसकर बोला—'डालकर देख लो न। भांग तो नहीं पी ली है?'

सीढ़ियों पर पैरों की आहट सुनाई पड़ी। बुद्धिमान रतन धमक—धमक कर चढ़ रहा था। राजलक्ष्मी ने हंसी रोककर धीरे—धीरे कहा, 'रतन को चले जाने दो, फिर बताऊंगी कि भांग पी ली है या और कुछ पिया है।'

उनका गला अचानक भारी हो उठा। बोली—'इस अनजान जगह चार—पांच दिन मुझे अकेली छोड़कर तुम पुण्टू का विवाह कराने गये थे? मेरे रात—दिन किस प्रकार कटे हैं जानते हो?'

'मैं यह कैसे जान लूं कि तुम अचानक आ जाओगे?'

'हां जी, अचानक ही तो! तुम सब जानते थे, केवल मुझे दुखी करने के लिए ही चले गये थे।'

रतन ने आकर तम्बाकू दिया और कहा—'तय हो चुका है मां, बाबू का प्रसाद पाऊंगा। महाराज को खाना लाने के लिए कह दूं?

रात के बारह बज गये।'

बारह बजे का नाम सुनकर राजलक्ष्मी घबरा गई—'महाराज से न होगा बेटा, मैं खुद जाती हूं। तुम मेरे सोने के कमरे में जगह कर दो।'

खाने के लिए बैठने पर मुझे गंगामाटी के अन्तिम दिनों की याद आ गई। उस समय यही रसोइया और रतन मेरे खाने—पीने की देखभाल करते थे। तब राजलक्ष्मी को मेरी सुध लेने का समय नहीं मिलता था। किन्तु आज उसे रसोईघर में स्वयं जाना पड़ेगा। किन्तु यही तो उसका स्वभाव है। समझ गया कि कारण कुछ भी हो, उसने फिर अपने को पा लिया है।

खाना खा लेने पर राजलक्ष्मी ने पूछा—'पुण्टू का विवाह कैसे हुआ?'

मैंने कहा—'आंखों से नहीं देखा। सुना है कि अच्छी प्रकार हो गया।'

'आंखों से नहीं देखा? तो इतने दिनों से कहां थे?'

विवाह की सारी घटना बता दी। सुनकर उसने क्षण—भर के लिए गालों पर हाथ रखकर कहा—'दंग कर दिया! आने के पहले पुण्टू को कुछ दे नहीं आये?'

'मेरी ओर से तुम कुछ दे देना।'

राजलक्ष्मी ने कहा—'तुम्हारी ओर से क्यों? अपनी ही ओर से लड़की को कुछ भेज दूंगी। किन्तु तुम थे कहां?'

मैंने कहा—'मुरारीपुर के बाबा लोगों के अखाड़े की बात स्मरण है?'

राजलक्ष्मी ने कहा—'क्यों नहीं? वहीं से वैष्णवियां मुहल्ले—मुहल्ले में भीख मांगने आती थीं। मुझे बचपन की बातें याद हैं।'

'वहीं था।'

सुनकर मानो राजलक्ष्मी के शरीर पर कांटे चुभ गये—'उन्हीं वैष्णवियों के अखाड़े में? अरे मेरी मां! यह क्या कहते हो? उनके विषय में तो न जाने क्या-क्या सुनती हूं।' अब वह एकाएक जोर से हंस पड़ी। अन्त में आंचल से मुंह ढांककर बोली—'तुम्हारे लिए असाध्य कुछ भी नहीं है। आरा में जो मूर्ति देखी है, माथे पर जटा, गले में रुद्राक्ष की माला, हाथों में पीतल के कड़े—वह अद्भुत थी।'

हंसते-हंसते लोट-पोट हो गई। अप्रसन्न होकर उसे उठाकर बैठा दिया।

अन्त में हिचकी लेकर, मुंह में कपड़ा ठूंसने पर जब बड़ी कठिनाई से हंसी रुकी तो बोली— 'वैष्णवियों ने तुमसे क्या कहा? चपटी नाक वाली और टिकुरा पहनने वाली वहां बहुत-सी रहती हैं न?'

मैंने कहा—'तुम कुछ भी नहीं जानती लक्ष्मी! तुम तो मुझे भीरु कहती थी किन्तु वहां एक वैष्णवी मुझे अहंकार-दम्भी कहा करती थी।'

'उसका क्या किया था?'

'कुछ भी नहीं। उसने मेरा नाम रखा था 'नये गोसाईं।' वह कहती, 'गोसाईं, तुम्हारे उदासीन वैरागी मन से बढ़कर दाम्भिक मन पृथ्वी में दूसरा नहीं है।'

राजलक्ष्मी बोली—'क्या कहा उसने?'

'कहा कि इस तरह के उदासीन वैरागी मन की अपेक्षा अधिक दम्भी व्यक्ति दुनिया में ढूंढने पर भी नहीं मिलेगा अर्थात् मैं दुर्धर्ष वीर हूं।'

राजलक्ष्मी ने परिहास की ओर ध्यान ही नहीं दिया।

बोली—'तुम्हारे उदासीन मन का पता उस रमणी को कैसे मिला?'

मैंने कहा—'वैष्णवियों के लिए ऐसी अशिष्ट भाषा ठीक नहीं।'

राजलक्ष्मी ने कहा—'उन्होंने तुम्हारा नाम क्या रखा 'नये गोसाईं और उनका नाम क्या है?'

'कमललता। लोग कहते हैं वह जादू—टोना जानती है। कहते हैं उसका कीर्तन सुनकर मनुष्य बावला हो जाता है। वह जो मांगती है वही दे देते हैं।'

'तुमने सुना?'

'सुना है। बहुत ही अच्छा!'

'उसकी आयु कितनी है?'

'शायद, तुम्हारी ही आयु के समान होगी। अधिक भी हो सकती है।'

'देखने में कैसी है?'

'अच्छी है। चिपटी नाक वाली टिकला पहिने जिनको तुमने देखा है, उनमें की वह नहीं है। भले घर की लड़की है।'

राजलक्ष्मी ने कहा—'यह तो मैं उसकी बात सुनकर ही समझ गई। तुम तो इतने दिन वहां रहे, तुम्हारी सेवा—शुश्रूषा करती थी न?'

मैंने कहा—'हां, मुझे शिकायत नहीं है।'

एकाएक सांस खींचकर राजलक्ष्मी ने कहा—'किया करे। जिस साधन से तुमको कोई पा सकता है, उससे तो भगवान् भी मिल सकते हैं। वैष्णव वैरागियों का वह काम नहीं है। मैं एक कमललता से क्यों भय करने लगी?'

मोटा तकिया लगाकर, चित्त लेटकर, मैं तम्बाकू पीने लगा। ऊपर एक छोटी मकड़ी जाल बुन रही थी, गैस के प्रकाश में उसकी

परछाईं बहुत बड़े जानवर की भांति धरती पर दिखाई पड़ रही थी।

राजलक्ष्मी आकर, मेरे ही तकिये के एक कोने में कुहनी टेककर झुककर बैठ गई। देखा, उसके सर के बाल भीगे हैं। शायद अभी आंख मुंह धोकर आई है।

मैंने पूछा—'लक्ष्मी, एकाएक कलकत्ता क्यों आ गई?'

राजलक्ष्मी ने कहा—'एकाएक ही नहीं। उस दिन से रात–दिन मेरा मन ऐसा होने लगा कि किसी प्रकार टिक न सकी। शंका हुई कि कहीं हार्ट फेल न हो जाये। इस जन्म में फिर आंखों से न देख सकूंगी।' अब उसने गुड़गुड़ी की नली मेरे मुंह से हटाकर फेंक दी। बोली—'सुनो! धुएं के जाल से मुंह तक नहीं देख पाती।'

गुड़गुड़ी की नली तो गई, किन्तु उसका हाथ मेरी मुट्ठी में रह गया।

मैंने पूछा—'आजकल बंकू क्या करता है?'

राजलक्ष्मी ने मलीन हंसी हंसकर कहा—'बहुओं के आ जाने पर सभी लड़के जैसा करते हैं, वही।'

'इससे अधिक कुछ भी नहीं?'

'कुछ भी नहीं तो नहीं कहती; किन्तु वह मुझे क्या कष्ट देगा? दुःख तो तुम्हीं दे सकते हो। तुम लोगों के सिवा सच्चा दुःख औरतों को और कोई नहीं दे सकता।'

'किन्तु मैंने क्या कभी तुमको दुःख दिया है, लक्ष्मी!' राजलक्ष्मी ने बिना आवश्यकता के मेरे माथे पर हाथ रखकर एक बार पोंछकर कहा—'कभी नहीं। मैंने ही आज तक तुमको दुःख दिया है। अपने सुख के लिए तुमको लोगों की दृष्टि में गिरा दिया, खिलवाड़ में ही तुम्हारा अपमान होने दिया—इसी कारण, उसी की सजा दोनों किनारों से अब उभरकर उतरा रही है।'

'इतना पाप करने पर भी संसार में मेरे समान सौभाग्य क्या कभी तुमने देखा है? इससे भी मेरी आशा नहीं मिटी। कहां से आ गई धर्म की धुन। अपने हाथ की लक्ष्मी को मैंने ठुकरा दिया। गंगामाटी से आने पर भी चेत नहीं हुआ। काशी से तुमको फिर विदा कर दिया।'

उसकी आंखों में आंसू छलछला उठे। मैंने हाथ से पोंछ दिया तो बोली—'अपने ही हाथों से विष का वृक्ष रोपा जिसमें फल लग रहे हैं। खाना नहीं खा सकती, सो नहीं सकती। आंखों से नींद भाग गई। न मालूम कितने भय लगते रहते हैं। गुरुदेव उस समय घर पर ही थे। उन्होंने एक ताबीज हाथ में बांध दिया और कहा—'बेटी, सवेरे से एक आसन पर बैठकर तुम दस हजार इष्ट नाम जपो। किन्तु कहां जप सकी? पूजा करने के लिए बैठते ही आंखों से आंसू बहने लगते हैं—ऐसे ही समय तुम्हारा पत्र मिला। इतने दिनों में बीमारी पकड़ी गई।'

'किसने पकड़ा—गुरुदेव ने? उन्होंने शायद फिर एक कवच लिख दिया।'

'हां, लिख तो दिया। तुम्हारे गले में बांध देने के लिए कहते गये।'

'ऐसा ही करो, इससे यदि तुम्हारा रोग अच्छा हो जाये तो ठीक है।'

राजलक्ष्मी ने कहा—'उस पत्र को लेकर दो दिन बीत गये। कैसे बीते नहीं जानती। रतन को बुलाकर उसके हाथ पत्र का उत्तर भेज दिया। गंगाजी में नहाकर अन्नपूर्णाजी के मन्दिर में खड़ी होकर कहा, 'मां, ऐसा करो जिससे समय रहते पत्र उनके हाथ में पहुंच जाये। मुझे आत्महत्या न करनी पड़े।' मेरे मुंह की ओर देखकर बोली—'मुझे इस प्रकार क्यों बांध रखा था बताओ तो?'

एकाएक इस प्रश्न का उत्तर न दे सका। फिर मैंने कहा—'यह तो तुम महिलाओं के ही लिए सम्भव है। हम यह न सोचते हैं न समझ सकते हैं।'

'मानते हो?'

'हां।'

राजलक्ष्मी ने पल भर के लिए मेरी ओर देखते हुए कहा—'सचमुच विश्वास करते हो? यह हम लोगों के ही लिए सम्भव है?'

थोड़ी देर तक हम दोनों चुप रहे। राजलक्ष्मी ने कहा—'मंदिर से बाहर आने पर देखा कि हम लोगों का परिचित लक्षमन साहु खड़ा है। वह मुझे बनारसी साड़ी बेचता था। बूढ़ा मुझे बहुत प्यार करता था, मुझे बेटी कहता था। उसने कहा—'बेटी, आप यहां?' मैं जानती थी कि कलकत्ते में उसकी दुकान है। मैंने कहा—'साहुजी, मैं कलकत्ता जाऊंगी। मेरे लिये एक किराये का मकान दिला सकते हो?'

'उसने कहा—'हां। बंगाली मुहल्ले में अपना ही एक मकान है। सस्ते में मोल लिया था। चाहो तो वह मकान उसी मूल्य में तुम्हें दे सकता हूं।' साहु धर्मात्मा था। उस पर मेरा विश्वास था। प्रस्तुत होकर उसे घर बुलाकर रुपये दे दिये। उसने रसीद दे दी। छः—सात दिनों के बाद ही रतन को साथ लेकर यहां चली आई। मैंने मन में कहा—'मां अन्नपूर्णा, तुमने मुझ पर दया की है, नहीं तो ऐसा मौका कभी न मिलता। मैं उनके दर्शन पाऊंगी ही।'

मैंने कहा—'पर मुझे जल्दी बर्मा जाना है, लक्ष्मी!'

राजलक्ष्मी ने कहा—'अच्छी बात है, चलो। वहां अभया है, समूचे देश में बुद्धदेव के बड़े मंदिर हैं। उनको देखूंगी।'

मैंने कहा—'वह तो भ्रष्ट देश है लक्ष्मी! वहां सदाचारी लोगों का

आचार–विचार नहीं रहता। उस देश में तुम किस प्रकार जाओगी?'

राजलक्ष्मी ने मेरे कान पर मुंह रखकर न मालूम क्या बात कह दी जिसे मैं अच्छी तरह समझ न सका। कहा–'जरा जोर से कहो तो सुनूं।'

राजलक्ष्मी ने कहा–'नहीं।'

इसके बाद निर्जीव की भांति उसी तरह पड़ी रही। उसकी गरम सांस मेरे गले पर, मेरे गालों पर पड़ने लगी।

10

'अजी, उठो! कपड़े बदलकर हाथ–मुंह धो लो। रतन चाय लिये खड़ा है।'

मेरी आहट न पाकर राजलक्ष्मी ने फिर पुकारा—'दिन चढ़ आया, सोते रहोगे!'

करवट बदलकर मैंने भर्राई हुई आवाज में कहा—'सोने कहां दिया? अभी तो सोया था।'

मेज पर चाय की कटोरियां रखकर शायद लज्जा से रतन भाग गया। राजलक्ष्मी ने कहा—'छिः! छिः तुम बड़े निर्लज्ज हो! लोगों को घबराहट में डाल सकते हो। सारी रात कुम्भकर्ण के समान सोते रहे, मैं बैठी हुई पंखे से हवा झलती रही कि कहीं गर्मी से तुम्हारी नींद न टूट जाये। फिर मुझसे यही बात? उठो, नहीं तो पानी डाल दूंगी।'

उठकर बैठ गया। दिन न चढ़ने पर भी उस समय सवेरा हो चला था, खिड़कियां खुली थीं, प्रातःकाल के स्निग्ध प्रकाश में राजलक्ष्मी की अपूर्व मूर्ति देखी। उसका स्नान, पूजा आदि समाप्त हो गया है। गंगाजी के घाट के उड़िया पण्डे का लगाया हुआ सफेद और लाल चन्दन का तिलक उसके माथे पर लगा हुआ था। नई रंगीन बनारसी साड़ी पहने है। पूरब की खिड़की से सुनहरी धूप

आकर, टेढ़ी होकर, उसके चेहरे के एक बगल पड़ रही है, सलज्ज कौतुक की दबी हुई हंसी उसके ओठों में है। तो भी बनावटी क्रोध से तनी हुई भौंहों के नीचे चंचल आंखों की दृष्टि मानो आवेग से झिलमिला रही है। मुझे अचरज हुआ। एकाएक मुस्कराकर वह बोली—'कल से इतना क्या देखते रहते हो जी?'

मैंने कहा—'तुम्हीं बताओ क्या देख रहा हूं?'

राजलक्ष्मी ने कुछ मुस्कराकर कहा—'देख रहे हो कि इससे पुण्टू अच्छी है या नहीं। कमललता अच्छी है या नहीं—क्यों?'

मैंने कहा—'नहीं। जहां तक रूप का सम्बन्ध है, उनमें कोई तुम्हारे पास नहीं फटक सकतीं, यह बात बिना देखे ही कही जा सकती है।'

राजलक्ष्मी ने पूछा—'अच्छा, गुणों में?'

'इस विषय में अवश्य भेद हो सकता है।'

'सुना है कि वह कीर्तन करना जानती है।'

'हां, बहुत बढ़िया।'

'यह तुमने कैसे समझा?'

'वाह! क्या मैं यह भी नहीं समझता? शुद्ध ताल, लय, सुर।'

राजलक्ष्मी ने रोककर पूछा—'हां जी, ताल किसको कहते हैं?'

मैंने कहा—'ताल उसे ही कहते हैं, जो बचपन में तुम्हारी पीठ पर पड़ते थे। स्मरण नहीं है?'

राजलक्ष्मी ने कहा—'नहीं है कैसे? वह तो मुझे खूब याद है। कल झूठ-मूठ ही कायर कहकर तुम्हारा अपमान किया है। किन्तु कमललता को तुम्हारे उदासीन मन का ही समाचार मिला, तुम्हारे वीरत्व को कहानी शायद उसने नहीं सुनी?'

'नहीं, आत्मप्रशंसा नहीं की जाती। वह तुम्हीं सुना देना। उसका गला बढ़िया है, गाना सुन्दर है।'

'मुझे भी संदेह नहीं है।' यह कहते ही उसकी आंखें चमक उठीं। बोली—'हां जी, तुमको अपना वह गाना याद है?' वही पाठशाला की छुट्टी होने पर तुम गाते थे। हम लोग प्रसन्न होकर सुनती थीं—वही—कहां गये प्राणाधार बाप दुर्योधन रे ए...ए...'

हंसी दबाने की चेष्टा में उसने आंचल से मुंह भर लिया। मैं हंस पड़ा। राजलक्ष्मी ने कहा—'बहुत ही भावुकता का गाना है। तुम्हारे मुंह से सुनने पर गाय—बछड़ों तक की आंखों में आंसू आ जाता था।'

रतन के पैरों की आहट सुनाई पड़ी। तुरन्त दरवाजे के पास खड़े होकर उसने कहा—'चाय का पानी चढ़ा दिया है मां, बनने में देर न लगेगी।' अब उसने चाय की कटोरी उठा ली। राजलक्ष्मी ने मुझसे कहा—'अब उठो, देर मत करो। चाय फेंकी जायेगी तो रतन बिगड़ जायेगा। क्यों रतन?'

रतन कटोरी लेकर चला गया। उसे जब क्रोध आता था तो राजलक्ष्मी को आप कहता था, नहीं तो तुम कहता था।

राजलक्ष्मी ने कहा—'रतन सचमुच तुमको बहुत चाहता है।'

मैंने कहा—'मेरा भी ऐसा ही विचार है।'

'हां! तुम जब काशी से चले आये तो उसने झगड़ा करके मेरा काम छोड़ दिया। मैंने अप्रसन्न होकर कहा—'मैंने इतना काम सम्भाल दिया रतन, उसका क्या यही बदला है?' उसने कहा—'मां, रतन नमकहराम नहीं है। मैं भी बर्मा जा रहा हूं। बाबू की सेवा करके तुम्हारा ऋण चुका दूंगा।' तब रोक लिया और अपराध मानकर उसे शान्त किया।

तनिक रुककर कहा—'इसके पश्चात् तुम्हारे विवाह का निमन्त्रण—पत्र आया।'

रोककर मैंने कहा—'झूठी बात मत कहो। तुम्हारी राय लेने के लिये.......।'

इस बार उसने मुझे रोककर कहा—'हां, हां ज्ञात है। यदि अप्रसन्न होकर लिख देती कि विवाह कर लो, तो कर लेते न?'

'नहीं।'

'नहीं क्या? तुम लोग सब कुछ कर सकते हो।'

'सभी सब काम नहीं कर सकते।'

राजलक्ष्मी कहने लगी—'न जाने रतन ने मन—ही—मन क्या समझा। मैंने देखा कि मेरे मुंह की ओर देखकर उसकी आंखें छलछला आईं। जब उसे चिट्ठी का जवाब डाक में छोड़ने के लिए दिया तो उसने कहा—'मां, इस चिट्ठी को डाक में न छोड़ूंगा। मैं स्वयं ले जाऊंगा।' मैंने कहा—'झूठ—मूठ रुपये खर्च कर देने से क्या होगा बेटा?' रतन ने आंखें पोंछकर कहा—'मां, मैं नहीं जानता कि मुझे क्या हो गया है, किन्तु तुमको देखकर ऐसा मालूम होता है कि मानो पद्मा के तट की पृथ्वी सूख गई—क्या जाने पेड़—पत्तों और मकान—दरवाजों को लेकर कब ढह पड़ेगी। तुम्हारी दया से मुझे अब कोई कमी नहीं है मां—ये रुपये तुम दोगी तो भी मैं न लूंगा। यदि विश्वनाथ जी ने देख लिया, तो मेरे गांव की झोंपड़ी में अपनी दासी को थोड़ा—सा प्रसाद भेज देना।'

दोपहर को जब भोजन कराने बैठी तो मैंने कहा—'कल तो साधारण साड़ी पहिने हुए थी, आज सवेरे से बनारसी साड़ी का आडम्बर क्यों बढ़ाया है?'

'तुम्हीं बताओ?'

'मैं नहीं जानता।'

'अवश्य जानते हो। इस कपड़े को पहचान सकते हो?'

'पहचान तो सकता हूं। बर्मा से खरीदकर भेज दिया था।'

राजलक्ष्मी ने कहा–'उसी दिन मैंने सोच लिया था कि अपने जीवन के सबसे महान दिन को पहनूंगी; और कभी नहीं।'

'तो इसीलिए आज इसे पहिन लिया है?'

'हां।'

मैंने हंसकर कहा–'वह तो हो गया। अब उतार दो।'

वह चुप ही रही। मैंने कहा–'समाचार मिला है कि तुम अभी काली घाट जाओगी?'

राजलक्ष्मी ने आश्चर्य के साथ कहा–'अभी! यह कैसे हो सकता है। तुम्हें खिला–पिलाकर लिटा चुकने पर ही अवकाश पाऊंगी।'

मैंने कहा–'तब भी नहीं मिलेगा। रतन कह रहा था कि तुम्हारा खाना–पीना प्रायः बन्द हो गया है। कल थोड़ा–सा खाया था और आज से फिर उपवास आरम्भ है। जानती हो मैंने क्या निश्चय किया है? अब तुमको कड़ी आज्ञा में रखूंगा। अब जो चाहोगी वही न कर सकोगी।'

राजलक्ष्मी ने हंसते हुए कहा–'ऐसा हो तो मैं जी जाऊं। खाऊंगी, पीऊंगी, किसी झमेले में न पड़ूंगी।'

मैंने कहा–'इसीलिए आज तुम कालीघाट न जा पाओगी।'

राजलक्ष्मी ने हाथ जोड़कर कहा–'तुम्हारे पैरों पड़ती हूं। केवल आज भर के लिए मुझे छोड़ दो। फिर पुराने समय के बादशाहों के यहां जिस प्रकार खरीदी हुई लौंडियां रहती थीं, उसी प्रकार रहूंगी।'

'इतना विनय क्यों?'

'विनय तो नहीं, सत्य है। अपना भार समझकर नहीं चली, तुम को मानकर नहीं चली। इसी से अपराध–पर–अपराध करते–करते साहस बढ़ गया है।

अब तुम्हारे ऊपर उस लक्ष्मी का अधिकार नहीं रहा। अपने ही दोष से मैंने उसे खो दिया है।'

मैंने देखा कि उसकी आंखों में आंसू भर आये। बोली–'केवल आज के लिए आज्ञा दे दो। मैं मां की आरती देख आऊं।'

मैंने कहा–'कल चली जाना। तुमने तो स्वयं ही कहा था कि सारी रात जागकर मेरी सेवा करती रही हो, आज तुम बहुत थक गई हो।'

'मुझे तनिक भी थकावट नहीं है। केवल आज ही की बात नहीं, कितनी ही बीमारियों में मैंने देखा है कि रातों जागते रहने पर भी, तुम्हारी सेवा में मुझे कष्ट नहीं होता। न जाने मेरी सारी थकावट को कौन मिटा जाता है? कितने दिनों से देवी–देवताओं को भूल गई थी। किसी में मन न लगा सकी। मेरे देव, आज मुझे मना मत करना।'

'तो दोनों एक साथ चलें।'

राजलक्ष्मी की आंखें प्रसन्नता से चमक उठीं। बोली–'अच्छा चलो, किन्तु देवी–देवताओं को तुच्छ भाव से न देखना।'

मैंने कहा–'कसम नहीं खा सकता। तुम्हारा मार्ग देखते हुए मैं मंदिर के दरवाजे पर खड़ा रहूंगा। मेरी ओर से तुम देवता से वर मांग लेना।'

'क्या वर मांगूं?'

कौर मुंह में डालकर सोचने लगा, पर कोई कामना नहीं सूझी।

मैंने पूछा–'तुम्हीं बताओ न लक्ष्मी, मेरे लिए क्या मांगोगी?'

राजलक्ष्मी ने कहा—'मांगूंगी आयु, स्वास्थ्य और यह भी कि तुम मुझ पर कठोर हो सको, जिससे मुझे अधिक अवलम्ब देकर मेरा फिर सर्वनाश न कर सको। करने को ही तो बैठे थे।'

'राजलक्ष्मी, यह तो हुई रूठने की बात।'

'रूठने की ही है। तुम्हारे उस पत्र को क्या कभी भूल सकूंगी?'

मैंने मुंह नीचे कर लिया। उसने अपने हाथ से मेरा मुंह ऊपर करके कहा—'यह भी मैं सह नहीं सकती। तुम कठोर तो हो नहीं सकोगे! तुम्हारा स्वभाव ऐसा नहीं है। यह काम अब मुझे स्वयं करना पड़ेगा।'

मैंने पूछा—'काम क्या? निर्जल उपवास?'

राजलक्ष्मी ने हंसकर कहा—'उपवास से मुझे सजा नहीं मिलती, अहंकार बढ़ जाता है। वह मेरा मार्ग नहीं है।'

'तब तुमने कौन—सा मार्ग तय किया है?'

'तय नहीं कर सकी, खोज में हूं।'

'क्या तुम्हें यह विश्वास होता है कि मैं सचमुच कभी कठोर हो सकता हूं?'

'होता है जी।'

'नहीं, यह तो तुम झूठ कहती हो।'

राजलक्ष्मी ने हंसकर सिर हिलाकर कहा—'झूठी बात ही सही। किन्तु गोसाईं जी यही तो मेरे लिए विपत्ति है। किन्तु कमललता ने भी क्या बढ़िया नाम रख दिया है! हां जी, ओ जी कहते—कहते जान जाती थी।

अब मैं भी नये गोसाईं जी कहा करूंगी। तब तो किसी समय भूल से मुझे कमललता ही समझ लोगे—इससे भी शान्ति मिलेगी। ठीक है न?'

मैंने हंसकर कहा—'लक्ष्मी, मरने पर भी स्वभाव नहीं बदलता। बादशाही समय की खरीदी हुई लौंडियों की—सी बातें हैं। अब तक तो वे तुमको जल्लाद के हाथ सौंप देते।'

सुनकर राजलक्ष्मी हंस पड़ी, बोली—'जल्लाद के हाथ तो मैंने स्वयं अपने—आपको सौंप दिया है।'

मैंने कहा—तुम सदा से इतनी नटखट रही हो कि तुम्हारे ऊपर आज्ञा चलाने की शक्ति किसी भी जल्लाद में नहीं है।'

राजलक्ष्मी कुछ कहने जा रही थी कि तुरन्त उठकर खड़ी हो गई। 'यह क्या, खाना खा चुके क्या? दूध कहां है? मेरे सिर की कसम, देखो, उठ मत जाना।' वह फुर्ती से बाहर चली गई। मैंने सांस लेकर कहा—'कहां यह और कहां वह कमललता!'

दो मिनट में ही वह लौट आई और दूध की कटोरी रखकर पंखे से हवा करने लगी। कहने लगी—'अब तक मालूम होता था कि शायद मेरे मन में कहीं पाप है। इसीलिए गंगामाटी में मन नहीं लगा, मैं काशी जी लौट आई। गुरुदेव को बुलाकर, बाल कटवाकर गहने उतार दिये और तपस्या में जुट गई। सोचा अब कोई चिन्ता नहीं। स्वर्ग में सोने की सीढ़ी बन रही है। एक आफत तुम थे, सो तुम भी विदा हो चले। किन्तु उस दिन के आंसू नहीं रुके। इष्ट मन्त्र भूल गई। देवता अन्तर्ध्यान हो गये। हृदय सूख उठा। डर लगा कि यदि धर्म की साधना है तो फिर यह क्या हो रहा है? क्या अन्त में पागल हो जाऊंगी?'

मैंने उसके मुंह की तरफ देखकर कहा—'तपस्या के आरम्भ में देवता लोग डर दिखाया करते हैं। जमे रहने पर सिद्धि मिलती है।'

राजलक्ष्मी ने कहा—'सिद्धि की मुझे आवश्यकता नहीं है। सिद्धि मुझे मिल गई।'

'कहां मिली?'

'यहीं, इसी कमरे में।'

'विश्वास नहीं होता, प्रमाण दो।'

'तुमको प्रमाण दूं? मुझे क्या गरज है?'

'किन्तु क्रीतदासियां ऐसी बातें नहीं किया करतीं।'

'देखो, अप्रसन्न मत करो। इस तरह बार–बार क्रीतदासी कहोगे तो अच्छा न होगा।'

'अच्छा, अब तुम्हें स्वाधीन कर दिया।'

राजलक्ष्मी हंसकर बोली–'कितनी स्वाधीन हूं, इसका अनुभव मैं नस–नस में कर रही हूं। कल बातचीत करते–करते तुम सो गये तो मैं अपने पर से तुम्हारा हाथ हटाकर उठ बैठी। हाथ लगाकर देखा, तुम्हारा माथा गीला है। आंचल से पोंछकर पंखा लेकर बैठ गई। बत्ती की धुंधली रोशनी को तेज कर दिया। निद्रा में तुम्हारे चेहरे की ओर देखकर आंखें हटा ही न सकी। इसके पहले यह क्यों नहीं दिखाई पड़ा कि यह कितना सुन्दर है। अब तक क्या अन्धी हो गई थी?

सोचा, यदि पाप है तो पुण्य की मुझे आवश्यकता नहीं। यदि यह अधर्म है तो पड़ी रहे मेरी धर्मचर्चा, जीवन में यदि यही मिथ्या है तो ज्ञान न होते ही मैंने किसकी बातों में पड़कर इन्हें वरण किया था? यह क्या? पीते क्यों नहीं? दूध पड़ा ही रह गया।'

'अब नहीं पी सकता।'

'तो कुछ फल ले आऊं?'

'नहीं।'

'किन्तु बहुत ही दुबले हो गए हो।'

'हो गया हूं तो बहुत दिनों की लापरवाही से। एक दिन में ही ठीक करना चाहोगी तो मर जाऊंगा।'

वेदना से उसका चेहरा पीला पड़ गया। बोली—'अब न होगी। जो सजा मिली है, उसे न भूलूंगी। यही मेरा बहुत बड़ा लाभ है।' क्षण—भर में धीरे—धीरे कहने लगी—'सवेरा होने पर उठकर चली आई। कुम्भकर्ण की नींद जल्दी नहीं टूटती। नहीं तो लोभ में पड़कर तुमको जगा ही तो दिया था। इसके बाद दरबान को साथ लेकर गंगाजी नहाने चली गई। ज्ञात हुआ, मानो माता ने सब पाप को धो डाला।

घर आकर जब पूजा करने बैठी तब देखा कि तुम अकेले ही नहीं लौट आये हो साथ में लौट आया है मेरी पूजा का मन्त्र। आ गये हैं इष्टदेव, गुरुदेव। आ गया है मेरा सावन का मेघ। आज मेरी आंखों से पानी झरने लगा, किन्तु वह हृदय मसोस कर निचोड़ा हुआ आंसू नहीं है। वह तो उमड़े हुए झरने की धारा थी। दो—चार फल ले आऊं? पास बैठकर अपने हाथ से काट करके तुम्हें फल खिलाये बहुत दिन हो गये।'

'लाओ।'

राजलक्ष्मी तेजी के साथ चली गई। फिर एक बार सांस लेकर मैंने कहा—'यह और वह कमललता! न मालूम किसने जन्म—काल में हजारों नामों में चुनकर इसका राजलक्ष्मी नाम रखा था!' दोनों जिस समय कालीघाट से लौटे उस समय रात के नौ बज गये थे। राजलक्ष्मी नहा—धोकर कपड़े बदल कर सहज—भाव से पास आकर बैठ गई। मैंने कहा—'राक्षसी साड़ी गई, जान बची।'

राजलक्ष्मी ने सिर हिलाकर कहा—'वह मेरे लिए राज—पोशाक है, राजा की दी हुई है। जब मरूंगी, तब मुझे पहनवा देना।'

'ऐसा ही होगा। आज समूचे दिन क्या तुम सपना देखने में ही व्यतीत कर दोगी? कुछ खा लो।'

'खाती हूं।'

'मैं रतन से कहता हूं कि तुम्हारा खाना महाराज के हाथों यहीं भिजवा दे।'

'यहीं? अच्छी बात है। तुम्हारे सामने बैठकर मैं खाऊंगी, क्यों कभी खाते देखा है?'

'क्या ऐसा भी होता है? औरतों का राक्षसी भोजन तुम लोगों को हम देखने ही क्यों देंगी?'

'लक्ष्मी, तुम्हारी यह चाल आज न चलेगी। तुमको मैं अकारण उपवास न करने दूंगा। न खाओगी तो मैं तुमसे बातचीत न करूंगा।'

'मत करना।'

'मैं भी नहीं खाऊंगा।'

महाराज भोजन दे गया—'फल—फूल, मिष्ठान। नाम—मात्र भोजन करके वह बोली—'रतन ने तुमसे शिकायत की है कि मैं खाती नहीं हूं। बताओ तो मैं किस प्रकार खाती? कलकत्ते आयी थी हारे हुए अभियोग की अपील करने। प्रतिदिन रतन तुम्हारे डेरे से लौट आता था। किन्तु भय से कुछ पूछ नहीं सकती थी कि कहीं वह यह न कह दे कि मुलाकात तो हुई थी किन्तु बाबू नहीं आये। जो सलूक किया है उससे, कहने के लिए मेरे पास तो कुछ भी नहीं था।'

राजलक्ष्मी पल—भर चुप रहकर बोली—'किन्तु मैं तुमसे जितना भय करती हूं, उतना किसी से नहीं करती।'

'यह तो परिहास है। इसका कारण बताओ।'

राजलक्ष्मी ने क्षण—भर मेरी तरफ देखकर कहा—'कारण यह है कि मैं तुमको पहचानती हूं। मैं जानती हूं कि औरतों पर तुम्हारी सच्ची आसक्ति नहीं है। जो कुछ है, वह दिखावटी शिष्टाचार है। संसार में किसी वस्तु पर तुम्हें लोभ नहीं है। प्रयोजन भी नहीं है। तुम्हारे नहीं कर देने पर तुम्हें लौटाऊंगी किस प्रकार?'

मैंने कहा—'लक्ष्मी, इनमें थोड़ी—सी भूल हो गई है। पृथ्वी की एक वस्तु पर मुझे लोभ है, और वह हो तुम। यहीं पर 'नहीं' नहीं कह सकता। इसके लिए दुनिया की और सभी वस्तुएं छोड़ सकता हूं। श्रीकान्त की इसी बात को तुम आज तक न जान सकी।'

'हाथ धो आऊं।' कहकर राजलक्ष्मी उठकर चली गई।

दूसरे दिन, दिन और शाम के काम समाप्त कर राजलक्ष्मी आकर मेरे पास बैठ गई। बोली—'कमललता की कहानी सुनूंगी।'

जितना जानता था, सब सुना दिया, केवल अपने सम्बन्धों में कुछ छोड़ दिया है; क्योंकि गलतफहमी का डर था।

कुल मन लगाकर सुन चुकने पर वह धीरे—धीरे बोली—'यतीन की मृत्यु का ही उसे सबसे अधिक धक्का लगा है। उसी के दोष से वह मारा गया।'

'उसका दोष कैसा?'

'दोष तो है ही। अपना कलंक छिपाने के लिए उसी को तो उसने आत्महत्या में सहायता देने के लिए बुलाया था। उस दिन वह तैयार न हुआ।

किन्तु अन्य दिन अपने मिथ्या कलंक को छिपाने के लिए उसे भी वही मार्ग सबसे पहले दिखाई पड़ा। ऐसा ही होता है। इसीलिए पाप की सहायता के लिए किसी मित्र को नहीं बुलाना चाहिए। एक का प्रायश्चित दूसरे के गले पड़ जाता है। यह तो बच गई, किन्तु उसका स्नेह का धन मर गया।'

'युक्ति अच्छी प्रकार समझ में न आई।'

'समझ में कैसे आयेगी? समझा है कमललता ने और तुम्हारी राजलक्ष्मी ने।'

'क्या बात है?'

'हां, बताओ हमारा जीवन कितना–सा है, जब हम देखती हैं तुम्हारी ओर।'

'किन्तु कल तुमने कहा था कि मेरे मन की सभी कालिमा मिट गई, तो क्या वह झूठ था?'

'झूठ ही तो था। कालोंस तो मरने के पश्चात् ही पुछेगी। मरने की भी इच्छा की थी, किन्तु तुम्हारे कारण न मर सकी।'

'यह तो जानता हूं। यदि इसी को लेकर बार–बार दुःख दोगी तो मैं इस तरह भाग जाऊंगा कि कहीं भी ढूंढ न पाओगी।'

राजलक्ष्मी ने डर कर मेरा हाथ पकड़ लिया। बिलकुल छाती के पास खिसक कर चली आई, और बोली–'अब ऐसी बात कभी मुंह से मत निकालना। तुम सब कुछ कर सकते हो। तुम्हारी निष्ठुरता नहीं मानती।'

'तब कहो कि ऐसी बात फिर न कहोगी।'

'नहीं कहूंगी।'

'सोचूंगी भी नहीं।'

'तुम भी बोलो कि मुझे छोड़कर कभी नहीं जाओगे।'

'मैं तो कभी गया नहीं राजलक्ष्मी! जब कभी दूर हट गया हूं तब यही जानकर कि तुमने मुझे नहीं चाहा।'

'वह तुम्हारी लक्ष्मी नहीं, और कोई होगी।'

'उसी किसी और से तो भयभीत रहता हूं।'

'नहीं, अब उससे मत डरो। वह राक्षसी मर चुकी है।' कहकर मेरे हाथ को जोर से पकड़ लिया।

पांच–छः मिनट तक इसी तरह बैठी रहकर अचानक उसने दूसरी बात छेड़कर कहा–'तुम क्या सचमुच बर्मा जाओगे?'

'हां।'

'जाकर क्या करोगे, नौकरी? किन्तु हम तो केवल दो ही प्राणी हैं। हम दो लोगों की आवश्यकताएं ही कितनी हैं?'

'जितनी भी हैं, उनके लिए तो उपाय करना है।'

'भगवान दे देंगे। किन्तु तुम नौकरी न करने पाओगे। वह तो तुमको सहन न होगी।'

'न हो सकेगी तो चला आऊंगा।'

'आओगे ही, यह मैं जानती हूं; केवल हठ करके इतनी दूर मुझे खींच ले जाकर कष्ट देना चाहते हो।'

'चाहो तो कष्ट न उठाओ।'

राजलक्ष्मी ने क्रुद्ध कटाक्ष डालकर कहा—'रहने दो, चतुराई मत करो।'

मैंने कहा—'चतुराई नहीं करता। जाने में तुम्हें सचमुच कष्ट होगा। रसोई बनाना, वासन मांजना, घर—द्वार साफ करना, बिछौने बिछाना........... ।'

राजलक्ष्मी ने कहा—'तब नौकरानी और नौकर—चाकर क्या करेंगे?'

'नौकरानी और नौकर वहां कहां? उनके लिए रुपये कहां?'

राजलक्ष्मी ने कहा—'भले ही न मिलें, किन्तु कितना ही भय क्यों न दिखाओ, मैं अवश्य चलूंगी।'

'चलो, केवल मैं और तुम। काम अधिक रहने से झगड़ने का अवसर न पाओगी और पूजा—पाठ करने के लिए समय न मिलेगा।'

'ऐसा ही सही। क्या मैं काम से भय करती हूं?'

'डरती तो नहीं हो, किन्तु कर न सकोगी। दो दिन पश्चात् ही लौटने के लिए आफत मचाने लगोगी।'

'इसका भी भय नहीं। साथ लेकर जाऊंगी और साथ ही लेकर लौट आऊंगी। छोड़कर न आना पड़ेगा।' अब वह क्षण–भर कुछ सोचकर बोली–'यही ठीक है। दास–दासी कोई न रहेंगे। एक छोटे से घर में तुम और हम रहेंगे, जो खाने को दूंगी वही खाओगे, जो पहनने को दूंगी वही पहनोगे, तुम देखना, शायद मैं लौटकर आना भी न चाहूं।'

अचानक वह मेरी गोद में सिर रखकर लेट गई और देर तक आंख बन्द किये पड़ी रही।

'क्या सोच रही हो?'

राजलक्ष्मी आंखें खोलकर जरा हंस उठी और बोली–'हम लोग कब चलेंगे?'

'इस मकान की व्यवस्था कर लो, इसके पश्चात् जिस दिन कहोगी चल देंगे।'

उसने गरदन हिलाकर सम्मति दी और फिर आंखें बंद कर लीं।

'क्या सोच रही हो?'

राजलक्ष्मी ने देखते हुए कहा–'सोच रही हूं कि एक बार क्या मुरारीपुर न चलोगे?'

मैंने कहा–'हां, विदेश जाने के पहले उनसे एकबार मिल लेने का वचन दे आया हूं।'

'तो चलो, कल ही चलें।'

'तुम भी चलोगी?'

'इसमें डर ही क्या है? तुमको प्यार करती है कमललता और उसे प्यार करते हैं हमारे गौहर दादा। यह बहुत अच्छा हुआ।'

'यह तुमसे किसने कहा?'

'तुम्हीं ने।'

'मैंने तो नहीं कहा।'

'तुम्हीं ने कहा, केवल याद नहीं है कि कब कहा।'

सुनकर संकोच से व्याकुल हो उठा, बोला—'जो कुछ भी हो, वहां तुम्हारा जाना ठीक नहीं है।'

'क्यों?'

'उस बेचारी को हंसी—मजाक करके तुम तंग कर डालोगी।'

राजलक्ष्मी ने भौंहें तान लीं। क्रोध के स्वर में बोली—'अब तक तुम्हें मेरा यही परिचय मिला है? मैं क्या उसे इसलिए लज्जित करूंगी कि वह तुम्हें प्रेम करती है? तुमसे प्रेम करना क्या कोई अपराध है? मैं भी तो स्त्री हूं। हो सकता है मैं भी उसे प्यार करने लगूं।'

'तुम्हारे लिए कुछ भी असम्भव नहीं लक्ष्मी, चलो चलें।'

'कल सवेरे की गाड़ी से हम दोनों चल पड़ेंगे। कोई चिन्ता मत करो। मैं इस जीवन में कभी तुम्हें दुःखी न करूंगी।'

अब वह अनमनी—सी हो गई। आंखें बन्द हो गईं, सांस रुक—रुककर निकलने लगी। न मालूम कितनी दूर वह चली गई। भयभीत हो उसे जरा हिलाकर मैंने पूछा—'यह क्या?'

राजलक्ष्मी ने देखा, जरा हंसकर कहा—'कुछ भी तो नहीं।'

आज उसकी यह हंसी न मालूम मुझे कैसी लगी!

११

दूसरे दिन मेरी इच्छा न देखकर रुक गये। तत्पश्चात् मुरारीपुर के अखाड़े के लिए रवाना होना पड़ा। राजलक्ष्मी का वाहन रतन, जिसके बिना कहीं उसका पैर आगे नहीं बढ़ता, साथ था। रसोईघर

की दासी लालू की मां साथ चली। कुछ आवश्यक वस्तुएं लेकर रतन सवेरे की गाड़ी से रवाना हो चुका है। वहां स्टेशन पर वह दो घोड़ा–गाड़ियां रखेगा। हम लोगों के साथ जो सामान बांधकर रखा गया है, वह भी कम नहीं है। मैंने पूछा–'क्या वहां घर बसाने जा रही हो?'

राजलक्ष्मी ने कहा–'क्या दो–एक दिन ठहरना न पड़ेगा? देश के जंगल, नदी–नाले, घाट–मैदान क्या तुम अकेले ही देख आओगे? मैं क्या वहां की लड़की नहीं हूं? मुझे देखने की इच्छा नहीं होती?'

'मानता हूं कि होती है, किन्तु इतनी चीजें, इतने प्रकार के खाने–पीने की सामग्री.......।'

राजलक्ष्मी ने कहा–'तो तुम यही कहना चाहते हो कि देवस्थान पर खाली हाथ जाना चाहिए फिर तुमको तो कुछ ढोना नहीं है फिर चिन्ता किस बात की?'

कितनी चिन्ता थी, यह मैं किससे कहता?' इसी बात का भय अधिक था कि वह वैष्णव–वैरागियों का छुआ हुआ देवता का प्रसाद माथे पर तो चढ़ा लेगी, किन्तु मुंह में न डालेगी। कौन जानता है, वहां जाकर किसी बात के बहाने वह उपवास शुरू कर दे या रसोई बनाने बैठ जाय। केवल एक बात का भरोसा है, राजलक्ष्मी का मन सचमुच भला है। अकारण वह किसी को व्यथा नहीं पहुंचा सकती। यदि ऐसा कुछ कहना भी पड़ेगा तो मुस्कराकर हंसी–प्रेम के साथ इस प्रकार कहेगी कि मुझे और रतन को छोड़कर कोई समझ न सकेगा।

राजलक्ष्मी का शारीरिक गठन हल्का है। संयम और उपवास ने मानो उसे लघुता दे दी है। आज उसकी सज्जा कुछ विचित्र हो गई है। तड़के ही स्नान कर आई है। गंगाजी के घाट पर उड़िया पण्डे का सम्भालकर लगाया हुआ तिलक उसके ललाट पर है, फल–फूल,

लता–पत्रों की विचित्र बनावट वाली कत्थई रंग की वृन्दावनी साड़ी पहने है, शरीर पर थोड़े से जेवर हैं। मुंह पर स्निग्ध प्रसन्नता है।

कल दो बजे आने लगी तो दो आलमारियां खरीद लाई थी। आज जाने के पहले उनमें झटपट न मालूम क्या–क्या रख रही है। काम करते रहने के साथ, उसके हाथों में कड़ों पर बनी घड़ियाल की आंखें बीच–बीच में चमक उठती हैं। हीरे और पन्ने के जड़ाऊ हार की छटा किनारी के बीच–बीच से झलक उठती है। उसके कानों के पास भी एक प्रकार की नीली आभा निकल रही है। मेज पर चाय पीने के लिए बैठकर मैं टकटकी लगाये उसी ओर देख रहा था।

उसमें एक दोष था, घर पर वह ब्लाउज या जाकेट नहीं पहनती थी। इस कारण जरा भी असावधान होने पर गले और बाहुओं के बहुत से अंग खुल जाते थे, फिर भी यदि इसके लिये उसे कुछ कहा जाता तो वह हंसकर कहती थी, मुझसे यह नहीं हो सकता। मैं हूं देहाती औरत, दिन–रात बीबी का ठाठ मुझे नहीं अच्छा लगता। तात्पर्य यह है कि अधिक कपड़े पहनना पवित्रता के रोगियों के लिए बहुत कष्टकर होता है। आलमारी के किवाड़ बन्द करते समय एकाएक शीशे में उसकी निगाह मेरे ऊपर पड़ गई। परन्तु अपने कपड़े सम्भालकर वह उठ खड़ी हुई। अप्रसन्न होकर बोली–'फिर भी ताक रहे हो। बार–बार मुझे इतना क्यों देखते हो?' यह कहकर वह हंस पड़ी।

मैंने हंसकर कहा–'सोच रहा था कि विधाता को फरमाइश देकर न मालूम किसने तुमको गढ़वाया था।'

राजलक्ष्मी ने कहा–'तुमने! नहीं तो संसार से बाहर ऐसी इच्छा और किसकी है? मेरे आने के पांच–छः वर्ष पहले तुम आये थे, और आते समय उन्हें बयाना दे आये थे, याद नहीं है?'

'नहीं, किन्तु तुम कैसे जान गई?'

'भेजते समय उन्होंने कान में कह दिया था। क्या तुमने चाय पी ली थी? देर करोगे तो गाड़ी न मिलेगी।'

'न सही, क्या हानि है?'

'क्यों?'

'वहां भीड़भाड़ में शायद तुम्हें खोजने पर मैं न पाऊं।'

राजलक्ष्मी ने कहा—'मिल जाऊंगी। मैं ही तुमको ढूंढ लूं तो बड़ी बात क्या है?'

मैंने कहा—'यह भी ठीक नहीं है।'

उसने हंसकर कहा—'ऐसा होगा प्यारे, चलो। सुना है कि बड़े गोसाईं का वहां एक पृथक् कमरा है। मैं जाते ही उसका कुण्डा तोड़ दूंगी। कोई भय नहीं है, खोजना न पड़ेगा, दासी यों ही मिल जायेगी।'

'तो चलो।'

हम लोग जिस समय मठ में पहुंचे, तुरन्त ही देवता की पूजा समाप्त हुई थी। बिना बुलाये, बिना समाचार दिये इतने प्राणी अचानक जा पहुंचे, फिर भी वे लोग बहुत प्रसन्न हुए। बड़े गोसाईं आश्रम में नहीं हैं। गुरुदेव के दर्शन करने नवद्वीप गये हैं। इसी बीच दो वैरागी मेरे ही कमरे में जम गये हैं।'

कमललता, प ा, लक्ष्मी, सरस्वती और अन्य बहुत–सी वैष्णवियां आकर मेरी आवभगत करने लगीं। कमललता ने भर्राई हुई आवाज में कहा—'आशा नहीं थी कि तुम इतने शीघ्र आकर हम लोगों को दर्शन दोगे।'

राजलक्ष्मी ने इस प्रकार बातचीत की मानो बहुत पुराना परिचय है। उसने कहा—'बहिन कमललता, कई दिनों से इनके मुंह से

तुम्हारी चर्चा निकलती थी, और भी पहले आना चाहते थे, केवल मेरे कारण ऐसा न हो सका। दोष मेरा ही है।'

कमललता का मुंह पल भर के लिए लाल हो उठा। पद्मा झटपट हंस पड़ी किन्तु तुरन्त आंखें फेर लीं।

राजलक्ष्मी की वेश–भूषा और चेहरा देखकर सभी ने समझ लिया कि किसी भले घराने की महिला है। मेरे साथ उसका क्या सम्बन्ध है, यह कोई न जान सका। परिचय के लिए सभी उत्सुक थे। राजलक्ष्मी की आंखों से कुछ नहीं छिपता। उसने कहा—'कमललता बहिन, मुझे तुमने नहीं पहिचाना।'

कमललता ने सिर हिलाकर कहा—'नहीं।'

'वृन्दावन में कभी नहीं देखा?'

कमललता निर्बोध नहीं है। परिहास की बात समझ गई। हंसकर बोली—'याद तो पड़ रहा है बहिन।'

राजलक्ष्मी ने कहा—'याद न पड़ना ही अच्छा है। मैं इसी देश की हूं, कभी वृन्दावन के पास तक नहीं गई।' वह हंस पड़ी। फिर लक्ष्मी, सरस्वती और अन्य सबके चले जाने पर मुझे दिखाकर कहा—'हम दोनों एक ही गांव में, एक ही गुरु की पाठशाला में पढ़ते थे। दोनों में भाई–बहिन का–सा प्रेम था। मुहल्ले के रिश्ते में मैं दादा कहती थी और ये मुझे बहिन की तरह प्यार करते थे। शरीर पर कभी हाथ तक नहीं लगाया। मेरी ओर देखकर बोली—'क्यों जी, मेरी बातें ठीक हैं न?'

पद्मा खुश होकर बोली—'इसलिए तुम दोनों देखने में एक ही से हो। दोनों ही लम्बे और पतले हो। केवल तुम गोरी हो और गोसाईं काले हैं।'

राजलक्ष्मी ने गम्भीर होकर कहा—'हम लोगों के एक ही प्रकार के हुए बिना काम कैसे चल सकता है?'

पद्मा—'मां, तुम्हें मेरा भी नाम मालूम है! नये गोसाईं ने बता दिया है?'

'बताया है, इसीलिए तो तुम लोगों को देखने आई हूं।' मैंने कहा—'अकेले क्यों जाओगे? मुझे भी साथ ले चलो। तुमसे तो मुझे कोई भय नहीं है। एक साथ देखकर कोई कलंक भी न लगेगा। यदि कोई लाए तो भी क्या होगा? नीलकण्ठ के गले में ही विष रह जाएगा। पेट में न उतरेगा।'

मैं चुप न रह सका। औरतों की यह कैसी हंसी है! मैंने क्रोधित होकर कहा— 'लड़कियों के साथ क्यों झूठ—मूठ की हंसी कर रही हो?'

राजलक्ष्मी ने कहा—'सच्ची हंसी क्या होती है तुम्हीं बताओ। जो कुछ जानती हूं, सरल मन से कह रही हूं। तुम अप्रसन्न क्यों हो रहे हो?'

उसकी गम्भीरता देखकर मैं हंस पड़ा—'हां, सरल मन से कह रही हो! कमललता, संसार में इतनी बड़ी शैतान, बातून तुमको कहीं खोजने से न मिलेगी। इनकी बातों पर विश्वास न करना।'

राजलक्ष्मी ने कहा—'निन्दा क्यों करते हो गोसाईं? तब तो तुम्हारे मन में मेरे सम्बन्ध में कुछ भेद है।'

'है ही।'

'किन्तु मेरे मन में तो नहीं है। मैं तो निष्पाप हूं।'

कमललता भी हंस पड़ी किन्तु यह हंसना उसके बोलने का ढंग देखकर था। शायद वह कुछ भी समझ न सकी, केवल उलझन में पड़ गई। उस दिन भी मैंने किसी महिला से अपने सम्बन्ध का आभास नहीं दिया था। देता भी किस प्रकार?

कमललता ने पूछा—'बहिन तुम्हारा नाम क्या है?'

'मेरा नाम राजलक्ष्मी है और ये पहले का अंश छोड़कर, केवल लक्ष्मी कहकर पुकारते हैं। मैं कहती हूं, ऐ–जी, हां–जी। किन्तु आजकल कहते हैं कि 'नये गोसाईं' कहा करो। कहते हैं इससे शान्ति मिलेगी।'

पद्मा ने ताली बजाकर कहा—'मैं समझ गई।'

कमललता ने उसे धमकाकर कहा—'इस कलमुंही की बड़ी बुद्धि है न। बता तो क्या समझ गई?'

'अवश्य समझ गई। बताऊं?'

'बताने की आवश्यकता नहीं, जा।' कहकर उसने स्नेह से राजलक्ष्मी का एक हाथ पकड़कर कहा—'किन्तु बातों में देर हो रही है बहिन! धूप में मुंह सूख गया है। जानती हूं, कुछ खाकर नहीं आई हो। चलो, हाथ–पैर धोकर देवता को प्रणाम करो, फिर सभी मिलकर उनका प्रसाद खायेंगे। तुम भी चलो गोसाईं।'—वह उसका हाथ पकड़कर मंदिर की ओर खींच ले गई।

अब मैंने समझ लिया कि कोई विपत्ति आ गई, क्योंकि आ गया प्रसाद लेने का बुलावा। खाने–पीने और छुआछूत का संस्कार राजलक्ष्मी के जीवन में इस तरह गुंथा हुआ है कि इस सम्बन्ध में प्रश्न ही अवैध है। यह उसका स्वभाव है। वह इसे छोड़कर जी नहीं सकती। जीवन के इस प्रयोजन की सहजता और सजीवता ने न जाने कितने समय, कितने संकटों से उसकी रक्षा की है। आप वह बतायेगी नहीं, जान लेने से भी कुछ लाभ नहीं। केवल मैं ही जानता हूं कि एक दिन राजलक्ष्मी को बिना चाहे दैवात् पा गया हूं और आज वह मेरी सभी प्राप्त वस्तुओं से बढ़कर है।

उसकी जो कुछ कठोरता है। वह अपने को ही लेकर है। दूसरों पर तनिक भी कठोरता नहीं है। वे हंसकर कहा करती है, 'इतना कष्ट उठाने की आवश्यकता क्या है? आजकल के समय में

इतना बचकर चलने से प्राण नहीं बच सकते।' वह जानती है कि मैं इन बातों को नहीं मानता। केवल उसकी आंखों के सामने कोई भयंकर घटना न होने से ही वह खुश रहती है। मेरे परोक्ष के दुराचार की कहानी सुनकर कभी तो वह कानों को बन्द कर लेती है वह, कभी गाल पर हाथ रखकर कहती है—'मेरे दुर्भाग्य से तुम ऐसे क्यों हो गये? तुम्हारे कारण मेरा सब कुछ चला गया।'

आज का मामला इस प्रकार का नहीं है। इस निर्जन मठ में थोड़े—से प्राणी शान्ति से रहते हैं, वे सभी दीक्षित वैष्णव हैं। ये लोग जाति—भेद नहीं मानते। पूर्वाश्रम की बातों को कभी ये स्मरण भी नहीं करते। इसी से किसी अतिथि के आने पर ये बिना संकोच के ठाकुरजी का प्रसाद श्रद्धा के साथ देते हैं और आज तक किसी ने कभी प्रसाद को अस्वीकार नहीं किया।

किन्तु यह अप्रीतिकर कार्य यदि आज, बिना बुलाये आकर, हम लोगों के द्वारा ही हो जाये तो बहुत परिताप होगा—मुख्य तौर पर मुझे। मैं जानता था कि कमललता मुंह से कुछ न कहेगी, किसी को कुछ कहने भी न देगी। शायद एक बार मेरी ओर देखकर ही सिर नीचे झुकाकर दूसरी जगह चली जायगी। ऐसी शिकायत का क्या उत्तर होगा? मैं खड़ा होकर सोच रहा था। ऐसे ही समय पद्मा ने आकर कहा—'आओ नये गोसाईं, बहिन तुम्हें बुला रही हैं। हाथ—मुंह धो लिया है?'

'नहीं।'

'तो आओ, मैं पानी देती हूं। प्रसाद परोसा जा रहा है।'

'आज क्या प्रसाद बना है?'

'आज देवता को भात का भोग लगा है।'

मैंने मन में कहा—तब तो समाचार और भी अच्छा है। पूछा—'प्रसाद किस जगह परोसा है?'

पद्मा ने कहा—'मंदिर के बरामदे में, तुम बाबाजी लोगों के साथ बैठो। हम औरतें पीछे खायेंगी। आज हम लोगों को स्वयं राजलक्ष्मी दीदी परोसेंगी।'

'वह नहीं खायेंगी?'

'नहीं! वह तो हम लोगों की तरह वैष्णवी नहीं हैं। ब्राह्मण की बेटी हैं। हम लोगों का छुआ खाने से उन्हें पाप लगेगा।'

'तुम्हारी कमललता दीदी अप्रसन्न नहीं हुई?'

'अप्रसन्न क्यों होगी।' वह हंसने लगी। 'राजलक्ष्मी दीदी से कहा—अगले जन्म में हम दोनों बहिनें एक ही मां के पेट से जन्म लेंगी। पहले मैं जन्म लूंगी, तुम बाद में आना, दोनों बहिनें एक ही पत्तल में मां के हाथ से खायेंगी। यदि उस समय तुम कहोगी कि जात चली गई तो मां कान मल देगी।'

सुनकर मैंने प्रसन्न होकर सोचा, अब ठीक हुआ। राजलक्ष्मी को कभी बातचीत करने में अपनी बराबरी का कोई नहीं मिला था। मैंने पूछा, 'उसने क्या उत्तर दिया?'

पद्मा ने कहा—'राजलक्ष्मी दीदी सुनकर हंसने लगी, बोली—'मां क्यों दीदी, बड़ी बहिन बनकर तुम्हीं मेरा कान मल देना। छोटी का दुस्साहस किसी प्रकार भी मत सहना।'

सुनकर मैं चुप हो गया, प्रार्थना करता रहा कि कमललता इसके भीतरी अर्थ को न समझ सके।

जाकर देखा कि मेरी प्रार्थना स्वीकार हो गई है। कमललता ने ध्यान नहीं दिया, इस अमेल को न पाकर ही इस बीच दोनों में अच्छा हेल–मेल है।

शाम की गाड़ी से बड़े गोसाईं द्वारिकादास लौट आये। उनके साथ और कई बाबाजी आये। सारे शरीर में चन्दन की छापें और

वैचित्र्य देखकर सन्देह नहीं रहा कि ये भी अवहेलना के पात्र नहीं हैं। मुझे देखकर बड़े गोसाईं प्रसन्न हुए किन्तु उनके साथियों ने परवाह नहीं की। सुना गया कि इनमें से एक तो सुप्रसिद्ध संकीर्तनाचार्य हैं और दूसरे मृदंग में गुरु हैं।

प्रसाद पा लेने पर मैं बाहर निकला। वही सूखी नदी और वही जंगल। चारों तरफ बांस और बेंत के कुंज हैं, सूर्यास्त के समय नदी किनारे बैठकर कुछ प्रकृति–लीला देखने का संकल्प कर लिया। ऐसा मालूम हुआ मानो पास ही कहीं 'अन्धकार मणिक' फूल खिले हैं। उनसे सड़े मांस की–सी दुर्गन्ध ने ठहरने नहीं दिया। सोचा, कवियों के लिए फूल प्रिय हैं। कोई उन्हें इन फलों को उपहार में क्यों नहीं दे आता? सन्ध्या के पहले ही लौट आया। देखा कि उत्सव की धूम है। ठाकुर जी और उनके कमरे की सजावट हो रही है। आरती के पश्चात् बैठक होगी।

पद्मा ने कहा–'नये गोसाईं, तुम्हें कीर्तन सुनने का चाव है। आज मनोहरदास बाबाजी का गाना सुनकर प्रसन्न हो जाओगे। बहुत अच्छा गाते हैं।'

वैष्णव कवियों की पदावली की भांति मधुर वस्तु मेरे लिए दूसरी नहीं है।

मैंने कहा–'पद्मा, सचमुच मुझे बहुत भला लगता है।' बचपन में यह सुनते ही कि दो–चार कोस के भीतर कहीं कीर्तन होने वाला है, मैं दौड़ जाता था। समझ में आए या नहीं, अन्त तक बैठा रह जाता। कमललता, आज तुम न गाओगी?'

कमललता ने कहा–'नहीं गोसाईं, आज नहीं। मेरी तो वैसी शिक्षा नहीं है। उनके सामने गाने में लज्जा लगती है। इसके सिवाय उस बीमारी के बाद से गला इतना भारी हो गया है कि अभी तक ठीक नहीं हुआ।'

मैंने कहा—'लक्ष्मी तो तुम्हारा गाना सुनने के लिए ही आई है। वह सोचती है कि शायद मैंने तुम्हारे बारे में बढ़ा—चढ़ाकर कहा है।'

कमललता ने लजाकर कहा—'बढ़ाकर तो अवश्य कह दिया है गोसाईं।' फिर मुस्कराकर राजलक्ष्मी से कहा—'तुम कुछ भी ध्यान मत करना बहिन। थोड़ा—बहुत जो कुछ जानती हूं, एक दिन सुना दूंगी।'

राजलक्ष्मी ने प्रसन्न होकर कहा—'अच्छा दीदी, जिस दिन तुम्हारी इच्छा हो, मुझे बुला लेना। मैं तुम्हारा गाना सुन जाऊंगी।' मुझसे कहा—'तुमने मुझे कभी बताया नहीं कि कीर्तन सुनना पसन्द करते हो?'

'तुमको क्यों बताता? गंगामाटी में जब बीमारी में बिस्तर पर पड़ा था। भूखे और सूने मैदान की तरफ ताकते—ताकते दोपहर का समय कटता था, और सन्ध्या किसी तरह अकेले कटना नहीं चाहती थी.......... ।'

राजलक्ष्मी ने मेरे मुंह को अपने हाथ से दबा लिया। बोली—'यदि और कुछ कह डालोगे तो पैरों पर सिर पटक कर मर जाऊंगी।' इसके बाद स्वयं हाथ दबाकर बोली—'कमललता दीदी, अपने बड़े गोसाईंजी से कह आओ तो बहिन, कि आज बाबाजी के बाद मैं देवताओं को अपना गाना सुनाऊंगी।'

कमललता ने कहा—'किन्तु बाबाजी बड़ी नुक्ताचीनी करते हैं!'

राजलक्ष्मी ने कहा—'करने दो। भगवान का भजन तो होगा।' मूर्तियों को हाथ से दिखाकर हंसती हुई बोली—'भगवान प्रसन्न होंगे। बाबाजी लोगों के लिए तो मैं उतना नहीं सोचती बहिन, किन्तु मेरे यह दुर्वासा प्रसन्न हो जाएं तो बहुत हैं।'

मैंने कहा—'प्रसन्न होने का पुरस्कार मिलेगा!'

राजलक्ष्मी ने डरकर कहा—'रहने दो गोसाईं? कहीं सबके सामने पुरस्कार देने मत आना। तुम्हारे लिए असम्भव कुछ नहीं है।'

सुनकर वैष्णविया हंसने लगीं। पद्दा प्रसन्न होते ही ताली बजाने लगती है। बोली—'मैं स—म—झ—ग—ई।'

कमललता ने उसकी ओर स्नेह से देखकर हंसते हुए कहा—'कलमुंही, चुप रह।' राजलक्ष्मी से बोली—'इसे ले जाओ बहिन! क्या मालूम कब अचानक क्या कह बैठे।'

सन्ध्या—आरती के बाद कीर्तन की बैठक जम गई। आज बहुत—सी बत्तियां जलाई गईं। मुरारी का अखाड़ा वैष्णवी समाज में प्रसिद्ध है। विभिन्न स्थानों से कीर्तन करने वाले वैरागियों के आ जाने पर ऐसा प्रबंध प्रायः हुआ करता है। मठ में सब प्रकार के बाजे हैं। सब रख दिये गये। एक तरफ वैष्णवियां बैठी हुई हैं, दूसरी ओर अज्ञान कुलहीन अनेक वैरागी हैं, कई आयु और चेहरे के। बीच में विख्यात मनोहरदास और उनके मृदंगवादक हैं। मेरे कमरे पर दखल जमाने वाले एक छोकरा बाबाजी हारमोनियम में सुर दे रहे हैं। यह प्रचार हो गया है कि कलकत्ते से भले घर की कोई महिला आई हैं। वे गाना गायेंगी। वे युवती हैं, धनवान हैं। उनके साथ दास—दासी, नौकर—चाकर आये हैं। विविध खाद्य सामग्री आई है, और कोई एक नया गोसाईं भी आया है। कहते हैं, शायद वह इसी इलाके का घुमक्कड़ है।

मनोहरदास के कीर्तन की भूमिका और चैतन्य देव की वन्दना के बीच में किसी समय राजलक्ष्मी आकर कमललता के पास बैठ गई।

बाबाजी का गला कुछ कांपकर सम्भल गया, मृदंग पर थपकी नहीं पड़ी, यह एक देवलीला ही थी, केवल द्वारिकादास दीवार से टिककर जिस प्रकार आंखें बन्द किये बैठे थे, उसी प्रकार बैठे रह

गये, शायद वे यह जान ही न सके कि कौन आया और कौन नहीं आया।

राजलक्ष्मी एक नीलाम्बर साड़ी पहिने है। उसी की महीन जरी की किनारी के साथ शरीर को नीले रंग की चोली का रंग मिल गया है। केवल सवेरे के उड़िया पण्डे के लगाये हुए छापे इस समय बहुत कुछ मिट गये हैं, जो बाकी हैं वे आश्विन के छिन्न–भिन्न बादल हैं, क्या जाने कब मिट जायें। वह बहुत शिष्ट और शान्त है, उसने मेरी ओर कटाक्ष से भी नहीं ताका, मानो पहचानती ही नहीं।

आज बाबाजी का गाना नहीं जमा, किन्तु उनके दोष से नहीं, लोगों की अधीरता के कारण। द्वारिकादास ने आंखें खोलकर राजलक्ष्मी को बुलाकर कहा—'दीदी, हमारे देवता को अब तुम कुछ सुनाओ, सुनकर हम लोग भी धन्य हों।'

राजलक्ष्मी उसी ओर मुंह करके घूम कर बैठ गई। द्वारिकादास ने मृदंग की ओर अंगुली से इशारा करके पूछा—'इससे कोई कठिनाई तो न होगी?'

राजलक्ष्मी ने कहा—'नहीं।'

यह सुनकर मनोहरदास ने भी मन में कुछ आश्चर्य माना, क्योंकि साधारण स्त्रियों से उन्होंने इतनी आशा नहीं की थी।

गाना शुरू हुआ। संकोच की जड़ता और अज्ञात की दुविधा नहीं है। कण्ठ जलस्रोत के समान बहने लगा। मैं जानता हूं इस विद्या में वह सुशिक्षिता है—यह थी उसकी जीविका, किन्तु बंगाल की अपनी खास सम्पत्ति—संगीत की इस धारा पर भी उसने इतना अधिकार कर लिया है, यह मैंने नहीं सोचा था। कौन जानता था कि प्राचीन और आधुनिक वैष्णवी कवियों की इतनी विभिन्न पदावलियां उसे कण्ठस्थ हैं। केवल सुर–ताल और लय में नहीं, बल्कि वाक्य की शुद्धता, उच्चारण की स्पष्टता और प्रकाशन की मधुरता से उसने

कल्पनातीत विस्मय कर दिया। पत्थर के देवता उसके सामने हैं और पीछे बैठे हैं दुर्वासा। यह बताना कठिन है कि किसको अधिक प्रसन्न करने के लिए उसकी यह आराधना थी। गंगामाटी की भूल का थोड़ा–सा खण्डन इससे हो जाये, यह बात कदाचित आज उसके मन में थी। वह गा रही थी–

एक पद पंकज, पके विभूषित, कंटक जर–जर मेल।

तुया दरशन आगे कुछ नाहिं जानलु चिरदुख अब दूर गेल

तोहारि मुरलि जब श्रवणे प्रवेशल छोड़नु, गृहसुख आस।

पंथक दुख तृनहुं करि न गणनु, कहतहिं गोविन्ददास

बड़े गोसाईं जी की आंखों से अश्रुधारा बह रही थी। वे आनन्द और आवेग की प्रेरणा से उठ खड़े हुए और ठाकुरजी के गले से मल्लिका की माला उतारकर उन्होंने राजलक्ष्मी को पहनाकर कहा–'प्रार्थना करता हूं, तुम्हारे सब कल्याण दूर हो जाएं बहिन।'

राजलक्ष्मी ने झुककर उनको नमस्कार किया, फिर उठकर मेरे पास आई और सबके सामने पैरों की रज माथे पर लगाकर धीरे–धीरे कहा–'यह माला रखी है। पुरस्कार का भय न दिखाया होता तो यहीं पर तुम्हारे गले में पहना देती।' वह तुरन्त चली गई।

गाने की बैठक समाप्त हो गई। मालूम हुआ मानो आज ही जीवन सार्थक हो गया। उसको अंधेरे में ओट में बुलाकर कहा–'वह माला रख दो। यहां नहीं, घर लौटकर तुम्हारे हाथों से पहनूंगा।'

राजलक्ष्मी ने कहा–'यहां मन्दिर में पहन लेने पर इसे उतार न सकोगे शायद यह भय है?'

'नहीं। भय नहीं, आज यदि सारी पृथ्वी मेरी होती तो आज तुम्हें वह भी दान कर देता।'

'ओह! बड़े दाता हो, किन्तु वह तो तुम्हारी ही रहती जी।'

मैंने कहा—'तुमको असंख्य धन्यवाद?'

'क्यों भला?'

मैंने कहा—'आज मुझे ऐसा लगता है कि मैं तुम्हारे योग्य नहीं हूं। रूप, गुण, रस, विद्या, बुद्धि, स्नेह और सौजन्य से पूर्ण जो धन मुझे बिना ही मांगे मिल गया है, उसकी तुलना नहीं हो सकती। अपनी अयोग्यता देखकर मुझे लज्जा लगती है लक्ष्मी। मैं सचमुच तुम्हारा बहुत कृतज्ञ हूं।'

राजलक्ष्मी ने कहा—'किन्तु मैं सचमुच अप्रसन्न हो जाऊंगी।'

'हो जाओ! नहीं तो इस ऐश्वर्य को कहां रखूंगा?'

'क्यों, चोरी हो जाने का भय है?'

'मुझे ऐसा मनुष्य तो कोई नहीं दिखाई पड़ता लक्ष्मी। चोरी करके तुमको रखने योग्य इतना बड़ा स्थान कहां पाएगा?'

राजलक्ष्मी ने उत्तर नहीं दिया। मेरे हाथ को थोड़ी देर तक अपनी छाती के पास रख लिया, फिर बोली—'इस तरह आमने—सामने अंधेरे में हमें खड़े देखकर लोग हंसेंगे। किन्तु सोच रही हूं, रात को तुम्हारे सोने का प्रबंध करूं पर स्थान नहीं है।'

'न रहने दो, कहीं सो रहूंगा।'

'किन्तु तबीयत तो अच्छी नहीं है, बीमारी हो सकती है।'

'तुम चिन्ता मत करो, वे लोग कुछ—न—कुछ प्रबंध करेंगे ही।'

राजलक्ष्मी ने चिन्ता के स्वर में कहा—'सब तो देख रही हूं, मैं नहीं जानती क्या प्रबंध करेंगे। किन्तु मैं चिन्ता न करूं और वे करें? चलो थोड़ा—सा कुछ खाकर सो जाना।'

भीड़भाड़ के कारण सचमुच सोने का स्थान न था। रात को एक खुले बरामदे में मसहरी लगाकर मेरे लिए सोने का प्रबंध हुआ। राजलक्ष्मी कुछ खटपट करने लगी, शायद रात को बीच—बीच में आकर देख भी गई, किन्तु मुझे नींद अच्छी आई।

दूसरे दिन बिछौने से उठकर देखा कि दोनों बहुत से फूल तोड़कर लौट आई हैं। कमललता ने आज मेरे बदले राजलक्ष्मी को ही साथी बना लिया था। वहां एकान्त में क्या बातचीत हुई मैं नहीं जानता, किन्तु आज उन लोगों का चेहरा देखकर मुझे बड़ी तृप्ति हुई। मानो दोनों बहुत पुरानी सखियां हैं। कल दोनों एक ही बिछौने पर साथ–साथ सोई थीं। जाति–पांति का भेद–भाव न था, यह अवश्य है कि एक–दूसरे के हाथ का नहीं खाती। कमललता ने हंसकर मुझसे कहा—'इस पर तुम कुछ मत सोचना गोसाईं! हमारा यही प्रबंध हुआ है। मैं अगली बार बड़ी बहन बनकर जन्म लूंगी और इसके कान खींचूंगी।'

राजलक्ष्मी ने कहा—'मैंने भी एक शर्त करा ली है गोसाईं, यदि मैं मर जाऊं, तो यह वैष्णवगिरी छोड़ तुम्हारी सेवा करेगी। मैं अच्छी प्रकार जानती हूं कि तुम्हारे बिना मेरा छुटकारा न होगा। तब चुड़ैल बनकर दीदी की गरदन पर चढ़ूंगी। सिन्दबाद की भांति कंधे पर बैठकर, इससे काम करा लूंगी, तब छोड़ूंगी।'

कमललता ने हंसकर कहा—'तुम्हें मरने की आवश्यकता नहीं है, बहिन, तुमको कन्धे पर बिठाये मैं हर समय घूम न सकूंगी।'

मैं सवेरे चाय पीकर गौहर को ढूंढने निकला। कमललता ने आकर कहा— 'अधिक देर मत करना गोसाईं। उसे भी साथ ले आना। इधर देवता के लिए भोग बनाने के लिए एक ब्राह्मण पकड़ लाई हूं। जैसा गन्दा है, वैसा ही आलसी है। राजलक्ष्मी उसके पास सहायता के लिए गई है।'

मैंने कहा—'यह तुमने अच्छा नहीं किया। राजलक्ष्मी तो खा लेगी, किन्तु तुम्हारे देवता उपासे ही रह जायेंगे।'

कमललता ने भय से जीभ दबाकर कहा—'ऐसी बात मत करो गोसाईं। वह सुन लेगी तो यहां फिर पानी तक न पीयेगी।'

मैंने हंसकर कहा—'कमललता, चौबीस घंटे भी नहीं हुए किन्तु तुमने उसको पहचान लिया।'

उसने भी हंसकर कहा—'हां गोसाईं, पहचान लिया है, करोड़ों में खोजने पर भी तुम्हें ऐसा एक भी मनुष्य नहीं मिलेगा। भाग्यवान हो।'

गौहर नहीं मिला। वह घर पर नहीं है। उसकी एक विधवा ममेरी बहिन सुनाम ग्राम में रहती है। नवीन ने बताया कि वहां नये प्रकार का रोग फैल गया है। धड़ाधड़ आदमी मर रहे हैं। निर्धन रिश्तेदारिन, लड़के बच्चों को लेकर, आफत में पड़ गई है, इसीलिए वह चिकित्सा कराने वहां गया है। आज दस—बारह दिनों से कोई समाचार नहीं मिला। नवीन भय से मरा जा रहा है, लेकिन कोई रास्ता नहीं सूझता। अकस्मात् वह जोर से रो उठा और बोला—'शायद मेरे बाबू अब जीवित नहीं हैं, मैं एक मूरख हलवाहा हूं। कभी गांव से बाहर नहीं गया। वह देश कहां है, कहां से रास्ता है, यह मैं नहीं जानता; नहीं तो घर—गृहस्थी छोड़कर भी नवीन क्या अब तक यहां बैठा रहता? चक्रवर्ती जी की खुशामद करता रहता हूं कि महाराज दया करो, धरती बेचकर तुमको सौ रुपये दूंगा, मुझे एक बार ले चलो; लेकिन वह धूर्त ब्राह्मण तैयार नहीं हुआ। मैं यह भी कह देता हूं बाबू, कि यदि मेरे मालिक की मृत्यु हो जायेगी तो चक्रवर्ती को मकान में आग लगाकर मार डालूंगा। इसके पश्चात् उसी आग में जलकर आत्महत्या कर लूंगा। ऐसे नमकहराम को मैं जीवित न रहने दूंगा।'

उसको साहस बंधाकर मैंने पूछा—'जिले का नाम क्या है?'

नवीन ने कहा—'यही सुना है कि वह गांव शायद नदिया जिले के कोने में है। स्टेशन से बैलगाड़ी पर सवार होकर दूर जाना पड़ता है। चक्रवर्ती जानता है, पर वह ब्राह्मण यह भी बतलाना नहीं

चाहता।' नवीन पुरानी चिट्ठियां ढूंढकर ले आया, लेकिन उनसे कोई पता नहीं चला। यही मालूम हुआ कि महीने पहले विधवा बेटी की कन्या के विवाह के लिए चक्रवर्ती ने गौहर से दो सौ रुपये वसूल किये थे।

मूर्ख के पास बहुत रुपया है, इस कारण असमर्थ गरीब उसे ठगेंगे ही। इसके लिए अप्रसन्न होना वृथा है, लेकिन ऐसी शैतानी भी कम दिखाई पड़ती है।

नवीन ने कहा—'बाबू का मर जाना ही चक्रवर्ती के लिए अच्छा है। झंझटों से मुक्त हो जायेगा। कर्ज का एक पैसा भी चुकाना न पड़ेगा।'

हम दोनों चक्रवर्ती के घर गये। ऐसा विनम्र, मधुरभाषी, परदुःखकातर भला व्यक्ति संसार में दुर्लभ है। लेकिन बूढ़ा हो जाने से स्मरण शक्ति इतनी क्षीण हो गई है कि उसे किसी प्रकार स्मरण नहीं आया। जिले का नाम तक नहीं बता सका। चेष्टा के बाद एक टाइम–टेबुल लाया और उत्तर तथा पूर्वी बंगाल के सभी रेलवे स्टेशनों के नाम एक–एक करके पढ़ गया। लेकिन स्टेशन का प्रथम अक्षर तक वह याद न रख सका। दुःख प्रकट करके बोला—'लोग न मालूम कितनी चीजें और रुपया–पैसा उधार ले जाते हैं बेटा, याद नहीं रख सकता और वसूल भी नहीं हो पाता। सोचता हूं कि सिर पर भगवान हैं। वे ही निर्णय करेंगे।'

नवीन अब सहन न कर सका। गरजकर बोला—'हां, वे ही तुम्हारा निर्णय करेंगे। वे न करेंगे तो मैं करूंगा।'

चक्रवर्ती ने स्नेहसिक्त मधुर कण्ठ से कहा—'नवीन, झूठमूठ क्यों अप्रसन्न होते हो? तीन पन तो बीत गये, एक पन रह गया है। यदि पता बतला सकता तो क्या इतना भी न करता? गौहर तो मेरे लड़के के समान है।'

नवीन ने कहा—'यह सब मैं नहीं जानता। तुमको अन्तिम बार कह रहा हूं कि बाबू के पास मुझे ले चलना है तो ले चलो, नहीं तो जिस दिन उनका बुरा समाचार मिलेगा, उस दिन या तो तुम रहोगे या मैं रहूंगा।'

चक्रवर्ती ने माथे पर हाथ मारकर कहा—'भाग्य! नवीन, भाग्य! नहीं तो क्या तुम मुझे ऐसी बात कहते?'

हम दोनों लौट आये। मकान के बाहर खड़े होकर मैंने आशा की कि पछताकर चक्रवर्ती शायद मुझे बुला दे, किन्तु कुछ आहट न मिली। दरवाजे की ओट से देखा कि चद्दवर्ती जली हुई तम्बाकू फेंककर फिर चिलम चढ़ा रहा है।

गौहर का समाचार पाने का उपाय सोचते–सोचते मैं अखाड़े में आ गया। उस समय लगभग तीन बज चुके थे। मन्दिर के बरामदे में औरतों की भीड़ जमा हो गई थी। बाबा जी लोगों में से कोई भी नहीं था। सम्भवतः बहुत अधिक प्रसाद खा लेने के परिश्रम से थककर कहीं विश्राम कर रहे थे। रात को दुबारा प्रसाद पाने के लिए तैयार होना आवश्यक है।

झांककर देखा, भीड़ में एक हस्तरेखा देखने वाला पण्डित बैठा हुआ है। पंचांग, पोथी, खड़िया, स्लेट, पेन्सिल आदि समान उसके पास है। मेरे ऊपर सबसे पहले प ा की दृष्टि पड़ी। उसने जोर से कहा—'नये गोसाईं आ गये?'

कमललता ने कहा—'मैंने उसी समय समझ लिया था कि गौहर गोसाईं तुम्हें यों ही छोड़ नहीं देंगे, उन्होंने क्या खिलाया?'

राजलक्ष्मी ने उसका मुंह दबा दिया—'रहने दे दीदी, यह मत पूछ!'

कमललता ने उसका हाथ हटाकर कहा—'धूप में मुंह सूख गया है, धूल–बालू मुंह और सिर पर जमा हो गई। नहा–धो चुके हो?'

राजलक्ष्मी ने कहा—'नहीं, नहा लेने पर भी तो पता नहीं चल सकता दीदी।'

'नवीन ने अवश्य सब तरह की चेष्टा की; किन्तु मैं तैयार नहीं हुआ। बिना नहाये–खाये लौट आया हूं।'

राजलक्ष्मी ने प्रसन्न होकर कहा—'ज्योतिषी ने मेरा हाथ देखकर बताया है कि मैं राजरानी होऊंगी।'

'उसे क्या दिया?'

पद्मा ने कहा—'पांच रुपये। राजलक्ष्मी दीदी के आंचल में बंधे थे।'

मैंने हंसकर कहा—'मुझे देती तो मैं उससे भी अच्छा बता सकता।'

ज्योतिषी उड़िया ब्राह्मण है। बहुत अच्छी बंगला बोल लेता है—बंगाली को धोखा हो जाता है। उसने हंसकर कहा—'नहीं महाशय, रुपया तो मैं बहुत कमाता हूं। सचमुच ऐसा अच्छा हाथ मैंने दूसरा नहीं देखा है। देखिएगा मेरी बात झूठ न होगी।'

मैंने कहा—'महाराज, बिना हाथ देखे कुछ बता सकते हो?'

उसने कहा—'हां। एक फूल का नाम लीजिए।'

मैंने कहा—'सेमर का फूल।'

ज्योतिषी ने हंसकर कहा—'सेमर का फूल ही सही।' उसने खड़िया से दो मिनट तक गणित लगाकर कहा—'आप एक समाचार जानना चाहते हैं?'

'कैसा समाचार?'

मेरी ओर देखकर कहने लगा—'किसी आदमी का समाचार जानना चाहते हैं?'

'बता सकते हो महाराज क्या समाचार है?'

'हां! अच्छी खबर है। दो–एक दिन में मालूम हो जायेगा।'

सुनकर मैं मन में विस्मित हुआ। मेरा मुंह देखकर सबने यह अनुमान किया।

राजलक्ष्मी ने खुश होकर कहा—'देख लिया न? मैं कहती हूं कि वे बहुत अच्छा फल बताते हैं, किन्तु तुम लोग किसी पर विश्वास नहीं करना चाहते।'

कमललता ने कहा—'अविश्वास किस बात का? नये गोसाईं, भाई अपना हाथ महाराज को दिखा तो दो।'

मैंने हाथ फैला दिया। ज्योतिषी ने तुरन्त ही उसे अपने हाथ में लेकर दो–तीन मिनट तक देखा, गणित लगाया, फिर कहा—'महाशय, आपके जीवन को बड़ी विपत्ति की रेखा में देख रहा हूं।'

'विपत्ति की रेखा? कब?'

'बहुत ही शीघ्र। मरने–जीने की होगी।'

देखा, राजलक्ष्मी के चेहरे पर रक्त नहीं है। भय से वहां सफेदी छा गई है।

मेरा हाथ छोड़कर ज्योतिषी ने राजलक्ष्मी से कहा—'बेटी, एक बार तुम्हारा हाथ और......।'

'नहीं, मेरा हाथ देखने की आवश्यकता नहीं।'

उसका तीव्र भाव अत्यन्त स्पष्ट था। चतुर ज्योतिषी तुरन्त समझ गया कि उसने हिसाब लगाने में गलती नहीं की है। उसने कहा—'मैं तो दर्पण मात्र हूं बेटी, जो छाया पड़ेगी, वही मेरे मुंह से निकलेगा, पर रुष्ट ग्रह को भी शान्त किया जा सकता है। उसके लिये अनुष्ठान की विधि है, मामूली दस–बीस रुपये का व्यय है।'

'तुम हमारे घर कलकत्ते आ सकते हो?'

'क्यों नहीं आ सकता बेटी? ले चलो न।'

मैंने देखा कि ग्रह के कोप के विषय में उनको पूरा विश्वास है, पर उसको प्रसन्न करने के सम्बन्ध में पूरा सन्देह है। कमललता ने कहा–'चलो गोसाईं, तुम्हारे लिए चाय तैयार कर दूं। चाय पीने का समय हो गया।'

राजलक्ष्मी ने कहा–'मैं बनाये लाती हूं बहिन, तुम उनके लिए बैठने को स्थान ठीक कर दो। रतन से कह दो कि तम्बाकू चढ़ाकर दे जाये।'

और सब ज्योतिषी से बातें करने लगीं, हम लोग चले आये। दक्षिण के खुले बरामदे में मेरी खाट है, रतन ने उसे झाड़–पोंछकर साफ कर दिया। वह तम्बाकू दे गया, हाथ–मुंह धोने के लिए पानी दे गया, कल सवेरे से बेचारे को समय नहीं मिला है, फिर भी मालकिन कहती हैं कि उसकी परछाहीं तक दिखाई नहीं पड़ती। जीवन का संकट समीप है, पर रतन से पूछते तो अवश्य ही वह कहता कि–'जी नहीं, संकट आपको नहीं, मुझे है।'

कमललता नीचे बरामदे में बैठकर गौहर का समाचार पूछ रही थी।

राजलक्ष्मी चाय ले आई, चेहरा भारी है। सामने के स्टूल पर कटोरी रखकर बोली–'देखो, तुमसे सैकड़ों बार कह चुकी कि जंगल में मत घूमा करो। संकट आते कितनी देर लगती है? प्रार्थना करती हूं कि मेरी बात मान लो।'

चाय बनाते समय राजलक्ष्मी ने शायद यही समझकर तय किया था। कमललता ने आश्चर्य करके कहा–'जंगल में गोसाईं कब गये थे?'

राजलक्ष्मी ने कहा–'कब गये, यह क्या मैं देखा करती हूं दीदी? मुझे क्या संसार में और कोई काम नहीं है।'

मैंने कहा—'उसने देखा नहीं है, उसका अनुमान है। ज्योतिषी अच्छी विपत्ति में डाल गया।'

सुनकर रतन दूसरी तरफ मुंह फेरकर चला गया। इन प्रश्नों का उत्तर देना व्यर्थ है। कमललता ने भी राजलक्ष्मी को पहिचान लिया है, वह भी चुप रही। चाय की कटोरी अपने हाथ में लेते ही राजलक्ष्मी ने कहा—'दो—चार फूल और थोड़ी—सी मिठाई ले आऊं?'

मैंने कहा—'नहीं।'

'नहीं क्यों? नहीं छोड़कर हां कहने की बुद्धि भगवान् ने तुमको नहीं दी?' मेरे मुंह की ओर देखकर एकाएक अत्यन्त चिन्तित होकर उसने पूछा—'तुम्हारी आंखें इतनी लाल क्यों दिखाई पड़ रही हैं? नदी के सड़े पानी में तो नहीं नहा आये हो?'

'आज तो नहाया ही नहीं।'

'वहां क्या खाया?'

'कुछ भी नहीं, इच्छा भी नहीं हुई।'

न मालूम क्या सोचकर, मेरे पास आकर, उसने मेरे माथे पर हाथ रखा। इसके बाद कुर्त्ते के भीतर मेरी छाती पर वही हाथ ले जाकर बोली—'जो सोचा था वही है। कमल दीदी, देखो तो इनका शरीर क्या कुछ गरम नहीं मालूम पड़ रहा है?'

कमललता घबराकर उठकर नहीं आई। उसने कहा—'गरम हो गया होगा तो क्या हुआ भय क्या है राजू?'

वह नाम रखने में बहुत चतुर है। यह नया नाम मेरे कानों तक भी पहुंचा।

राजलक्ष्मी ने कहा—'इसका अर्थ है कि ज्वर आ गया है, दीदी।'

कमललता ने कहा—'यदि ऐसा ही हुआ हो तो, तुम सड़क पर तो नहीं बैठी हो। आई हो हमारे पास। हम लोग ही प्रबंध

करेंगे बहिन! चिन्ता मत करो।' अपनी इस अनुचित व्याकुलता में दूसरे से अविचलित शान्त कण्ठ ने राजलक्ष्मी को सम्भाल दिया। उसने लजाकर कहा–'अच्छी बात है दीदी, लेकिन इस तरफ तो डॉक्टर–वैद्य नहीं हैं। मैं बार–बार देखती आई हूं कि इनको कभी कुछ हो जाता है तो सहज में अच्छा नहीं होता। फिर मुंहजला ज्योतिषी न मालूम क्या भय दिखा गया है।'

'दिखा जाने दो।'

'नहीं बहिन, इन लोगों की बात तो नहीं फलती, किन्तु बुरी बात ठीक निकलती है।'

कमललता ने मुस्कराकर कहा–'भयभीत होने की बात नहीं है राजू! सवेरे से ही गोसाईंजी धूप में घूमते रहे हैं। ठीक समय पर स्नान–भोजन भी नहीं हुआ शायद इसीलिए शरीर कुछ गरम हो गया है, कल सवेरे तक ठीक हो जायेगा।'

लालू की मां ने आकर कहा–'मां, रसोईघर में महाराज तुमको बुला रहा है।'

'जाती हूं।' कहकर वह कमललता को कृतज्ञता से देखती हुई चली गई।

मेरे रोग के सम्बन्ध में कमललता की बात ठीक निकली। ज्वर सवेरे तक नहीं गया, लेकिन मैं दो–एक दिन में चंगा हो गया। लेकिन इस घटना से हम लोगों के भीतर की बातों का पता कमललता को लग गया और शायद हमारे बड़े गोसाईंजी को भी लग गया।

जाने के दिन कमललता ने हम लोगों को आड़ में बुलाकर पूछा–'गोसाईं, तुम लोगों को अपने ब्याह का वर्ष याद है?' पास ही थाली में ठाकुरजी का प्रसाद, चन्दन और फूलों की माला रखी थी।

राजलक्ष्मी बोली—'इनको क्या खाक मालूम है, मैं जानती हूं।'

कमललता ने हंसते हुए कहा—'यह कैसी बात है कि एक को याद है, पर दूसरे को नहीं?'

राजलक्ष्मी ने कहा—'बहुत छोटी उम्र की बात है न, इसलिए। इनको उस समय पूरा ज्ञान नहीं हुआ था।'

'आयु में तो वे बड़े हैं राजू?'

'बहुत बड़े हैं! केवल पांच–छः वर्ष ही तो। मेरी अवस्था तब आठ–नौ वर्ष की थी। एक दिन गले में माला पहिनाकर मैंने मन में कहा—'आज से तुम हो गये हो मेरे दुल्हा! दुल्हा! दुल्हा! फिर इशारे से मुझे दिखाकर कहा—'लेकिन यह राक्षस तुरन्त मेरी माला खा गया।'

कमललता ने आश्चर्य करके पूछा—'फूलों की माला किस प्रकार खा गये?'

मैंने कहा—'फूलों की माला न थी। पके हुए करौंदों की माला थी। उसे तो जिसको दोगी, वही खा जाएगा।'

कमललता हंसने लगी। राजलक्ष्मी ने कहा—'उसी समय से मेरी दुर्गति हो गई। इनको मैंने खो दिया। इसके बाद की बातें मत जानना चाहो दीदी—'पर लोग जो सोचते हैं, वह बात भी नहीं है दीदी।

वे तो न मालूम क्या–क्या सोचते रहते हैं। इसके बाद बहुत दिनों तक मैं रोती–पीटती घूमती रही और खोजती रही। तब एक दिन देवता की दया हुई, जिस प्रकार स्वयं ही देकर अचानक छीन लिया था, उसी प्रकार एकाएक उन्होंने एक दिन हाथों–हाथ लौटा भी दिया।'

अब उसने देवता को प्रणाम किया।

कमललता ने कहा—'उन्हीं देवता की माला, चन्दन के साथ, बड़े गोसाईंजी ने भेज दी है। आज लौटने के दिन तुम दोनों एक—दूसरे को पहना दो।'

राजलक्ष्मी ने हाथ जोड़कर कहा—'इनकी इच्छा इन्हीं को मालूम है, पर मुझे यह आदेश मत दो। बचपन की मेरी वह माला आज भी आंखें बन्द कर लेने पर इनके गले में झूलती हुई दिखाई पड़ती है। देवता की दी हुई मेरी वही माला सदा बनी रहे दीदी।'

मैंने कहा—'वह माला तो मैंने खा डाली थी न?'

'हां जी, राक्षस, अब मुझे भी खा जाओ।' कहकर राजलक्ष्मी ने हंसते हुए चन्दन की कटोरी में अपनी अंगुलियां डुबोकर मेरे ललाट पर छाप लगा दी।

हम सभी द्वारिकादास के कमरे में उनसे भेंट करने गये। वे किसी ग्रन्थ का पाठ कर रहे थे। उन्होंने आदर करके कहा—'आओ भाई, बैठो।'

राजलक्ष्मी ने फर्श पर बैठकर कहा—'बैठने का तो समय नहीं है गोसाईंजी, बहुत उपद्रव किया है। जाने के पहले नमस्कार करने और क्षमा मांगने आई हूं।'

गोसाईंजी ने कहा—'हम लोग वैरागी हैं, भिक्षा ले सकते हैं, दे नहीं सकते। पर फिर उपद्रव करने आओगी न दीदी? आश्रम में तो अब अंधेरा हो जायेगा।'

कमललता ने कहा—'सच है गोसाईं, मालूम होगा कि शायद आज कहीं भी बत्ती नहीं जलाई गई है।'

बड़े गोसाईं ने कहा—'गाना, आनन्द, हास—परिहास और कौतुक से इन दिनों ऐसा मालूम हो रहा था मानो हमारे चारों ओर विद्युत की बत्तियां जल रही हैं। ऐसा और कभी नहीं देखा।'

मुझसे कहा—'कमललता ने तुम्हारा नाम रखा है नये गोसाईं और मैंने आज उनका रख दिया आनन्दमयी...... ।'

अब उनके उच्छ्वास को रोकना पड़ा। कहा—'बड़े गोसाईं, विद्युत का प्रकाश ही हम लोगों की आंखों ने देखा है, पर जिनके कर्ण में उनकी कड़ी ध्वनि दिन—रात पहुंचती रहती है, उनसे तो जरा पूछो। आनन्दमयी के सम्बन्ध में कम—से—कम रतन का मत........ ।'

रतन पीछे खड़ा था, भाग गया। राजलक्ष्मी ने कहा—'इन लोगों की बातें तुम मत सुनो गोसाईं। ये लोग मुझसे ईर्ष्या करते हैं।' मेरी तरफ देखकर कहा—'इस बार जब आऊंगी तो इस रोगी अरसिक आदमी को कमरे में ताला लगाकर, बन्द कर आऊंगी। इसके मारे मुझे कहीं आराम नहीं मिलता।'

बड़े गोसाईं ने कहा—'बन्द नहीं कर सकोगी आनन्दमयी, छोड़कर नहीं आ सकोगी।'

राजलक्ष्मी ने कहा—'अवश्य। कभी—कभी मुझे ऐसी इच्छा होती है गोसाईं कि मैं शीघ्र मर जाऊं।'

बड़े गोसाईं बोले—'यह इच्छा तो वृन्दावन में एक दिन उनके भी मुंह से प्रकट हुई थी बहिन, किन्तु पूरी न कर सके। हां, आनन्दमयी, तुम्हें क्या यह बात याद नहीं है! सखी, किसको दे जाऊं भला, कन्हैयालाल की सेवा का रहस्य वे क्या जानें।'

अब वे अन्यमनस्क से हो गये। फिर कहा—'हम लोग सच्चे प्रेम की कितनी बातें जानते हैं? केवल छलना में अपने—आपको भुलाये रहते हैं।

किन्तु तुम जान सकी हो बहिन! इसीलिए कहता हूं कि जिस दिन तुम ये प्रेम श्रीकृष्ण को अर्पण कर दोगी आनन्दमयी..... ।'

सुनकर राजलक्ष्मी मानो सिहर उठी, वह घबराकर उनको बीच

ही में रोककर बोली—'ऐसा आशीर्वाद मत दो गोसाईं। मेरे भाग्य में ऐसा न हो। यह आशीर्वाद दो कि इसी प्रकार हंसते–खेलते इनके सामने एक दिन मर सकूं।'

कमललता ने बात सम्भालते हुए कहा—'बड़े गोसाईं, तुम्हारे प्रेम की ही बात कर रहे हैं और कुछ नहीं।'

मैंने समझ लिया कि द्वारिकादास जी अन्य भावों के भावुक हैं, उनकी विचारधारा अचानक दूसरे मार्ग पर चली गई थी।

राजलक्ष्मी ने सूखे मुंह से कहा—'एक तो यह शरीर, फिर एक–न–एक रोग लगा ही रहता है। एकांगी विचार वाले आदमी हैं। किसी की बात सुनते नहीं, मैं दिन–रात कितने भय में रहती हूं दीदी, किसको अपनी दशा बताऊं?'

अब मैं मन में उद्विग्न हो उठा। जाते समय न जाने कैसी बातें छिड़ जायें। मैं जानता हूं कि मुझे अवहेलना के साथ विदा करने की जो मर्मान्तक आत्मग्लानि लेकर राजलक्ष्मी इस बार काशी से आई है, सब प्रकार के हास्य–परिहास की ओट में भी न मालूम किस प्रकार के कठिन दण्ड की जो आशंका उसके मन में है, वह किसी प्रकार नहीं निकल रही है।

उसी को शान्त करने के लिए मैं हंसकर बोला—'लोगों के सामने तुम मेरे दुबले–पतले शरीर की कितनी ही निन्दा क्यों न करो लक्ष्मी, इस पर शरीर का नाश नहीं है। तुम्हारे पहले मरे बिना, मैं मरूंगा नहीं।'

उसने बात पूरी न करने दी। मेरा हाथ पकड़कर कहा—'तब मुझे छूकर सबके सामने तीन बार शपथ लेकर कहो कि यह बात कभी झूठ न होगी।' अब उमड़े हुए आंसू उसकी आंखों से बह चले।

सभी चुप हो गये। उसने लज्जा से मेरा हाथ छोड़कर, हंसकर कहा—'उस जलमुंहे ज्योतिषी ने झूठमूठ ही मुझे इतना भयभीत कर

दिया कि.......।'

यह बात भी पूरी न कर सकी। मुंह की हंसी तथा लज्जा की बाधा रहने पर भी उसके गालों पर आंसू बहने लगे।

एक बार फिर सबसे विदाई ली गई। बड़े गोसाईं ने वचन दिया कि इस बार कलकत्ता जाने पर वे हमारे यहां पदार्पण करेंगे। प ा ने कभी शहर नहीं देखा है, वह भी साथ आयेगी। स्टेशन पर पहुंचते ही सबसे पहले वही कलमुंहा ज्योतिषी दिखाई पड़ा। प्लेटफार्म पर कम्बल बिछाकर बड़े ठाठ से बैठा हुआ है। आस–पास आदमी भी जमा हो गये हैं। मैंने पूछा—'यह भी साथ चलेगा क्या?'

राजलक्ष्मी ने दूसरी ओर देखकर सलज्ज हंसी छिपा ली, किन्तु सिर हिलाकर बताया कि वह साथ चलेगा। मैंने कहा—'वह नहीं जायेगा।'

'किन्तु भलाई नहीं तो बुराई भी तो कुछ नहीं होगी। साथ चलने दो न?'

मैंने कहा—'नहीं। भलाई–बुराई जो कुछ हो, वह साथ नहीं चलेगा। उसे जो कुछ देना हो, देकर यहीं से विदा कर दो। यदि उसमें ग्रह शान्त करने की शक्ति है तो वह तुम्हारी आंखों की ओट में ही करे।'

'तो यही कह देती हूं।' कहकर उसने उसे बुलाने के लिए रतन को भेजा। मैं नहीं जानता कि उसे क्या दिया, किन्तु अनेक बार सिर हिलाकर और आशीर्वाद देकर हंसते हुए ही उसने विदा ली। शीघ्र ट्रेन आ गई, हम लोग कलकत्ते की ओर चल पड़े।

१२

राजलक्ष्मी के प्रश्न के उत्तर में मुझे रुपया मिलने का वृत्तांत सुनाना पड़ा। हमारे बर्मा वाले दफ्तर के एक ऊंचे अफसर ने घुड़दौड़

में अपना सर्वस्व खोकर मुझसे रुपये उधार लिये थे। उन्होंने यह शर्त की थी कि, केवल ब्याज ही नहीं वरन् अच्छे दिन कभी आ गये ते आधा लाभ भी देंगे। इस बार कलकत्ता से लौटकर रुपये मांगने पर उन्होंने कर्ज का चौगुना रुपया लौटा दिया। यही मेरी पूंजी है।'

'वह कितनी है?'

'सात–आठ हजार।'

'वह मुझे देनी पड़ेगी।'

मैंने भय से कहा–'यह कैसी बात है! लक्ष्मी तो दान ही करते हैं। क्या वे हाथ भी फैलाती हैं?'

राजलक्ष्मी ने हंसते हुए कहा–'लक्ष्मी अपव्यय सहन नहीं करतीं। वे संन्यासियों का विश्वास नहीं करतीं। लाओ रुपये दो?'

'क्या करोगी?'

'अपने खाने–पीने का प्रबंध करूंगी। अब से मेरे जीवित रहने का मूलधन यही होगा।'

'इतने मूलधन से कैसे काम चलेगा? तुम्हारे बहुत से नौकर–नौकरानियों के पन्द्रह दिनों का वेतन भी इससे पूरा न होगा। फिर गुरु–पुरोहित, तैंतीस करोड़ देवता हैं, बहुत–सी विधवाओं का भरण–पोषण है, उनका क्या होगा?'

'उनके लिए चिन्ता नहीं है। उनका मुंह बन्द होगा। मैं अपने ही भरण–पोषण की बात सोच रही हूं, समझे?'

मैंने कहा–'समझ गया। अब किसी छलना में अपने को भुलाये रखना चाहती हो। यही न?'

राजलक्ष्मी ने कहा–'यह नहीं। वह रुपया दूसरे कामों के लिए रहेगा। किन्तु तुम्हारे सामने हाथ फैलाकर जो कुछ लूंगी, वही अब मेरे भविष्य की पूंजी होगी। उसी को खाने–पीने में खर्च करूंगी,

नहीं तो उपवास करूंगी।'

'तो तुम्हारे भाग्य में यही लिखा है?'

'क्या लिखा है—'उपवास!' कहकर उसने हंसकर कहा—'तुम सोच रहे हो कि थोड़ी—सी पूजी है, लेकिन थोड़ी को ही बढ़ाकर बड़ी पूंजी करने की विद्या मैं जानती हूं। एक दिन समझोगे कि मेरे धन के बारे में तुम लोग जो संदेह करते हो वह सच नहीं है।'

'यह बात तुमने पहले क्यों नहीं बतलाई?'

'इसलिए कि तुम विश्वास नहीं करते। मेरा रुपया तुम घृणावश छूते नहीं हो, किन्तु तुम्हारी अरुचि से मेरी छाती फटी जाती है।'

मैंने व्यथित होकर कहा—'अचानक ये बातें आज क्यों कर रही हो लक्ष्मी?'

पल भर तक मेरे मुंह की तरफ देखकर राजलक्ष्मी ने कहा—'यह बात एकाएक आज तुमको खटकेगी किन्तु मेरी तो यही दिन—रात की चिन्ता है! तुम क्या सोचते हो कि अधर्म की कमाई से मैं देवी—देवताओं की सेवा करती हूं! उस धन का एक कण भी यदि तुम्हारी चिकित्सा में व्यय करती तो क्या मैं तुम्हें बचा सकती? भगवान् तुम्हें मेरे पास से छीन लेते। इसको तुम सत्य कहां मानते हो कि मैं तुम्हारी ही हूं।'

'विश्वास तो करता हूं।'

'नहीं करते। कमललता से तुम्हारा दो दिनों का परिचय है, तो भी उसकी सारी कहानी तुमने मन लगाकर सुनी। तुम्हारे लिए उसकी सभी बाधाएं मिट गईं। किन्तु मुझसे एक बात भी नहीं पूछी। कभी नहीं कहा कि लक्ष्मी, अपने जीवन की सारी घटनाएं खोलकर मुझे सुनाओ। क्यों नहीं पूछी? तुम विश्वास नहीं करते मुझ पर! तुम विश्वास नहीं कर सकते हो स्वयं अपने ऊपर।'

मैंने कहा—'उससे भी नहीं पूछा, जानना भी नहीं चाहा। उसने जबर्दस्ती सुनाया है।'

राजलक्ष्मी ने कहा—'तो भी तुमने सुन लिया। वह पराई है। उसका हाल नहीं सुनना चाहते थे, क्योंकि आवश्यकता नहीं थी। लेकिन मुझसे भी क्या यही कहोगे?'

'तुम क्या कमललता की ही चेली हो, उसने जो कुछ किया वही क्या तुम्हें भी करना होगा?'

'मैं इन बातों में भूलूंगी नहीं। तुम्हें मेरी सभी बातें सुननी पड़ेंगी।'

'हां, तुम्हारा विचार है कि सुनने पर शायद मुझे प्यार नहीं कर सकोगे, शायद मुझे पृथक् कर दोगे!'

'तो तुम्हारे विचार के अनुसार क्या यह तुच्छ बात है?'

राजलक्ष्मी ने हंसकर कहा—'तुम्हें सुनना ही पड़ेगा। तुम पुरुष हो, तुम्हारे मन में क्या इतना भी बल नहीं है कि उचित मालूम होने पर मुझे दूर कर सको?'

इस अक्षमता को स्वीकार कर मैंने कहा—'तुम जिन सबल पुरुषों का उल्लेख करके मुझे अपमानित कर रही हो लक्ष्मी! वे वीर हैं, नमस्कार करने के योग्य हैं। उनकी चरण–रज की भी योग्यता मुझमें नहीं है। तुम्हारे बिना मैं एक दिन भी नहीं रह सकूंगा। शायद उसी समय लौटा लाने के लिए दौड़ पड़ूंगा। यदि तुमने 'नहीं' कह दिया तो मेरी बड़ी दुर्गति होगी, अतएव चर्चा को बन्द करो।'

राजलक्ष्मी ने कहा—'तुम जानते हो, बचपन में मां ने मुझे एक मैथिल राजकुमार के हाथ बेच दिया था?' 'हां! और एक राजकुमार के मुंह से ही यह समाचार बहुत दिनों के बाद सुना था। वह मेरा मित्र था।'

राजलक्ष्मी ने कहा—'वह तुम्हारे मित्र का ही मित्र था। एक दिन क्रोध करके मैंने मां को घर भेज दिया। उन्होंने घर जाकर मेरे मर जाने की अफवाह फैला दी। यह समाचार सुना था?'

'हां, सुना था।'

'सुनकर तुमने क्या सोचा था?'

'सोचा था बेचारी लक्ष्मी मर गई।'

'और कुछ नहीं?'

'यह भी सोचा था कि काशी में मरने से चाहे और कुछ न हो, सद्‌गति तो हो गई।'

राजलक्ष्मी ने रूठकर कहा—'रहने दो, झूठमूठ दुःख प्रकट करने की आवश्यकता नहीं। मैं सौगन्ध खाकर कह सकती हूं कि तुमने एक बार भी दुःख नहीं माना था। मुझे छूकर कहो तो?'

मैंने कहा—'इतने दिन पहले की बात क्या ठीक–ठीक याद रहती है? दुःख हुआ था, यही याद आ रहा है।'

'कष्ट करके इतनी पुरानी बातें स्मरण करने की आवश्यकता नहीं।' यह कहकर राजलक्ष्मी तनिक रुककर बोली—'और मैं? रो–रोकर प्रतिदिन विश्वनाथजी से कहती थी, 'भगवान् तुमने यह क्या कर दिया? तुमको साक्षी बनाकर जिसके गले में माला डाली थी, उससे फिर क्या इस जीवन में भेंट न होगी? अपवित्रता में ही क्या जीवन बिताना पड़ेगा? उन दिनों की बातें याद आते ही आज भी मुझे मर जाने की इच्छा होती है।'

उसके चेहरे की ओर देखकर क्लेश हुआ, किन्तु यह समझकर मैं चुप हो रहा कि मेरे रोकने से वह न मानेगी।

इतने दिनों के पश्चात् वह कमललता से अपनी दुःखगाथा सुनाने की शक्ति प्राप्त कर आई है। अपने छिपे पाप को प्रकट कर

वैष्णवी ने मुक्ति पा ली है। राजलक्ष्मी आज भय और झूठी मर्यादा की जंजीर तोड़कर, उसी के सामने सहज होकर खड़ी होना चाहती है। उसके भाग्य में जो भी क्यों न हो, यह विद्या उसको कमललता ने दी है। संसार में एक व्यक्ति के सामने इन दर्पिता नारी ने सिर झुकाकर अपने दुःख के समाधान की भिक्षा मांगी है।

थोड़ी देर में राजलक्ष्मी ने कहा—'राजकुमार एकाएक मर गया, लेकिन मां ने मुझे फिर बेचने का जाल फैलाया।'

'इस बार किसके हाथ?'

'एक दूसरे राजकुमार के, तुम्हारे उन्हीं मित्र के पास, जिसके पास शिकार खेलने जाकर—'क्या स्मरण नहीं है?'

मैंने शायद—'शायद नहीं है, बहुत प्राचीन बात है न। किन्तु इसके पश्चात्?'

राजलक्ष्मी ने कहा—'यह षड्यन्त्र चला नहीं।' मैंने कह दिया—'मां तुम घर जाओ।' मां ने कहा—'हजार रुपये ले चुकी हूं।' मैंने कहा—'वह रुपया लेकर तुम गांव को जाओ। दलाली का रुपया मैं चुका दूंगी। आज रात की गाड़ी से यदि तुम न जाओगी मां, तो कल सवेरे ही मैं गंगा माता में डूब जाऊंगी। मां, मुझे तो तुम जानती हो। मैं तुमको झूठा भय नहीं दिखा रही हूं। मां चली गईं। उनके ही मुंह से मेरे मरने का समाचार तुमने सुना था।'

अब वह जरा हंस पड़ी, फिर बोली—'इस बार सचमुच जिस दिन मरूंगी, उस दिन दो बूंद आंसू जरूर गिराना। कहना कि संसार में कई दुल्हा–दुल्हिनों ने मालाएं बदली हैं, उनके प्रेम से संसार पवित्र हो रहा है किन्तु तुम्हारी कुलटा राजलक्ष्मी ने नौ वर्ष की आयु में उस किशोर वर को जितना प्रेम किया है उतना प्रेम इस संसार में कभी किसी ने किसी को नहीं किया। मेरे कानों में उस समय ये बातें कहोगे न? मैं मर कर भी सुन सकूंगी।'

'यह क्या? तुम रो रही हो!'

उसने आंचल से आंसू पोंछकर कहा—'तुम क्या सोचते हो कि इस निरुपाय बच्ची पर उसके आत्मीय स्वजनों ने जितना अत्याचार किया है उसे क्या अन्तर्यामी भगवान् नहीं देख सके? वे आंखें बन्द किये रहेंगे?'

मैंने कहा—'मेरा विचार है, आंखें बन्द करना उचित नहीं है; किन्तु उनकी बातों को तुम लोग ही अधिक जानती हो, मेरे जैसे पाखण्डी की सलाह वे कभी नहीं लेते।'

राजलक्ष्मी ने कहा—'फिर हंसी?' दूसरे ही क्षण गम्भीर होकर उसने कहा—'अच्छा लोग कहते हैं कि स्त्री—पुरुष का धर्म एक न होने से काम नहीं चलता; लेकिन धर्म—कर्म में तो तुम्हारा और मेरा सम्बन्ध सांप और नेवले का—सा है। फिर हम लोगों की कैसी निभती है?'

'निभती है सांप—नेवले के समान ही। इस युग में जान से मार डालने में संकट है; इस कारण एक व्यक्ति दूसरे को जान से नहीं मारता, मोह छोड़ कर हटा देता है; जब यह आशंका होने लगती है कि उसके धर्म में विघ्न पड़ रहा है।'

'उसके पश्चात् क्या होता है?'

हंसकर कहा—'उसके बाद वह स्वयं ही रोते—रोते लौट आता है, नाक रगड़ कर कहता है कि मुझे बहुत सजा मिल चुकी। इस जीवन में ऐसी भूल फिर न करूंगा! मुझे गुरु—पुरोहित क्षमा करें।'

राजलक्ष्मी हंसकर बोली—'तो क्षमा मिल जाती है?'

'हां! लेकिन तुम्हारी कहानी का क्या हुआ?'

राजलक्ष्मी ने तनिक मेरी तरफ टकटकी लगाकर कहा—'मां गांव चली गई। मुझे एक बूढ़े बंगाली उस्ताद गाना—बजाना सिखाते

थे। वे किसी समय संन्यासी थे, लेकिन उसे छोड़कर फिर संसारी बन गये थे। उनके घर में मुसलमान स्त्री थी। वह मुझे नाचना सिखाने आती थी। मैं उनको बाबा कहती थी। वे मुझे सचमुच बहुत प्रेम करते थे। रोकर मैंने कहा—'बाबा, तुम मेरी रक्षा करो। यह सब मुझसे न होगा।' वे गरीब थे। एकाएक साहस न कर सके। मैं कहती थी, मेरे पास जो रुपया है, उससे बहुत दिन तक निर्वाह हो जायेगा। फिर जो भाग्य में होगा, वही होगा। लेकिन इस समय तो भाग चलें। इसके पश्चात् उनके साथ कितने ही स्थानों में घूमती रही—इलाहाबाद, लखनऊ, दिल्ली, आगरा, जयपुर, मथुरा, अन्त में पटना में आश्रय लिया। आधा रुपया एक महाजन की गद्दी में जमा कर दिया और आधे से एक मनिहारी और कपड़े की दुकान खोल दी। मकान खरीद कर बंकू की खोज की। उसे लाकर स्कूल में भर्ती करा दिया और जीविका के लिए जो कुछ करती थी, वह तुम अपनी आंखों से देख चुके हो।'

कहानी सुनकर मैं थोड़ी देर तक चुप रहा, फिर बोला—'तुम कह रही हो इसलिए अविश्वास नहीं होता; और कोई होता तो यही समझता कि एक मनगढ़न्त कहानी सुन रहा हूं।'

राजलक्ष्मी ने कहा—'तो क्या मैं झूठ नहीं बोल सकती?'

मैंने कहा—'शायद बोल सकती हो; लेकिन मेरा विश्वास है कि मुझसे आज तक नहीं बोली।'

'यह विश्वास क्यों है?'

'तुम्हें भय है कि छल से पीछे कहीं कोई देवता रुष्ट न हो जाएं। सजा देने के लिए कहीं मेरा अकल्याण न कर बैठें।'

'मेरे मन की भी बात तुमने कैसे जान ली?'

'मेरे मन की बात तुम कैसे जान लेती हो?'

'मैं जान लेती हूं, क्योंकि यह मेरी दिन–रात की भावना है; लेकिन तुम्हारे लिए तो यह बात नहीं है।'

'यदि ऐसी ही हो तो प्रसन्न हो जाओगी?'

राजलक्ष्मी ने सिर हिलाकर कहा–'नहीं होऊंगी। मैं तुम्हारी दासी हूं इससे अधिक मत समझना। यही मैं चाहती हूं।'

मैंने कहा–'तुम तो उस युग की हो, वे ही हजारों वर्ष पहले के तुम्हारे पुराने संस्कार हैं।'

'मैं ऐसी हो सकूं। सदा ऐसी ही रहूं।' कहकर राजलक्ष्मी क्षण–भर मेरी ओर देखकर बोली–'क्या तुम सोचते हो कि इस युग की औरतों को मैंने नहीं देखा? बहुतों को देखा है। अजी तुमने ही नहीं देखा है, अथवा देखा भी है तो बाहर से ही। इनमें से किसी के साथ मुझे बदल दो तो देखूं कि तुम कैसे रह सकते हो? मुझसे हंसी की थी कि नाक रगड़कर आई थी, तब तुम दस हाथ दूर से नाक रगड़ो।'

'लेकिन जब यह निर्णय हो ही नहीं सकता, तब झगड़ा करने से क्या लाभ है? केवल कह सकता हूं कि इतने लोगों के सम्बन्ध में तुमने अविचार किया है।'

राजलक्ष्मी ने कहा–'यदि अविचार किया हो तो भी यह कह सकती हूं कि अत्यन्त अविचार नहीं किया। ओ गोसाईं जी, मैं बहुत घूम चुकी हूं, बहुत देख चुकी हूं। तुम लोग जहां अंधे हो, वहां भी हमारी दस जोड़ी आंखें खुली हुई हैं।'

'किन्तु तुमने रंगीन चश्मा लगाकर देखा है। इसलिए सभी असत्य देखा है। दसों जोड़ी व्यर्थ हैं।'

राजलक्ष्मी ने हंसते हुए मुंह से कहा–'क्या कहूं मेरे हाथ–पैर बंधे हुए हैं नहीं तो ऐसा छकाती कि जन्म भर न भूलते। किन्तु यह

बात जाने दो, जब उस युग की भांति मैं तुम्हारी दासी ही होकर रहती हूं, तब तुम्हारी सेवा ही मेरे लिए सबसे बड़ा काम होना चाहिए। किन्तु मैं तुमको अपने विषय में जरा भी न सोचने दूंगी। संसार में तुम्हारे लिए बहुत काम हैं, अब वे ही करने पड़ेंगे। इस अभागिनी के कारण तुम्हारा बहुत समय तथा और भी बहुत कुछ नष्ट हो चुका है। अब मैं और नष्ट न करने दूंगी।'

मैंने कहा—'इसीलिए तो मैं जितना शीघ्र हो सके, उसी पुरानी नौकरी पर उपस्थित होना चाहता हूं।'

राजलक्ष्मी ने कहा—'मैं तुम्हें नौकरी न करने दूंगी।'

'किन्तु मनिहारी की दुकान भी तो मैं न चला सकूंगा।'

'क्यों न चला सकोगे?'

'पहला कारण यह कि चीजों का मूल्य मुझे स्मरण नहीं रहता। दूसरे दाम लेना और झटपट हिसाब करके शेष लौटा देना तो और भी असम्भव है। दुकान तो बन्द हो ही जायेगी, यदि खरीदार के साथ फौजदारी न हो जाये तो समझना कि जान बची।'

'तो कपड़े की दुकान खोल लो।'

'इससे तो अच्छा है कि जंगल शेर—भालुओं की एक दुकान खुलवा दो। वह चलाना मेरे लिए सहज होगा।'

राजलक्ष्मी हंसकर बोली—'मन लगाकर इतनी आराधना करने पर क्या अन्त में भगवान ने मुझे ऐसा निकम्मा आदमी दिया, जिसके साथ घर—गृहस्थी का इतना थोड़ा—सा काम भी नहीं चलाया जा सकता?'

मैंने कहा—'आराधना में कमी थी। इसमें सुधार करने का समय है, अब भी काम करने वाला परिश्रमी मनुष्य तुमको मिल सकता है। काफी सबल, स्वस्थ, लम्बा—चौड़ा जवान, जिसे न कोई हरा सकेगा और न ठग ही सकेगा, जिसको काम सौंपकर निश्चिन्त,

हाथ में रुपया–पैसा देकर बेखटके, उसकी परवाह न करनी पड़ेगी। उसको भीड़ में खोजने की घबराहट नहीं, उसे सजाकर तृप्ति, खिला–पिलाकर आनन्द मिलेगा। वह 'हां' के अतिरिक्त 'नहीं' बोलना ही नहीं जानता.......।'

राजलक्ष्मी चुपचाप मेरी ओर देख रही थी। अचानक रोंगटे खड़े हो गये।

मैंने कहा—'अरे, यह क्या?'

'नहीं, कुछ नहीं।'

'तो कांप क्यों उठी?'

राजलक्ष्मी ने कहा—'मुंहजबानी तुमने जो चित्र अंकित किया, उसका यदि आधा भी सत्य हो जाये तो शायद मैं भयभीत होकर मर जाऊं।'

'लेकिन मेरे जैसे निकम्मे आदमी को लेकर ही तुम क्या करोगी?'

राजलक्ष्मी ने हंसी दबाकर कहा—'करूंगी और क्या? भगवान को कोसती रहूंगी और सदा जल–भुनकर मरूंगी। इस जन्म में और कुछ तो आंखों से नहीं दिखाई पड़ता।'

'इससे अच्छा तो यही होगा कि तुम मुझे मुरारीपुर अखाड़े में भेज दो।'

'तुम उनका ही क्या उपकार करोगे?'

'उनके फूल चुन लाया करूंगा, ठाकुरजी का प्रसाद पाकर जब तक जीवित रहूंगा, पड़ा रहूंगा। उसके पश्चात् वे लोग उसी मौलसिरी के नीचे मेरी समाधि बना देंगे। बच्ची प। किसी सन्ध्या को दीपक जला जायगी, जिस दिन वह भूल जायेगी, उसी संध्या को दीपक न जलेगा। प्रातःकाल के फूल चुनकर, उसके पास से

कमललता जब निकलेगी, तो किसी दिन वह एक मुट्ठी मल्लिका के फूल और कभी कुन्द के फूल बिखेर देगी। यदि कभी कोई परिचित मार्ग भूलकर आ जाएगा, तो उसे दिखाकर कहेगी, यहां रहते हैं हमारे नये गोसाईं। वहीं जो जरा ऊंचा स्थान है, वहीं जहां पर मल्लिका के सूखे और ताजे कुन्द फूलों के साथ झरे हुए मौलसिरी के फूल छाये हुए हैं—वहीं।'

राजलक्ष्मी की आंखों में आंसू आ गये। उसने पूछा—'और वह परिचित मनुष्य तब क्या कहेगा?'

मैंने कहा—'मैं नहीं जानता। शायद बहुत रुपया व्यय करके मंदिर बनवाया जाये!'

राजलक्ष्मी ने कहा—'नहीं, ऐसा न होगा। वह मौलसिरी के नीचे से फिर कहीं न जायगा। वृक्ष की प्रत्येक डाली पर पक्षी कलरव करेंगे, गाना गायेंगे, लड़ेंगे—सूखे पत्ते झड़ पड़ेंगे, सूखी डालें गिर पड़ेंगी, उन सबको साफ करने का काम उसी का रहेगा। सवेरे चुनकर और साफ कर फूलों की माला गूंथेगा, रात को सबके सो जाने पर उनको सब वैष्णव कवियों के गीत सुनायेगा, फिर समय आने पर कमललता को बुलाकर कहेगा—'दीदी, हमें एकत्र करके समाधि देना, कहीं अन्तर न रहने पाए, पृथक्–पृथक् न पहचाना जाये और ये लो रुपये इनसे मंदिर बनवा देना। राधाकृष्ण की मूर्ति प्रतिष्ठित कर देना; किन्तु कोई नाम मत लिखना, कोई चि मत रखना। कोई न यह जान सके कि ये कौन हैं और कहां से आये?'

मैंने कहा—'लक्ष्मी, तुम्हारी तस्वीर तो हो गई और भी मधुर, और भी सुन्दर।'

राजलक्ष्मी ने कहा—'यह तो बात गूंथकर बनाई हुई तस्वीर नहीं गोसाईं। यह सर्वथा सत्य है। इस स्थान पर अन्तर भी है। मैं कर सकूंगी, लेकिन तुम न कर सकोगे। तुम्हारी बातों की अंकित तस्वीर

बातें होकर ही रह जायेगी।'

'कैसे जान लिया?'

'जानती हूं। तुम स्वयं जितना जानते हो, उससे भी अधिक मैं जानती हूं। यही तो मेरी पूजा है, यही तो मेरा ध्यान है। पूजा समाप्त करने पर किसके पैरों में जलांजलि चढ़ाती हूं? किसके पैरों पर फूल चढ़ाती हूं? तुम्हारे ही पैरों पर न?'

नीचे से महाराज ने आवाज दी—'मां, रतन नहीं है, चाय का पानी तैयार हो गया।'

'आती हूं महाराज!' कहकर आंखें पोंछती हुई वह चली गई।

थोड़ी देर में चाय की कटोरी लिए लौटी उसे मेरे पास रखकर वह बोली, 'तुम पुस्तकें पढ़ना इतना पसन्द करते हो। अब वही क्यों नहीं करते?'

'उससे तो रुपये नहीं आयेंगे?'

'रुपयों से क्या होगा? रुपया तो हम लोगों के पास बहुत है।'

तनिक रुककर कहा—'ऊपर का दक्षिण की ओर वाला कमरा तुम्हारे पढ़ने का कमरा होगा। देवर आनन्द पुस्तकें मोल ले आएंगे, और मैं अपनी रुचि के अनुसार उनको सजाकर रखूंगी। उसके एक ओर मेरा सोने का कमरा रहेगा और दूसरी ओर रहेगा मेरे ठाकुरजी का कमरा। इस जन्म में मेरा यही त्रिभुवन रहा, इसके बाहर मेरी दृष्टि कभी जाये ही नहीं।'

मैंने पूछा—'तुम्हारा रसोईघर? आनन्द तो संन्यासी है। वहां दृष्टि न रखने पर तो उसे एक दिन भी न रखा जा सकेगा किन्तु उसका पता कैसे लगा? वह कब आयेगा?'

राजलक्ष्मी ने कहा—'पता दिया है कुशारीजी ने। कहा है कि आनन्द बहुत शीघ्र आ जायेगा। इनके पश्चात् सब मिलकर गंगामाटी जायेंगे और वहीं कुछ दिन रहेंगे।'

मैंने कहा—'मान लो कि तुम वहां चली गई; किन्तु उनके पास जाकर इस बार क्या तुम्हें लज्जा न आयेगी?'

राजलक्ष्मी ने दबी हंसी से सिर हिलाकर कहा—'किन्तु उनमें से तो कोई भी यह नहीं जानता कि काशी में बाल आदि कटवाकर मैंने स्वांग रचा था। मेरे बाल अब बहुत बढ़ गए हैं। मेरे सभी अन्याय, सभी लाज मिटा देने के लिए तुम भी मेरे साथ हो।'

तनिक रुककर बोली—'समाचार मिला है कि अभागिनी मालती फिर आई है, साथ लाई है अपने पति को। मैं उसको एक हार बनवा दूंगी।'

मैंने कहा—'बनवा देना, किन्तु वहां जाकर फिर यदि सुनन्दा के पल्ले पड़ जाओ?'

राजलक्ष्मी तुरन्त बोल उठी—'नहीं जी, नहीं। अब वह भय नहीं है। उसका मोह दूर होगा। ऐसी धर्मबुद्धि दे दी कि दिन-रात न तो आंखों के आंसू रोक सकी, न खा सकी और न सो सकी। यही बहुत है कि पागल नहीं हो गई।' हंसती हुई वह बोली—'तुम्हारी लक्ष्मी और चाहे जैसी ही क्यों न हो, अस्थिर मन की नहीं है। वह एक बार जिस बात को समझ जायेगी उससे फिर उसे कोई भी हटा न सकेगा।' थोड़ी देर में वह फिर बोली—'मेरा सारा मन मानो इस समय आनन्द में डूबा हुआ है। सदा यही मालूम होता रहता है मानो इस जीवन में मुझे सब मिल गया है, मुझे और कुछ न चाहिये। यदि यह भगवान का निर्देश नहीं तो और क्या है? प्रतिदिन पूजा करके ठाकुरजी के चरणों में अपने लिए और कुछ कामना नहीं करती, केवल यही प्रार्थना करती हूं कि ऐसा आनन्द संसार में सबको मिले। इसीलिए तो देवर आनन्द को बुला भेजा है कि उसके कामों में अब कुछ सहायता करूंगी।'

मैंने कहा—'करो।'

राजलक्ष्मी न मालूम क्या सोचने लगी, अचानक बोली—'देखो, इस सुनन्दा के समान अच्छी, निर्लोभ, सत्यवादिनी लड़की मैंने दूसरी नहीं देखी। लेकिन जितने दिनों तक उसकी विद्या की गरमी न जायेगी, वह विद्या किसी काम में न लगेगी।'

'लेकिन सुनन्दा को विद्या का अभिमान नहीं है?'

राजलक्ष्मी ने कहा—'दूसरों की तरह नहीं है, और यह बात तो मैंने कही भी नहीं। वह कितने श्लोक कितनी शास्त्र—कथाएं, कितने उपाख्यान जानती है। उसके मुंह से सुन—सुनकर सही तो मेरी धारण ा हुई थी कि मैं तुम्हारी कोई नहीं हूं, हमारा सम्बन्ध झूठा है, और ऐसा ही तो विश्वास करना चाहा था—लेकिन भगवान ने मेरी गर्दन पकड़कर समझा दिया कि इससे बढ़कर मिथ्या और कुछ नहीं है। इसी से देख लो कि उसकी विद्या में कहीं बहुत बड़ी भूल है। इसीलिए देखती हूं कि वह किसी को सुखी नहीं कर सकती, सबको दुःख ही देती है। लेकिन उसकी जेठानी उससे बहुत बड़ी है, सीधी—सादी है, लिखना—पढ़ना नहीं जानती; लेकिन उसके मन में दया—माया है। कितने ही दुःखी परिवारों का वह लुक—छिपकर प्रतिपालन करती है। वही जो जुलाहों के साथ एक तरह की सुव्यवस्था हो गई, वह क्या सुनन्दा के लिए हो सकती थी? तेज दिखलाकर मकान छोड़कर चले जाने के कारण ही क्या वह हुई है? यह तो उसकी बड़ी जेठानी ने अपनी पति के पैरों पड़कर रो—धोकर किया है, सुनन्दा ने सारी दुनिया के सामने अपने गुरुजन को चोर कहकर ओछा कर दिया, यही क्या शास्त्र—शिक्षा की बातें हैं? उसकी पोथी की विद्या जब तक मनुष्य के सुख—दुःख, भलाई—बुराई, पाप—पुण्य और लोभ—मोह के साथ सामंजस्य न कर सकेगी, तब तक पुस्तकों में पढ़े हुए उनके कर्त्तव्यज्ञान का फल मनुष्य को अनुचित रूप से देगा, अत्याचार करेगा, संसार में किसी का भी कल्याण न करेगा।'

ये बातें सुनकर मैं आश्चर्य में पड़ गया। मैंने पूछा–'यह सब तुमने सीखा किससे?'

राजलक्ष्मी ने कहा–'क्या पता, किससे? शायद तुमसे ही। तुम कुछ कहते नहीं, कुछ चाहते भी नहीं, किसी पर जोर नहीं डालते हो। इसीलिए तुमसे सीखना निरा सीखना नहीं है, वह तो सत्यस्वरूप में पाना है। अकस्मात् एक दिन आश्चर्य करके सोचना पड़ता है, यह सब आया कहां से? इस बात को छोड़ो लेकिन इस बार जाकर कुशारी जी की गृहिणी से मित्रता करूंगी। उस बार लापरवाही करके जो गलती की है, इस बार उसको सुधारूंगी। चलोगे न गंगामाटी?'

'किन्तु बर्मा? मेरी नौकरी?'

'फिर नौकरी? अभी तो कहा कि मैं नौकरी न करने दूंगी।'

'लक्ष्मी, तुम्हारा स्वभाव भी अनोखा है। तुम कहती कुछ नहीं, किसी पर दबाव भी नहीं डालती–'सच्ची वैष्णव सहनशीलता का नमूना केवल तुम्हारे ही पास मिलता है।'

'इसलिये क्या जिसका जो ध्यान होगा, उसी का समर्थन करना पड़ेगा? संसार में क्या और किसी का सुख–दुःख नहीं है? तुम स्वयं सबकुछ हो।'

'ठीक तो कहती हो। लेकिन अभया? वह प्लेग से भयभीत नहीं हुई। यदि वह उस संकट में आश्रय देकर न बचाती तो शायद तुम आज मुझे पाती ही नहीं। आज उन लोगों का क्या हुआ, यह क्या बिल्कुल ही न सोचोगी?'

राजलक्ष्मी क्षण भर में करुणा और कृतज्ञता से विचलित होकर बोली–'तो तुम यहीं रहो। आनन्द देवर को लेकर मैं बर्मा जाती हूं और उनको यहां पकड़ लाती हूं। यहां उनके लिए कुछ–न–कुछ प्रबंध हो ही जायेगा।'

मैंने कहा—'यह हो नहीं सकता है, वह बड़ी अभिमानिनी है, मेरे न जाने पर शायद वह न आये।'

राजलक्ष्मी ने कहा—'आयेगी। वह समझेगी कि तुम ही उन लोगों को लेने गये हो। देखना, मेरी बात असत्य न होगी।'

राजलक्ष्मी पहले तो शान्त रही, इसके बाद अनिश्चित कण्ठ से धीरे–धीरे बोली—'इसी का मुझे भय है। शायद न जा सकूं। पर इसके पहले चलो न, थोड़े दिनों तक गंगामाटी में रहें?'

'वहां क्या तुम्हें कोई मुख्य काम है?'

'थोड़ा–सा है। कुशारीजी की सूचना मिली है कि पास का पोड़ामाटी गांव बिकाऊ है। उसको मोल लेने का विचार है। उस मकान को भी ठीक बनवा लूंगी, जिससे तुम्हें रहने में कष्ट न हो। उस बार देखा कि कमरा न होने से तुम्हें कष्ट होता था।'

मैंने कहा—'कमरे के अभाव से कष्ट नहीं, कष्ट दूसरे कारण से था।'

राजलक्ष्मी ने जान–बूझकर ही इस पर ध्यान नहीं दिया, बोली—'मैंने देखा है कि वहां तुम्हारा स्वास्थ्य अच्छा रहता है। तुम्हें शहर में अधिक दिनों तक रखने का मुझे साहस नहीं होता। इसलिए शीघ्र हटा ले जाना चाहती हूं।'

'पर इस क्षणिक शरीर को लेकर यदि तुम प्रतिदिन इसकी चिन्ता करोगी तो शान्ति न पाओगी लक्ष्मी!'

राजलक्ष्मी ने कहा—'यह उपदेश बहुत काम का है, पर मुझे न देकर यदि स्वयं ही सावधान रहा करो, तो शायद सचमुच थोड़ी शान्ति पा सकूं।'

सुनकर मैं चुप हो रहा। इस विषय में तर्क करना निष्फल ही नहीं अप्रीतिकर भी होता है। उसका अपना स्वास्थ्य अटूट है,

पर जिसको वह सौभाग्य प्राप्त नहीं है, जो बिना कारण बीमार पड़ सकता है, यह बात वह किसी प्रकार न समझेगी। मैंने कहा—'मैं शहर में किसी समय भी रहना नहीं चाहता। उस समय गंगामाटी मुझे अच्छा लगा था। यह बात तुम आज भूल गई हो लक्ष्मी, कि मैं वहां से अपनी इच्छा से नहीं चला आया था।'

'नहीं जी, नहीं, भूली नहीं हूं, सारे जीवन में नहीं भूलूंगी।' कहकर वह जरा हंसी। बोली—'उस बार तुम्हें ऐसा लगता था, मानो किसी अनजान स्थान में आ गये हो, पर इस बार जाकर देखो कि उसकी सूरत—शक्ल इतनी बदल जायेगी कि उसे अपना समझने में तुम्हें जरा भी अड़चन न होगी। केवल घर—बार और रहने का स्थान ही नहीं, इस बार जाकर मैं बनाऊंगी अपने को और सबसे अधिक तोड़—मरोड़ कर नये सिरे से गढ़ूंगी तुमको—अपने नये गोसाईं जी को, जिसे कमललता दीदी फिर मार्ग—कुमार्ग में घूमने वाले साथी कहकर दावा न कर सके।'

मैंने कहा—'शायद यही सब सोच—समझकर निश्चय किया है?'

राजलक्ष्मी ने हंसते हुए कहा—'हां, तुमको क्या बिना मूल्य इसी प्रकार लूंगी। इसका ऋण नहीं चुकाऊंगी? मैं भी जो तुम्हारे जीवन में सचमुच आई थी, क्या जाने के पहले इस आने के चि को न छोड़ जाऊंगी? इस प्रकार निष्फल चली जाऊंगी? मैं यह किसी प्रकार न होने दूंगी।'

उसके मुंह की ओर देखकर श्रद्धा और स्नेह से मेरा हृदय परिपूर्ण हो उठा। मन में सोचा, हृदय का विनिमय नर—नारी की अत्यन्त साधारण घटना है, संसार में नित्य होती रहती है, इसमें कुछ विशेषता नहीं, फिर भी यह दान देना और लेना ही व्यक्ति विशेष के जीवन का अवलम्बन कर, ऐसे विचित्र विस्मय और सौंदर्य से उद्‌भासित हो उठता है कि उसकी महिमा युग—युग तक मनुष्य के मन को शान्त करके भी समाप्त नहीं होना चाहती। यह अक्षय

सम्पत्ति है, यह मनुष्य को महत् बनाती है, शक्तिशाली करती है और अकल्पित कल्याण से नई सृष्टि कर देती है।

मैंने पूछा—'तुम बंकू का क्या करोगी?'

राजलक्ष्मी ने कहा—'वह तो अब मुझे नहीं चाहता। सोचता है कि यह बला टले तो अच्छा है।'

'किन्तु वह तो तुम्हारा आत्मीय है। उसे तुमने बचपन से पाल–पोसकर आदमी बनाया है।'

'यह आदमी बनाने का सम्बन्ध ही रहेगा, और कुछ न मानूंगी। वह मेरा आत्मीय नहीं है।'

'क्यों? अस्वीकार कैसे करोगी?'

'अस्वीकार करने की इच्छा मुझे भी नहीं थी।' कहकर वह तनिक चुप रहने के पश्चात् बोली—'मेरी सभी बातें तुम भी नहीं जानते। मेरे विवाह की कहानी तुमने सुनी थी?'

'लोगों के मुंह से सुनी थी। किन्तु मैं उस समय गांव में नहीं था।'

'हां, नहीं थे। दुःख का ऐसा इतिहास दूसरा नहीं है। ऐसी निष्ठुरता भी शायद नहीं हुई। बाबूजी मां को कभी नहीं ले गये। मैंने भी कभी उनको नहीं देखा। हम दोनों बहनें मामा के ही घर पर बड़ी हुईं। बचपन में ज्वर भोगते–भोगते मेरा चेहरा कैसा हो गया था, स्मरण है न?'

'स्मरण है।'

'तो सुनो, बिना अपराध के उस दण्ड का फल सुनकर तुम्हारे जैसे निष्ठुर को भी दया आयेगी। ज्वर भोगती रहती थी किन्तु मृत्यु नहीं आती थी। मामा स्वयं तरह–तरह की बीमारियों से खटिया पकड़े हुए थे। अचानक सूचना मिली कि दत्त लोगों के यहां जो

रसोइया ब्राह्मण है वह हमारी जाति का है, मामा के समान शुद्ध कुलीन है। आयु साठ के लगभग थी। हम दोनों बहिनों को एक साथ उसके हाथ सौंपा जायेगा। सबने कहा कि मौका खो देने से कुंवारापन दूर न हो सकेगा। उसने सौ रुपये मांगे। मामा ने एक मुश्त पचास रुपये कह दिये। एक आसन पर, एक साथ, परिश्रम भी कम। वह उतरा पचहत्तर पर, 'बोला—'महाशय, दो—दो भानजियों को कुलीन के हाथ सौपेंगे पर एक जोड़ा बकरे का दाम न देंगे? बहुत तड़के लग्न थी। दीदी तो पोटली के समान लादकर लाई गई और दान कर दी गई। सवेरे से ही शेष पचीस रुपये के लिए झगड़ना शुरू हो गया। मामा ने कहा—'अग्निसंस्कार क्रिया उधार ही होने दो।' उसने कहा—'इतना मूर्ख नहीं हूं। इन कामों में उधार की बात नहीं चल सकती।' वह छिपकर लापता हो गया। शायद उसने सोचा कि मामा कहीं से खोजकर रुपया लायेंगे और रुपया देकर काम पूरा करा लेंगे। एक दिन बीत गया, दूसरा बीता। मां रोने—पीटने लगी। मुहल्ले के लोग हंसने लगे। मामा ने जाकर दत्त लोगों के यहां शिकायत की लेकिन वह फिर भी नहीं आया। हम लोगों को देखकर कोई कहता अभागिनी, और कोई कहता करमफूटी। लज्जा के मारे दीदी घर से बाहर न निकली। उस घर से छः महीने बाद उन्हें बाहर निकाला गया मरघट ले जाने के लिए और छः महीने के बाद कलकत्ते के किसी होटल से समाचार आया कि दुल्हा भी वहां खाना पकाते—पकाते ज्वर से मर गये। विवाह पूरा नहीं हुआ।'

मैंने कहा—'पच्चीस रुपये का दुल्हा मोल लेने से ऐसा ही होता है।'

राजलक्ष्मी ने कहा—'फिर भी उसे तो मेरे भाग के पच्चीस रुपये मिल गये लेकिन तुमको क्या मिला था? एक करौंदे की माला, वह भी मोल लेनी नहीं पड़ी। बन से तोड़ लाई थी।'

मैंने कहा—'जिसका कुछ मूल्य नहीं रहता, उसे अमूल्य कहते हैं और कोई आदमी दिखाओ तो जिसको मेरे समान अमूल्य धन हो?

'बताओ, यह तुम्हारे मन की सच्ची बात है?'

'कुछ पता नहीं।'

'नहीं जी, नहीं। सचमुच ही नहीं चला।' कहते—कहते वह हंस पड़ी। बोली—'उस समय पता चलता है जब तुम सोते हो—तुम्हारे मुंह की ओर देखकर। इस बात को छोड़ो। हम दोनों बहिनों की भांति दण्ड इस देश में सैकड़ों लड़कियों को भोगना पड़ता है। कहीं—कहीं तो कुत्ते—बिल्लियों की भी इतनी दुर्गति करने में मनुष्य का हृदय धड़कने लगता है।' कहकर क्षणभर देखकर बोली—'शायद तुम सोचते हो कि मेरी शिकायतें बढ़ा—चढ़ाकर गढ़ी हुई होती हैं। ऐसे उदाहरण कितने ही मिलते हैं? इसके उत्तर में यदि यह कहती कि यह एक हो तो भी सारे देश के लिए कलंक है, तो भी मेरा उत्तर काफी हो जाता, लेकिन मैं यह न कहूंगी। मैं कहूंगी कि अनेक होते हैं। चलोगे मेरे साथ उन विधवाओं के पास जिनकी मैं कुछ—कुछ सहायता करती हूं? वे गवाही देंगी कि उनके हाथ—पैर बांधकर उनके ही घर के लोगों ने इसी प्रकार पानी में फेंक दिया था।'

मैंने कहा—'शायद इसी कारण उनके ऊपर इतनी ममता है!'

राजलक्ष्मी ने कहा—'तुम्हें भी होती, यदि आंखें खोलकर हम लोगों का दुःख देखते। अब एक—एक करके मैं तुमको दिखलाऊंगी।'

'मैं नहीं देखूंगा। आंखें बन्द किये रहूंगा।'

'नहीं सह सकोगे। मैं अपने काम का उत्तरदायित्व एक दिन तुम्हारे ही ऊपर डाल जाऊंगी। सब भूल जाओगे, लेकिन वह न भूल सकोगे।' कहकर वह तनिक चुप रहकर अकस्मात् अपनी पहल की कहानी के सिलसिले में बोल उठी—'ऐसा अत्याचार होगा ही। जिस देश में लड़की का विवाह न होने पर धर्म जाता है, जाति जाती है,श्श

शर्म से समाज में मुंह नहीं दिखाया जाता। गंवार, गूंगी, अंधी, रोगी किसी को भी रिहाई नहीं, वहां लोग एक–एक को छोड़कर दूसरे की रक्षा करते हैं। इसके अतिरिक्त उस देश में मनुष्य के लिये दूसरा उपाय ही क्या है ? उस दिन सब मिलकर यदि हम दोनों बहिनों का बलिदान कर देते तो दीदी शायद न मरती और मैं इस जन्म में शायद तुमको न पाती; लेकिन मेरे मन में तुम्हीं सदा इसी तरह प्रभु बनकर रहते। यही क्यों, तुम मुझे छोड़ न पाते। कहीं भी क्यों न रहते, चाहे जितने दिन हो जाते, स्वयं आकर मुझे ले ही जाते।'

कुछ उत्तर देने की सोच रहा था कि नीचे से एक बालक की पुकार आई', 'मौसी!'

आश्चर्य करके मैंने पूछा—'यह कौन है ?'

'उस मकान की मंझली बहू का लड़का है।' कहकर उसने इशारे से पास का मकान दिखा दिया और उत्तर दिया—क्षितिज, ऊपर आ जा बेटा!'

पल भर में एक सोलह–सत्रह वर्ष का सुन्दर बलिष्ठ किशोर कमरे में आ गया। मुझे देखकर पहले तो वह संकुचित हुआ, फिर नमस्कार करके अपनी मौसी से बोला—'मौसी, आपके नाम बारह रुपया चन्दा रखा गया है।'

'अच्छी बात है बेटा, किन्तु सावधान होकर तैरना। देखो कोई दुर्घटना न हो।'

राजलक्ष्मी ने आलमारी से रुपये निकालकर दे दिये। लड़का तेजी से सीढ़ी उतरते–उतरते रुककर बोला—'मां ने कह दिया है कि छोटे मामा परसों सवेरे आकर सारा हिसाब–किताब बना देंगे।' और वह तुरन्त चला गया।

मैंने पूछा—'किस बात का हिसाब–किताब?'

'मकान की मरम्मत न करनी होगी ? तीसरी मंजिल का कमरा उन्होंने अधूरा छोड़ रखा है। उसे क्या पूरा न करना होगा?'

'अच्छा, लेकिन इतने आदमियों को कैसे पहचान लिया ?'

'वाह, ये तो पास के ही मकान के लोग हैं। अब तुम्हारे लिए खाना बनाने का समय हो गया।' यह कहकर वह नीचे चली गई।

13

एक दिन सवेरे ही स्वामी आनन्द आ गये। रतन को यह बात मालूम नहीं थी कि उनको निमन्त्रण दिया गया है। उदास चेहरे से उसने आकर सूचना दी–'बाबू गंगामाटी का वह साधु आया है। बलिहारी है, खोज–खोजकर पता लगा लिया।'

रतन सब प्रकार के साधुओं पर सन्देह करता है। राजलक्ष्मी के गुरुदेव को तो फूटी आंखों से नहीं देख सकता। बोला–'देखिए, यह मां से क्या मतलब गांठता है। रुपये निकालने के कितने लटके ये धार्मिक लोग जानते हैं।'

मैंने हंसकर कहा–'आनन्द बड़े घर का लड़का है। डॉक्टरी पास है। उसे अपने लिए रुपयों की आवश्यकता नहीं है।'

'हूं, बड़े घर का लड़का है। रुपये हों तो क्या कोई इस मार्ग पर चलता है?' कहकर वह अपना अभिमत व्यक्त करके चला गया। रतन को वास्तविक आपत्ति यहीं पर है। मां का रुपया कोई न ले जाय, इसका वह घोर विरोधी है।

वज्रानन्द ने आकर मुझे नमस्कार किया और कहा–फिर आ गया दादा! सब समाचार ठीक है न? दीदी कहां हैं?'

'शायद पूजा कर रही हैं, उन्हें कोई सूचना नहीं मिली है।'

'तो स्वयं जाकर संवाद दे दूं। पूजा करना भाग थोड़े ही जायेगा। अब वे एक बार रसोईघर को देखें। पूजा का कमरा किस ओर है दादा? वह नाई बेटा कहां चला गया, जरा चाय का पानी चढ़ा देता।'

पूजा का कमरा दिखा दिया। आनन्द रतन के लिए एक हुंकार छोड़ कर उस ओर गया।

दो मिनट बाद दोनों ही आ गये, आनन्द ने कहा—'दीदी, पांच–छः रुपये दे दीजिये, चाय पीकर एक बार बाजार घूम आऊं।'

राजलक्ष्मी ने कहा—'पास ही तो एक अच्छा बाजार है आनन्द! इतनी दूर क्यों जाओगे। रतन को जाने दो।'

'कौन रतन? उसका विश्वास नहीं दीदी, मैं आया हूं इसलिए शायद छांट–छांटकर सड़ी हुई मछलियां लायेगा।' तुरन्त देखा कि रतन दरवाजे पर खड़ा है। तब जीभ दबाकर कहा—'रतन, बुरा न मानना भई, मैंने सोचा था कि तुम उस मुहल्ले में चले गए हो, पुकारने पर आहट नहीं मिली।'

राजलक्ष्मी हंसने लगी। मुझसे भी बिना हंसे न रहा गया। रतन ने भौंहें नहीं चढ़ाईं। उसने गम्भीर स्वर में कहा—'मैं बाजार जा रहा हूं मां, किशन ने चाय का पानी चढ़ा दिया है।' वह चला गया।

राजलक्ष्मी ने कहा—'शायद रतन के साथ आनन्द की नहीं पटती!'

आनन्द ने कहा—'उसे मैं दोष नहीं देता दीदी! वह आपका हितैषी है। फालतू लोगों को घुसने नहीं देना चाहता। पर आज उसका साथ कर लेना पड़ेगा, नहीं तो खाना अच्छा न मिलेगा। बहुत दिनों से भरपेट नहीं खाया।'

राजलक्ष्मी ने तुरन्त बरामदे में जाकर कहा—'रतन, कुछ रुपये और ले जा। एक बड़ी रोहू मछली लाना।' लौटकर कहा—'हाथ—मुंह धो लो भाई, चाय लाती हूँ।' वह नीचे उतर गई।

आनन्द ने कहा—'दादा, एकाएक क्यों बुलाया गया हूं?

'इसका विवरण क्या है?'

आनन्द ने हंसते हुए कहा—'दादा का अब भी वही भाव है, क्रोध शान्त नहीं हुआ है। फिर लापता हो जाने का विचार तो नहीं है? उस बार गंगामाटी में कितने झमेले में डाल दिया था। इधर गांव भर का निमन्त्रण और उधर मकान मालिक लापता? बीच में पड़ा मैं—नया आदमी। इधर दौड़ूं, उधर दौड़ूं। दीदी पैर फैलाकर रोने लगी। रतन लोगों को भगाने को प्रस्तुत हो गया, वह कैसी विपत्ति थी! आप भी भले आदमी हैं।'

मैं हंसकर बोला—'अब क्रोध दूर हो गया है। घबराओ मत।'

आनन्द ने कहा—'भरोसा नहीं है। आप के समान निःसंग एकाकी लोगों से मैं बहुत डरता हूं। आपने अपने को संसार में क्यों जकड़ जाने दिया, मैं प्रायः सोचता रहता हूं।'

मन में मैंने कहा—नहीं दीदी! आपको भुलाना भी कठिन है, समझना भी कठिन है, मोह दूर करना तो और भी कठिन है। विश्वास न हो तो दीदी को बुलाकर गवाही दिला दूं। आपसे केवल दो—तीन दिन का ही तो परिचय है, पर उस दिन दीदी के साथ मैं भी जो रोने नहीं बैठ गया, सो केवल इसलिए कि वह संन्यासी—धर्म के बिल्कुल विरुद्ध बात होगी।'

मैंने कहा—'यह शायद दीदी के लिए। उनके बुलाने से ही तो इतनी दूर आये हो।'

मैंने कहा—'झूठ नहीं है दादा! उनका अनुरोध मामूली अनुरोध

नहीं है, मां की पुकार है। पैर अपने आप चलना शुरू कर देते हैं। कितने ही घरों में आश्रय लेता हूं, पर ऐसा कहीं नहीं देखा। सुना है, आप भी बहुत घूम चुके हैं, कहीं इनके समान और किसी को देखा है?'

मैंने कहा—'बीसों।'

राजलक्ष्मी आ गई। कमरे में आते ही उसने मेरी बात सुन ली थी, चाय की कटोरी आनन्द के पास रखकर मुझसे पूछा—'क्या बीसों जी?'

शायद आनन्द कठिनाई में पड़ गया। मैंने कहा—'तुम्हारे गुणों की बातें। इन्होंने सन्देह किया था, इसलिए मैंने जोरों के साथ इसको दूर किया है।'

आनन्द चाय की कटोरी मुंह में लगा रहा था। हंसी के झोंक से थोड़ी–सी चाय पृथ्वी पर गिर पड़ी। राजलक्ष्मी भी हंस पड़ी। आनन्द ने कहा—'दादा, आप बड़े हाजिर–जवाब हैं। यह ठीक उल्टी बात पलकें गिरने के साथ ही आपके मस्तिष्क में कैसे आ गई?'

राजलक्ष्मी ने कहा—'इसमें आश्चर्य क्या है आनन्द? अपने मन की बात दबाते–दबाते और कहानियां पढ़कर सुनाते–सुनाते इस विद्या में ये निपुण हो गये हैं।'

मैंने कहा—'तो तुम मेरा विश्वास नहीं करती?'

'तनिक भी नहीं।'

आनन्द ने हंसकर कहा—'गढ़–गढ़कर बातें कहने की विद्या में आप भी कम नहीं हैं दीदी!' तत्काल उत्तर दे दिया—'तनिक भी नहीं।'

राजलक्ष्मी ने हंसकर कहा—जल–भुनकर सीखना पड़ा है भाई। अब तुम देर मत करो चाय पीकर नहा–धो लो। कल दिन में तुमने

नहीं खाया, यह मैं जानती हूं। इनके मुंह से मेरी प्रशंसा सुनने लगोगे तो उसका अन्त न होगा।' वह चली गई।

आनन्द ने कहा—'आप दोनों के समान व्यक्ति संसार में बिरले ही हैं। भगवान ने विचित्र जोड़ी बनाकर आप लोगों को दुनिया में भेजा था।'

'उसका उदाहरण देख लिया न?'

'उदाहरण तो पहले ही दिन सांइथिया स्टेशन के पेड़ तले देखा था। इसके पश्चात् और कोई कभी दृष्टि में नहीं आया।'

'आहा, यदि ये बातें उनके सामने कहते आनन्द!'

आनन्द काम का आदमी है। काम का उद्यम और शक्ति उसमें बहुत है। उसको पास पाकर राजलक्ष्मी को बहुत आनन्द हुआ। रात—दिन खाने के प्रबन्ध तो प्रातः भय की सीमा तक पहुंच गये। निरन्तर दोनों में क्या—क्या सलाह होती रहती है, मैं नहीं जानता। कानों तक केवल यह बात पहुंची है कि गंगामाटी में एक लड़कों के लिए और एक लड़कियों के लिए स्कूल खोला जाएगा। वहां गरीब और छोटी जाति के लोग रहते हैं, शायद उन्हीं के लिए यह काम है। सुना है कि चिकित्सा के लिये व्यवस्था की जाएगी। इन विषयों में किसी दिन मेरी कुछ भी कुशलता नहीं रही। परोपकार की इच्छा तो है, लेकिन शक्ति नहीं है। कहीं पर कुछ प्रस्तुत करके खड़ा करना है यह सोचते ही मेरा थका हुआ मन 'आज नहीं कल' कहकर दिन टालना चाहता है। अपने नये उद्योग में, बीच—बीच में, आनन्द मुझे घसीटने आता, लेकिन राजलक्ष्मी हंसकर रोक देती और कहती—'उन्हें मत लपेटो आनन्द, तुम्हारे सभी संकल्प चौपट हो जायेंगे।'

सुनकर मैंने कहा—'अभी जो उस दिन कहा कि मेरा बहुत काम है और अब मुझे बहुत कुछ करना होगा।'

राजलक्ष्मी ने हाथ जोड़कर कहा—'मेरी भूल हुई गोसाईं ! ऐसी बात फिर न कहूंगी।'

'तो क्या किसी दिन कुछ नहीं करूंगा?'

'क्यों न करोगे? केवल बीमार पड़कर मुझे डराकर तुम मुझे अधमरा न कर डालो, इसके लिए मैं तुम्हारी चिरकृतज्ञ बनी रहूंगी।'

आनन्द ने कहा—'दीदी, आप इन्हें सचमुच निकम्मा बना डालेंगी।'

राजलक्ष्मी ने कहा—'मुझे बनाना नहीं पड़ेगा भाई! जिस विधाता ने इनको गढ़ा है उसी ने यह प्रबन्ध कर दिया, कहीं पर कुछ कमी नहीं रखी है।'

आनन्द हंसने लगा। राजलक्ष्मी ने कहा—'और एक मुंहझौंसा ज्योतिषी ऐसा ही भय दिखा गया है कि इनके मकान से बाहर जाते ही मेरा हृदय धुक्-धुक् करने लगता है। जब तक लौटकर नहीं आते, किसी काम में मन नहीं लगा सकती।'

'इस बीच फिर ज्योतिषी कहां से आ गया? उसने क्या कहा?'

मैंने कहा—'मेरा हाथ देखकर उसने कहा कि जीवन में संकट का बलवान योग है। जीवन-मरण की समस्या है।'

'दीदी, इन बातों पर आप विश्वास करती हैं?'

मैंने कहा—'हां, अवश्य करती हैं। तुम्हारी दीदी कहती हैं, क्या जीवन में विपत्ति योग नामक कोई वस्तु नहीं है। क्या किसी के जीवन में कभी आपत्ति नहीं आती?'

आनन्द ने हंसकर कहा—'आ सकती है; लेकिन हाथ देखकर कैसे कोई बता सकेगा दीदी ?'

राजलक्ष्मी ने कहा—यह तो नहीं जानती भाई! मुझे भरोसा है कि जो मेरी तरह भाग्यवती है उसे भगवान कभी इतना बड़ा कष्ट न देंगे।'

आनन्द ने क्षण–भर उसकी ओर देखकर दूसरी बात छेड़ दी।

इस बीच मकान की लिखा–पढ़ी, प्रबन्ध का काम चलने लगा। बहुत–सी ईंटों, लकड़ियों, चूना–सुरखी, किवाड़ और खिड़कियां आदि आ गईं। पुराने मकान को नया बनाने की तैयारी राजलक्ष्मी ने कर दी।

शाम को आनन्द ने कहा—'चलिए दादा, जरा घूम आयें।'

'आजकल मेरे बाहर जाने के प्रस्ताव पर राजलक्ष्मी अनिच्छा प्रकट करती है।' बोली—'घूमकर लौटते–लौटते रात हो जाएगी आनन्द ! क्या ठंड न लगेगी?'

आनन्द ने कहा—'गर्मी से तो लोग परेशाान हो रहे हैं दीदी ! ठण्ड कहां है?'

'आज मेरी तबीयत बहुत अच्छी न थी।' मैंने कहा—'ठण्ड लगने का भय नहीं है, लेकिन आज उठने को भी इच्छा नहीं हो रही है।'

आनन्द ने हंसकर कहा—'यह तो जड़ता है। शाम को कमरे में बैठे रहने से अनिच्छा और भी बढ़ जाएगी—चलिये, उठिये।'

राजलक्ष्मी ने कहा—'एक काम करें आनन्द ! परसों क्षितिज मुझे एक अच्छा हारमोनियम मोल लेकर दे गया है। अब तक उसे देखने का समय नहीं मिला। मैं दो बार भगवान का नाम लेती हूं, तुम दोनों बैठकर सुनो।' अब उसने रतन को बुलाकर बाक्स लाने के लिए कहा।

आनन्द ने पूछा—'भगवान के नाम का अर्थ क्या गीत है ?'

राजलक्ष्मी ने सिर हिलाकर 'हां' कहा।

'दीदी को यह विद्या भी आती है क्या ?'

'बहुत ही मामूली स्तर पर।' इसके बाद मुझे दिखाकर कहा—'बचपन में इन्होंने कलम पकड़ना सिखाया था।'

हारमोनियम आने पर राजलक्ष्मी ने पहले सर्वत्र प्रचलित भगवान के दो–चार गीत सुनाये और फिर वैष्णवी पदावली आरम्भ कर दी। सुनकर ऐसा मालूम हुआ, मानो उस दिन मुरारीपुर के अखाड़े में भी शायद अच्छा नहीं सुना था। विस्मय में मगन हो आनन्द ने मुझे दिखाकर मुग्ध हो पूछा–'यह सब क्या इन्हीं से सीखा है दीदी?'

'सभी क्या एक ही आदमी से सीखा जाता है आनन्द ?'

'ठीक है', इसके पश्चात् मेरी ओर देखकर उसने कहा–'दादा, इस बार आपको दया करनी होगी। दीदी कुछ थक गई हैं।'

'नहीं जी, मेरी तबीयत अच्छी नहीं।'

'क्या अतिथि की बात नहीं मानिएगा?'

'मानने की गुंजाइश नहीं है, तबीयत बहुत खराब है।'

राजलक्ष्मी गम्भीर होने जा रही थी लेकिन सम्भल गई। हंसते–हंसते लोटपोट हो गई। आनन्द अब मामला समझ गया, बोला–'दीदी, तो बताओ तुमने किससे इतना सीखा है ?'

मैंने कहा–'जो लोग रुपये लेकर विद्या सिखाते हैं, उनसे। मुझसे नहीं सीखा है भैया ! दादा तो कभी इस विद्या के पास भी नहीं गया।'

क्षण–भर चुप रहकर आनन्द ने कहा–'मैं भी थोड़ा–सा जानता हूं दीदी ! सुयोग मिल जायेगा तो इस बार आपका शिष्य बनकर अपनी शिक्षा पूर्ण कर लूंगा। पर आज क्या यहीं रुक जाएंगी ?'

राजलक्ष्मी ने कहा–'अब समय नहीं है भाई! तुम लोगों के लिए भोजन भी बनाना है।'

आनन्द ने कहा–'यह तो जानता हूं। जिन पर घर–गृहस्थी का भार है उनको समय कब मिलता है। मैं आयु में छोटा हूं। आपका छोटा भाई। मुझे सिखाना होगा। अपरिचित स्थान में जब अकेले समय न कटेगा, तब आपकी इस दया का स्मरण करूंगा।'

राजलक्ष्मी ने कहा—'तुम डॉक्टर हो, विदेश में अपने इस स्वास्थ्यहीन दादा पर दृष्टि रखना, मैं जितना जानती हूं, उतना आदर से सिखाऊंगी।'

'इसके अतिरिक्त क्या आपको कोई चिन्ता नहीं ?'

राजलक्ष्मी चुप रही। आनन्द ने कहा—'दादा जैसा भाग्य सहसा दिखाई नहीं देता।'

मैंने उत्तर दिया—'और ऐसा निकम्मा व्यक्ति भी क्या एकाएक मिल जाता है आनन्द ! उनकी नकेल पकड़ने के लिए भगवान सबल आदमी भी देता है, नहीं तो वे बीच समुद्र में डूब जाएं। इसी प्रकार संसार में सामंजस्य की रक्षा की जाती है।'

राजलक्ष्मी क्षण—भर चुपचाप देखती रही, फिर उठ गई।

कुछ दिनों में ही मकान का काम आरम्भ हो गया। राजलक्ष्मी माल—सामान एक कमरे में बन्द करके यात्रा का प्रबन्ध करने लगी। मकान का उत्तरदायित्व बूढ़े तुलसीदास पर रहा।

जाने के दिन राजलक्ष्मी ने मुझे एक पोस्ट कार्ड देकर कहा—'मेरी चार पन्नों में भरी चिट्ठी का यह उत्तर आया है, पढ़कर देख लो।'

औरत की लिखावट में केवल दो—तीन लाइनें हैं। कमललता ने लिखा है—'सुख से हूं बहिन! जिनकी सेवा में अपने को सौंप दिया है; उन्हीं पर मुझे अच्छी रखने का भार है। प्रार्थना करती हूं, तुम लोग सकुशल रहो। बड़े गोसाईं जी अपनी आनन्दमयी के लिए श्रद्ध ा प्रकट कर रहे हैं।

इति श्री राधाकृष्ण चरणाश्रिता, कमललता।

उसने मेरे नाम का उल्लेख भी नहीं किया। पर इन थोड़े अक्षरों की आड़ में उसकी न मालूम कितनी बातें रह गईं। खोजकर देखने

लगा कि चिट्ठी पर क्या कहीं एक बूंद आंसू का दाग नहीं है। चिट्ठी को हाथ में लेकर चुपचाप बैठा रहा।

खिड़की के बाहर धूप से तपा हुआ नीला आकाश है। पड़ोसी के घर के दो नारियल वृक्ष के पत्तों की सन्धि से उसका कुछ अंश दिखाई पड़ता है। वहां अचानक मानों दो चेहरे पास–ही–पास तैर आये। एक मेरी राजलक्ष्मी का–कल्याण की प्रतिमा, दूसरा कमललता का, अनजान, मानो स्वप्न में देखी हुई मूर्ति।

फिर एक दिन सवेरे हम सभी गंगामाटी जा पहुंचे। उस बार आनन्द बिना बुलाया अतिथि था। इस बार निमन्त्रित मित्र। मकान में भीड़ नहीं समाती, गांव के आत्मीय–अनात्मीय न मालूम कितने लोग हम लोगों को देखने आये, सभी के चेहरों पर हंसी और कुशल प्रश्न है। राजलक्ष्मी ने कुशारीजी की गृहिणी को प्रणाम किया, सुनन्दा रसोईघर में कामकाज कर रही थी। बाहर आकर हम दोनों को प्रणाम करके उसने कहा–'दादा आपका शरीर तो उतना अच्छा नहीं दिखाई पड़ता।

राजलक्ष्मी ने कहा–'अच्छा कब दीखता है बहिन! मैं तो कुछ न कर सकी, शायद तुम लोग अच्छा कर सको। इसी आशा से आई हूं।'

मेरी पिछली बीमारी की बात शायद बड़ी बहू को याद आ गई। उन्होंने स्नेहार्द्र कंठ से ढाढ़स बंधाते हुए कहा–'भय की कोई बात नहीं है बेटी, इस देश के हवा–पानी से ये दो दिन में चंगे हो जायेंगे।'

फिर भी मैं यह न समझ सका कि मुझे क्या हुआ है, और किसलिए इतनी दुश्चिन्ता है। इसके बाद तरह–तरह के कामों का प्रबन्ध होने लगा। पोड़ामाटी को खरीद लेने की बात से शुरू करके शिशु विद्यालय खोलने के स्थान की खोज आदि किसी काम

में किसी को आलस्य नहीं रहा। केवल मैं ही मन में कोई उत्साह अनुभव नहीं करता। शायद मेरा स्वभाव ही ऐसा है, या फिर कुछ और ही है जो दृष्टि से अगोचर रहकर धीरे–धीरे मेरा प्राणशक्ति की जड़ काट रहा है।

मैं दुर्बल हूं, मैं अस्वस्थ हूं, मैं कभी हूं, और कभी नहीं। फिर भी कोई रोग नहीं है, खाता–पीता हूं और रहता हूं। आनन्द अपनी डॉक्टरी को लेकर बीच–बीच में मुझे ज्योंही हिलाने–डुलाने का प्रयास करता है त्योंही राजलक्ष्मी स्नेह से उलाहने के रूप में कहती है–'उनको खींचातानी करने की आवश्यकता नहीं भाई, न मालूम कब क्या हो जाए, तब हम लोगों को ही तो भोग–भोगकर मरना पड़ेगा।'

आनन्द कहता–'आपने जो प्रबन्ध किया है उससे भागने की मात्रा घटेगी नहीं दीदी! मैं आपको सावधान करता हूं।'

राजलक्ष्मी सहज ही मान करके कहती–'यह मैं जानती हूं आनन्द, भगवान ने मेरे जन्म–काल में ही तेरे भाग्य में दुःख लिख दिया है।'

'कभी पुस्तक पढ़ते–पढ़ते ही दिन कट जाता है, कभी अपनी पिछली कहानी लिखकर और कभी खाली मैदान में अकेले घूमते–घूमते। एक बात से मैं निश्चिंत हूं कि कर्म की प्रेरणा मुझमें नहीं है। लड़–झगड़कर, उछल–कूदकर संसार में दस आदमियों के सिर पर चढ़कर बैठने की शक्ति नहीं है और संकल्प भी नहीं है। जो कुछ सहज ही मिल जाता है, उसी को यथेष्ट मान लेता हूं। मकान–घर, रुपया–पैसा जमीन–जायदाद, इज्जत–आबरू ये सभी मेरे लिए छाया हैं। दूसरों की देखादेखी अपनी जड़ता को कभी कर्त्तव्य–बुद्धि की ताड़ना से सचेत करने जाता हूं तो शीघ्र ही वह फिर आंखें बन्द किये ऊंघती दिखती है, सैकडों धक्के देने पर

भी हिलना डुलना नहीं चाहती। एक विषय में तन्द्रातुर मन तरंगित हो उठता है और वह है मुरारीपुर के दस दिनों की स्मृति का आलोड़न। मानो कानों से सुन रहा हूं, वैष्णवी कमललता का सस्नेह अनुरोध—'नये गोसाईं, यह कर दो न भाई, सब नष्ट कर दिया। मुझसे भूल हुई कि तुमसे काम करने के लिए कहा। अच्छा अब बैठो, जलमुंही प ा कहां गई ? जो, पानी चढ़ा दे, तुम्हारा चाय पीने का समय हो गया गोसाईं।'

उन दिनों वह स्वयं चाय के बर्तन धोकर रख देती थी, इस भय से कि कहीं टूट—फूट न जाएं। आज उनका आयोजन नहीं है, तो भी क्या मालूम कि फिर काम लगने की आशा से उसने उन्हें यत्न से रख छोड़ा है या नहीं।

जानता हूं कि वह भागूं—भागूं कर रही है। कारण नहीं जानता, तो भी मन में सन्देह नहीं है कि मुरारीपुर के आश्रम में उसके दिन संक्षिप्त होते जा रहे हैं। हो सकता है, एक दिन अचानक यही सूचना आ जाये। यह सोचते ही आंखों में आंसू आ जाते हैं कि वह निराश्रय, निःसंबल, गली—गली भीख मांगती घूम रही है। भूला—भटका मन सान्त्वना की आशा से राजलक्ष्मी की ओर देखता है, जो सब की सभी शुभचिन्ताओं के काम में लगातार नियुक्त है, मानो उसके हाथों की दसों अंगुलियों से कल्याण की धारा बह रही है। प्रसन्न मुखड़े पर शान्ति और ममता से हृदय की यमुना किनारे तक लबालब भरी हुई है, पूर्ण प्रेम की सर्वव्यापी पहिया के साथ वह मेरे हृदय में जिस आसन पर विद्यमान है, नहीं जानता कि उसकी तुलना किससे करूं।

विदुषी सुनन्दा के प्रबल प्रभाव ने थोड़े समय के लिए उसे जो झटका दिया था, उसी के दुःसह परिताप से उसने अपनी पुरानी सत्ता प्राप्त कर ली है। एक बात वह आज भी मेरे कानों में कहती है—'तुम कम नहीं हो जी। कौन जानता था कि तुम्हारे चले जाने

के मार्ग से ही मेरा सर्वस्व पलक मारते ही दौड़कर आ जाएगा। यह कैसी भयंकर बात थी। सोचने पर भी लगता है कि वे दिन कैसे कटे थे। सांस बन्द हो जाने से मर नहीं गई, यही आश्चर्य है।' मैं चुपचाप देखता रहा हूं।

अचानक सौ कामों के बीच भी सौ बार छिपे तौर पर आकर देख जाती है। कभी आकर पास बैठ जाती है, हाथ की पुस्तक हटा कर कहती है—'आंखें बन्द करके जरा सो जाओ, मैं तुम्हारे सिर पर हाथ फेर दूं। इतना पढ़ने से आंखों में दर्द होने लगेगा।'

आनन्द आकर बाहर से कहता है—'क्या मैं आ सकता हूं?'

राजलक्ष्मी कहती है—'आओ न ! तुमको आने में कहां मनाही है ?'

आनन्द कमरे में आकर आश्चर्य से कहता है—'इस असमय में क्या आप इनको सुला रही हैं दीदी?'

राजलक्ष्मी हंसकर उत्तर देती है—'तुम्हारी इसमें क्या हानि हो गई? न सोने पर भी तो ये तुम्हारी पाठशाला के बछड़ों के दल को चराने न जाएंगे।'

'दीदी इनको मिट्टी कर देंगी।'

'मैं तो खुद मिट्टी हूं। बिना चिन्ता के कोई काम नहीं कर पाती।'

'आप दोनों ही धीरे-धीरे पागल हो जाएंगे।' कहकर आनन्द बाहर चला जाता है।

स्कूल बनवाने के काम से आनन्द को जरा भी अवकाश नहीं मिलता है। सम्पत्ति खरीदने के झमेले में राजलक्ष्मी पसीने से डूब रही है। ऐसे समय कलकत्ते के मकान से घूमकर, बहुत से डाकघरों की छाप अपनी पीठ पर लिये बहुत देर में नवीन की सांघातिक चिट्ठी

आई। गौहर मृत्युशय्या पर है। केवल मेरी राह देखता हुआ वह जी रहा है।' यह सूचना मुझे शूल की भांति चुभी। यह नहीं जानता कि बहिन के मकान से वह कब लौट आया। वह इतना बीमार है, यह भी नहीं सुना—सुनने की विशेष चेष्टा भी नहीं की—'आज आखिरी सूचना आई है। प्रायः छः दिन पहले की चिट्ठी है। इसलिए वह इस समय जीवित है या नहीं, यही कौन जानता है ? तार भेजकर सूचना मंगाने की व्यवस्था उस देश में नहीं है, इस देश में भी नहीं है। चिट्ठी पढ़कर राजलक्ष्मी ने सिर पर हाथ रखा, बोली—'तुमको जाना पड़ेगा ?'

'हां।'

'तो मैं भी साथ चलती हूँ।'

'क्या यह भी हो सकता है ? उनकी इस विपत्ति में तुम कहां जाओगी ?'

यह उसने स्वयं समझ लिया कि प्रस्ताव बेतुका है। मुरारीपुर के अखाड़े की बात फिर वह मुंह पर न ला सकी। बोली—'रतन को कल से ज्वर आ रहा है, साथ में कौन जाएगा ? आनन्द से कहूं ?'

'नहीं ! वह मेरा बिस्तर ढोने वाला आदमी नहीं है।'

'तो किशन साथ चला जाए ?'

'चल सकता है, किन्तु कोई आवश्यकता नहीं है।'

'जाकर रोज चिट्ठी लिखना।'

'समय मिलने पर लिखूंगा।'

'यह नहीं सुनूंगी। एक दिन चिट्ठी न मिलने पर मैं स्वयं आ जाऊंगी, चाहे तुम कितने ही अप्रसन्न क्यों न हो जाओ।'

अन्त में स्वीकार करना पड़ा। प्रतिदिन समाचार भेजने का वचन देकर उसी दिन रवाना हो गया। दुश्चिन्ता से राजलक्ष्मी

का मुंह पीला पड़ गया। उसने सावधान करके कहा—'शरीर की लापरवाही न करना।'

'नहीं जी, नहीं।'

'लौटने में एक दिन की भी देर न करना।'

'नहीं करूंगा।'

अन्त में बैलगाड़ी रेलवे स्टेशन की ओर रवाना हो गई। आषाढ़ महीने के दिन तीसरे पहर, गौहर के मकान के सदर दरवाजे पर मैं पहुंचा। आहट पाकर नवीन बाहर आया और पैरों के पास पछाड़ खाकर गिर पड़ा।

जिस बात का भय था, वही हो चुकी है। उस लम्ब–तड़ंग बलिष्ठ पुरुष के प्रबल कंठ की उस छाती फाड़ने वाली रुलाई में शोक की एक नई सूरत मैंने देखी। वह जितनी गम्भीर थी, उतनी ही बड़ी और उतनी ही सत्य। गौहर की मां नहीं, बहिन नहीं, बेटी नहीं, पत्नी नहीं। उस दिन इस संगीहीन मनुष्य को आंसुओं की माला पहनाकर विदा करने वाला कोई न था, तो भी ऐसा मालूम होता है कि उसे सज्जाहीन, भूषणहीन, कंगाल वेश में नहीं जाना पड़ा। उसकी परलोकयात्रा के मार्ग में अन्तिम पाथेय अकेले नवीन ने ही दोनों हाथ भरकर उंड़ेल दिया है।

बहुत देर बाद उठने पर मैंने पूछा—'गौहर की मृत्यु कब हुई?'

'परसों। कल सवेरे हम लोगों ने दफनाया है।'

'कहां दफनाया?'

'नदी के किनारे, आम के बगीचे में। उन्होंने ही कहा था।'

नवीन कहने लगा—'ममेरी बहिन के मकान से ज्वर लेकर लौटे। वह ज्वर नहीं उतरा।'

'चिकित्सा हुई थी?'

'यहां जो कुछ हो सकती थी, सब हुई। किसी से भी कुछ लाभ नहीं हुआ। बाबू स्वयं सब जान गये थे।'

मैंने पूछा—'अखाड़े के बड़े गोसाईं जी आते थे?'

नवीन ने कहा—'बीच–बीच में, नवद्वीप से उनके गुरुदेव आये हैं। इसीलिए नित्य आने को समय नहीं मिलता था।' और एक व्यक्ति के बारे में पूछने में लज्जा मालूम होने लगी, तो भी संकोच दूर करके पूछा—'वहां से और कोई आता था नवीन?'

नवीन ने कहा—'कमललता आती थीं।'

'वे कब आई थीं?'

नवीन ने कहा—'प्रतिदिन। अन्तिम तीन दिन उन्होंने न खाया न सोया, बाबू का बिछौना छोड़कर एक बार भी नहीं उठीं।'

नवीन ने पूछा—'अब कहां जाएंगे? अखाड़े में?'

'हां !'

'जरा खड़े रहिए' कहकर वह भीतर गया और एक टीन का बक्स निकाल लाया। उसे मेरे पास रखकर बोला—'वे इसे आपको देने के लिए कह गये हैं।'

'इसमें क्या है नवीन?'

'खोलकर देखिए' कहकर उसने मेरे हाथ में चाबी दे दी। खोलकर देखा कि उसकी कविता की कापियां रस्सी से बंधी हुई हैं। ऊपर लिखा है, श्रीकान्त रामायण समाप्त करने का समय नहीं मिला। बड़े गोसाईं जी को दे देना; वे इसे मठ में इस प्रकार रख दें जिससे नष्ट न हो।' दूसरी छोटी–सी पोटली सूती लाल कपड़े की है। खोलकर देखा कि विभिन्न मूल्य के एक बण्डल नोट हैं। साथ ही मेरे नाम पत्र है, उसमें लिखा है—'भाई श्रीकान्त! शायद मैं नहीं बचूंगा। मैं नहीं जानता कि तुमसे मिलन हो पायेगा या नहीं। यदि

न हो तो नवीन के हाथों यह बक्स दे जाता हूं। इसे ले लेना। ये रुपये तुम्हें दे जाता हूं। यदि कमल के काम में लगे तो दे देना। वह न ले, तो जैसी इच्छा हो, करना। अल्लाह तुम्हारा भला करे।'

दान का गर्व नहीं, अनुनय–विनय भी नहीं। केवल मृत्यु समीप जानकर इन थोड़ी–सी बातों में, बाल्यबन्धु की शुभ कामना करके, अपना अन्तिम निवेदन रख गया है। भय नहीं, क्षोभ नहीं, उच्छ्वसित हाय–हाय से उसने मृत्यु की शिकायत नहीं की। वह कवि था, मुसलमान फकीर वंश का रक्त उसकी नसों में था–शान्त मन से अन्तिम रचना अपने बाल्य–बन्धु के लिए लिख गया है। अब तक मेरी आंखों से आंसू नहीं गिरे थे, किन्तु अब उन्होंने आज्ञा नहीं मानी।

आषाढ़ का बड़ा दिन उस समय समाप्ति की ओर था, पश्चिम दिशा में काले मेघों का स्तर उ+पर उठ रहा था। उसके किसी संकरे मार्ग से अस्तोनमुख सूर्य–किरणें लाल होकर आ पड़ीं, दीवार से सटी सूखी–सी जामुन की चोटी पर। इसी की शाखा से लिपटकर गौहर की माधवी और मालती लता के कुंज तैयार हो उठे थे। उस दिन केवल कलियां निकली थीं। उन्हीं में से कुछ मुझे उपहार में देने की उसने इच्छा की थी, केवल चिउंटों के डर से न दे सका था। आज उनमें गुच्छे–के–गुच्छे फूल हैं। कितने तो नीचे भ+ड़ गये हैं। कुछ वायु से उड़कर आस–पास बिखरे पड़े हैं।–इनमें से ही कुछ को मैंने उठा लिया।

नवीन से कहा–'चलिए आपको पहुंचा आऊं।'

मैंने कहा–नवीन, जरा बाहर का कमरा खोल दो तो देखूं।'

नवीन ने कमरा खोल दिया। आज भी चौकी के छोर पर वही बिछौना समेटकर रखा हुआ है। एक छोटी पेंसिल, कुछ फटे कागज के टुकड़े भी हैं। इसी कमरे में अपनी कविता–बन्दिनी सीता के दुःख की कहानी सुरों में गाकर सुनाई थी। इस कमरे में कितनी

बार आया हूं। कितने दिन खाया–पिया और सोया हूं, उपद्रव कर गया हूं। उस दिन हंसते हुए मुंह से जिन्होंने सहन किया था, आज उनमें से कोई जीवित नहीं है। आज से आना–जाना बन्द कर बाहर चला आया।

रास्ते में नवीन से सुना कि गौहर नोटों की ऐसी ही एक छोटी पोटली उसके लड़कों को भी दे गया है। जो सम्पत्ति बची है वह उसके ममेरे भाई–बहिनों को मिलेगी, और उसके पिता की बनाई मसजिद की मरम्मत आदि के लिए रहेगी।

आश्रम में गया तो वहां भीड़ लगी हुई थी। गुर+देव के साथ कई शिष्य–शिष्याएं थीं। बड़े ठाठ से बैठक जमी हुई थी, और हाव–भाव से उनके जल्दी जाने के चिन्ह प्रगट न होते थे।

द्वारकादास ने मुझे देखकर आवभगत की। मेरे आने का कारण उन्हें मालूम था। गौहर के लिए उन्होंने दुःख प्रकट कियाः किन्तु उनके चेहरे पर एक प्रकार का उद्भ्रान्त भाव था, जैसा पहले कभी नहीं देखा। अनुमान किया कि शायद इतने दिनों से वैष्णवों की सेवा करते–करते वे थक गये हैं। बेखटके बातचीत करने का उनको अवकाश नहीं है।

सूचना पाकर पद्मा आई। उसके चेहरे पर भी आज हंसी न थी।

मैंने पूछा–'पद्मा, कमललता दीदी इस समय बहुत उलझन में हैं?'

'नहीं, दीदी को बुला दूं।' कहकर वह चली गई। यह सब आज इतना अप्रत्याशित और बेढ़ंगा लगा कि मन में शंका होने लगी। थोड़ी देर में कमललता ने आकर नमस्कार किया, और कहा–'आओ गोसाईं मेरे कमरे में चलकर बैठो।'

मैं बिछौना आदि स्टेशन पर ही रखकर केवल बैग लेकर आया था। गौहर का बक्स मेरे नौकर के सिर पर था। कमललता के कमरे

में जाकर उसे उसके हाथ में दिया और कहा—'सावधानी से रख दो, बक्स में बहुत रुपये हैं।'

कमललता ने कहा—'जानती हूं। इसके पश्चात् उसे खटिया के नीचे रख कर पूछा—'शायद तुमने अभी चाय नहीं पी है ?'

'नहीं।'

'कब आये ?'

'तीसरे पहर।'

'जाऊं, बनाऊं।' कहकर नौकर को साथ लिये वह चली गई।

पद्दा हाथ–मुंह धोने के लिये पानी देकर चली गई। ध्यान आया कि ऐसा क्या मामला है ?

थोड़ी देर में कमललता चाय लेकर आई, कुछ फल मिठाई और उस समय का ठाकुर जी का प्रसाद भी। बहुत देर से भूखा था, तुरन्त ही बैठ गया। शीघ्र ही ठाकुर जी की संध्या–आरती के शंख और घण्टे की आवाज सुनाई पड़ी। पूछा—'तुम नहीं गई?'

'नहीं, मेरे लिए मनाही है।'

'मनाही है? तुम्हारे लिए? इसका अर्थ?'

कमललता ने सूखी हंसी हंसकर कहा—'मनाही का मतलब है मनाही गोसाईं, अर्थात् मैं ठाकुर जी के कमरे में नहीं जा सकती।'

प्रश्न करने की रुचि नहीं है। मैंने पूछा—'किसने मना किया?'

'बड़े गोसाईं जी के गुरुदेव ने। उनके साथ जो लोग आये हैं, उन लोगों ने भी।'

'वे लोग क्या कहते हैं?'

'कहते हैं कि मैं अपवित्र हूं, मेरी सेवा से ठाकुरजी दूषित हो जाएंगे।'

'तुम अपवित्र हो?' तुरन्त ही एक बात याद पड़ी—'क्या यह संदेह गौहर के कारण है?'

'हां।'

मैं कुछ नहीं जानता था, तो भी बिना किसी संशय के ही कहा—'यह झूठ है। यह असम्भव है।'

'असम्भव क्यों है गोसाईं ?'

'जानता हूं कमललता, किन्तु इतनी बड़ी भ+ूठी बात दूसरी नहीं है। मालूम होता है कि मनुष्य समाज में मृत्यु–पथ के यात्री अपने साथी की सच्ची सेवा का ऐसा ही अन्तिम पुरस्कार होता है।'

उसकी आंखों में आंसू भर आये! बोली—'अब मुझे दुःख नहीं है। ठाकुर जी तो अन्तर्यामी हैं, उनसे तो भय नहीं था, भय था केवल तुमसे। आज मैं भयरहित हो गई, गोसाईं।'

'संसार में इतने आदमियों के बीच तुमको केवल मेरा ही भय था ?'

'और किसी का नहीं। केवल तुम्हारा ही भय था।'

अब दोनों चुप थे। मैंने पूछा—'बड़े गोसाईं जी क्या कहते हैं?'

कमललता ने कहा—'वे क्या कर सकते हैं। मैं रहूंगी तो कोई भी वैष्णव फिर इस मठ में न आएगा।' थोड़ी देर में कहा—'यहां रहने से काम न चलेगा। मुझे एक दिन यहां से जाना पड़ेगा, यह मैं जानती थी, किन्तु यह न जानती थी कि इस प्रकार जाना पड़ेगा, यह मैं जानती थी, केवल पद्मा की बात याद करके कष्ट होता है। लड़की है, उसका कहीं कोई नहीं है। बड़े गासाईं जी उसे नवद्वीप से ले आये थे। अपनी दीदी के चले जाने पर वह बहुत रोयेगी। हो सके तो उसकी देख–भाल करना। यदि वह यहां न रहना चाहे तो मेरे नाम से राजू को दे देना।'

कुछ देर बाद मैंने पूछा—'ये रुपये क्या होंगे ? लोगी नहीं ?'

'नहीं! मैं भिखारिणी हूं। रुपयों का क्या करूंगी ?'

'यदि किसी काम में लग जाएं।'

कमललता ने हंसकर कहा—'मेरे पास भी किसी दिन बहुत रुपये थे जी। वे किस काम में लगे ? फिर भी आवश्यकता पड़ी तो तुम किसलिए हो ? तुमसे मांग न लूंगी? दूसरे के रुपये क्यों लूं ?

इसका क्या उत्तर दूं, सोच न पाया, केवल उसके मुंह की ओर ताकता रहा।

उसने फिर कहा—'नहीं गोसाईं, मुझे रुपये न चाहिए। जिनके श्री चरणों में अपने को समर्पण कर दिया है, वे मुझे न छोड़ेंगे। जहां जाऊंगी, सभी आवश्यकता वे पूर्ण कर देंगे। मेरे लिए चिन्ता मत करो।'

पद्मा ने कमरे में आकर कहा—'नये गोसाईं के लिए क्या इसी कमरे में प्रसाद ले आऊं दीदी ?'

'हां, यहीं ले आओ। नौकर को दे दिया ?'

'हां, दे दिया।'

तो भी पद्मा नहीं गई। क्षणभर इधर–उधर करके बोली—'तुम नहीं खाओगी दीदी?'

'खाऊंगी जलमुंही, खाऊंगी। जब तू है, तब क्या बिना खाये दीदी को छुटकारा है!'

पद्मा चली गई। सवरे उठकर कमललता को मैंने नहीं देखा। पद्मा से सुना कि वह तीसरे पहर आती है। कोई नहीं जानता कि सारा दिन कहां रहती है। तो भी मैं निश्चिन्त न हो सका। रात की बातें याद करके भय लगा कि कहीं वह चली न गई हो और फिर मिलन ही न हो।

बड़े गोसाईं जी के कमरे में गया। कापियां सामने रखकर कहा—'गौहर की रामायण है। उसकी इच्छा थी कि यह मठ में रहे।'

द्वारिकादास ने हाथ बढ़ाकर ले लिया। बोले—'ऐसा ही होगा नये गोसाईं। जहां मठ में और ग्रन्थ हैं, वहीं उनके साथ इसे भी रख दूंगा।'

दो मिनट चुप रहकर मैंने कहा—'उसके सम्बन्ध में कमललता पर लगाये गये अपवाद पर आप विश्वास करते हैं गोसाईं ?'

द्वारिकादास ने ऊपर मुंह करके कहा—'मैं! कदापि नहीं।'

'तो भी उसे चला जाना पड़ रहा है ?'

'मुझे भी जाना पड़ेगा गोसाईं। निर्दोषी को हटाकर यदि स्वयं बना रहूं तो फिर नाहक इस मार्ग पर आया और व्यर्थ इतने दिनों तक उनका नाम लिया ?'

'तब उसे जाना क्यों पड़ेगा? मठ के स्वामी तो आप हैं, आप तो उसको रख सकते हैं।'

'गुरु! गुरु! गुरु!' कहकर द्वारिकादास मुंह नीचे किये बैठे रहे।

समझ गया कि गुरु का आदेश है, टल नहीं सकता।

'आज मैं जा रहा हूं गोसाईं!' कहकर कमरे से निकलते समय उन्होंने मुंह ऊपर उठाकर मेरी ओर ताका। देखा कि उनकी आंखों से आंसू गिर रहे हैं, उन्होंने हाथ उठाकर मुझे नमस्कार किया। मैं भी नमस्कार करके चला आया।

धीरे–धीरे सन्ध्या हो चली। फिर रात हुई किन्तु कमललता दिखाई नहीं पड़ी। नवीन का आदमी मुझे स्टेशन पहुंचाने के लिए आ गया। सिर पर बैग रखे किशन छटपटा रहा है, अब समय नहीं है, पर कमललता नहीं लौटी। प ा को विश्वास था कि थोड़ी देर में ही वह आयेंगी, पर मेरा सन्देह क्रमशः विश्वास बन गया—वह

नहीं आयेगी। अन्तिम विदाई की कठोर परीक्षा से बचकर वह तीसरे पहर ही भाग गई है, दूसरी धोती भी नहीं ली है। कल उसने भिखारिणी–वैरागिणी कहकर अपना परिचय दिया था, आज उसी परिचय को उसने पक्का रखा।

जाने के समय पद्दा रोने लगी। उसे अपना पता–ठिकाना देकर मैंने कहा—'तुम्हारी जैसी इच्छा हो, मेरे पास लिख भेजना पद्दा!'

'मैं तो अच्छी प्रकार से लिखना नहीं जानती गोसाईं?'

'तुम जो लिखोगी, वही मैं पढ़ लूंगा।'

'दीदी से मिलकर न जाओगे?'

'फिर मिलन होगा प ा। अब तो जाता हूं।' कहकर चल पड़ा।

१४

मार्ग में आंखें जिसको अंधेरे में भी खोज रही थीं। उससे मिलन हुआ स्टेशन पर। लोगों की भीड़ से दूर खड़ी थी, मुझे देखकर पास आकर बोली—'एक टिकट खरीद दो गोसाईं...।'

'तो क्या तुम सचमुच सब छोड़कर चल पड़ी हो?'

'दूसरा उपाय नहीं है।'

'कष्ट नहीं होता कमललता ?'

'यह क्यों पूछते हो गोसाईं ? सब तो जानते हो।'

'कहां जाओगी ?''

'जाऊंगी वृन्दावन। पर उतनी दूर का टिकट नहीं चाहिये। तुम आस–पास के किसी स्थान का टिकट खरीद दो।'

'अर्थात् मेरा ऋण जितना ही कम हो उतना ही अच्छा। इसके पश्चात् दूसरों से भिक्षा लोगी, जब तक मार्ग पूरा नहीं होता। यही न ?'

'भिक्षा क्या यह पहली बार शुरू होगी गोसाईं। क्या और कभी नहीं मांगी ?'

मैं चुप हो गया। उसने मेरी ओर देखते ही आंखें फेर ली। फिर कहा—'वृन्दावन का ही टिकट खरीद दो।'

'तो चलो, एक साथ ही चलें।'

'तुम्हारा मार्ग भी क्या यही है ?'

मैंने कहा—'नहीं, यह तो नहीं है, तो भी जितना मार्ग एक साथ चल सकूं उतना ही सही।'

गाड़ी आने पर दोनों उसमें जा बैठे। पास की बेंच पर अपने ही हाथों से उसके लिए मैंने बिछौना बिछा दिया।

कमललता ने घबराकर कहा—'यह क्या कर रहे हो गोसाईं ?'

'वह कर रहा हूं, जो कभी किसी के लिए नहीं किया, सदा स्मरण रखने के लिए।'

'क्या सचमुच स्मरण रखना चाहते हो?'

सचमुच ही स्मरण रखना चाहता हूं कमललता! इस बात को तुम्हारे सिवा और कोई न जानेगा।'

'किन्तु मुझे तो दोष लगेगा गोसाईं ?'

'नहीं, कुछ भी दोष नहीं लगेगा। तुम प्रसन्नता से बैठो।'

कमललता बैठी तो, लेकिन बड़े संकोच से। गाड़ी चलने लगी। कितने ही गांव, नगर और मैदान पार करती हुई—पास ही बैठकर धीरे-धीरे अपने जीवन की कितनी ही कहानियां सुनाने लगी। मार्ग-मार्ग घूमते रहने की कहानियां, मथुरा, वृन्दावन गोवर्धन, राधाकुण्ड में रहने की बातें, कितने ही तीर्थों में भ्रमण करने की कथाएं और अन्त में द्वारिकादास के आश्रम में मुरारीपुर के आश्रम में आने की बात! उस समय मुझे उस मनुष्य की विदा के समय की

बातें स्मरण हो गई। मैंने कहा—'जानती हो कमललता, बड़े गोसाईं तुम्हारे कलंक पर विश्वास नहीं करते ?'

'सचमुच ?'

'बिलकुल नहीं। मेरे आने के समय उनकी आंखों से आंसू गिरने लगे। कहने लगे—'निर्दोषी को हटाकर यदि मैं स्वयं यहां रह जाऊं नये गोसाईं, तो उनका नाम लेना व्यर्थ है, मेरा इस मार्ग में आना व्यर्थ है। मठ में वे भी न रहेंगे कमललता ! ऐसा निष्पाप मधुर आश्रम टूटकर नष्ट हो जायेगा।'

'नहीं, नष्ट न होगा, ठाकुरजी कोई–न–कोई मार्ग अवश्य दिखा देंगे।'

'यदि फिर कभी तुम्हारी पुकार हुई तो क्या वहां लौट आओगी?'

'नहीं।'

'यदि वे लोग पश्चाताप करके तुमको लौटाना चाहें ?'

'तो भी नहीं।'

थोड़ी देर में न जाने क्या सोचकर उसने कहा—'केवल आऊंगी यदि तुम जाने के लिए कहोगे और किसी के कहने से नहीं।'

'किन्तु तुमसे मिलन कहां होगा?'

इसका उसने कुछ उत्तर नहीं दिया। बहुत समय चुपचाप बीत जाने पर मैंने आवाज दी, 'कमललता!' आहट न मिली। देखा कि गाड़ी के एक कोने में सिर रखकर उसने आंखें बन्द कर ली हैं। यह सोचकर कि सारे दिन की थकावट से सो गई है, जगाने की इच्छा नहीं हुई। इसके बाद मैं स्वयं भी कब सो गया इसका पता नहीं। अचानक कानों में आवाज आई—'नये गोसाईं!'

देखा कि वह मेरे शरीर पर हाथ रखकर पुकार रही है—'उठो, सांइथिया में तुम्हारी गाड़ी खड़ी है।'

मैं झटपट उठ बैठा। पास के डिब्बे में किशन था। पुकारने पर उसने आकर बैग उतार लिया। बिछौना बांधते समय देखा कि जिन दो–एक कपड़ों से उसका बिस्तर बनाया था, उन्हें उसने पहले ही से तह लगाकर मेरी बैंच पर एक तरफ रख दिया है। मैंने कहा—'यह भी तुमने लौटा दिया। लिया नहीं ?'

'कितनी बार चढ़ना–उतरना पड़ेगा। यह बोझ कौन ढोयेगा?'

'दूसरा कपड़ा भी साथ नहीं लाई हो। क्या वह भी बोझ हो जाता? एक–आध दूं?'

'तुम भी खूब हो! तुम्हारे कपड़े क्या भिखारिणी के शरीर पर शोभा पायेंगे ?'

मैंने कहा—'कपड़े न शोभा पायेंगे, किन्तु भिखारिणी को भी खाना पड़ता है। पहुंचने में और दो दिन लगेंगे। गाड़ी में क्या खाओगी ? जो खाने की वस्तुएं मेरे पास हैं, उन्हें भी क्या फेंक जाऊं? तुम न छुओगी ?'

कमललता ने इस बार हंसकर कहा—'अरे क्या अप्रसन्न हो गये ? अजी उन्हें छुऊंगी, छुऊंगी, रख दो उन्हें। तुम्हारे चले जाने के पश्चात् पेट भरके खा लूंगी।'

समय व्यतीत हो रहा था, मेरे उतरते समय बोली—'जरा खड़े रहो गोसाईं। कोई नहीं है, आज छिपकर एक बार तुम्हें प्रणाम कर लूं।' यह कहकर उसने झुककर मेरे पैरों पर सिर रख दिया।

उतरकर प्लेटफार्म पर खड़ा हो गया। उस समय तक रात थी। नीचे और ऊपर के अंधेरे के स्तरों के बीच एक प्रकार का बंटवारा हो गया था, आकाश के एक छोर पर कृष्ण पक्ष की त्रयोदशी का जीर्ण–शीर्ण चन्द्रमा और दूसरे छोर पर ऊषा का आगमन। उस दिन की बात स्मरण हो आई, जिस दिन ऐसे ही समय में, ठाकुर जी के लिए फूल तोड़ने जाने के लिए मैं उसका साथी हुआ था और आज !